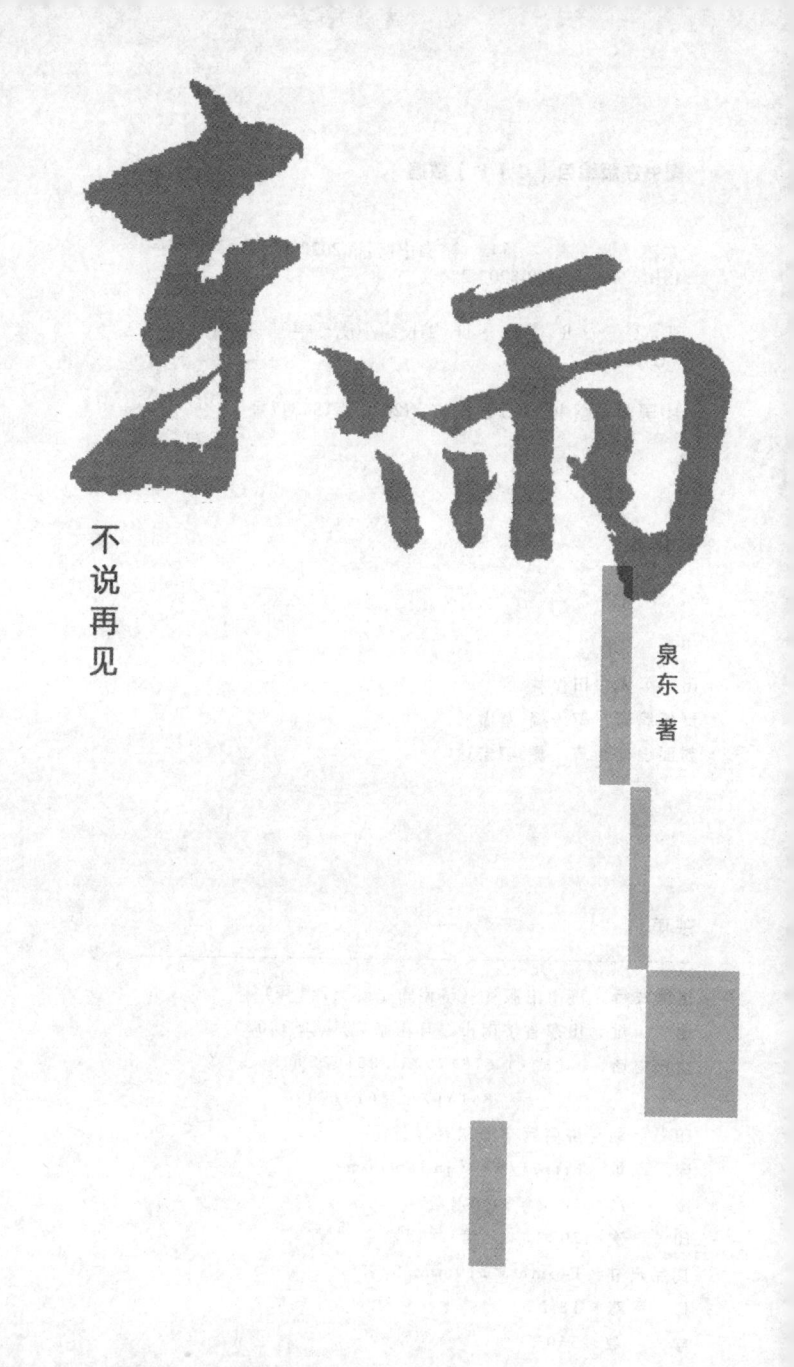

东雨

不说再见

泉东 著

山东城市出版传媒集团·济南出版社

图书在版编目（CIP）数据

东雨 / 泉东著. -- 济南：济南出版社，2022.8
ISBN 978-7-5488-5203-2

Ⅰ.①东… Ⅱ.①泉… Ⅲ.①长篇小说－中国－当代 Ⅳ.①I247.5

中国版本图书馆CIP数据核字(2022)第154347号

出 版 人：田俊林
责任编辑：范玉峰 董傲囡
封面设计：曹　璇 姜宏达

东 雨

出版发行：济南出版社（济南市二环南路1号）
地　　址：山东省济南市二环南路1号（250002）
发行电话：（0531）67817923 68810229
　　　　　　86131701 86131704
印　　刷：济南巨丰印刷有限公司
网　　址：http://www.jnpub.com
版　　次：2022年8月第1版
印　　次：2022年8月第1次印刷
成品尺寸：145mm×210mm 32开
印　　张：18.25
字　　数：350千
定　　价：86.00元

（济南版图书，如有印装质量问题，请与印刷厂联系调换）

献给所有那些，
离别家乡怀念故土的人。
无论是享受掌声还是咀嚼苦涩的时候，
别忘了回望来时的路，
那些含辛茹苦的日子，
那个望穿秋水的人。

目录

天鹅湖畔　001

不说再见　042

那是昨天　060

天生冤家　113

南去北归　148

潮起潮落　197

开花的树　268

春天已过　325

梦别寒窑　370

回到当初　439

稍纵即逝　491

从未离开　539

剧烈的刺痛袭来,只在一瞬间。

马卫东看到最后那一道耀眼的白光时,心头一凛暗叫不妙,却为时已晚。他仰面倒下,直挺挺地。头重重地砸在石灰地面上。

马卫东的意识开始变得模糊,但他似乎仍能听到身边有杂乱的呼喊声和脚步声,甚至,他还隐约闻到尘土弥漫呛人的味道。渐渐地,天空被大块大块浓稠的血色晕染,又一寸一寸地被黑色吞噬,直至陷入又深又重的黑暗中……

1

天鹅湖畔

1.

1991年的夏天很长。

八月底了，太阳还很大，知了在拼命地叫着。

汉白玉铸造的雕像——伟大领袖，身着青灰色的风衣，高高矗立在碧绿的水池前。在蔚蓝天空的映衬下，一只手臂背在身后，另一只手臂举起，略高于九十度，指向前方。

前方是临江省大学的校门。四个遒劲有力的烫金大字是领袖手迹。这是马卫东的大学。

因为紧挨着山东省，交通方便，马卫东早早地来校报到了。说早其实也不早，饯行搞了好几轮，亲戚邻居、初中同学、高中同学，各种组合。文绉绉酸溜溜的临别赠言攒了一堆，快把第二本笔记本也写满了。送别的掏心话说了几箩筐，涕泪俱下的感动场面出现了好几回。

这段时间，马卫东开始意识到，情感的释放是个递减而不是累加的过程。再不走，真有点赖的意思了。

赖的帽子,是马卫东的妈给扣的。

马卫东的妈姓王,在市中医院的药房工作,大家都尊称她王药师。王药师对马卫东频繁举办告别仪式早就不耐烦了,数落这熊孩子,成天狐朋狗友一堆一堆地往家招。

"就说那个高翔吧!年纪轻轻,弄个大背头,油光铮亮流里流气……"

"哎哟,妈,人家那发型是发哥的,现在最流行的。"

"什么发哥?还发糕呢!我可给你告诉,你只有一个哥,叫马卫民!"

老济南喜欢用倒装句,所以王药师常用倒装句。

"我说老王,咱也别轻易否定新事物新气象。我看高翔那孩子挺好,发型也不难看嘛。"马尚安见儿子又被数落,就仗义解围。

"新气象?挺好?你当然看谁发型都挺好!"王药师指着老马光亮的头顶使劲撇嘴,"你看你还剩几根?"

"唉,这都哪儿跟哪儿嘛。"老马本能地摸脑袋,的确没摸到几根,眼见引火烧身,只好无奈地摇头。

"这高翔头回来,我见他喝得眼圈通红、木木怔怔,心想这孩子不孬,心眼实诚重感情,我还挺感动。可是,不承想,你这每次搞钱行,他从不缺席,而且回回喝得五迷三道,脸红脖子粗地搂着你爸没大没小!"

"哎,怎么能说是没大没小呢?高翔还是很尊重、很敬重我的。小伙子那是在向我请教古诗词,他背的是那首,那个、那个,《将进酒》。"

"向你请教古诗词?!锄禾日当午汗滴禾下土,床前明月光疑是地上霜,这几十年了,你翻来覆去就这两句,你还会什么?"

王药师左右开弓，露头就打，同时数落父子俩。

借着儿子的饯行，马尚安难得能多喝上几杯。

"人家孩子可不错啊，我看挺懂事的。"眼见王药师风头火势，老马不敢多辩，小声嘀咕着开溜了。

"哎，爸你别走啊！"

没叫住老马，马卫东只好转头独自面对王药师。

一瞬间，他已是满脸堆笑。

"妈，说实在的，什么饯行不饯行，真无所谓。我其实就是想在家多待几天，陪陪你。"

王药师听了转怒为喜。

再过几天，王药师回过神来。

马卫东几乎是被扫帚轰出来的。

马卫东能考上大学，是很幸运的。尤其是比起他的死党齐怀洲来说，那简直是祖上积德烧高香了。

马卫东天资马马虎虎，学习成绩也一般，马马虎虎。

他爱读书。

"净看闲书，不看课本！"

说起马卫东的这一大爱好，王药师也是撇嘴。

马卫东热爱唐诗宋词，打小迷恋。老马书架上存着竖版唐诗宋词全本，全家人只有马卫东抽出来看，翻来覆去如饥似渴地看，本来发黄的书更是被他翻得皱巴巴，更加残旧。

"问君能有几多愁，恰似一江春水向东流。"

"天阶夜色凉如水，卧看牵牛织女星。"

"林花谢了春红，太匆匆。无奈朝来寒雨晚来风。胭脂泪，相留醉，几时重，自是人生长恨水长东。"

……

王药师不无担心地问老马:"这都什么春水凉水长恨水的,又是愁又是凉的,这怎么还恨上了呢。你说咱家卫东,整天看这些病恹恹的东西,会不会太过阴柔,男子气不够,荷尔蒙不足啊?"

"此言差矣!"马老用力摆手,正色道,"此乃中华文化瑰宝,开卷有益多多益善。况且,我马尚安的儿子,堂堂七尺男儿,自然是龙精虎猛,夫人不必多虑。"

"你能不能好生讲话!"王药师听得有些不耐烦。老马赶紧交底:"放心吧,情况我是掌握的。咱家卫东啊,硬邦邦软绵绵的书,都没少看。"

老马情报准确。不仅是中华瑰宝,全世界的瑰宝,无论金戈铁马还是花前月下,马卫东都爱看,来者不拒。

"飞雪连天射白鹿,笑书神侠倚碧鸳。"书里有马卫东的快意江湖,江湖里有他的侠客传说,传说中有他的美梦人生。

马卫东爱读书。读起来不分昼夜、不分对象、不能自拔、不务正业。

去食堂打饭的路上、等现磨豆腐的队伍中,在石凳上、在沙发里、在晃荡的公交车里,在随处倚靠的墙根下,在老马反复催促睡觉熄灯前,在家里仅有的一个蹲厕里,在酷暑、在严冬,在白天、在黑夜……马卫东都在读书。

书中自有黄金屋,书中自有颜如玉。马卫东什么都读,什么都爱读,只要是文字。家里书柜里半装饰半充门面的《资本论》《哲学全书》《新华文摘》《纵横》……即使严肃生涩的书刊,都被小学生马卫东津津有味地抱着啃。

老马每次拿回家的《半月谈》,小学生马卫东看得起劲,包括里面的国家大政方针和国际时政之类:对于两伊战争,小学生马卫东认为，它既是领土问题，更是宗教纷争；关于美苏星球大战计划，小学生马卫东觉得，它的主导者里根先生"怎么看，都更像个演员"；关于十字军东征的背景，小学生马卫东表示："那就更复杂了，简直一言难尽呐……"

"行了，行了！"王药师瞪了一眼眉飞色舞的儿子，敲着他的碗边训斥，"看把你个小学生能的，天上地下、满嘴跑火车，老实吃你的饭吧！"

马尚安看在眼里，既高兴又纳闷，既欣慰又矛盾，一层一层想不明白。你说是基因遗传吧，自己好像没那么爱读书。王药师真没冤枉他，古诗词还真背不出几首。就算勉强归功自己的影响吧，可生这俩儿子又不一样。哥哥马卫民就没那么迷书，他向往的是"只身走西东，投笔从戎去"。

哥哥极少引用诗句，马卫东很好奇，翻遍了唐诗宋词，文人墨客也猜了一圈，还是没找到出处。

马卫民凝望远方，深情地回答："作者，是敬爱的，朱总司令。"

都说开卷有益，可惜，马卫东唯独对课本没啥兴趣，成绩一直不咋地。

"都说书籍是进步的阶梯，可你这成绩是怎么回事呢？"老马经常这样问马卫东。

马卫东的成绩就那么回事。上也上不去，下也下不来。

有一天晚上，老马左右手来回倒腾着成绩单，忧心忡忡地望着天花板，大半天终于恍然大悟。

"我算看出来了，你的爱读书，跟爱学习不是一码事，跟成绩更是两回事！"

听到这儿，在一旁装模作样、皱眉冥想的马卫东豁然开朗，心悦诚服地竖起了大拇指。

其实，他还算比较努力了。但是，即便时光倒流，让他从头开始，认认真真重新来一遍小学六年，成绩也好不到哪里去，也还是那么回事。

看爸爸说得那么恳切真诚，马卫东决定也开诚布公。

"爸，您知道的哈，广东盛产橄榄。"

"嗯，读万卷书，行万里路。我怎么会不知道呢。"

"知道就好。你看橄榄，它两头尖。我们班上同学的成绩就是这个形状的。我的成绩，处在……"

马卫东用左手的拇指和食指，虚构了橄榄的形状，伸到老马的眼前，然后，伸出右手食指比画着并不存在的橄榄的中间部分："这个位置。"

"得亏我努力了。否则，我的成绩就会在这里！"

老马的视线被儿子的手指牵引着，滑向橄榄的底部。他情不自禁地庆幸道："哎呀，好在，你努力了。"

开头效果不错，马卫东决定把对话引向深入："努力之下，我的成绩卡在了这儿。出现目前这种情况，究其原因，是多方面的。恐怕，主要还是先天决定的，跟遗传有关。爸，我就直说了吧。我的成绩不行，您负有不可推卸的责任。上百年上千年，历史反复验证了，龙生龙，凤生凤，老鼠的儿子会打洞，家长是怎样的，孩子就是怎样的，为什么非要苛求我比你更出色呢？再者说了，爸，据不可靠消息，你读书那会儿的成绩也不咋地，要不，咱找我妈核实一下……"

"好汉不提当年勇哈。"老马本来喜滋滋地听着儿子滔滔不绝，突然听出话锋不对，赶紧打岔，和蔼亲切地伸手摸了摸马卫东的圆脑袋，"就是呀，按理说，我马尚安的儿子，当然应该是天资聪颖、成绩拔尖才对呀！这事儿哪还用向你妈核实。"

王药师在厨房忙活着，其实她早听到了爷儿俩的对话，不由得"喊"了一声，正要揭底，老马已经迅速地把儿子拽到里屋去了。

王药师心直口快，批评起人来不客气，常常一棍子扫倒一大片。但是也有例外。比如，在饯行的狐朋狗友群里，齐怀洲就是例外。

王药师对齐怀洲明显偏爱。

"这孩子吧，看上去有些邋遢、不修边幅，但其实英俊帅气、谦和礼貌；看上去摇摇晃晃、不算稳当，但其实心地善良、品行端正。"

"要说啊，齐怀洲这孩子真挺优秀。像是表层涂了泥巴浆的元宝，擦干净了才知道是宝贝。"

马尚安钦佩地插嘴请教："你怎么就能看出，齐怀洲这孩子是涂了泥巴的元宝？"

"我每天在药房，跟各种中药材打交道。"王药师织着毛衣，扬扬得意，"随便撅开一箱，尘土飞扬，但是我扫一眼就能挑出上好药材！"

"难怪您当初选择了我爸，好眼力！"

马卫东不失时机地凑上来谄媚。

王药师正要撇嘴，又一时不知道该怎么反驳。

"咱家卫东也很不错，遗传基因很优秀！"

爷儿俩已经开始你来我往，互相夸奖。

马卫东真心觉得妈妈说得对，齐怀洲确实优秀。

就拿学习来说，齐怀洲属于没道理可讲的那种。根本不用玩命读书，也不用用心听讲，老师随便讲个开头，他就能明白后面的事儿。代数那些令人深恶痛绝的公式，几何那些莫名其妙的引申线，对齐怀洲根本不构成烦扰。

王药师总是拿自己孩子跟齐怀洲比,说人比人气死人。你看看人家的孩子,成绩就那么优秀。你看看你,整天看那么多书,都看到哪里去了。

马卫东经常苦口婆心劝妈妈:"不要比,消消气。"

对于这种现象,马卫东认为跟厄尔尼诺一样的邪乎、一样的不可思议。他很有耐心地举例说,这就好比,在距离我们最遥远的南美洲,有一只色彩斑斓的蝴蝶。有一天,在雨后的阳光下,它在丛林里扇动了几下翅膀,就惊动了身边的一连串反应。于是,引发了上万公里外印度洋的一场海啸。

"妈,能明白吗?"

"不明白啊?所以呀,"马卫东看着一脸迷茫的妈妈,两条粗眉一挑,给出了他的结论,"得认!"

王药师耐住性子听到这里,就回身找扫帚。

2.

一连三天,报到时间。

天南地北的新生高矮胖瘦,头顶烈日,涌进校园。他们好奇地打量着彼此,在伟大领袖的亲切注视下,被分配到各个院系。

"等等,请问,司兄,91企管,四这栋楼吗?"马卫东肩宽腿长,正一步三个磴地上楼,身后有小女生的声音,边问边喘,"企"字读去声,"四""是"也不分。

"91气管?你说的是企管吧。"他停下来,有意模仿对方口音,"哦,那我不四你司兄,我跟你同班。我也四91气管的。"

"我叫马卫东。"

报到的第三天,马卫东见到了谢雨。对于谢雨来说,这是入学第一天。

还没转身时,马卫东就很喜欢身后的这个声音,悦耳动听。平日里,听惯了山东大妞"干什么干什么你想干什么"的干脆有力,这南方口音,"四""是"不分、酥酥软软的,乍一听真好听。

马卫东觉得这声音很耳熟,便飞速地思索。

对了!是《上海滩》里喜欢许文强、又被丁力喜欢的那个女主角冯程程!那南粤口音,软绵甜糯,简直就是炎炎夏日的一丝清凉。

"我是谢雨。"

问路的女生仰着头向上望,自报家门。

谢雨身高一米六左右,长得小巧玲珑、白白净净,马尾辫子上扎着天蓝色的小手绢。她小鼻子小嘴,嘴唇薄薄的,嘴角微微一丝上翘,一双细细弯弯的眼睛,带着天然的笑意。白皙的面庞因为气喘,两腮微微泛起粉红。

马卫东回身跃下两步,帮她把行李箱拎了过来:"嚯,这么重啊。里面装的金子啊。"

"啊,司兄,我没有金子啊。"谢雨上气不接下气,心想对方怎么初次见面就问得这么唐突。

"咳,给你开玩笑呢。"箱子沉甸甸,马卫东故作轻松,放松表情,"我是形容你箱子重。"

"哦,原来你四形容啊……就四,好重啊。但四,司兄,你好像拎着不重的样子哦。"谢雨望着马卫东矫健的身姿,钦佩地夸赞。

"小马和松鼠同时过河。松鼠眼前水深浪急,看得浑身瑟瑟发抖。然而,在小马眼里,河水浅浅,刚没过马蹄而已,渡河胜似闲庭信步……"听了夸奖,马卫东很受用,越说越来劲,"这个对我,小菜一碟。"

"噢，司兄。我还有好几个大包包放在楼下，里面也没有金子。我还没来得及去宿舍放东西。"她吭哧吭哧跟在马卫东身后，看着长长的马腿，"我先去找辅导员报到，再去宿舍。"

马卫东说："正好，我带你去报到。行李，包我身上。"

"谢……谢雨，对吧？我发现你这个人，运气真好。"他又补充道，"我真羡慕你！"

"哦？我运气好，四吗？你居然还羡慕我，为森摸呀？"谢雨不解地问。

"那当然啊，初来乍到，万里他乡，就遇向导。"马卫东像杠铃一样托举了一下行李箱，"兼壮劳力。"

"四啊四啊，司兄，我运气真好。"谢雨听了欢快地笑起来，眉毛和眼睛都弯起，"说得我现在都羡慕自己。"

"我跟你说啊，我再跟你说一遍哈，我不四你司兄。"马卫东认真地看着她，"我四你同学，你正经的同班同学。我叫马卫东！"

"噢，对对，司兄。噢，对不起，四，同学。我没太听懂，你刚才说你四，正经的……同学？"

"正经，就是，正宗的意思。正宗的同班同学！"马卫东摇了摇头，"还有啊，你跟着我发音，不是司兄，是师兄 shī，舌头卷起来。跟我读，shī 湿润的湿。"

"不四、司、兄，四 shī 湿润的司，司兄。"谢雨紧张用力地跟着学。

马卫东走了两步，又回头瞪着她："谢雨同学，注意看我。嘴放松，不要咬牙切齿！"

"噢，司兄，噢，不对，你不四司兄。好的，我嘴要放松。"谢雨小鸡啄米一样地点头。

"不是四!"马卫东再次停下来,转身居高临下严肃地看着她,"不是四,而是shì!跟我读,是!"

"不四四,跟你读,爱细四。"谢雨越用力嘴越瓢了,"哎呀,司兄,好难哦。"

"你这么费劲,听得我都不由自主跟着紧张,嘴唇打哆嗦。"马卫东看着她神情紧张、呼吸急促,只好劝冰冻三尺非一日之寒,慢慢来吧。

"哦,好呀,好呀,马卫东。"谢雨听了如释重负,"你的普通话真好听。我要跟你学普通话。你四辣里银啊?"

"我四三东银!"

"噢,三东银!三东银好啊!"

"三东银怎么好?"马卫东不解地问。

"三东银高高大大,像你这样。三东银喝酒打老虎,还吃大葱。"谢雨上楼时,马尾辫子在脑后一摆一晃。

"我们辣里现在也有三东大葱卖了,有的大葱比我高,有的比你还高呢。"

娇小可爱的小妹妹,马卫东心想应该是江南女孩。谢雨说自己来自广东潮州。

"司兄,你晓得韩愈吧?"谢雨跟在身后,边上楼边介绍。马卫东瞪眼打断她:"怎么回事,你不要乱认司兄!"

谢雨吓得吐了一下舌头说:"好的,马卫东。"

"韩愈,唐朝大司人,就在我家辣里。"谢雨接着说。

马卫东说:"那皇帝老儿也忒狠了,把人打发到那么远的犄角旮旯。"

"马卫东,你讲话太快,我一时听不明白。"

"我是说啊,原来你来自祖国的南大门,改革开放的前沿阵地。"马卫东提高了音量,暗想真够远的,难怪这小美女的口音,跟他这正宗中原人士差距这么大。

不过,不管是谢雨的声音,还是样子,马卫东都很喜欢,很甜。

谢雨算最后一批报到的。班上人齐了,进行了第一次聚会。每个人自报家门,统计下来班上男女比例各半,南北东西各半。女同学普遍长得比较好看,这是当晚男生宿舍夜谈时的一致意见。

辅导员看着花名册,挨着找人对号打钩,说大家来自五湖四海,要互相团结、互相帮助。大家第一次见面,都还不熟悉,我就临时指定一位班长吧。

辅导员看看名单,再瞅瞅人:"马卫东。"

在大家的掌声中,马卫东迟疑地站了起来。他也跟着鼓掌,只是不明白辅导员为什么会选他。从小到大,没当过这么大的官。

不过,向四周同学们点头示意时,他注意到,谢雨呱唧呱唧拍巴掌,很开心、很起劲。

"嘿。"班会后,有人在身后拍了马卫东后背一下。回头一看,是笑眯眯的谢雨,她笑起来真好看。

"不四司兄,原来四,正经的同学。还四班长呢。司敬、司敬哦。"

"看不出来吧,快快免礼,嘿嘿。"马卫东冲她得意笑笑,"其实,我也没想到。"

快乐不知时日过,刚入校的两周,也就是熟悉环境。教学楼、图书馆、田径场、天鹅湖、林荫道、草坪、假山……走走转转。学校后门的那间商场是89级的师姐开办的,大家啧啧夸赞师姐不仅漂亮、能力还强,才入学一年就当上了老板。后来听说,漂亮师姐的父亲就是本校校长。校长对女儿要求严格，让她通过这样的社会实践，自食其力、增长才干。羡慕之余，同学间会抱怨糟糕的食堂，识别抠门的掌勺师傅，交流晚归翻爬校门的技巧。宿舍夜谈的主题总是漂亮的女生……

知晓掌故较多的人透露："学校图书馆旁的那个池塘，杨柳依依、蛙鸣阵阵，叫作'天鹅湖'。如果，能和女生结伴儿去那里坐坐，那么恭喜你，美人儿要到手了。"

有好事的插嘴："那如果，实在找不到女生，就和哥们去那儿坐坐呢？"

"那也恭喜你，你离出柜不远了。"

……

转眼间，就迎来了中秋节。

离开家的第一个中秋，对于所有人都是。辅导员让办一场茶话会。这是马卫东的强项，他带着几个班委很快布置了场地，采购了瓜子水果，还有月饼。

谈笑开心间，辅导员突然提议大家唱唱歌。唱什么好呢，都没有准备，害羞的就往后躲，喜欢热闹的就开始起哄。哄着哄着，矛头对准了班长。

马卫东倒也不怯场，把瓜子放在一旁，拍拍手掌站了起来说："行！你们敢听，我就敢唱。"

正在考虑唱什么好呢，学习委员梁小敏突然把身边谢雨拽了出来。"一起唱，一起唱。"小敏领着女生们欢快整齐地起哄。

还没来得及收起噘着的小嘴，谢雨就被推了出来。她脸红红地站住了，定了定神，鼓起勇气冲马卫东眯眼一笑，问他想唱什么。马卫东就模仿着港台歌星腔调："现场的朋友们，你们想听我的什么歌呀？"

人群里，提议杂乱纷纷。小敏叫嚷《天仙配》。辅导员笑着赞同："既然今天是花好月圆中秋节，那就唱《天仙配》吧。"

"树上的鸟儿成双对，绿水青山带笑颜。你耕田来我织布，你挑水来我浇园……"在同学们的鼓动下，谢雨起唱，落落大方。马卫东也就放开嗓子唱了。

谢雨嗓音甜美，四是不分地唱起黄梅戏来格外好听。一曲结尾时，谢雨一个轻盈的转身，两人默契地摆出了一站一蹲，共同遥指远方的造型。台下掌声、欢呼声、起哄声经久不息，课室成了欢乐的海洋……

第二天，在图书馆见面时，谢雨穿着一身方格相间的米黄色连衣裙，正捧着一本书蹦跳着上楼梯，身形小巧、动作轻盈。他俩不约而同地相视一笑。看她小巧红润的嘴唇张了张，以为要说什么，转眼间又蹦跳着过了。

马卫东闻到了很淡、很淡的花香。

……

高考三天，结束当日，马卫东就把书本和讲义该扔的扔、该撕的撕了。老马看得频频摇头、痛心疾首，无奈地说："孔孟之乡，撕书不好，有辱斯文。"

王药师劝他，有些可以留着给亲戚的小孩用。马卫东说，我学得这么痛苦，就不要让它们再祸害弟弟妹妹们了。在彻底地释放之后，马卫东下定决心，此后的人生，与寒窗苦读的日子诀别。

爸妈对他的决心很不认同，给予了无情的批驳："活到老、学到老，你这才哪儿到哪儿。"

马卫东辩称，不是说大学就不读书了，而是要让自己读得轻松些、愉快些、健康些。高中三年，我就很不轻松、很不愉快、很不健康，现在回想起来，脑壳疼，脑仁儿都疼。

入学没几天,马卫东的脑壳、脑仁儿又开始疼了。

情形完全出乎意料。

课程的安排让马卫东很失望,同学们的表现更是让他失望。第一学期的课程就排得满满当当,班上同学功课都抓得紧,晨读和晚自习蔚然成风。怎么会这样呢?马卫东有些焦急懊恼。抬头望着心爱的吉他,孤零零地挂在墙上,也显得那么无精打采。进入大学的好心情,顿时大打折扣。

好不容易脱离了高中的磨难苦海,不是应该广阔天地、随心所欲吗?看看书、打打球、下下棋、打打牌、看看电影、喝喝啤酒,不好吗?这帮人,怎么又这么心甘情愿地自虐起来?看着周边埋头读书的人,马卫东心里有个声音在焦急地呼喊:"干吗呢,你们这都在干吗呢!"

他的呼喊,没人听得见。晚饭后不久,宿舍同学又照例去教室或图书馆自习了。马卫东无奈地瘫靠在床头,百无聊赖地东张西望,红棉吉他在墙上斜斜地挂着。他伸手拨弄一下,琴弦铿棱的一声,安静的宿舍里传出悠长的金属声,回响很久才逐渐消失。

下了床,踢跶上拖鞋,再瞅瞅相邻的几个宿舍,也是空空荡荡的,他顿时心灰意冷。

没几天,马卫东在宿舍也闲待不下去了,阶段测验马上要到了。想想相比之下,自己比较单薄的入学成绩,尽管一百个不情愿,他不得不低下倔强的头颅,模仿旁人的样子,拎起书包被人流裹挟着,下楼往自习室晃去。

黄昏时分的天空很活跃,披了微红霞光的云彩,你追我赶地快速游向天的另一边。图书馆很近,短短的距离被马卫东拉得很漫长,一路S形摇晃。看看两侧的白杨,看看沿路漂亮的女生,她们大都捧着书本。不时有成双成对的情侣依偎走过，亲密地窃窃私语。

多么美好的校园、多么美好的人儿、多么美好的时光，自己竟然要沦落到去读书学习，虚度光阴啊。想着这些，他的心情几乎低落到了谷底，没精打采地走进自习室里。

坐下后，马卫东先是暗自叹了口气，然后不紧不慢地打开书包，一本接一本、慢条斯理地掏出课本，又一本接一本地码放整齐。仰头看看高高的天花板，再看看正前方悬挂的时钟，他又长长地呼了一口气。

课室的椅子怎么坐都不得劲儿，让他如坐针毡，让他很难进入学习状态。

马卫东前后打量着，然后左瞅瞅、右瞧瞧。

咦，那不是谢雨！谢雨穿着紫色的连衣裙，坐在前方不远处，专心致志地抄抄写写。

马卫东心头一阵欢喜，赶紧胡乱抓起刚刚摆好的课本，一股脑地搓进书包里，坐直了酝酿一下勇气。然后，他心一横，大步走上前去。

待到略微超出谢雨的身边，马卫东故作惊讶地回身说："这么巧，你也在这里。"

谢雨闻声抬头。她眉毛弯弯，水灵灵的眼睛带着笑意："呀，四你！马卫东！"

马卫东环顾四下，指指谢雨的身边，有风度地问可以吗。谢雨开心地移动着书本，边让出空位，边说欢迎欢迎。

"做题呢？"马卫东探头瞅了一眼，明知故问。整洁的本子上密密麻麻写着秀气的蝇头小字。谢雨微笑着说："四呀四呀，要考四啦，临阵磨枪。"她今天穿着一身紫色的连衣裙，露着一截修长白皙的小腿。脑后的马尾依然扎着花手绢，换成了紫色的。

他们坐得很近。马卫东几乎隐隐约约，能够感觉到，两人的胳膊肘偶尔会有一丝丝的触碰。她胳膊上的肌肤好白、好细嫩。即使只是那么若有若无、一丝丝的触碰，也让马卫东感觉很柔滑。

不仅肌肤光滑，谢雨的身上还有一种淡淡的花香。

是那种很淡很淡的花香，虽然不会辨识，但是这香气，对于马卫东有说不出的吸引。他静悄悄地享受着，把香气不易觉察地吸进肺里，清清凉凉似乎带了一丝丝的甜。他感觉很舒坦，浑身的毛细血管都被悄悄地滋润舒张了。

马卫东暗自沉浸在和谢雨坐在一起的小天地里，温馨惬意，学习备考的郁闷早就扫到九霄云外。

时间像长了飞毛腿，过得很快。

墙上的挂钟已经是九点半了。马卫东侧头看着谢雨，迅速欣赏着她面部姣好的轮廓，轻声提议，是不是该休息了。谢雨这才把头从桌面抬起来，看看钟、又看看他："哦，好的。"

夏末初秋的夜晚，天气如同马卫东的心情，清清爽爽。

来时的云彩早已不见踪影，银白的月亮高高远远地挂在天际，皎洁无遮无挡，行走间偶尔有一丝微风拂面。他们漫步在校园的林荫道上。月光下，随着每一步，谢雨的马尾在轻轻地晃动，与摆动的紫色连衣裙悄悄呼应着。

"你看我干吗？"

谢雨突然笑嘻嘻地问他，眉眼弯弯。

"哦，我觉得，"马卫东意识到，自己也许有点失态，赶紧放松一下面部表情，索性承认，"我觉得你，真好看。"

"真的吗？"谢雨有些羞涩，随即就歪头笑着说，"我觉得，马卫东，你也很帅。"

"哦？那你具体说说，我怎么个帅法。"马卫东鼓励她，"没关系的，夸重一些也可以，我受得了。"

谢雨就停下脚步，认真地端详着，然后边比画边说："你呀，长得宽宽大大的，国字口面、浓眉小眼，鼻子大大的，而且很挺拔。"说着，她歪头想了想，就笑了："我妈妈跟我说过，这种长相的人，会比较正直老 SI。"

"嗯，你妈妈说得很对，我就很正直、很老 SI。"

"真的吗？"谢雨望着马卫东，开心地笑了。

"谢雨，你真的好喜欢笑哦。"

"四吗？"

"四啊，你每天就像吃了哈哈豆一样。"

"哈哈豆？哈哈哈哈！"谢雨听了这奇怪的比喻，更是眉毛笑弯了，眼睛也笑弯了，像两座拱桥。

"那你，就是我的哈哈豆！"她忽闪着眼睛望着马卫东。

马卫东听了这话，心里美滋滋的，很甜。

3.

两个人惬意地漫步在林荫道上，谢雨不自觉地轻轻哼起了《天仙配》："树上的鸟儿成双对，绿水青山带笑颜。从今再不受那奴役苦，夫妻双双把家还。你耕田来我织布，我挑水来你浇园……"

"寒窑虽破能避风雨，夫妻恩爱苦也甜。"听她唱着，马卫东也情不自禁接了下去。

听到马卫东也跟着唱，谢雨这才猛然想起了什么，欲言又止地低头笑了。

"你喜欢这首曲子吗？"

"嗯，寒窑虽破能避风雨，有点凄凉，但更多的是温暖。我好喜欢好喜欢。"

"那，你听说过寒窑的故事吗？"

"有寒窑的故事？不兹道呢。"谢雨想了想，停顿了一下，"我子兹道天仙配，兹道七仙女和董永的故事。"

"七仙女和董永的故事太悲惨，终于被玉帝拆散了。"

"四的呢，我很怕看最后一出戏，嗯，叫分别，看了好难过。"

"那改天，我跟你讲讲寒窑的故事吧，它是关于团圆的。"

"真的呀，太好了！"她望着近在眼前的宿舍楼说，"不要改天了吧，我今天就想听。"

马卫东看着渐渐开始安静下来的宿舍楼说："很长的故事，要讲很久呢。改天，我专门讲给你听，好不？"

谢雨先说"好啊"，又说"好吧"。

"那明天，马卫东，明天你就讲给我听。"

第二天，俩人约定了提前一小时自习，从宿舍到图书馆的路，昨天还是僵硬无趣的，今天马卫东走起来却变得轻快生动。他甚至觉得脚下的路仿佛是不断延伸的美妙的钢琴键盘，每一步踏上去都会传来悦耳的琴声。

一起自习完后，走出图书馆。马卫东指指旁边桃园小径，顺手把谢雨的书包接了过来。

两人缓缓地散步，来到了天鹅湖旁。

这里是情侣的天堂。

一亩见方的池塘，深深浅浅的池水，有的地方墨绿有的地方淡绿。水面平静，随意漂浮着几处柳叶，偶尔有气泡冒出，在浮出水面的片刻,三两条灰黑色的小鱼已经快速潜行消失,只剩一圈两圈的涟漪微微荡漾开来。波光粼粼的水面,不规则倒映着前方宿舍楼的一角,宿舍里的点点杏黄色的灯光更加晕染了水纹。沿着弯弯曲曲的池塘边,栽种着一排身姿婀娜的杨柳,纤腰扶风前后摇曳,仔细端详每一棵,都像是古典的美女姿态各异地在池边照镜梳妆。

池塘边的柳树下,间隔着设置了木长椅和石凳,一对一对的情侣们默契地散坐开来,窃窃私语互不打搅。小径的另外一边,同样围绕着池塘的,是更大一圈的果树林,桃树梨树和竹林层层叠叠,偶尔有人影隐约晃动,那是情侣们更加私密的幽会之处。

想起宿舍里关于天鹅湖的传说,马卫东不禁心旌荡漾。步入传说中的恋爱圣地,谢雨的脸上也浮现了淡淡的红晕。"人面桃花相映红。"马卫东偷偷看着她,想起了唐代崔护的诗,觉得眼前的谢雨比桃花更加娇艳动人。

"话说唐懿宗年间,朝中宰相王允的女儿叫王宝钏。这个王宝钏啊,是王允的三女儿。她天生丽质,聪明贤惠。婚嫁年龄媒人踩破了宅门,介绍了公子一箩筐又一箩筐,可甭管是骑大马的王公还是穿华裘的贵族,她就是左挑右拣看不上眼,却偏偏对在家里做粗工的薛平贵产生了爱意。"

并肩漫步在池塘边,马卫东开始讲起薛平贵和王宝钏的故事。

这个故事,马卫东太熟悉。很小很小的时候,偎依在姥姥的怀里,就听她摇着蒲扇,不紧不慢地讲穆桂英讲花木兰讲王宝钏。讲得最多的,还是王宝钏。姥姥不停地翻来覆去地讲给他听。无数遍下来,马卫东一天天长大,故事一点点扎下了根。

凭着清晰的记忆,他详细描述了王宝钏如何不顾父母的反对,英勇地抗争。

"历经磨难,不顾父母的强烈反对,王宝钏得偿所愿,下嫁贫困的薛平贵为妻。王宝钏被父母赶出家门,薛平贵应征入伍去从军,王宝钏独自一人在寒窑中,苦度十八年。"

夜晚安静,四处无声。

马卫东小声讲着故事,谢雨字字句句听得真切入耳。讲完一个章节进入下一个章节,像说书人那样,马卫东注意章节间的埋伏启承。月色下,他绘声绘色地比画着千年前的跌宕起伏。谢雨听得完全入迷,细细长长的眼睛不停地眨呀眨。听到紧张处,甚至会惊讶地努起嘴,生怕呼吸会干扰王宝钏坚守爱情的感人故事。

"薛平贵率唐朝大军北上迎敌,在天山脚下安营扎寨。"三箭定天山的章节,总是让马卫东慷慨激越,荡气回肠。月色下,他不由得站起身,挺直了胸膛,横眉怒目化掌为刀,回到千年前的烽火岁月:"面对乌压压众多的强敌,薛平贵纵马上前,大喝道,敌将休得猖狂,看本将军神箭。薛平贵勒住马,弯弓搭箭,嗖的一声,银光闪闪的利箭呼啸着,划过长空……"

第一箭射出,谢雨瞪大了眼睛。紧接着,第二箭发出清脆的金属声响,不觉中,谢雨已经紧张地用小手攥住了马卫东的衣袖。

马卫东正欲做个仰身弯弓的潇洒亮相,发觉手臂被扯住了。回头看是衣袖被谢雨攥在手里。他稍微加力想挣开,却被谢雨抓得更紧,只好换了右手做了流星赶月:"这第三支利箭,噌嘚嘚疾飞而去……"

"夫妻相见,直从正午呜咽流泪到黄昏。十八年古井无波,为从来烈妇贞媛,别开生面;千余岁寒窑向日,看此处曲江流水,想见冰心。"姥姥背诵过的章回,马卫东一字不落,脱口而出。

讲了一个多小时,来到了夫妻重逢的结尾。

月光下,谢雨的眼里晶莹的泪光在闪动。

"那再后来呢?"

"再后来呀,薛平贵成为朝廷大功臣,被封为西凉王。他荣归故里,将王宝钏接入府中,夫妻终于团聚。"

"真好呀。身骑白马,三箭定天山。"谢雨出神地感叹,低头想想又说,"薛平贵怎样成为西凉王的。你好像只讲了这一次战役。我还想听你再讲,他是怎样被奸臣陷害,后来又怎样绝处逢生。"

"嗯。将军三箭定天山,壮士长歌入汉关。"马卫东指指渐次熄灭的灯光,"入汉关的史诗,气壮山河。只是,宿舍楼要关门了哦。"

谢雨瞅瞅前方的宿舍楼,又看看身边的马卫东,依依不舍地从路边木椅上站起身,扭脸对他说:"明天,你继续讲给我听,行吗?"

"明天?"马卫东心头一阵狂喜,连忙克制停顿一下。

"哦,那……明天,你如果没有时……"谢雨带着小小的失望略微迟疑地说。

"有!有!"马卫东咧嘴笑着,露出一左一右的酒窝,"明天我来接你。"

目送谢雨一步三回头地走进宿舍楼,马卫东贪婪地回味着她身上淡淡的香气,很淡却直冲脑海和心底,让他很迷恋几乎沉醉。

谢雨那么喜欢王宝钏薛平贵的故事,让马卫东没有想到。在以后的日子里,她追问着听遍了所有的细节,让他讲了一遍,又一遍,无数遍。

就像马卫东小时候听姥姥讲,总是津津有味,百听不厌。

"马卫东,你好棒!"

谢雨眼睛忽闪忽闪,充满了崇拜。对于听夸奖,马卫东总是很耐心。

"你的脑袋瓜,像字典像图书馆像电脑,简直太不可思议!你怎么能够记住那么多东西。"谢雨激动地边比画边说,一口气用了几个比喻。

马卫东使劲绷住笑容，不让它绽放。

"好啦！"谢雨终于彻底完整地听完了王宝钏的故事，这一天，她心满意足摇头晃脑地说，"这下，我可以回去了，专注地去学习了。"

"慢着！"

情急之下，马卫东一个箭步上前，拦住她的去路。

"干吗？"谢雨双手背在身后，歪着头笑眯眯。

"娶了媳妇忘了娘？"马卫东一脸严肃一脸狐疑，一边审视着谢雨，一边在她面前来回踱着步子，"过河拆桥？卸磨杀驴？"

"啊？娘？"谢雨听得云里雾里，"什么驴？"

"卸磨，杀驴！"马卫东加重了语气，在脖子前比画了横刀的手势。

"想当初，我对你是不是有恩？"

"啊，当初？"谢雨细细的眼睛瞪得更圆了。

"这么快，就忘了！就抛到脑后了，就抛到九霄云外了！"马卫东语气逐渐严厉。

"我，我没忘，我也不记得……"谢雨越听越紧张，越紧张越糊涂，"你再提示提示，我忘了什么？"

"唉！"马卫东痛心疾首。

"卫东？"看他那么伤心的样子，谢雨暗暗着急。她怯生生地叫他，但是确实想不起来自己忘记了什么。

"你！"眼看她实在想不起，马卫东只好提示，"你入学的第一天，报到的那一天……"

"呀，怎么了？"谢雨紧张地问。

"你！报到的第一天！怎么了？你居然这么说，真是让我……"马卫东痛心疾首，几乎说不下去。

"那天，怎么了？"谢雨声音越来越小，又靠近了一些，"卫东，你告诉我吧。"

见此情景，马卫东只好心一横，说了出来。

"虽说大恩不言谢，虽说前人栽树后人乘凉，虽说赠人玫瑰手有余香。但是，古人云，滴水之恩当涌泉相报。想当初，那一天，我吭哧吭哧帮你扛箱子，呼哧呼哧为你做向导……"

"卫东……"谢雨不可思议地望着他，艰难地开口，"你……"

"你，你什么你，我，我什么我。"马卫东越说越激昂，"桃李不言下自成蹊。作为施恩者，我可以忘记，难道你，受人恩惠，可以不记得吗？"

"我，我想起来了。"谢雨嘴角略微有些抖动，声音也有些颤抖，"卫东，那，你要怎样？"

"我要怎样？孔子曰：'见贤思齐焉。'我做到了！你很贤，我向你学习向你看齐。'见不贤而内自省也。'你做到了吗？你没有！你看到了，我成绩一般我不够贤，而你，不仅不自省知恩图报，你还打算明哲保身转身就走。"

"那……是……要怎样？"

"我要怎样？"马卫东眉毛一挑，"我要你反哺我，我要你回馈我！"

"你要？你！"

谢雨嘴角不停抖动着，终于忍不住了，扑哧笑了出来："要，要怎样反哺？"

"你是学霸，我是学渣。我要你提携我拉扯我！我要你帮我学习，帮我提高成绩。"马卫东想了想，义正词严补充道，"我要和你，一帮一！"

谢雨在一旁已经笑弯了腰，上气不接下气："卫、卫东……你没事吧……你……哈哈哈。"

授人以鱼不如授人以渔，在大学里，马卫东为自己找到了愉快学习提高成绩的根本方法。

跟谢雨在一起很神奇，枯燥的学习居然变成了有趣的事情。看着马卫东稳步提升的成绩单，王药师将信将疑，喊老马快来看。老马戴着老花镜边看边乐："卫东这孩子，那年撕书，我心想他以后这学习可毁了。真没想到啊，能有这成绩。真像他自己说的，他做到了愉快读书健康读书啊。"

"是啊。"看着儿子的进步，王药师笑成一朵花，"你看看，咱家卫东，比你当年可强多了。"

后半句话，把老马的笑容凝固了："你这叫什么话呀。卫东这叫，青出于蓝而胜于蓝。"

青出于蓝，确实比蓝更蓝。有了谢雨的反哺，学习对马卫东不再是头疼的事，成绩迅速脱离了垫底的危险区。

4.
马卫东在大学里找到了感觉，比中学自如很多。

中学时，哥儿俩很贪玩。但是，家里看得紧，学校管得严，在学习的重压之下，玩儿，从来都不够痛快。可以说，哥儿俩好不容易得来的快乐，都建立在痛的基础上，玩儿野了就要挨揍。

因为贪玩，哥儿俩没少挨揍。

相对来说，哥哥马卫民玩儿的水平更高一些。

比如，在大院里，扇纸方板数他最厉害。即使对手用厚重的牛皮纸折叠成方板，敦实地放在地上，马卫民善于巧妙地利用力度加角度，再借点风力，据说还有口中喃喃心中默念的咒语，一把扇下去，就把对手的厚重方板掀个底朝天。

再比如，挑冰棍棒。随意一把乱七八糟撒在地上，你压着我我扯着它，但是无论局面再复杂，马卫民总能凝神定气，抽丝剥茧挨个抽走，绝不触发其他棒棒联动。每到此时，马卫东就眼睛一眨不眨屏住呼吸，崇拜地注视着哥哥，从头到尾，直至他大胜收兵。

在其他小朋友无比的羡慕中，马卫民领着弟弟兴高采烈地收拾起一地的冰棍棒回家。

眼见阳台上的战利品堆积得越来越多，王药师生气数落着，一股脑丢进炉子当了柴火。

相对来说，哥哥马卫民玩儿的劲头更轴一些。在这一点上，马卫东颇为敬佩也同情哥哥。哥哥玩儿起来更加投入、更加痴迷、更加大无畏，宁可挨揍。墙根下、拐角处、篮球场上、乒乓球台前……

马卫民的眼里只有玩儿，只有快乐。

"你当哥哥的，要有个哥哥样，要做榜样。"父母的谆谆教导从来都是耳旁风。玩儿起来，马卫民是不管不顾的带路人。反倒是弟弟马卫东，在玩儿的高潮过后，看着蓬头垢面龇牙咧嘴的哥哥，总是有些心有余悸。

"哥哥，你看你脸上全花了。"

"哥哥，天黑了，我都快看不清你的脸了。"

"哥哥，今天咱们玩儿得又超时了。"

"哥哥，咱今晚是不是又得挨揍了。"

……

家长打孩子，是那个年代家庭的标配。挨揍，对于哥儿俩是家常便饭，对于哥哥马卫民来说，更是稀松平常。

学了数学课后，马卫民就活学活用，教弟弟加减乘除。

"弟弟你看啊，我挨的揍比你挨的揍多很多，对不对？"马卫东不假思索地点头。

"多多少呢？"

马卫东掰指头也数不过来。

"我挨的揍，至少是你的两倍。"

"两倍？"

马卫东不知道哥哥怎么算出来的，那么快。

"你看，咱俩每次贪玩儿，都会挨揍吧？"

"也有不挨揍的时候……"

"你别打岔，别抬杠。我是说大多数时候。"马卫民要求弟弟更专注些，"不挨揍的次数，不影响我说的算数结果。"

"你看哈，咱俩每次贪玩儿挨揍，都有我的份儿，对吧？"

"当然！"

马卫东觉得哥哥说得很好笑。他咯咯咯地笑了起来，脸上一左一右两个圆圆深深的酒窝。

"可是，有没有我单独挨揍的时候呢？"

"有，当然有。"马卫东歪头想想，"有很多，那是因为你经常闯祸。"

"每次我挨揍，你都躲得很远。"马卫民点着弟弟的鼻子，"你这样很不够意思。"

"哦。"马卫东听了有些惭愧。

"可是，有没有你单独挨揍的时候呢？比如，是你惹了事闯了祸呢？"

"这个……好像没有。"马卫东认真地想了又想,"真没有。"

"没有?这就对了。倒不是因为你没有单独闯过祸,而是,每次你闯了祸,爸妈要揍你的时候,都会顺带手揍我一顿。甚至有时候揍着揍着,咱爸妈搞忘了,我变成了挨揍的主角。是不是这样?"

真是这么回事。马卫东诚恳地、用力地点头。

"所以,我挨的揍是你的两倍。"马卫民循循善诱,"明白了吗?"

"嗯,我懂了。"马卫东心悦诚服。

哥儿俩贪玩儿的主要项目是各种球类,篮球、排球、乒乓球、羽毛球、玻璃球……那些项目,太有吸引力,即使在紧张高压的高中时期,依然挤占了哥儿俩大量的宝贵的学习时间。

记得还在实行夏时制的一天,天色早已完全暗下来。大院的球场上只剩哥儿俩。他们玩儿起来总是太投入,已经看不清彼此模样了,依旧顽强地运球投篮。再到后来,球也看不见了,哥儿俩干脆闻声追球,辨音投篮。

终于,恋恋不舍回家时已是夜里十点多。

挨揍不可避免,除非撒谎。

灰头土脸的哥儿俩气喘吁吁地进了门,按照事先约好的口径:"学校搞大扫除,真过分,一直干到现在,好累呀。"卫东一边咕咚咕咚大口牛饮凉白开,一边脱去脏兮兮的外套。

"哥,你干吗这样盯着我?"马卫东突然觉得气氛不太对,哥哥盯着自己的目光明显有些异样。

马卫东顺着他的眼神低头看。

哎呀,上身赤裸裸!

自己刚才把T恤落在篮球场了。

"你们学校大扫除?"老马看着两个泥猴一样的儿子,眼见脱掉外套的马卫东，露出了日渐发达的胸肌，呵呵淡然一笑，"需要光着上身吗？"

那天，破天荒，哥儿俩没有挨揍。

更重要的是，从那天往后，哥儿俩再也没有挨揍。

这是为什么呢？哥儿俩当晚没想明白。

又过了几星期，还是没人挨揍，不管是哥儿俩还是哥哥单独。

他们悄悄合计。

"要不，咱们找天问问吧？"卫民胆子大。

"问了，会不会反倒提醒他们了？"卫东顾虑多。

"应该不会，我觉得他们不是忘了。"

"那是啥原因？"

"我猜，他们挂靴了。"

"挂靴？哥，你这词儿用得怪。他们揍咱们，从不用脚。"

"嗯，都是掐和拧。那他们是，金盆洗手了。"

"嗯，不明不白地，就这样洗手了？不揍咱们了？确实心里有些不踏实。"

两个月后，趁着妈妈心情好，哥儿俩壮着胆子问："你和爸，这么久，为啥不揍我们了？"

王药师猛地愣住，随即亲切地笑了，抻长了胳膊摸摸弟弟的头顶："你们俩都长这么高了，我和你爸打着越来越费劲了。"

又过些年，哥儿俩再提起这事的时候，老马和王药师的反应很诧异，很同步。

"你俩小时候挨揍？怎么可能！我们啥时候打过你们！"

"没有没有，绝对没有的事儿！"

5.

马卫东的中学过得很紧张，时间根本不够用。没办法，因为他不务正业。他要看很多闲书，要学很多歌曲。他要弹吉他、抄歌词，要打篮球、排球、乒乓球、羽毛球。他经常要去黄河边蹦跳……另外，还有应付学习。

这一切，在大学，终于迎来了转机。

马卫东有了大把的时间，可以自由地不务正业，不用再担心王药师唠叨数落。

两个月后，学生会张榜，各个社团成立。

密密麻麻的榜单，贴满了六十米长的布告栏。

"八次！"同学们瞪大了眼睛，不敢相信眼前的事实。马卫东的名字，反反复复，出现了八次！

湖畔诗社、吉他协会、广播站、记者站、篮球队、排球队、乒乓球队、羽毛球队……马卫东不仅大名在列，还担任了不少副职级的职务。

"天哪，卫东三头六臂啊，忙得过来吗？"

"东哥，八个榜单里都有你，从此我们叫你八哥了！"

学习委员梁小敏情不自禁地夸他："除了学习，马卫东，你啥都行哩！"

在同学们的惊叹中，马卫东从容赴任。

……

马卫东反复提醒催促，谢雨终于从试题堆里抬起头来。

"才九点哦。"谢雨望着石英钟，拢了拢脑后的头发，似乎意犹未尽。

"咱们已经连续学习了两小时啦！好累！"马卫东伸展着长腿，几乎要出溜到地上去。

"你呀,玩儿的时候从来不叫苦不叫累。"谢雨一边撇嘴一边盈盈地笑。

马卫东听了若有所思,突然用山东话,对着谢雨叫:"妈!"

"啊?"谢雨不明所以,"你叫我啥?"

"妈!"马卫东张大着嘴,充满敬佩,"我妈,王药师,就是这么评价我,'玩儿的时候从来不叫苦不叫累',一字不差!"

"真的呀?"谢雨愉快地眨着眼睛。

"我和哥哥还很小的时候啊,"马卫东一边收拾着书本,一边不无自豪地说,"妈妈就非常看好我们哥儿俩。走,咱们边走边说。"

"我妈说呀,别人家的孩子想当科学家、数学家、发明家、化学家、音乐家、美术家……这家那家的。"两人走出了图书馆。

"这哥儿俩,最有出息了。三岁看老,从小看大,你们现在就已经成家了。"马卫东模仿着王药师的山东话。

看他停顿,谢雨好奇地问:"那么小,成什么家呀?"

"玩儿家!"马卫东由衷地赞叹,"我妈眼光多么锐利。"

"难怪你刚才叫我妈。"谢雨笑得很开心,嘴唇红润,露出一口细细的小白牙。

"快来,小东子。"谢雨得意地努起嘴,张开了胳膊,"来,挽着你妈!"

"好哩!"马卫东忙不迭答应着,满脸堆笑挽起了谢雨的胳膊。

谢雨被挽扶得很受用,扬扬得意,大摇大摆。马卫东在一旁点头哈腰。

陆续有人三三两两从他们身边走过。有结伴的女生经过时,飞快地扭头看着他俩,加快脚步离开时,却忍不住发出了欢快的笑声。

走得正得意的谢雨意识到了什么,赶紧推推他的胳膊。马卫东依旧觍着脸，抱着谢雨的胳膊不肯松开。

"哎呀。"谢雨有些难为情，"哪有一个大男生，这样搀着女生的。"

"说得也是哈，应该这样。"马卫东东张西望，抓起谢雨的手臂，搭在自己的胳膊上，"这样，才和谐。"

形势突变。

这下，变成了谢雨挽着他的胳膊。

除了爸爸，她还没有挽过别的男人！确切地说，第一次这么近距离地接触异性，简直没有了距离！

谢雨余光瞥着身边的马卫东，身形挺拔走得自信。她的心跳陡然加速，剧烈地跳动起来。她感觉每一下的心跳，都几乎到达嗓子眼，那震动如此明显，以至于她的胳膊都感受到了。而此时，她的胳膊正被他夹住，架在有力的臂弯里，抽也抽不出、动也动不得。这突如其来的挽臂，吓得她瞬间觉得肚皮有点发凉，甚至连小腿肚子都紧张起来，隐隐地有些抽筋。

"哎呀，你好没出息。"谢雨暗自数落又有些懊恼自己。

马卫东从容地挽着谢雨，自信地走着。

内心却是翻江倒海，大脑缺氧一片空白。

刚才抓着谢雨的手臂时，他已经被电着了。

谢雨的手臂细细软软，好细腻好光滑。那一下，他差点没有抓稳。随着她的手臂被自己夹在胳膊里，马卫东的心开始像机关枪扫射，突突突地猛跳。他的手心瞬间冒出了汗，小手臂的肌肉开始明显地抖动。他甚至觉得自己的手指头和脚指头都在发抖。自己这么紧张，一定被谢雨看出来了！她肯定在偷偷笑自己吧？

但是，马卫东无论如何也鼓不起勇气侧脸看她，只好生硬地夹着她的手臂，目不斜视继续往前走。

马卫东的中学时代，对另外一半的世界，是真正无知懵懂的。对感情对心理懵懂，对异性对生理无知，对那方面更加一无所知。

中学的马卫东，左手是学习，右手是玩儿，时间被揽在怀里满满当当。偶尔出现对异性的向往，朦朦胧胧之间，已被成绩的压力和玩耍的快乐瞬间冲散。

现在，他有时间了。

绿色的校园里，蓝蓝的天空下，一对对青春美好的情侣，催发了马卫东对异性的憧憬，汹涌而来排山倒海。尤其是谢雨的出现，让他心神不宁。

"轻轻敲醒沉睡的心灵，慢慢张开你的眼睛。"

马卫东在宿舍弹吉他，常常唱起这首歌。他觉得正是谢雨，唤醒他，让他睁开了眼睛。

事实上，不仅是弹吉他唱歌时，马卫东几乎天天都会想起谢雨，从第一次见面的那天起。

上课时，他的目光会第一时间扫描锁定谢雨。有她的侧影她的背影，再枯燥的课，都会变得生动有趣。球场上，他总能捕捉到，她在激动地跺脚开心地鼓掌。他喜欢她的五官，小巧精致；他喜欢她的笑容，欢快灿烂；他喜欢她的皮肤，像冰像玉一样洁白；他喜欢她的身形，娇小玲珑曲线生动，穿着各式的花裙子；他喜欢她的马尾辫，开开心心摇摇晃晃；他喜欢她读书的样子，专注认真；他喜欢她听故事的神情，眼睛明亮忽闪；他喜欢她的声音，像银铃般悦耳动听；他喜欢她身上的味道，隐隐约约淡淡的香气。

想来想去，她的一切，他都喜欢。

这么长时间以来，这么多个日日夜夜，他无数次地想靠近她，更靠近，再靠近点……

就像今天，就像现在，这么靠近。

不过，此情此景，与他遐想中、梦境里的那种美好惬意，差别好大。

简直尴尬至极。

刚开始迈出的那几步，是那样艰难，他觉得自己的身体很不协调。马卫东悄悄低头看看自己的脚尖，暗自告诫千万不要错乱了步伐，走出可笑的顺拐，甚至左右脚互踩，把自己绊倒。

如果，万一把自己绊倒了，这样被他挟着的谢雨也跑不掉，两人会一起踉跄摔倒。

想到两人狼狈摔倒的样子，马卫东不争气地笑了起来。

本来就局促不安的谢雨，见他莫名其妙地笑，以为自己的窘态被识破，顿时觉得无地自容，内心更加紧张到想逃窜，就要使劲抽手出来。

不能！

不能让她溜走！

关键时刻，马卫东横下一条心，右手果断地摁住了谢雨的手，然后轻轻地松力，缓缓地用自己的手掌拢住了她的小手，牢牢地罩住，严丝合缝。

她的手好小，好软。

一颗心几乎要跳出嗓子眼的谢雨，本来要抽离出来，此时冷不防被握住，突然感觉到了一股电流，神奇的电流。这股电流极快地从手指尖穿梭到手腕手臂，又回荡到手心。先前无以复加的紧张，被这么温柔地一握，居然片刻间，烟消云散不知所踪。

这是怎么回事？

自从被马卫东宽大的手掌牢牢握住，谢雨反倒不紧张了，这是很奇妙的变化，手心不再出汗也不再抖。相反，此时此刻，心里突然暖暖的，很充实，很安全。

从小到大，谢雨一直是大人们眼中的乖乖女，活泼漂亮可人。她眉眼弯弯，笑起来一口整齐的小白牙，那么灿烂那么喜庆，总是能够瞬间融化他们的心。无论小学还是中学，很多男同学悄悄喜欢谢雨，甚至有高年级的男生会特意经过她的班的窗前，只为装作不经意地看她一眼。

不过，谢雨并不喜欢他们。

小学毕业的时候，大家故作成熟地写临别赠言，写些"莫愁前路无知己，天下谁人不识君""生活的快乐在于快乐的生活"之类虚头巴脑的。妈妈跟她头挨着头挤在床上，乐呵呵地捧着留言本共同欣赏。有几个男生的赠言，煽情含情挺有意思，有的歪歪扭扭，有的刻板工整；有的原始直白，有的引经据典；有的肉麻热烈，有的故作深沉。

谢雨看得喜不自禁，仰天蹬腿止不住大笑。

"小雨。"妈妈注视着乖巧活泼的女儿，一边捋着她的马尾辫一边问，"告诉妈，你喜欢什么样的男生啊？"

"都不喜欢。"谢雨仍然在边看边咯咯笑。

"为什么呀？"

"他们浑身是汗，脏兮兮的。"

"那，也有的男生，干干净净呀。"

"他们耽误我学习，影响我成绩。"谢雨想想妈妈说得也对，不能一棍子打死，确实有的男生，白白净净文质彬彬。

"傻孩子，别听你爸爸吓唬你。将来总有一天，你长大了，不担心成绩了。到那时，要找男朋友的。"

"真的呀！"妈妈的话给了她意外之喜，"那我应该找什么样的呢？"

"找最好的啊，你喜欢漂亮的，就找唐国强那样的。"

"我不认识唐什么强。"

妈妈在书报堆里耐心翻找，翻开一本《大众电影》。

"喏，就是这样，浓眉，鼻子挺拔，脸宽宽的。好看吧？没这么好看没关系，要这种类型的。男生长这样，正直老实靠得住。"

"哎呀，这世上那么多人，将来，我看不准怎么办呀？"谢雨有点担心。

"不要担心。"妈妈紧紧搂着女儿，"将来呀，你把他带到妈妈跟前，我来帮你参谋，帮你把关。"

谢雨记住了妈妈的描述。

眼前身边这个人，这个抓着她的手的人，马卫东，国字口面，似乎是妈妈说过的那种类型，她应该会认可吧。

想到这里，谢雨不禁脸上发烧。

"怎么一下想到那么远了，真不害臊。"

暖暖的感觉传遍全身，消除了肌肉的紧张。渐渐地，谢雨挽着马卫东的胳膊，不再僵硬。她的小手光滑柔软，被马卫东轻轻拢在手掌里。

两人靠得更紧一些，自然而然地走到了天鹅湖畔。

湖边很安静。

岸边轻轻摆动的柳枝，勾画着时断时续的微风。

微风中，隐约送来花花草草的清香。

湖面粼粼，轻柔倒映着点点灯光。

月光下的小路，像铺了一层白糖，细细绵绵。

6.

"学好一门外语,环境很重要,老师是关键。这些年,越来越多的家长把孩子送到世界各地,北美、英国、西欧、日本、澳洲……学费加生活费没少花。一两年下来,不同的孩子外语迅速拉开差距。凡是找了老外搞对象的,外语都突飞猛进。可以说,没有比谈恋爱和拌嘴吵架更能提高外语的了。相反,那些一出国,就忙着跟同胞们扎堆,找个富家子弟做伴的,外语基本就在原地踏步了……"

"卫东。"谢雨笑眯眯地看着他,"你想表达什么呀?"

"哦。"马卫东意识到有些扯远了,"我的意思是,还是你的运气好,我真羡慕你。"

"我运气好?"谢雨听着这番话似曾相识,"你羡慕我啥呀?"

"这不明摆着吗?你看看你哈,来自潮州的姑娘,要想讲好普通话,那可真是,麻袋上绣花。"

"啥?"

"底子忒差。"

"哎呀,好啦。"谢雨嘟起嘴撒娇,"人家哪有你说的那么不堪。"

"底子差,没关系啊。"马卫东说着峰回路转,"你运气好啊,你遇到了名师指点。"

"难怪听着耳熟,我想起来啦!"谢雨开心地大笑,发出了银铃般的笑声,"咱们第一次见面,你就是这样忽悠我的,又是运气好,又是羡慕的。"

"哎,怎么能说是忽悠呢。"马卫东一本正经地纠正她,"你看你,现在普通话进步多大,多少人羡慕你呀。"

马卫东注视着笑得开心的谢雨,她眉眼细细弯弯,闪动着水波,红润的嘴角欢快地上翘。

马卫东不禁看得出了神。

谢雨被他火辣辣的眼神盯得害羞,赶紧把头埋进了他的肩膀,凉凉的鼻头轻轻触碰到他的腮边。

马卫东说得没错,在他的悉心帮助下,谢雨同学的普通话进步很大,很快学会了卷舌音,告别了四是不分。

马卫东乐于助人,并且有耐心有恒心,没有因为谢雨普通话取得明显进步就停止授业解惑。

谢雨曾经试探:"我这普通话,差不多可以出师了吧?"

"嗳,你这才哪儿到哪儿啊!我这么不离不弃不依不饶地教你,是为什么?"马卫东对学生的浮躁很是担心。

"学习一门语言,最怕的就是你这样啊。半斤八两就知足,一山更比一山高,墙头芦苇两头倒,百尺竿头学无止境,骄傲二字要不得!哪能这么轻易就满足了呢!"

一番语重心长的教导,眼见谢雨渐渐惭愧地低下了头,他主动表态:"我是永远不会放弃的,俗话说帮人帮到底送佛送到西……"

"哎呀,呸呸。"谢雨听他越讲越离谱,"什么送到西呀,不吉利。"边说边慌忙用小手去捂他的嘴,却被顺势拉进了怀里。

就这样,马卫东的教学继续进行,并且从形式到内容不断丰富。为了精益求精,马卫东还自创一套教学方法,包括"情景式教学""模拟式教学""互动式教学"。在操场在图书室在林荫道上在池塘边,肩并肩、手把手、嘴对嘴……

谢雨皮肤很白皙很细腻,马卫东抚摸着她光滑如玉的手臂:"说你这点不像广东银啊,印象中,广东银好像皮肤都挺黑的。"

"啥印象啊,你都没去过广东,你怎么知道哩,我们潮汕的女孩子都很白哩。"谢雨笑着摇头撇嘴。

"以后，你要来广东哦，来看看皮肤白皙的广东帅哥美女。另外，我们那里有很多很多好吃的东西。我要带你玩遍广东吃遍广东，好不好？"

"好啊，我当然要去广东啊，不光为好吃的好玩儿的，我还有正经事呢。"

"什么正经事？"

"我得登门拜见岳父岳母啊。"马卫东抚摸着谢雨的手，手指柔软纤细。他又把这双小手牵到鼻子下，闭目贪婪地闻着，享受香甜的味道。

谢雨抽回了手撇撇嘴说："你想得美。"然后五官欢快地笑到了一起。

谢雨的笑，马卫东很喜欢。她笑起来很灿烂，眉毛更加弯眼睛更细长，五官都在笑。

有一天，从图书室出来的林荫道上，马卫东搂着她瘦小的肩膀，低头看着正绘声绘色说着什么的谢雨，不禁看得入了神。谢雨看着他的表情，想起了之前的那天晚上，就问："你又在盯着我看什么？"

马卫东柔声说："你笑起来真好看。"

谢雨停下来，歪头看着他，眉毛眼睛鼻子嘴笑到了一起，伸出手指在他脸上一左一右地按着："你的酒窝应该给我，那样我更好看。""我的什么都可以给你，我的一切都是你的！"马卫东郑重地说。

三月的清晨天气微凉，春风习习。

谢雨挽着马卫东的胳膊，走到学校东区的桃花源里。桃花朵朵盛开，谢雨欣喜地徜徉在桃树丛，她粉嫩的脸庞映在桃花间，显得更加娇俏动人。马卫东不由得看呆了，直到看得谢雨害羞，就把她轻轻揽进怀里，温柔地亲吻着腮边，吮吸着熟悉的淡淡花香。

谢雨软软地沉醉在马卫东的臂弯和亲吻中。

"去年今日此门中，人面桃花相映红。"桃树间的谢雨，让马卫东不止一次地想起这首诗。他顺着香腮，亲吻到谢雨的耳边，口里轻轻念着，嘴唇柔柔地摩挲着她的发梢。

马卫东热乎乎的喘气，把谢雨的脸煨得通红。

"好痒。"谢雨轻轻扭动身体，把脸闪开了，回身用小手捂住了马卫东的嘴，"后面的句子，不许读了。"

谢雨轻声地说："后面那两句不吉利，我不喜欢。"

马卫东默念了一遍明白过来，就笑着搂住谢雨说你还是个小迷信。

谢雨嘟着嘴说："哪里都不许去，在一起就好。"

渐渐地，天空飘起细细的雨，像细嫩的绒毛在身边轻柔地飞舞。马卫东问要去走廊下避雨吗，谢雨仰起脸一脸享受地迎接着细雨，说春雨这么轻柔，你居然还要避。

马卫东搂紧了她说："我也喜欢小雨。从此我就这么叫你，好吗？"

"妈妈就是这样叫我。"她欢喜地点着头，"卫东，第一天见到你，就觉得很亲切。第一天见到你，就已经朦胧地觉得很熟悉。"

"我也一样，像在哪里见过你。"

谢雨听了甜甜地笑了，头紧紧贴着他的肩膀，好久没有说话。

2
不说再见

1.
马卫东是个普通人。

智商情商都很普通。

马卫东出生的那年那月，尼克松访华，中美上海联合公报发布。马卫东一直认为自己出生在极其重要的历史时刻。关于那个节点，他查阅了大量的历史资料，对欢迎国宴的照片印象尤其深刻。坐在周总理身旁的尼克松，举着筷子，夹菜的表情很专注很认真。

那个时代，孩子很少独苗，没有现在金贵。谁都有兄弟姐妹，前面说了，马卫东的哥哥叫马卫民。

哥俩的名字有着明显的时代印记。顾名思义，卫民寓意保卫人民。卫东，捍卫领袖。使命都很光荣远大。高中毕业后，当哥的考取了军校，从此戍守边疆，真正实践着名字的庄严含义。

马卫东的哥哥也是单眼皮，这很正常。亲兄弟，长得不像不正常，起码关键地方得像。兄弟俩皮肤都很白，这点继承了妈妈的优点。哥哥的脸盘没有他的饱满,更像瓜子。眉毛也没有他的浓,稍微淡一点更加弯一点,鼻子也不如他的厚重挺拔。

马卫民长得更亲和一些。长辈们都说,哥哥长得像哥哥的样。

哥俩从小到大,都算规规矩矩的孩子,至少没有走上歪门邪道。这与他们天性善良密切相关,当然,他们的父母认为关键在于优秀的基因,在于良好的家风,与长辈的言传身教息息相关。

哥俩的善良有佐证。大院里的孩子们淘气,除了跳房丢沙包扇纸板,也会上树掏鸟蛋,开水烫蚂蚁,手拔蛐蛐须,哥俩从不参与后一类的项目。身为军人的哥哥,如今已是彪悍生猛,却不愿意宰鱼杀鸡。哥俩都看不得风烛残年的孤独,都喜欢迎接,不愿意送别,尤其见不得离别。

当哥的去了西部边陲,走的时候坚决不让送行。他把马卫东拦在屋内说:"都别送了,你们送我我更难受。"

快走出门口时,马卫民回头嘱咐:"等到我回来的时候,可一定记得接我!你记得那年,你回来,我可去接你了。"

哥哥说的这件事,马卫东怎么可能忘记。

他一辈子也忘不了。

真要有来生,来生也记得。

那年,马卫东才五岁半,离别这么大的事儿,居然就摊到他身上了。

想想真是有些残忍。直到今天,在马卫东的记忆里,离别依旧是扎心的字眼,刺眼的画面。有一次,他跟妈妈提起那次上海之行,刚才还有说有笑的王药师,眼圈立刻红了起来。吓得他赶紧闭嘴,以后很少再敢提起。

那年,爸妈带着哥哥和他到上海玩儿。

那年头,全国都穷得叮当响,城市里也一样。无论在大院还是街巷里，家家户户摆设一样。床头堆放着带锁头的五斗柜，里面垫底的是结婚时的大红大绿的花棉被。衣柜门总是被里面的被褥挤得关不严实，中橱的玻璃门从里面挂着镂空棉织的帘子，挡着里面的剪刀改锥茶叶罐，还有剩下不到半桶的麦乳精。四方的饭桌上竖着三两只嫦娥奔月的暖水瓶，烧蜂窝煤的炉子上坐着黑乎乎的铁皮水壶，深褐色的烟囱就在屋内想方设法拐了三四道，曲折着通过墙上的圆洞伸向屋外。

谁家也没有余粮，不必真锁门。家门钥匙往往挂在孩子脖子上，或者在门框上面藏着。这种情形搁今天让盗贼看了，会高兴得不敢相信，恐怕其中有诈。

那时买啥都凭票，大到缝纫机自行车，小到一块肥皂一盒火柴，统统都要票。在副食店工作的小姨，总是清楚哪个大木桶里的酱油更好些。家家户户生炉子，买散煤也要凭票供应。来了好烧的煤，在煤店工作的表哥会骑上二八自行车，满头大汗地来家里提前通知，省得去晚了排长队挨号。

因此，在马卫东的记忆中，小姨表哥都很有能耐。

家里没钱买玩具，哥儿俩就拿自家捅火棍锅盖练习搏击。酱油里撒上葱末，用开水冲了，把硬馒头掰碎了泡进去，是哥儿俩的家常便饭。光亮刺眼的天空下灰蒙蒙的人群，低矮破旧四五层的楼房，每个单元的门洞处都黑乎乎，密密麻麻七扭八斜着自行车。

一到上海，哥儿俩感觉是不一样的。

上海是洋气的。

时间已经久远，马卫东依稀记得那短短的几天，哥儿俩可开心了。他们骑了旋转木马，木马身上会一闪一闪地发亮。他们坐了大轮船，轮船好像比济南共青团路的电报大楼还要高。他们享受了美味无比的雪白的奶油冰糕。南京路上人挤人，城隍庙里有好吃的煎包，一咬满嘴油。"一百"大楼里有五颜六色的各式糖果,哥儿俩在柜台边收集了很多漂亮的糖纸。

他们在上海穿上了漂亮的"假领子"。

在这件小事儿上,哥儿俩比其他济南小朋友领先很多。

因为不用布票,王药师一气儿给哥儿俩买了好几条。这下好了,换洗勤快了,不用担心熊孩子两天就把衬衣领子弄得黢黑,像铁打的,费肥皂不说,搓多两次领子就裂缝,好好的一件衬衣就算报销了。

"多好啊!"哥儿俩穿上假领子,很满意地打量彼此。不仅看上去干净精神,关键是有了它,脖颈不会被毛衣线头扎得难受。

穿上漂亮的假领子,哥儿俩被带到黄浦江边。他们仰头撅腚看外滩的锦江饭店,看了很久,像是看到了庞然大怪物,目瞪口呆。

唯一让哥儿俩觉得不满意的安排是理发。

怎么大老远跑到上海,还要遭罪理发?哥儿俩嘀嘀咕咕表示不满。

本来理发就是很讨厌的事儿,卫民卫东都不喜欢。卫东更加不喜欢,简直有些怕。电推子不停地在耳边发出刺耳的声响,理发的老师傅们身上总是散发着浓重的烟味,师傅们手劲很大,尤其喜欢固执地用力,向下按着马卫东不听话的脑袋。

大人这回没骗人,上海理发真的还好。理发店里的灯光不是昏黄的,镜子宽宽大大,没有挂着硕大的月份牌,正好撕到了今天。镜子上方有石英钟提示时间和日期,镜面没有锈迹斑斑看不清自己的脸。镜子前的条案上,没有堆放坑坑洼洼的暖水瓶、铁皮盒子和杂毛刷子,而是整齐码放着五颜六色的小盒子。

同样是老师傅,不过笑容可掬,身上似乎还有好闻的雪花膏的味道,他的手势娴熟轻松,扳正哥儿俩的脑袋时很轻很耐心,马卫东几乎不需要对抗。

老师傅一边理发一边唠家常，说自己祖上也是山东人，说上海的剃头师傅都是山东人。

理完发了，哥儿俩意外地发现，后脖颈和脊梁上居然感觉不到碎头发的刺挠。

同样是理发，怎么差距就那么大呢。

马卫东有些纳闷：同样是理发师傅，同样是山东人，为什么在济南，就会使劲按压他的脖子，而在上海，动作就变得轻柔，还会围着他转，而不是把他的头当拨浪鼓，扭过来转过去？

哥儿俩在上海短短几天，过得快活，但很短暂。

有一天，记得是下午。睡梦中的马卫东被突然的嘈杂吵醒，看到大人们簇拥在一起忙成一团，丁零当啷拎着大包小包七嘴八舌叮嘱唠叨。

哥哥不知啥时候已经穿戴整齐，被爸爸牵着了。

"卫东，你在这里乖，好好听爷爷奶奶的话哈。"

马卫东爬起来，歪歪斜斜凑到妈妈身旁，听不清楚她在唠叨些什么。所有的大人们都在夸卫东懂事卫东乖，他听得迷迷瞪瞪啥也没明白，就记得哥哥很依依不舍的样子看着他，好像还莫名其妙冲上来抱了一把。

然后，所有人前呼后拥地吆喝着下楼去了。

只剩下他一个人的房子顿时安静了下来。

房间里冷冷清清，马卫东抬头看看窗外。

天空低沉，几大簇灰色的云朵无精打采地挤在一起，天色渐渐阴暗起来。

马卫东低头看着手里的绿皮青蛙，没有上发条的青蛙静静地望着他。

"爸爸、妈妈、哥哥,他们走了!他们离开了,没有带上我!"

马卫东老半天才反应过来,他突然感到了惊慌,赶紧跑到窗台,踮起脚,扒着窗沿向外望。

外面起风了,刚才还拥挤在一起的云朵,此刻被吹得七零八落,孤零零地散开了好远。街上行人脚步匆匆。没有看到爸爸,没有看到妈妈,也没有看到哥哥。

这是怎么回事!马卫东望着空洞洞的天花板咧嘴哭了起来。不知过了多久,爷爷奶奶姑姑夹带着寒风回来了,他揉揉哭肿的眼睛问:"我的爸爸妈妈呢,我的哥哥呢,他们都去哪儿了?"

他们笑着说:"回济南了呀。"

"回济南?那我呢!"

"你就留在上海了,你跟我们一起呀。"

"他们怎么不带上我,怎么就留下我?"马卫东急了。

"你呀,昨天还说得好好的呀,转眼就忘记了啊。你就留在上海了。刚才,你不跟他们都说过再见了吗?"

"我没说,我没说……"

马卫东哇的一声号啕大哭。直到这时候,他才大致明白发生了什么。眼泪混杂着鼻涕流淌下来,他慌得不知怎么办才好,踉跄着奔到沙发边,伤心地把整个身子团缩了进去。

爷爷坐到身边,摸着他的头,不停地夸卫东勇敢坚强。马卫东一边点头,一边不争气地吧嗒吧嗒掉眼泪。

透过眼泪,马卫东瞥见书桌边整齐码放着一沓糖纸,五颜六色。那是这几天,哥儿俩一起使劲攒的。

哥哥一张都没舍得带走,全都留给了他。

"原来,这就叫再见。再见就是离别。"

马卫东记住了。

"再见"这个词给马卫东留下了深刻印记。用高翔的评语,就是"心理阴影"。的确,过了很久,马卫东都不愿意,也不能像其他小朋友那样,轻松欢快地说出这两个字。

时至今日,他仍然固执地坚持:"当时,我没有说过!"

2.
马卫东经历的离别,确实早了点,比同龄人早。

重逢也是。

马尚安和王药师估计不足。确切地说,他们过于乐观估计了自己的心理承受能力。确实,像五六岁的马卫东那样,天真无邪活泼可爱,他们怎么舍得放下,怎么舍得和他分开呢?

尤其是马卫东的妈妈,王药师。

果不其然,不出所料。

听说,是很后来的后来,马卫东是听老马说的。

爸妈哥挥别送行的爷爷奶奶,心情低落。

火车咣当咣当开出了上海。王药师头靠在座椅后背上,豆大的眼泪哗啦哗啦开始流下来。三十多个小时的火车咣当咣当,她的泪水一直哗啦哗啦,一口饭也没有吃。

马卫东想象着那场景,惊讶地说:"那不得哭得脱水了啊。"

"就是嘛,我记得咱妈睡着的时候,也在流眼泪。"哥哥补充当时的情景。

再后来的很长一段时间,妈妈一直在对这个宝贝儿子的思念中度日如年。每天家里人坐在一起吃饭,妈妈都会不经意地说起今天的哪个菜是卫东爱吃的,自言自语现在卫东在吃什么啊。每当这个时候,兴冲冲拿起筷子的爸爸和哥哥总会变得小心翼翼,一餐饭也常常因此变得沉闷无味。

那时家里没有电话,思念被拉得很长,绷得紧紧的。

作为中药师的妈妈心思没法集中在工作上,在药房里因为走神,多次被领导批评被同事帮助。人命关天,药房的工作容不得半点差池,因为老王同志长时间不在状态,领导只好忍痛割爱,把原本的业务能手调换到了后勤岗位。

哥儿俩打小就不太一样。从这个角度看,人生来就是不平等的。马卫东生出来就壮实,虎头虎脑。哥哥出生体质就差一些,似乎有些先天发育不良。

医生忧心忡忡地说,这孩子恐怕活不过八岁。

王药师听了腿打软,勉强站住了,不肯相信。天天熬中药的同时,王药师执着地跑遍济南的巷弄胡同,寻觅祖传秘方,终获冷门偏方——"清炖王八"。

从此,马卫民每天得喝一大碗王八汤。

他喝的王八汤,可不是现在的高汤或者私房菜的做法,不放油盐只是白水煮。从此,小小的房间里每天弥漫着苦腥的味道,提示左邻右舍,老马家又在熬制王八汤。

马卫东觉得王八汤很腥很难闻,总是捂着鼻子。但是,他对哥哥喝王八汤的痛苦表情很有兴趣。每天,他都喜欢凑到那只专用大黑瓷碗跟前,饶有兴致地欣赏哥哥艰难吞咽。

马卫民双手捧着硕大的碗长叹一口气,苦着脸跟他说:"弟弟啊,你看见咱家阳台那个大米缸了吗?"

马卫东扭头看看点头说:"我看见了。"

马卫民接着问:"咱俩都怕打针,对不对?"

马卫东又使劲点头。

"我宁可喝那一大缸的中药,我宁可天天打针,我也不想再喝王八汤了,实在太难喝了。"

苦腥难喝的汤,给哥哥造成了独特的记忆创伤。

这个问题,哥哥不知问了妈妈多少次:"为什么我和弟弟不一样,和别人不一样?为什么他们不用喝王八汤?"

哥哥至今不能再吃一口王八,哪怕你跟他说这可是名菜"霸王别姬"。宁死不从。无论如何不肯再喝的王八汤,当年却救了哥哥的命。

马卫民至今体格壮硕,龙精虎猛,年近半百每天清晨仍然坚持带兵出操。

马卫东说:"哥你得感谢王八,是人家救了你的命。"

马卫民慌慌张张扭头摆手:"快别瞎说了,听到那俩字我都想吐。"

当时王八不贵,野生也就一块钱,但是,马尚安和王药师俩人工资加起来不到七十块。懂事的哥哥经常苦苦哀求爸妈:"王八那么贵,别再让我喝了。"

马尚安听了不置可否,试探着看王药师的反应。

"不行!"王药师虎目圆睁,斩钉截铁地说,"喝!"

每天买一块钱的王八,让家里开销极大,基本的柴米油盐都成了问题。所以,千寻思万商量,实在没有办法了,马尚安和王药师商量出的对策,就是把马卫东带去上海,交给爷爷奶奶养活。

于是,哥俩被带去上海。

开心地玩了几天,马卫东被留在了上海。

这才有了他人生经历的第一次离别。

凡事互为因果。

因为离别来得太早,所以,经历重逢,也是在马卫东很小的年纪。

原本打算让马卫东在上海至少读完小学,由爷爷奶奶带大。由于王药师的不够坚强,用老马的话说"你妈念叨你念叨得有些魔怔了"。于是,才一年半,马卫东又被安排离开上海。

这次离开,是为了回济南,重逢。

时间虽然久远,但是脑海中,这段记忆的胶片却永不磨损。爷爷托人请列车长照顾,马卫东被安排在了工作人员的单间。那个单间窄小温暖,只有列车长才能打开,防止他被拐卖。其实,那个年代很少有人拐卖小孩。孩子多得很,家家户户有几个,养活都挺费劲更别提倒买倒卖。当然,马卫东如今觉得,如果长成他小时候那样,圆头圆脑好玩儿可爱,就另当别论了。

火车上的那个单间很舒适很温暖,小小的床铺足以安放他的所有宝贝,唐僧、孙悟空、猪八戒、沙僧师徒四人的面具,还有一只上发条就会蹦跳的墨绿色的青蛙。

直到今天,如果有人吹嘘,自己曾经少年如何不凡,马卫东都会不经意地淡淡提起:"嗯,我上幼儿园的时候,独自回家,坐四十多个小时的火车。"

真有人不会聊天,非要刨根问底,比如像同学高翔之流,就关心过度。他努力帮马卫东质疑和思考:"你的父母当初怎么那么狠心?你看,你还那么小,就从那么大老远,独自坐火车?你该不会,真的是垃圾箱里捡来的吧。"

六七十年代的人爱思考,大都问过父母自己从哪里来这样的终极哲学问题。

答案基本都是高翔说的那样。

马卫东笃信自己不是来自垃圾箱。他斜楞着眼驳斥高翔:"你看看你看看，我那时的照片多么可爱，圆圆肉肉的脸蛋，笑起来一左一右深深的酒窝，人见人爱花见花开，怎么忍心胡乱丢弃！"

真正的原因，马卫东记得姥姥曾经说过。

"你爸妈呀，终归放不下，还是要回家。"

马卫东回家了。

清晨，他被长长的汽笛声叫醒了。

扒着车窗看，窗外天空泛着藏青色，大团大团的云，周边隐隐约约透出一丝霞光。远处是黄台发电厂巨大粗壮的烟囱，翻腾出滚滚的白烟。青灰色的五层楼房渐渐多起来，熟悉的济南一点点地铺开，慢慢进入眼帘。

即使隔着窗户，马卫东也能闻出这个城市的味道。

巨大的火车轮终于停止了轰隆隆的转动。

列车长把马卫东护送出了车厢。

离着好远好远，马卫东在一大片的人群中，一眼就看到了妈妈幸福的笑脸。她嘴巴张得很大，扒着栏杆使劲地冲自己跺脚挥手。旁边那个中年男人戴着深灰色的鸭舌帽，他一时没有反应过来那是爸爸。直到马尚安奔过来把他一把抱起，胡子扎得他脸生疼。

哥哥围着马卫东欢喜地双脚蹦跳，递过来一把鲜艳的塑料水枪，拉着他仰头对爸妈说："弟弟，胖了。"

3.

马卫东从小有一样特异功能，在某些方面具有超强的记忆力，医学称为选择性记忆力。

没错，马卫东酷爱阅读。不仅阅读无声静止铅印的文字，还包括那些有声能动的文字，比如电影、广播、电视。

并且，看到的、听到的，他能记住。对于小屁孩来说，几乎达到神奇的程度。

《列宁在1918》《瓦尔特保卫萨拉热窝》《火车司机的儿子》《平原游击队》《渡江侦察记》《看不见的战线》《加里森敢死队》……在电影院、在礼堂、在小卖部的窗台前、在露天操场挂起的白色幕布前后、在黑白12寸的红梅电视机里，那时所有的小孩子大孩子都一样，这些片子翻来覆去，不知道看过了多少遍。

卫民卫东哥儿俩也一样。

不同的是，马卫东的脑袋里有台刻录机，影片被切割定格为成千上万帧照片储存起来。定格了每一幅画面，保存了每一首歌的旋律，他甚至记得里面每一句台词。

巴塔·日沃伊诺维奇扮演的瓦尔特，是马卫东心目中最帅的人。《瓦尔特保卫萨拉热窝》的台词，被马卫东在生活中熟练套用。

应用在学校：

"你说错了，上校冯·迪特里希已经到达萨拉热窝！"眼瞅走廊里班主任走近了，为尽快制止高翔四周高谈阔论，马卫东这样警告他。

高翔被逮了个现行。被班主任释放后，他气呼呼地质问马卫东："你那一嘟噜一串的人名地名，就是为拖住我吗？"

……

班主任从书包里搜出了课外书："说，这是什么？"

马卫东瞟了一眼，低垂着头脱口而出："这是放大机。"

为这句话，老马又被老师请到了学校。

……

"德军司令部最后一次公告，萨拉热窝市民们……"

在课间"扛拐"游戏开始时,马卫东向对方阵营宣战。为这句话,他成为敌人冲击的重点对象,鼻青脸肿还"扛"丢了一只鞋。

应用在家里:

卫东:"瓦尔特在哪?"

卫民:"他叫我带来个信。"

卫东:"什么信?"

卫民:"对你我,都是最后一次!"

话音刚落,说时迟、那时快。

哥儿俩同时抽枪射击。

……

"空气在颤抖,仿佛天空在燃烧。是啊,暴风雨就要来了……"闯了祸准备迎接爸妈一顿胖揍时,哥儿俩惊恐地提示彼此。

"谁活着,谁能看得到。"挨揍之后,哥儿俩庆幸欣喜,互相鼓励。

……

评书《岳飞传》是哥儿俩的最爱。刘兰芳敞亮清脆的说书声让他们如痴如醉。卫民说刘兰芳是阿姨,比咱妈年纪还大,卫东怎么都不肯相信,在他心里,这么气壮山河的声音,应该配浓眉大眼络腮胡才对。

大约幼儿园的时候,马卫东天天缠着哥哥讲故事,尤其爱听《小淘气的故事》系列。小淘气的调皮举动总是逗得他嘎嘎笑个不停。后来,马卫民把存货都讲完了,还是不能满足弟弟的要求。再后来,长大了上学了,哥儿俩反了过来,卫民经常认真地听卫东讲故事。

哥儿俩同时围着戏匣子听评书,马卫东总是听一遍就能记住。于是,马卫民经常摸着弟弟的圆脑袋啧啧称奇。

"来将通名!"

"河南汤阴县孝悌里永和庄姓岳名飞字鹏举!"

评书里惯常的用语,马卫东总是和刘兰芳阿姨异口同声,不差分毫。

哥儿俩捧着戏匣子,脑袋凑在一起听"高宠挑滑车"。中午听完,晚上又听一遍重播。马卫民沉浸其中,久久不能平静:"弟弟,你再讲一遍吧!"

"还来啊?都讲两遍了啊。"

"小时候,你回忆回忆。你让我讲小淘气,我给你讲过多少遍,有没有一千遍?"

"反正很多,我也记不清多少遍了。"

"嗯,那个记不清没关系了。牛头山埋伏那段,你肯定记得清。你再讲一遍,这星期家里扫地,我全包了。"马卫民热切地拉着弟弟的手。

"牛头山大战,一触即发。这时,哈铁龙送铁滑车来到大营。金兀术大喜,命令他带着铁滑车埋伏在山上,防备宋军。次日,两军开战,岳飞调拨……"

"这第十辆滑车下来,高宠他把长枪这么一挡,连翘三下……没动,怎么?这匹马早就不行了,高宠他不知道啊……"马卫东一边绘声绘色地讲,一边回忆高宠的危急关头。一侧头,看到马卫民还在专心致志地听,却早已泪流满面,顾不得去擦。

"哥,你怎么了?"

挨揍那么多次,哥哥都从没掉过泪,今天怎么哭成这样?马卫东呆呆地看着他。

"高宠真棒,将来,我要像他那样,保家卫国。"哥哥见说书中断了,这才回过神来,胡乱抹了一把脸上的泪水,"我没事,弟弟继续。"

……

老马简直不敢相信,这个小儿子能从头到尾复述一部电影,所有的场景所有的对话台词。他更不敢相信,刚上小学三年级的马卫东,居然能清晰地记得一次庭审的场景。

马卫东绘声绘色地讲起"审判林彪江青反革命集团"的场景,从程序到内容、从动作到表情。总审判长江华高昂地宣布:"带犯人江青到庭!"江青头发乌黑锃亮,在庭上哭闹"我是毛主席的战士";张春桥翻着死鱼般的白眼,瘫坐在椅子里;王洪文痛哭流涕地表决心,要重新做人;姚文元、黄永胜、吴法宪、邱会作、江腾蛟……

"你等等。"听着马卫东带着童音滔滔不绝,看王药师将信将疑望着自己,马尚安也觉得不可思议,"卫东啊,你小学三年级就记得这些东西?你现在也才上初一,这部庭审的纪录片只在三年前放过一次呀……"

20多年后,人们可以在网上看到那部纪录片了。家里人和老同学们才发现,还是个小屁孩儿的马卫东,当初口述的每一个程序、每一个场景、每一句对话……都是精确无误的。

马卫东具有超强的选择性记忆力。对于为什么会这样,王药师不太关注,她更在意的是实际作用。"课堂上该背的那些,你背了多少?老师让你记住的那些,你记了多少?"

面对王药师的一针见血,马卫东总是哑口无言。

确实,没背多少、没记多少。

说来可惜,马卫东爱读爱记忆的东西,跟归纳中心思想无关,跟文成公主入藏时间无关,跟太平天国运动的意义无关,跟勾股定理无关,跟重力加速度无关,跟过去将来完成时无关,跟考试跟成绩无关……他酷爱的阅读,总是在学校要求的那些读物之外。他惊人的记忆力，有别于老师的要求。课堂上的知识点，尤其是关键的考点，他偏偏记不太清楚。

"为什么你会这样？"多年后，谢雨也像老马、像高翔一样，不止一次地问。

"我也不知道。"马卫东也觉得奇怪，没法解释，"那些……我就是，记得。"

谢雨也喜爱唐诗宋词，她把马卫东当成词典，但凡问到，答案从不落空。往往是，谢雨说起某一句诗词，马卫东会信手拈来前后句，甚至延展到作者其他作品，再甚至其他作者同类题材作品。每到这时，谢雨目光中就会流露出崇拜的神情。

学校每年举办唐诗宋词大赛。出乎所有人预料，马卫东刚一入学居然拔得头魁，而且是满分！

学校举行了隆重的颁奖仪式。

从校长手里领到奖杯的马卫东，立刻被全班同学簇拥围拢起来。

"91企管的骄傲。我等拜见诗词泰斗。"体育委员率领一众男同学上前，齐刷刷作揖叩首。

"众爱卿，快快请起。"马卫东受宠若惊，愧不敢当，连忙上前搀扶。

不料，膜拜的同学们心意虔诚，执意躬身："请为此情此景，赋词一首，我等才肯起身。"

已有女生开始鼓掌，眼神期待地望着马卫东。

场面太大，马卫东心乱如麻，渐渐有些HOLD不住了，一时又想不出妥帖的诗词，匆忙间再次上前。

"众爱卿，你们这是瘸子撒尿啊！"

男生女生听了，都面露疑惑，一头雾水。

"我不服（扶）不行啊！"马卫东深情地说。

围观的女生纷纷撇嘴啐骂散开了。

"好词啊，好词！"礼毕起身的体育委员带头鼓掌。男同学们啧啧称奇、纷纷叹服。

对于这样的比赛结果，谢雨丝毫不觉得奇怪，是她逼着马卫东报名参赛的。

"别说全校比赛，即便全国比赛，我的卫东也能拿第一。"走出颁奖会场，她枕靠着马卫东的肩膀，扬扬得意。

"你这里面，是不是装着计算机，居然能记得那么多东西。"谢雨捧着马卫东的脑袋，笑眯眯地端详。

"我妈总是说我，"马卫东回忆道，"该记的记不住，不该记的一大堆，不务正业。"

"难得你获奖了，还能保持谦逊。原来，是有你妈妈时常敲打。"

"既然你记性那么好，那么……"谢雨想到了什么，开心地笑了起来，"那，咱俩在一起的点点滴滴，你今后都要记得。关于我的一切，你都要记得。"

"一切？"马卫东不太确定地问，"包括不好的吗，包括你的缺点，我也要记得吗？"

"有不好的吗？"谢雨瞪着眼皱起了鼻子，"本姑娘有缺点吗！"

马卫东赶紧闭嘴，拱手作揖。他的样子让谢雨想起刚才那帮男生的画面，小声骂着"粗俗"。然后，情不自禁地哈哈大笑起来。

3
那是昨天

1.

据马尚安回忆,他第一眼看到马卫东时,被吓了一跳:"简直傻眼了。怎么是个皱皱巴巴的小老头!"

这一点,谢雨跟马卫东完全不同。

刚出生的谢雨,眉清目秀、模样俊俏,在妈妈的臂弯里很享受地睡着。爸爸谢炳康伸长脖子,凑过来一起端详,不由得感叹:"真系好靓!"又对着妈妈补充道:"似晒你个样。"听得妈妈阿瑛喜不自禁。

褓褓中的谢雨,圆圆的脸庞白里透红,细细弯弯的眉毛下,眼帘弯弯,像皎洁月空中悬挂的半弯月,与弯弯的眉毛柔和呼应。

像是知道父母在欣赏自己,谢雨很配合地睁开了眼睛。悬挂的半弯月,立刻反转了形状,变成倒垂的弯月,更加明亮,与弯弯的眉毛平行,像是雨后空中架起的彩虹。

"你看,咱们的小雨,多爱笑啊。"妈妈欣赏着女儿天使般的笑容。

"爱笑好啊,少烦恼。"谢炳康眯缝着眼,对着女儿摇头晃脑。

谢雨看着，欢喜地手舞足蹈，眉眼弯弯地笑起来，发出银铃般的笑声。那声音，是那么好听，有如天籁传来，直达爸妈的心底。

谢雨是听话的乖乖女。这点，从她出生那天起，就得到了印证。

妈妈本来身材单薄，谢雨把她的肚子一天天地撑大，直到撑得很大很大。八个月大的时候，妈妈的脚肿得像一对肥大的粽子，步履蹒跚、呼哧呼哧、三步一喘。

有姐妹笑着打趣说："瞧你这肚子大的呀，这孩子营养得有多好啊，目测得有九斤吧？"阿瑛听了既高兴又担心。

都说"娃的生日，娘的难日"，身体孱弱的妈妈，想起孩子的出生就心惊肉跳，哆哆嗦嗦地默念："求求你，乖宝贝儿，出来的时候，乖乖的，可别折腾你妈哈。"

临盆时，阿瑛躺在病床上，眼看要被推进手术室，扭着头找"阿康"。谢炳康一个箭步抢上去，扒拉开护士，紧握了一下她的手，看着她满脸黄豆粒大的汗珠，慌不择路地安慰她："阿瑛，唔怕。今天，天气……唔系好热……"

"啊？你，说什么……"

疼痛加紧张，阿瑛完全没有听懂谢炳康的意思，挣扎着要抬头再听时，手术室的门已经把谢炳康关在了外面。

"唉！"已经紧张到腿肚子转筋的谢炳康呆立在门外，懊恼地扇了自己一巴掌，"你这条蠢仔，鬼知道你讲咩！"

阿瑛比别人进产房晚，却出来得早很多。听到护士叫家属名字叫到自己时，谢炳康简直不敢相信自己的耳朵，张着大嘴看左右的男同胞，看看这个，看看那个。直到有人推搡他："叫你呢，看我干什么，快去啊！"他这才醒过神来，连跑带颠地过去。

"这，这么，快啊！"

"是个千金，七斤八两。"护士一边恭喜，一边夸奖道，"你的孩子可真乖啊，主动配合，一点不让她妈妈受罪。"

"真的,好像没感觉到疼。"头回经过生孩子关坎的阿瑛告诉丈夫。

"那怎么看你先前满头大汗，后来脸色苍白？"

"那都是吓的。"阿瑛微微一笑，看着睡梦中的孩子，"我的宝贝儿女儿真好啊，真乖啊，没让妈妈受罪。"

看着渐渐恢复正常的丈夫，阿瑛想起自己被推进产房的那一刻："阿康，你当时抓我的手，安慰了一句什么，好像是说天气？"

"啊？"谢炳康现在缓过神来，想了想说，"对哦，我那时看到窗外，飘着毛毛小雨……"

阿瑛难以置信地看着丈夫，又望了望窗外。

窗外还在飘着细细绵绵的小雨。

"那，我们的女儿，就叫小雨，好不好？"

谢炳康听了喜出望外。

小雨真的很乖。

"乖宝宝，笑一个。"夫妇俩只要逗她，小雨马上眉眼弯弯、笑容绽放，咯咯咯银铃般的笑声，迅速传递到屋子里的每一个角落。

谢炳康平时很忙，基本顾不上家务事。原先，他的父亲是个木匠，有一身好手艺，远近闻名。技艺传承到谢炳康手里，本应该发扬光大之际，受雨后春笋般出现的私营企业冲击，他所在的国营木器厂由于经营不善倒闭了。谢炳康下岗了。拿着为数不多的工龄买断补贴，凭着精湛的家传手艺，他加入了原先的竞争对手行列，成为一名光荣的个体户，办起了谢氏玩具厂。

说是厂，其实规模很小，三五个人，也就是个小作坊。麻雀虽小五脏俱全，从设计到生产再到销售，手艺人谢炳康多项全能亲力亲为，带着几个季节工辛勤劳作，一年到头勉力维持养家糊口。

谢雨的妈妈是全职太太，这个称谓听上去挺忽悠人，类似"你负责赚钱养家，我负责貌美如花"。实际状况差很远。小作坊就在家里。她不仅要照顾丈夫拉扯谢雨，还得负责小作坊工人们的一日三餐。漂亮的阿瑛每天柴米油盐忙忙碌碌，根本没空闲也没心思化妆美容。得亏了谢雨够乖，她才能应付得起这个家。

像所有孩子一样，见了好玩儿的，谢雨也眼巴巴地想要。见了好吃的，她也吧嗒着小嘴想吃。跟其他孩子不同的是，只要妈妈告诉她："小雨，这个玩具不安全，咱不要了。""小雨，这个吃了会肚子疼的，咱不吃了。"谢雨就会恋恋不舍地多望两眼，再看一眼妈妈，得到确认的信息，她就不再争取，更不会哭闹。

谢雨很乖、很听话，听爸爸妈妈的话，听叔叔婶婶的话，听大人们的话。

"小雨，背首诗给哥哥姐姐听，好不好？"

"好呀！朝辞白帝彩云间，千里江陵一日还……"

"小雨，唱首歌给叔叔阿姨听，好不好？"

"好呀，你们想听什么歌？"

"你唱的，我们都爱听。"

"好呀。小鸟在前面带路，风儿吹向我们，我们像小鸟儿一样，来到花园里，来到草地上……"

"小雨，跳个舞给爷爷奶奶看，好不好？"

"好呀，你们想看什么舞？"

一边清脆地回答着，谢雨一边挥舞着小手，在原地蹦蹦跳跳地热身了。舞蹈还没正式开始，爷爷奶奶们已经笑得前仰后合。

谢雨很乖很听话。交代做的事情，一定做好。交代不让做的事情，坚决不做。

备货最紧张的时候，叔叔婶婶和妈妈都要加入小作坊来，连夜帮着工人们一起打包装箱。屋里屋外灯火通明，忙得热火朝天。妈妈无暇照顾谢雨，就把四条腿的圆凳子倒立在客厅一角，把小雨抱起放了进去，回头塞了本《大闹天宫》的连环画给她。

"小雨，你就待在这里面。乖，不要吵，也不要动哈。"

谢雨笑眯眯地用力点头。

突然间，停电了。屋里一团漆黑，屋外小作坊只剩下依稀一缕月光，能隐约看到院子的大致轮廓。

这可急坏了谢炳康，也急坏了所有人。

工序刚进行到一半，半途而废意味着前功尽弃，意味着半年的努力都白费了。大家纷纷掏打火机，找蜡烛。院落墙角处，有一台备用发电机，被掩埋在一大堆木板布条和纸箱子下。谢炳康指挥着大家搬抬杂物。

尽管忙乱，还算有序。一个多小时后，备用发电机开始运作了，满头大汗的每个人都长舒了一口气，这批货料终于可以继续加工了。

大家围坐在一起，自觉加快了手头上的速度，追赶进度。阿瑛摸黑进到客厅，拎了两个暖瓶出来。

"哎呀，我的妈呀！"

刚要给大家倒水喝，阿瑛突然惊慌大叫起来。

"谁？"谢炳康吓了一跳，不解地望着她。

"我的小雨！"她一跺脚，边喊边向屋里跑。

对哦，众人这才回过神来。这么长时间，光顾着忙活，没人留意谢雨。她在哪儿，怎么一点动静都没有？

众人赶忙扔下手头货料，纷纷紧跟着过去。

在漆黑的客厅里,有人点燃了蜡烛。

烛光跳动摇曳着,大家看到了墙角处的谢雨。

四角的木头圆凳倒立着,谢雨稳稳地站在里面。

烛光中,谢雨首先看到了妈妈。她盈盈地笑着,轻轻叫了声:"妈妈。"

妈妈几乎要跌倒在她跟前,一把抱起谢雨,紧紧地抱在怀里,脸使劲贴着脸:"我的小雨,乖女儿。都怪妈不好,差点忘记你了,差点把你丢了。"

谢雨忽闪着眼睛,用小手摸了摸妈妈的脸:"不会的,你不会忘记我,也不会丢了我。妈妈说过,不会离开我。"

谢炳康惊魂未定地喘着粗气,望着母女俩,像是在问谢雨,又像是在问妈妈:"这么长时间,乌漆墨黑的。这孩子,怎么一点动静也没有啊?"

谢雨听了开心地咧嘴笑:"妈妈说了,让我乖,不要吵,也不要动。"她笑得眉眼弯弯,很开心地高高举起手里的连环画给大家看,还是那本《大闹天宫》。

"咱们小雨……"阿瑛回头望着谢炳康,不无担心地说,"会不会太乖了,将来,会吃亏吧?"

"哎,哪里话!乖了好。"放下心来的谢炳康喜爱地看着女儿,笑得合不拢嘴,"乖了好,有福气。"

……

有一天,表哥学雷骑着自行车来走亲戚,前梁驮了一袋大米,后座捆了一只二十来斤的大西瓜。谢雨跟着妈妈前来迎接,乐呵呵地看着他们卸下大米和西瓜。

"好大的大西瓜!"刚学会走路的谢雨蹲在地上,看着椭圆的大西瓜,似乎比自己整个人还要大。她高兴地用双手拍着西瓜,仰起头来,冲着学雷大哥笑,眉毛眼睛弯成两道拱桥。

"小雨,帮哥哥把大西瓜搬进来。"学雷冲着蹲在地上的谢雨挤挤眼。

"行了,没个正形。有你这么当哥哥的吗。"阿瑛笑着嗔怪外甥,搭把手一起把大米抬进房间。

两个人再出来时,都看呆了。

听话的谢雨,真的在搬运大西瓜!

大西瓜几乎遮蔽了谢雨整个人。

走近了看,只见她用尽了全身的力气,小脸涨得通红,两只小小的手臂支撑着身体。时而身体前倾近似匍匐着,头肩并用地顶着西瓜,时而整个人趴在了西瓜上,双脚奋力地蹬踏地面,推动自己和西瓜前进,时而立楞歪斜地跟西瓜滚在一起。

就这样,谢雨和大西瓜已经共同前进了十多米。

"小雨,小心。"阿瑛刚喊出声,学雷已经快步跑上前,一把抱起了谢雨,一边亲着她的脸蛋,一边心疼地自责,"都怪我,都怪哥哥臭嘴。"

满脸灰土加上汗水,把谢雨的脸画成了小花猫。她趴在学雷肩膀上,扭过身低头看,用脏兮兮的小手指着歪倒在一边的大西瓜:"哥哥,放我下来吧,我快搬好了。"

跑销售劳累了一天的谢炳康,回家见到谢雨顿时精神振作。听说了搬西瓜的事迹后,他哈哈大笑,不停地把谢雨托举起来高抛,满口叫嚷:"乖女儿哦,我的女儿真是乖乖女哦。"尽管不知道爸爸为什么高兴,但是忽上忽下的托举让谢雨很欢快,发出银铃般的笑声,眼睛眯成弯弯的两条线。

"阿康,你可小心点啊,别摔着了。"阿瑛在一旁看着欢乐的父女俩,脸上写满了幸福。

……

谢雨一直很乖,很听话。

上幼儿园时,那时叫"育红班"。她是认真吃饭、按时睡觉的乖宝宝,从来不跟小朋友们斗嘴推搡。

上学了,谢雨打开课本,第一课是《伟大领袖毛主席教导我们,要好好学习,天天向上》。从那天起,谢雨就是最听话的学生,认真听讲、专心学习,从不迟到早退,从不调皮捣蛋。

谢雨从来都是被老师表扬的好学生,这让老谢两口子很省心,也很有面子。他们记得很清楚,每回学校开家长会,对于俩人来说都是光荣的事,总是高兴去、开心回。无论谁去,都会成为被老师重点表扬的家长。

唯一有一次,谢雨被老师批评,请家长了。

事情发生在谢雨小学三年级。

一向听话的谢雨居然旷课了。

整整一节课,不见踪影。

第一排正中位置空着,好学生谢雨不在。班主任何老师没有收到请假条,就问班上同学。同学们你看我、我看你,纷纷摇头,没人知道她去哪儿了。

直到下课,谢雨也没有回来。老师急了,发动全班同学去找。很快,谢雨被找到了。

被发现时,谢雨安静地坐在校园西南角的墙根下。

谢雨独自一人坐在石头上,没有开心,也没有伤心,只是疲惫不堪。

比较奇特的是,她双臂平举着,十指套着红色的线绳。

谢雨已经快支撑不住了。

"哎哟,谢雨,你这是怎么了?"

何老师不可思议地看着眼前这一幕。

"老师,刚才课间,我和隔壁班小娟在玩编花绳。编着编着,小娟说走开一会儿。她走的时候,让我等她,让我不要动,等她回来继续编……"

谢雨说着,满脸通红,双臂开始不由自主地颤抖。

何老师严肃批评了隔壁班的阿娟。阿娟头捣蒜般地说对不起,去趟洗手间,听到打铃就慌忙回教室了。压根就把编花绳、把谢雨给忘了。

何老师又好气又好笑地看着谢雨:"你知错了吗?"

一贯听话的好学生谢雨,茫然地眨巴着眼睛,薄薄的嘴唇嚅动了两下,低声说"我错了"。

闻讯赶来的阿瑛陪着谢雨一起做检讨。她诚恳地鞠躬道歉,接了谢雨回家。

"小雨呀,人家都走了,你干吗还在那儿傻傻地等着呢?"

"她说她只走开一会儿,我答应过她,我不动的。"

"小雨,别人说的话,有的真有的假,不能全信。让你等的人有可能说话不算数呢。""哦……"一路上,阿瑛心疼地帮谢雨揉手指。长时间一动不动,谢雨的手指肿胀,关节处被勒出了紫红色。

"咱家小雨这样,会不会容易上当受骗啊?"

晚上,阿瑛看着熟睡中的乖宝宝,又爱又怜。

"做人守信,做人有口齿系应该的……"谢炳康一边安慰,一边也不无担心,"希望将来,别人不会骗她,能对她说话算数吧。"

谢雨听话,从小到大。

一直到上中学、考大学……

正在专心做题的谢雨,余光感觉到了,就侧头看。马卫东正满脸堆笑目不转睛盯着自己。

"干吗呀,卫东?"谢雨凑近他的大脸,一边打量着他的五官,一边笑眯眯地问。

"我在想啊……"

"想什么?"

"我在想,你从小到大都这么乖、这么听话。你长得又这么好看、这么招人喜欢……"

"嘻嘻。"谢雨放下了笔,趴在桌子上看着马卫东,"嘴这么甜,你到底想说什么?"

"我是说呀,这么乖巧漂亮的小妹妹,肯定好多男生喜欢你。你怎么能架得住他们的纠缠?"

"我有我妈妈呀。"谢雨眼睛忽闪忽闪,自豪地说,"收到小纸条,我就回家给妈妈。妈妈会给我出主意、想办法。所以,我从来不用担心那些小男生。"

"妈妈好棒!"马卫东由衷地竖起大拇指。

"那是呀!"谢雨甜甜地笑着。

"你从小到大都这么听话?"

"是啊。"谢雨自豪地点点头,"后来,上初中了,我有了妹妹,妹妹很听我的话。去年呀,我又有了个小弟弟,嘻嘻,以后,他也会听我的话。"

"以后……"马卫东一脸的谄媚,"我也会听你的话呢。"

"你?"

"是啊,常言道,不听媳妇言,吃亏在眼前。"

"你呀,做梦娶媳妇吧,脸皮比教室墙厚。"谢雨伸手轻轻戳他的脸。

马卫东看着她纤纤玉指,心神荡漾一把攥在了手心里。

"做人要有口齿。许下诺言,可是要兑现呢。"谢雨脸颊泛起红晕,低声甜甜地说。

"孔子曰,人而无信,不知其可也。"

谢雨羞红的脸娇艳如桃花,马卫东看着不禁露出花痴般的笑容。

"哎呀,这是在教室呢。"谢雨小心翼翼地看着周边,被马卫东火辣辣的眼神盯得脸颊通红,不敢抬头。只好低了头、抿着嘴,止不住地笑,眉眼弯弯笑得更甜了。

2.

交织梦想的校园,时间过得很快。

树叶年复一年绿得很相似。四季的轮回里,校园的钟声每天叮当摇曳在风中。

转眼间迎来了第三个夏天。

这一年,洪涝灾害突如其来。滔滔洪水从四面八方席卷了整个国家,公路受阻火车停运,包括大学生和农民工两大群体在内的亿万人受困,被阻隔拦截在天南地北。

马卫东和谢雨也回不了家,跟同学们一起在学校等洪水消退,交通恢复。

天灾总是与人祸同行。谢雨的妈妈突然病逝!

从小,谢雨就是妈妈的心头肉掌中宝。而妈妈,是谢雨幸福的港湾,一直以来,给她温暖和安全。

"妈妈说过不会离开我……"谢雨被突如其来的噩耗击倒了,蜷缩在马卫东的腿上，无助地痛哭。

马卫东真切地体会过离别的痛，那还是在他很小的时候，那次难忘的上海之行。那种痛的滋味，是说不出来的难受。而今天，谢雨遭遇的，要比自己的情况痛更多，这可是永久的离别呀。看着自己心爱的人，这么年轻就面对最沉重的人生课题，马卫东的心在抽紧。除了轻轻拍打她单薄的背脊，他并不知道该说什么，也不知道能做什么。

夜幕下的天空低沉。操场上，除了跑步的人影模模糊糊在晃动，四周一片沉静。时而剧烈抖动时而轻轻微颤，谢雨头枕着马卫东的膝盖抱着他的胳膊，眼睛红肿嗓子嘶哑了，不知道哭了多久。谢雨的呜咽渐渐缓和低沉。不远处，校园外的农田池塘里，有蛙声阵阵。

两个人就这样偎依着坐在操场草地上，时间停滞了，声音也似乎消失了。突然间，谢雨打破了宁静，抬起泪眼极轻地呢喃："卫东，怎么办呢？"

"怎么办呢？"他跟着默念，心头一阵哆嗦，用力抱紧了谢雨，冲口而出，"小雨，你……你还是应该回去。"

话刚一出口，马卫东已经开始懊恼，自己会不会说得太草率。

此时大半个中国，都被裹挟在肆虐的洪水中，黄河告急、淮河告急、长江告急，华北告急、西南告急、东南告急，超过百万解放军武警官兵已投入抗洪抢险，形成新中国成立以来最大规模的军事动员……不要说跨省，即使省内的列车也已全面停运。数百万民工滞留在长三角珠三角，全国超半数的大学生被困在各地的校园里。校门口，仅有的几间电话亭前，从早到晚排起了长长的人龙。电波在平行的时空里传递着同样的讯息，男生女生都在汇报着"我很好，听着父母的叮嘱"要照顾好自己"。

……

每逢学期末，大学生们囊中最为羞涩，全然没有刚开学时的底气充足意气风发。洪灾导致肉菜蛋副食品价格飞涨，一日三餐都要精打细算。那时的出行，由慢至快依靠的是双脚、自行车、汽车和火车，购买火车卧铺需要县级以上政府部门的介绍信。乘坐飞机是穷大学生们不敢想的奢侈，一次花费几乎吞掉四个学期的全部开支。

即便如此，本已是天文数字的机票价格，在短短两周内又翻了三番。

回去，谈何容易！

谢雨怎么能回得去？机票早就奇货可居异常珍贵。况且，天文数字的钱在哪里？

谢雨在他的膝盖上悲哀无助地摇了摇头。

"你应该回去……看看……"

马卫东抬头看了看微泛蓝光的夜空，自言自语："嗯，应该尽快走……"

……

回到校园里，已是第三天的清晨。校园清晨很美，到处披着金灿灿的朝霞。

将近四十多个小时的折腾，让马卫东几乎虚脱，他根本无心也无力欣赏校园美景。

马卫东再一次把手伸进衣兜，暗自庆幸"还在"！他极力按捺住内心的激动，飞奔向熟悉的女生宿舍楼。

"马卫东！"

背后传来一声怒吼："你还算人吗！人家谢雨这样，你也不陪着，还出去撒野！"

回头一看，是谢雨宿舍的死党、学习委员梁小敏。小敏平时还挺淑女挺温柔，此时此刻，怒目圆睁凶相毕露，恨不能要吃了他："早知道你是这么个东西，我当初就该劝……"

大致明白了她谩骂的大意，后面的话也就不再理睬，马卫东更加快步如飞，把愤怒的小敏和小敏的愤怒甩在身后。

看门的许大爷在身后絮絮叨叨地训斥："不要跑不要闯女生宿舍，这点规矩说了几百遍还记不住……"

许大爷的声音被他甩在身后，迅速渐行渐远。

冲进宿舍，终于又见到了谢雨。才几天时间，娇小的身形更加单薄，脸色苍白的谢雨蔫躺在宿舍床上。她看到头上冒着热气冲进来的马卫东，支撑着想坐起来，胳膊没吃住力，又倒下了。

"喂！喂！"马卫东激动得声音有些发抖，使劲地摇着谢雨无力的肩膀大叫，"小雨，你看看你看看，你看啊！"

身后追过来的梁小敏上气不接下气地吼叫："马卫东，你这人怎么这么讨厌啊，你摇什么啊摇，你没看到谢雨这么虚弱啊！"

谢雨眯起眼，呆住了。

马卫东从衣兜里掏出来的，皱皱巴巴的，是机票。

"哇"的一声，谢雨大哭起来。

"哎，小雨，唉！你别哭啊！"

马卫东有些猝不及防，忙不迭地上前扶住她。

宿舍很安静，梁小敏不知什么时候悄悄走开了。

"这是我昨天找威子那哥们弄的，钱他先垫着。你别说啊，这小子平时整天牛皮哄哄路子野，讲话不着调，关键时候还真有点用，就这票现在怎么不得炒到四五千了，而且你还得雇人通宵排队才能弄到吧。这小子，够哥们。呵呵，有路子……"

"卫东，你去哪儿了呀，怎么像个流浪汉？头发怎么这么脏啊，一宿没睡吧?"谢雨支撑着坐了起来,嗓子沙哑着问,打断了他的喋喋不休。

"啊?"马卫东愣了一下,干笑两声,"嘿嘿,你知道威子他这毛病,狗改不了吃屎!逮机会就要拉我喝酒,嘿嘿,我看他好歹弄到机票了,也只好奉陪。他呀,一喝点酒就话多,天上地下、有的没的,听他胡擂了一晚上……"

说着说着,马卫东开始撑不住劲儿了,接连打了几个哈欠,一个哈欠比一个哈欠更深地把自己困意带了起来。

迷糊之间,好像听到谢雨说让他把外套脱了躺下休息,她要拿去洗,他呜噜了几声不用不用,就什么也不记得了……

这一觉,马卫东睡得昏天黑地,睡得不知道自己在哪里。昏沉间,他好像再次被黑压压的人群挤出了队伍,急得他声嘶力竭徒劳地喊着"别挤别挤",又拼命地抓拽身边的柱子,终于硬生生重新把自己塞回到队伍里。

突然间,豆大的雨滴重重地砸了下来。

"我的妈呀,这票还没买到,怎么又赶上暴雨了。"马卫东又气又急,被吓醒了。

定了定神,他这才缓过神来:自己不在火车站,是在谢雨的宿舍;没有下雨,但是,真的有水打在脸上。

使劲擦擦眼,才看清一些了,是谢雨坐在床边,一边俯视着他,一边吧嗒吧嗒掉眼泪,眼泪滑落到他的脸上和枕边。

谢雨身体不停地颤抖着,伤心得不能自已。她用手死死地捂住嘴巴,不让自己失声。

马卫东一时慌了神,不知道发生了什么事。

谢雨无力地摇了摇手中的纸片。

那是,一张卖血单。

"哎呀不好!"

马卫东暗叫一声:"我的天,完了完了!"

不用看日期,他自己心里很清楚。

那是昨天……

3.

天底下,最疼自己的人走了。

回到学校的谢雨又瘦了一圈,本来就娇小的身材更显得单薄。

池塘边,柳树下。

马卫东心疼地抱住谢雨。两个人沉默地看着池塘。

"家里,都安排好了吧?"马卫东问。

谢雨侧脸贴在他的肩上,点点头,没有说话。

妈妈走得太匆匆。谢雨无法接受,家里人猝不及防。

以前,这个家全靠妈妈。

日子虽说紧紧巴巴,但是,在阿瑛的勤劳操持下,一家人生活过得有滋有味。现在,家里突然少了里外张罗、上下安排的那个人,犹如房屋抽走了顶梁柱。常年来,谢炳康只管那间小厂,家务事基本不用管。现如今,妹妹才上初中一年级,弟弟刚满周岁。老老小小的日常生活乱了套。换的衣物、盖的被褥,没人知道摆放在哪儿。天凉了也不知道加衣,老谢很快就咳嗽得了风寒。

在家短短的时间,谢雨熬中药,做饭洗衣,辅导妹妹功课,给弟弟把屎把尿,操持起所有家务,忙得不可开交。除此之外,她还要每天去照看家里的玩具小厂,维持基本的运转。尽管只有六个工人,一个月时间就换了一半。新招来的工人,往往学会基本操作程序就走人。这样的经营,别说发展,连生存都很困难。对谢雨的担忧,老谢却不以为然。他说哪里谈得上什么人才稳定,广东每年有几千万民工,走了再招就是了。

在玩具厂的经营上,技术出身的谢炳康相当固执。谢雨看到家里的忙乱情况,觉得眼下的确不是讨论企业发展的时候。

"我很快就回学校去了。"谢雨扶起父亲喝下中药,"爸,你赶紧好起来啊。不然,家里可怎么办呢?"

"我没事,一点伤风感冒不算什么。过两天,你叔婶和表哥,他们会轮流过来帮忙。"父亲让她放心走吧。

"等明年毕业了,你回来成家了,就好了。"

依依不舍地出门时,父亲在谢雨身后补充道。

回去成家了,就好了?

这话是啥意思。马卫东静静地听着,心里犯起寻思。

……

马卫东没去过广东,但是东拼西凑也听说了不少。大致有些了解,印象也挺深刻,尤其对潮汕地区。

在他的印像中,潮汕虽说是特区,但一点也不前卫。相反,还挺保守的。

对于所谓的保守,谢雨的父亲和伯伯叔叔们颇感自豪:潮汕的语言文化、饮食小吃、建筑风格和民俗习惯,得到了很好的保留和传承。

马卫东可不这么看。

他觉得,在有的方面,潮汕保守得挺顽固。

比如,重男轻女。

要吃饭了,女人们从厨房端齐了饭菜,男人们甚至包括小屁男孩儿,才不紧不慢、大大咧咧坐到饭桌前,眼看着空碗盛上了饭,这才肯动筷子。吃完饭,大小男人们,更是理直气壮地把碗筷一推,眉眼不抬地把脚叉进人字拖里,晃晃悠悠到一边剔牙打嗝、喝茶聊天去了。

"怎么能这样呢?"

马卫东皱起眉头。

"别说,你说得还真挺形象的。"

谢雨抿嘴笑。

"你看看,你看看,你还笑!"

马卫东的眉头更紧了,因为他想到了更严重、更令他恼火的一层。

肥水不流外人田,潮汕人的婚配观念奉行"家己人找家己人"。

"小雨,你出来读书了。尤其是,跟我在一起了,心胸和视野都应该与时俱进、应该更开阔。咱可得摆脱你们那里的坏习气啊!"马卫东郑重严肃地说。

"摆脱?"谢雨噘起了嘴,"那可是我的家乡哦。"

"我不是让你摆脱家乡。我是指,不良习气。"

"比如哩?"

谢雨探头到马卫东的面前,笑嘻嘻眨巴着眼睛,观察着他的表情。

"比如……"马卫东尽量收紧表情,以示庄重,"家己人找家己人。这一点,就不好,很不好。"

"为什么不好?"谢雨嘻嘻笑着瞅他,"老乡见老乡,两眼泪汪汪。我看挺好,多亲切呀。"

"你看看,你看看,我说什么来的,归根到底,还是观念问题,还是视野和心胸的格局。忆家乡,可以找老乡。搞对象,干吗要找老乡!"

眼见马卫东急吼吼的样子,谢雨忍住了笑。

"好、好、好，你的观念新、你的格局大。不劳你操心了哈，小女子我呀，看谁好，就找谁！"

说完，谢雨"哼"了一声，头一歪，扭身背起手，作势要走。

"哎、哎、哎，别走啊！"

马卫东赶紧拦住，慌不择路地说："怎么还用找呢，我这不在这儿了吗？你这不是，骑着驴找驴吗？"

"Pride and Prejudice……"

谢雨悄悄抿嘴笑，摇头晃脑，小声嘟囔。

"啥，你说啥？"

"就说你，傲慢与偏见，哼。"谢雨噘着小嘴，"抓紧补课吧，达西先生！"

"达西先生？"

西方文学是马卫东的短板，他赶紧把战线扯回来："咱能不能，聚焦谈谈本土文化。"

"孤陋寡闻了吧。"谢雨喊了一声，"还好意思谈本土文化。潮汕人，才不会格局小呢！潮汕历史悠久、文化璀璨，潮汕人，真正走遍天下。听说过没，全世界有人的地方，就有中国人；有中国人的地方，就有潮汕人。潮汕人，号称中国的犹太人呢！"

"对、对、对，说得太好了！"

马卫东赶紧拍手附和："潮汕人当然很优秀！我的意思是，从基因传承的角度看，杂交的才更优质。尤其，南北结合才是最好的，比如咱俩这样的。"

谢雨故作嫌弃地噘起小嘴："瞧你这傻样。谁要跟你交！"

马卫东见说不过，就凑上去，扣紧了谢雨的小蛮腰，把她娇小的身体狠狠地压在自己身上，嘴里无耻地呜噜着："我要，我就要。"

谢雨涨红了脸啐他,小声说:"轻点儿,你把人家压疼了。"

马卫东更加得寸进尺地关切:"哎哟,哪里压疼了。快让我看看,帮你揉揉。"

……

"毕业回去,成家。"

想着谢雨父亲嘱咐的话,马卫东走神了。谢雨这时轻轻地把头枕在了他肩上。

"卫东,父亲嘱咐我毕业回去。"谢雨终于开口说话,打破了沉静,像是猜到了马卫东在想什么,"那样的话,咱俩,怎么办呢?"

俩人望着黄昏的池塘。水面倒影里,近处的柳树和远处的红色教学楼在轻微地晃动。

"咱俩?哦,没问题的。"

马卫东不假思索。

"什么没问题?"谢雨抬起头。

"咱俩呀,没问题的。"马卫东微笑着。

"怎么没有问题?"谢雨刨根问底,"那样,我们会不会,不能在一起?"

"一年后的事情,别担心。"马卫东说着,伸手抚摸着她的脸庞,脑筋急速思考着说,"到那时,你去哪儿,我就去哪儿;你在哪儿,我就在哪儿。"

冲口而出的话,并不是他真实的想法。

真实的想法是什么?

其实,马卫东还真没有认真想过。就像他宽慰她的那样,他觉得,那还是一年后的事情。

夕阳斜落在水面,反射出淡淡的昏黄。波光粼动,映照在两个人的脸上。

"真的吗?"

"当然是真的。"

"说话算数?"

"当然算数!"

"你眼皮在眨!哼,你撒谎了!"

"向毛主席保证!"马卫东瞪圆了眼睛,右手握拳,举到太阳穴边,"我可不愿离开你。"

"但是,毕业后,我要回广东了。"

"你去哪儿,我跟定你。"

"那,我回潮州呢,你跟我回潮州?"谢雨不想回避问题,打破砂锅问到底。

"潮州,嗯……"

马卫东的语气稍有迟疑,可是看到谢雨眼睛里忽闪忽闪期待的信息,他就赶紧订正:"咱们永远在一起!"

"永远,是有多远?"

"永远嘛,往少了说,也得一辈子吧。"

马卫东被自己的回答打动了,不由得心头一暖,更紧地搂住谢雨的肩膀。

夕阳下,他欣赏着谢雨的面部侧影。她的脸庞轮廓很柔美,眼睫毛弯弯长长、嘴唇薄薄小小、鼻梁秀气挺立、鼻尖处微微有点上翘。

"一辈子?"谢雨转头看了他一眼,又转了回去,"往后余生有多长?你能看到的未来有多长?"

虽说是兴头上的话,马卫东对谢雨的感情还是真挚的。他享受两个人在校园里的美好时光,自然也不希望毕业后分开。只不过,此时此刻，就让他情绪饱满地、严肃认真地思考，未来会怎样，为时尚早。他还不能被充分调动起来，还没有这种急迫性，至少不像谢雨那样。

"永远有多远，未来有多长？"

被谢雨这么一追问，话题变严肃了。

俩人都才刚二十岁，二十岁啊！

尽管，没有想过毕业后的具体去向。但是，在电影里、在电视上，马卫东无数次地看到过灿烂的人生、别样的人生，像周润发、张国荣那样，像黄光裕、史玉柱那样，像罗马里奥、张德培那样……

豪华气派的办公室，巨幅落地窗外是鳞次栉比的摩天大厦，城堡一样的别墅里，有宽大不规则的泳池，花园的车库里，整齐停放着兰博基尼、布加迪威龙，还有其他叫不出名的豪车……

在一片闪亮的镁光灯下，马卫东发型飘逸、神采飞扬，在西装革履戴墨镜、一脸严肃的随从簇拥下，在众多艳丽性感的女士的欢呼尖叫声中……

坐在加长的林肯轿车里喝着香槟，在北卡罗来纳的草坪上挥舞高尔夫球杆，漫步在疑是银河落下的尼亚加拉大瀑布前，带卧室的游艇徜徉在碧波荡漾的博斯普鲁斯海峡上……

无数个这样的绚烂场景，变幻成五彩的图片，在马卫东的脑海里叠加闪过。

还好，现实中，马卫东还不至于，整日沉迷于香车宝马、灯红酒绿的幻想中。毕竟，他没有忘记，在济南五里沟的大槐树下，姥姥眯起眼睛，摇着蒲扇嘱咐："做人，不能粘在钱上。"

但是，外面的世界、时代的潮流、多彩的生活，确实在吸引他、在鼓动他、在撩拨他。面对这些，站在人生十字路口的马卫东，内心不得不承认，成功人生的标配，俗是俗了些。但是，确实很有诱惑力。

作为天之骄子，梦想无时不在。今后的人生、心中的未来、外面的世界，本应精彩、本应无限可期。

退一步讲，就算让他走出梦境，回到现实。也总不至于，现在就立志，要去广东那个小城镇——韩愈被皇帝老儿发配的那个地方，系上牛皮围裙，拿起铁榔头，叮叮当当、敲敲打打经营小作坊吧。

现在，就让他回答，永远有多远、未来有多长，这么抽象、这么深刻的问题，马卫东内心觉得，多少有些不着边际，实在有些勉强。

尽管，他回答得很干脆坚决，甚至把自己都感动了。

谢雨的问题一个接着一个，语气里隐隐透着低落，甚至有那么一点点不信任。马卫东感觉到了。他认为，那源自家庭变故母亲去世的打击。

"比如，明年的这个时候，"谢雨歪头凝望着他，"你在哪里，我又在哪里？"

"明年，这个时候？"

马卫东更紧地搂住她："我们当然还是在一起啊！"

"是吗？"

终于得到想要的答案，谢雨如释重负地笑了，伸出手指跟他拉钩："来，卫东。做人有口齿，说话要算数。"

4.

时间像插上了翅膀，越过越快。

毕业季就要到了，从哪里来到哪里去。人生的终极哲学问题，每个人终归要面对。

这个大问题像小虫，密密麻麻地啃噬着校园爱情，考验着成双成对的人。四年没有拍拖的人，这时往往莫名其妙地有了点优越感："你看你看，烦恼来了吧？咱就没有！"

课程已经全部结束了。

学校操场搭起了临时展位，一天比一天热闹起来。用人单位一字排开，公开招聘。面对毕业的抉择，男生女生开始精心打扮。四年素颜以对没啥感觉，此时相遇顿觉惊艳。有人不免动了心思，懊悔自己当初眼拙，怎么没下手。

毕业季的恋爱，更像钱锺书先生笔下的围城，有的权衡再三分道扬镳，也有的幡然醒悟挺进速成。

更多的同学怀揣简历，忐忑不安，进出各个考场，逡巡展位之间，紧张地揣摩用人单位的真实意图，端详招聘主管的面相是否随和，互相沟通打探消息。

谢雨没有加入求职队伍。

家里妹妹弟弟要照顾，玩具厂也要打理。一年前，她就打定了主意回广东，挑起家里的重担。

不需要参加任何招聘会，也不用上课。按理说，她应该悠闲坦然。其实不然。

这段时间，谢雨很紧张。她得操心，马卫东毕业去哪儿。

一年前，谢雨就曾经问过，愿不愿意一起经营玩具厂。马卫东挠挠头说："我对工厂啊，车床啊，零部件啊，原材料那些，不懂也不感兴趣，想起来就头疼，听到了就牙疼。"

谢雨懂得他的心思，笑着说："哎呀好啦，别这疼那疼了，就知道你看不起我们小地方，更看不上我家的小作坊。"

"那不会，那哪能呢！"

马卫东嘴上这么说，其实就是敷衍。

别说他自己不想去，老马和王药师也不会同意。

几年以来，马尚安和王药师对这小儿子的就业一直寄予很高的期望。王药师跟很多亲戚朋友眉飞色舞地吹牛："卫东这孩子，别的没啥优点，就是孝顺。他说呀，既然哥哥去了边疆报效祖国，自己就非要回来陪着我们老两口。"

要说王药师吹牛，也不完全是。这些话，确实出自马卫东之口。有一回，在家里说起谢雨，爸妈听得喜笑颜开。

"卫东好福气，交到了女朋友。我和你爸都替你高兴。"王药师说，"不过，常言道，你可别娶了媳妇忘了娘啊。"

一听这话，马卫东的老毛病又犯了，立马就激动地表决心。表的内容跟王药师吹的一样。

知道马卫东爱面子，谢雨就不再坚持，主动退让。

"好啦。家乡庙小，容不下你这大和尚。不过，广东是改革开放最前沿，深圳啊广州啊三十年来发展非常好，应该有很多机会。"

"卫东，你肯定行。"她鼓励他，"快去投简历吧。你那么优秀，华为、美的、格力、容声、万宝，都有可能看上你！"

"那是，凭咱这素质。"

马卫东控制不住自己，喜欢顺竿子爬。

话说到兴头上了，不假思索就应承。

谢雨欢快地挽着他的胳膊，比画了胜利的手势："耶！不管广州、深圳，还是珠海，你都逃不出我的手掌心。"

……

两天后，马卫东在图书馆后的八角凉亭等她。

"这两天，美的、格力和华为，在咱们学校，连着办了三场招聘会，你怎么都没有去呀？"谢雨急匆匆地跑过来，上气不接下气地问。

"哦,是吗?"马卫东心虚,有些答非所问,"你怎么知道我没去?"

"我每场都去了,我以为你会去。我还查了他们公布的应聘名单,看得脖子都酸了,也没见你名字啊。"

"我家里……嗯,不太希望我去民营企业。那些民企,可能,不太安稳。"

"怎么不安稳?那即便不去民企,也有很多广东省的国营大企业,像粤海集团、越秀集团那些呀。"

"要是比起国有企业,广东的好像还不如山东的呢。"

谢雨越听越着急:"那就去应聘广东政府部门或者事业单位,像他们的教育厅外事办旅游局啊,还有几所中职院校都来招聘了啊……"

"我,那什么,我……还是再看看吧。"

"卫东,你再看看,还看什么呢?越往后,来招聘的单位越少了,时间可不等人呀!"

"我想,我还没想好……要不要……去广东工作吧。"

被逼到无路可退,马卫东这才肯交实底。

事实就是这样,父母非常希望马卫东回山东。

为了工作的事,父母这段时间以来不知打过多少次电话,王药师打完老马打,有时还混合双打。马卫东说我自己完全可以联系应聘,他们说半年前就已经到处托人找关系,帮他物色了好几个单位,各方面条件待遇都很好,任他选择。

马卫东说"我得和谢雨在一起"。

父母轮番劝他,男人三十之前要先立业,大学恋爱今后怎样还很难说。后来看他非常坚持,老两口改了语气,说好事成双更好,就厚着脸皮又找回老关系,央求人家再加上一个女生,一个条件很不错的女生。

交情深关系铁,再加上经济大环境好,这种搭送的条件居然也有两家单位接受了。

"最迟也就这两天,山东的那两家单位就能完全确定下来了。"马卫东尽量让语气欢快些,"两家可都是一级棒的单位……"

"山东?"谢雨有些不解地看着他。

"那,那,那咱俩,怎么办呢?"她接着问,语气更加急切。

"咱俩,"马卫东看谢雨急得嘴角都在轻微地抖动,赶紧扶着她肩膀,"放心吧,那两家单位都答应了!也接收你,咱俩一起接收呢!"

"啊。"谢雨小嘴张大了,怔在那里。

"卫东,你怎么能这样呢?"

"啊,我怎么样了?"

"你说过的在一起,怎么临时变卦呢?"

"小雨,你听我说,这样多好啊。你想想,咱俩今后可以在同一个单位上班呢。"

"好?好什么好啊!"谢雨愣了好一会儿,才反应过来,"那样,我们怎么可能在一起?我不得不回广东啊。卫东,你知道的呀,这是你早就知道的呀!"

"小雨,你从小到大一直都很乖,很听话。你听我说哈。"马卫东看她那么着急,赶紧拉住她的手,"你先别急,我爸妈在山东帮我们联系了很好的单位,月收入可能过万呢,而且,单位还答应为咱们……"

"什么呀,我不听我不听!"

听话的谢雨急了,一把甩开了他的手。

"你为什么要骗我,马卫东!"

谢雨的眼睛瞬间通红,眼泪已经噙在眼眶。

"我没有骗你啊,小雨。你听我说,小雨,我父母这么安排都是为了咱俩好,为了咱俩能在一起啊!"

"多久以前,我就告诉过你,我不得不回去。那个家,爸爸和弟弟妹妹都需要我回去。"谢雨的声音带了哭腔。

"当初,你也同意了,你答应了我!马卫东,你是知道我要回广东的。你说过,我去哪儿你就去哪儿。你说过,你不止一次说过,我们永远在一起。"

"我当然答应过你。小雨,我说过我们在一起,我也会努力。但是,但是,我并没有说过,要去,广东……"马卫东试图辩解。

谢雨泪眼婆娑地望着他,随着身体渐渐地抖动,眼泪不再挣扎,一行接一行地流淌下来,又顺着脸颊噼里啪啦掉落到地上。

终于,"哇"的一声,谢雨蹲在地上,抱着双臂号啕大哭,咧开了嘴像个孩子似的。

马卫东心头抽痛了一下,赶紧蹲下去再要抱紧,她挣扎开了。他拿纸巾要帮她擦眼泪,被挥臂推开了。

月光下,谢雨不管不顾地哭着,任由泪水涂满了面庞。

偶尔有途经的同学,听到声音好奇地张望过来。

"我不听、我不听,我再也不听了!"

任由他怎样劝说,谢雨只是哇哇大哭,瘦削的肩膀剧烈地抖动着。

眼看着她哭,马卫东束手无策,久久地待在原地。

突然间,谢雨站起身,跑下凉亭。

随身的手提包掉在地上,证件钱包散落出来。

马卫东一边叫她停下,一边慌慌张张捡拾地上的物品。

等到好不容易追上,拉住谢雨时,已经到了宿舍楼跟前。谢雨兀自哭着,脸颊两边的头发都被泪水打湿了。

"卫东……你不要我了!呜呜……卫东,你骗我!"

不管他说什么,谢雨都没有听见。她眼睛又红又肿,声音断断续续。

马卫东很想抱住她,每次都被用力甩开了。

宿舍楼前,不断有女生从他俩身边走过。

"谢雨,你怎么了?"

梁小敏走过时,把谢雨揽了过去,一边关切地问,一边用责怪的眼光看着马卫东。

马卫东张了张嘴,一时不知道说什么好。

"我要走。"谢雨哇哇哭着说,"让我走!"

看着小敏扶着她,俩人逐渐消失在宿舍楼里。

马卫东久久地怔在了原地。

接下来的两天,马卫东经常与另外一个自己对话。

有时平静,有时急躁,有时推心置腹,有时急赤白脸。对着湖水,对着镜子,对着影子,对着空气……像是得了精神分裂症。

"你错了没有?"

"我错了……我没有……我也不知道。"

"当初,你答应人家小雨,毕业后在一起,对不对?"

"对……可是,我也没有说立刻就在一起,没有说过工作也要在一起……"

"你这是狡辩。马卫东,你小子很伪善!"

"我怎么伪善了?"

"你小子答应起来干脆爽快,做起来拖泥带水。口是心非,连哄带骗,还不是伪善!"

"我、我、我是真的想跟小雨在一起,永远在一起。当初答应的,确实出自真心。"

"哼！你是真心的吗？"

"是！"

"你爱她？"

"当然！"

"你爱她什么？"

"那，太多了。我爱她精致的五官她开心的笑容，爱她笑起来眉眼弯弯阳光灿烂。我爱她清亮甜美的声音，爱她白皙光滑的肌肤，爱她娇俏的身材。我爱她的晴朗她的温暖，爱她的善良她的率真，爱她的专注她的简单。我爱她活泼跳动，爱她温顺安静。我爱她偶尔噘起小嘴，爱她有时皱起眉头。我爱她的每一个眼神每一个表情，还有，我爱她身上淡淡的花香……

"打住，打住。你说了那么多，爱到底是什么？"

"到底是什么？爱，是……我刚才说的所有一切。"

"切！你说的全是'我''我''我'。人家小雨要的是什么，你好好想一想。"

"小雨？嗯，她要的是……在一起。"

对话到这里，马卫东开始觉得头痛。

他才二十岁出头，两个人都是。

"在一起"这个问题，真让人伤脑筋。

"两情若是久长时，又岂在朝朝暮暮！千古流传的诗句，不是早就给出了答案吗？

"常有人调侃，不以结婚为目的的恋爱都是耍流氓。这话听上去真是刺耳。我和小雨的爱情是纯洁的，未来，我们当然会走入婚礼的殿堂。我会让她穿上最美的婚纱，戴上婚戒闪亮全场，做最幸福的女人……

"树要开花要结果,话是没错。但是,现在,我们才二十出头,对社会还很陌生,对人生更是一知半解,就非要贴上婚姻的标签,走进把彼此都圈起来的围城,这种世俗的观点恐怕才是功利,才是亵渎爱情吧。

"因为爱情,就要把自己今后禁锢,不不,这个词太难听。就要把自己固化在某个场景或模式,这未免太不可思议了吧。才二十出头,就要考虑与另外一个人组建家庭,买菜做饭、洗衣服拖地,柴米油盐酱醋茶日夜生活在一起。这,这,也来得太快了吧?

"毕业后,不在一起工作,不生活在同一个城市,就要哭着喊着送别爱情?这算哪门子道理!即便不在一起,爱情就不能滋润生长吗?那薛平贵和王宝钏的故事为什么还那么感人,流传了那么多年?

"改革开放这才十多年,社会的变化已经是天翻地覆日新月异。再往后看,交通和通信越来越发达,距离难道还是问题吗?不!恰恰相反。正因为距离,有了念想,才会让爱人更美,让思念更甜蜜,让爱情更持久。"

……

无数次的问答对话,马卫东时而自责,时而释怀;时而轻松微笑,时而紧张焦虑;前一秒钟刚想通,后一秒钟又走进死胡同。

自己对谢雨的感情是真挚的。这个答案很清晰。

"我可不是骗子。不不,绝对不是!"

思前想后,马卫东觉得自己没啥大问题。起码,不存在道德和品质问题。如果,非要做检讨的话,就是之前谢雨问到今后打算,他答应得太爽快应承得太快了。

这是马卫东的老毛病了,身边人都了解。王药师为此不知凶过他多少次：好面子，顺竿爬。

常言道，说出去的话，泼出去的水。马卫东也知道自己的弱点。可不知道怎么回事，他总是犯这毛病，控制不住自己，张嘴就来，说了又后悔。

"但是！"内心里的另一个马卫东，此时"腾"地一下拔地而起，挺直了腰杆义正词严，"要说刻意骗小雨，天地良心，向毛主席保证！真没有！"

想到谢雨，马卫东不由得心尖有一丝寒凉。

这回，谢雨真的受伤了，是被他伤的。

谢雨哗哗不止的眼泪，咧着嘴号啕大哭的样子，深深地刺痛了马卫东的心。

两个人在一起时，有蓝天有白云，有微风有阳光，有清凉的湖水有旖旎的倒影，有谈不完的天，有唱不完的歌，有细语欢笑，有呢喃花香……

爱情如甘露，带着甜甜的味道，细细地密密地，浸润着马卫东和谢雨的心田。

直到那天。

八角凉亭下，谢雨突然哭泣着离去。这时候，马卫东才意识到，爱情居然还有别样的味道。

心痛的滋味。

马卫东体会到了，如断崖坠落，猝不及防、后背发凉的失重感。

原来，自己心爱的人，自己在乎的人，那么听话的人，有可能离自己而去，有可能不再属于自己。

仿佛有一根巨大的针管，猛然扎进马卫东的胸口，一下把他的心抽紧了，冰凉、空虚……

那个每天依偎依恋着他的漂亮小女生，那个让他以为离不开他的小雨，那个从小到大最乖最听话的小雨，竟然离开了。这个决绝的场景，刺痛了马卫东的眼和心。

四年来，习以为常的拥有，突然失去。

马卫东不由得开始张皇失措。他可以接受物理上、距离上、暂时的不在一起。但是，从没有想过失去，心理上的失去，真正意义上的失去。

"小雨，我不能失去你！"

巨大的失落感和孤独感笼罩了马卫东，他的心在抖。

不管是早晨、上午、中午、下午、傍晚、晚上还是夜里，林荫道、池塘边、图书馆、桃花园和八角凉亭，这些老地方，谢雨都没有再出现。

值班室的许大叔总是耐心地帮他呼叫："402室，谢雨，楼下有人找。"

……

一次又一次，不见谢雨下楼。

宿舍楼里的女生们穿着鲜艳上上下下，看见马卫东就悄悄地指指点点。偶尔听见有人小声地议论："找402室谢雨的就是他，他就是马卫东。"

不时有女生偷瞄一眼，捂嘴偷笑，飞快地经过。

不得已，马卫东只好硬着头皮找梁小敏，谢雨的闺蜜。

小敏一脸不悦地说："你还好意思找我，我正要找你算账呢！你把我们的谢雨怎么着了？"

马卫东忙问谢雨怎么样了？

"怎么样了，还好意思问！你觉得她会怎么样了！两天了，不肯吃饭，除了哭还是哭，身体很虚弱。"小敏瞪着眼，"就这样，你觉得怎样！"

"小敏，你帮帮我，劝劝她别哭了，劝劝她吃点东西。"马卫东谦卑地哀求她。

"我帮？我怎么帮呀，她除了哭一句话都不肯说，都两天了，这样下去，眼睛都得哭瞎。"

小敏的话像针扎，马卫东的鼻子一阵阵发酸。

"我宁可自己瞎了，也不愿谢雨这样哭。"

他喃喃自语。

"马卫东，你怎么欺负她了？"

看马卫东少有的、一副可怜兮兮的样子，小敏语气缓和了一些。

马卫东说他真没有欺负她呀，然后讲了大致原委经过。

小敏听后沉默了。

过了半晌，她的表情也变得柔和了，字斟句酌地说："好像，这一次，马卫东，也不完全是你的错。"

马卫东诚恳地说："是我的错，都怪我。"

小敏摇摇头说："这种事，要怪，恐怕只能怪谢雨，她对你，太依恋了。"

还没说完，小敏的眼眶有些红了。

"这次，你无论如何帮帮我。"马卫东恳求小敏，说着把一大盒银耳递给她，"你帮我煮给谢雨喝吧，水开了再煮十分钟就可以了。还有，这一袋是冰糖。"

"然后呢？"

"然后？"

"我会尽快解决，我不会离开谢雨。"

长这么大，马卫东从没试过跟父母发生冲突，这么激烈、正面的冲突，而且是连续不断的，第一次、第二次，紧接着第三次……

对此，王药师有充分的心理准备。

"卫东，你冷静一点。爱情是这世界上最美好的东西。我和你爸都很理解，也很尊重你和谢雨的感情。我们当然也盼着你们俩好好的。但是，就目前而言，一切都言之尚早啊。你们还太年轻，今后的路还很长，谁也不知道将来会有什么样的变化，不管是你还是谢雨，人都有可能会变的。"

妈妈的这些话，其实和马卫东之前的想法大同小异。

但是现在，他听不进去这些。

马卫东不耐烦地打断："妈，你说来说去，其实，还是不在乎我和谢雨能不能在一起。你们根本不理解，这恰恰是我当务之急头等大事！我不管！我不管别人怎样！我不管将来怎样！我现在什么都不管，我就是要跟她在一起！"

"什么都不管？那妈妈问你，你的工作也不要了吗！你这孩子！怎么这么不知道体谅爸妈的难处呢，这可是我和你爸到处求爷爷告奶奶才为你找好的工作呀。"

"对！我不想要了，我就是要跟她在一起。我完全可以去广东和她一起办工厂。"

"人家办工厂，你也跟着掺和办工厂，你懂得办工厂吗？你有那个能力吗？"

"谁说我不懂！谁说我没有那个能力！就算我不懂就算我没有那能力，那也是我的事，用不着你们管！"

"卫东你长大了，爸妈都老了，到了该享清福的年纪了。其实，我们不想也本不用再管你。但是，走向社会的这第一步，很关键啊。万一你走错了，要付出多大的代价，你想过吗，卫东？"

"我想过,我想得非常清楚。做什么工作、做得好不好,不用你们操心。将来不管遇到什么困难,谢雨她说会和我一起克服的。"

"没有稳定的工作,没有事业没有前途,你一个大男人一无所有,凭什么跟人家在一起!你去扛沙包蹬三轮养活家吗!你现在自以为是,你以为将来人家真会看得起你吗!"

"看不看得起那是我们的事不用你管。你别再跟我说那老一套行不行啊妈!我扛沙包、我拉地排车、我去端盘子种地,我乐意!除了你们,没有人嫌弃我!我干什么都能养活自己。我怎样,谢雨都不会嫌弃。"

马卫东的声音越来越高亢,越来越不耐烦。

"老一套?妈说的话让你觉得是老一套了?你竟然觉得爸妈嫌弃你!你从小到大,爸妈做的哪件事不都是为了你好,你现在还没走进社会,翅膀还没硬,就什么都听不进去了吗!"

"妈你能不能别再啰唆这些没用的,反正我不要你们找的工作了。我的事,今后也不要你们再管!"

马卫东手哆嗦着,几乎扯着嗓子吼了起来。

电话亭外居然有人好事地敲窗户,示意他小声点。

"卫东啊你怎么能这样跟你妈讲话呢,她苦口婆心劝了你两天了。你从小到大都懂事,最听你妈的话,现在怎么能这样惹你妈生气,让她伤心呢?你现在应该冷静一点,听听我们过来人的话。卫东啊,你妈所说的话你妈所做的一切,真真切切都是为了你好。"马尚安在一旁焦急地听了半天,无奈地接过电话,继续劝说。

"卫东啊,你说谢雨这两天不吃不喝。可是,你知道吗,你妈这两天根本睡不好觉,高血压老毛病又犯了,再这样下去很危险啊!"

"爸爸,你别说了。"

老马的话如针刺在马卫东心里。他放低了些音量说:"爸,求求你照顾好妈,也帮我劝劝她。我打定了主意,不会再变了。"

"卫东,你……"

爸爸后面的话被他挂断了。

走出电话亭,马卫东才发觉自己激动地在抖。

接下来的时间,打定主意的马卫东,不再给家里打电话,每天频繁逡巡在女生宿舍楼下。

值班许大叔老远地见到他,就自动拿起呼叫器:"402室,谢雨,楼下有人找。"

但是,女生们上上下下,没有小雨。

每次等待后,马卫东还是独自离开。

小敏说把银耳煮了,谢雨现在肯吃点东西了。大概是累了没有力气了,不再号啕大哭,只是还会经常断断续续地哭。

小敏说谢雨还是不愿意讲话,有时候半夜她能感受到床板轻微的震动,是谢雨在上铺小声地哭。

傍晚时分,远处的晚霞慢慢升腾,渐渐映红了天空,又从镶着金边的云端斜斜地铺照下来,洒向整个校园,笼罩了青春的男男女女。所有的楼房和树木都像是披上了一层薄薄的金色纱布。

今天,马卫东联系不上小敏,只好又来到女生宿舍楼下。

许大叔冲他点点头,探起身子呼叫:"402谢雨,楼下有人找。"

不出意料,还是没有回应。

马卫东谢过大叔,悻悻地走出宿舍楼。

踱到楼下花圃间,马卫东随手捡起一段枯树枝,找了级台阶坐下来。他仰起头,两眼空洞地望着眼前的梧桐树,整个校园里数它最高大。他和谢雨曾经一起环抱着它合影。

从入学那年那天起,这棵梧桐树就这样枝繁叶茂地生长,无忧无虑,多么让人羡慕。

5.
校园广播喇叭里响起高凌风的歌,《那天晚上》。

我知道你会这么想
把我想成变了样
我不怪你会这么想
换了我自己也一样
你知道我会这么想
我会把你想成怎么样
你不要怪我这么想
换了谁都
都一样
那天晚上
有美丽的月光
没和你走在小路上
那天晚上
有美丽的月光
没让你依偎我身旁
……

伴随着悠扬的旋律,马卫东轻轻跟着哼唱。

记得入学第一年,深秋的一天,池塘边柳树的叶子,已经开始悄悄露出淡黄色。谢雨要他唱这首歌给她听。她说旋律优美、歌词简单,她很喜欢。

马卫东深情地唱完了,她就推搡着说:"不要停,我还要听。"于是,他就唱了一遍又一遍,直到她头枕着他的膝盖安静地睡着。

旋律还在脑海中回响,马卫东正在出神。

突然间,有种异样的感觉吸引他侧身扭头,望向宿舍楼的门口。

门口由远及近走出了三个人。

他最熟悉的三个身影。

马卫东慢慢站起身,呆若木鸡地望着谢雨和爸妈。

"卫东。"

谢雨柔弱的声音传来,他听得无比清晰真切。马卫东迟疑地看着他们三个人走过来。

"还傻愣着干什么呀,这孩子。"

王药师招呼他赶紧过去。

"爸,妈,你们怎么来了?"

马卫东云里雾里,开始有些结巴:"小雨……,你们这是……"

"小雨,你终于,肯让我见到你了。"马卫东上前牵住了她的双手。

谢雨穿了一件宽大的天蓝色的套头卫衣,皮肤更显得白皙。她涂抹了淡淡的腮红,口红也看得出是刚画的。谢雨平时极少化妆,今天这样算是隆重的了,却也遮住了少许憔悴。

"你怎么样了,小雨?"

马卫东抚摸着她的头发。才几天不见,谢雨本就娇小的身躯更显得柔弱了。"你瘦了好多。"他心疼地摸摸她的手又摸摸她的肩膀。

"你也瘦了,卫东。"谢雨抬起头望着他,眼圈又开始不争气地泛红,"对不起,卫东,我没事了。"

谢雨的道歉挺突然，让马卫东很意外，更加慌张。

"没事了就好，你们俩都要好好的。"王药师上前一步拉着他俩的胳膊说，"小雨也是我们的闺女，我们可不容许你欺负她。卫东，你真得好好改改自己的毛病。遇事多商量，要知道多体贴、照顾小雨。"

"妈，你和爸怎么来了？你们什么时候到的，怎么也不告诉我一声呢？"

"你凶神恶煞的，吼完我又吼你爸，我们哪还敢跟你说话呀。"王药师嗔怪道，语气却非常柔和，"听说小雨这几天身体精神不太好，我和你爸就赶紧过来看看。"

"我、我可以照顾小雨。妈，你的高血压，你身体好些了吗？"

父母的突然出现，这突如其来的组合，让马卫东有些发蒙，一时不知从哪里问起。

"你妈随身带着降压药，每天定时吃就没事的。"老马拍着他的肩膀说，"放心吧，这不是还有我呢吗！走，咱们去吃饭吧，老爸请客，边吃边说。"

王药师笑呵呵地说："就是啊，卫东还愣着干什么呢，赶紧带路吧，都饿了。"

在桃园餐厅，老马点了一桌子菜，每一道都确定了是谢雨爱吃的才点。老两口吃得并不多，每道菜只是举起筷子意思一下。马卫东和谢雨都看出他们很疲惫。

王药师不停地给谢雨夹菜，每次都要看着她亲口吃下才满意。老马不断起身张罗，马卫东发现他动作有点僵硬吃力，拦住了说我来吧。老马这才坐下来，揉揉腰说："我这是闪着了，没事的。上周我们几个老家伙还打了场篮球比赛呢！"

吃饭时，谢雨有说有笑地陪着爸妈。马卫东不停地端茶添水，小心翼翼照顾着谢雨，对她的关切，写在脸上。两个人之间已经看不到冷战的迹象。

第二天一大早，老两口放心地回济南了。

送走爸妈，回到静静的池塘边。

谢雨头枕着马卫东的肩膀。两人紧紧地偎依。

马卫东心想，之前，自己见风使舵见招拆招，让他对真正的问题，采取了临时应付甚至躲闪逃避的做法，以至于激化了矛盾。这次，他说服自己，直面问题。

"你真的，同意，我回山东？"

这是萦绕在心头许久的问题。

马卫东从触碰它开始，打破了安详的宁静。

"不是同意。是支持。"谢雨微微一笑。

马卫东侧头看着她娇小的面庞，将信将疑："为什么，你会突然……我的意思是，你为什么不生我气了？"

"噢，原来你希望我继续生气呀。"谢雨细声细气地说，略微噘起了嘴，脸上表情恢复了往日的生动。

"不不不，你别生气你别难过。那样，我很心疼。"马卫东嗫嚅着。

"真的吗？你会心疼我？"她离开他的肩膀，歪头注视着，眼睛水汪汪。

"看你难受，看你伤心，我的心像被撕扯碎了。"马卫东说着，鼻子不禁有些发酸。

"小敏跟我说了，说你这几天不吃不喝不睡。卫东，才几天，你真的瘦了。以后你可不能这样不爱惜自己。"她盯着他的眼睛要他答应。

马卫东说："我答应。小雨，你更要答应我，好好爱惜自己，这样我才会安心。"

谢雨点着头，眼泪又浸湿了眼眶。

抢在她的眼泪掉下来之前，马卫东赶忙说："你可别哭，你不是刚刚答应了，要爱惜自己吗？"

谢雨顺从地点点头，咬咬嘴唇，及时止住了哭泣。

马卫东把她拥进怀里，轻轻触碰着双唇。

谢雨突然双臂缠住了他，嘴唇紧紧地贴了上去。他们忘情地拥吻着，时间仿佛停滞了，又像插了翅膀在飞，直到彼此嘴里都是咸咸的泪水。

她挣脱着推开了他，一边用手背擦嘴，一边笑盈盈地埋怨："马卫东，你嘴里都是眼泪，好咸。"

此刻的天很高很远。

天空中静静地飘荡着如烟的几丝云，不成形状地摇曳着，若即若离。水面很平静，不时有鱼儿试探着露出头，飞快地瞅一眼，怕打扰到他俩似的，吐出一串气泡后又赶紧游走了。

马卫东继续他的疑问："是什么让你改变了，让你从抗拒到现在，支持我回山东？"

谢雨微微一笑，望向远处的天空，又转回头看看他。

"你猜。"

"是我妈说服了你，以我的性格、我的特点，在山东事业会发展得好？"

她笑着摇摇头。

"是我妈说咱们刚出校园，应该先有稳定的工作、先立业后成家？"

她笑着摇摇头。

"那，是我爸妈从过来人的角度，告诉你爱情不仅仅是花前月下，还需要面对现实？"

她又笑着摇摇头。

"那……是我爸妈告诉你，人都是有可能变的，我们还都太年轻，我们的感情需要时间的考验？我爸还背了那句古诗，两情若是久长时，又岂在朝朝暮暮？"

谢雨忍俊不禁，又赶紧捂住嘴，再笑着摇摇头。

"那会不会是我爸妈承诺，几年后会让我去广东，或者你来山东？总之，咱俩今后会在一起！"

她还是笑着摇摇头。

马卫东绞尽了脑汁："我实在猜不到了，难道是他俩三百六十度大转弯，同意我毕业后跟你去广东了？"

"三百六十度，那不是转回到原点了？"

谢雨被哈哈逗笑了，依旧摇了摇头。

……

"真的猜不出了？"

"真的，猜不出了。"

"卫东，你猜的场景基本都靠谱，除了同意你毕业去广东那一条。但是，都不是答案。"

马卫东越听越糊涂了。

"那些，都不是改变我想法的答案。"

"哦？那真正答案是什么？"

"真想知道吗？"

"当然，真想知道。"

"那先给我一个奖励。"

"什么奖励？"

谢雨站起身，轻轻地拨开面前的一条细细软软的柳枝，微笑看着他，张开了双臂。

"一个大大的拥抱。"

马卫东把她紧紧地抱在怀里，把娇小的身躯密不透风地拥进身体里，越来越用力越抱越紧。

谢雨极细微地呻吟了一声，轻轻推了他一下说让我喘口气。在马卫东松一松拥抱之际，她轻轻地呢喃。

"你的妈妈，"她眼圈红红地看着他，"让我想起了,我的妈妈……"
说着，泪珠掉到他的肩头，马卫东感觉凉凉的。

"噢，原来，让你改变的答案，是这个。"

马卫东轻轻叹了口气。

"不是的，这也不是答案。"

谢雨轻轻摇头，然后，又轻轻地摇了摇。

"哦？"

马卫东用求解的眼神看着她。

微风吹过，摇曳的柳叶轻抚着谢雨乌黑的发梢。

"我改变，我听你的话，是因为，"谢雨满含深情，注视着他，"我爱你！"

6.

两个人重新回到一起。

"不是回到原点。而是，经过这次冲突后，咱们的感情升华了，我更懂得珍惜了。"马卫东掏心掏肺，对两个人的关系做点评小结。

谢雨心里听得美滋滋，嘴上说："哼，这么容易就懂得珍惜了？

真正效果,有待检验。"

"是是是,真懂了。请领导随时监督检查!"

马卫东说的是真心话。短短的几天,第一次让他对人生有了过山车的感觉——起伏。他不由得在心里感叹:难怪都说,失去时才知道珍惜。自己终于体会到了!

"从此以后,学会珍惜你,再也不分离!"马卫东发自肺腑,信誓旦旦。

"好啦。你呀,又来了。"

谢雨娇嗔道。

对于马卫东能有这样的体会,她还是很欣慰的。但是他说到的,真能做到吗?想到这里,谢雨心里还是有些犹犹豫豫。看着眼前血气方刚、掷地有声的爱人,谢雨温柔地把他握拳表决心的手拉了过来,轻轻地爱抚。

"不要说那两个字。"谢雨柔柔地说道。她一直很忌讳用词不吉利。

"哪两个字?"马卫东还想逗她,龇牙咧嘴地说,"分……分……?"

"哎呀,你好讨厌。不许说,就不许你说!"

谢雨急得带了点哭腔。

平日里,自己"寻衅滋事式"的幽默,经常逗弄得谢雨小嘴噘起。马卫东看到此次又得逞,不禁小小地得意。

"好好,不说不说。小雨啊,想不到你居然是个小封建。"

"哼!凡事皆有因果。参不透的事,不得妄言,还说珍惜?"

见谢雨表情认真,马卫东赶紧连称"领导说得对"!

毕业前的日日夜夜,时间加速飞逝。

天下没有不散的筵席,离校的时间到了。

同学们收拾好行囊各奔东西。

两个人每天形影不离,像是与时间赛跑。

马卫东特意摘下墙上挂着的老吉他,背着健步如飞。谢雨远远地看着他,捂嘴笑了,眼睛笑弯了像月亮。马卫东问她笑啥。

谢雨指着他的吉他:"你背着它,远远地急匆匆走过来,很像宁采臣。"

马卫东张大嘴:"我的形象就那么傻气呀。"谢雨开心地点头称是。

马卫东定睛端详着谢雨粉嫩的面庞:"你可比小倩比王祖贤还要好看。"说着,努嘴就亲了上去。

两个人坐在池塘边的柳树下。

马卫东打开一个精美的纸盒,拿出一条荷色的丝巾。

谢雨接过来,上面是一幅水墨画。

一抹浮云若有若无地游荡在天上。弯弯的小河,两岸杨柳依依。岸边的小路,傍依着河水缓缓地伸向远方。在小路的尽头,隐约有一人影,在翘首张望。画面旁边,隽秀地印着顾城的诗。

在春天

你把手帕轻挥

是让我远去

还是马上返回?

不,什么也不是

什么也不因为

就像水中的落花

就像花上的露水……

只有影子懂得

只有风能体会

只有叹息惊起的彩蝶

还在心花中纷飞……

马卫东是朦胧诗的忠实粉丝,说起那个年代和那个年代的朦胧诗,滔滔不绝。

"八十年代,是一个充满奇迹的时代,朦胧诗是那个时代的奇迹,也是绝响。顾城、舒婷、北岛、食指、芒克、江河、海子,'沿着鸽子的哨音我寻找着你','你在我的航程上我在你的视线里','卑鄙是卑鄙者的通行证,高尚是高尚者的墓志铭','黑夜给了我黑色的眼睛,我却用它来寻找光明','我之所以坚定地相信未来,是我相信未来人们的眼睛……'"

马卫东几乎可以背诵出每一首诗。谢雨听得入神,崇拜地看着他:"卫东,你好有才!"

"嗳,我这算得上啥。"马卫东听到谢雨由衷的夸奖,有些不好意思,"今天,人们口口声声的膜拜和有才,在那个年代处处可见,信手拈来。正可谓,朗朗星空,群星璀璨。可惜呀,那个年代已成过去。"

"那个年代虽然过去了,未来会更好呀。未来,我可是有你呢。"谢雨心满意足地挽住他的胳膊。

"好美。"谢雨轻轻抚摸着丝巾,细细端详。

"在春天,你把手帕轻挥……"

马卫东声情并茂地轻声朗诵。

池塘边很安静,太阳也柔和。水面波光粼粼,远远近近有些微小的涟漪,一圈一圈轻轻地晕开。偶尔有小小的飞虫掠过,柳叶儿不易察觉地摇动。

暖暖的阳光洒在脸上,谢雨枕着他的膝盖,闭着眼睛舒服惬意。

马卫东抚摸着她乌黑的头发问:"回去后,你会想我吗?"

她没有张开眼睛,迎着阳光,露出微微陶醉的笑:"只有风能懂得,只有影子能体会。多美的诗啊。"

马卫东说:"别打岔,我问的是你会不会想我。"

谢雨抬起头,目不转睛地看着他,过了好一会儿才说:"我不想你谁想你,我不想你我想谁。"

"好想一直这样偎依在一起,好想像它那样一直缠绕着你。"谢雨举起白皙的手,指了指远处的教学楼。绿色的藤蔓深深浅浅不断缠绕着向上,铺满了墙面的红砖。

手放下时,谢雨轻轻哼唱起了"世上哪有藤缠树"。

"山中只见藤缠树啊,世上哪见树缠藤。青藤若是不缠树,枉过一春又一春。"

四年来,谢雨的普通话已经字正腔圆。

"连就连哎,我俩结交定百年。哪个九十七岁死,奈何桥上等三年。"

马卫东抱着吉他,轻弹和弦,在她耳边接着吟唱。

还没唱完,谢雨一把推开了,眼眶微红。

"谁要你唱这句歌词,不许你唱。"

谢雨噘着嘴,有些难过地说。

"哪句呀?哪个九十七岁死?噢,好好,不唱不唱。"

"你赶紧呸掉!"

"好好,我呸,我呸呸。"

马卫东用手掌拍拍自己的嘴,以示自罚。

谢雨的眼眶有些湿润。马卫东看在眼里,心头忽悠地晃了一下。

"好了好了,我可不忍心再看你这样泪汪汪。"

想起两个月前的那几天，谢雨止不住的泪眼，马卫东的心里不忍，伸手想用手背擦拭她的眼泪。谢雨一边推开，一边掏出花色的小纸巾噘着嘴抱怨："谁要你又惹我。"

马卫东要用行动化解失言，便努起嘴，够着去亲她的腮。

"你可以想我，这是谁都无法阻挡的。但是，你千万不要想我想到吃不下饭、睡不着觉。"

谢雨的腮细腻光滑，芬芳沁脾。

"臭美。谁像你那样，倒头就睡、睁眼就吃。"

谢雨嘴上数落着，却被他亲得心里痒痒的。

"该吃吃该睡睡。没有分离哪会有相聚，常言道，小别胜新婚呀。"

马卫东张嘴就来，老毛病又犯了。

"呸，乌鸦嘴，告诉过你不许说那两个字！你又要乱讲，我不要听。"

谢雨两手捂住耳朵，下巴抵在他的膝盖上，用力地磕着。

马卫东说"哎呀我这臭毛病"，赶忙掌嘴自罚。

谢雨好气又心疼地拦住他。

马卫东就势用鼻子和嘴唇顶住她腮下，轻轻摩擦着白皙光滑的肌肤，深深地吮吸着熟悉的清香。

四年前入学报到，在教学楼楼梯上，那个气喘吁吁，扎着马尾辫的漂亮女生。马卫东接过她手中的行李箱时，就记住了这淡淡的香气。后来，约会的晚上，谢雨身上淡淡的花香，总是让他沉醉。

马卫东轻轻拨弄琴弦，缓缓地哼唱起了《那天晚上》。

我知道你会这么想

把我想成变了样

我不怪你会这么想

换了我自己也一样

你知道我会这么想

我会把你想成怎么样

你不要怪我这么想

换了谁都

都一样

那天晚上

有美丽的月光

没和你走在小路上

那天晚上

有美丽的月光

没让你依偎我身旁

吉他声音绵长，马卫东唱得很用心，优美的旋律感染了谢雨，她也跟着小声吟唱起来。

"在一起的日子，过得好快。将来，依偎在你身旁的人，会不会不是我？"

刚一唱完，谢雨眼圈又开始红了。

"瞎说哩，刚刚你还说我乌鸦嘴，现在自己就口无遮拦。"马卫东终于逮着还击的机会，他轻轻抚摸着谢雨的脸，"将来，我们当然会在一起。暂时嘛，我不在的日子里，只要你听到这首歌，就是我在你身旁。"

"卫东，你让我听话，我就一直很听话。但是，你也要说话算数哦。"谢雨突然想起了什么，"你可是答应过我的。"

"答应什么？"

"啊，才答应的转眼就忘了！"

"啊，什么转眼就忘了？"

"就知道你会骗人，说话不算数。才答应过的事情，你现在就忘了。我真生气了。"

谢雨生气地侧过脸，嘟起了嘴。

"当然不会忘。我会想你，我会很想你，我会一直想你。"

"那是我说的话，你不许偷用！"

"我想想哈，对，我答应过你：好好工作。"

"不对，不是这个！"

"那你给个提示，答应你的是？"

"你答应过要来广东，要来看我，要来看……"

谢雨想到了什么，打住不说了，忍不住抿嘴笑。

"噢！"马卫东恍然大悟，"当然当然，这怎么会忘呢。我要去拜见岳父岳……"突然想到她的妈妈不在了，他赶紧刹车更正："拜见你的家人。"

"你呀，脸皮厚，张嘴就来！"

谢雨伸手戳了戳他的下巴，笑得更灿烂了。

"哦，对了，还有……"

"还有？还有什么？"

马卫东急速地思索。

"其实，卫东你知道吗，就算还没有离开学校，就算现在面对面在一起，我已经，开始想你了。"

谢雨望着他，眼眶又开始泛红，轻叹了一口气："想念的日子，会很漫长。"

马卫东心头一紧，把她更紧地抱在怀里，轻声问还有什么。

"还有就是……我明天就要走了。"

谢雨说着，抱紧了他的胳膊："你今天就要写信给我，今天就要寄出。"

她歪着头，掐指盘算。

"对，这样，我回到家的当天，就能看到你的信。那就代表了，我又见到了你。"

4
天生冤家

1.

年纪不大,马卫东就喜欢念叨。谢雨就爱听他念叨。

四年来,马卫东念叨来念叨去,就是济南。济南的山山水水,济南的那些事和那些人。尽管没去过,没见过,谢雨已经耳熟能详,知道了那儿有不高的山,有甘甜的泉水,有窄小的胡同、悠悠泛光的青石板和普普通通的人家。

"都说人老了,特爱回忆,喜欢念叨。"谢雨笑嘻嘻地戳着马卫东的酒窝说,"你才二十出头,怎么就这么喜欢念叨呢?"

"墙壁已爬满了皱纹。"马卫东故意用烟嗓深沉地朗诵芒克的诗,"墙壁就如同一面镜子,一位老人从中看到了一位老人。屋子里静悄悄的……"

"好美。"谢雨迅速被诗吸引了,但又马上听出端倪,"哼,竟敢讽刺我也老了!"

她笑着追去掐马卫东的脸蛋。

从念叨的频次来看，马卫东确实老了。从离开济南的那天起，就开始老了。他喜欢念叨泉城印象和中学往事，念叨王药师嘴里他的狐朋狗友。齐怀洲、高翔的名字和事迹，谢雨感觉少说也听了一百回。

高翔，头大脸大体型比较大。有人丑化他称呼他为"二师兄"。马卫东、齐怀洲都不赞同，高翔并不是肥头大耳那种。

"就像臭豆腐，闻着臭吃着香，是需要细细品味的。咱们高翔的样貌，就是那样，耐看、耐品！得细看细品，那个帅才能渐渐地出来。"

班长小梅是这样评价的。

齐怀洲和马卫东听了抢着表态。

"班长的评价，相当中肯，有品位、有格局！"

"班长，高！实在是高！"

几十年后，动画片《熊出没》热映。

大家惊讶地发现了高翔的原型：熊大！

"不知所谓，不可理喻。"高翔对同学们的无知摇头叹息，"它，怎么可能是我的原型？你们用脖子上面那玩意儿想想，谁在先、谁在后！"

"明明我是它的原型！"

齐怀洲和马卫东听了心悦诚服，异口同声赞道："高！实在是高！"

初中的时候，高翔可是又瘦又小，斯斯文文、眉清目秀，有点像个女孩。

"吾貌虽瘦，天下必肥。"

有理想有情怀的高翔，一度把这句话奉为人生格言。可不知道怎么搞的，一上高中，整个人就像气球一样被吹胀了。

随着身形变化，高翔及时转变自我认知；同时，他耐心地帮同学们更新观念。"艳字怎解？丰色是也。何为丰，《说文》有解，肥大饱满。所以,"高翔对齐怀洲的瘦长身材直撇嘴,上下比画着自己说,"此番相貌,方为艳!"

在高翔"丰色"起来之前,时常有同学欺负他身形弱小,喜欢对他推推搡搡。后来,谁再推他,能把自己震一个趔趄。

上高中时,高翔很得意自己的名字。

站在讲台上,他充满激情地自我介绍。

"同学们,高翔,我的名字!"

"多么简洁、多么有力,鸿鹄之志、志在千里。想象一下吧,苍茫的大海,黑色的闪电,高傲地飞翔;再想象一下吧同学们,鹰击长空,怅寥廓,问苍茫大地,谁主沉浮!"

酣畅淋漓的乐曲在最高潮处结束,高翔激情澎湃地挥舞着的手臂,在半空中骤然停止。他紧闭着眼睛,像忘情的指挥家依然沉醉在乐曲中,不能自拔。

以"沉浮"二字收尾,情绪相当激昂饱满。

一切都近乎完美。略显不足的是,他腮边的两坨厚肉稍稍滞后地抖动了两下。

高翔的风采引起台下一片掌声,并且,深深地吸引了一个人,班长小梅看呆了。

若干年后,互联网语言兴起。他引以为豪的翔字被恶搞了。眼看自己那么寥廓的名字,被滥用得那么肤浅,高翔对这种低俗嗤之以鼻,懒得搭理。

比起普通同学,少年时的高翔就对世俗有些格格不入,甚至异乎寻常的见解。

为了进一步引起班长小梅的注意,挑了风和日丽的一天,高翔特意装作若无其事的样子,溜达到她身边。小梅正在俯身观赏楼下的学生们,他们青春洋溢,或动或静,有的在跑跳追逐,有的在打乒乓球,有的在丢沙包,有的在单杠双杠上翻飞,有的三三两两闲逛说着悄悄话……

小梅看得饶有兴致。

"啊,我该如何看!"

猛不丁地,高翔用咏叹的腔调,发出了诗人般的感慨:"啊,无论我怎么看,都看到楼下这帮人呐,是这般的普通,又是多么的尘俗!"

抑扬顿挫间,高翔一头柔软的长发也在慷慨激昂、不羁地起伏。他的普通话京腔京韵,浑厚有力,变声完成得很彻底。

"你,你没事儿吧?"

小梅撇嘴看着他,对他的一惊一乍,相当不能接受。"啊,没事。"高翔怔了一下,随即露出了谦和的微笑,再次向楼下的同学们投去宽容的眼神,"我,就是看着他们……有少许的不解和……无奈。"

"要不要带你去医务室看看啊?"

"真的呀,太好啦!"

高翔对班长的讥讽毫不在意,甚至,喜出望外。

一番死缠烂打、软磨硬泡,高翔居然真的让小梅陪他去了医务室。

医务室的大夫耐着性子,听完了高翔的大致症状。

"赶紧走,赶紧走!这孩子,有毛病吧?"

小梅抢先逃出了医务室,边跑边笑,花枝乱颤。

高翔跟在后面,望着她苗条悦动的身影,享受着她清脆的笑声,露出了痴人一般的笑。

……

高翔现在是出版社的编辑。

他端这碗饭,似乎早有征兆。

高二的课堂上，突发兴致的语文老师，哼起了许冠杰最新的歌曲："命里有时终须有，命里无时莫强求。"唱到悠扬处，老师停了下来，环顾课室突然发问："有哪位同学知道这句歌词出自哪里？"

高翔同学腾地一下站起来，大声回答："这句出自《增广贤文》。"不知道怎的，忽然间灵光乍现。

高翔紧接着补充道："《金瓶梅》里也有，前后出现过两次。"

课室顿时一片寂静。

此时，高翔脸上火辣辣的，呆站在原地，寻思要不要跳窗出去。马卫东回过头来，冲他竖起大拇指，然后带头呱唧呱唧鼓掌。全班随后掌声一片，哄堂大笑。

老师开始也跟着咧嘴笑，眼见场面有点乱，就收起笑，正色点评："高翔同学，咳咳，广泛阅读古籍名著，很好！当然喽，这个，每位同学的情况是不一样的。大家也不要千篇一律，而是要根据自身的情况，再结合兴趣爱好，选择适合自己阅读的书籍。"

"高翔，高翔同学？"老师再三示意发怔的高翔，"坐下吧，继续努力哈。"

教室里回荡着同学们的笑声，由高到低持续了好久。

课后，马卫东、齐怀洲等一帮同学，追随围堵高翔，虚心向他请教古籍名著的相关知识。班长小梅正色制止并批评他们："你们知道吗，你们这样很无聊。"

对于他们的无聊，高翔并不介意。

这堂课的尴尬莫名地激发了他的动力。从那天起，高翔就坡下驴，索性更加广泛深入地阅读各种名著，《灯草和尚》《包法利夫人》《文心雕龙》《老人与海》，古今中外均有涉猎，直至后来考入文学专业。

中学六年，马卫东、高翔和齐怀洲像三个陀螺，转圈轮换组合同班。这其中，初中升高中，他们被打散过一次，高中分文理科的时候又重新组合。还有两次，不记得为了什么，学校一时兴起，就把所有同学重新调换了班。在那时，每个班都差不多，换来换去很平常。要硬说不同，就是漂亮的女生去了别的班。轮换次数多了，大家就很难对上号。毕业多少年后的聚会，谁跟谁同班、谁是谁的同桌，永远是热闹有趣的话题。

因为这个话题，小梅还生过高翔的气，说好啊居然连咱俩中学有几年是同班，你都记不清！我在你心里，还不如你的狐朋狗友。

小梅和高翔的婚礼上，狐朋狗友成了伴郎。

陌生人看仨人合影，多半会猜错谁是谁。

高翔认为：很明显，自己是独具文学家气质的。而马卫东和齐怀洲这两个家伙，外表具有欺骗性。从社会角色定位看，是拧巴的。从面相上看，道貌岸然、忠厚亲民的马卫东经了商，有棱有角的齐怀洲却进了体制成为公仆。

"所以说，人啊，"高翔不禁摇头感慨，"究竟该怎样，真不以个人的意志为转移，更不因为外表如何而改变。没那运气的话，就算长了柳下惠的模样，也碰不到美艳女子啊。"

"美艳女子？看来，那些古典文学，真对你影响挺大。"小梅话里不无讥讽。

"我的意思是，你看看我，没有柳下惠的模样，不也娶到美艳女子！"高翔反应挺快，"这就是，命里有时终须有，命里无时莫强求。"

比起现如今，那些口红眼影喔呦喔呦讲话的花样美男，马卫东和齐怀洲长得糙了些。但是，如果认真看、客观评，他俩还是有几分姿色的。

马卫东，国字脸，天庭饱满、地阁方圆，样子挺诚恳，属于让女方家长头回见面就放心的那种。随着日本电视连续剧《血疑》的播出，同学们都说他长得很像大岛茂。

东都大学医学院教授大岛茂诚恳坚韧，是大岛幸子的父亲，是中国观众心目中"理想的父亲"。大岛幸子是谁，那可不得了喽，她可是马卫东们梦中的女神，圣洁的女神。雪白带黑边的校服，棕红色格子短裙，黑色系带的小皮鞋，浅浅的微笑露出洁白的小虎牙。幸子扮演者山口百惠亲自演唱的《谢谢你》，哀婉悠扬，动人心弦……

越说越远，言归正传。

马卫东长得像大岛茂，得到一众男女同学的公认。高翔对此的评价是："典型的岳父相。"马卫东听了直撇嘴。他更希望大家说他像相良光夫，也就是大岛幸子的伴侣，而不是父亲。

"切……"

高翔、齐怀洲等人一齐发出不屑的声音。对此，马卫东认为他们的心态有问题，见不得自己配女神。

齐怀洲不太一样。他的脸形瘦长，棱角分明。这种长相，有宝贝女儿的家长未必很放心托付，往往需要进一步考察家庭背景，尤其是个人性情喜好。齐怀洲的样貌不像教授学者那么儒雅温和，也不像政府官员那么敦实稳重。他细胳膊长腿儿，脸上身上没有多余的肉，处处都是棱角分明，有点像港片里那种古惑仔狠角色。凭外表猜他的职业有些困难，东北倒爷、人体摄影师、电视导购、健身房教练，三教九流都有可能。

像陀螺一样转着，仨兄弟一起度过了中学时光。

六年里，谁和谁的同窗时间最长，还真不好讲。

可以确定的是小梅和高翔，人家不仅同窗时间长，后来甚至同床，成了两口子。

2.

不同地方的人，各有标签。

20世纪八九十年代流行的说法是，不到北京不知道官小，不到深圳不知道钱少，不到海南不知道身体不好，不到山东不知道酒量小，不到上海不知道自己是乡巴佬。不同省份城市如此，即使在同一个城市里，不同的区域的人也有标签。

济南的情况大致是这样的。

槐荫区，老式国营工厂多，家住这儿的人，父母多是双职工，经济条件一般，快人快语嗓门大；天桥区，草莽英雄地头蛇多，从古至今，都是走南闯北的卖把式和手艺人聚集地；历下区，机关单位多，像马卫东家住的那块，文化厅、卫生厅、教育厅、二轻厅、广播电视厅扎堆，满街都是干部。

齐怀洲家属于市中区，顾名思义，城市中心。不过，那是清末民初的区划，改革开放以后，尤其是举办了全运会后，济南市的中心一直在往东移。

老城市里，总有很多老地名，起得有韵味有水平。比如齐怀洲家，在"普利街"。

以普利街为主线，几十条小小的胡同和巷子纵横交织，围绕西门连接成了一片济南老城。齐怀洲出生在其中的一条古巷，叫太虎石巷。普利街太虎石巷，小时候这个地名叫起来拗口费劲，听起来很土。图省事就说是东流水旁边，朗朗上口，要不就说住在趵突泉附近，人人都知道。好比在北京说王府井、在上海说城隍庙、在广州说越秀山、在成都说宽窄巷子。

长大后，齐怀洲不觉得拗口了，他越来越喜欢老城的地名。东流水，听起来叮咚悦耳有声有色。太虎石巷这四个字，犹如昏黄的宣纸、穹劲的墨迹，浸透着浓浓的历史感、文化味。

山东自古豪杰辈出，绿林草莽层出不穷，辗转腾挪在崇山峻岭之中，省城王府也时有响马经过。太虎石巷便曾经是大名鼎鼎的燕子李三出没之地。

齐怀洲对燕子李三的典故一度痴迷。

燕子李三在民间传说中有许多版本，每个版本的面目身形大不相同：有山东的，有天津的，有河北的，有北京的，甚至广东也有人提出认领。他行侠仗义、义薄云天、除暴安良、劫富济贫；他寡廉鲜耻、无恶不作、欺男霸女、祸国殃民。有人称他英雄，树碑立传敬香献茶；有人骂他人渣，踩脚下按地上来回摩擦。

有段时间，神州大地先后出现了数十个燕子李三。往往一个燕子被官府扑杀后，另一个燕子又飞腾起来，还都叫李三。某种意义上，燕子李三已经成了旧社会飞贼的代名词。

众多燕子，眼花缭乱。比较一致的评价，是他极其擅长轻功和内功，据说他能向前跳5米和向后跳4米，这后者难度极大。另外比较一致的评价是，他是飞贼，只管下手，不分对象。传说他不仅偷工厂、偷商户、偷住家，还潜入省政府主席府邸偷窃，有幸撞见同样大名鼎鼎的山东省政府主席韩复榘。

韩主席脑子混沌出了名，刚受邀请看完一场篮球比赛，十分不满，正拍脑门琢磨着给场上每个运动员派发一个篮球，免得争抢。刚跨步进家门，猛然间抬头，李三从里面出来。俩人碰个脸对脸、大眼瞪小眼。还没等韩主席回过神来，说时迟、那时快，李三已如燕子飞掠而去。韩主席很没面子，派警察想方设法成功抓捕了李三。抓捕后疏于看守，李三运用内功缩身卸掉捆绑又逃脱。从此声名鹊起，浪迹江湖。

腰里别副牌，见谁跟谁来。李三偷完百姓、偷国军，偷完国军、偷伪军，还曾盗窃过中共地下交通站。1945年，他直接偷进了日本宪兵司令部，激发了日军的逮捕热情。直到战败投降，日本人也未能如愿抓住李三。这让李三勉强为自己的偷盗行为涂抹了一点抗日色彩。

身轻似燕的李三，在乱世中如鱼得水，有意无意起到了扰乱反动统治的积极作用。可惜，正如谢雨评价马卫东："本性难移。"济南解放后，朗朗乾坤下，李三依旧不能认清形势，主动拥抱新社会，而是继续为非作歹、顶风作案，甚至还上演了几擒几纵，这让人民和人民政府很愤怒，最终毙于新中国成立的当月。

受评书的影响，齐怀洲打小就觉得燕子李三很威风也很神秘，用现在的话说就是很酷很帅。太虎石巷，高高低低两百多户人家。所有的房顶，齐怀洲都上过。他在房屋之间跳跃奔跑，想寻找李三的遗迹。他特意花时间翻阅了各类考证介绍，甚至还想去某博物馆瞻仰所谓的腿骨标本。后来，看到专家分析，燕子李三绝技归因"提前踩点、细致摸底、特制药水、万能钥匙"。再看到"极少声响不留痕迹，是因为常穿五六双布底袜子；翻墙越顶，是善于借助树木电杆"等等，便已觉得有些失望索然。

齐怀洲依稀记得燕子李三的通缉画像，那五官和脸盘很山东、很齐鲁，是隔壁班的高个，是斜对过的邻居大哥，是巷口等拉客的三轮车夫，总觉得在哪里见过。

再后来，那模样终于对上号了：大学保安队的队长。

几百年来，历史这位老人默默注视着太虎石巷和这里的人们。从扎辫子、穿马褂的地主乡绅，到中分头、白围巾的五四青年，从烽火连天、硝烟弥漫，到大炼钢铁炉火通红，有过枪炮隆隆，有过锣鼓喧天，更多的时候，宁静的街巷炊烟袅袅。

有段时间，年轻人离开这里，去上山下乡，几年后又回来待业；

有段时间，人们群情激昂，砸庙拆像，喊打倒、要造反；有段时间，人们争分夺秒，读书学习，考试出国。近几十年来，太虎石巷的人们不分男女老幼，基本都参加过游行，声援美国黑人抗暴斗争，大都围观过几次严打和镇压，里三层外三层，踮起脚尖看五花大绑游街的流氓和反革命。

在古老的街巷里，时间是个匆匆的过客。人们放鞭炮贴对联，人们写大字报刷标语，人们迎娶出殡各种喜庆哀伤。从不分晨昏打闹嬉戏的孩提，到春华秋实敏感躁动的青春，从笔直挺拔、身手矫健变得白发苍苍、颤颤巍巍。

在古老的街巷里，时间又过得慢条斯理。各种喧嚣过后的夜晚，家家袅袅青烟，灯火昏黄；天色蒙蒙亮的早晨，宁静清冷，木门吱呀悠长地一响，女人拎着马桶去冲洗。

太虎石巷年岁已久，疙里疙瘩坑坑洼洼的青石板路就是它的年轮。巷子很长，不算宽敞，两辆马车刚够交错互让通行。两旁的杨柳摇摇摆摆有些懒散，街道经过些散落的小池子和低矮的人家，弯弯曲曲地伸向远处的东流水。走在不平整的青石板路上，不由自主会小心放慢一点脚步。从前，白天总是晴朗，手搭凉棚抬头看，天空瓦蓝，阳光无遮无掩，白花花的很刺眼，想要低头躲避，青石板路反射着天空的光亮，不得不又眯起了眼。夜晚，路面泛着清幽的月光，传递着凉爽，有人手挽着手，偎依慢行窃窃私语，偶有自行车唰地经过，夜空里响起清脆的铃声，声音迅速穿透到很远的巷子尽头。

3.

在古老的街巷里，调皮的男孩子大都一个熊样。指甲又黑又长，鼻涕经常吸溜吸溜在鼻孔外面，脖颈后总能搓起厚厚的一层泥。衬衣穿得像抹布，看不出本来颜色，领子油光铮亮。

也怨不得孩子们野。那时，家家户户窄小昏暗，只要出了家门就是敞亮的世界，有树梢有花香，有鸟儿在叫有狗在跑，有树有电线杆可以随意攀爬，有砖头、有瓦片、有泥巴、有弹珠、有糖纸、有烟板可以玩，白天黑夜自由自在。

在古老的街巷里，熟门熟脸，大家都是老相识，基本对得上号，谁是谁家的老大和老二。

巷子不宽，弯弯曲曲，四通八达。

巷子里的孩子们玩着玩着，分成了几圈。

齐怀洲哪一圈都不掺和，但是这不代表他不野。比起别的孩子，他更喜欢也更擅长爬电线杆翻房顶，不过，这些事儿，他喜欢单干。

黄昏时分，每当坐在某个老宅的屋顶，看近处炊烟袅袅升起，看远处飞檐被夕阳装点得金光闪闪，那种感觉很梦幻。齐怀洲觉得现在写穿越剧的作者，大概就是上过屋顶，得来了灵感。

看他不入群，有的孩子王不爽，带着几个跟班前来挑衅，取笑齐怀洲像傻木棍。效果一般，齐怀洲不太爱讲话也不愿意搭理，对于取笑戏弄没啥反应。所以，挺长一段时间，他依旧独来独往。

这一年的寒冬腊月，齐怀洲打酱油回家。那时候，什么都短缺，家里舍不得买瓶装酱油，都是拿空瓶去装。在巷子西口，他被黄一军领着五六个孩子围住了。

黄一军个子不高，踮起脚来刚到齐怀洲的眼眉处。能在太虎石巷称王称霸，得益于他体形横向发展，一脸横肉膀大腰圆。黄一军样子凶狠，出手也比较重，几乎把整个巷子里的孩子都收拾欺负过。他斜楞着嘴瞪着眼，紧紧薅住齐怀洲的衣领，非赖他偷了他们的弹珠，逼他交出来。齐怀洲脖子被勒得生疼，挣扎着刚想解释，就被劈头盖脸抽了两巴掌。刹那间，他体会到了传说中的眼冒金星，两边脸颊热辣辣生疼。昏头昏脑，刚想定定神，小腹又不知被谁狠狠地给了一拳，一口气接不上来，顿时痛得蜷缩在了地上。

　　青石板的地上还有冰，钻透骨头的冰凉。迷迷糊糊间，齐怀洲看到左手掌被划出了长长的口子，鲜红的血从伤口渗淌了出来，酱油瓶碎成大块小块远远的一地，酱油混浊了身旁一洼雪水。

　　黄一军脏兮兮的脸凑在眼前，看嘴型还是在骂骂咧咧。突然间，齐怀洲惊恐地发现，对方脏兮兮黑洞洞的鼻孔，两条黄色的鼻涕正缓慢地爬出来，左摇右晃，眼看就要滴到自己的脸上。

　　刹那间，像是被青石板突然从身下推了一把，齐怀洲奋力一脚蹬开了跪骑在身上的黄一军。伴随"嗷"的一声吼叫，他腾身而起，手上不知何时多出了两块瓦片。

　　五六个围殴他的孩子，还在说笑的表情瞬间僵住了。兵败如山倒，反应过来四下逃窜。齐怀洲长腿一纵，向左追出三步，抱摔重重撂倒了两个，又回身追出几十米，先后飞扑放倒了两个。听到手下叽里呱啦哀号乱叫，黄一军慌不择路，头也不回地狂奔进一扇虚掩的大门，反锁了院门。

　　在身后一帮孩子的惊呼声中，齐怀洲三下两下蹿上了院墙，威严屹立在三米多高的墙头上，瞪着下面惊魂未定瑟瑟发抖的黄一军。他嘴巴张得很大，可以塞进一个拳头，眼睛瞪得铜铃一样大。

　　这时，黄一军做出了让所有人都诧异的动作。

　　他双手慢慢举过头顶，嘟囔着："大、大、大哥，我改了，饶、饶了我吧。"

齐怀洲，一战成名。

巷子里传得挺神乎，说老齐家那孩子打架厉害，半边脸带着血站在墙头，像个杀人狂魔。其实，齐怀洲那哪是打架，只是被吓坏了的本能反应。之所以那几个孩子被追上撂倒，主要不怪他们，要怪只能怪齐怀洲动作太快。天下武功唯快不破，说的大概就是这个道理。屹立墙头时，脸上的血迹应该是自己受伤的手无意间抹上去的。

过后回想起来，齐怀洲也觉得当时自己那副模样确实吓人。打那以后，黄一军见了他，大老远就满脸堆笑。巷子里不仅没有谁再欺负他，反倒听说有被欺负的拿他名头吓唬对方，好像还起了震慑作用。另外，包括那天被撂倒的那几个，好些孩子愿意凑上来找他玩儿。齐怀洲的朋友多了起来，变得更开朗合群。

再后来，齐怀洲似乎也参与过一两次打架，基本都是被动卷入。他坚称，自己不是爱挑事、爱惹事的人。所以打架魔王之类的称谓，纯属以讹传讹，是对他清白青少年历史的误读。

不过，私下里他承认：有道是，常在河边走，哪能不湿鞋；人在江湖漂，哪能不挨刀。从小看大，有时候，很久远的一件小事，也可能改变一个人的性格，甚至改变一生。比如说，一次看似偶然的打架，却打出了无惧无畏的自信，也在不知不觉中，为日后埋下了种子。

4.

转眼到了八十年代的尾巴，齐怀洲迎来了高考年。

八十年代和高考，这两个词，代表着流金的岁月，在新中国的历史上熠熠生辉。纵使数十年过去了，在如今已是大叔阿姨们的脑海中，仍旧激荡着青春的记忆。

对于那时的人们,高考是神圣庄严的龙门。大家的出路不多,要么进工厂,要么去当兵,要么参加高考。同学当中没有富二代,零星的资本家后代都藏着掖着抬不起头来。

有了高考,穿身绿军装去当兵已经不像六七十年代那么唯一吃香。上大学,成了千万学子的共同梦想。那时的高校数量少,录取比例低。考不上大学的后果,是一遍又一遍被父母唠叨,伴随着昏黄摇曳的灯光,铭刻在刚成年的脑海里:"去背麻袋!去拉地排车!去收破烂、卖废品!"

于是,浩浩荡荡地,千军万马过独木桥。这其中,包括马卫东、齐怀洲和高翔,每个人都脚不沾地被裹挟在其中,滚滚向前。

在后来聚会时,同学们常常回想,背麻袋、拉平板、买卖废品……其实,都还是挺有远见的营生。真要是在那时就投身,坚持下来,现如今说不定已是物流和环保行业的先行者。另外,父母们的警告还是有些夸张了的,同学中高考落榜的占大多数,他们后来都还过得不错,大都有挺好的职业落脚。比如,数学跟不上趟的,很多进了国有银行,教人打理钱财;又比如,打架斗殴调皮捣蛋的,很多当上了小学中学教师或者警察,管教别人;再比如,看琼瑶、抄歌词、写朦胧诗、传纸条,甚至还有些看《少女之心曼娜回忆录》的,很多进入了各类艺术殿堂,甚至红透中国火遍全球。

这些不是特例。

那时候,真那样。

改革开放送来春风。八十年代,是中国最火热的年代。人们瞪大了眼睛,如饥似渴地观察外面的世界。叔本华、尼采、萨特、李谷一、邓丽君、林青霞、喇叭裤、大波浪、蛤蟆镜、永久飞鸽自行车、四个喇叭的录音机。思想的解放，带动着心灵的解放、服饰的解放、行为的解放。改革开放涌动的春潮，席卷整个神州大地。大中学校挺立在开放的最前沿，高中生们争做弄潮儿。

齐怀洲是其中的积极分子。

但凡刚接触齐怀洲的人，第一印象都是不修边幅，第二印像就是不修边幅加举止怪异。后来了解多了，老师同学们或快或慢地，渐渐发现，这人虽然晃晃荡荡没个正形，心智却很高。某种程度上，算是个怪才。就拿上学读书来说吧，齐怀洲的橡皮像被狗啃过，坑坑洼洼，他用的钢笔破旧残缺锈迹斑斑，书包永远沾满尘土，书本总是皱皱巴巴，眼镜腿经常胡乱缠着泛黄的胶带。

还不仅仅是装备破败，齐怀洲学习的状态也是凌乱的。上课打瞌睡、偷看课外书、交头接耳、迟到溜号，各种原因被老师点名和罚站。

如果据此推断他的成绩，可就错了。

这小子成绩却非常好，出奇地好。好到让马卫东不敢相信自己的眼睛，好到让高翔百思不得其解，好到女同学们完全忽略了他的衣冠不整。再难的代数、几何、物理、化学题目，摆到他面前，他歪着脑袋、眯起眼睛、吧嗒三两下嘴巴，很快就埋下头，写写画画起来，结果总是正确，引得同学们啧啧惊叹。数理化几门课的老师都曾精心准备或出其不意地测试，他总能顺利过关。这让老师们对坐姿站姿都不合标准的齐怀洲既爱又恨，简直没办法。

几乎每天都有好看的女同学，恳切地凑到衣服皱巴巴的齐怀洲跟前，请求帮解题给答案。经他在纸上比画一番后，要么大彻大悟，要么似懂非懂，总能收获答案。面对女同学们由衷的赞美和忽闪忽闪崇拜的目光，解出题后的齐怀洲就会表现出些许紧张，涨红了脸，挥舞着双手嘟囔："哎哎，这、这、没什么的。"然后开始躁动地摇晃肩膀和脑袋,歪歪扭扭地挤出人群。

中学时代,每逢元旦,各个班都要组织文艺会演,号称新年晚会。都在白天举行,为什么要叫晚会,没有人深究。总之,每年的新年晚会,看似简单到不能再简单,却又隆重得不能再隆重。黑板上花花绿绿画得很漂亮,就是舞台主题背景。课桌叠起堆到四周角落,留出教室中间一片十来平方米的空地,便是舞台。

这一天,同学们的穿着会比平时活泼鲜亮许多,挨着教室墙壁坐一圈。每个人分些花生瓜子和汽水,既是观众也是剧务还兼演员。爱唱歌的,准备一两首最流行的歌,类似张行的《我祈祷》,谭咏麟的《一生何求》,高凌风的《那天晚上》。最火的还是张蔷的歌《爱你在心口难开》《做你的新娘》和《路灯下的小女孩》,据说她的磁带卖了两亿盘。爱跳舞的,几个女生手拉手来一段"16步"集体舞,扭动的腰身牢牢地吸引住男生的目光。全年级最时尚的,会穿上银光闪闪的奇装异服,作为特邀演员,友情串场到其他班,伴着劲爆的音乐《荷东》,摇摇摆摆地来段太空步霹雳舞。双卡四个喇叭的录音机被调到最大音量,加上大家拍手跺脚、敲脸盆、敲桌子,节奏欢快,气氛热烈。

那时的新年晚会,简单到原生态。但它是属于集体的欢乐时光,大家无比珍惜,全情投入。很多同学在枯燥紧张的学习之余,背着家长偷偷练习准备。新年晚会的筹备和期待会持续几个月。

毕业班的新年晚会,毫无疑问,规格更高。在每个人心里,它是划时代的纪念,具有里程碑意义,更值得珍惜。同窗六年,将在今年画上句号;人生路口,将在今年互道再见。

在名副其实辞旧迎新的时刻,被全班同学一致推举为新年晚会主持人,让齐怀洲很感动、很激动,有一种强烈的使命感让他心潮澎湃,难以平静。

这么重要的时刻,齐怀洲不会辜负重托。

为了办好晚会,齐怀洲绞尽脑汁全情投入。

他活学活用毛泽东思想,从思想准备、群众发动着手,分头找了二十几位同学,情真意切地怂恿鼓动,对有演出经验的说:"你这次,要再攀高峰,让所有同学终生难忘。"对生瓜蛋子没有登台经验的说:"你这次,要一鸣惊人,让所有同学刮目相看。"对于实在拿不出节目的说:"你就使劲鼓掌,从头到尾,不要停!"

筹办新年晚会,齐怀洲迸发出了惊人的热情和能量。他极大地充实了主持人的职责,额外揽了大量工作。帮着找曲目抄歌词,组织排演小品相声,写剧本串台词,四处置办墨镜、腰鼓、小喇叭、少数民族服装、录音机、麦克风。

齐怀洲东奔西跑、上蹿下跳、联系张罗,忙得脑门冒烟、脚底生风。

盘点下来,居然晚会中的每个节目,都有齐怀洲的心血和身影。

盼星星盼月亮,两个多月。

终于,等来了这一天。

天公作美,数九寒冬里,出现了久违的阳光,照得教室里暖融融。校园里,到处洋溢着欢声笑语,师生们沉浸在迎新年的喜庆中。

齐怀洲的出现引起了一片惊叹。

他的装扮,成为同学们那天记忆里最突出的风景线。甚至可以说,是整个中学时代,大家对于穿着,记忆最深刻的一次。

过膝的黑色呢绒大衣,挺拔修身。锃亮的三接头黑皮鞋映照出教学楼的轮廓。雪白的衬衣居然扎了黑色领结。"领结哦!"女生们小声惊呼,那时候领带都只是在电视上偶尔见到。看惯了平日里彼此绿裤子、蓝裤子、绿球鞋、黑布鞋,齐怀洲的装扮帅得一塌糊涂,把那些请教解题的女生看得如痴如醉、迷得五迷三道。

"怀洲，你怎么可以这么帅，你怎么能够这么帅！"

不知道是谁娇滴滴地模仿琼瑶剧女主角的腔调引得文静的女生们哇哇乱叫，哄笑一团。

许多年以后，同学们回想起来，那个款式的大衣应该是周恩来总理穿过的，他在机场迎接尼克松。有好事者向齐怀洲求证这一细节，他面带惭愧没有回答，只是潇洒地摆了摆手。

一而再、再而三，身着呢绒大衣的齐怀洲舞动着双臂示意，恳请同学们安静下来。鼎沸的喝彩喧哗声终于稍微缓和，教室内逐渐安静了下来。

晚会即将开始，激动人心的时刻就要到来。

齐怀洲气宇轩昂地在讲台上站定了，从容地摘下眼镜插入口袋，挺直了脖子，摁了摁领结，开始微笑着环顾台下四周。

"同学们！"齐怀洲清了清嗓子，调高了音量，"亲爱的同学们！大家早上好！大家新年好！"

随着他的开场，教室里沸腾了，全体同学一起拍掌跺脚呐喊，欢笑声几乎要冲破屋顶。几分钟后，大家才从狂热的兴奋中，默契地安静下来，腾出间隙给潇洒的主持人，等待他宣布晚会正式开始。

就在此时，门外走廊突然出现躁动喧哗，紧接着窗外出现几个跑动的人影。

"在这儿呢，就是这兔崽子！"

几个社会小青年突然出现在教室门口。为首的一对眯缝眼，穿着皮裤，头发烫了卷儿，嘴边叼着烟。对着讲台上的齐怀洲比画着，骂骂咧咧。

看着来者不善要找碴，齐怀洲微笑示意同学们："没事没事，大家坐好,少安毋躁。本主持,去去就来。"

齐怀洲转过身,立即把微笑调整为满脸堆笑。

他不停地点头拱手,向那几个人示好,然后又三步并作两步迎出走廊。在教室里,靠窗根的同学能清楚听到那几个人粗言滥语不停辱骂,大意是几天前齐怀洲推个破车子挡了他们的道,没有长眼还没有道歉,坏了哥几个心情,也坏了规矩。

齐怀洲听着,赶忙作揖敬礼赔不是,点头哈腰解释。

"那天是我没眼力见,得罪了多包涵,对不起对不起。今天给各位大哥补上道歉。"

他一脸诚恳谦卑,还试图逐个握手,不过没人回应。

一通道歉完了,齐怀洲轻舒一口气,倒退几步转身往教室走。

"砰!"

随着一声闷响,齐怀洲背上结结实实挨了一棍子,跟跟跄跄几乎跌倒。还没等他站直身子,几块砖头从身后凌厉地飞了过来,噼里啪啦杂乱地砸在头上、背上和肩膀。瞬间,齐怀洲被踹倒围殴,身上顿时尘土飞扬。迅雷不及掩耳的几秒钟,形势突变。几个胆大的男同学反应过来冲出教室,走廊已是一片混乱。行凶者迅速逃窜,地上躺着齐怀洲和一个小混混,两人都受了伤。

两人随即被送往医院。除了被踢打,造成多处皮外伤,齐怀洲的屁股上被捅了一刀。伤口比较深,但是万幸没有扎到筋骨。小混混被砖头砸成脑震荡,住院时间比齐怀洲还长了两周。派出所的笔录里,起因很简单,几个社会青年寻衅滋事,要教训教训齐怀洲。混混们被拘了几天,出来后继续混迹街头和校园,无法无天。

相比之下,齐怀洲很惨,留校察看一年。

过后说起那天,齐怀洲怎么也回想不起当时的情形,甚至没有感

133

觉到屁股痛。他也不记得，自己从哪里摸起了砖头还击。齐怀洲自责活该，更觉得对不起妈妈。妈妈跑到学校给教导主任给校长鞠躬，甚至下跪哀求。

无奈，当时正赶上市公安和教育系统联合开展"净化校园"专项整治。这次斗殴事件被当作典型，从重从快处理。

那年，齐怀洲无缘高考。

5.

屁股上的伤本身不算严重，麻烦的是行动不便。伤口怕受挤压，所以连日来，齐怀洲在病床上只能侧卧或趴着。时间久了，让他对幸福的定义有了重新的认识。

"幸福啊，"齐怀洲对来探望的马卫东和高翔说，"其实真的很简单也很具体。比如现在，对我来说，能让我仰面躺着，屁股可以挨着床，就是幸福。哎哟！"

班上同学络绎不绝地来看望，一批又一批。伤口敏感的位置让女同学们有些羞涩不敢乱看，男同学们则普遍感兴趣齐怀洲的躺姿，七嘴八舌地说比较娇媚比较销魂。

结结实实地躺了三周后，终于出院了。

想到回家，齐怀洲心里很忐忑。

闯了祸，他还是挺怕的。

怕回家，怕见他爸。

齐怀洲的父亲齐放是知识分子，确切地说是机床专家。精通俄语，听说在行内挺牛的，曾是国内顶级专业期刊的编委。齐放在外面有多牛，齐怀洲不清楚也不感兴趣，但是回到家他也牛，这让齐怀洲很烦躁。

这爷儿俩好像天生冤家不对眼，甭管干什么彼此都看不顺眼。一点小事就吵，一点火星就着，经常吵得面红耳赤。齐怀洲的妈妈看着着急，拿他俩一点办法也没有。

周末的一天，齐怀洲歪在床上看《书剑恩仇录》。正看得入迷，老齐突然沉着脸逼他扫地。小到不能再小的一件事，齐怀洲心知，此时的老齐，强迫症犯了，见不得自己闲着。这时候是必须听命于他的。于是，齐怀洲强按捺住自己，起身扫地。

然而，让齐怀洲难接受的是，自己一边被迫扫地，一边还要承受老齐的不绝于耳的数落。这数落在他听来，完全是故意找碴。一会儿说这儿没扫到，一会儿说那儿还有菜叶子，一会儿说他姿势吊儿郎当，一会儿说他态度偷懒耍滑。

齐怀洲听得脑袋嗡嗡作响，一股火上来没搂住。他愤怒地把扫帚掼在地上，愤愤地说："不管别人在干什么，随时随地要听命于你！别人干活，你还要冷眼旁观、说三道四、指手画脚！"

一连串的成语脱口而出，齐怀洲自己都没想到。

"你这是在干活吗？磨磨蹭蹭摔摔打打给谁看！"

齐放瞪起了眼。

"我这不是在干活，我是在服刑！囚犯还要做出欢快的样子吗？"

灵光一现，齐怀洲接下来补充的话更有力量。

"别把你当初接受改造的那套，用在我身上！"

话音未落，躺在地上的扫帚被抄在了老齐手中，迅疾冲着齐怀洲飞了过来。齐怀洲身手敏捷，抬胳膊把扫帚挡落地上。齐放上前一步，又把武器夺回手里："改造？好，老子就要好好改造改造你！"说着，劈头盖脸就打。

父子总是这样，因为芝麻大的小事吵架。齐怀洲从小到大没少挨打。

"什么知识分子，活脱脱一个暴徒！活该他当初被揪斗！"

齐怀洲经常揉着淤青，向妈妈抱怨。

齐放总是喜欢拿姐弟俩做比较，这更让齐怀洲自尊受伤。齐放说："你跟你姐读的是同一间中学。你看人家怀洋，人家读成了女状元，名牌医学本科毕业又保送研究生。你呢，整天晃里晃荡松松垮垮像个二流子，也不撒泡尿照照自己。丢人现眼！"

走路晃里晃荡，看书松松垮垮。齐怀洲对自己的特征心里有数。他不服气的是，这有什么丢人现眼的呢？就在心里还击："也就你齐放吧，看清自己还得靠撒尿！"想到这儿，他差点没憋住笑。

"我看你，就是烂泥扶不上墙！"看着儿子一脸满不在乎的样子，齐放气不打一处来。

"我就是烂泥，用不着你扶！"

齐怀洲脖子一横，瞪眼回击。没等齐放再次飞扑，他抓起书包，身子一拧就蹿出门了。

妈妈脾气很好，跟齐怀洲非常要好，也特别理解他。听其他长辈们说，齐怀洲刚学会说话，就能跟妈妈聊天。从五花肉涨价了到哪款衣服料子好看，再到隔壁张大婶家又吵架了，什么都聊，能聊很久。就看见娘儿俩头对着头，叽叽喳喳、手舞足蹈地比比画画，还不时地嘎嘎嘎笑得前仰后合。

具体聊啥谁也听不懂。

妈妈是会计师，讲话耐心做事细致，脾气非常好。齐怀洲一直很不理解，这么温柔的女人，干吗偏要嫁给老齐那种凶神恶煞的人。

每次挨了齐放的打骂，齐怀洲都会找妈妈诉苦、抱怨："他怎么对我那么凶？就像有杀父之仇。"

妈妈就戳着他脑门，嗔骂熊孩子神经错乱净说胡话。

妈妈总是帮齐放说话。

她说你爸这急脾气啊都是"四人帮"给害的，被揪斗关牛棚那几年耗费了宝贵时光，耽误了他宝贵的科研事业。你爸一直着急，要把失去的青春、浪费的岁月争分夺秒地夺回来。你爸总是说，咱们国家的机床本来也可以像德国的那样。

齐怀洲听着似懂非懂，刚开始挺恨"四人帮"：都是你们，害得老子老挨揍。后来，想想说不通，齐放无论如何也不该拿我撒气啊！

"也不能说你爸是拿你撒气。他也是希望你学习好，将来上好大学掌握真本领。你爸望子成龙，是希望你别再像他那样，耽误了时间！"

妈妈继续为老齐开脱。

走在太虎石巷，青石板的路面依旧泛着青光。

齐怀洲看着每一棵树、每一座房子都很亲切，屋顶上的烟囱冒着熟悉的白烟。经过的人家，炒菜锅里的热油在滋啦啦地响，炒菜的香气从虚掩的木门飘出。齐怀洲心想，无论哪个家里，做父亲的都比齐放称职。他望着一排错落的屋顶，感觉瓦片间的茅草似乎又长高了。

家里已经昏暗，还没有开灯。

"我回来了。"

看着表情有些凝重的齐放，齐怀洲心生怯意，不自然地晃了晃肩膀，略微停顿一下说："我，对不起，爸、妈。"

在医院的病床上，齐怀洲的脑海里，已经反复预演了接下来的火爆场面："老齐瞪着布满血丝的眼睛，嗷嗷叫着如狼似虎扑了上来……"

他有这个思想准备，有这个承受能力。

然而，这次，老齐没有扑上来，暴风骤雨没有来。

多年的经验告诉齐怀洲，按照正常反应，老齐应该见面就扑，抬手就打。可是这次，老齐抬起手来，只是用食指轻轻推了一下鼻梁上的眼镜，稍稍蹙了下眉头，用近乎听不见的声音说："回来了，好好歇歇吧。"

有那么一刹那，齐怀洲甚至感觉老齐探了探身子，是想拍拍自己的肩膀。不过，似乎只是尝试了一下，也许根本就是齐怀洲的错觉。齐放什么都没有做，就转头缓缓几步挪回了他的书桌前。

书桌上照旧摆满了各种工具和工具书，几乎没有一点多余的空间。齐放就那样呆坐着，空洞洞地看着桌面，背比以前更驼了一些，身形似乎也变矮小了。

妈妈接过齐怀洲的背包拍打着，努努嘴示意他回自己房间去。

房间窄小昏暗，齐怀洲拉了一下灯绳，点亮了书桌上的台灯。他定定地望着墙发呆。墙上的阿兰德龙一头金发很帅，浅蓝色的眼睛注视着他。旁边歪挂着红棉老吉他，没精打采。齐怀洲伸手拨了一下，"噌"的一声低沉的回响，瞬间传遍了整个房间。

他赶紧捂住了琴弦。

就这样站了好久，齐怀洲终于重重地呆坐在了椅子上。

在里屋，妈妈跟老齐说着什么，两个人声音压得很低。过了一会儿，她去了厨房，然后听到了水流声，再然后是刷锅和碗碟的声响。

这段时间，同学们开始紧张备战高考了。停学一年，保留学籍，齐怀洲的高考只能等到来年。处分期内，他不用回学校也回不去。不能再骑上破旧但特别顺手的自行车，穿行在熟悉的校园里。没有早读也没有晚自习，没有了课间的铃声，没有了操场的欢腾，也没有了往日那些，一脸虔诚求解数学题的女生。

发生了这么大的事，隔了这么久没见，老齐像是换了个人。这让齐怀洲觉得很奇怪。

以前，齐怀洲在家里的时间并不多，放学了也磨磨蹭蹭不愿回家，主要是不愿意见到齐放。

这么多年来，齐放几乎天天训斥和数落儿子。在外面，人人都尊称他是学者，知识渊博、谦逊和蔼。齐怀洲觉得那都是假象，老齐伪装得好。厚厚的眼镜、斯斯文文的五官，似乎一副谦谦学者面孔；但是，一旦面对齐怀洲，他就会暴露出土匪的狂躁本性。

偶尔，齐放会尝试着跟儿子讲讲道理。但只是偶尔，并且他的那些道理，在齐怀洲耳朵里早已老生常谈。更多的时候，老齐信奉行动胜过言语，会粗暴地动手，甚至拿起皮带。

"什么学者，简直就是法西斯、反革命，十足的恶魔！"

齐怀洲常在心里痛斥。

老齐发脾气时，脖子上的青筋狰狞地突起，发出尖利的吼叫："你给我滚。"往往这时候，齐怀洲会立即响应，夺门滚出去。

这么多年来，爷儿俩的战争连绵不断，从未消停。妈妈拦不住也劝不住，除了叹气干着急，没有什么办法。

可是，这次情形不大一样。

打架、派出所、医院、停学、无缘高考……出了那么大事，暴风雨没有来，家里反而一片沉静。

齐怀洲越想越觉得不对劲。

连续几天，齐怀洲紧跟着妈妈，逮住机会就说好话。他紧紧攀着妈妈的肩膀，诚恳地说："妈，你别生气了，我知错了。我保证，以后再也不闯祸了哈。"

妈妈边甩脱边说："行了行了，妈不生气了。我就是心疼……"

"有啥好心疼的呀，妈！其实屁股是最经得起摔打的地方，我不觉得多痛。况且，这么多年，爸老是揍我，揍得我皮糙肉厚，特别扛痛。"说着，他向妈妈展示自己胳膊上的老鼠肉。

"怀洲啊，唉！"

妈妈看着他，轻轻叹了口气。

看着妈妈有气无力的样子，齐怀洲觉得有些奇怪，就堆起笑脸，指着里面房间问："妈，这回，那人，他怎么不打我也不骂我？我真有点，不太习惯。"

妈妈皱起眉头用眼色制止了："别打扰你爸。他很忙也很累，你别问了。"

又过了两天，伤口拆线完全康复了，家里的空气依旧很沉闷。齐放每天坐在写字台前，很长时间一言不发。父母间的对话也不多，偶尔有也是很小声，齐怀洲竖起耳朵听也听不清楚。

家里的沉闷安静，很反常，让齐怀洲很疑惑。

有一天，终于憋不住了，齐怀洲扯着妈妈衣袖，进了自己的房间，朝外使了使眼色："妈，你得告诉我，这到底是怎么回事？爸，怎么像变了个人？"

妈妈突然怔住了，呆呆地看着齐怀洲，好长时间不动也不说话。

"妈，你怎么了，你可别吓唬我啊。"

他抚摸着妈妈的头发，看着两鬓越来越多的白发，有些惊慌地摇了摇她的胳膊。

妈妈的眼泪开始扑簌扑簌掉下来。

"你爸，"妈妈尽力压低声音，同时压制自己的呜咽，"上个月开始便血……去检查了，情况非常不好……"

像被什么重重地撞击了一下，齐怀洲呆在原地，头脑突然一片空白，抱着妈妈半天说不出话来。

妈妈还在压抑着哭泣，身体轻微地抖动："怀洲啊，呜呜，你长大了，你得懂事了啊……"

6.
"齐怀洲变了。变化太大了，大到让人难以置信。"
消息在老师同学间传。
传到高翔和马卫东耳朵里，他们不信。
"撼山易，撼齐怀洲难。凭我多年来对人性的洞察。怀洲，他没可能变成另外一个人。"
"就是啊，哪有那么容易变的。谢雨总是夸我'本性难移'。"
"那是夸吗？人家那是在说你，朽木不可雕，狗改不了吃屎。"
"看把你饿的，这还没到饭点呢。"
俩人互相挤对着，去看齐怀洲。
在大家的印象中，齐怀洲就是浪子。说浪子还是好听的，单看形象，说是流浪汉也不算夸张。在中学，他那身打扮，已然是土地爷放屁——不同凡响。那时，大家都土了吧唧，穿着黑布鞋、解放鞋或者白球鞋。就他那么与众不同，已经穿起了放在今天都显得前卫的乞丐装：趿拉着一双棕色的破凉鞋，很破的那种，一只前掌撑裂，另一只鞋带断开系不上，要多不羁有多不羁。
齐怀洲一米七八的个头，走路时肩膀左右摆动幅度很大，感觉整个人都在摇晃，快要散架了似的。他每天或骑或推着一辆自行车，自行车跟他那双凉鞋一样破旧，跟他那个人一样摇摇晃晃，除了铃铛不响哪儿都响。
齐怀洲的打扮和做派，实在有违家庭背景和父母形象。照说，他的父母可都是知识分子。他父亲清华毕业,高级工程师,精通俄语,是国内外享有盛誉的机床专家。可惜走得早了。听说,他父亲遗留的研究造福了学生,后来的接班人继续推进成果转化,给国家做出了杰出贡献,学生还受到了党和国家领导人的亲切接见。

除了打扮比较写意潦草,齐怀洲的长相并不差。

其实,如果平静下来,并且让齐怀洲也平静下来,在身体不摇晃的情况下,端详他的五官,还真算是比较英俊的。瘦削的脸棱角分明,剑眉,双眼皮的大眼睛,瞳孔特别黑,炯炯有神但其实高度近视,所以要看清时就会眯起眼来。颧骨有些突出,鼻梁很高,不左不右在脸中间很显眼很突出。嘴唇略薄一点,这是他浑身上下唯一显得有点秀气的地方。

齐怀洲的肤色有点古铜,像老版五元人民币上的炼钢工人。那种肤色放到现在也是时尚,象征有钱有闲。但在那时,在中学生堆里就显得有些另类和沧桑。

齐怀洲看书时会戴上一副傻大笨重的黑框眼镜,多年以后这种眼镜变得时髦了。

从肤色到着装,再到行头佩戴,这么看,齐怀洲引领时尚提前了三十年。

齐怀洲"站没站相、坐没坐相、走路晃荡"。他喜欢歪着脑袋把大半个上身匍匐在课桌上,这大狗熊一样的身姿,让同桌女生有些局促,也没少挨老师的斥责。

齐怀洲的父亲在病重期间,得到了组织的关怀。困扰多年的房子问题终于解决,分到了工业大学的宿舍。与马卫东住的大院仅一条马路之隔。

马卫东为此很感慨:幸福,跟时间有很大的关系。如果早些分到房,那他和怀洲就是邻居,可以一起上学了;如果早些分到房,齐怀洲的父亲就能住上了。

一进门,马卫东和高翔就对着齐叔叔的遗像,恭恭敬敬地鞠躬。相片里的齐放面露微笑,温文尔雅,两人看了鼻子都有些发酸。

齐怀洲变化确实大,从上到下、从里到外。

马卫东、高翔见了都有些吃惊。

高翔围着他转了半圈,边上下打量边啧啧夸:"帅!这都快赶上我了。"

从前的齐怀洲头发乱糟糟的有些油腻,经常一缕一缕,现在是干净利落的短平头。双手还是瘦长,指甲剪得很短很整齐。眼镜换了新的,大小合适稳稳地架在鼻梁上。休闲T恤干干净净。连他走动的样子都变了,姿态规矩多了。不再像以前那样,起个身,推得桌子七扭八斜,带得椅子哗啦啦响,身子还会大幅度左摇右晃。

外表确实大变样,不过,性格依然开朗。不至于像传说中那样,换了个人似的。一见面,齐怀洲就分别捶了俩人的胸口,说高翔这家伙还是衣冠楚楚,没变样;说马卫东你小子更结实了,看来大学没有沉湎酒色。马卫东说:"我还真是有些沉湎呢,等下细细跟你说。高翔说你见面就动手动脚的毛病没改,这样挺好,我就放心了。"

两个人都问阿姨挺好的吧,齐怀洲点点头说身体还挺好的,就是精神不如以前。然后,他指指里间卧室说,我妈正在休息,她还时常念叨起你们呢。两个人赶紧压低了声音说,好的咱去你屋里说话,别打扰阿姨。

齐怀洲现在的卧室比太虎石巷那时候,大了很多也亮堂了。他沏好了绿茶,让马卫东说说大学生活。

马卫东说:"进门前,我还想着不提大学的事儿,免得触动你神经。"

齐怀洲说:"你还是那么敏感,怎么不能提啊。我现在正铆足了劲冲刺大学呢。"

马卫东跟他说:课程设置挺松的,下午基本都是自习;学校里有各种社团,他参加了一大堆;还有各种学术讲座,好些是夸夸其谈、滥竽充数,偶尔也真能见到权威泰斗、听到真知灼见;不想听课了,就在宿舍玩儿;数学还是弱项,好在只用上一个学期……

高翔听得不耐烦,在一旁催促:"说重点说重点。"

马卫东就转向重点,说学校里女生多男生少,女生好看的类型比中学时多了很多。有文静的,有动感的;有学霸,有运动健将;有乖巧的,有性感的。不过,好看的女生大多在别的系,在别的班。

高翔终于忍不住了。

"你这人怎么这么磨叽啊。说重点!说谢雨!赶紧的!"

马卫东就"咳咳"两声,坐直了,开始郑重其事地讲谢雨。齐怀洲边听边笑,不时跟高翔互动打岔。

齐怀洲说:"恭喜兄弟。肯跟你谈恋爱,说明人家谢雨很宽厚,你可要对人家好点,广东女孩那么老远来北方不容易。"

回味着齐怀洲的话,马卫东觉得哪里不对劲,正往回想又被高翔打岔了。

"搞对象这事,就是王八看绿豆,对上眼了。"高翔拍拍齐怀洲肩膀,"我们兄弟俩捷足先登了。不过,怀洲,凭你的姿色条件,再加上现在会捯饬了,将来恐怕会偎红倚翠、乱花迷眼。"

齐怀洲笑着摇摇头。在他背后的写字台上,左右整齐码放着一摞摞的课本资料。

高翔环视着房间问现在学习紧张吗,以前你的书本都像狗啃过的,现在看上去整洁有规律。齐怀洲点点头，看了看书桌说，现在每天哪也不去，基本除了看书就是买菜做饭。高翔说不出去野了，难怪白净了。

"当初，别说咱们班，就是整个年级，就数你成绩最拔尖，再考你绝对没有问题的。"马卫东这是真心话，齐怀洲的学习成绩一直令他仰视。

齐怀洲略带苦笑，嘴角动了动说："唉，之前太不懂事，走了弯路。"

他俩就劝他，那事儿责任不在你，该着碰上了，过去的别放心上了。

"是啊，过去的，都过去了。"齐怀洲轻轻叹气说，"不过，我终于知道错了，可惜他，回不来了。"

说完，他沉默地注视着齐放，父亲在墙上微笑不语。

被马卫东推了推肩膀，齐怀洲回过神来。

他扶着眼镜看了看里间的卧室，轻声地说："我得争气，照顾好妈。"

走到大院门口，俩人回身比画着手势，给齐怀洲加油。

"兄弟们看好你哟！"

……

齐怀洲的又一次高考结束了。

结束当天，没有应届毕业生那种重压之后解脱般的欢快，也没有像马卫东那样有辱斯文发狂撕书。齐怀洲感觉很平静。从考场回到家，他搬了凳子坐床边，看着姐姐怀洋给妈做小腿的针灸。自打爸走之后，妈的身体状况似乎差了许多，经常会小腿胀痛。怀洋说是寒凉。

齐怀洲问姐："你说我复读一年，将来，班上的同学会不会嫌我老啊？"

"你呀，这是二进宫呀，早知今日何必当初。"

姐姐想了想,还是宽慰了一下:"没事,放心吧,我同学里还有三进宫的呢。"

正躺在床上接受姐姐针灸治疗的妈妈气恼地说:"你这当姐的,哪有这么说弟弟的,什么二啊三啊的,多不吉利。"

齐怀洲说:"就是啊,姐,你这几年不在家,这讲话的水平,跟咱妈差距越来越大啊。"

"就你会讲话哈,没几句就打起来了。"

怀洋俯身小心翼翼地给妈的小腿上揉好了针,直起腰来伸展了一下。

听怀洋奚落他打架的事,齐怀洲赶紧缩了头不吭声。

妈妈想起齐怀洲的话,也不无担心:"怀洋,你说你弟这从一入学就比别人大一岁,将来会不会不好找对象啊?"

怀洋喊了一声:"妈,你说你这心操的呀。你没听说啊,这男的,可是越老越成熟、越老越吃香呢。"

"我可不稀罕怀洲成熟吃香。"妈妈白了她一眼,转头就嘱咐齐怀洲,"你这上大学晚了,搞对象可不能再晚。你得向人家马卫东学习,一入学先办正事,赶紧谈恋爱!"

姐弟俩不约而同笑着对望了一下,细细声嘟囔着:"这都什么乱七八糟的啊,还有这样教育孩子的哈。"

妈妈又瞪眼追问:"怀洲你听到了没有啊?"

怀洋见弟弟为难,就解围说:"你赶紧去,把泡好的中药给妈端过来。"

齐怀洲刚把满盆的中草药水端到床前,门铃响起,怀洋去猫眼看了一下,轻轻走回来说门口好几个人,好像是李校长,说完狐疑地看着弟弟。

"哎哟，怎么校长来了？怀洲，你该不是又闯祸了吧！"

妈妈之前曾经为齐怀洲打架的事，去学校哀求过李校长，一听是他顿时紧张起来，声音颤抖着说："怀洋，还是你去开门吧。"

齐怀洋恭敬地引了李校长进门，后面还跟着几位老师。李校长满面春风，一踏进门就高声问你妈在家吗。妈妈在床上躺着心里惴惴不安。李校长站在卧室门口，从怀里捧出一个大红本："恭喜大姐啊，怀洲考取了燕京大学。这是您家的光荣，也是我们学校的光荣啊！"

妈妈听了嘴角激动地动了动，没说出话来，刚想起身下床，李校长上前一步扶住了，说大姐您还针灸着呢，别动了快躺着。众位老师喜气洋洋，纷纷祝贺夸赞，说您是光荣的母亲，培养的姐弟俩都这么优秀。

妈妈躺在床上一个劲地点头，笑眯眯地看了这个看那个，只会说谢谢谢谢。

千恩万谢一路鞠躬，齐怀洲把校长和老师们送出大院门口。回到家时，屋子里变得很安静。怀洋用手指指妈妈的卧室，示意别吵到她。

姐弟俩悄悄站在门口，探头望进去。妈妈已坐了起来，在床沿佝偻着身子捧着齐放的遗像，一边微笑一边轻声诉说，一边微笑一边抹眼泪。

5
南去北归

1.

一别再别,终须告别。

同学们都离开了学校。来时,从四面八方来;走时,向四面八方去。马卫东和谢雨各自回家。

那时候,电话还不普及,"大哥大"还没出现。很多话都在信里说。思念寄托给鸿雁。

谢雨对马卫东说,坐了两天一夜的火车回到广东,腰酸腿疼地一进家门就看到他的信乖乖地躺在客厅茶几上,所有的劳累就一扫而光啦。她说妹妹一直想拆开看,都被爸爸呵止了。盼到她回来了,妹妹就缠着让读信。她打开信一看,哎呀,开头就那么肉麻,让她顿时脸红心跳,哪还敢读给妹妹听,赶紧挣脱了,跑回自己的卧室,舒舒服服躺在床上,一个字一个字慢慢地看。

谢雨对马卫东说,家乡变化很大,但是美食的味道依旧纯正。她终于又可以吃到牛杂粿条、蚝仔烙、鸭母捻、龙江猪手、豆瓣杂鱼、糕烧番薯……最棒的还数我们潮州的手打牛肉丸，弹起来两米多高，咬上一口，香浓的牛肉味在嘴里蔓延，牛肉粒在牙齿间跳舞。她说卫东你来我会带你吃遍所有好吃的，让你每天胖三斤。

　　谢雨对马卫东说，家里的小作坊有点工厂的模样了。今年玩具的生产线多了两条，收入也增长很快。但是，运作模式还是挺落后的。虽然订单不断，但基本都是贴牌代工，客户要什么，厂里就加工什么，没有原创，也不重视设计。她觉得这必须要改变，要更多研究市场，贴近市场，做客户的好参谋，及时改良、不断创新。但是父亲老谢总觉得我书生气，不切实际。他觉得现在这样，从式样、尺寸，到数量、颜色，再到包装，产品的所有细节客户都明确告诉你该怎么做了，这多好啊，这本身就是最真实的市场需求。老谢不止一次告诫我，做人做事踏实点，不要老想什么设计啊、概念啊、创新啊，那些不着边际的事，他觉得现在这种赚钱模式看得见、摸得着，够踏实。卫东你说我冤不冤，我怎么就不踏实了呢。

　　谢雨对马卫东说，这几天仔细想想，老谢批评的也不是没道理。开工厂、谋发展，自己完全照搬照套书本也不对。在学校的时候，喜欢500强那样的企业，觉得规模越大越厉害，想当然地嫌弃家庭作坊守旧落后。这段时间经过仔细观察，深入分析利弊，尤其是查找了意大利、瑞士等国家的作坊资料，发现家庭式经营，也有很多优点，比如信任成本低、决策快速、应对灵活，一样可以不断创新、形成优势、做出品牌。先前左看右看、横看竖看，觉得老谢的思路浅、视野窄、做法土，自己未免有些先入为主，过于教条了。

　　马卫东对谢雨说，你辩证思考企业的运营，这让我觉得眼前一亮。谢雨问亮在哪里。他说我原先以为，你温柔可人、标准的贤妻良母，没想到，你还会深入思考、严肃分析。

谢雨说，你看看你，根深蒂固重男轻女，居然还好意思说我们这儿封建。不过，你夸奖我温柔贤惠，是没有错的。

谢雨对马卫东说，这段时间，父亲好像突然老了很多。从前小的时候，我和妹妹都很怕他。老谢自恃有手艺，有些固执，讲话没耐心，不爱听劝，尤其听不进意见。母亲从来什么都听他的。自从母亲走了之后，他脾气好了很多，但是变得越来越沉默了，而且身材也变得矮小了。昨天，我发现他头顶和脑后的头发，基本都白了。

谢雨对马卫东说，真好，连续两天都梦到了你。梦到你的国字口面，浓眉小眼，大大的鼻子，很挺拔。一笑两个深深的酒窝，左边一个右边一个。昨天，我又梦到你讲薛平贵王宝钏的故事。面对乌压压众多的强敌，薛平贵纵马上前，大喝道，敌将休得猖狂，看本将军神箭。薛平贵勒住马，弯弓搭箭，嗖的一声，银光闪闪的利箭划过长空……谢雨说，我梦到你紧紧地抱着我，紧得都有些喘不过气来，但是很安全，很温暖，我很喜欢。

谢雨对马卫东说，转眼三个月过去了，北方的秋天应该就剩个尾巴了。街道两旁的梧桐树叶子快要掉光了吧。广东的花草树木，一切照旧，都还是绿油油的。太阳每天都好大好大，阳光很温暖。照片里我的那条蓝色碎花裙子好看吗，在我身后是著名的广济桥，广济桥就在韩江上，韩愈就被皇帝老儿发配到这里啦。

谢雨对马卫东说，比起来，南方改革开放的力度更大一些，你要来亲眼看看感受一下，才知道这边的市场氛围有多好。在我们这里，政府主动帮扶企业的意识很强，不像你们北方，一副管理者训导员的模样。

谢雨对马卫东说，上星期，我鼓起勇气擅作主张，没有完全按客户提供的样品依葫芦画瓢，也没有事先报告老谢，在保证安全的前提下，对一款玩具的趣味性做了一点改良，让孩子在摆弄的时候，它能发出实时互动的声响。客户反响很好，说我的创新激发了孩子的好奇心。看到客户大手笔追加的订单，老谢连说没想到。

谢雨对马卫东说，同事们对你好，你也要对人家好，别不耐烦更不要发脾气。当然，也不能太要强，累着了自己。她说卫东你人很和善、很有人缘，同事对你好是好事，很多人都会喜欢你，这我也能想到。不过，你对女同事不要太热情，不要对人家嬉皮笑脸，我当时就是这样被你骗到的。特别是，如果领导要给你介绍女朋友，你不要蠢蠢欲动，更不能心存侥幸，你要当即谢绝，否则当心你的狗头。

谢雨对马卫东说，转眼又快到中秋了，我好想你。我又想起那年的联欢会，咱俩唱《天仙配》时，你的样子好专注，很傻很可爱。想念的感觉很奇妙，又甜又苦，卫东你能体会吗？最好不相见，如此便可不相恋；最好不相知，如此便可不相思。我想念入学报到的那天，艳阳高照，想念有你的校园，亲切温暖。我想念你认真教我学说普通话的样子，想念你深情唱歌的样子。我想你的声音、想你的笑容、想你的酒窝、想你的肩膀、想你的一切……

王药师越来越唠叨。不过，自打毕业回到家，马卫东听到的唠叨不再是他有没有正形，他究竟算哪根葱，甚至也不是多吃青菜早睡觉了。王药师念叨的，都是谢雨。

王药师要了两个人的合影，挑选镜框装了，放在自己床头每天欣赏。吃饭时，她不时会说这条清蒸鱼，谢雨应该爱吃，这狮子头，谢雨也应该喜欢。老马问她是怎么推断出来的，王药师得意地说上次就看出来了，谢雨是典型的南方女孩，长得那么漂亮，饮食清淡，就喜欢这种非油炸的做法。

王药师总是在推算着谢雨来信的时间,基本能精确到上午还是下午。有一次,信迟到了一天,她居然亲自跑去邮局查询。谢雨的每一封来信,王药师总能很神奇的第一时间拿到。她每次欢欢喜喜地交给马卫东,催促他赶紧拆开看,一秒钟都延迟不得。

王药师总是喜滋滋地留意着儿子拆开信时的表情。

马卫东故意背过身去说:"哎呀妈呀,你盯得我头皮发麻!"

王药师听了不乐意:"这熊孩子,怎么能说妈盯着你呢。"

"谢雨,她挺好吧?"王药师每次犹犹豫豫,转身离开之前,总会不甘心地问一句,"她在信里,都说什么了?"

"谢雨呀,她问你们好,她说挺想念你们。"

王药师和老马听了都很高兴,连声说好。

"那,她还说什么了?"

王药师总是意犹未尽。

"她说她现在挺好的,她爸的精神比之前好多了。她要打理家里的小工厂,还要照顾妹妹弟弟,她说她现在学会了很多家务活。"

"哎哟哟,真不容易。谢雨是个乖孩子,好姑娘。能找到人家,是你的福气。"王药师一边夸奖一边盯着马卫东手里的信问,"还有吗?"

"加大力度培养年轻干部还有,当然还有。要不,妈你拿去自个看吧。"

"真的呀。"

王药师高兴地伸手去接。

老马在一旁赶紧提醒:"哎哎,我说你呀,看年轻人的信,这合适吗?"

"怎么不合适?我是他妈!"

王药师不乐意了。

"合适！怎么不合适啊，太合适了！"马卫东拿着信，作势要往王药师手里塞，"没关系的，对吧，妈。里面有很多肉麻的话，你自觉挡住了别看就行。"

"哎呦，肉麻的话呀！那可不行，你们年轻人写的那些……俺可不看。"王药师这才醒悟过来，乐呵呵地往后躲。

老马逮住机会数落她："人家年轻人谈恋爱写情书，你个老太婆凑什么热闹，看什么看。"

"哎呀，嫌我老太婆了，年轻那会儿你那嘴就会哄人骗人。"王药师反击，"现在居然敢嫌我老，你算哪根葱。"

眼见老马也被数落成一根葱，马卫东有些幸灾乐祸。

"我不是那意思。我的意思是，信件是个人隐私。咱该回避就回避，别瞎凑热闹。"

英雄气短。老马越说声音越小，越说越没底气。

"你这个老糊涂，我关心儿子儿媳，怎么成了凑热闹了！你那点破事，让我凑我还没兴趣呢。"

眼看引火烧身，老马愈发气虚胆怯，嘿嘿笑着说："这么快叫人家儿媳，你也太心急了吧。"

"我爱怎么叫就怎么叫，我乐意，你管得着么！"

俩人争执是家常便饭，王药师往往最后获胜。

鸿雁南去北归。在与谢雨密集的字里行间，马卫东走进了社会。

2.

20世纪90年代，大学生还算稀缺，号称"天之骄子"。搁今天，很少有大学生敢这么定位自己。

用人单位都相当重视，骄子们找工作比现在容易些，尤其男生，即使学习和资质普通如马卫东。当然，马卫东能进入中工集团，还是要归功于老马和王药师。

中工集团，赫赫有名。

凡是"中"字头企业，代表国家队、正规军，来头响当当。如今注册成立公司越来越容易，但是要想注册"中"字头，却难上加难。

中工集团不仅仅在中国是巨无霸，在全球业界也是龙头翘楚。集团在国内各大城市，甚至在海外，都建起了高耸入云的办公大楼，气势宏伟格调统一。咖啡色的玻璃幕墙在各地的阳光下闪闪发光，成为夺目的地标建筑。

能够进入这样的单位，很多人羡慕，觉得马卫东走运，属于高就。他被分配到集团工会部门工作，知情的同事说这是幸运中的幸运，清闲还能为好人。

中工集团的办公环境一流。

马卫东的办公室在19层。他的办公桌紧挨窗边，窗外就是著名的泉城广场。窗外的白云，以及白云下高高耸立的"泉"字蓝色雕塑，与马卫东平起平坐。枣红色的办公桌不大，但是光亮整洁，台面镶嵌了推拉式的小开关，巧妙地把西门子的电话线隐藏起来。

工会主要负责集团员工的福利安排，活跃企业文化，密切干群关系。真正涉及工会会员权利受损的协调纠纷很少，因为员工们幸福指数都很高。活不累、收入高，还有啥不满意的。

工会的最高领导是张主席，他也是中工集团的领导班子成员。张主席对工会工作的概括,简单生动,有深度又有高度:"只做好事,好事做好。"

张主席谦虚道:"我也就这么随口一说。"

"你看看你看看!"

大家交头接耳,纷纷叹服地竖起大拇指:"张主席随口一说,就那么有水平!"

对于自己的归纳提炼能力,张主席本人是满意的,但有着清醒的认识:"哦,这个嘛,年轻人好学是好事,但是,急不来的。归纳提炼,需要历练,需要日积月累。"

能进入这样的单位历练,在这样的部门积累,大家都很满意。不需要面对市场,没有经营压力,只要有做好事的热心肠,再加上领导的正确指导,就一定能把好事做好。

部门内全都是上了年纪的大叔阿姨,体型富态,面色红润,亲切和蔼。

马卫东是近年来唯一的应届毕业生,直接分配到工会。大叔阿姨们感觉很新奇,也都很欢喜。

"哎哟,这下咱们的队伍来了生力军喽!"

"对啊,王蒙那部小说叫什么来着?"

"《组织部来了个年轻人》。"

马卫东本能地回答。

"噢,对、对、对!你看看,大学生多好,读书多、记性好!"

"可不是嘛,文化高体格好。能代表今后咱们工会的新气象,有活力、有动力。"

大家七嘴八舌地围观他。

"欢迎你,小马。能到我们这个部门,你可要格外珍惜、格外自豪。"这是科长对他说的第一句话。

科长是蔡大姐。

蔡大姐是胶东人，很热心。穿着朴素，身材微胖，爱读报纸，读出声的那种。读到国家的大好形势、读到党的惠民政策，她会激动地拍大腿，摇头晃脑地叫好，一不留神就会把黑边老花镜震掉。蔡大姐笑起来声音清脆爽朗，笑声总能在瞬间充盈整个办公室。

工会张主席传达了上级党委的指示精神，要积极培养大胆使用年轻人。蔡大姐不折不扣地认真落实，对马卫东热心培养，亲自传帮带。

在蔡科长和诸位师傅的热心帮助下，马卫东用了不长时间，基本了解了情况，大致弄清楚了各个福利事项，包括柴米油盐、清凉饮料的采购数量和进货渠道。工作这么快就上手了，蔡大姐高兴地直夸，年轻人就是悟性高，学东西快。

中工集团实力雄厚，绝非浪得虚名。每年的柴米油盐、鸡鸭鱼肉各项采购就高达几百万。

尽管采购的量很大，程序也比较复杂，但是没有啥难度。马卫东对父母说，我这部门没有挣钱压力，只需要变着法地花钱，哄着员工们高兴就行，集团其他部门对我们都羡慕还嫉妒。

老马和王药师听了很高兴："我们也羡慕呢。"

马卫东每天跟在蔡大姐的身后，在大厦里上上下下地走访，送福利、送关怀、送温暖。每到一个部门，蔡大姐都热络隆重地介绍："这是咱们工会的新生力量，小帅哥小马，马卫东。"

50多岁的蔡大姐工作很投入。尽管有腰椎间盘突出的毛病，上下楼梯腿上有些吃不住力，但是做起事来跑上跑下，忙前忙后，一点不惜力。看她有时费劲吃力的样子，马卫东不由自主会想起妈妈。

从小到大，马卫东老是被王药师数落"没有眼力见"。工作了，王药师经常敲打他，在单位可别像个公子哥，做事要勤快，心里要有别人，眼里要有活儿，能搭把手的时候麻利些，肩扛手抬的事儿要抢着做。

马卫东按照王药师的要求做了。

蔡大姐对此很满意，常对办公室其他人讲："瞧见了没有，大学毕业生呀，就应该像咱小马这样，眼里有活、心里有数。"

大家纷纷点头："是啊，小马难得，现在很多年轻人眼高手低，不推不动呢。"

看他被夸得有点不好意思，蔡大姐进一步鼓励："好好干，有前途！"

大家越是夸奖，马卫东越感到惭愧。

倒不是因为谦虚，而是心虚。

人家坦荡荡，自己有小九九。自己还不如那些"眼高手低、不推不动"的年轻人，至少他们不像自己，这么虚伪。

蔡科长他们看到的，都是表面现象。

实际上，马卫东是在认认真真地做样子。打心底里，他并不喜欢这样的工作。

不知道多少次，马卫东在心里训斥自己。

"蔡科长对你多好，师傅们那么热心，你这样两面三刀很不厚道。"

"你别身在福中不知福。中工这么好的单位，你还不满意，咱别那么矫情，行不行！"

可是，不管用。

不知怎的，马卫东就是提不起情绪。

在业内，中工集团一览众山小。它恢宏的气势，马卫东觉得于己无关。大会小会上，各级领导慷慨激昂、如数家珍："它的分支机构遍布世界，几十万员工肤色各不相同，但是大家有着共同的企业愿景；它的产品跨越四大洋，飞向五大洲，造福了亿万家庭；福布斯的排名如何颠簸，也无法撼动中工的地位。我自豪，我是中工人！我骄傲，我是中工人！"

麦克风里激昂的声音，宣传栏上醒目的标语，没能让马卫东振作。尽管经常受表扬，可这对他不能构成刺激。

每天固定的工作时间，没什么变化的工作内容，让他总觉得自己可有可无。努力，也贡献不了啥；消极，也不会拖了单位的后腿。

工会张主席每次作重要讲话时，都会点评先进、剖析不足，鼓励大家对号入座。马卫东对照了一下，真有不少毛病，都是自己具备的。比较典型的是："缺乏主人翁的意识。"

马卫东尊重老同志、做事认真勤勉，缘于从小到大接受的教育，也是出于礼貌，跟主人翁意识没关系。他的所作所为，只是表面现象。只不过，他轻易地骗过了领导和师傅们。

大家越夸，他越心虚，脸红、手心冒汗。

他越是这样局促，大家越是觉得：小马人实诚，很谦虚，这样的年轻人，未来可期。

然而，从上班的头个月起，马卫东就觉得看不到未来了。

每天，络绎不绝的商品，采购进来，登记造册，核对盖章，又流水线般分发出去。看着人们热情洋溢的张张笑脸，他觉得这很单调、很枯燥，甚至单调枯燥得有些滑稽。

"这么多人，忙前忙后，费时费事，把这些钱直接发给员工多省事！"

"萝卜白菜，各有所爱。为什么不能让员工们按个人喜好自行选择呢？"

"老赵和老李工作重叠,为什么不能按照目标商品类别分派采购任务呢?"

……

心里疑问不少,但是马卫东知道嘴上得把门。

想到三十年后的自己,就像现在的老赵和老李们,马卫东觉得挺没劲。

再次对号入座,他挖掘出自己另一毛病:"好高骛远。"

高处在何处,远方在哪方?

马卫东心里没有答案。但是,他悄悄动起了离开的念头。这样的念头,让他很自责,但又挥之不去。

参加同学聚会时,听他们讲起市场,挑战瞬息万变,机会稍纵即逝,谈判博弈攻心,交锋峰回路转。马卫东觉得很有吸引力,外面的世界很精彩。

大家都知道中工是大名鼎鼎的好单位,纷纷请马卫东讲讲其中奥妙。马卫东想了想,就咧嘴笑:"挺好的,挺好的。"好在哪儿,说不出来,他也不想说。每次的同学聚会,都助推了他的焦虑和躁动。

姜还是老的辣。

蔡大姐似乎看出了马卫东的思想苗头,主动找他谈心。

"小马,最近咋样啊?"

"啊?啊,挺好的,挺好的。"

"做咱们工会的工作呀,最主要的难点是什么?"蔡大姐擅长以提问题打开话题。她微笑着摘下老花镜,看样子打算促膝长谈了,"小马,你说说看。"

马卫东没有回答。他身子谦恭地向前倾了一下,用请教和期待的眼神看着蔡大姐。

"难点，往往也就是痛点。因此，首先要找准难点、把脉痛点。咱既不能畏难，也不能轻敌。工会的张主席在各种会上，都反复强调了我们工作的复杂性与技巧性。"蔡大姐轻轻摇着头，吹了吹杯里浮茶，模仿张主席的口吻继续说，"工会的工作，没有看起来那么简单。我们还有很多政策没有把握准确，很多精神没有吃透。有太多东西需要学习，有太多方面需要提高，无论是理论还是实践……"

马卫东使劲点头，脑子里开始嗡嗡作响。

每次蔡大姐或者张主席谆谆教导，马卫东就会像入定的孙悟空，虽安静聆听，但魂已飞离身躯。

"马卫东啊马卫东，就你那两把刷子，能进入中工集团，有这样的环境、有这样的待遇，你就偷着乐吧，你有屁资格这山望着那山高，身在福中不知福。"

单位卫生间明亮整洁，自动感应出水 24 小时恒温。马卫东双手烘着暖风，告诫宽大的镜子里的自己："看看你个熊样。"

看着热情诚恳、循循善诱的蔡大姐，马卫东不由得想起毕业前师兄师姐们都提醒过："社会复杂，进入社会的大学生就是小白鼠，能进好单位是运气，能碰到好领导，更是福气。"

自己既有运气又有福气。眼前的领导、身边的同事对他都很好，好到甚至热情地介绍女朋友。

道理都懂，躁动无法平息。

"在这样的环境里，我担心……"

马卫东一边说，一边沉思。

"担心什么？"

高翔双臂伸平了，靠在沙发上，用舌头搅动着牙签，斜眼睥睨他。

"我担心，会很快消磨变老。"

马卫东一本正经、字斟句酌地说出自己的担忧。

"我现在，望向前方，却已然看到了尽头。我看到了，三十年后的自己。"

听到这里，高翔定住了牙签，不再转动。

他认真看着马卫东，细细地打量。

过了一会儿，高翔轻蔑地说："屁！"

3.

虚伪的勤勉，撑不了多久。

四年后，马卫东辞职下海。

"咱们单位响当当的。跟大姐说说，你究竟哪点不满意啊？"

恳谈挽留持续了整整一天。马卫东的决定突如其来，蔡大姐完全没有思想准备。

"没、没有。单位真的挺好的。"

"那是咱们部门不好？集团工会上上下下，可都是对你很关怀很关心的呀。你一来，集团领导张主席就亲自指示，要重视培养，要做好传帮带。你还记得刚来的时候，你李姐赵叔他们放下手头工作，花两天时间，专门帮你报到安顿。你来的头半年，我带着你上上下下、里里外外，熟悉内部、了解外部……"

"感谢组织，尤其，感谢您……是，是我个人……"

马卫东的感激发自内心。但是在组织、在蔡大姐的培养信任面前，显得苍白无力。

"你个人。"蔡大姐似乎突然想起了什么，压低了声音说，"按组织原则，我本不该跟你讲的，事到如今，不妨跟你交个底。近年，上级要求我们加大力度培养年轻干部，工会干部要有新面貌新气象。年初，部门已经把你作为重点考察对象上报了。这可假不了，材料可都是我亲自写的呢……"

"我指的个人，不是提拔。唉……"

眼见蔡大姐误会了，马卫东更感汗颜，低头搓手。

"噢！"

从他的愧意中，蔡大姐慢慢咂摸出味道。

"我想起来了，卫东！是因为个人大事，对不对？其实呀，我和你李姐帮你介绍相亲，你不去没有关系的。你这些老大姐呀，多劝几句你别往心里去。我们也都是热心帮忙，人托人的事儿，俗话说呀，一家女百家问……"

"不、不、不！"

马卫东眼看又要兜回老话题，赶忙拦住："真不是，真不是！我离开中工，没有任何其他原因，只是出于我自己的感觉。"

"感觉？"

蔡大姐听着费解，又似曾相识："噢，难怪你前段时间喜欢唱这歌呢。我想起来了，'跟着感觉走，抓住梦的手'，对吧？"

马卫东诚恳地点头。

蔡大姐一声叹息。

老马和王药师两声叹息。

"这熊孩子，本事不大、胆子不小！前天才跟我们提出辞职的想法，好歹被摁住了。这下可好，自己直接卷了铺盖滚回家了。"

恨铁不成钢的父母急得直跺脚。

王药师怒气冲冲，戳着马卫东的脑门数落。

"早知道，你这么不安生，当初就不该让你回来！"

王药师越说越气,猛然爆料:"那时候,为了你!为了帮你找工作,你爸还借机去找了他的老相好!"

"什么乱七八糟的。"老马果断截断王药师,少有的发了脾气,拿筷子点着她,"哪有你这样当妈的,生气了就头脑发昏,居然扯出这些陈芝麻烂谷子!"

"什么乱七八糟啊?我说的,可都是事实!"

王药师不依不饶"我早就看出来了,你们爷儿俩都是一个路数!"

"你们爷儿俩都不让人省心!马卫东,因为不能跟你在一起,当初人家谢雨哭了三天三夜,你把人家心都伤透了。即使那么伤心,出于尊重你找好了工作,人家谢雨退让了,甘愿两地分居等你。这一晃毕业四年多了,都到了谈婚论嫁的年纪,尤其人家女孩子,等了你那么久!你现在突然放着好好的工作不干了。你这样做,有没有想过谢雨,你对得起人家吗!"

王药师讲话总是这样,直击要害。

记忆的闸门被挑开,马卫东愣住了。

妈妈说的在理。

"人家俩现在不是好好的吗,你掰扯过去的事干什么。"老马看儿子脸色凝重,使个眼色给王药师。

王药师也意识到自己的话重了点儿,就叹口气不言语。

房间安静下来,饭桌上的气氛瞬时有些凝固。

没过一会儿,气呼呼地给马卫东夹了两筷子菜后,王药师不甘心,又开始数落。

"我和你爸都老了,你哥在边疆回不来。本指望你能好好工作,有了出息让我们享享福。没承想你先下手为强,干起啃老的事来了。"

"哎哟,我的妈哎,我可没打算啃你们。再者说了,妈,你们哪里老了，尤其是你。"

马卫东明确反对王药师的观点，不含糊、不迟疑。

"你看上去也就四十左右！"

"谁说的！"

"就是上次，你去中工时，同事都以为你是我姐呢。"

"胡说，你哪来的姐！"

王药师不喝马卫东的迷魂汤，转头问老马："你说可能吗，别人会以为我四十左右？"

"呃……"

老马碰到送命题："孩子说的是左右吧……你这右得，有点厉……"

随着老马艰难地吐字，王药师的眼神变得愈发冷峻。

"嗯，你妈说得对啊。"压力之下，老马赶紧乾坤挪移，"小平同志南方谈话以后，全国经济腾飞，市场情绪高涨。各行各业都酝酿着新的发展动力，处处充满机遇。"

王药师冷眼看着老马越扯越远。

"当然喽，机遇未必人人都有。别人行，不代表你也行。"

知子莫若父，老马很贴心地拍了拍他的肩膀，诚挚地说："卫东，你未必是那块料啊。"

听到这，马卫东停下了筷子。

"爸，我就喜欢你这样，有逻辑有分析，字里行间闪烁着思考。不愧是当过领导，果然有水平。"

王药师撇撇嘴："他当过什么领导！"

老马谦和地说："你总得让孩子把话讲完。"

"爸妈，是这样的。我这辞职啊，可不是不想做事了。恰恰相反，我是想踏踏实实，干点名堂出来。下海绝不是头脑发热、意气用事。

在中工这几年，我对市场进行了深入、扎实的研究。我看现在的快消市场哈……"

"吃饭、吃饭！"王药师没耐心听爷儿俩胡扯，拿筷子敲着马卫东的碗，扭头不依不饶问老马，"哎，你说可能么，别人说我样子像四十的？"

要说马卫东想啃老，可真冤枉了他。

马卫东真想做事，他想做自己的企业。他要证明给高翔看，离开温室，他照样能存活生长；他要证明给爸妈看，儿子能立业、能挣钱，让爸妈周游世界，让他们有面子有实惠；他要证明给谢雨看，自己有能力撑起一个家，不用她再为那个小玩具厂辛苦奔波。

谈婚论嫁年纪问题，是王药师担心的头等大事。其实，这事儿，马卫东也跟谢雨沟通过了。刚开始，听到他下海闯荡的想法，谢雨确实有些担心。不过，她担心的点跟王药师不同。

"卫东，你要不要再考虑一下？"

"毕竟，在中工集团吃皇粮。你工作不辛苦，压力也不大。虽说在体制内有约束，但约束并不是坏事，反倒是可靠的保障。离开单位，自由了，那是说得好听。一旦自己出来干了，像我这样，可是无依无靠，风里来雨里去全凭自己。"

说到这儿，谢雨想起马卫东吟诵过的诗："在市场上打拼，那可真是，身世浮沉雨打萍呀。"

"这正是我辞职下海的原因。"

"啊，为什么？"

谢雨听糊涂了。

"我下海，正是为了你啊。我不喜欢这样平淡平庸，我想趁年轻闯出一番天地，为你创造幸福生活，让你不再无依无靠，不再担惊受怕，不再风里来雨里去。"

马卫东越说越激昂，顺着谢雨的诗发挥："我的丹心照汗青呀！"

"你喜欢做的事，我当然支持。"谢雨听着心里甜甜的，"我知道，卫东，你也是为我好。"

"不过，美中不足的是，我辞职出来后，需要一些时间调整和适应。所以，咱俩……"

"咱俩？咱俩怎么了？"

"我妈妈说，你早就到了该嫁人的年龄了。"马卫东语速放缓了，有些试探，"会不会，你怕被拖延了？"

"怕？本姑娘如花似玉，还会怕嫁不出去呀！"

谢雨"哼"了一声："咱俩的条件对比，怕的应该是你吧？"

"是是，那是那是。你这颗新鲜大白菜，被我这头黑毛猪给拱了。所以，我这癞蛤蟆很有危机感，所以我才想创业发展，长好翅膀，扶摇直上，追赶天鹅。"

马卫东有些口不择言。

"好啦好啦，什么乱七八糟的。"

谢雨截住他的胡言乱语。

笑过后，放缓了语速，她语气温柔地说："不过，我父亲，还有亲戚长辈们，肯定是希望我尽早成家的。"

"他们多半还希望你嫁'家己人'呢吧？"

马卫东又警觉地敏感起来。

"是呀、是呀！"

听出他的口气里有些酸酸的，谢雨不禁更加开心："不过，那又怎样，我的未来我做主！"

"是，我们的，未来。"

马卫东着重强调。

"妈妈,也是希望看到我们在一起的。"说着,谢雨想起了妈妈。

当初放假回家,自己恋爱的消息,她第一时间告诉了妈妈,把照片举到妈妈眼前。

"妈,你看你看,他是不是你说的那种,国字口面老实人?"

妈妈端详着,搂着女儿的肩头,喜不自禁地说:"是啊是啊,下次把他带回家来。妈最大的愿望呀,就是盼着你找到个好人,体贴你、照顾你……"

马卫东听谢雨提起妈妈,心头一紧。

"小雨,你放心。未来的日子,我们好好在一起。我们一定过得幸福,让你的妈妈安心。"

"嗯,卫东,我听你的。"

谢雨的声音更加温柔,补充道:"只是,这未来,不要让它太久不来,好吗?"

谢雨的话语绵绵甜甜,几乎融化了马卫东的心。

"放心吧,小雨。幸福,一定给你!未来,很快就来!"

在电话另一头,马卫东不由自主地从椅子上站起来,激动地攥拳表态。

谢雨很乖,很听话。她从小到大都这样。

以前听妈妈的话,现在听马卫东的话。

有了谢雨的理解支持,再加上四年来的蛰伏准备,马卫东立刻着手行动。

"是这样的。干工会工作几年下来,我还真是学到了不少东西,尤其是掌握了不少市场信息。"

马卫东找到了高翔。

"你小子,一阵儿晴,一阵儿雨。哪句话是真的,哪句话是假的呀。"高翔见了他就皱眉头,"前一阵,还老听你抱怨,干工会没劲。"

这些年,改革气象万千,干部辞职下海不新奇。

高翔的观点跟老马近似:"人与人不同。凭你马卫东的条件,中工那么好的单位,你能混下去就算成功,居然还敢炒人家鱿鱼。"

马卫东不管他,各说各的。

"要说这给几万人采购福利用品,也不是件容易的事。你看我那部门,二十几号人,个个都差不多咱爹妈的年纪,做得很辛苦。尤其我那科长蔡大姐,人特好,特敬业,五十好几了,整天东奔西跑,有电梯坐电梯,没电梯吭哧吭哧爬楼梯,挨个商家沟通磨嘴皮子。你说要是咱爹妈这样,咱们忍心吗?"

高翔冷静地吞云吐雾,没吭声。

"我发现,之所以人多忙乱,是因为供货渠道散乱,质量参差不齐,缺乏标准化的管理。"

"这些发现,跟你的那些知心大姐们说了吗?"

"说了,说过几次。"

马卫东提建议少说也有七八次了:"不过,说不深,展不开。我每次提,那些前辈们都用那种眼神看我,还用那种眼神互相看。"

"哪种眼神?"

"嗯,我也说不好。反正就是那种吧,都知道你的想法挺幼稚、挺天真,但是都在包容担待你。大家都在等着,你幡然醒悟的那一天。你想象得到那种眼神吗?"

"不是我说你,你这人就是忒敏感!没事儿老喜欢琢磨别人的眼神,人家可都是好意。"

"没错,他们对我都挺好。只不过,我对我们做的事确实厌倦了。"

"年轻人啊！"

高翔端起茶杯，透过袅袅升腾的热气，表情凝重地望着他，很沉稳地摇头吹了两下杯沿，然后伸出食指点点他，语重心长地说："好高骛远，眼高手低！"

"有的，是方法问题，有的，是流程问题；有的供货稳定、有的不及时，有的月头备货、有的月中；有的渠道，能明确对接部门负责人，有的渠道，临急临忙找不到管事儿的，有的收现金、有的只接受转账……"

马卫东没搭理他，继续自言自语。

"我们把太多时间消耗在采购环节了。本来中工集团的采购，数量多、频次高、金额大，应该是很受商家欢迎的。我们硬是把一个典型的买方市场变成了卖方主动。要说原因，主要是采购流程缺乏标准，筛选机制也缺乏标准。"

"我们那儿，各种决策完全是行政那套，跟不上市场的节奏。拍板缓慢，再加上付款收货，每次弄一沓表格一堆文件，看似细致，纯属形式。明明起不到把关作用，却貌似严谨地层层批，谁都负责谁也不负责。程序复杂导致效率低下，无形间抬高了成本，搞得供货商家反而有些厌烦。我觉得应该解决这个问题。"

马卫东加重语气强调："完全可以解决！"

高翔一直百无聊赖翻动杂志，听着听着，停了下来，若有所思地看着他。

"我找到了。找到了你辞职的原因！"

高翔突然眼前一亮地说。

"什么原因？"

对高翔总是打乱他的表达节奏，马卫东很是无奈。

"马卫东,你这是灵魂的转向。"

"什么灵魂,什么转向,谁说的?"

马卫东顿时蒙了。

"柏拉图,灵魂转向!对有的人来说玄而又玄,对有的人来说洞若观火,关键在于,灵魂的转向……"

"你说的,我听不懂。"

"对喽,你说的,我也听不懂。"高翔拍拍他的肩膀,继续道,"不过,你刚才说的那些,有鼻子有眼,不太像裤裆里拉二胡。"

"谁拉二胡?"

马卫东依旧没听懂。

"裤裆里拉二胡——扯蛋。"高翔微笑,"这不一直是你的强项吗?"

"嗳,说正经事儿呢。"马卫东一本正经。

"你马卫东的脑袋,居然也会想正经事了。咱中学的老师们都看走眼了。"

"你听我说啊。"

马卫东顾不上理会他的揶揄,略做停顿整理一下思路:"我觉得,我可以把这事做得更好,所以我下海了。我要办一个超市。"

"超市?"

高翔不明所以地看着他。

"对,这附近几个街区的单位和居民,有近三十万人的消费容量,都可以作为我将来超市的服务对象。"马卫东在空中比画了一下范围,"我做了详细的市场摸底调查。这三十万的消费者以中层为主,处于高档和低端的中间那层。随着生活水平的不断提高,他们对日用品价格的敏感度越来越低。他们越来越看重,采购的便利性和选择的多样性。他们需要的商品，我已经整理好了表格，都在这里了。我可以做他们的采购经理，集中统一采购的经理。"

"超市，这在咱们这里可是新东西，目前好像只有北京、上海、广州有。"

"对，我就是想搞个超市，小型的。我的经营思路是，聚焦几个快消类别，精耕细作。利用消化周期短的优势，小量批发采购，快速零售销售，不压货不赊账。"

"我这么干，跟泉城路的百货大楼、跟周围的青年服务社不同。我的超市的特点和优势在于，周转迅速短平快，靠快销营利，靠速度取胜。"

"咱们这里消费市场确实挺大，不过说到消费模式，好像都还是习惯去小商店青年服务社，要不就是百货大楼国营商场。办超市，可是改变习惯的事儿。"

"在咱们省，超市确实才刚刚冒头，济南还没有。所以，我觉得现在是机会，要尝头啖汤。"

"什么汤？"

"粤语，第一口汤的意思。"

马卫东经常卖弄从谢雨那儿学来的粤语。讲得再差都自信，反正没人听得懂。

"现在零售基本还是国营的天下。老百姓，尤其是咱们爹妈这辈的人，一信国营、二信老字号，不怎么信新玩意儿，更不信个体。"高翔说。

"一点没错，所以，我做这事，说好听是创新，说不好听就是冒险。喝下去的，有可能是鲜汤，也有可能是砒霜。不过，我想，做任何事，收益与风险都是成正比的。"

对这个观点，高翔很赞同。

"能加快销售进度当然很重要。但是，怎么才能快起来，恐怕不是说说那么容易的。"

高翔的提问越来越认真。

"没错，哥们儿，你讲到了核心问题了。是这样的……"

马卫东掏出纸笔，跟高翔细致讲解起来。从地理位置、供货渠道到结算方式、价格定位和员工薪酬，讲得很细。

高翔脸上表情逐渐收拢，开始听得认真了。

"在这些基础上。"一口气陈述完想法之后，马卫东开始做小结，"我的超市将不同于其他国营商场。员工们能真正做到笑脸相迎、笑脸相送，主动服务、用心服务。"

"哎，卫东，你还别说。听你这一通掰扯，我还真觉得这事儿，挺靠谱的。也许，这次你真能转向成功。"

和马卫东一起整理分析了场租水电和税费等开销后，高翔狐疑地看着他："不过，我也就是个爬格子的……你干吗费劲巴拉地跟我说那么细致啊。这事，跟我有关系吗？"

"爬格子的？谁敢这么小看文化工作者！"

马卫东断然否定了高翔的谦虚。

"是这样的，兄弟。"他伸出胳膊搭上高翔的肩膀，"咱爸咱妈本身就反对我辞职，这一听我说搞超市，就愣是觉得像倒买倒卖、投机倒把。我怎么给他们解释、怎么劝说都没有用。他们可不像你这样，一说就明白，一点就通透。唉，我自己呢，这几年攒下的也不多。这个超市的蓝图已经绘就，缺口……也还是存在的。"

"靠，原来是打老子主意了！"

高翔终于看清他的嘴脸，拍案而起。

"别别，没想打你本人主意。"马卫东摸摸他的肩膀，又捏捏腰身，啧啧有声地赞叹，"你说同样是运动健身，你这效果，比齐怀洲和我可强太多了。魁梧！壮硕！这可是咱们梅班长的，兄弟绝无半点非分之想。"

"你小子，鬼扯半天，又把我带沟里去了，搞得我差点以为自己懂点市场似的。"

"高翔，你何止懂点！通过你刚才的分析，我觉得，你其实很有市场洞察力，很有企业家天分。事实上，这点我早几年就看出来了。"

"行了行了，打住。少来这套！"

高翔鄙视他的马屁，低头欣赏了一下自己健身的成效，沉思了好一会儿："阿谀奉承的嘴脸对付你那蔡大姐还行，跟我这儿就少来了。砸锅卖铁我做不出来。我就把现有的所有积蓄，五万大洋借给你。"

"哎哟，公明哥哥哇，宋江！及时雨！"

马卫东激动地站了起来，竖起了大拇指："义薄云天！真性情的汉子！你跟小梅谈得怎么样了？我要是她，我一天都等不及。明天我要嫁给你啦。"

"对噢，你不提醒，我还差点忘了。小梅喜欢的那款水晶项链，这么久了一直还没买。周末，我们还得逛逛公园、看看电影、下馆子、买衣服，还得留点松动呢……"

"哎，别别！"马卫东恨自己多嘴，"你和梅班长感情那么好，我们看着都特别暖心。别净考虑那些物质的东西，忒俗气！恋爱时就节俭些，更显组建家庭的诚意。"

4.

开个超市可不容易。

事无巨细、亲力亲为,马卫东忙得脚下生风。

离开中工集团,他终于同时体会到了,体制的优越和个体的艰难。"不当家,不知柴米油盐贵啊。"马卫东表情严肃地对着王药师感慨,"妈,我现在体会可深了。您操持一个家,可真不容易啊!"

好长一段时间以来,眼见熊孩子奔波辛苦,吃饭都没个正点,王药师看着心疼。可是转念一想到,这一切都是因为他不安分守己引起的,心疼立刻变成了一声"哼"!

"断头今日意如何?创业艰难百战多。此去泉台招旧部,旌旗十万斩阎罗。"

马卫东洗了手坐在饭桌前,给自己打气。

"什么断头啊、阎罗的,你这熊孩子,要干什么!"

王药师紧皱眉头。

"哎,老王,这可是陈毅老总的诗啊!'一九三六年冬,梅山被围。余伤病伏丛莽间二十余日,虑不得脱,得诗三首留衣底。'你看,字里行间,抒发的是大无畏的革命豪情。"这几天,正巧又读了《梅岭三章》,马尚安顿时意气风发地点评:"卫东啊,读书多是好的。但是要注意,语境表达要贴切,更要考虑受众的接受程度。"

"什么意思!"王药师眼一瞪,"考虑哪个受众?就你接受程度高?从今天起,家里一日三餐,由程度高的负责做!你们爷儿俩,边做饭边对诗哈!"

"看什么看,还不赶紧吃饭!"马尚安转头教训幸灾乐祸的儿子,"得亏没背后两首!"

注册公司挺费周折,得跑一大串部门、盖一大堆章。中工集团的领导同事们够意思，人走茶不凉，关键时刻伸出援手。不仅蔡大姐热心地穿针引线，甚至劳驾了张主席亲自给老战友打电话，帮他疏通困堵。

跑前跑后，终于搞定。

接下来，招聘是最重要的环节。

四年后的马卫东，从应聘的变成了雇主，角色转换挺快。

要说，还是老马识途。

"卫东，招聘这事儿，急不得！可要慎重啊。"

马尚安示意儿子坐下，并让他停止摆弄 BP 机。

他语重心长地提醒："你这做个体、开商店，忙不过来，找帮手在所难免。但是，要注意提高政治觉悟，提高政治嗅觉，尤其要站稳立场。"

"啥？"

马卫东看爸爸一脸严肃，不由得放下 BP 机，坐端正了些，紧张地问："啥立场？"

"你给我沏杯茶来。"终于逮着机会给儿子传授真经，马尚安需要润润嗓子。

接过马卫东双手奉上的茶杯，马尚安挪挪身子，靠着沙发扶手，调整了更舒服的角度。

"不要超过 7 个人。"

马尚安一边吹着茶杯里的浮沫，一边沉稳地说："在这个数以下，都算帮手，超过了，就算雇工了，也就是……剥削。"

"啊！"王药师从阳台取了两条晒干的茄子，正好经过，听了半截就急了，"你这熊孩子，可不能胡来啊！打小，你姥姥就教育你，别惦记别人的钱，咱家可都是老实人，一向规规矩矩。到你了，可不能剥削人啊！"

"我说老王，你能不能先别急，你这怎么说风就是雨呢。"马尚安十分清楚老王家的规矩，赶紧压火。

马卫东站起身，比画着 V 的手势。

"爸，妈。你们放一百个心，咱不剥削！"马卫东点头哈腰，"我就招俩！两个！"

"噢，俩啊！"老两口听了放下心来。

"俩！就这，还招不来呢！哎？"

说着，马卫东的眼珠滴溜溜乱转。

"要不，爸妈，你们俩来试试？"

"你这熊孩子，想赚钱想疯了吧！早就看出你想啃你爸妈。"王药师听了，就瞪眼要拿茄子干儿抽他。

招聘广告在《泉城日报》中缝刊登了，小广告传单也在校园和街头派发了不少，来应聘的寥寥无几。

偶尔有来面谈的，往往彼此都没听懂。

"超市是啥？"

"就是自选的商场。"

"那要俺干啥？"

"要你做导购，在顾客的身边导购。"

"捣鼓？人家自选，俺为什么要在身边捣鼓？俺还是去正经商场找工作吧。"

几天下来，总算招了个壮小伙李恒，国营棉纺厂的下岗工人。招聘目标只完成了一半。

"现在的年轻人啊，高不成低不就。"

马卫东长叹一声。他和高翔在店里坐了大半天，不见人来应聘。

"不应该呀,"高翔歪头想想,"照理说,你这超市营业员待遇还凑合了,有工资,还有奖金。再说了,干的活也不累,不就是码放一下货品,搀扶一下大妈嘛。"

"肤浅!那叫导购!"

马卫东撇着嘴横了他一眼,夸张地倒吸了一口凉气:"兄弟令我齿冷啊!连你都这么看,可想而知,我招人多难。做东雨的店员,要掌握市场渠道,要了解商品属性,要懂得消费心理……"

"得了得了,你还好意思齿冷,你在我眼里压根儿就不齿。别净扯些渠道啊、属性啊、心理啊,那些听上去专业,实际不顶用。你这超市啊,主要问题就出在,你一肚子概念,沾沾自喜,可别人还不知道 WHAT ARE YOU 弄啥哩。"

高翔一边让他打住,一边摇头往外走:"看样子,我那些大洋啊,你是有日子还不上了。"

他前脚刚走,储琴就进门了。

打眼一看,储琴长得像个农村姑娘。

属于长得就像是不太会讲话的那种。

事实上,还没有开口,储琴的脸已经涨得通红。

储琴的眉毛很黑很浓,细长的鼻梁上架着一副黑框眼镜,脸颊瘦削没有一点多余的肉,瘦长身材,皮肤有点小麦色,递简历时双手略微有点抖,隐隐能看到手上的青筋。

这该是做过庄家活的手,马卫东心想。

居然还是个应届大专生,马卫东挺意外。

"市场营销?热门行业,前途大把呀,不去试试其他单位?"马卫东问。

"确定?"

见她没反应，马卫东又追问了一遍。

储琴咬着嘴唇摇摇头，又赶忙点点头，还是没有说话。

"你是哪儿人？"

"湖北。"

储琴声音很小。

"湖北好啊！"

"开国元帅林彪，开国大将徐海东、王树声。"熟读中国革命史，马卫东一听湖北就来了兴致。

"湖北哪里？"

"红安。"

"嚯！红安好啊！"

马卫东一拍大腿，开始兴奋话多。

"大名鼎鼎将军县啊！六十多位开国将军，六十多呐！韩先楚、陈锡联、谢富治、王建安、周纯全、郭天民，六位上将！六位呐！"他眨巴一下眼睛又补充，"还有还有，国防部长秦基伟！"

马卫东说得兴奋，可惜听众反应平静。

储琴仍旧低着头，红着脸看脚尖。

"对工资待遇有什么要求吗？"马卫东只好言归正传。

还是没有回应，马卫东抬头看看一言不发的储琴，就替她回答："噢，没要求啊。那，你有什么特长吗？"

"我记性好。"

储琴回答的声音很小，马卫东乍一听，想了一下才明白。

"记性好？"

"嗯。"储琴很肯定地点头。

"哎，你别说，这倒是真的很重要。能记住咱们店里的商品，能记住咱们的顾客。"马卫东嘿嘿一乐,嘴里嘟哝着,"这个特长好!可以弥补你说话少。"

"好吧,你什么时候可以来上班?"

储琴听了,终于抬起头来,向上推了一下眼镜,看了看店里环境,就走向墙角,拿起了扫帚。

"好巧,我正打算搞卫生呢。"马卫东高兴地说。

储琴已经麻利地扫完了一片区域。

"商量一下哈,储、储琴,对吧?对顾客,咱可得热情点,不能不说话啊。"马卫东走过去和颜悦色地说,并示范了可掬的笑容,一边一个深深圆圆的酒窝。

储琴抿着嘴点头,又开始用力地拖地。

5.

超市终于要开张了,取名叫"东雨"。

谢雨在信里说她很喜欢这个名字。

"我喜欢东雨。写下这几个字的时候,天空正在淅淅沥沥下着雨。卫东,济南的天空现在是怎样的?下雨的时候,你记得抬头哦,落下的每一滴雨,都代表我在想你。"

马卫东抬头看,嘿,就这么巧,确实有雨!

瓢泼大雨。

好雨知时节,做生意的人都说水主旺财。东雨开业前两天,确实招来了充沛的雨水。那时租车挺费事,压根谈不上物流概念,加上没有足够的仓库储存周转,马卫东只能估摸着备货。

连日的雨,让备的货进不来。在暴雨面前,塑料雨布不堪一击。

只能看老天爷的脸色，趁雨停间隙加紧搬运。

马卫东身先士卒，李恒、储琴加上几个小时工，店里的人手都被发动起来，肩扛手抬、跑步前进，与时间赛跑。即便如此，进度仍然不理想。

刚刚抢运进了一批零食坚果，外面雷声轰鸣，才放晴一会儿的天空再次乌云密布。豆大的雨点噼噼啪啪迅速砸落下来。黑沉沉的雨幕逐渐模糊了远处楼房里的万家灯火。

马卫东看着大家前后穿梭、上上下下地布置安放，暗自盘算洗衣粉、洗衣液、洗洁精这些商品，看来是很难赶在开张前准备好了。少一点营收倒不算什么，关键是已经给邻居街坊们宣传出去了，这些都是首日购物的附送品。说出去的话，泼出去的水，承诺了就得兑现，讲话不算数可不行，这关系到东雨的名声信誉，得赶紧想折补救。

"你们四个，看住辣边儿。喂，你们三个，来这边儿撑起。快，快，一定要先撑住喽！"

外面突然一阵喧哗声，打断了马卫东的思绪，随后响起密集杂乱的脚步声，还有金属物件掉落地上发出的清脆的声响，混杂在雨声中格外有穿透力。

马卫东走到大门口，向外张望，看到十几个披着简陋雨衣民工模样的人，在紧张地搬抬跑动忙碌着。中间有一个小个子的人，似乎是他们的头头。

小个子大声地吆喝，操着浓重的重庆口音，听上去有些耳熟。在他的指挥下，十几个人已经迅雷不及掩耳地从卡车上卸了一大堆物件，堆放在地上。

他们不是超市的员工，物件也不像是超市的，奇怪。

马卫东定睛一看，中间高高的一堆是一米长的钢管，还有十几个巨大的塑料编织袋,里面似乎是墨绿色的帆布。

"东哥!"

马卫东正探头看着,有人从侧面重重地拍了一下肩膀,是那个小个子。

小个子雨衣穿得歪歪扭扭,还没有遮到膝盖位置,一双看不出颜色的球鞋已经被雨水完全浸透了。雨衣帽檐几乎遮盖了他整个的脸,领口处还撕烂了一条又长又宽的口子,浑身上下已经完全水淋淋,穿不穿这件破雨衣,效果一样。

大雨中,马卫东看着这张挂满了水珠有些面熟的脸,一时没认出来。

"是我撒,东哥!"

小个子不顾雨越下越大,一把扯下雨衣帽子,抹着脸上的雨水咧嘴笑,夜色中露出了一口大白牙:"认不到喽?葛俊峰撒!"

"原来是你!"

葛俊峰,师弟,人称嘎子。

"你怎么来了?"马卫东看着葛俊峰不解地问,"你这是弄什么?"

在小葛的身后,十几个晃动的人影,前后奔跑上下忙碌。

"帮你撒,东哥!"

小葛欢快地说,雨水顺着一缕缕的头发流淌下来,流进了嘴里。他不停用舌头舔着唇边的雨水,好像还挺好喝的样子。

"他们。"小葛扭头指着身后的那帮人说,"是我从天桥临时喊起的工人兄弟。喂,辣边儿高个辣个,你去帮一下对面那个兄弟,帮他把管子撑起,立住喽,千万不要松手哦!"

小葛一边断断续续地跟他解释,一边扭头抓紧指挥着工人们。

"你别喝雨水了,屋里有茶。"

马卫东拉着他往屋里扯，想让他歇歇说几句话，手滑一把没有揪住，葛俊峰刺溜转身抱起地上一堆帆布跑了。

有个瘦长的人影跟在小葛的后面跑了出去。

马卫东定睛一看，赶忙大叫："储琴！你怎么不披件雨衣！"声音还没到，储琴已经不见踪影了。

马卫东和李恒赶紧跟了上去。

暴雨没有丝毫停歇，整个街面黑黢黢的一片。

不大一会儿的工夫，模模糊糊的一个风雨廊雏形，已经隐隐约约搭了起来。

"喂，你是辣个？腿破喽，流了好多血！"

听到葛俊峰的喊叫，马卫东看他指的是储琴。

"你还是个女娃！乖乖！"

催了几声，储琴还在捆扎帆布，没有反应。

马卫东示意李恒，两人不由分说，一左一右把她架进了屋里。

待储琴被摁在了椅子上，马卫东这才看到，她的一边裤腿从裤脚向上撕裂，几乎到膝盖。再一看，吓一跳，腿肚子伤口很长很深，几乎像熟透的西瓜裂缝。

他刚要把裤腿向上卷，储琴脸涨得通红，慌忙俯身伸手阻拦。

"中医世家！老实配合！"马卫东瞪眼喝止她。

凭王药师真传的两下子，马卫东做了简单消毒包扎。

"走吧，去医院！"他招呼李恒。

"我去叫车……"李恒已经冲去门口。

"回来，叫屁！这么大雨，哪有车！没多远，下个街口就是。"

马卫东说着转过身，蹲身扎了马步。

储琴见状，脸急成紫红色，胡乱挥手蹬腿不肯上马。

"别动！"马卫东回身怒目圆睁吼道，"不想活了！"

从没见过他发火，储琴一下愣住了。李恒赶紧架起她，托上了马卫东的后背。

"你们，继续！"

搭帐篷的人愣愣地看着三个人影从身边掠过。

紧急手术后，储琴被推出来了，受伤的腿里三层外三层纱布绷带缠得像机器人。

"幸亏你们送得及时，临时处置也及时啊。"手术大夫摘下口罩，"伤口很深，好在，没有感染。"

"这姑娘真是坚强。清洗、上药、缝合，换个男的都会疼得吱呀哇呀乱叫。"大夫感叹，"她愣是一声没吭。"

马卫东忙不迭地感谢医生，回头看储琴。她坐在轮椅上，低着头还是不出声，头发还有些湿哒哒一缕一缕。

"还疼吗？"马卫东蹲下身子，关切地问。

储琴咬咬嘴唇，没有回答。

记忆中，长这么大，第一次，有人这么问她。也是第一次，有人这么背着她。

马卫东的背很厚实很温暖。

就在刚才，趴在马卫东的背上，在快速奔跑的起伏中，储琴似乎还听到了他强壮有力的心跳声。

……

有了临时搭建的风雨廊，东雨的进货速度大幅提升，居然硬是赶在开张前一天，完成了所有的货物搬运。

担心开张人少冷清，马卫东提前发动了所有亲戚和同学，来捧场充门面。真到了那天，大家才发现，马卫东多虑了。六百多平方米的小超市，早已被邻居街坊挤得水泄不通。

中工集团工会的叔叔阿姨们仍旧很给力。蔡大姐亲自托付那些供货商，要多关照小马，保质保量、按时供货。张主席作为特邀嘉宾，为东雨的开张发表了热情洋溢的致辞。他充分肯定了民办超市的创新精神，同时，高度评价了马卫东服务社会、便民利民的拳拳之心。

张主席在讲话结尾特意提到，中工集团一向致力于服务社会、造福百姓，包括培育社会栋梁、输送商业精英。马卫东，就是这样的生动例子。

讲话赢得热烈的掌声。马卫东使劲拍掌，心生佩服，佩服得不要不要的。

开张大吉。

东雨所有的商品成本价销售，不赚一分钱。短短的两个小时，满满的货架被一扫而空。葛俊峰赶紧联系供应商紧急补货。看着仍然不断涌进的顾客，厂家送货的小伙子睁大了眼睛，羡慕又好心地悄悄问，要不要提高三个点的售价，或者别再附送洗衣粉了。

"那可不行！"马总和葛俊峰不约而同地摇头。

葛俊峰伸手指着熙熙攘攘的人流说："你想啊，头一天，辣么多的人，是在给我们做广告啊，应该给人家广告费。"

"说得对！临时悄悄加价，不如赶紧加人！"马卫东赞同葛俊峰的观点。

葛俊峰雷厉风行，不到一小时，又叫来了两个人。马卫东一看，都是挺壮实精神的小伙子："你这从哪变出来的？"

葛俊峰嘿嘿挠头："那天下雨，东哥看不到，他俩是帮着搭帐篷的兄弟撒！"

开张盛况，真是难忘。

店里人头攒动人声鼎沸,不仅邻居街坊满满当当,甚至不少人从老远的其他街区赶来。

"来了?"

"一大早就来了,看西洋景。"

"听说里面东西随便看、随便挑,还随便摸?"

"何止随便摸,人家还让你随便拿哩。"

"随便拿?拿回家?"

"嗯,你还挺会寻思哩,那得看警察能不能撵上你了。"

……

东雨门前几度出现交通堵塞。街道居委会担心安全,几位阿姨大妈亲自上阵,箍了红袖章维持秩序。仓库从早到晚不间断地补货,负责收款的储琴几乎没有时间上洗手间。送走最后一位客人,店员们头晕眼花累得直不起腰,几乎连关门的力气都没有了。

《都市日报》发表了特约通讯员高翔的文章《东雨滋润生活》,为马卫东敢于首个吃螃蟹叫好。市电视台还做了新闻报道:"泉城喜迎首家民营超市。"

首战告捷。

6.

临时救急,搭建了风雨廊,忙活完之后,葛俊峰说想跟着马卫东做超市。

马卫东问:"那你的内贸外贸呢,还做不做了?"

葛俊峰说:"还是想跟着东哥,有组织踏实些。"

马卫东听了很高兴:"好兄弟,一起干!"

从此，葛俊峰加入东雨，成为马卫东的助手。

葛俊峰是师弟，比他和谢雨低一届，在学校名气不小。

名气大，不是因为成绩优秀，也不是因为才华横溢，更不是因为相貌出众。

而是因为，此人神神道道。

葛俊峰，人不如其名。

不算英俊，也没有山峰那么伟岸。他是四川人，老家眉山。家在峨眉山下，靠江边打鱼为生，父母拉扯兄妹四人，生活相当艰难。

自己的家乡有千古文豪苏东坡，这让葛俊峰很自豪。不过，他对东坡肉的热爱远在东坡词之上。葛俊峰吃起东西来总是连撕带咬，喉咙处还会发出低沉的吼声，狼性十足。不到一米七的个头，黝黑精瘦浑身疙瘩肉。自称是峨眉派第十六代传人，未经考证。

葛俊峰有一身武功在身，确有其事。

蓝天下的绿草地上，他腰间扎一条红绸缎，双手提着明晃晃的刀片，凌空侧翻又高又飘，总能获得满堂喝彩。

学校里有两个摔跤高手，生得高大威猛，嘲弄"什么峨眉鸭眉，都是假把式，花拳绣腿中看不中用"，要和葛俊峰约着切磋"武艺"。葛俊峰再三推让说不约，后来被逼无奈只好答应切磋。过招没两三下，两壮汉均被他背布袋，结结实实地摔趴在田径场的沙地里，掀起一片沙土。

围观的师生里三层外三层，叫好声震天。

后来，葛俊峰经不住诱惑，又跟学校散打教练、曾经的东北某省队退役队员交手切磋，虽然被揍得鼻青脸肿败下阵来，但是教练也被他踢打得不轻，揉着脖子、捶着腰连说这嘎小子真猛。

葛俊峰后来还担任学校武术协会的会长，深受师弟师妹们的爱戴。

葛俊峰有一定的语言障碍，这种说法没有半点贬低歧视的意思。医生诊断他的舌头略微短了一些，这导致他的口齿有些问题，发音比常人费力并且不清楚。同学们听懂他讲话，得有个适应过程。

有一次，武术协会的某个小师妹对他态度凶狠、举止野蛮，受挫的葛俊峰在宿舍里急切地抱怨，竟脱口连续讲出三个人物，类比评价那位女生。

"我的妈呀，辣个女娃，乖乖直凶哦。辣简直就是，鲁达的抛妹（胞妹）、盗马贼（贼）的女儿、嗨（黑）店的老板娘！"

宿舍同学乍一听，半晌云里雾里，省悟之后都扶着铁架床快要笑倒。

同学们觉得，葛俊峰的所谓普通话其实就是重庆话。但是，据他的重庆老乡普遍反映，他的家乡话又很不地道、很不标准："不晓得龟儿讲辣门子话。"

上英语口语课的时候，葛俊峰的英文让同学们听得一头雾水、龇牙咧嘴，以为还是在说重庆话。但是英籍外教Chris女士总是表现得很有耐心，经常鼓励他多讲。受了鼓舞，小葛在英语课上总是表现活跃，每每扯着嗓子，用眉山英语抢先朗读或者答题，听得大家乐不可支。

大家私下议论，结论一致，Chris女士就是同情弱者，想表现人文关怀，她没可能听得懂葛式英语。

很多时候，葛俊峰的思维跟他的语言一样，凌乱、不着边际。

有一天晚上，整栋宿舍楼都听到他在热心地大声喊叫："张学良，请张学良下来，下来接电话！"

喊了几声，有人扯着嗓子问："你真要把张学良喊醒啊？"也有人好事跟着喊："有没有杨虎城的电话啊！"

葛俊峰意识到念错了，赶紧改口。

"哦,不对,电话,是辣个张学友的!张学友,下来接电话!"整栋宿舍楼欢乐起来。

更多扇窗户打开了,传出更多的笑声。

"我和你吻别,在无人的街,让风痴笑我不能拒绝……"有爱凑热闹的,三三两两唱起了《吻别》。

很快,《吻别》响彻整个宿舍楼……

过了半响,法律系的张学严同学如梦初醒,慌慌张张跑下了楼。

葛俊峰,在校期间算得传奇人物,用现在的话讲就是比较奇葩。山东人形容这种性格,叫作神神道道。综合他各种神神道道的表现,大家通过梳理提炼,送他外号叫嘎子。

大学二年级,葛俊峰参加了全国省际高校运动会,一战成名。使他名声大振的,同样不是因为成绩优秀、才华横溢,或者长相出众。

他的出名,建立在带队老师的懊恼上。

葛俊峰报了1500米和3000米两个项目。

由于高手如林,两个项目他均无建树,没有拿到名次。但是,葛俊峰的表现大放异彩,令全场沸腾。

1500米,众目睽睽之下,葛俊峰多跑了一圈!裁判反应不及时,敲锣吹哨都没拦住他,只好派了两名志愿者同学追过去,把他拉出赛道;3000米,葛俊峰少跑了一圈!提前一圈,就挥动双臂向全场观众致谢,还施以深深的鞠躬,直到学校的带队老师恼羞成怒,冲进场内踢他屁股,他才恍然大悟,慌忙掉头去追其他选手。

正是从那次运动会开始,马卫东跟葛俊峰熟识了。

作为学校田径队队员兼中长跑项目小组长,马卫东也参加了那次运动会,回来就不光彩地卸任了。

拖累了组织和领导,葛俊峰深感愧疚,连续对组长马卫东讲了十几个对不起。

"你对不起个屁!"

葛俊峰连串的道歉听得马卫东恶从胆边生,怒气冲冲地吼道。话音未落,自己却不争气地哈哈哈哈大笑起来,直到捧着肚子笑弯了腰。

1993年9月23日,萨马兰奇宣布投票结果,北京申奥失败了。亿万人民翘首盼望,迎来的却是沮丧时刻。许多人流下了伤心的眼泪。首次申奥失败,大家没有思想准备。恰恰相反,人们早都习惯性地认为,只要是强大的祖国想做的事,就没有做不到的。广播电视所有镜头和话筒都反复演练,为即将到来的隆重庆祝做好了准备,随之而来的必然是一浪高过一浪的欢呼沸腾场景。学校最大的电视室里挤得密密麻麻水泄不通,同学们情绪高涨,欢乐的氛围胜过所有节日。

北京!居然落选了!

太出乎意料了。

空气凝固了。

准备好的彩纸气球蔫蔫地堆在课桌上,大鼓静悄悄躺在走廊上,扎了红绳的鼓槌不见踪影。

人群出奇地安静。

巨大的失望像沉闷的锅盖笼罩了校园,不解、难过与痛惜冲击着每个人。

就在这时,大家陆续听到了室外隐隐约约的哭声,远远地飘来,像濒死的怪物在吼叫,发出低沉的告别,撕心裂肺、痛彻骨髓。

有人反应过来,那声音,是葛俊峰!

他在操场上奔跑,伴随着满脸泪水的哀嚎。

后来回忆起来,葛俊峰是这样说的:"近乡情更怯,我那晚太激动太兴奋了!我走路都迈不动腿,我站着腿肚子都转筋。我太激动啦,所以不敢跟你们一起看电视。我太激动啦，我只好挨在电视室外的墙根下，静静地听。"

那晚的葛俊峰，呼啸狂奔，像得到了《九阴真经》的欧阳锋。

学校保卫处被惊动了，派出一队保安循声追赶。

几个人连搂带抱，合力控制住了奋力挣扎的葛俊峰。看着蓬头垢面、一把鼻涕一把泪的他，保安们也不禁鼻子发酸，伤心落泪。

葛俊峰学习很努力，成绩一直不咋地。

比起其他同学，他毕业后找工作很费劲。最后总算有了着落，去了胶东的一家工厂做外贸。

葛俊峰工作很努力，业绩一直不咋地。

没多久，葛俊峰就代表工厂出差济南，参加华东家居用品博览会。有一天，他意外地出现在马卫东的办公室门口，高兴地喊东哥东哥。

马卫东问什么风把你吹来了。葛俊峰说因为日程临时改变，想求东哥帮忙，找地方暂时存放一批展样品。

下楼来到中工集团大门口，马卫东看到了那些样品，顿时傻了眼。

展样品是木浴盆。

体型硕大的木浴盆。上下两排，足足八个！

马卫东情不自禁地"嚯"了一声。

上前端详，木浴盆长约一米八，宽约一米二，估摸躺下去，一人宽绰、两人拥挤。

马卫东不由得想起了《倩女幽魂》王祖贤。

冰肤美人用的正是这款木浴盆！

王祖贤扮演的聂小倩轻解罗纱，开始洗浴。

雾气缭绕，酮体曼妙若隐若现，张国荣扮演的宁采臣慌不择路闯进，小倩慌忙遮掩妙处。

然而，为了救宁采臣于危难，情急之下小倩将他一把拽进了木浴盆。千钧一发极度危险的时刻，宁采臣整个身子埋进木浴盆，紧贴着一丝不挂的小倩。

屏住呼吸的时刻，宁采臣这家伙！仍试图在木浴盆里睁大眼睛，看个真切。

王祖贤玉肤凝脂，一颦一笑，马卫东念念不忘。当八个同款木浴盆整齐码放在面前，他顿时想起了那一幕香艳。

葛俊峰介绍这种浴盆在北欧非常畅销。

马卫东思量北欧人人高马大，塞进这木浴盆里，拥挤得要命，不可能有艳遇。

八个大家伙，威风凛凛，像八大金刚。

能往哪儿放呢？马卫东犯了难。这时已陆续有好事者围观，饶有兴致地品评。

蔡大姐风尘仆仆刚好经过，也很好奇。她瞅着八大金刚问："小马，你这不是在摆地摊吧？哈哈哈。"

马卫东赶紧给领导介绍了葛俊峰和他的八大金刚。

马卫东回头对小葛说："我也实在找不到什么地方安置它们，咱俩先把这些东西挪开，别占着道。"

"哎，小马，我想起来了。咱们地下室西头那间屋子，放着废旧的沙发。"蔡大姐眼睛一亮，热情地说，"你们可以把这些澡盆撂上去，放个把星期没啥关系。"

葛俊峰听了很激动，上前握住蔡大姐的手使劲摇晃。

"谢谢喽领导，谢谢喽！领导，您要不嫌弃，我搬几个到您家，您和叔叔小孩一人一个先泡着。"

马卫东听他有抽风迹象，赶紧拦着说你别胡说八道。

蔡大姐高兴得花枝乱颤："哎哟，我家里可没那么宽敞。你这小伙子怎么这么可爱，哈哈哈。"

马卫东提醒小葛："这八大金刚体积忒大，占了公家的地儿，可得尽快拿走啊！"

"八大金刚！东哥，这名字你给起得响亮！"葛俊峰使劲点头，"一定一定，最迟下星期，就来接八大金刚。"

葛俊峰嘴里领导、大姐、大哥一通谢谢，一溜烟地跑了。

时光飞逝，望穿秋水。

三个月了，葛俊峰音讯全无。

葛俊峰的通信工具只有一个别在腰间的 BP 机。马卫东隔三岔五呼他，呼了无数次，葛俊峰始终没有回应。虽说地下室暂时也没有其他用途，但是自己的东西老占着公家仓库，总不是个事儿。

"这葛俊峰，该不会遇到啥不测了吧。"

马卫东隔两天就会到地下室，看望八大金刚，发会儿呆。

这天下班，刚走出办公大楼，马卫东听到有人在侧后方远远地叫东哥，转身一看，葛俊峰！

"好你个葛俊峰！肉包子打狗，这么久没点动静，我还以为你壮烈了呢！"

葛俊峰迟疑地走过来，嚅动了一下嘴唇，听不清呜噜着什么。

马卫东这才留意到他的扮相，浑身上下脏兮兮皱巴巴，灰不拉几的 T 恤衫掉了两颗纽扣，几乎看不出本来的颜色，脚上的皮鞋凹凸不平还有裂口。

葛俊峰比以前更黑也更瘦了，胡子茬老长包围着嘴唇。

"你怎么这么一副逃犯打扮？前段时间嫖娼进去了，还是加入传销组织了？"

下班高峰时段，周围经过的同事很多，他们都纷纷回头好奇地打量着小葛，估计跟马卫东的猜想差不多。

"唉，东哥……"

葛俊峰局促不安地看着他，开始吞吞吐吐："确实，确实是，出了点事。"

"到底咋了？"

"我被工厂……开除了。"

马卫东听了很吃惊，连忙问他吃了没有。

葛俊峰说他很饿。

在饭馆里坐下来，点好几样菜，马卫东嘱咐店员上菜要快。葛俊峰风卷残云、狼吞虎咽，两碗面条眨眼扒拉下肚。

马卫东劝他慢点、歇会儿。

葛俊峰点点头，这才放下碗喝了口茶。

"怎么回事啊，这么久不见，一直不联系我，呼你你也不回，什么情况，说说吧。"

"你呼我，我没收到。我的BP机被工厂没收了。"

"这又开除，又没收的，你还真犯事儿了？"

葛俊峰紧张地搓着手，犹犹豫豫地说："东哥，我想找你借点钱。"

"借钱？"

马卫东看着他的行头，打扮胜似乞丐，心想也不奇怪："多少？"

"一千。"葛俊峰的声音更低沉了。

"一千，就一千？"

"啊，对不起，东哥，我是实在没办法了……"

"不不，你等等。借钱没问题。你得告诉我，到底出了什么事？"

"我丢了工作，我被开除了。这些天我在工地扛活，一天好歹也能挣六十。但是前天晚上,我睡在天桥底下,半夜睡得太死了,不晓得被辣个仙人板板偷走了包包,我攒了两个月的积蓄没的了。这下,我啥子都没的了,混不下去了。我找东哥你借钱,打算回眉山老家。"

葛俊峰说着,头更低地埋了下去。

"是啊,一开始你就说被开除了。你干活挺卖力的,怎么会被开除呢?"

没想到情况这么窘迫,马卫东同情地望着他。

"唉!鬼使神差啊!"

葛俊峰长长重重地叹了口气,懊恼地看着地面:"我犯了错误,严重的错误。"

马卫东没有吭声,示意他继续。

"我搞丢了工厂的展品。"

"什么产品?"

"不是产品,是展品。"

"东哥,说了你也不清楚。我辣家工厂生产木制品,派我参加展览会,展品是木浴盆……被我搞丢了撒。"

石破天惊的一番话,让马卫东目瞪口呆,久久地看着狼狈憔悴的葛俊峰,完全说不出话来。

……

来到地下室,望着眼前熟悉的摆得高高的八大金刚,葛俊峰嘴巴张得老大,定在原地。

过了很久,马卫东扯了扯他胳膊,他还是一动不动。

突然间,一行浊泪顺着葛俊峰的眼角,歪歪扭扭地滚落到腮边。

"东哥,展品找到了,可惜我回不去喽。"

被罚了款,被没收了BP机,还被开除了,失去单位的葛俊峰找回了八大金刚。看到希望的他说暂时先不回四川老家了，就留在山东继续卖木浴盆。

马卫东问就这八大金刚能卖几个钱呢。葛俊峰说得靠内贸展会、靠外贸订单。他认识好多这样的厂家。只要有客户有订单，他就能搞到货源。

"好吧。"马卫东说，"看好你的宝贝，可别再丢喽。"

"好的东哥，不敢再丢喽。我把它们刻在我心里头。"葛俊峰响亮地答应了。

用借来的钱，神神道道的葛俊峰租了间房，大半用来堆放八大金刚。他重整旗鼓再出发，开始走街串巷，逛大小商场，参加各种展销会，内外兼修地做起贸易来。

6

潮起潮落

1.

葛俊峰的加入让马卫东省心很多。

小伙子精力充沛，整天浑身使不完的劲。虽然他依旧经常词不达意，颠三倒四，关公战秦琼、司马缸砸光，让人摸不着头脑；虽然他还是经常神神道道，少跑或多跑一圈。

对于东雨的事，葛俊峰很上心。

大伙都很喜欢他。

午饭时间，没有客人，店员们自动自觉地把葛俊峰围起来，让他讲讲。至于讲什么，随便。

每次，葛俊峰都问这回想听啥子，大伙表示不挑。大伙愿意听他讲话，张冠李戴，愿意跟着他跑东跑西，不着四六。就像当初读书时，同学们那样喜欢他一样。

葛俊峰就讲儿时江上打鱼的乐趣与艰辛，讲苏东坡苏小妹的逸闻趣事，讲峨眉山上舞枪弄棒的风雪日子，讲武术协会的小师妹有多么凶蛮、多么漂亮。

听众们兴致高，七嘴八舌地插话发问。葛俊峰常常咧着嘴笑，露出一口大白牙。

"辣个时候是介样子滴……"

大伙总是听得兴致勃勃，包括储琴。她永远是最安静的听众，尽管从不讲话，但是听得专注。

马卫东突然问葛俊锋："你说，咱们这里谁最有钱？"

"谁最有钱？那还用说，你呀。你是老板当然你最有钱！"

葛俊峰咧嘴笑，看着一圈人。

没有异议，大家都在点头。

"噢，No，噢，No！"

对话按照预想进行，马卫东比较满意，他边摇脑袋边摇手指。

知道马总讲话喜欢运用悬念。几个店员你看我我瞅你，不明白老板这次卖什么关子。

见大家的注意力都集中得差不多了，马卫东得意地笑。

"储琴！"

"啊？"这个答案当然出乎所有人预料，每个人都瞪大眼睛张大嘴看着储琴。

储琴一手攥着抹布，另一手扶住了黑框眼镜，一头雾水地眨了几下眼睛，张了张嘴，口型是个明显的"我？"

"哈哈，她？"

葛俊锋咧嘴大笑，露出两排大白牙。

"她家，比我家还穷呢。我小时候饿得不行了，还能跳到江里去抓鱼吃。她家在山上，山上没有鱼，哈哈哈。"

葛俊锋没头没脑、胡言乱语，眼看要带偏自己的幽默节奏，马卫东只好匆忙揭晓。

"都说沉默是金。"

马卫东略做停顿，微微一笑："这么多年，咱储琴一声不吭，得攒了多少金子啊。"

原来，马总又在幽默！

众人听了恍然大悟，各个欢快地笑了起来。

储琴羞红着脸也低头抿嘴笑了起来。

马卫东第一次见她笑。她笑起来还挺好看，这是个意外的发现。

说说笑笑，大家快要散开了。

"哈哈，对哦！"

一直在发愣的葛俊锋突然猛地一拍大腿："是地撒！沉默是金，金不就是钱嘛！"

他哈哈哈笑得前仰后合，不停地拍自己大腿。

众人面面相觑。

这天，中午聚餐时间不见葛俊峰。

他一大早就请假出去了，说是要去火车站接同学，用了店里的公车。

李恒问要不要帮忙，葛俊峰慌慌摆手说不用。

这还是葛俊峰头回因为私事要用店里的车。

马卫东说看你小子这劲头，多半是女同学。葛俊峰红着脸嘿嘿笑着不答，一个劲地高兴。

没有了葛俊峰，李恒他们就把马卫东围在了中间，好奇地问："马总，咱们葛总上大学那会儿，到底有没有谈过恋爱啊？""他总是挂在嘴边的那个武协小师妹，是不是他女朋友啊？""对对，就是辣个直漂亮直凶悍的小师妹喽！"李恒模仿小葛的口音，引起一片哄笑。

"具体情况我也不清楚，喜欢他的师妹想必也是有的。你们看他扎个红头箍做空翻的样子，还是很帅的。"

"是呀是呀，葛总在空中滑翔的时候简直帅呆了。"店员们心悦诚服地附和。

读大三的时候，有一天，在绿油油的草地上，头顶的天空湛蓝。不知为什么，凶悍漂亮的小师妹突然冲葛俊峰莞尔一笑。那一笑，似长空利箭，穿过云海，直插他的心间。葛俊峰在宿舍里辗转反侧，连续失眠了两天。翻腾得整个宿舍的人都陪着熬夜。

回想到这儿，马卫东扑哧笑了起来："但是算不算女朋友，这我可真说不好。"

正说笑间，听到门外车辆驶入的声音。

"东哥，东哥！"葛俊峰趴在门口喊，"你来撒！"

"这小子，多半接了辣个小师妹来喽！"

马卫东起身乐呵呵地走过去。

到了门口，只有葛俊峰站在那里，咧着嘴傻呵呵地笑，不说话。

"你干吗呢，神秘兮兮的。"马卫东有点莫名其妙，"是不是把小师妹带来了，还不赶紧给大伙儿介绍介绍。"

突然间，马卫东的背后跳上一个人。

他的双眼被一双凉凉的小手蒙住了，那双手小巧光滑细嫩。耳边传来了轻轻的吐气声，气息温柔，带着丝丝甜蜜的熟悉，非常熟悉。

"小雨！"

马卫东难以置信，脱口叫出声。

谢雨像澳大利亚的树袋熊，紧紧地趴在马卫东这棵桉树上，不松手也不肯下来。

"小雨！"

马卫东努力转身想看看她。谢雨粘着他的身体转了两圈，背后传来银铃般的笑声，悦耳轻柔。

马卫东转过身，谢雨抿着嘴，笑盈盈眯眼望着他。

"真是你！"马卫东又惊又喜，"你怎么来了？"

"是我呀，怎么，失望啦？"谢雨忽闪着眼睛，"刚才，你说在等哪个小师妹呢？"

"啊，没有啊，我没有等小师妹。"马卫东一时没反应过来。

"哼，我明明听到的。赶紧交代，哪个小师妹？"

"我是在等小葛的小师妹。"

"咳，不不，我也不是等他的小师妹。"马卫东扭头找葛俊峰澄清。这家伙不知啥时候已经悄悄开溜了。

谢雨身穿卡其色的风衣，里面是白色的薄毛衣，映衬得皮肤更加白皙，身形婀娜脸庞俏丽。她婷婷地站在那里，调皮地忽闪着眼睛。

马卫东伸出双臂，把她扯过来抱在了怀里。

谢雨"哎呦"着说你勒疼我了。马卫东依然紧紧地抱着，低头把鼻子埋在她耳边的秀发里。

谢雨手扒住马卫东的脖子，对着他的脸轻轻吐着热气："你还没交代清楚，在等哪个小师妹？说！"

马卫东不再解释，双臂下滑环抱住了细腰，侧头紧紧地堵住了她红润的嘴唇。

不知过了多久，谢雨挣扎着轻轻地推他。

马卫东问怎么了，她说："还问怎么了，你抱得那么凶，又堵住人家的嘴，气也喘不了，骨头都要断了……"

看着谢雨嚅动温润的嘴唇，不等她说完，马卫东再次低头狠狠地贴了上去……

葛俊峰使劲往里轰着挤在门口的店员们。

"看啥子嘛看！不是我说你啊，要注意素质哈！"他使劲拽着李恒，"你看看人家储琴！"

储琴独自一人在食品区域，安静地整理货架。

"你们要向人家储琴学习，这叫啥子？"

葛俊峰觉得马卫东问答式的讲话很有趣，就模仿着边挨个看边提问，争取能与听众们互动起来，让对话更有意思。可惜，大伙儿此刻心思不在这儿，眼巴巴瞅着门外。

没人应答，葛俊峰只好自说自话："人家这叫作，非礼勿视，非礼勿听……"

好不容易把店员挨个赶离门口了，葛俊峰抓紧时间扭头看外面，不由得咧嘴笑。

此时，两个人走到了超市后门墙根，安静很多。

"居然瞒着我，不让我去接你。接人是最快乐的事，从小我就喜欢接人。"马卫东轻轻摩挲着谢雨细嫩的小手，"梁实秋说过，你走，我不送你。你来，我要去接你。无论再大的风再大的雨……"

"我走，你就不送啊？"

谢雨噘嘴嗔怪。

"你最好不要走，那样就不用送了。我不喜欢送行。送别的滋味多难受。"

"哎呀，人家刚来，你就说什么送别。"

"咦？对哦，怎么一下说到送了。我是说呀，我喜欢去接你。"马卫东用手指轻轻触碰她的腮边，"来之前，干吗不通知我一声，还要让小葛神神秘秘去接你。"

"我就是想,悄悄地来到这里。看一看有你的城市的样子,闻一闻有你的城市的气息。穿过这里的大街小巷,经过很多陌生人的身旁,然后见到你。"

谢雨得意地笑,笑得很开心。

"我喜欢这样的感觉,并且,"她接着说,"想给你,也给我自己一个惊喜。"

马卫东问怎样算是给自己的惊喜?

"蒙住眼睛,第一时间能猜到是我,就算惊喜。"

谢雨嘻嘻笑,补充道:"当然,反应热烈也算惊喜,不枉我天天想你。"

"济南,这个城市我太熟悉。当她的空气里突然出现了你的气息,不管你怎么躲,不用睁开眼,我都能感觉到你在哪里。"马卫东微笑着说。

谢雨侧头满意地看了看马卫东,幸福地枕靠着他的肩膀。

"不过幸亏,还好……"

看马卫东欲言又止,谢雨就追问幸亏什么、哪里还好。

"幸亏,我守身如玉;还好,没有搞东搞西,金屋藏娇,否则……只有惊没有喜了。"

"你敢!"谢雨杏眼圆睁,"看我不阉了你!"

"哇。"马卫东惊恐地低头看了看自己,故作心虚地问,"你知道怎么阉,知道阉哪里吗?"

"呸呸,小流氓。一年不见,学坏了啊。"

谢雨羞红了脸,推挡着他不老实的手……

一进客厅,马卫东就大声吆喝。

"妈,妈!饭做好了么,好饿!"

谢雨缩了身子，藏在他身后。

王药师嘴噘得老高从卧室走出来。

"这熊孩子，三天两头不着家。一进门就要吃的，你也不看看现在什么时间，当这里是饭馆啊，随时伺候着，当你老妈是……"

"哎哟！"

正数落着，王药师猛然间看见了谢雨笑嘻嘻地站在客厅门口。

"小雨！"

未来的儿媳进门了！

王药师顿时喜出望外，一时慌得不知道手上的东西往哪儿搁。

她欢欢喜喜双手拉过谢雨来，左瞧右看说还是那么俊俏，一会儿又捏了胳膊说，哎呀还是没怎么长肉呢。

谢雨甜甜地笑，甜甜地应答着。

阳台上侍弄花草的老马闻声小跑过来，连声说哎哟稀客稀客。

王药师拽着谢雨，东拉西扯旁人插不进话。

马卫东笑着对老马说："爸，你看我妈，人家大老远来了，不给水喝不说，连坐都不让人坐。"

一经挑拨，老马马上配合："就是啊，我说你呀，从进门就拽着小雨不放，人家站也站累了。"

王药师听了只好松开手，白了老马一眼："我这才多一会儿，你就打岔。"紧接着就开始埋怨马卫东："你这熊孩子，人家小雨大老远来了。这么大的事，也不事先跟你妈说一声，搞得我这家里也没收拾，乱糟糟让人家笑话。"

谢雨亲昵地挽着王药师的胳膊说："哪用准备呀阿姨，我又不是去外人家。况且，家里好干净呢。"

老马听着高兴："就是呀，都是一家人，哪有什么笑话不笑话。

不过，卫东啊，你妈说得也对，以后这么高兴的事要打招呼。不然，怕她高兴激动起来，高血压再犯了。"

一家人开开心心地忙活，热热闹闹地吃了晚饭。

饭后，去附近工业大学校园里散步。

王药师兴致很高，依旧拉着谢雨聊个没完没了。

眼看不早了，马卫东说谢雨也累了一天了，该休息了。王药师说对对咱赶紧回家休息吧。马卫东说咱家被褥都没准备，让人家小雨睡哪儿啊。王药师说我可以跟她一张床。谢雨说不了，临急临忙的别麻烦了，再说已经定好了宾馆，不住也是浪费了。

马卫东听着高兴，制止了妈妈的再三劝说挽留，提了背包跟着谢雨去宾馆了。

目送两个人走了，王药师喜中带忧。

"你说卫东这孩子，还没结婚就追着去人家宾馆了，忒不像话！"

老马说："你呀，闲吃萝卜淡操心，年轻人的事要你管那么多。再说了，这不定哪天要是有了，咱俩可不就升级做爷爷奶奶了吗？"

"你个老东西，这么多年了还是不正经！人家他俩还没登记呢！"

王药师数落着，扑哧笑出了声，然后美滋滋地拿出马卫东和谢雨的合影欣赏，边欣赏边开始念叨。

"小雨这孩子真好，人俊俏喜庆又懂事。他们俩这一南一北的，隔那么老远，终归不是个事儿呀。小雨女孩子家，眼看着奔三十去了，卫东可不能老这么耗着人家。"

老马说："是啊，我也这么觉得，他俩是应该考虑一下成家的事了。卫东不能老这么飘着，飘着飘着，可别把这么好的媳妇飘飞喽。"

"我呸！"

王药师嫌他不吉利，非逼老马赶紧呸掉先前的话。

……

"不行不行，你得走！阿姨还在家里等你回去呢。"

谢雨脸羞得通红滚烫，几次要推他出去。

"我这都多大了，他们不会担心我的。"

马卫东嬉皮笑脸地把她推倒在了宽大的床上，气喘吁吁地念叨："我保证，小雨，我保证，咱们就躺在一起，就是……谈心，咱啥也不做，保证井水不犯河水，保证不越雷池半步……"

"哎呀，你怎么这么重啊。压得我喘不过气来。"

"哎呀，你怎么这么赖呢。还压着人家不下去。"

"我不赖你谁赖你，我不赖你我赖谁去呀。"

"你爱赖谁就去赖谁，哎呀……"

话没说完，谢雨的嘴已经被堵上了。

……

在一起很快乐，时间过得飞快。

谢雨在济南很开心，她喜欢这座城市。

无论去哪儿，谢雨都要步行或者坐公交车。马卫东说不用这么节俭，来我的地盘了，更用不着"穷游"。

"我这不算旅游。这是你的城市，你的地盘，也是我的。"

谢雨背着双手闲散地走在林荫道上，马尾辫跟着随意地摇晃。她惬意地看着街上的树木花草和行人车辆："我想看看你从小长大的城市，看看它日常的样子。"

在济南，谢雨随处被称为"老师儿"。这称谓，让她感觉新奇又开心。

66路公交车上，泉城广场站，陆续上来几位年长者，白发苍苍，有大妈也有大爷。他们互不相识，但是互称"老师儿"借道让座。

马卫东和谢雨见状赶忙起身让座。

"哎哟，谢谢了，老师儿。"

大妈和大爷辞让不过，坐下后仍不停抬头致谢："谢谢哈，两位老师儿。"

好多次，谢雨看到，素不相识的济南人之间，往往会随意地聊天。这让她觉得新奇。

"你们这座城市，好像不设防。"

"你这样的比喻挺别致啊。"

"在广东，陌生人之间一般不会讲话。主动搭话的会被怀疑是骗子，不是圈套就是碰瓷。"

看着车窗外的景致，谢雨小声地说："甚至有人到站下车，别人会站在他的空座前，不会马上坐下。"

"为啥？"

马卫东听上去很费解。

"也许是，那座位，还有别人的余温吧。"谢雨偷笑着说，"反正广东人不会马上坐别人坐过的位置，原因我也没弄明白。你们这儿吧，就完全不一样。你看，你们这里让座，居然会把人请到自己座位，直到看着对方坐下。"

"是啊，有余温不挺好的吗。在济南呀，人家让座，你还站着等余温消退，别人非把你摁坐下不可。"

谢雨听了捂嘴哧哧笑。

谢雨说得没错。

在济南，陌生人之间聊天很家常。刚才被让座的大妈大爷看着他俩，就聊了起来。

"他大姨，你看这对年轻人，长得多俊啊。"大爷看着马卫东和谢雨，笑眯眯地点头说道。

"就是啊，看着真喜人啊。"大妈抬头赞许。

"哎呀，时间过得忒快啦。我们这代人啊，一眨巴眼，就老喽！"老大爷胡子已经雪白。

"可不是嘛。"老大妈轻轻捶着腿，感慨道，"不由得想起了鸠山啊……"

"揪山？"

谢雨听不懂，用眼神问马卫东。

马卫东微微一笑，点头示意她稍等。

"人生如梦，转眼已是百年啊！"

不是亲眼见到亲耳听到，谢雨简直不敢相信。

老大妈和老大爷，还有前后几个座的老人，居然还有马卫东！半个车厢素不相识的人，居然异口同声！

"那是《红灯记》里的经典台词。"马卫东微笑着告诉瞪大眼睛的谢雨。

"为什么会这样？"

下了车，谢雨仍然觉得刚才一幕不可思议："这么多人，记得同一句台词？"

"一封请柬藏毒箭，风云突变必有内奸。笑看他刀斧丛中摆酒宴，我胸怀着革命正气，从容对敌，巍然如山……"

马卫东来了兴致，索性在街上挺直胸膛站定了，比比画画小声唱起了《红灯记赴宴斗鸠山》。

谢雨靠在一棵大槐树下，笑眯眯地歪头欣赏。

一曲唱罢，她开心鼓掌。

"卫东，你们这里人，不管男女老少，为什么互相都称呼老师呀。"

谢雨开心地模仿着济南儿化音，"老师儿、老师儿……"

"师者为尊。孔孟之乡，礼仪之邦，尊师重教。子曰，三人行必有我师焉。子曰，学而不思则罔，思而不学则殆。子又曰，学而时习之，不亦乐乎。子再曰，温故而知新，可以为师矣。子还曰，见贤思齐焉，见不贤而内自省也……"

说起家乡文化，马卫东很是自豪，滔滔不绝。

谢雨闻言，娇躯一扭，盈盈地躬身万福施礼。

"爱卿平身。"

马卫东赶紧上前扶起，顺便要占一把便宜。

"哎哎！你这人怎么这样啊。"谢雨笑着躲闪着，"孔孟之乡，礼仪之邦呢！"

说着孔孟，毛手毛脚。马卫东也觉得自己有些言行不一，遂正色道："武训办学，知道吗？"

"不知道呢。"谢雨忽闪着眼睛，"老师儿，请讲。"

"话说千古奇丐，武训是也！"

说书是马卫东的强项，进入状态特别快。

"武训者，原名武七，道光年间山东冠县生人，是享誉中外的平民教育家，行乞三十八年只为办学堂，教育了无数穷家子弟，是中国历史上以乞丐身份被载入正史的唯一一人，此之所以为'千古奇丐'也。"

千佛山下植物园，枝叶茂盛绿草茵茵，俩人漫步到石椅边，坐了下来。

谢雨爱听故事，尤其爱听马卫东讲故事。此刻，她左手托腮，聚精会神。

"武七7岁丧父，乞讨为生，求学不得。此后做苦力。被雇主欺文盲造假账，不付工钱，甚至被反诬遭毒打。受尽打骂欺凌，尝遍人间苦寒。从此，武七决心行乞兴学。"

谢雨听到少年武七的遭遇，很是不平和心疼。

"武七各地行乞集资。他头发脏乱，面目污黑，捡拾剩饭，烂衣遮体，过着苦行僧的生活。"

"武七好可怜。"

谢雨怜惜。

"哎，此言差矣。那只是外人看他的感觉。"马卫东摇晃着手指，"行乞的他，很快乐。他会自编自唱歌谣，边吃剩饭边唱：'吃杂物，能当饭，省钱修个义学院。'为了攒钱，他白天扮小丑乞讨，晚上纺线做活，他唱：'拾线头，缠线蛋，一心修个义学院。'"

马卫东模仿鲁西方言，摇头晃脑地唱着。

"别说，你还真像个快乐的乞丐。"

谢雨开心地鼓掌。

"三十年，行乞足迹遍及多省，受尽苦难。武七终于完成理想。学校建成后，他更加频繁地到处下跪……"

"啊，为什么到处跪呀？"

谢雨不解。

"他要登门跪请老师任教，跪求贫寒人家送子上学；对一时懒惰的老师，他跪求'先生睡觉，学生胡闹，我来跪求，一了百了'；对贪玩的学生，他跪劝，'读书不用功，回家无脸见父兄'。"

"后来呢？"

谢雨听着忍不住唏嘘。

"后来，武七的绝世奇行轰动朝野。清廷赐名武七为武训，并授以'义学正'名号。"

"真好啊。"被感动的谢雨听到这里，略感欣慰。

"再后来。"马卫东叹了口气，"1896年，武训在众学童朗朗读书声中含笑离世，享年五十九岁。送葬者人山人海，师生哭声震天。"

听到最后，谢雨已是两眼通红。

"武七走了，好可惜。"

"是啊。不过，千百年来，尊师重教的传统在山东代代相传。"马卫东轻抚谢雨肩头，"有朝一日，我也要向武训学习。"

"你立志要做乞丐啊？"

谢雨仰脸望着他。

"有朝一日，我希望能重回校园，做老师，教书育人。"

"卫东，老师儿。嘻嘻，在学校，你好像，不太……爱学习啊，成绩嘛，也很……"

谢雨听了觉得意外，又怕伤他自尊，说得字斟句酌，有点犹豫。

"你这样，还能去教书……还育人？"

"之前……厌学，我那是被考试摧残的。后来，经你带动，我不是改变很多了嘛。"马卫东也觉得有点不好意思，"其实，在内心，我是武训的忠实弟子。我的理想所在，是青青校园，是七尺讲台。"

"相信我吧！将来，我一定重回校园！"

"相信。"谢雨看他正经八百的样子，就忍住了笑。

"卫东，老师儿！你说什么，我都信！"

……

迎着朝阳，两个人登上了千佛山顶。

马卫东由近到远指点着"齐烟九点"。

天气晴好，谢雨顺着他的手指，定位着卧牛山、华山、鹊山、标山……

朝霞照在两个人的身上，柔和地铺了一层淡淡的金黄。

"多好的阳光。"谢雨头枕着马卫东的肩膀，仔细嗅着山间泥土花草传来的阵阵清香。

"设若单单是有阳光，那也算不了出奇。请闭上眼睛想：一个老城，有山有水，全在天底下晒着阳光，暖和安适地睡着，只等春风来把它们唤醒，这是不是个理想的境界？"

马卫东模仿着播音员的声音。

"我和老舍先生，嗯，心有戚戚焉。"

谢雨俯瞰晒着阳光的城市，一边欣赏他的朗诵，一边微笑着说。

下了山，两个人依偎着沿护城河散步。

从趵突泉东门出来西行，沿路柳树摆动，微风习习。

谢雨挽着马卫东，欣赏着小桥流水一路美景。沿大明湖、趵突泉和黑虎泉一线，弯弯曲曲围出了济南老城，造就了泉水叮咚、杨柳依依的特有景象。

"济南好美，好特别。"

谢雨由衷地喜欢济南。

"明明是北方的文化古城，厚重豪迈，却又有着南方水乡的别致精巧。这种粗犷婉约兼具的城市风格，确实少见。"

"是啊，你的评价很到位。济南，易安居士李清照就是这座城市的代表。"马卫东搂着谢雨感慨道，"李清照是婉约词宗，又能写出大丈夫的豪迈气概。"

"红藕香残玉簟秋，轻解罗裳，独上兰舟。云中谁寄锦书来？雁字回时，月满西楼。花自飘零水自流，一种相思，两处闲愁。此情无计可消除，才下眉头，却上心头。"

谢雨最喜爱千古第一才女的词句，她轻声地吟诵。

"卫东，每当我想你的时候，这首词总是最能表达我的心境。"

"她把婉约风格写到了极致，与此同时。"马卫东讲起了南宋的战乱，"李清照的诗词，又气吞山河壮志凌云。"

"生当作人杰，死亦为鬼雄。至今思项羽，不肯过江东。"谢雨感叹，"这豪迈，岂止不让须眉。"

"南来尚怯吴江冷，北狩应悲易水寒。这是深深的故国家园情怀。欲将血泪寄山河，去洒东山一抔土。这是抗击侵略收复失地的誓言。千古风流八咏楼，江山留与后人愁。这句诗，表达爱国深情，用典无痕，成为千古绝唱……"

俩人挽着手参观李清照故居，细细品鉴书画辞赋。谢雨终于来到了自己的城市，马卫东迫不及待地做起文化向导，要把济南的美全都展现给她。

谢雨很喜欢济南，尤其喜欢李清照，听得如痴如醉。

"济南就是这样，五岳独尊、泰山脚下，小桥流水、夕阳人家。粗中有细，动中有静，刚中见柔。"

马卫东说起家乡，如数家珍。

"之前听你讲过那么多，这次又亲眼见了，确实如此。"谢雨由衷地点头，"卫东，你也像济南，粗中有细。"

"噢！"马卫东一听来了精神，眼珠滴溜溜乱转，一脸坏笑，身子赖兮兮地往前凑，"具体讲讲我的粗……"

谢雨笑着往后闪躲："哎哟，我看你这位文化向导，有些黄哩！"

"既然喜欢这里，那你就别走了，留下吧。"

"如果不是弟弟妹妹还小，如果不是家里的工厂还指望我打理。我哪都不去了，就跟你，在一起。"

谢雨柔声说道。

谢雨记忆力超群,看过的景致和读过的诗句,过目不忘。她歪着脑袋掰着指头一一盘点。

"你带我去过了大明湖,'海右此亭古,济南名士多'。你带我去过了趵突泉,'泺水发源天下无,平地涌出白玉壶'。你带我去过了漱玉泉,'天然一曲非凡响,万颗明珠落玉盘'。你带我去过了黑虎泉,'半夜朔风吹石裂,一声清啸月无光'。你带我去过了千佛山,'暮鼓晨钟惊醒世间名利客,经声佛号唤回苦海梦迷人'……"

"这首对联你都能记得。"马卫东忍不住鼓掌,"我去过不下一百次了,都没记住。"

"那有何难!"谢雨扬起脸,扬扬得意,"下次你再带我去这些地方啊,我会记住,我们一起走过的每一条路,每一栋房子,甚至,路边的每一棵树!"

"哇!"马卫东不可思议地摇晃着脑袋,"我好葱白你耶!"

"嘻嘻,你又像王妈妈说你的那样。鼻子插大葱,装象!"谢雨轻轻戳他坚挺的大鼻子,"谁不知道你看书多,记性好。要不怎么拿了全校诗词大赛冠军呢。"

"咳,我那是中学不务正业,再加上选择性记忆。"

说起大学,马卫东很谦虚:"你才是真学霸,蕙心兰质、过目不忘、聪颖过人。"

"行啦,又给我灌迷魂汤哩。"谢雨头枕马卫东的肩膀,又开心地抱住他的胳膊,"卫东,几天时间,济南我们已经逛遍了吧?"

"切。"马卫东骄傲地摇头,"这才哪到哪儿啊?曲水亭百花洲,芙蓉街宽厚里,姜家池子东流水。只有到济南老城的古巷旧宅,才能见到家家泉水户户杨柳的奇特景象。这些,我们还没去过呢。"

谢雨听着,已经心驰神往瞪大了眼睛。

"对了！"马卫东想起了重要的事情，"你还没去看黄河呢！"

"哇，哦！"

大学四年，谢雨无数次听他讲起过黄河。

"中学的时候啊，我们几个经常放学后骑车冲出校园。跟家里说是晚自习。其实呢，去黄河！"

"我们双手大撒把，迎风追逐飙骑，经常是上衣敞开了怀，即使寒冬腊月冷风刺骨也不畏惧。一路狂奔到黄河边，就把自行车高高地抛起，扔到沙地上，我们光着膀子在黄河边蹦啊跳啊，唱啊吼啊无休无止，直到精疲力竭。"

马卫东抚摸着谢雨柔软的头发回忆，眼前浮现了黄河岸边空旷的沙地。他和齐怀洲、高翔一帮哥们撒欢翻滚的场面，录音机放在河堤上开到最大音量，每个人脱得只剩裤衩，伴随着《荷东》的迪斯科舞曲拼命扭动嘶吼着。夕阳在远处的地平线起起伏伏，闪烁出最后的暗红色光芒。

"卫东，可惜时间回不去。否则，我好想看看你中学时的样子。"

"过去的不可惜，珍惜现在才重要。"

马卫东看着怀中的谢雨，幸福惬意。

"思想境界有提高哦。"

"那是当然。不过，我中学时的样子，你最好别看。"

"为什么？"

"那时候，实在太帅了。"马卫东嘴里啧啧有声，"帅得我自己都受不了。"

"你现在也帅得让我受不了啊。"

谢雨说着亲了一下他的脸。

听他讲着中学时的黄河，黄河边抽风般的兄弟几个，谢雨不禁笑了:"这次终于见到了那几个狐朋狗友真人。"

"可惜时间太短,接触时间只是一顿饭的工夫。今后你融入我们了,更会知道他们多有趣。"

谢雨点头嗯着:"他们挺有趣的。不过,对我来说,是因为你,他们才有趣,否则再有趣都无趣。"

"这样啊。"马卫东故作担心,"这样,会不会,也不太好?我的意思是,你的生活里,重心只有我?"

"就是这样!"谢雨开心笃定地说,"我的眼里、我的世界,只有你!我只在乎你!"

"小雨,我的眼里也只有你。"马卫东想起几天前,蒙住了他双眼的柔软的小手,"不只这样。即使我的眼睛看不见了,我也能感受到你。"

谢雨慌忙伸手堵他的嘴:"不许你乱讲,快呸掉!"

"没有了眼睛,我照样能看到你;没有了鼻子,我照样能闻到你;没有了嘴巴,我照样能品尝到你。你无处不在,你的味道你的气息……"

马卫东诗兴和淫性同时大发,身子不管不顾地向她压了过去。

"哎呀,又来又来,不行的,大庭广众。"

谢雨使劲推开他。刚好几个女游客走近了,瞅了俩人捂嘴窃笑,快步经过。

"卫东,公共场合。"谢雨红着脸嗔怪他,"猴急猴急,不检点。"

"这不能怪我,只能怪你,太诱人。"

马卫东一边说,一边盯着她的衬衣领口雪白处,手又不老实地游走起来。谢雨推拒着,被撩拨得身上有些麻酥酥。她慌张地用余光留意着不时走近的游人:"小心,有人来呢,你怎么这样啊,在房间里还没折腾够,出来还要乱弄。"

"怎么可能够呢。"马卫东用嘴唇摩挲着谢雨的耳垂，小声说，"等了那么久了。好不容易才有这几天，我哪里受得了。"

谢雨说着好痒躲闪。

"那我马上就走了，你怎么办呢？"

"那只能独守空房，寂寞难耐喽。"马卫东做可怜样。

谢雨听了怔了一下，不由自主叹了口气："什么时候才能真正在一起呢？"

马卫东贪婪地闻着她身上的香气，那香气是如此熟悉："快了快了，我很快就去广东找你。"

谢雨有些走神，在想着什么。

马卫东自顾忙活着，发觉谢雨有些安静，就问她在想什么。谢雨回了回神，说没什么，就是在想转眼毕业五年多了，什么时候才可以真正在一起，不用这样牛郎织女天各一方。

马卫东的手脚暂时老实了。

"虽说距离远，但是，以后交通和通信越来越发达，咱们想什么时候见，就什么时候见。随时随地，能听到、能看见。"

谢雨轻轻地摇摇头。

见她一说到以后，就有些伤感，马卫东就赶忙调动情绪，又说起了齐鲁大地。

"好呀，说说看，你还会带我去哪儿？"

谢雨很乖，不想坏了气氛，配合地顺着他的话题。

马卫东如数家珍，说江南千山千水千才子，山东一泰一岱一圣人。泰山应该去看，五岳之首，帝王将相、文人墨客在沿途留下无数真迹墨宝；曲阜应该去看，孔府孔庙孔林万世敬仰。山东既有历史文化，又有现代韵味。青岛值得去看，红砖绿瓦海滨别墅崂山道士会穿墙；

烟台值得去看，蓬莱仙境八仙过海……

谢雨听得陶醉，眯眼微笑："卫东，这些地方，今后你都要带我去。你答应了我，我很快就会再来。以后我尽量多留意发展山东的客户。"

"我当然答应。"马卫东立起右手手掌，"不过，比起很快再来，我更希望你别离开。"

"那你就快想办法，不让我离开；想办法，让我们在一起。"

马卫东听了一愣，举着的手犹犹豫豫地放下来。

"这个，咱们的东雨超市才开张，你也见了，就那么大点地方，就那么几个人手，事业刚起步，我想……"

"超市虽小，布置有序。店员们都很年轻，青涩但是有潜力，就像东雨。"

谢雨鼓励他。

"真的吗？"

马卫东的努力得到了认可，便急切地保证："再给我些时间，东雨一定可以做得更好……"

"傻瓜。"看着他又要举手表决心，谢雨温柔地笑着，把他的手拉过去，放在自己的腮边抚摸着，"有承诺当然好，不过，兑现更重要哦。卫东，我相信你，我也习惯了听你的话。我等东雨，我等你。"

夕阳下，谢雨在柔声细语。马卫东陶醉地听着，闻到谢雨身上独特的花香，隐约一丝甜甜的味道。

那味道是如此吸引，如此熟悉。

2.

谢雨来了，得让她见见几个好兄弟，这可是无论如何少不得的。

马卫东惦记着这事儿，他们也在翘首以待。

金屋藏娇了两天之后，马卫东在"旧城往事"餐厅设宴，隆重推出女朋友。高翔驾车，几个人兴高采烈要争睹芳容。

在车上，离着还远，他们就看到马卫东杵在门口，衣冠楚楚。

马卫东捯饬了发型，抹了发胶，把一双火箭头的皮鞋擦得锃光瓦亮，一身深蓝色的西装稳重奢华，很有垂感，是阿玛尼的经典款。浑身上下这么正式，把大伙看愣了。还没下车，小梅就摇下车窗，大声呼喊："文强，文强，你好帅！"

高翔上前摸了一把西装的料子啧啧地说："这是刚买的吧，一水儿没穿过呢。标签撕了没？快让我看看。"

"庄重点，庄重点。"马卫东右臂拦了一下，然后侧身，左手向后拽出了被挡在身后的谢雨，洪亮地正式介绍，"诸位，这就是谢雨。这两天，我藏的阿娇。"

终于得见卫东女友，大家齐齐拱手，久闻大名如雷贯耳。小梅上去拉住了谢雨的手说："好漂亮，这样的美人儿确实应该珍藏好。"

谢雨今天穿了粉红色的高领薄毛衫，脸上略微扑了点粉，白里透红的面庞更显俏丽。一米六左右的身高，小鼻子小眼，身材也娇小，一双弯弯的眉毛下，双眼皮的眼睛细细弯弯，水汪汪像是会讲话。第一眼看上去像邻家的小妹妹，格外讨喜也惹人怜爱。

谢雨笑眯眯地看着他们，摇手打招呼。

"齐怀洲、高翔你们好，不用介绍我也对得上号。"

齐怀洲首先站起来，提议为谢雨加入我们的团队，干杯。燕大毕业后，齐怀洲作为优秀毕业生，分配到了国家部委，工作在长安街上。

三五年功夫,已然是处长了。据他自己说,在部里,处长们基本都是他这年龄,他说自己一点也不出众。因为马卫东隆重推出女朋友,齐怀洲下午特意从北京赶火车过来,吃完晚饭就要回去。

谢雨欢欢喜喜地挨个碰了杯。

马卫东上前单独敬齐怀洲。

"齐大处长公务繁忙,还能拨冗出席,实在是马某人莫大的荣光。"

齐怀洲说:"你好好说话。"

马卫东说你够意思,齐怀洲说这才像话,俩人就干了。

高翔正要拉上小梅上前敬酒,马卫东他们俩已经走到了跟前:"我得谢谢好兄弟高翔,当初东雨能够顺利开张,还多亏了你慷慨解囊。"

高翔听了很得意,正要假装客气,小梅抢着碰了一下杯子说:"不能只感谢他呀,他的钱都是我的。"说着胳膊肘使劲捅了一下高翔。高翔赶紧说:"都是你的,都是你的。我整个人身心都是你的。"小梅美滋滋地说那当然,去跟谢雨碰杯了。

马卫东说:"高翔你这谄媚无底线的样子,也只有咱梅班长受得了。"

两个女人听了,均受启发。

"卫东,你该向人家高翔学习。你就知道整天欺负我。"

"卫东,你这话一针见血,高翔就会整天无底线地忽悠我。"

高翔瞪着马卫东抱怨:"你看看你看看,咱要是不会说话,咱就别说话。干吗老是招惹女士。"

谢雨听了小嘴一噘:"老是招惹?卫东,看来你平时并不老实哦。"

高翔又忙着解围:"哪能呢,兄弟当中,数卫东最自律。"

"最自律?"

小梅听出了破绽,就要高翔坦白如何不自律。

"言多必失，说多错多。"马卫东有点招架不住，头摇晃得像拨浪鼓，岔开话题找齐怀洲，"来来来，你难得回来，咱喝酒。"

齐怀洲听了笑呵呵端着酒杯凑了过来。

马卫东、高翔俩人你一言我一语，开始转移话题。

"齐处长啊，你得多听听群众的呼声，不能只操心别人的事儿，不管不顾自己的大事。"

"不是我批评你啊，小齐同志，你确实需要迎头赶上啊。泉城三杰，如今就剩你单着了。"

齐怀洲笑眯眯看着俩兄弟，示意喝酒喝酒。

小梅说："怀洲，是打算先立业后成家吧？需要的时候吱一声，我手头上有好几个不错的。"

相见没多久，小梅就和谢雨挽着胳膊说笑在一起。高翔问小梅你俩咋那么亲呢，小梅白了他一眼说："这是我妹妹，能不亲吗？"

马卫东说："嘿，我费劲巴拉，才有点进展。你这一会儿就搂抱上了。"几个人趁机起哄："费了什么劲，取得了什么进展，详细交代交代吧。"

马卫东求助地望着谢雨。

谢雨笑着说："进展就别提了。你都费了哪些劲，倒是可以跟你的兄弟们讲讲，我也想听呢。"

兄弟俩搭着马卫东的肩膀说悄悄话。

高翔夸奖马卫东："难得你这么专情这么用心，毕竟是初恋啊。"不曾想，马卫东一瞪眼嫌他不会讲话。

俩人没反应过来，觉得这话没毛病啊。

马卫东哼了一声："什么初恋不初恋的，好像还有第二第三次似的，忒难听！"

齐怀洲噢地醒悟过来,纠正高翔说,人家既是初恋也是终生。高翔撩起袖子:"哎哟喂,你们看,我这鸡皮疙瘩都起来了。"

"说正经的。"齐怀洲压低声音,语重心长,"这么好的姑娘,你也别让人家等太久。毕竟你们俩是同学,女性的年龄劣势还是要考虑的。该娶就娶,不能恋战啊。"

"是啊,你愿意当钻石王老五,有钱有魅力。人家谢雨可是把青春献给你,不能一直吊着啊。"高翔非常赞同。

马卫东调侃齐怀洲:"怀洲别急着转移目标,兄弟们可都惦记着你啥时候脱单呢。"高翔听了来了劲头:"是啊,怀洲。你还开导人家马卫东,这不是公公传授同房技巧吗?"

齐怀洲听得直摇头:"你这作家,话题绕不开房事,离不开下半身啊。"然后挠挠头说我随缘吧。

马卫东向哥几个保证,待事业再有几分起色,就把小雨娶进门。

说完扭头看谢雨,谢雨正冲他甜甜地笑。

俩人眼神撞在一起,噼噼啪啪碰出很多小星星。

……

谢雨走后,马卫东抓紧推进他的事业——东雨。

东雨开张时,济南的私营经济规模都还不大,流通领域更是小摊、小贩、小卖部,小打小闹的天下。买东西靠嘴皮勤快问,碰到售货员脸色不好自认倒霉。

东雨的做法实属稀罕。

街坊们开了眼界,居然那么自由。可以自己动手动脚,可以随心所欲、挑三拣四,有疑问了扭头就可以问眼疾手快殷勤的导购员。东雨的出现颠覆了大家的购物思维。马卫东带头第一个吃螃蟹,大家尝到了味道,反映都不错。

凭借稳定成熟的供货渠道和薄利多销,加上经营模式逐渐被认可,东雨的顾客群体半径迅速扩大。从一条街到一个社区,再到整个市中区。东雨蒸蒸日上,顾客络绎不绝,生意越来越红火。

筹办时,马卫东拐弯抹角来借钱。小梅悄悄怪高翔,打肿脸充胖子,把家底、甚至把俺的嫁妆都借了出去。高翔嘴上说着没事没事,心里也是七上八下。毕竟那时,谁对私营做买卖儿的都不放心,更何况,他对马卫东的经营能力本来就没放心过。

出乎意料,不到一年,马卫东来还钱了。

他带着助手葛俊峰,后面还跟了李恒几个小伙子。

一行人抱了几大纸皮箱的东西,浩浩荡荡。打开看,琳琅满目,花生油、洗发水、沐浴露、洗衣粉、卫生巾……五颜六色、五花八门堆了一地。

高翔、小梅两口子闻讯,早早在门口列队迎接,恭喜马总马到成功,打响了第一炮。马卫东听了很高兴,说哪里哪里这不算什么。高翔说这还不算什么啊,你已经是成功人士了,咱们班第一个用上大哥大的。马卫东掂了掂手中的大砖头,嫌弃地说:"这玩意儿忒沉,信号也不好,电话费还死贵。凡是拿这个的,都是死要面子活受罪的。"

"卫东兄弟是个真人!看得通透!"

高翔竖起大拇指。

小梅不以为然:"什么真人不真人的,我就看不通透。高翔,你赶紧的,给我也弄个大哥大,让我受受罪吧。"

"好说好说。下个月,拿到稿费,我先把你爸妈家的电话给装上。"

"稿费?昨天,是不是文艺出版社也给你退稿了?"

"我替那几家出版社难过,他们眼力不济、错失良机啊。"高翔招呼客人们落座,亲昵地拍拍小梅肩膀,"咱自家那点鸡毛蒜皮,就不跟卫东兄弟掰扯了哈。"

高翔问马总接下来的宏图大志。

马总说:"东雨要升格。"

"好!低调做人,高调做事。"

高翔拍了一下大腿。

小超市生意越发兴隆,早已经是顶格销售了。营业面积成为天花板,制约了东雨的发展。

毫不迟疑,马卫东决定扩大经营,把规模做上去,要把经营的产品类别向上下游延伸。高翔问怎么个延伸法。马卫东跷起二郎腿,掰着指头算:"这么说吧,你看到这方便面了吗,我要向上延伸到袋装面粉。"

挺好挺好,高翔点头。

"你看这灭蚊器了吗,我准备同时销售电风扇;你看这矿泉水了吗,我准备开发供应磁疗水杯。有了暖水瓶,我准备增加电饭锅,有了电饭锅,我增加陶瓷碗盆……你看这卫生巾了吗,我要向下延伸到避孕套和奶瓶、尿不湿。"

"嚯,你这延伸得确实够下的。"高翔由衷赞叹。

小梅走过来准备倒茶,听了脸一红呸了一声:"净说些乱七八糟的,你们自己倒吧。"搁下茶壶走开了。

马卫东的延伸计划需要扩大经营场地。他瞄准了市区更为繁华的商业地段大纬二路,一口气租了近5000平方米的泉城商场一楼。这回,他不再找高翔借钱了。事实上,高翔那点钱已经发挥不了作用了。马卫东申请了银行贷款,还在大学校园里张贴了招聘广告,准备大干一番。

在同学中第一个拿起"大哥大"这真不算什么。意气风发的马卫东目标更远，要让东雨，成为民营企业当中的"大哥大。"

马卫东忙得热火朝天，身边除了师弟葛俊峰，李恒、储琴他们已经算店里老人了。随着生意的红火，更多新人加入，早已突破了马尚安提醒的7人警戒线。

谨慎起见，马卫东为此特意去工商局和劳动局咨询，接待他的干部个个满面春风。

"放心干吧，马总！您最好招70个，700个，7000个，我们可盼着呢，济南人民都盼着呢！"

马卫东更忙了。每天马不停蹄，早出晚归。联系更多供货渠道，了解市场行情，走访新老客户，联系政府部门，变更营业地址，增加经营范围，面试应聘员工。

真正进入市场，马卫东才体会到现实远不如理想丰满，隔行如隔山，行行有学问，自己不懂的东西太多了。

比如说起装修，他以前总觉得那是个粗活。头上戴个牛皮纸折的帽子，骑坐在对折梯子上，两把铲子和弄开水泥，啪啪啪对搓几下，搓匀了就抹墙。

真一接触下来，额地娘哩，完全不是那么回事。

商场装修，尤其是一门大学问。它涵盖了建筑美学、节能减排、空间布局、营销学、心理学等知识范畴。

商场的整体风格、进出通道、高低远近、色彩式样，林林总总，马卫东不熟悉也最怵头。为了心中的理想，他咬牙横心硬着头皮上，亲自歪歪扭扭地写写画画，甚至戴上头盔勘察现场，煞有介事地摆弄起游标卡尺。

马总时常提醒员工们，不能墨守成规。

"东雨，还是不是以前那个东雨？"

马卫东微笑着,目光扫过每一个人。

有人点头,有人摇头。

"是!也不是!"

马总的讲话总是这么富有悬念。员工们喜滋滋地听演讲。

"名字,还是东雨。但是,赫拉克利特说过,'人,不能两次踏进同一条河流'。《水浒》里讲到,'草木百年新雨露,车书万里旧江山'。因此,今天的东雨,已经不再是以前那个东雨。"

他的话旁征博引、东西混杂。

店员们一边频频点头,一边使劲儿消化吸收。

忙归忙,一切进展顺利。

马卫东尽管疲惫,但累得值。

父母看在眼里,有喜有忧。

马尚安觉得,孩子根本不是原先担心的啃老,相反,人家挺有上进心。出不出息另说,至少是在努力。并且,卫东做超市,得到了政府各级部门的大力支持,压根不用担心他搞剥削、走错道。王药师不明白这孩子整天忙活啥,也听不懂他满嘴的营销推广、渠道定位那些术语,看着他每天早出晚归,有些着急心疼。

"你这一天天的,像打了鸡血,脚不沾地到处跑,基本也不着家,整天浑身烟气酒气,不像个好东西。我看你啊,多半是掉到钱眼子里去了。"

王药师数落刚兴冲冲进门的马总,毫不吝惜。

"哎哟,俺地个娘哩。我这忙前忙后,可不光图挣钱。我的目的,是让你和爸将来周游世界,享清福。"

马卫东对王药师谄媚起来不嫌肉麻。

"去去去,谁稀罕你那臭钱。赶紧把衣服脱了扔洗衣机里去,熏死人了还周游世界呢！就你这形象，光着腔拉磨！"

"啥？"马卫东不解地问。

"转着圈丢人！"

马尚安抢着替王药师回答。见马卫东也挨凶，他暗地里幸灾乐祸，乐呵呵地接过儿子的衬衣，颠儿着去阳台了。

马卫东厚着脸皮继续在屋里晃荡打转。

看着熊孩子光着膀子在屋子里晃来晃去，王药师又开始数落。

"挺大个人了，一点正形都没有，正经事儿也不抓紧。"

马卫东说我这忙的可都是正经事儿啊。

"你买这个、卖那个，算什么正经事儿？"

王药师瞪眼提高了嗓门。

"谢雨才是你的正经事儿！人家姑娘快三十了，凭什么非要等你啊，你算哪根葱！你倒是说说，你们什么时候领证。这才是正经事儿！"

3.

创业很难，马卫东本就没指望妈妈体谅理解，她少骂几句就当帮忙了。好在谢雨对自己是完全支持的，给了他足够的时间和空间。

"谢天谢地谢谢雨。"马卫东在心里默念。

新商场租赁合同签了，原有的国营服装企业撤出，人去楼空。没有了一排排摆得密密麻麻的秋冬针织毛衣，也没有了表情冷漠动作迟缓的营业员，偌大的场地更显空荡。

这里，将迎来新东雨。

新东雨，新面貌，李恒、储琴升任品类经理。大伙一边祝贺，一边羡慕他们火箭式擢升。

"在东雨，收入看业绩、提拔看贡献。没有破格这一说，因为，我们从零走来，原本就没有格。"

马卫东的勉励引起热烈的掌声。李恒、储琴手捧马卫东自制的聘书，接受大伙的祝贺。

李恒小伙子工作主动，待客热情。常常是顾客刚一做出疑问的表情，他已经第一时间出现在眼前。"有什么可以帮到您？"那架势颇有英伦半岛七旬管家的做派，专业、周到并且自信。

储琴的风格不太一样。

她做事投入，丝毫不惜体力，攀上爬下、干脆利落，肩扛手提、虎虎生风。"敏于行讷于言"是大伙公认的评价。

整个超市似乎都印刻在储琴的脑子里，清晰地记录了每一个角落、每一排货架、每一件商品。店员们拿不准的货号规格、尺码计量和成本价格，跑去问储琴，一切迎刃而解。

储琴太不爱讲话了。

刚开始，马卫东对这一点是有担心的，担心她怠慢了顾客。后来发现，由于她熟悉货品，尽管讲话脸红费劲，但是，那样子反倒颇受挑剔的大姐们认可，觉得她"实诚靠谱"。

葛俊峰已经被提拔为副总经理。

武行出身的葛俊峰，做事风风火火，但是对装修一窍不通，他的几个跟班也不通。有人图省事，建议就按照之前那间超市，整个放大版的就行了。

"嗳，辣辣里行哩！"葛总立刻摆手纠正，"辣个赫拉啥子特说过，我们不能进同一条河流。东雨，还是辣个东雨，东雨，已经不再是原来辣个东雨喽。"

店员们纷纷点头，偷偷挤眉弄眼。

"是地撒，我们要固本，更要创新。辣能依葫芦画瓢哩。你们要动动你们的脑壳子。"

"那，葛总，咱们到底应该怎么装修新东雨呢？"

"这个嘛，我晓得个锤子。"

葛总不晓得，马总晓得的比锤子多不了多少。

一想到电线埋墙、水管暗槽、天花吊顶、强电弱电、防火通道，再一想到科学布局、合理设置、高效流程……

马卫东的头嗡嗡作响。

但是，响归响，还得硬着头皮上。

"现在的东雨，规模不一样了，定位也不同了。可不能照搬照抄原来的模样。"谢雨在信里也是这样嘱咐，"不要轻视装修，这是门大学问，可马虎不得。消费者的体验至关重要，直接影响采购意愿。"

马卫东说老板娘圣明，说得句句都在理。

谢雨说这么久没见，你嘴皮子功夫又见长，说得句句我爱听。

春雨贵如油，老天爷很慷慨，下起了瓢泼大雨。

路面绽开了朵朵水花，马路沿下迅速聚起了一道潺潺的小溪。店员和施工队的工人们围坐一圈，热火朝天地讨论装修布局。工人们嗓门很大，空阔的场地有回声，倍增了音量。他们拿着粉笔在水泥地上写写画画，马卫东边看边听，梳理着头绪。

突然间，喧哗的世界安静下来。

像是听到了肃静的号令，工人们突然停下了争吵，一个个探头往马卫东身后瞧。

葛俊峰戳了一下他的腿，说马总你看你看。

顺着众人的目光，马卫东侧回头望去。

难怪这帮家伙顾不上争论了。

不知什么时候，商场里走进来一个避雨的女孩。

女孩的样子，像在哪出电影里见过。

长发飘飘、亭亭玉立，她沿着墙壁慢慢低头踱着步子。

马卫东冲大家挥挥手："人家避雨，咱们继续哈，继续。"

为了重新集中大家的注意力，马卫东捡起粉笔，在地上七拐八拐勾出一个轮廓，捡了几块瓦片做沙盘，摆弄着示范。

"新东雨的出入口必须分隔开。不是简单地分隔，而是要实现两个区域不同方向完全独立。这样，既节省空间，又有效分流顾客，避免进出的人重复过安检。出口可以考虑放在这里。刚才有人提到，这一片是零食干果区域，如果怕影响到它，那咱们也可以考虑，把出口移到这里……"

马卫东边说边比画，没有人插嘴，也没有人参与。四周很安静，大家都走神了，他在唱独角戏。

马卫东越说越觉得不对劲，一抬头才发现，周围一圈人没人看他，所有的目光都投向了那个女孩。

女孩双手插在宽宽大大的裤兜里，溜溜达达地沿着墙走过来。

众人的目光随着她移动。

"哎哎，这都干吗呢，眼都直了。李恒，你看你，嘴张那么大，一副很不聪明的样子。葛总，葛总？你也注意素质哈！"

马卫东压低声音，挨个指着。

眼见队伍散了，没法指挥。马卫东索性大大方方打招呼："嗨，美女。哈喽！避雨呢，你随意哈。"

美女瞥了他一眼，继续懒散地踱着步子。

马卫东示意李恒拎把椅子过去。

女孩没有坐，连声谢谢都没说，继续自顾踱步，一直踱到众人面前。一圈人被这位不速之客吸引了，纷纷不明所以地抬头看着她。

走到跟前，大家看得更真切，女孩好漂亮。

黑色T恤外穿了一件深灰色牛仔吊带裤，脚上一双干净的白球鞋。双手插在裤兜里，裤兜很宽大，裤子也很宽大，松松垮垮却掩不住修长婀娜的身材。女孩面庞白皙，五官很精致，双眼皮的大眼睛像关之琳，还涂了淡蓝色的眼影，一头秀发略微蓬松地扎束在脑后。

难怪大家看得出神，马卫东觉得确实赏心悦目。

见马卫东身旁有空，女孩拽了把椅子坐下来，绷紧了脚面舒展双腿，似乎在拉伸休息。

众人面面相觑，讨论已经进行不下去了。

"这位美女，您这是……"

马卫东扭头冲她笑了笑。

"这一块，空场地，还有这一块……"

她似乎没有听见马卫东打招呼，自顾低下头捡起一支粉笔，用白皙修长的手指握住圈画着："不要老琢磨着怎么填满它。最好是，什么都不要摆放。从整体的协调畅顺来看，这是整个商场的自然留白。"

说着她自己点点头，补充道："嗯，从美学的角度看，这两处是最合适的留白位置。"

说完，女孩把粉笔掰成两截，潇洒地投向那两个位置。

"我叫林若杉。"

她这才想起自我介绍。

"我叫马卫东。"

"你就是东雨的老板？"

"嗯，我们不叫老板，大家都是同志。"

马卫东想幽默一下，效果一般。林若杉对他伸出的手没有回握，敷衍地拨拉了一下，算是回应了。

"早就听说泉城商场的这一层盘出去了，原来是给了你。"林若杉看看他，又打量了一下空旷的四周，"马卫东，我就是来找你的。"

听到这，有人小声交头接耳。

"原来，美女不是避雨的。"

"当然，我这都来了第三回了。前两次，主要是看外围，没进来。"林若杉说着站起身，继续手插裤兜，旁若无人地踱了起来。

"美女，既然，您专程来我们这里，有何指教……"

"别见谁都美女美女的，叫我小林或者若杉。"

"哎，好的。小林，若杉。您这么多次视察我们这里，目的是？"

"这地方不错，正合我意。"

"正合你意？你的意思是，有兴趣加盟？"

"谁说的啊，我才没兴趣做超市呢！"

"那，你的意思是……"

"我的意思？哈哈，你运气真好！"

见马卫东一脸迷茫、一头雾水，林若杉开心地笑了起来。

"你这超市，我来做装修设计！马卫东啊马卫东，你运气真好，没有找，我主动送上门。"

"我是不速之客，也是你的贵客！"不顾周围一圈的人听得云里雾里，林若杉热情地补充道。

"欢迎。"马卫东带头使劲拍起了巴掌，"欢迎贵客林若杉！"

"马总，你发现没得？"

葛俊峰一边使劲鼓掌，一边扯着嗓子问，样子很兴奋。

"发现啥？"

"咱们东雨，真跟雨有缘。上次下雨，我来了。这次又是下雨，

233

小林来了!"

"嗯,讲得有水平,难得。"马卫东赞许地拍着葛俊峰的肩膀,"这说明,你和小林跟东雨有缘。这也说明,你们俩有缘。"

"是地撒!"葛俊峰头回听人夸自己讲话有水平,很高兴地看着林若杉,"看来咱们有缘哈。"

"喊。"林若杉白了他们一眼。

"我可是听说这'雨'字,是跟老板娘有关。你们可别乱拉扯别人。"

说着,她又悠悠荡荡地走开了。

"你运气真好。"望着她的背影,马卫东突然想起,入学那年,他对谢雨也说过相似的话。

就这样,大家认识了林若杉,工艺美术学院的大四学生。

自打那天起,主动送上门的林若杉,就进入了专业创作的状态。

林若杉每天早早地出现在商场。她的穿着休闲随意,干干净净,经常是一条藏青色的牛仔裤搭配各种T恤。头发用各种颜色的发带束起,扎成马尾在脑后晃来晃去,偶尔解开,一头乌黑的亮发便如瀑布披淌在肩头。

葛俊峰说:"马总你觉得没?只要是小林停留过的地方,不对,哪怕是她经过的地方,都有一阵香。"

"什么香?"

"好像是,好像是……我也说不出来,反正就是,你闭起眼睛也能闻到的那种香气。"

马卫东听了,略微有些走神,忽然间想起,刚进大学校园里,谢雨微笑着轻盈走过他的身旁。

葛俊峰说:"马总你看到没?小林的腿好长好直好白,好像这支粉笔。"

马卫东点点头，想想哪里不对。

"人家穿着长裤，你怎么知道好白？"

"她坐下来跷起腿的时候，我看到的裤脚那一小截，一晃一晃的，就好白哩！"

葛俊峰又说："马总你留意到没，小林的样子好纯情，好像《几度夕阳红》里面的晓彤。"

"几度夕阳红，是老年杂志吗？"

"马总，你看辣么多的书，琼瑶的小说你居然不晓得！"

"我说，你跟我讲这些不管用。你的这些话呀，应该直接去跟林若杉讲。"

葛俊峰吓得缩脖咂舌，连说："哪敢。"

林若杉的工作台就是一大块薄薄的木板，整天捧着或者背着，夹了白纸在上面，想起来就掏出铅笔钢笔，刷刷刷地写写画画。很多时候，她像被施了魔法，定定地站在某个角落，仰着头看着天花板的某处，半个小时一动不动。旁边有人跟着仰头看，啥也瞅不着。递杯水过去，才能确定她是会活动的。

这种情形见得多了，马卫东也有些好奇。

这回，看林若杉立在墙角下很久了，马卫东忍不住走过去咳了两声。见没反应，他拍了拍椅子背说："坐下来看吧，这样也不改变你的视角。"

小林还是没有反应。

马卫东好奇地凑到跟前，跟她并排站了，随着她的视线向上望，白茫茫一片啥也没有。

"你在看什么呢？我怎么看来看去啥也没有啊。小林，喂！哈喽！

磨西磨西!"

见她实在没反应,马卫东只好伸手在她眼前晃动。

林若杉这才回过神来,念念有词地从他身边绕过,当他木桩一样。

午饭时间,大家照例各自捧着盒饭说笑聊天。

马卫东说,小林你上午站在墙根入定一样。她歪头笑笑说哪有那么夸张。葛俊峰和其他店员都说是的是的,你站在那里一动不动,好像是个雕塑,好像我们都不存在。

林若杉把盒饭搁在窗台,指着天花板说:"你们看,洗漱美容用品区。我觉得,那上面装射灯就很不合适,会照得顾客眼不舒服。而且,皮肤显得过于明亮苍白,这样,不利于顾客准确挑选美容用品。"

葛俊峰由衷地感叹:"小林,你考虑得真细致啊。"店员们纷纷点头称是。林若杉得意地说:"那是呀,这是我的专业哩!商场装修,尤其要关注产品属性,它跟顾客的感受息息相关。"

说完,林若杉踮起脚后跟,双手交叉在身后,愉快地转个圈,转身拿起了盒饭。

渐渐地,大家都习惯了林若杉工作时入定的状态。这时候,她的世界是无声的。

4.

装修了大半年,深秋时节,新东雨面世了。

市民们期待已久,一大早来到商场门口,里三圈外三圈。

"来了?"

"可不,一大早俺就赶过来了,又有西洋景看啦。"

"听说里面东西更多、更全、更好啦?"

"是啊，听说人家，好像是……什么上游的、下游的都有了。"

"什么？里面还能游泳？！"

"嗯，你还真会寻思哩！你敢进去游泳，警察又得来逮你了。"

……

新东雨再次成为省城经济新闻焦点。多家媒体把镜头对准了它新颖的装潢设计。报道称，自然和谐的色调契合了健康与休闲的主题，令人愉悦。商场的布局独具匠心，按照不同的品类，划分为食品、服饰、五金、日用四个主题区，区域内商品琳琅满目、选择丰富，各区之间以不同的色调隔开，又相互呼应。灯光舒适，充分考虑顾客的感官体验。空间利用巧妙合理，来往穿行从容舒适。

新东雨的装修设计，广受赞誉。一个月后，荣获了工商联颁发的绿色装修示范奖。

谢雨特别喜欢新东雨正门的飞檐设计，说它们"像春雨中，一对衔泥归来的燕子"。

市里对推动超市做大做强很重视。

市领导不仅出席了剪彩仪式，还在现场授予了马卫东"创新企业家"的称号。

马卫东手捧荣誉牌匾喜滋滋地与领导合影留念。

照片登在《都市日报》头版。马卫东笑容灿烂，两个酒窝清晰可见。

新东雨和马卫东，一时成为泉城的新星，冉冉升起。

作为装修的总设计师，林若杉坚持不肯收取设计费。

马卫东递给她厚厚的信封，她用手捏了捏撇撇嘴："不要不要，我的心血才值这么点钱？"

第二次，马卫东拿了双份的信封给她，她甚至懒得伸手，依旧撇嘴："才值这些？请不要贬低了我的作品。"

看马卫东真的有些为难了，林若杉眨眨眼笑着说："逗你的啦，我不会收钱的。新东雨的设计是我的毕业作品，在学校获了金奖。所以，你也算有贡献的。嗯，对你这个客户，我很满意。"

她笑盈盈地环视商场，欣赏着作品补充道："再者说了，是我自己主动送上门的。"

"奇迹。"葛俊峰兴奋不已，"简直就是奇迹！"

秋天还没过完，仅仅大半月的时间，新东雨的营业额已经超过了之前的全年。

第二个月，第三个月……营业额一直保持着高速增长。

葛总带领店员们忙得热火朝天，喜笑颜开。

毕业季的林若杉，学校没啥事了，几乎每天都会来新东雨。她总是休闲装加一双雪白的球鞋，悠闲地这里走走、那里转转。大家都知道她是来看望自己的作品。偶尔听到顾客点评店里的装修，林若杉就会驻足安静地聆听，构思改进和捕捉新灵感。

曾是第一个用大哥大的马卫东，再次走在同学们的前面。东雨购置了两台车。

马卫东开上了私家车，他成了"百万富翁"！

消息像炸雷，迅速传开。

"百万富翁"可是报纸上的名词，电影里才见到的人物。

年纪轻轻的马卫东居然成了百万富翁！

"我认识马卫东我骄傲，我认识马卫东我自豪。"

高翔胡编瞎造的顺口溜居然成为老同学的口头禅。

财富像酒，甘醇热烈，让人面颊发红，心里暖融融身上飘飘然。每天关门盘点，马卫东和葛俊峰盘腿坐在沙发上，美滋滋地看着茶几上一摞摞的现金，感慨万千。

一人怀抱一瓶啤酒,两人看着面前的钱和账本聊天。

"东哥,东哥。"葛俊峰咕咚咕咚两口下去以后,脸红脖子粗,歪着脑袋喘了口粗气,"这钱来得好快哦,快得我都有点认不得它们喽。"

"来,兄弟,走一个!"马卫东笑眯眯地望着葛俊峰说,"确实,我也觉得有那么点不真实感。"说着,他向前探出身子,扯过两沓钱随意地甩着,继续道:"这,就是财富!没有的时候,它像遥远的彼岸,拼命游啊望不到岸边。真到了眼前,它也不过就是一沓纸,一堆数字。"

"这一沓纸,这一堆数字,可是我们村里的乡亲们一辈子都挣不到的。我爸打鱼日晒雨淋,再打几辈子也打不到这么多钱。他为了多打一网鱼,为了给我们多攒几块钱学费,命都差点丢喽;有了钱,弟弟和妹妹的愿望都可以实现了,穿白球鞋,戴各种颜色的发卡;这么多钱,可以把我们家,不对,可以把我们整个村里每家每户的大缸都腌满泡菜,想啥子时候吃就捞出来吃……"

葛俊峰自言自语,说得很凌乱。

马卫东安静地听他唠叨完一大段,不由得微笑感慨:"莫说你,我在中工上班时,这些钱也是不可想象的啊。"

葛俊峰说:"是撒东哥,你当初敢离开真是有勇气。你辣个单位可是人人羡慕得很。你辣栋楼好高,还会反射太阳光。有好几次,晃得我睁不开眼。不像我辣个单位,没什么人愿意去,就这,还把我开除了。"

说到这里,两人都不约而同想起了八大金刚,想起过往种种,马卫东不禁笑喷一口。

马卫东提议给储琴多发些奖金。

"我怎么也没想到,她那么沉默的人,居然成了最受欢迎的导购员。"

"是地撒,她除了记得商品,不会说别的。比我的嘴还笨。"葛俊峰想了想,继续比较,"她家比我家还穷,回趟家比我还难,她比我还要节省……"

"她比我,还要喜欢东哥。嗯,她是辣种喜欢哦。"

"才一瓶啤酒,你就上头了。"听他说话开始不着调,马卫东皱起眉头制止。

"真地撒!"

葛俊峰恳切地说:"我觉得储琴来东雨,就是为了跟着你。"

"别瞎说啊!"马卫东瞪眼,"当心谢雨找你算账!"

"师姐咋子找我算账哩!应该找你撒!"

葛俊峰一听急了,转念又摇头叹气说:"储琴这样,也是可怜哦,没得啥子结果噢。"

"打住打住。"马卫东赶紧换话题,"你现在也算是个小大款了,这笔钱有什么打算啊?"

"如果不是你收留我,我现在都不知道在哪儿晃荡。"葛俊峰酒量不行,一瓶啤酒下去,就从头红到脸再到脖子根,话也更多起来,"我们辣儿,真地是穷怕喽!"

"从我记事开始,我爸我妈就没有穿过一次新衣服。即便是过年,才舍得拎两袋鱼去换旧衣服。收到大学录取通知书,我还没来得及高兴,我妈就哭喽,她可不是高兴,而是害怕,怕交不起学费。我爸当天就增加了出船的次数,不管凌晨还是半夜,也不管刮风雨雪,村里人都说老葛为了挣钱不要命喽。"

"有两次,我爸不省人事地被人从江上抬回来……"

葛俊峰想起了伤心事，抹把鼻涕，又仰脖喝了一口酒。

第二天醒来，葛俊峰就寄钱回家，嘱咐爸妈弟妹都买几件新衣裳，不要老是穿旧的了；他嘱咐爸换条新渔船，实在舍不得，至少也得把破船修补一下；他嘱咐把老屋子的泥坯换成砖瓦；他还嘱咐，咱家带头把村口的那条烂路修一修，至少能把地排车顺溜地推出去。

葛俊峰的愿望逐项开始实现。不多久，他就兴高采烈地拿来对比的照片，原来的老屋顶坑坑洼洼长满了杂草，屋里黑黢黢，上下四周都透风。现在的砖瓦房，宽敞明亮地面平整，屋子真正遮风挡雨了。

按照葛俊峰的嘱咐，在翻建房屋前后，家里人特意照了合影。一大家子人嘴都咧得很大，笑得很开心。葛俊峰的父亲找了村支书，转交小葛给村里的捐款。村支书激动得连夜召集支部开会，感谢葛俊峰同志致富不忘家乡，商议立刻动用这笔钱再筹集部分，给村里铺设水泥路。

受老家建房子的启发，葛俊峰在市中心买了一套房子。

"有了它，但愿我能结束漂泊。"葛俊峰动情地说。

受葛俊峰的启发，马卫东也买了四室两厅一套大房子。

"我两手空空，因为我触摸过所有；我买房子，为的是走出大院。"

马卫东近日空闲，读了凯伦的《走出非洲》，时不时引用里面的经典语句，借以抒发自己最新的人生态度。

"驴唇不对马嘴。"王药师对儿子的遣词造句照例不感冒，听到后半句，终于不耐烦了，"什么？走出大院！你这不整天人五人六地出出进进，还要怎么走出大院，你是要发癫啊！"

商品房是稀罕物，济南人大多只是听说，不曾拥有。

王药师一听就着急上火地数落："你看看，你看看，这熊孩子！放着好好的工作不要，非要什么下海瞎扑腾，到头来没地方住了，惨

241

兮兮地还要自己买房子。当初如果不辞职，不干个体户，再过几年也能分到房子了。就算不是两居室，至少也一房带个厕所。"

"一千块钱！一平方米！！"

王药师听到这价格，身子一摇晃，眼睛瞪得牛铃大，惊讶得不敢相信自己的耳朵，数落升级了："你看看，这个熊孩子、败家子！我和你爸省吃俭用一辈子，老老实实工作，从没有房子到小房子，再到大一点的房子，再到现在的三房一厅，都是领导都是单位给分的，我和你爸没有花一分钱。你倒好，这两年没白没黑不着家，不三不四地做买卖，整天一身乌烟瘴气。好不容易挣了点钱，这下可好，全糟蹋在房子上了。买个房子居然要花二十万！我的老天爷，你这个败家子啊。"

王药师抻着身子，使劲够着要戳马卫东的脑壳。

马卫东机灵地闪开，然后一回身抱住了妈妈的肩膀："妈，你不是老嫌我脏兮兮，深更半夜往家钻么，这下我买了房子出去住，你眼不见心不烦了。"

见王药师又要瞪眼，马卫东赶紧说："房子离家也就隔条马路，你和爸什么时候想我了，随时一CALL我，我立马就能出现在你眼前了，想想多美好啊，妈。"

"美好，哼！"王药师使劲拍打着刚叠好的他的衣服，"你这熊孩子，长大了觉得家里装不下你了。"

"唉，你这怎么说话呢？别整天一口一个熊孩子。"老马在一旁实在听不下去了，"孩子能自食其力是好事，你没看市政府还表彰咱家卫东是创新企业家了嘛！"

说起这个，老马颇有些得意。为此，他还接受过记者的专题采访，讲述成功培养孩子的秘诀。

"而且，嫌人家天天在家里，吃家里，用家里，看着心烦的，不也是你嘛！"

老马说兴奋了，居然不自量力地叫板。

王药师回身指斥老马："你，还没说你！你以为你是个什么好东西！教育出来个儿子不务正业，有皇粮不吃、有官饷不拿，偏偏要去倒腾东西，倒腾来倒腾去挣了几个臭钱，居然拿去买房子！你还有脸接受人家电视台采访……"

话音未落，马尚安已经一溜烟地跑去阳台收衣服了。

"妈，唉，实话跟你说了吧。"马卫东做出欲言又止的样子，终于使出了杀手锏，"其实啊，我买房的最主要目的，是为了小雨，为了迎娶你的儿媳。"

果然，王药师听了立刻阴转晴，高兴得跑去阳台找老马。

听到买车买房的好消息，谢雨在电话里笑嘻嘻地恭喜马总，说房子够大才好。

马卫东汇报着打算。

"房子是为迎娶你准备的。将来咱们一家三口，说不定还是双胞胎，那就是四口了。可能，还得请个保姆……"

谢雨甜蜜蜜地问准备怎样迎娶，我可是要八抬大轿呢。马卫东说西式中式听你的，等这边新东雨运作完全上轨道了，很快就去广东上你家提亲。

"很快，是有多快？"

谢雨笑嘻嘻地追问。

"不超过三年。"

马卫东想想，又补充道："当然，你如果急的话，两年之内。"

"谁急了，我才不急呢！"谢雨哼了一声，"咱俩八字还没有一撒呢，谁急了，还说什么三口四口，你还妄想小保姆呢。"

马卫东急了说咱俩怎么还没有一撒呢。

谢雨说你说说看啥叫一撒，啥时候一撒了。

"你这人怎么这样啊！怎么还不承认了呢？就是那天晚上啊。刚刚放假的那个晚上，学校同学都快走光了，你的宿舍里没人，我混进去找你的那天晚上。你忘记了吗？"

谢雨在电话里甜甜地回应："哪天晚上啊……我忘了哦。"

"那天晚上，就是雷雨交加的那晚。我还给你唱了《那天晚上》这首歌呢。你一会儿说怕黑，一会儿说怕冷，一会儿怕打雷，一会儿怕闪电……那天晚上，可把我忙坏了。"

谢雨娇斥："哼，你就是很坏，再也不能信你的鬼话了。你就会骗人。"

马卫东明知故问我怎么骗你了。

谢雨陷入了甜蜜的回忆，开始小声哼哼唧唧。

"你趁人家许班长不注意，偷偷溜进女生宿舍；你赖在人家宿舍，快熄灯了也不肯走；我使劲推你走，你抓着床沿不肯挪窝。你嚷嚷着说要放假了，想多跟我待一会儿；后来，你非得挤上来，说就是躺在一起，保证井水不犯河水；后来，不知道什么时候你就抱住了，你说天凉抱在一起暖和，你保证不会乱动；可没一会儿，你又说热了，脱了衣服睡才舒服，不然浑身刺挠难受；再后来，你的手就很不老实，你的身上也不老实……"

谢雨羞得越说越小声。

"我还不够老实啊！"马卫东开始耍赖争辩，"我这人吃亏，就吃亏在太老实。"

"哼，你还吃亏，你还叫老实？"

"当然老实啊。那天晚上,已然那样了,刀出鞘、枪上膛,兵临城下了,我们都,还是没有那个……"

马卫东语气里满是委屈:"那天晚上,可惜了!那天晚上,可把我憋坏了,你可把我害惨了啊。"

"你这人,真是很无赖,还好意思说自己老实?老实,你怎么硬要把人家的手,往、往……这里那里乱放……"

"什么这里那里的,你说是哪里?"

"就是那里喽……好吓人的样子,哎呀……"

"怎样吓人?"

"就是……哎呀,不说了……"

"说嘛说嘛!我好想听。"

马卫东耍起了无赖。

"我、嗯、我不知道……怎样、怎样说,反正,它挺吓人……"

谢雨越说声音越小。

马卫东越听越起劲,焦急地抱怨:"你还能再小点声吗,我什么都听不见了。"

"哎呀,讨厌。听不到才好,我不要说了……"

"说嘛,你说嘛。你想想那天晚上它多可怜啊。"

"它?可怜什么?"

"就那么干巴巴地站立在门外,一晚上不给进门,还不可怜?"

"哎呀,你、你好过分……哼,卫东,明明是你耍无赖,还好意思扮可怜。"

"我怎么是扮可怜,还不都怪你!"

"啊,你居然倒打一耙,怪我什么!"

"确实怪你。怪你过分美丽,怪你的模样太妩媚,怪你的身材太

245

性感;怪你扭来扭去,让我哪里控制得住。即便那样,我确实也没有动啊,一晚上,老老实实在外面待着。倒是你,你老是动来动去,推来推去,惹得它很生气,勃然大怒……"

"哎呀,你越来越不讲理。"谢雨越听越害羞,越听越激动,声音越来越小,"我那是想阻挡你,怕你控制不住自己乱来,居然还怪我……"

说着说着,想起了那晚的慌乱,谢雨忍不住笑了起来。

"怪我都怪我。"马卫东对着电话点头捣蒜,"行了吧。反正啊,我现在是后悔了。当时呀,我就该横下一条心,霸王硬上弓,偏向虎山行。那样,咱俩也早就有一撇了。到现在,可能都撇了好多次了。不至于,到现在,你居然还敢说我八字没一撇。"

"哎呀,你净说些什么乱七八糟的呀。"

谢雨听他这么讲,语气变得温柔:"卫东,那天,没让你那个,你会不会生我气啊?"

"生气啊,怎么不生气!我当时,绝对是气急败坏啊!"

"卫东,我知道,你是爱护我。"谢雨带着甜蜜的回忆说,"那天晚上,你其实是在努力克制自己。"

"我现在听着电话,听着你的声音,就已经在努力克制自己了。"

"真的呀?你,你又?"

"是啊,我现在听着你的声音,想象着你的样子,我就浑身一会儿发酥、一会儿发胀。哎哟,我克制得,真的好辛苦,好难受呢!"

"那,那怎么办?"即使隔着电话,谢雨已经满脸通红,音量低到几乎听不见,"那你,替我……抚慰一下自己,别太难受了。"

"哼!不实诚。"马卫东说,"你得亲自来,才管用。"

谢雨笑着呸了一声,接着细声地说:"卫东,我很想你。"

"我也很想你。"

"我想和你在一起。不在一块儿的日子过得很漫长。"

"小雨,我也好想和你在一起,此时此刻,无时无刻。你现在如果敢出现在我身边,我绝不会再客气,不会再错失良机。"

"你呀,就是我们广东的烧鸭子,嘴硬。"谢雨甜甜地说,"我知道的。其实,你心里,是很想保护我。"

"是啊,小雨。"马卫东被戳中心坎,"我们俩都盼望着,把最最珍贵、最最美好、最最期待的,留到那一天,迎娶你的那一天。"

"嗯,我也是……"谢雨轻声地说,"一直在等。"

5.

唐朝诗人李商隐在《咏史》中写道:"历览前贤国与家,成由勤俭破由奢。"马卫东打小就会背诵,做人不能膨胀不能飘,是王药师的口头禅,也算是老马家的家训。马卫东听进去了。

公司买的两部车用在实处。除了接送客户和公务,马卫东坚持坐公交或打车。公车私用的唯一例外是林若杉,学校偏远在郊区,大家都担心她的安全。她拗不过大家的好意,也就接受了。林若杉很快完全融入了团队,如所有人所愿。

林若杉的毕业典礼到了。受到邀约,东雨全体员工倾巢出动,齐刷刷坐了一排。

身姿婀娜的林若杉亭亭玉立,穿上学士服别有一番清纯气质。她从校长手上接过了毕业证书,冲着台下的同学和东雨伙伴们甜甜地笑。

高翔口中啧啧有声:"卫东,这打眼一看啊,他们这班上同学哈,最好看的还就数咱林若杉,啧啧啧。"

小梅上前薅住他的耳朵:"一口一个咱,你还真不见外。那是人家东哥的,是东雨的好不好!"

"哎哟哎哟,是东雨的、是东雨的,你扯那么大力干什么你。"

远在台上的林若杉,似乎也听到了台下的对话,望向这边笑得更开心了。哄笑中,葛俊峰哑着嗓子嘿嘿嘿的声音格外突出。他目不转睛地望着台上,张大了嘴,嘴的大小正好可以吞掉台上的小林。

"她们的校服真好看,尤其那四方的帽子,还带着红边,风一吹,飘带飘起来的样子,啧啧⋯⋯"

李恒连比画带解说,见身旁储琴目不转睛看着台上,提高音量问:"你毕业时,是不是也这身打扮?"

储琴声音小得谁也听不到:"这是学士服,都一样的⋯⋯"

"唉,我可惨喽!我没落着这身打扮啊!毕业考试两门没及格,没得到学位。同学拍照时,我躲到操场上哭去喽!"

葛俊峰以为在问自己:"就是地,多好看的袍子。等下我找小林商量,让她借我穿一下,我也补拍一张。"

一排人开始暗自想象他穿小林学士服的样子,互相伸头探脑忍着笑。

毕业典礼仍在继续,一行人漫步在校园里。小梅欣赏着路边美景,兴致盎然,不停地让高翔给她拍照,各种背景、各种姿势。

趁着拍照间隙,高翔说:"卫东,你看啊,真挺有意思。你做了个体户,你的女友们也都选择了自主择业,真是物以类聚。"说着冲他眨巴眼。

"咱要是不会说话咱就别说话。什么叫我的女友们?"

"都看出来了啊。"

"看出什么来了?"

马卫东被他说得有点晕。

高翔朝身后毕业典礼的礼堂努努嘴："林妹妹啊。"

"你可别胡说，我是有家室的人。"马卫东立刻正色警告道，"被谢雨知道了，咱俩都得吃不了兜着走！"

"是你要小心吧，别拉我下水。"高翔不以为然地说，"对吧，媳妇儿。"

小梅说："闭嘴吧，就你鬼主意多，赶紧在桃树这儿，给我重拍一张。"

高翔边取景边摇头："女人啊，没有不行，多了麻烦。"

马卫东一边呵斥住嘴，一边压低声音："其实，小林呀，是有人喜欢的。"他示意身后葛俊峰方向。

"唉，东边日出西边雨，有心栽花花不开啊。"高翔摇摇头，加快步子去追小梅。

林若杉确实选择了自主择业，这在大家意料之中。装饰设计行业方兴未艾，林若杉专业水平出众，读书时就订单不断，再加上她性格天马行空我行我素，适合单干。

林若杉注册了"小杉设计室"，设计室就开设在新东雨的楼上。

东雨的伙伴们上楼参观，林若杉说这就是缘。

"你的设计室开张，我们俩也没有啥可表示的，先给你带两单生意吧。"马卫东和葛俊峰把新房钥匙放在宽大的工作台上，看着林若杉，诚恳并且赖皮。

林若杉白了他俩两眼，一人一眼。

"两套民居而已，这点装修，对你这大设计师来说，举手之劳、小菜一碟，做起来肯定轻松加愉快。"

马卫东恭维她。

"隔行如隔山。"林若杉伸着懒腰,"设计师最怕碰到你这种人。以为我们做设计的,就是拿起笔眨巴眨巴眼,画个图那么简单。"

"对对!"葛俊峰不恰当地附和,"你就是这个样子地。"

林若杉无奈地看了他一眼,继续说:"其实每一笔每一画,都是反复斟酌、无数次修改得来的。一幅作品改了又改,呕心沥血。差不多每个设计师,都有过想死的心。你们知道吗?"

马卫东和葛俊峰谦卑地点头说是是是,又改口不不不。

林若杉感觉对牛弹琴,撇嘴夸你们真无赖,就把钥匙收进了抽屉。

不久,马卫东和葛俊峰都喜迁新居。

葛俊峰说房子装修得真好看,像设计师一样好看。

林若杉习惯了他的词不达意,潇洒地做了个 OK 的手势。

王药师对熊孩子买房子原本一肚子气,被爷儿俩好说歹说、左劝右劝才肯来参观。来到小区,上了楼,进了门,她的脸色渐渐放晴了。

老两口东摸摸西看看,竞相发现着新奇好东西,感叹卧室里还有衣帽间,浴室居然有两个并排的洗手池。马卫东介绍说右边这个池子里,有 HELLO KITTY 的图案,那是小雨最喜欢的。

王药师就让老马把手挪开,说你听见没别乱碰,这是人家小雨专用的。

王药师对着洗手池上的大镜子,端详着自己,嘴上说这镜子真好,把人都照瘦了。

马卫东说妈你就是苗条了啊,她顿时脸上笑开了花,刚走开又回来照了照。

老马喜欢书房,好大好宽敞,通顶的书架各式各样,居然还有专门焚香品茗的案台。挨个抚摸了书架和原木制作的案台,老马满心欢喜,感慨之余也暗下决心:"就冲这么好的书房,也得把这么多年没碰的那些书重新拾起来，好好读一读！"他甚至想象到了，午后，和煦的阳光下，自己身穿衬衣，外罩灰色毛背心，从容展卷阅读，那形象那气质，道不尽的儒雅从容。想到此情此景，老马不由得啧啧两声，惬意地笑了起来。

"老马，喂，你快过来！"

那边，王药师欢快地喊他，打断了老马的畅想。

王药师更喜欢厨房："哎哟这么宽大的灶台，三个人并排忙活都不拥挤，这么多摆放碗碟锅盆的架子柜子，都镶嵌进墙里不占地方。你看看这些挂钩，人家设计得多合理，一点也不占地方，哪像咱那厨房到处丁零当啷、碍手碍脚。哎呀，在这里洗菜做饭，简直是享受啊！"

老两口看了前后阳台，又看主客卧室，感叹现在房屋装修设计独具匠心。时代不同了，住这样的房子真是他们以前不敢想的事情。

马卫东专门为爸妈准备了一间卧室。

卧室墙上和梳妆台上特意摆放着全家福。

那时的老马和王药师都还很年轻，一个揽着卫民一个抱着卫东，兄弟俩都还是娃娃样。

老两口看着很激动。

王药师拉住老马的手，又回忆从前："看着孩子的房子啊，我想起咱们结婚时。那时候啊，我跟医院领导报告说我要结婚了，领导说好。我说我想要个房子，领导说好。领导亲自带我去看了几处房子，有大点的有小点的。领导让我挑。我跟领导说我爱人在部队，我一个人在家的时候，房子大了觉得害怕。领导就问，那你想要什么样的房子呢？我说最好躺在床上，睁开眼要能看到房间的四个角。"

老马笑呵呵："你妈又想起了陈年往事。不过，她说的字字句句都是真实的。那时候的人啊特别单纯，要求也不多。好像，那时候的幸福也特别简单。"

"是啊,我和你爸结婚时,领的是一张行军床。"

王药师咯咯笑着补充道:"老马啊,你看看现在的孩子们,这条件,多好啊!哎呀,跟我们那时候怎么比啊。"

老马一个劲地点头,轻轻拍了拍挽在胳膊上的老伴的手:"好是好,不过呢,金窝银窝我和你妈还是习惯了我们那旧窝。回到大院,那里抬头不见低头见,全是老伙伴。"

老马接着嘱咐马卫东尽量多回家:"你妈喜欢看你吃她做的菜。"

马卫东说:"天底下,还是我妈做的菜最好吃。"

王药师感慨说:"这一眨眼啊,你哥和你就都长大了,都搬走了。同样还是那个房子,原来住着挤巴巴的,现在觉得空落落的。"

6.

新东雨的发展欣欣向荣。

在它的身后,大背景是中国。中国,如巨轮前行,气势磅礴。

改革开放的力度越来越大,开放的大门越开越大。一切都在飞驰,在飞驰中变化。

一年后,中国政府宣布:开放的大门进一步向全世界敞开,随即出台了一系列扩大开放的举措。老道的外资,像机警敏锐的华尔街白胡子老头,在黑色眼镜框的背后闪着狡黠的目光。这次,它欣喜若狂地发现了期盼已久的特大利好,越来越多的行业被写进投资许可名单。白胡子老头们闻风而动。一时间,有如吹响号角,外资潮水般涌向中国,席卷大江南北各行各业。

十多亿人的广阔市场,中国零售业迅速成为国际巨头竞争最激烈的领域。习惯了麦当劳、肯德基的老百姓,看到了更多新奇的洋名字,它们争先恐后地出现在中国的大江南北,出现在大中城市。

  各级地方政府开足了马力招商引资,领导们放下身段,带头摇旗呐喊。从提供场地、便利交通、人才落户、员工招聘、租金优惠到税收减免,各种优惠措施竞相出台。中国市场,如巨大的磁石吸引着国际零售巨头落户。

  忽如一夜春风来,千树万树梨花开。

  知名的国际连锁超市纷纷落脚各大城市。

  全球超市中的龙头老大,家尔玛,就开在了新东雨旁边。

  "瞧这倒霉寸劲儿的。"李恒和几个店员议论,愤愤地抱怨,"去哪儿不行,这家尔玛偏偏开到咱隔壁!"

  "都说初来乍到,它这一来就这么霸道,占那么大地盘,建那么高,都影响咱们东雨的采光了。"

  "就是啊,不就是个商场吗,跟咱们东雨一样,只不过个头大点而已,看把它烧包的,叫什么'商城'!"

  "这可不是寸劲儿啊,人家有备而来,而且,是带瞄准来的。"马卫东望着即将建成的家尔玛商城,轻轻摇着头。商城通体巧克力色,建筑面积超过三十万平方米,光透明的玻璃电梯就几十台。叫商城确实没夸大,济南的家尔玛修建得真如城堡一般,三面临街、膀大腰圆、威风凛凛。

  好花不常开,好景不常在。客似云来的盛况,才不到两年,新东雨身边出现了体型巨大的竞争对手。

  瞬时间,所有人感受到了压力。环境急剧变化带来的高压,迎面而来、排山倒海。

  家尔玛还没正式营业,已然成为新闻焦点。省市级电台电视台纷纷做起了专题访谈，邀请了专家们探寻零售业的未来走势，家尔玛的负责人每每成为座上宾，频频出镜，侃侃而谈。家尔玛早已蜚声国际，凭借强大的资金优势和猛烈的造势宣传，迅速成为省城居民津津乐道的热门话题，热度远远超过了当初和现在的东雨。

竞争已经到来，对手就在门口。

马卫东带领新东雨整个团队，匆忙应战。

不比不知道，一比吓一跳。对手是如此强大，让马卫东清晰地看到了东雨的不足。这些不足，此前被喜悦隐藏了，被赞美遮盖了。

该怎么办，让人绞尽脑汁。

从投入资金加大宣传力度，到打包附送赠品，提升获得感；到每月设置主题优惠，加深顾客记忆度；再到为大额采购提供送货上门服务等等。东雨全体员工临时抱佛脚，白加黑连续奋战，各种提升方案出了一稿又一稿，改进计划写了一张又一张，好几次讨论演变成争论，拌嘴抬杠、讽刺挖苦齐上阵，直至吹胡子瞪眼、脸红脖子粗。

"吵什么吵！"眼看个个神态狰狞，李恒甚至动气拍起了桌子，马卫东赶紧喝止，"就事论事，别上纲上线。你们还不都是为了东雨好。"

激烈争执过后，大家安静下来时，才发觉已是疲惫不堪。

尽管提前做了困难的准备，甚至是糟糕的设想。然而，随着同台竞争那一刻的到来，真实的情形还是远远超出了东雨人的预料。

体量巨大的家尔玛，开张声势浩大，亮相果然精彩。

东边日出西边雨，一家欢乐一家愁。家尔玛的喜庆日，成为东雨和它的员工们，集体的灰色记忆。

宽阔的门前广场上，四周整齐排列着各色的高档进口轿车。汉白玉的台阶上错落有致地摆着各式花篮，喷泉水池里有五颜六色的鱼儿游动,有人说它们叫锦鲤。广场中间是蓝色醒目的家尔玛的标志。巨幅横幅竖幅的致贺几乎遮天蔽日。甚至,天空也作美,湛蓝的空中大团大团雪白的云朵,你推我挤地簇拥在一起,试图给家尔玛开张增添些热闹。

省市领导几乎悉数到齐。平时只有在电视上才能见到的领导发表了重要讲话,充分肯定、高度评价家尔玛落户省城的重大意义。

漂亮修长的姑娘们身着青花瓷旗袍,先是一字排开,然后收腹提臀袅袅地走来,引领领导们剪彩。

这时,一阵轰鸣吸引了所有人抬头观望。

天空中出现了一队涂了家尔玛标志图案的直升机,一边盘旋着喷出彩色烟雾,一边撒下五颜六色的彩纸满天飞舞。

接下来,更加让东雨员工们伤心的事情发生了。

东雨里的顾客居然一哄而散,推搡开身边东雨的店员们,奔去隔壁家尔玛。

葛俊峰焦急地试图拦住两位老阿姨。

"阿姨!姐姐!美女!我们今天厨房用品做特价,你们可不要错过啊。"

慌慌张张往外赶的老阿姨一把拨开他:"哎呀,什么特价不特价的。人家那边发的是代金券,等于不要钱!再不去就抢光了啊。"说着头也不回地颠了。

家尔玛开张头一天,东雨急速陷入了困境。

商品价格没有对手优惠,式样选择远没有对手多,促销活动也没有对手灵活,取货送货方式更没有对手便捷。家尔玛不仅购物方便齐全,购物环境和配套服务更是一流。商城的每一层,均有儿童游乐区,里面专门为家长们设置了休息长椅;在顶楼,开设了美食一条街,招徕了几十家餐馆入驻，提供东西南北中各式风味的餐饮。家尔玛考虑得很细致，尽可能长时间地把顾客，无论男女老少都愉快地留在商城里。这样的竞争是可怕的，竞争的结果是要命的。几乎在各个层面、各个环节的对比，家尔玛都高高在上、遥遥领先。

刚开始的几天，东雨的老顾客带着感情还来转一转，拿起几样东西端详一番，犹犹豫豫又放下。

转身出门去了隔壁。

再后来，老面孔越来越少。

东雨门可罗雀，越来越冷清。隔壁家尔玛的顾客人头涌动，络绎不绝。大人小孩逛商场的同时，还吃饱、喝足、玩好了。个个大包小包、喜笑颜开，神情像捡到了多大的便宜，又像是阖家过节游玩。

家尔玛优势太过明显。在它的冲击下，新东雨的经营状况急转直下，营业额断崖跳水，从高峰期每月五六百万元，跌落到寥寥数万元。

眼看公司迅速陷入困境，并且愈陷愈深，马卫东和店员商议后，变卖了两部车充作货款。李恒和储琴主动提出停薪，分忧纾困。渐渐地，开始有员工在不舍中告别。

风浪来了。

马卫东咬牙顶住，拿出个人积蓄维持员工工资发放。后来，葛俊峰也加入进来。但是，很快地，他们发现这招不管用。公司账面亏空在逐日加大，并且呈加速态势；另一方面，现金流渐趋枯竭，别说支付工资，就连最基本的商场租金，甚至水电费都难以招架。

东雨商场越来越冷清，窟窿越来越大。

下海以来，马卫东首次感受到了煎熬，深切的煎熬。

谢雨在电话里安慰他不要着急，这种情况在广东各地每天都在发生。真正成功的企业家都是在风浪里闯过来的，巨人史玉柱、褚时健不都是……

马卫东安静地听着。

谢雨说自家工厂的玩具销售还不错,可以拿出五十万帮他渡过难关。马卫东说我不能要你的钱。谢雨不高兴了,说一遇到困难,就开始分你的我的了。马卫东解释说我的意思是不能要女人的钱。谢雨说你还说潮汕封建,你看看自己这落后思想……

马卫东理了理思路:"小雨,你的心意我完全明白。不过,即使有你这笔钱应急,临时周转是可以,但是仍旧改变不了新东雨面临的困境。比起竞争对手,咱们的落后是全方位的,可以说覆盖了整个零售行业的所有环节。在目前这种模式下,再投入资金,延续的只是亏损,而不是转机。"

"有这么严重?"

谢雨也迟疑了。

"嗯,我看清楚,也想明白了。再这么下去,我们是在陪太子读书。甚至,我们存在的每一天,都是在给对手做陪衬、帮对手做广告……"

"那,那该怎么办呢?"

电话那头,谢雨迷惑了。

"用你我的积蓄支撑,不是长久之计。"马卫东看着葛俊峰,苦笑了一下,"况且,也撑不住多久。"

然后,他又扭头望着林若杉说:"用你设计室的钱,更不是办法。"

"东哥,我辣钱没得关系的。它就是东雨的、就是你的。"

葛俊峰急切地说。

"为什么对我,用'更'字?"

林若杉关注的重点不同。

马卫东拍拍葛俊峰的肩膀,说好兄弟这不是有没有关系的问题。

"按照目前咱们这种经营模式,从根本上是无法跟家尔玛抗衡的。我的意思是,我们在错误的道路上越发力奔跑,付出的代价就越大,并且距离目标越远。"他重复刚才电话里跟谢雨说的大意。

葛俊峰觉得马总说得也有道理,征询地看看小林。

林若杉低头晃着脚没有回应。

"东哥,我有个想法,你看行不行?"葛俊峰顿了顿,看马卫东表情很认真,就继续说,"咱们把商场面积大幅压缩,比如说只保留三分之一或者四分之一的面积。辣个样子,经营成本能降不少,咱们经营的压力也大幅减轻……"

"这样不好。"林若杉摇了摇头,"听上去,错误方向没有改变,只是亏损程度不同而已。那有多大意义呢?"

"也是哦。"

葛俊峰挠了挠头。

"这点我也想过,咱们大幅压缩营业面积,只会助长对手的蚕食欲望。它一定会把我们退出的空间占满,那时,东雨更加被动。"

马卫东补充道:"况且,现在退租,面临高额罚款,得不偿失。"

那该怎么办呢?三个人又陷入了安静。

思考良久。

马卫东终于咬紧牙关,一字一顿地说:"咱们清盘吧,停业转租。"

说完,目不转睛地盯着窗外新东雨的招牌。

"啥子?!"

葛俊峰听了着急,嘴唇乱动了几下,却没发出声音。

"也行,先及时止损,再做打算。"林若杉踱步过来,淡然一笑,把手搭在马卫东的肩上,又揉了一下他的头发,"能屈能伸大丈夫,没事的!"

"清盘了,那,那些兄弟们呢……还有,储琴呢?"

葛俊峰眼巴巴地望着马卫东。

"其实……"马卫东来回踱着步子,咬着嘴唇沉思道,"拖这么久,我之所以迟迟下不了决心,就是因为他们。除了尽量多给些补偿,我没有更好的法子。"

"东雨,没能给他们更好的未来,唉……"

马卫东垂着头说不下去。

"我说你呀!"林若杉用手指戳了戳马卫东的头,像家长教育不争气的孩子,"别给自己那么大的使命负担。现在的东雨,只是独木舟,经不起大的风浪。真要舍不得啊,等哪天,你开上巨轮了,再把他们叫回来呗。"

"东哥,我听你的!"葛俊峰站了起来,"我就是有些舍不得。"

"是啊!"马卫东长叹一口气,"我更舍不得啊!"

俩人一起仰着头,空洞地望着天花板……

"有言在先哈!即便你们都走了,我也不走。"

踱远了的林若杉又慢慢地晃回他们眼前,有些出乎马卫东意料地说:"小杉设计室还留在这里。你说过的,那是红几方面军来着?我就做那支红军,继续守着井冈山,咱们的根据地。"

才隔了一天,葛俊峰就改变了主意。

他有些难为情,吞吞吐吐地说:"东哥,我也想继续守着井冈山,守着咱们的根据地。"

"你也守在这里?你在井冈山能干什么?"马卫东没听明白,"你又不懂设计,也帮不了人家小林。"

"我不懂设计,我帮不了她设计。但是,我想,我还是可以待在这里,再守一守。"葛俊峰环顾着新东雨,眼神里满是留恋。

"我租不了辣么大的地方,我租一百平方米就可以。"他边说边比画着面积大小。

"面积不是问题,规模不改变实质。咱们讨论过这个问题了。"马卫东有些不解。

"我想,我想……"

葛俊峰讲话底气不足,越来越吞吞吐吐。

"你想什么嘛,怎么这么磨叽!"

葛俊峰平时讲话不是这风格。

"东哥,我想守在这里,做回老本行!"葛俊峰终于鼓起勇气,"就是辣八大金刚!"

先是愣了几秒钟,马卫东回过神来后,扑哧乐了:"你没开玩笑吧?"

"我,我是认真的。东哥,我晓得,你看不上我的浴盆,木浴盆……"葛俊峰嚅动着嘴唇低声说。

"嗨,别说,我觉得这主意挺好,我支持!"

林若杉眼睛一亮,高兴地弹起来。

"怎么个好法?不也还是零售,不也还得面临家尔玛的竞争吗?"马卫东充满疑惑。

"错位经营啊。在这里继续做零售,不见得就是要跟家尔玛直面竞争。小葛的八大金刚,是家尔玛没有的。这样,反而可以承接家尔玛的客流量。"

"简言之,家尔玛做全,小葛做专,有效补充。八大金刚,我挺看好!"林若杉白皙的脸上透着粉红,她微笑着抬头示意,"而且,我在楼上,小葛在楼下,继续守望相助,不错不错!"

"小林,你咋说得辣么好哩!"

小林说出了他的心里话,葛俊峰抓着马卫东的胳膊,恳切用力地说:"东哥也别走喽。这么长时间多不容易,别放弃东雨。咱们再坚持坚持吧。"

"我已经思考了很久,这不是冲动的决定。我放弃的是现有模式,而不是放弃东雨。我还会回来的。"

望着俩人,停顿片刻,马卫东拉起他们的手说:"你们继续吧。祝一切顺利。"

东雨清盘,团队解散。

很多人恋恋不舍,李恒抽抽嗒嗒掉眼泪。

"都走吧,都走吧。青山不改,绿水长流,咱们后会有期。"马卫东挨个劝着,大声地道别。

储琴没有哭,闷声坐在角落里,保持一个姿势动也不动。

马卫东亲自做她思想工作。

好说歹说,说了半天,储琴又拿起拖把拖地,就像那天应聘的情形。马卫东和葛俊峰一左一右跟在她身后。

"还拖啥子么,都不是咱们的超市了。"

"储琴,你听劝啊,大伙都散了,你也别耽误时间了,抓紧去应聘其他单位吧,你现在有经验,又有能力。"

"是地撒,你还有好多客户。"

……

任由两人叨叨叨,储琴拖完了地才停下。

她捋了一下额角的头发,没有抬眼。

"我跟着你。"

"啊,跟着我?辣恐怕不得行喽!"

……

葛俊峰刚觉得惊讶,马上回过神来,人家说的不是自己。

"可是,我都走了呀。"马卫东说。

"你说过,你会回来。"

"我是说后会有期。后会有期的意思,可不是、不是……立刻就回来啊。"

储琴终于抬起头来,望着马卫东:"你回来,我就回来。"还没说完,眼泪模糊了黑框眼镜。

储琴摘下眼镜,用衣角擦着,低头快步走出了东雨。

……

忙完各种清盘转让手续,马卫东离开东雨回到自己家。父母听说了,轮番打电话安慰他。王药师催他回大院住,吃饭方便。马卫东明白他们的心思,就说你和爸放心吧,我没事的。难得不忙了,我只是一个人想静静。

"你们认识静静吗?"

马卫东又想幽默一小下。

"又开始装相。"王药师不吃他的幽默,嘟囔着挂了电话,"你赶紧滚回来。"

回到大院的家,天文地理有一搭无一搭地三言两语后,马尚安坐在沙发上,热情地招呼马卫东:"来,来,卫东。咱爷儿俩随意聊两句哈,想到哪儿说到哪儿哈。"

"想到哪儿说到哪儿,有这么随意?"马卫东眼珠滴溜溜转着,左右打量、仔细观察着老马的神色:"知父莫若子。爸,您多半是精心设计好了台词,做我思想工作吧?老实说吧,昨晚备课到几点?"

"瞧你这孩子说的。这都回到自个家了,还说什么思想工作啊。

爸就是想跟你拉拉呱。"

"洗耳恭听。"马卫东故作虔诚聆听状。

"商场如战场，正所谓胜败乃兵家常事。"

老马对儿子的态度颇为满意，吸溜了一口热茶，打开了话匣子："《商君书·战法》有云：'王者之兵，胜而不骄，败而不怨'……"

马卫东一听如此气势的开场，立刻很配合地端正了一下坐姿。老马余光瞧在眼里，更加自信道："沉舟侧畔千帆过，病树前头万木春。新生的力量不可阻挡。当然，过程不会是一帆风顺、一蹴而就的，所谓操千曲而后晓声，观千剑而后识器。但是，男子汉大丈夫，立于世上，既要有千磨万击还坚劲，任尔东西南北风的定力，又须能拿得起来、放得下……"

"爸，您等等，您这些哲言金句，太宝贵了，我得去拿本子和笔记下来。"

老马不愿意思路被打断，用手示意儿子安静坐好。

"胡宗南占领延安又怎样，胜利仍然属于人民的军队。急流勇退也是勇嘛！天塌下来有爸妈给你顶着呢。卫东还是很有事业心的，对吧？这段时间空闲，专业词汇叫作换挡期。你正好可以利用它，认真思考规划未来，以利将来加速前行……"

老马对自己娓娓道来的一番劝说比较满意，他留意并期待着儿子的反应。

"爸，您说得太好了！犹如醍醐灌顶、茅塞顿开，这下，我的顾虑被打消了。"

马卫东看上去很受触动，很受鼓舞。

他一边诚恳地点头，一边郑重地说："爸，您放心吧！我已经想好了。嗯，我打算，从今往后，踏踏实实地，啃你们俩老。"

"这熊孩子,没个正形!"

王药师刚巧经过,好奇地凑过来,听到马卫东的表态,一脸嫌弃地对老马说:"我早就告诉你了,花那么多时间翻书找句子,开导不了这个小白眼狼!"

老马打圆场:"哎,哪能左一个熊、右一个狼的形容自家孩子。咱别替卫东瞎操心了,我看他是心里有数的。我看呀,他是行的。"

王药师冷笑着"哼"了一声:"屎壳郎看自己闺女都是香的。"

"你看你,怎么说着说着,又把我给扯进去了呢。"

这段时间,谢雨的电话更加频密,陪马卫东聊天散心。她说办企业也像钱锺书的围城,每天有人欢喜有人愁,有的关门,有的开张,里面的人想逃离,外面更多人要挤进去。她说:"很多时候,学费必须得交的,这就是成长的代价。"马卫东惊讶,夸她进步神速,居然讲话这么深刻有哲理。谢雨笑嘻嘻地说:"那其实都是跟你学的呀。卫东你要继续加油!"

谢雨说:"相比起来,南方的政府部门更重视帮扶私营企业。比如我家的谢氏玩具厂,得益于市商务局的帮助,经营很有起色。现在客户越来越多,产品不但销售到外省,甚至接到日本和欧美订单了。谢氏玩具厂的扩建,也被列入了市里重点扶持的项目。"

马卫东听着羡慕,看着她与领导的合影说:"看起来,在南方,政府部门的支持确实更有力度。"

安慰一番之后,谢雨柔声地说:"现在是创业中场休息。不过,卫东,你答应我的事情,可记得兑现哦。"

"什么事情?"

"你说过的呀。两年内,不超过三年⋯⋯"谢雨有些羞涩,柔声地提示,"现在,可已经两年了。"

马卫东暗自吃惊,自己真的险些忘记了,最重要的承诺:迎娶!

"这段时间,压力挺大。我先缓一缓,静一静。等过了这一段,我就……都准备好……我不会忘记的……"

时间居然过得这么快。

快到马卫东讲话都有些错乱。

"嗯,别着急,我听你的。我等你。"

谢雨不忍心让马卫东局促。一向听话的她,善解人意地中止了这个话题。

她只是要了一个大大的拥抱,在电话里。

偌大的房间里,马卫东晃来晃去,无所事事。电视一直无聊地开着,一眼也没看。

从500强中字头大企业到辞职下海,从一无所有到培育了东雨,东雨差点长成了参天大树。六年时间,风风火火也红红火火。百万富翁曾经遥不可及,这么快他就当上了。当强大的国际对手出现在面前,他又迅速败下阵来。真应了《左传》里的话:"其兴也勃焉,其亡也忽焉。"想到这,马卫东不禁无奈地苦笑。

功成名就时,幸好有爸妈和谢雨的提醒,特别是王药师的唠叨,让自己没有"忘记吃几碗干饭,忘记自己姓什么"。失败来临时,也幸好有伙伴们的帮助,自己没有头脑发热、一意孤行,好在及时止损。

过往的一幕一幕,变化来得快、去得也快,走马灯似的轮转,在马卫东眼前闪现掠过。

得失成败,都在一瞬间。未来还长,马卫东相信自己还可以东山再起。商场的事再大,大不过俩人的事。对谢雨的承诺——"迎娶"大事可是一言九鼎,不能清盘撤出。承诺如巨钟,在马卫东的脑海中不停地叩响,这让他的思绪安静不下来。

门铃响起，齐怀洲笑嘻嘻站在门口。

"你怎么来了？不用上班？"

"正好来山东开会，看看你。"齐怀洲上下打量着他，"看你这个熊样。"

"不吃不喝，闭门辟谷啊。"齐怀洲悠悠荡荡在每个房间，有一搭无一搭地说着话，进了厨房翻看冰箱。

"咳，没有啦。真的，真没事，"马卫东勉强笑了笑，揉了揉迷迷糊糊的眼睛，"就是想缓一缓，静一静，想一想……"

"想，想，憋在家想个狗屁啊！"

齐怀洲粗鲁地搓了搓他本已乱成一团的头发："我带你去个好地方，最适合你静一静、想一想。"

不由分说，他连推带搡地催马卫东洗脸刷牙。然后把他弄出房间下了楼，胡乱地塞进了一部车里。

开车的是高翔，旁边坐着小梅。

车上，他们三个人一路说说笑笑。

马卫东不时附和着笑笑，打听了几次咱们去哪儿，没人搭理他。

马卫东干脆闭了嘴，舒展着身体，歪靠着座椅休息。

汽车飞驰，一路向北。

"到喽！"

"我们又见面啦！"

小梅欢快地喊着，车还没完全停稳，就推开门跑了出去。

清凉的风迅速吹进车里，包裹了马卫东，带着久违的清新与空旷的味道。

黄河，又见面了。

冰刚刚化开，早春的黄河岸边很安静。近处没有灯影人声。春寒料峭,冷风嗖嗖像利箭,吹到脸上生疼。

他们三个狂放地跟跄奔跑跳跃着。

黄河似乎永远有使不完的力量。每次见到,都是这样滚滚地流淌,曲折蜿蜒,向很远的远方,一直到天边。

马卫东一屁股坐在河滩上,咧嘴傻傻地看着伙伴们,跟着开心大笑。

"你晓得天下的路有多少条好走,你晓得天下的河流到底流了多久。你晓得天下的黄河,几十几道弯……"

奔跑着的高翔仰天嘶吼了起来,头发向后飘起,勾勒出风的方向。

"几十几道弯里有几十几条船,几十几条船上有几十几根杆,几十几个那艄公哟把船扳……"

几个人都跟着放声高唱,用尽全力、声嘶力竭。

眼前的情景非常熟悉,马卫东像是回到中学时光。

一样的欢笑,一样的奔跑,一样的浊浪滚滚,一样的斜阳昏黄。

像是被他们的喧哗吵醒了,远处慢慢浮现几艘轮船,汽笛声应该来自大的那艘。在它的周围有小一些的船影,横七竖八、深深浅浅,依稀晃动着白色的船帆。

隐约间,马卫东听到船工吹响了熟悉的号角,低沉悠长。

7

开花的树

1.

赋闲在家，马卫东过着猪一样的生活，吃饱了睡、睡醒了吃。有时，舒服得让他简直想哼哼，这时他就觉得，猪也挺幸福。

听到门铃响时，似乎已经响了很久。门铃快没电池了，声音有些荒腔走板。

马卫东蓬松着鸡窝头，从床上爬起来，迷迷糊糊光着脚就去开了门。

"哎呀，妈呀！"

惊叫声把他吓醒了。

林若杉双手捂眼。

马卫东这才猛然反应过来，自己赤条条只穿了件三角裤，赶紧把门咣当关上了。他在客厅团团乱转了两圈，从椅子和沙发上分别扯了条运动裤和T恤穿上，慌慌张张蹬上拖鞋，再次把门打开。

"是你，你怎么来了？"马卫东探头看了看她身后，没有别人。

"我怎么不能来，你还想谁来？"林若杉噘着嘴气鼓鼓，"我站在门口，一直按你这破门铃，快按了半小时了，手指头都酸了，腿都站麻了。"

她在门厅站着不动，说怎么不给我拿双拖鞋。

马卫东答应着，赶紧低头在鞋柜里翻找。

"哎呀，别找了、别找了，你家拖鞋也干净不到哪儿去，反正你这地板也不干净。"

林若杉抱怨着走进客厅。

"喂！"她手指沙发，皱起眉头，"这么大的沙发，这么多椅子，我居然就找不出个空，让我坐哪儿啊？"

马卫东赶忙关了鞋柜，回身冲到沙发前，把衬衫、夹克、裤子、T恤、方便面、袜子、杂志抱了满怀，堆到一边堆成一座小山。他拍了拍沙发，招呼林若杉快坐快坐。

"叫门叫这么大半天，我还以为你屋子里藏了人呢。"

林若杉四处打量了几眼，撇着嘴说："狗窝这样的，恐怕没谁愿意被你藏在这里。"

接着又说口渴了，林若杉站起来径自去了厨房，开关冰箱门后，两手空空地出来了，摇头叹气："你这怎么什么都没有，像被鬼子扫荡过的。"

马卫东挠头说，你坐你坐，我这就给你烧水去。

林若杉扯住他说，行了行了，还是我自己弄吧。你赶紧刷牙洗脸去吧。你像个要饭的，你眼睛上还有眼屎呢。

马卫东赶紧转身到浴室，照了照镜子。她说得一点也不夸张，眼睛上真有眼屎，难怪睁不开眼。

收拾停当后，马卫东出来看到林若杉在客厅扫地，忙劝你别忙活了，我自己来。"

"哼，你自己来，这地你扫过吗，自打住进来？"

"扫过。"

马卫东想了想，肯定地说："扫过的。"

"那谁，小葛，他没跟你一起来啊？"

"小葛？干吗要他跟我一起来啊？"

"你们俩，楼上楼下的，我以为会在一起……哦，是会一起来呢。"

"我是我，他是他。怎么，我自己来，不欢迎啊？"

"不会不会，哪能不欢迎呢。欢迎光临，有空常来。"

"呐！你说的啊，那我就常来！"

林若杉环视着周围："这房子装修，是我设计的。所以它也算我的作品。我有权经常来探视我的作品，对吧？"

"对对，当然当然，你的作品。"

马卫东应承着，觉得她这话逻辑有问题，又一时想不出问题在哪儿。

"小葛，他挺好吧？"

"他好不好，我哪儿知道。你自己去看，懒得去你就打电话。"

林若杉抢白一通，才开始正经回答："小葛挺好的，他怕打搅我，很少来设计室。其实，有好几次，我瞧见他在门外张头探脑，就是不好意思进来。"

"不过呢，只要叫，他是随叫随到。"林若杉笑着说。

除了不敢主动登门，葛俊峰还是非常照顾她。搬抬家具、更换灯泡、修理水龙头之类的杂活都被他包了，小林很省心。

马卫东听了高兴，说小葛人真挺好的。他对你这么好，你也对人家好一点。

还没说完，林若杉不乐意了。她用扫帚使劲儿戳戳地板："我对谁好，不用你操心，也不用你教！反正，小葛比你好，谁都比你好。就你对我不好！"

林若杉的无名火，来无影、去无踪。

马卫东有些莫名其妙，想不出说什么好，干脆闭嘴，找了块抹布，装样子搞卫生。

"马卫东！"没一会儿，林若杉又气冲冲地叫了起来。

他闻声赶忙凑过去，问什么事。

"我的设计！我的精华！就在这里！"

林若杉正气鼓鼓地指着阳台一侧。

"被你糟蹋成这样！限你两天之内，把这些脏兮兮的篮球、足球、山地车，还有球鞋、啤酒瓶、打气筒，把这些破烂统统扔掉！把我的茶具、我的吊床和我的摇椅复原，恢复我的田园茶室！"

马卫东望着眼前，挠头惭愧。

看他一头扎进破烂堆里，林若杉不知该如何指点，气鼓鼓地转身走了。

两天后，她果真又来了。

来检查她的田园茶室。

来者不善。马卫东吸取了教训，早有准备。他这两天可没闲着，认真把家里收拾了一遍，尤其是客厅和阳台茶室，被诟病的重点。

林若杉两手背在身后，大摇大摆地进来了，东瞅瞅西看看，明显有些满意。

马卫东烧了开水，她坚持要喝自己带来的绿茶，并且要亲自泡。

在阳台茶室的躺椅坐下后，林若杉惬意地微微闭上眼，舒展了一下柔软修长的身体。

"这样多好。"她指指水墨画的隔光布，"阳光正好。"

林若杉一边熟练地泡茶，一边讲着茶经。

"像你这种热底子的身体，要多喝绿茶。清肠胃还防癌，绿茶不能滚水冲，水烧开了要放置两分钟，也不能一直泡着，那样把茶叶都泡皮了。喝绿茶一定要用小茶盅，不能拿个大杯子牛饮。勤快点，冲了后，默数十秒就要及时倒出来……"

"像你以前那样喝茶，就是糟蹋。"

林若杉递给马卫东茶盅。她的手指白皙细长像小葱，指甲上涂了淡淡的粉色，似乎还有几颗浅蓝色的小星星。

马卫东谨记要领，接过来浅尝一口，让茶水在口腔稍作停留，才悠然咽下，由衷地夸道："果然不同，确实好！一阵清香先在嘴里，然后沁入肺腑，浑身舒坦。"

林若杉听了受用地微笑，夸他悟性还是蛮高。

调试了最舒服的姿势，林若杉把自己安置在躺椅里。她开始跟马卫东聊起大学，聊起那些才华横溢的老师和同学，聊起遇到过的千奇百怪的客户。她说做设计，就是不断跟自己的美好愿望做切割，去妥协迎合，生产出客户满意的垃圾。

"说到妥协，好像跟你的性格满拧的。你应该是那种，我行我素的。"

"什么，我行我素？嫌我混不吝吗？"

"我的性格怎么了？"她瞪眼质问，"难道，我还不够随和吗！"

"随和。当然、当然，非常随和。"马卫东赔着笑脸，斟酌用字，"我的意思是，你是那种，具备天然、专业创作气质的人。你关注的重点不在买卖，你关注的是，美。"

林若杉听了，没吭声。

马卫东一脸诚恳："人人爱美,我也向往美的事物。可惜,我很迟钝,对设计、对美学一窍不通。"

"倒也有自知之明。"她笑着问,"你刚才说,你不懂美学,那你觉得我美吗?"

"美啊。"马卫东愣了一下,"你长得那么漂亮,气质又好。不管我懂不懂美学,我都觉得很美。"

"真的?"

她眼睛闪亮地看着马卫东,得意地笑着。

"真的真的。"

马卫东小鸡啄米地点头。

"那,我和她。"她接着问,"你的小雨,谁更漂亮?"

"这,这个,你看过照片的,你们都很……"

要命的问题,正支吾着,客厅电话响了。

马卫东如遇解脱,赶紧抽身去接。

电话里,谢雨问马卫东在干吗。他说没啥事,上上网、玩玩游戏。谢雨说她又要出差去四川了,去看原料供应。马卫东说你这整天跑来跑去的,太辛苦了。她说没事的,搞企业就得跑市场,跑市场就这样。她说等这次四川考察有成果了,玩具厂就可以加大产量了,下一步发展会更有后劲。她还说接下来,会增加华北的供应商,尤其留意山东的。

"你有没有想我?"

"当然想。"

"真的?"

"千真万确!"

"有多想?"

"每时每刻,每分每秒。"

"你就会夸张。"谢雨说,"你打游戏时,眼睛直勾勾盯着屏幕,那嘴脸六亲不认呢。还能每分每秒都想我?"

"别忘了,下次我来。"谢雨又嘱咐,"带我去你说的那几个地方,曲水亭、百花洲……"

马卫东说保证保证。互相叭叭地亲了后,放下了电话。

阳台上,林若杉面色桃红,微闭着眼,在躺椅上悠悠地一晃一晃,沐浴着阳光。

"终于打完了?"

"嗯,谢雨的。"

"肯定是啦。这么磨叽,这么黏糊。"

"她是你的初恋吧?"

"是,就她一个。"

"够纯情啊马卫东,真看不出。"她侧着头调侃。

马卫东挠了一下头,不知道怎么接话。

"你呢?如果不介意的话。好像从来没听你说过?"

"你猜,猜猜看?"

"你这么漂亮、这么有气质、这么有才华,肯定好多人追求。"

"嗯,那是自然。"

林若杉思索着,伸出双手,一本正经地掰着指头数:"1、2……7、8……"停下来摇摇头:"哎呀,多得数不过来了。"

马卫东冲她竖起了大拇指。

"其实,我们都看得出来,小葛。"看她笑得开心,马卫东试探着说,"是吧?"

"什么是吧,说一半不说一半,鬼鬼祟祟的。"

林若杉白了他一眼。

"我们都看得出来,小葛喜欢你。说起来,他绝对是你的忠实拥趸。其实,葛俊峰这人,真的挺不错的。"

"挺不错的人多了去了,刚才我还没数完呢?数量重要吗?"

"不重要,不重要。我的意思是。"马卫东嘿嘿干笑,"葛俊峰,是真心喜欢你。"

"他喜欢我,是他的事情。我喜欢谁,是我的事情。"林若杉歪着脑袋,惬意地摇着摇椅。

"你听说过么,一棵开花的树?"

"没有。"

"那,本姑娘就给你讲讲这个故事。"

林若杉端详着茶盅上的图案,不紧不慢讲起来。

"从前,有个美丽的女子,爱慕一个赶考的书生。她求佛祖,让她每天看到书生,佛祖答应了。但要女子修行五百年。五百年后,女子变成了一棵树,在书生每天必经的路上,静静地看着他;女子又求佛祖,让书生来到身边,佛祖答应了。但要女子再修行五百年。又是五百年后,女子长成开了花、茂盛的大树,书生每天来到她面前欣赏,还能遮风避雨歇息;女子再求佛祖,让书生与她日夜相依永不分离。佛祖叹了口气说,这个书生每日这样奔波,只是为了见他心爱的人一眼。他这样的奔波修行,已经一千年了。"

林若杉悠然地讲着故事,在躺椅上轻轻地舒展了一下身体,侧了侧头,让和煦的阳光更好地洒在脸上。

她面向太阳,嘴角微微露出一丝笑意。

2.

接到张主席的电话，让马卫东多少有些意外。

这是位好领导，他尊敬的好领导。张主席热心肠，人缘好，笑容可掬。爱讲官话，喜欢别人称赞他"没有架子"。喜欢讲不怎么好笑的笑话，常常自己率先哈哈大笑，进而带动了大家尬笑。

在马卫东眼里，张主席是慈祥的长辈，像《我爱我家》里的傅明老人。跟傅明老人一样，张主席喜欢讲官话。一辈子在官场，官话已经结结实实地融为他的一部分，讲起来自然、坦然。

在不在中工，马卫东都得到了张主席的关怀与帮助，为此，他一直心怀感激。想当初，东雨开张时，找谁做主理嘉宾撑台面呢？马卫东犯寻思的时候，蔡大姐找了张主席。张主席很痛快，一口答应了。那天，张主席亲切地发表了即席讲话，站位高又接地气。马卫东全神贯注听着，如沐春风。感动之余，他暗自体会，官话好不好，得看场合。正式场合还就得规规矩矩，像人家张主席，有个官样才好。

按照张主席给的地址，马卫东来到了市政府。

确切地说，是原先的市政府所在地。按照总体规划，省城中心东移，包括市委市政府、人大政协以及大中院校、科研机构都跟随搬迁。原来的市政府大院现已交由社会运营。

六号楼，四层高，红砖绿瓦。周围是枝繁叶茂的梧桐树，与小楼相互掩映，显得厚重安详。这样的别墅小楼，散落在市府大院里。几经变迁，以前进出着国民党要员，后来是苏联专家顾问。楼梯宽敞，地面铺设绿色大理石，看上去很有些年岁，依旧光洁可鉴。

上到二楼，墙壁中央挂着醒目的牌匾："红日资产管理有限公司。"

探头之际，张主席热情地起身招呼："来来来，小马。呵呵呵，欢迎马总。"

屋里沙发上还坐了几个人，西装革履。

马卫东赶忙上前几步，握住了张主席的双手用力摇："好久不见，张主席您好！"

"小马你好啊。"张主席热情地拉他坐下，摆摆手说，"别那么客气，叫我老张就行。退休喽，张主席是老皇历了。"

马卫东环视了一眼办公室。超大的办公桌，台面摆放着小小的国旗，高背可转动皮座椅，对着门的整面墙都改成了落地玻璃窗，窗外的参天大树和绿油油的草坪一览无余，室内更显明亮通透。

"张主席。"马卫东稍微迟疑了一下，"您这……也下海了？"

"哈哈哈哈。"张主席爽朗的笑声，依旧那样熟悉。他亲切地拍了拍马卫东的肩膀："我老喽，哪有力气下海。老朋友看我这把老骨头，还有点剩余价值，非要榨取不可。这不，愣把我架到这里来了！"

"我呀，勉为其难、其力不逮啊。"张主席指了指其他人，"来来，我给你们介绍认识一下，这是浙江来的企业家朋友。"

对方纷纷站起来握手，掏名片。

为首的是金总。金总的名片上头衔一大堆：金灿投资有限公司、中小企业促进协会会长、某市政协常委、美中商界联谊会常务副主席、东南亚侨领商事会常务理事……

马卫东连说久仰久仰，失敬失敬。

金总四十出头，中等身材略微发福，头发乌黑向后梳理，戴着金丝边眼镜，举止从容、笑容可掬："听张董事长介绍，马总年轻有为。今日一见，果然气宇不凡，青年才俊呐。"

"咳，那是张主席，哦，不，是张董事长过奖了。"马卫东跟着对方改口，"我之前不知深浅，下海失败了。实在惭愧，不仅不是青年才俊，现在还在家啃老呢。"

"马总不仅年轻有为，而且还能这么谦虚坦然，收放自如。这气度见识，就非同一般。"

金总夸赞道，随行人员也都附和确实难得。

"小马啊。"张董事长示意大家坐下，"要我说啊，你这可不是失败。当初，你创办东雨超市，我是全力支持的。后来，你的东雨突然遭遇跨国公司，是时代发展的必然。敢于迎战，就是勇气，就是宝贵的经验，不以成败论英雄。况且，勇敢地撤退，可不是失败。"

众人听了纷纷相视点头，称赞董事长见解有高度、有深度。

一席话，让马卫东迅速被鼓舞，心头暖暖的。

张董事长关切他今后的打算："真的啃老，你父母恐怕受不了啊，哈哈哈。"

马卫东说一直在思考接下来的发展方向，但还没有理出头绪。金总说现在是年轻人的天下，前路任你闯啊。马卫东自谦还差得很远，您才是真正的企业家。

"也不早了。"张董事长轻轻拍了一下沙发扶手，"走，咱们边吃边聊，一起理理头绪。"

金色池塘酒家，金碧辉煌。

高挑的服务员穿着统一的旗袍，一字排开倾身鞠躬："张董好。"他笑容亲切说着好好，引领众人进了888的大包房。

席间，张董事长说，自己本已光荣退休，在家遛鸟、打太极、带孙子。架不住金总他们太热情，非要我出头帮忙张罗项目。正巧这个项目叫红日，我这也算夕阳红发挥余热吧。

金总恭恭敬敬举杯上前："董事长德高望重，在政商界都有威望，驾驭世界顶级龙头企业，游刃有余。能请到您出山，领航公司发展，是我们的荣幸和造化。"

山东酒桌上规矩多,主陪、副陪、三陪、四陪各自领酒三杯,领酒祝词恰到好处各有一套。半圈不到,已有人面露微醺。一桌子山珍海味,真正动筷子的时候不多,吃到嘴里的机会更少。

趁着间隙,马卫东匆匆扒了两口葱烧海参。

张董事长提议:"金总啊,你把红日项目给马总介绍介绍。请他帮着提点提点,开阔一下思路吧。"

一桌人听了,暂停了觥筹交错。

金总笑着说:"董事长说得对,机会难得,我给马总报告一下。"

马卫东诚惶诚恐地说洗耳恭听。

金总介绍,红日公司的成立,得到省市领导的高度重视和亲切关怀。从立项到注册,从选址到营业,都是一路绿灯各方支持。张董事长点头说,李主任、郝部长都特意跟相关部门打招呼。众人说仰仗董事长的威望,他摆摆手说哪有威望,更谈不上引领,无非几个老朋友卖我点老面子,而已呀。

金总递给马卫东一本装帧精美的画册:"红日公司宗旨明确,就是为老年人服务。让我们尊敬的老领导、长辈们能老有所医、老有所养、老有所依。通过这个项目,在省城,两年内建成二十所大型养老院。集中最优质的资源,以最安全的设施、最先进的运营,为老年人提供最周到、最完善的服务。五年内,力争在全省建成两百所五星级的养老院。"

"这个项目好啊,敬老爱老。"马卫东称赞。

"小马一语中的。"张董事长微笑着说,"中华民族绵延数千年,生生不息。对传统的坚守和继承贯穿其中,二十四孝感天动地,百行百善孝为先。"

他端起酒杯,提议为项目的立意干一杯。众人纷纷说好,一饮而尽。接着,金总从社会责任和社会价值分析了项目意义,又从近二十年来,计划生育政策的效果,两方面阐述经济增长和人口红利关系。

"我国正在快速进入老龄化社会。"张董事长专注听着,不时插话,"这是未富先老啊。"

"事实上,老龄化问题,也是世界上很多国家的共同难题。如何让养老事业造福老年人,免除年轻人后顾之忧,同时还能促进就业,拉动经济增长。全球企业家一直在不断地思考,做着不懈的探索……"

金总讲话,不紧不慢,有条有理。

"这一杯,我要专门敬年轻人。"张董事长语重心长,"小马,安顿好我们这些老家伙,利国利民。你们肩上责任重大啊!"

马卫东赶忙起身表示尽力,说罢一饮而尽。

"好好,我这个董事长啊,只是挂个虚名,既不懂事也做不了什么事。要把这个项目做起来,还要靠年轻人。""我看来看去。"张董事长手搭在马卫东肩上,"小马呀,作为我市的优秀青年企业家,这个总经理,你当最合适!"

几番谦虚推让,马卫东接受了聘任。

这时,手机响了。

马卫东一看是林若杉打来的,便压低声音接了。

"喂,在哪儿呢?"

大家自觉保持安静,林若杉的声音显得格外清楚。

"在外面吃饭呢。"

"我问的是在哪儿呢,还保密呀?"

听了地址,林若杉说:"嚯,金色池塘,这么高级的地方。独自去偷欢啊,也不带上我!"

四周的安静,让马卫东略显尴尬。他压低声音说跟领导。

"胡说！"林若杉声音还是很大，"我信你个鬼！你早就三无人员晃荡一年了，哪还有什么领导啊！"

旁边有人隐约听到了，忍着不笑，化作一声干咳。

马卫东有些局促，说咱们回头再聊哈，匆匆挂掉了电话。

金总亲切地问："女朋友查岗？"

马卫东支吾着说是。

大家笑说青年才俊，女朋友盯得紧很正常。

饭吃得很久，酒喝了很多。

金总随行中已经有一个埋头趴在桌子上，还有一个去了洗手间很久没出来。晕晕乎乎的马卫东强打精神，提醒自己不能还没上任，就倒下。

张董事长和金总酒量大，酒风浩荡。人人面红耳赤，他们依旧谈笑风生。

意犹未尽，金总提议去唱歌。

"早就听说了，小马是麦霸。走，让我们也欣赏欣赏。"张董事长拉起马卫东。

马卫东尽力走直线，努力保持平衡。

跟着来到了卡拉OK厅，就在金色池塘的楼上，名叫"本色"。

包房超豪华，大到轻松容纳马卫东大学的全班同学。

大家落座后，金总点了硕大的一瓶蓝带马爹利。

众人鼓掌邀请董事长先唱。他说好吧我就抛砖引玉了，随即唱了一首《北国之春》。个别音不算准，但是中气十足，引得大家猛烈喝彩。

唱完之后，不顾大家挽留，张董事长执意告辞先走，说得体谅我这老头子撑不住了，转头嘱咐金总照顾好小马，他可是K歌高手呢。

董事长执意不让大家送。金总陪着出了门，很快又被推了回来。

金总坐了下来，热络地搭着马卫东的肩膀，说领导走了，咱们放开唱。

一杯接一杯，洋酒混合着白酒开始在马卫东身体里发酵。他的脚步逐渐漂浮起来，眼睛开始发花，依稀眼前最后的景象，是金总在跟一个年轻女子合唱《在雨中》。女子性感妖艳，一身黑色的紧身裙，裙摆很短很短，领口很低很低，裸露的双腿在昏暗的包房里显得刺眼地白。马卫东想不起来她什么时候出现的。金总搂着那女子的细腰，是他在"本色"最后的印象。

马卫东断片了。

第二天醒来，左右看看，马卫东半晌才确定是在自己家里。即使有拉紧的窗帘和隔光布，缝隙间仍有耀眼的白光钻入，提示外面已是烈日当空、白花花的世界。

马卫东头痛欲裂，低头看看身上，还是昨晚的衬衣，已经皱巴巴像咸菜，看来根本没脱衣服就睡倒了。别说脱衣服，连自己怎么回的家，也丝毫想不起来。

他勉强撑着床沿起来。

打开卧室门的那一刻，似乎感觉到客厅有人，还闻到了一丝熬粥的香味。

奇怪！

"起来了？"

清亮的声音从沙发传来，林若杉跷着二郎腿坐着，手搭沙发背，扭头看看他，轻轻摇头叹息："浪人啊，马卫东，浪人。"

"你怎么，在这儿？"

马卫东一时摸不着头脑，感觉自己发出的声音，像癞蛤蟆肚皮的咕噜声，嘶哑难听。

"我怎么在这儿？四年前，咱俩头一回见面，你好像也是这么问的。"

林若杉站了起来，懒洋洋地踱到马卫东跟前。她把头发整齐地盘在脑后，显得格外清新，身上穿了一件雪白的T恤衫，下面是条牛仔短裤配了白球鞋，双腿笔直修长。更加吸引马卫东眼球的是，她居然套上了他的围裙。

"哎哎，盯着看什么呢，没见过美女啊！"

她伸手在他眼前晃了晃。

"这围裙？"

看着自己的围裙套在她身上，马卫东有点异样的感觉。

"这围裙怎么了，不给用啊？"

林若杉双手在围裙上擦了擦："哎哟，你这浑身酒味烟味，还有劣质化妆品的味道，快把我熏死了。我昨天是怎么忍受你来着。"

"啊？昨天？昨天我怎么回来的，你送我回来的？"

"哎呀，你快别说话了，臭死了。"

她不由分说把他推进浴室："你赶紧把自己捯饬干净吧，我快要吐了。"

在浴室里，马卫东迷迷糊糊，打着摇晃终于把自己收拾干净了。出来后，坐到林若杉的对面，看着她继续发蒙。

"看什么看！"

林若杉放下书，冲他瞪眼。

"小林，你今天，真好看。"

"哼，本姑娘哪天都这么好看！你终于醒过来了，嘴变甜了。"

林若杉噘着嘴开始数落。

"马卫东啊马卫东，让我说你什么好！昨晚真是不堪入目。你们那一群乌七八糟什么人啊,个个口眼歪斜不像好东西!还有那两个女的,穿得那么暴露那么妖冶。你们倒是互不嫌弃,她俩一左一右夹着你,你就打横躺沙发上,头就顶着那女的大腿。哎哟我说不下去了,恶不恶心啊你!瞅瞅你这品位,早就知道你们都不是什么好东西!"

"女的?一左一右?"

经她这么一说,马卫东似乎想起来一点,却模模糊糊不完整。他使劲搓了搓太阳穴,脑袋还是像敲鼓一样生疼,不禁咧了咧嘴。

见他这样,林若杉站了起来。

"饿了没,我煮了点粥。"

他跟着去了厨房,看她盛粥。

"我究竟,是怎么回来的?是你,你送我回来的?"

她笑了笑,没搭理。

"你昨晚,一直,一直在我这儿?"

她还是抿嘴微笑不说话,端了粥出来。马卫东又跟到餐桌坐下来。

"不烫了吧?好喝不?"

林若杉看着他喝粥,语气变得温柔。

马卫东点点头,满脸的迷惑。

"你的那帮,乌七八糟的酒肉朋友,打了我的电话。说你记不得自己住哪,就问我喽。"她笑嘻嘻地看着他,"你的女朋友。"

"他们怎么知道,你是我的女朋友?哦,不是、不是,我的意思是,他们怎么知道联系你?"

"昨晚我给你打过电话,还记得不?你醉得不省人事,他们不知道联系谁,就拨你昨晚吃饭时接的电话,找到了我。"

"哦,是这样……打电话这一段,我还记得。然后呢?"

"然后啊,然后我就到了本色。再然后,就见识了你的英雄本色!"

"啊,我什么本色?"

马卫东心虚又紧张。

"哼!我一进门,就看见你躺在两个不三不四的女人中间,够销魂的啊你。"

"什么女人……你别乱讲。"

"哎呀,马卫东啊马卫东,你可真行啊你,许你乱搞还不许我说了。"林若杉略微提高了音量。

"那你继续说。"

"后来,其中两个男的,帮忙把你架回来了。我可没那么大力气。你像死猪一样沉,我拉都拉不动你。"

"哦,那再后来呢?"

"再后来,他们就走了。我就看着你,到现在。"

马卫东东拼西凑着情节,画面始终支离破碎。

"我没有,我……没有,对你……不礼貌吧?"

他越发心虚。

"你说呢!"

她杏眼一瞪,轻轻一拍茶几。

马卫东心头一紧。

"看你那尿样!"

林若杉憋不住欢快地笑了起来:"像死猪一样,倒头就打呼噜,哼哼都没有一声。"

马卫东如释重负,尴尬地笑了一下:"谢谢啊,小林。"

"好啊,你说说看,怎么谢我?"

"改天请我吃饭吧。"看马卫东神智还没完全清醒,反应迟缓,她自问自答了,"行啦,你终于活过来了,我也该走喽。"收拾了东西，起身向门口走。

马卫东跟在后面反复说："谢谢你啊，若杉。"

林若杉手搭门把手，回身怜惜地望着他。

"卫东，以后别再这样喝酒了，伤身体。另外，你也不能一直这样，颓废混下去了。"

马卫东连连点头："不混了，不混了。"

送走小林，马卫东开始研究红日投资项目说明书。

说明书印刷精美、装帧豪华，设计和制作方是国内赫赫有名的国家某传媒公司。开篇导语大开大合，气势磅礴。前面十几页，都是国家若干部委领导亲临视察、省市领导与金总握手合影，附了些中央和地方媒体的聚焦报道、各种层级的荣誉证书。

总之，政府部门的支持力度很大。

他关注的核心是项目运作。

说明书内容翔实，论证缜密。从资金筹集到经营管理，从成本核算到定价利润，从组织架构到人才引进，从市场预期到客户分析，从阶段推进到长远规划，林林总总环环相扣。说明书几乎解答了他所有预想的问题。

马卫东一边阅读一边感慨，成熟的企业和规范的项目，起点就不一样。

他庆幸自己运气好，能得到老领导的赏识委任。同时，回想起自己栽培的东雨，确实在经营理念各方面存在不小的差距，难怪经受不住大的风浪。

不知不觉间，天色已经暗了下来。马卫东揉了揉酸胀的眼睛，逐渐聚焦到资金募集上。

马卫东认为，消费优惠卡是红日整个项目的核心。持卡人将享有所有签约商旅机构的打折优惠和积分换购。优惠卡计划与全国一百多个大中型城市的数十万家商家建立合作,包括大型商场、连锁餐饮、公共交通、电影院、美术馆和博物馆等等。

他快速浏览着长长的合作机构名单。这样宽领域、多角度、深层次的商业合作,恰恰是他曾经设想过、憧憬过的。

可惜,还没等到付诸实施,东雨就败下阵来。

接下来,连续几天,马卫东与金总团队加紧讨论项目方案。张董事长偶尔出现一下。

"你们脑子活、点子多,我这老头子就不掺和喽。"

说着,他惬意悠闲地背着手,下楼遛弯。

"那好,我就班门弄斧了。"

马卫东开始表达意见。针对消费卡一万元的定价,他展示了近三年各大城市的人均可支配收入统计表,提出定价需要精准定位目标客户。消费卡的客户主体是老年人,就老年人的消费心理和习惯看,一万元的定价过高。

"不成熟的想法,让金总见笑了。"

金总谦逊和气,他带领的团队也都彬彬有礼。一旦进入业务讨论,他们立刻严谨起来,显示出职业素养。说到金融问题,更是专业。财务经理打开专门制作的电子表格,多角度推演指标构成。对马卫东提到的人均收入等指标,运用数学模型,进行动态分析。

"老年人爱节俭。消费卡的优惠举措迎合了省钱喜好。但我还是担心,花一万元购买一张优惠卡,这么大的投资,老年人未必情愿。"

既然对方这么专业认真,马卫东也就坦陈自己的顾虑。

"小马说得好!"

张董事长笑呵呵地散步回来:"换我我也不乐意,花一万元买优惠，不划算啊。多少次的优惠、多长时间，才能把我这一万元兑回来啊？我人老，可不傻呀。"

众人被张董事长的幽默逗笑了。

"马总，直指项目关键所在。"金总竖起大拇指，"项目的资金从哪里来、到哪里去的问题。"

马卫东逐渐发现，自己开始的判断并不准确。

消费优惠卡并非红日项目的核心，这张卡片只是重要载体。

"红日资产是通过发行消费卡，先期筹集资金，用于修建五星级养老院。随着养老院逐步落成运营，又返还部分盈利到资金池中。形成边募资、边建设、边建设、边运营、边运营、边募资，无缝链接的良性循环，进而推动养老事业的发展。"金总把复杂的事情阐述得很简单。

马卫东提出疑惑，具体到老年人个体，并非直接受益的情况下，他为什么乐意花一万元，去推动整个产业的发展？

"马总的问题一针见血。"金总拿起了茶几上的红日卡，"市场规律面前，不能幻想消费者个体做奉献，即使企业的愿景具有公益性。"

"这张小小的卡片，每年将给予购买者15%的投资回报。这个15%的回报，不是凭空想出来的，而是经过了缜密的财务核算。作为重大民生工程和社会公益项目，各级政府……这些，都确保了项目资金链持续稳健……"

金总团队细致耐心地做着金融分析。

"小马，这个项目既有商业价值，更有社会效益。它在咱们省一落地，我就想到了你，推荐你来做这个总经理。"张董事长慢慢走到马卫东的身边，把手搭在他的肩上，"我看中的，一是你有服务社会的责任心，二是勇于创新的事业心！红日这个项目，通过模式创新，造福老年人，就是造福千家万户！"

……

马卫东走马上任。

知道儿子重新工作了，王药师很高兴。得知办公地点在原市府大院，她更高兴，以为儿子"重新回到吃官饷的队伍了"。马卫东解释那完全是两码事。

老两口特意来院里参观，看得美滋滋。王药师说卫东工作环境多好啊像公园，老马说公园哪有这么安静舒适啊。

作为子公司，红日的初始筹建得到了金总浙江公司的全力支持。各项事宜安排妥当，物资人员、软件硬件悉数就位，完全不需要马卫东操心。他上任后，张董事长更少出现了，即使偶尔来一次，也就是打个招呼、喝杯茶，说说小孙女有多可爱。

马卫东带领团队，专心致志开拓市场。

3.

不久，马卫东要去广东。

为了红日业务见客户。

当然，更是为了见谢雨。

"毕业十年，你终于来了。"

抱怨不到两秒钟，谢雨紧接着就开心起来。她欢喜地追问："究竟哪个目的更重要，见我还是见客户？"

"是你是你，当然是你！我要看看你发芽生长的土地。"

这是马卫东第一次到广东。

在他的心里，广东一直是个很新奇的地方。跟国内其他地方都不太一样,从气候到饮食,从建筑到打扮,从语言到长相。中学时代,广东是时髦的代名词,蛤蟆镜、大背头、喇叭裤、雅马哈摩托车、走私手表,万里长城永不倒、万水千山总是情。

马卫东向往广东,开放的前沿阵地。

他听说香港回归之前,深圳有条中英街,从中间劈开,人民警察和皇家警察代表两国,各管一边,多么神奇。现在,作为前沿阵地的桥头堡,深圳有三天起一层的"中华第一高楼"国贸大厦。那里有马卫东羡慕的特区速度,口号是"时间就是生命,效率就是金钱"。总之,在商海闯荡的年轻人眼中,在马卫东看来,广东是图腾一般的存在。

他听说,广东人一天到晚泡在饭店里,喝早茶、午茶、下午茶、夜茶;听说广东人爱把肥肉夹在面包里,松花蛋从不凉拌,管猪蹄叫猪手,加个"咸"字就是色狼;听说广东人一年四季穿拖鞋,尤其喜欢穿人字拖,想起来都觉得硌脚。

他还听说,广东到处是高高低低的椰子林、棕榈树,抬头就能见到椰子、荔枝和芒果。他觉得如果济南能有这好事,一晚上都给它摘光喽。他还听说,广东的女人们,会头戴宽大的草帽,穿着花花绿绿的睡衣逛街。

他缠着谢雨求证:"是不是啊,究竟是不是啊,你们戴着那种尖顶大草帽?"马卫东边说边比画:"穿着花花绿绿的睡衣逛街。"

谢雨每次听了都会笑,笑得花枝乱颤。

"四啊四啊,当然四啦,汪明荃啊、王祖贤啊、周慧敏啊、张曼玉啊,你心目中的那些女神,她们都是那副打扮,戴着大草帽、穿着睡衣满街乱跑……哈哈哈。"

马卫东觉得,广东人长得就很广东。

尽管有些山东人也颧骨突出,有些四川人也眼窝凹陷,有些浙江人也皮肤棕黑，有些湖北人也嘴唇宽厚，有些甘肃人也身形瘦小……

但是，在全国，只有广东人，集这些特点于一身。

只有广东人长成了广东人的样子。

不过，他的小雨是例外，皮肤白皙，五官精致。

飞机还在滑行。原本安静的舱内，隐藏的广东人从四处冒出来，呜里哇啦讲起了广东话。马卫东一个字也听不懂。他饶有兴致地看着他们的嘴，奇怪怎么会拖出那么长的尾音。想到谢雨跟他们来自一个族群，他莫名其妙地暗自开心。

人群里，隔着老远，马卫东就看见了他的小雨。

谢雨一头乌黑的秀发，柔顺闪亮披落在雪白的衬衣上。她早早地就站在接机的人群里，甜甜地笑。马卫东还没来得及松开行李箱，谢雨已经奔到身前，飞扑环绕上来。

俩人紧紧地拥抱，深深地吻着，全然忘记周围接机的人群。马卫东刚想赞一句"你好美"。又被她温热的嘴唇用力地堵上了。几乎直到上车，两人才停止了亲吻。

谢雨给他介绍了司机师傅，师傅长得也很广东、很广东。

马卫东把观感说给谢雨听，她嘻嘻笑着说广东人五官长这样，是听从了大自然的召唤。比如眉骨高眼睛凹陷，就像手搭凉棚，可以起到遮阳避暑的功效。

马卫东恍然大悟："那讲话拖长长的尾音呢？"

"有尾音多好听啊，显得从容。"

谢雨忽闪着眼睛说："其实，关于方言啊，粤语代表着璀璨的文化。上大学读书那会儿，在你们北方的地盘上，我势单力薄不敢讲……"

"现在四周都是你的人，安全得很，赶紧告诉我吧。"

"粤语博大精深，代表了中华五千年文化的高峰，曾经是唐朝、宋朝很多朝代的官方语言。粤语是广府文化的重要载体,拥有完善的文字系列,包含九声六调,是唯一除普通话外在外国大学独立研究的汉语。粤语很好地保留了古汉语特征。"

介绍起家乡,谢雨很是自豪,结合提问进行教学。

"比如过年,你应该给我什么?"

"给你,祝福。"

"具体点。"

"红包、压岁钱。"

"嗯,粤语叫作利是,又称'利事'或'励事',取其大吉大利、好运连连之意。"谢雨笑着看他,"是不是听上去很有文化的样子?"

"是哦,确实雅一些,我姥姥不喜欢我们谈'钱',她应该更喜欢叫'利是'。"

"跟着我发音。"谢雨笑了,"LaiSee。"

"勒……死。"

马卫东学着发音,很用力很吃力。

"你注意看我口型,跟着我发音。放轻松,不要皱眉头,不要咬牙切齿……"

谢雨觉得这场景很熟悉。

她想起自己大学报到第一天。

自己拖着行李箱,在教学楼的楼梯上,初次遇见马卫东。

"会不会,山东人和广东人口腔构造不一样。"马卫东羡慕地看着谢雨,红润的嘴唇轻巧地吐出"利是",悦耳动听。看似简单的两个字,让马卫东费尽九牛二虎之力,险些咬到自己舌头。

"粤语保留了古汉语的语音和声调,尤其是入声。在普通话是没有的,所谓'入派三声'。入声都派到平、上、去三声里去了。由于没有入声,所以你讲粤语就不利索。而且呀,由于有入声,用粤语读中国古诗词特别有韵味。"

谢雨耐心地举例说明:"像李后主李煜的词啊,一定要用粤语,一定要拖着长腔,读出来才更有韵味。帘外雨潺潺,春意阑珊,罗衾不耐五更寒,梦里不知身是客,一晌贪欢……"

谢雨读得字正腔圆、抑扬顿挫,马卫东觉得确实动听,再看着她的嘴唇娇艳欲滴,就情不自禁又亲了上去。

"不像你们山东话。"

谢雨笑着扭头要推开他。

"山东话怎么啦?"

"山东话呀,像你们山东人,傻、大、笨、粗。"

话音未落,谢雨已经轻巧地跳开,躲过了他的飞禽大咬。

"南北差异真大。"马卫东感慨,"粤语好听,但是比外语还难学。"

"对了。"谢雨点着头,突然想起什么。

"同样是'口齿'这个词,你用它组词造句。"

"这个简单。"马卫东不假思索,"这家伙口齿伶俐。"

谢雨微笑着点头。

"就是喽,对于'口齿',北方人的关注点是伶俐还是含混。我们广东人嘛……"

"广东人的'口齿'不一样?"

"嘻嘻。"谢雨双手背在身后,开心地教导马卫东。

"'口齿'在粤语里是信用的意思。能说会道不重要,重要的是说话要算数。"

"呐!马卫东,你做人,要有'口齿'!"

"呐！马卫东，你对我，要有'口齿'！"

晚上，谢雨依偎在马卫东的怀里，乌黑柔滑的长发软软地滑下来。耸立的双峰，又软又弹紧贴在他的腹部。马卫东轻轻抚摸着她的后背，用手指缓缓地画着圈。

谢雨扭动着说好痒，她的皮肤凉凉的，丝绸一样的光滑。

两人紧紧相拥，陶醉在爱河里，浓情最激烈的时候，谢雨也逐渐有些意乱情迷。她下意识地想抵挡最后的侵入，却无法抗拒马卫东的爱抚和亲吻。

好几次，谢雨的手颤抖着想阻止，却又在无比紧张地等待，她的喘息也在颤抖。当她欢愉得几乎不能控制自己，无力地松开手时，猛烈拥吻的马卫东却又绷紧嘴唇，始终没有掀开那薄薄的一角。像是疾驰到悬崖边，笔直腾空的野马，他紧紧地、牢牢地刹住了自己。

"我爱你。"

马卫东两眼通红，低声嘶吼着。

"我也爱你。"

身下的谢雨幸福地承受着他的重压。

"我要你！等我，等到。"马卫东无比坚硬，又有些轻微的颤抖，"等到我娶你的，那一天。"

"我等你。我是你的，永远都是。"

谢雨胸脯起伏着，用力点点头，含情脉脉地望着他，温柔地用广东话讲："卫东，我中意你。"

"我，中，意，你。"

马卫东一字一顿。

"你说的，那一天。"眼里闪动着幸福的晶莹，谢雨充满柔情地望着已是微微鼻鼾的马卫东，"还要等多久？"

"呐，马卫东，做人，要有口齿。"

谢雨声音很轻，怕吵醒他。

……

醒来时，谢雨还依偎在马卫东的怀里。揉揉眼，天已大亮。

"睡得好吗？"

马卫东抚弄着她的秀发，眼里充满爱意地望着她。

谢雨撒娇地把嘴贴在他的脸上，伸了伸懒腰："如此良夜，自然美妙。"

"还良夜呢，我又虚度一个春宵。"

马卫东悻悻地嘟囔。

看着她薄薄的睡衣下，若隐若现曼妙的身姿，马卫东不禁心旌荡漾，又缠上去爱抚亲吻。谢雨轻轻抵挡着，提醒他："好了，好了，今天还有好多事情要做呢。"

白天要各忙各的。

马卫东要拜会几位金融分析师。

近年来，广东在这个领域走在了前面。马卫东要结合红日消费卡的发行，请教融资方面的专业问题。

谢雨要去商务局递交材料。

马卫东瞅了一眼是《企业创新扶持补贴申请表》。他惊讶地说能给补贴那么多钱啊，几乎赶上东雨超市半年的流水了，难怪你们发展得快。

"看到南北方的差别了吧。"谢雨有些得意，"我们这里的政商关系啊，是想着法子帮企业挣钱节省开支。不像你们北方有些人，整天摆个架子，颐指气使、吃拿卡要的。"

马卫东说是的，想想又说也不完全是。

"就拿我们家这玩具厂来说吧。多亏了市里国土规划局的帮助,尤其人家黄局长,主动打电话提醒我,有这么一笔补贴,还亲自一条一条地指导怎么填写。"

"企业补贴怎么归国土规划管了?又是主动提醒,又是亲自指导。这么主动,会不会太殷勤了?这无事献殷勤,要提防有诈,不安好心。"

马卫东一脸狐疑:"叫啥局长?"

"人家主动热心帮扶企业,被你瞎猜忌。"谢雨冲他做个鬼脸说,"你以为个个都像你呀,就你对我不安好心。"

谢雨拿起她办公桌上的照片,指着与当地几位领导的合影说,这就是黄局长。他叫黄思凡,是我正宗的师兄,一中的大师兄。

马卫东说:"你一说什么师兄,我就有点兴奋。我就想起,当初你是怎么诱惑我的。"

"我?我诱惑你?"

谢雨不解地问。

"就是你报到那天,我正在上楼。你在我屁股后面不停地叫,司兄司兄,叫得我心慌意乱,叫得我春情萌发,后来坠入情网。"

谢雨开心大笑。

"那是你心邪,听到什么都慌乱萌发。我可告诉你啊,马卫东,只此一回。今后可不准再听到哪个声音,就胡思乱想。"

马卫东答应着:"不过你也要当心。以后别总是司兄司兄地叫,太销魂,谁能受得了。"

他认真多看了两眼照片。

C位的那个叫黄思凡的司兄。衣着朴素干净,中等个头,浓眉大眼嘴唇宽厚,典型广东帅哥模样,看上去很年轻,像是同龄人。

马卫东说在地方上,这种职位就能呼风唤雨了,况且还是这个年龄，简直算是年轻高干了。

谢雨说，实际上黄师兄比我大三届，也就是大三岁。

马卫东说这家伙保养得真不错，显年轻。

谢雨说那是啊，人家当领导工作那么忙，还每天坚持运动健身，所以体形能保持。

马卫东眼珠一转，说你一口一个人家，叫那么亲切。你怎么知道得那么细致啊，人家每天健身你也知道，人家的体形你也知道。

谢雨轻捶他一拳，嗔怪道："你看你，这小心眼啊！人家体形好不是明摆着吗。我们这里很多局级领导爱打网球，就数师兄局长打得最好，有些专业水准呢。以后有机会，你可以跟他学一学。"

马卫东连连摇头。

"我不学，我不玩儿这些西洋项目。我玩儿的都是传统球类。玩西洋项目的都是体育差、又想显摆的人。"

谢雨笑着推他说："怎么闻着有股酸味呢。走吧走吧，你呀，真的好小心眼呢。"

下午俩人见面时，都有收获。

谢氏玩具厂不但获得了专项资金补贴，而且黄思凡局长许诺："接下来，此类资金扶持会常态化。尤其对谢雨，你这样的年轻企业家，市里就是要鼓励，就是要扶持！"

马卫东的收获是精神层面的。他说开拓了思路，学到了很多。感觉广东特别是潮汕地区，在金融创新方面，招数很多，都是以前没见过，甚至没听说过的。

"真正实现了钱生钱啊。"他不无感慨。

谢雨提醒马卫东，金融最暴利，风险也最大。潮汕地区此类诈骗案不少，你可瞪大眼睛，别什么都学。

马卫东点头称是："你那个司兄叫黄什么凡，我听着就烦。他对你那么殷勤，你也得瞪大了眼睛，防司兄防诈骗。"

"狗咬吕洞宾不识好人心。人家黄局长听说你来了，还特意关心你，过问了你的金融项目呢。"

"嗯？"马卫东听闻眼珠一转，马上蹙起眉头，"哼，谁要他关心！你的这个司兄、黄局长，好可怕，不仅关心你，还要关心你的男人！"

谢雨听了扑上去掐他，马卫东闪躲着，顺手占了一把便宜。

晚上的事情，对俩人更重要。

马卫东要拜见未来的岳父大人，这当然最要紧。

临出门了，马卫东还是有些紧张，反反复复核实一些细节。见到你爸该叫伯伯还是叔叔，妹妹不愿意被问学习成绩，弟弟近来喜欢的是变形金刚，叔叔婶婶的厂是生产包装盒的，海参是给你爸的，中华烟给你叔，婶婶的面膜是保鲜七天的……

"还有呢？"

谢雨站住了。

"还有？就是……大学，就算我追的你。"

"什么叫就算，明明就是！还有呢？"

"还有……"

马卫东紧张地思索着。

"哼！"

没听到答案，谢雨气得一屁股坐回床沿。

"我不去了，你自己去吧。"

"你不去了？"马卫东故作吃惊，"我这大老远来了，自己跑你家去，算怎么回事？"

"你去送海参、送烟、送面膜、送变形金刚啊!"

谢雨噘着小嘴,气鼓鼓地说:"谁知道你算怎么回事!"

马卫东嬉皮笑脸地上前,双臂搂结实了。

"逗你呢,那么重要的事,我怎么会不记得!不然,我拜见岳父干吗!"

"谁知道你要干吗!跟我爸谈业务,谈你的金融创新呀。"谢雨揶揄他,转怒为喜。

还有几十米远,妹妹就牵着弟弟站在院门口,兴高采烈地列队迎接。妹妹的眼睛比谢雨的更圆一些,笑起来同样灿烂。叫了一声东哥哥,有些怯生生。

弟弟上小学三年级,浑身上下肉乎乎,跑起来地面梆梆震响。他一点也不怕生,抓着马卫东的裤腿:"听说,你给我带了礼物。"

谢雨家在城市近郊,住宅和工厂挨在一起,都有些老旧。谢雨说,只有城乡接合部,还能有空地建厂,租金也便宜。院子不小,有篮球架有秋千,空地停了一辆挂斗车和一辆面包车,旁边有三四堆玩具原材料。沿着墙根围了大半圈菜园。院子收拾得整洁,显得有些空荡。

家里也宽敞,顶梁很高大,看得出是老宅翻新,深棕色的家具都比较扎实老旧。马卫东给谢雨妈妈的遗像鞠躬上香,谢雨长得像妈妈一样美。客厅靠墙中央摆放着黑色的长条茶几,镂空雕花看上去很有些年头了。几案上供奉着关二爷,威风凛凛、香烟缭绕。

马卫东注意到客厅的八仙桌,居然跟自己儿时记忆里,姥姥家的那张一模一样,甚至残旧的位置都差不多。

谢雨的父亲谢炳康,真人比照片上更瘦,口音很重。马卫东听起来吃力,上来第一句问候:"森辅啦森辅啦。"他就差点没反应过来。

谢炳康年轻时据说酒量了得,近些年听医生的克制了。二两是上限，全家人包括小弟弟都严格监督。婶婶在厨房帮忙，叔叔主要负责陪马卫东喝酒。

家宴非常丰盛，潮汕美食名不虚传。一顿饭吃下来，绝大多数菜肴，马卫东头一回吃。一家人轮番给马卫东夹菜，甚至小弟弟也抓了一块卤猪手，晃晃悠悠地往他碗里放。

饭桌上其乐融融，马卫东被众星捧月，有了些底气。饭后，谢雨手脚麻利地在茶台上摆弄开来，马卫东注视着她一双白嫩的小手，灵巧地钳盏洗杯。

潮汕茶杯很小，马卫东爸妈喝茶的杯子可以装下半打。

马卫东想打下手帮忙，谢炳康热情地招呼来来喝茶。

谢雨笑着推开马卫东，说你哪会这个，快去吧。

谢雨的眼神鼓舞了马卫东。

坐下不久，他挺了挺身子，开口说："谢叔叔，我和小雨在一起，挺长时间了，我们俩感情很好……"

谢雨这时轻轻走过来，挨着马卫东身边坐下，静静听着斟茶。

马卫东温柔地看了她一眼，继续说："这次来，主要是想征得您的准许，我想和小雨结婚。"

听了这话，正襟端坐的谢炳康，脸上迅速绽放出笑容，旋即又想收一收，就轻轻咳了一声。端杯子的手，先是食指轻微抖动一下，然后拇指也开始轻颤。他抬起另一只手想稳住杯子，发现没什么用，就势把杯子放下了。

谢炳康字斟句酌，用蹩脚的普通话努力地表达。

"谢雨是长女，也是家里的掌上明珠。别看她长得小巧，像个小女孩，可这家里里外外都靠她。妹妹就是她从小带大的。谢雨懂事持家，亲戚朋友、左邻右舍人见人夸。她离开家去北方读书，刚入学就遇到了你。有你照顾,我们家里人都放心。谢雨的妈妈也一早就听说了你,一直还盼着能见到你,见到你们俩在一起。只可惜,走得早,没见到……"

听到这里,谢雨眼圈红了。

谢炳康停顿了一下。

"原本呀。"他叹了口气,"不瞒你说,我和她叔叔婶婶,都指望着她毕业回来,撑起玩具厂,撑起这个家。这两年,谢雨回来,也确实做到了。甚至,比我们预想的,做得还要好。她现在是这个家,也是整个家族,当之无愧的掌上明珠。"

谢雨羞红了脸,小声用家乡话让父亲别吹嘘了。

叔叔婶婶在一旁对马卫东说:"你谢叔叔讲的可都是大实话,没有半点夸大。"

"说实在的,谢雨这年龄啊,确实早该成家了。女孩子家哪能过了三十,还待字闺中啊。长辈们这么多年看在眼里,心里也着急。我这当婶婶的也常说她,可是不顶用。这孩子一点也不急。她呀,从小听话的性格,一门心思、一心一意等着你,和你在一起。"

婶婶找到说话机会,脸上笑成一朵花。

"我急什么呀。"谢雨羞红了脸,小声说道,"我就愿意在家陪着爸爸。"

谢炳康手扶着茶盏,指尖还在微微颤抖。

"现在啊,我想通了,我和小雨的妈妈共同的心愿就是女儿幸福。所以,无论在哪里,只要小雨跟你在一起,她觉得幸福就行。"

谢雨默默听着,走过去搂住父亲的脖子,两行泪水顺着脸颊流下。

离开家,谢雨一直眼圈红红。

马卫东轻轻拍着她肩膀安慰:"好在咱们都是自由职业。结婚以后,看情况,南北两边住,半年山东、半年广东。"

谢雨听了觉得也挺好,又开心了起来。

"再有一年,这个红日公司就可以完全走上正轨。到那时,阳春三月,咱们领证。"

马卫东无限温柔地望着谢雨。

"我听你的。"

谢雨微闭着眼睛,幸福地偎依着他:"都听你的。"

4.

马卫东回到济南。

得知两人订婚的好消息,父母自然格外高兴。

王药师精气神焕然一新,走路都带风。

"这熊孩子!一寸光阴一寸金,寸金难买寸光阴。登记就麻利儿的,还等什么一年后!你这不脱裤子放屁?"

高兴归高兴,王药师仍旧嫌拖沓。

"哎,老王,你这前面说得挺有水平,后面……这比喻不太合适哈。"马尚安乐呵呵地先夸后劝,"这定下来了,终归是好事嘛!"

"这定心丸,只吃了半颗。"王药师嘟囔着。

"哎哟,俺地娘哎。"马卫东搂着妈妈的肩膀使劲儿摇晃,"我这新公司虽说开张了,还没收到一分钱。一年后啊,我让你和爸爸坐着玛莎拉蒂出席婚礼。"

"马拉了……一地?"王药师听着费劲,"我们才不稀罕谁拉一地,你好生安稳地娶媳妇过日子就行!"

每天只要逮着点空,王药师就不停地让马卫东讲讲广东行,讲所有的细节。谢雨家里人都长什么样，谢雨的弟弟妹妹喜不喜欢你，谢雨家关帝爷供奉在什么位置，沙发是什么颜色的，院子里那个秋千牢靠么，谢雨父亲对你热情么，他还说什么了，谢雨的婶婶显年轻么，直至早餐晚餐吃什么喝什么……

马卫东不忍拂了妈妈兴致，句句字字如实禀报。

老马嘴上劝她别打听太琐碎了，自己也竖起耳朵听。

乘着改革开放的东风，马卫东也南巡了一把。最大的收获是提亲成功，另外的收获是对金融衍生产品有了更多了解。广东的客户对红日投资项目，很感兴趣，不停追问细节，索要资料，表现出浓厚合作意向。

谢雨心里美，开始悄悄筹划登记时的衣着打扮。

对于马卫东的投资项目，她觉得15%的回报率太高，提醒他别出问题。马卫东就从政府支持、立项设计到项目运维，详细阐述。他强调，这个项目之所以厉害，就在于后续资金来自养老院的运营，而养老产业背后有国家强大的政策扶持。谢雨听着似懂非懂，说钱生钱虽然好，但也要谨慎。

葛俊峰更是听不懂。

"东哥，你昨天说的那些，我回去仔细想了下，我又记不到喽、又糊涂喽。"

马卫东长舒一口气，耐住性子，再讲解一次。

先是讲资本扩张、金融衍生产品，见他实在不得要领，只好从浅处讲起，讲养老事业的发展。

"比如你爸妈，将来如果想去养老院……你说，这养老院谁来建？"

"我爸我妈？我们村就是养老院撒。"

口干舌燥说了大半天,葛俊峰又问回了开头。

"东哥,你这次……到底是卖啥子?"

"你能不能不要总把'卖'字挂在嘴边,这是事业!是'从事'……"

马卫东忙得很,实在没那么多空闲做扫盲培训。

"辣,东哥。"葛俊峰愧疚自己不开窍,"我……还是,从事……我的八大金刚吧。"

储琴在攻读函授本科。

跟她沟通简单,回答干脆。

"储琴,你来红日吧?"

"要是东雨,我就回来。"

……

从广东回来以后,红日投资迅速走上了快车道。业务进展之快,令人瞠目结舌,甚至连马卫东本人都有些不敢相信。

刚开始时,王药师只是觉得办公地点好,在原来的市府大院上班,说起来有面子。至于什么金融什么资产,她听不懂也没兴趣。有一次,马卫东给爸妈说起养老项目,介绍市郊规划中的两处养老院。还没说几句,王药师就不爱听了,说我哪也不去,我就在大院待着。老马说五星级设施,拎包入住,专人伺候,多轻松多惬意,比咱这大院舒服多了。

王药师撇嘴说:"还嫌伺候得不够啊!张嘴闭嘴养老院。养老院是那么好进的吗?你不交那120万会员费,试试人家让你进去?还拎包入住呢!"

老马说:"你看看你,一听120万会员费就急了。你仔细听听孩子的介绍,那可是超大的公园式院落,五星级的住宿设施,齐全的文体娱乐项目,每日三餐不带重样,还有24小时专人诊疗服务,多

305

好啊。"

王药师说:"说破天,多好我也不去,要去你自个去。"

"那我就约几个老伙伴,志同道合的在一起。想吃啥吃啥,想玩啥玩啥,多自由多好呀。"

"早就看出你没安好心。什么老伙伴,就是老相好吧!你早就憋着想自由呢吧?"

"你这人怎么这么爱抬杠呢。我这不是想拉你去嘛。"

"你呀就爱胡思乱想。"王药师说,"住大院里多好啊,左邻右舍抬头不见低头见。一把年纪了,非要把自己送去让人管着,还没被管够啊。"

这话听着有些道理,老马就沉默了。

马卫东说,中国已经提前步入老龄社会,养老事业是国家百年大计。有亿万家庭为基础,养老院有着广泛的需求。王药师还是不以为然,谁需求谁去,反正我没有。马卫东说那当然,家家户户情况不同,有我和哥照顾,你和爸爸哪用去养老院呢。

"你们兄弟俩呀,一个常年不回家,一个整天不着家,我和你爸还能指望你们俩?"

王药师又开始数落。

老马听了不同意,说俩孩子都很上进,也很孝顺。

王药师说真要孝顺,就赶紧把婚结了,让我抱孙子。

老马说人家不都定了时间么,你怎么还是念叨。

王药师说干吗还要等一年,我就喜欢念叨。

……

这天,王药师居然主动问起公司的事,这让马卫东很意外。

"就是那个什么什么卡。"

王药师连说带比画。

马卫东不由得感慨，中国大妈不愧是全球消费市场的压舱石和推进器，嗅觉灵敏、消息灵通。红日卡才刚打开市场，已经被大妈们传开了。

王药师说："岂止是在传啊，人家都已经熟门熟路了。她们对价格、期限和利率都门清得很。反倒是我，丈二的和尚摸不着头脑。她们说叫什么红日公司，我想了半天，说听着耳熟。她们笑话我什么耳熟不耳熟的，你儿子就是红日总经理。说红日卡现在可抢手了，这么好的东西藏着掖着，居然不跟老姐妹们坦白。"

马卫东就把大致情况跟妈妈说了。

王药师对其他的听得一知半解，听到15%的投资回报眼前一亮："哎呀，难怪她们心急眼红，那不是比银行定期高，比国库券还要好？"

老马平时看报纸看新闻多，警觉地问起前两年的非法吸储，跟这个不是一回事吧。

马卫东说完全两回事，吸储是让你尽可能多地掏钱，但是红日卡每人限额一张。并且它募集资金的目的是为养老产业。他介绍了国家的政策扶持，省市政府的重视，解释了资金链的稳健。

王药师不待听完就说："养老院我是不会去住的，但是国家的养老产业，咱应该支持。你说对吧老马。"然后盘算把定期取出来购卡。

老马笑着说："你没听孩子说啊，这可不是吸储。这卡片一人只能一张。"

王药师恍然大悟。

"难怪老年大学那些姐妹们还托我，限购的都是好东西。卫东，我可告诉你啊！我和你爸，家里亲戚至少一人一张。还有我那些姐妹，也得关照。"

中国大妈们的动员力惊人。

短短三个月，十万张红日卡被扫光。

紧急加印的十万张，不到一个月就售罄。

看着市场在一路狂飙，马卫东更佩服金总，商业预判精准。一万元的定价，不但不像自己担心的过高，反倒像大白菜引起哄抢，再加上限购的营销策略，更如金总预料的那样，彻底助长了需求。

红日消费卡，一时间奇货可居。

市场疯狂起来，散发着魔力。

一张小小的消费卡，因为紧俏变得稀缺，逐渐演变成了资源。手握稀缺资源的红日公司，特别是公司的总经理马卫东，大权在握、炙手可热。

从早到晚，每天无数的电话打进来，无数的人在门口等候。很多关系是马卫东推不得也推不掉的，七大姑八大姨、蔡大姐、李师傅、中工的同事、中学小学的老师和同学，甚至校长。

似乎一夜之间，马卫东发现自己多了很多远亲近邻。

全城人民行动起来，想方设法弄到一张红日卡。

急剧膨胀的市场，令所有员工包括马卫东眼花缭乱。

一时间，能够搞到一张红日消费卡，不仅意味唾手可得的利润。同时，也是本事能耐的象征。消费卡在社会上掀起了狂潮。资本的力量几乎势不可当。公司的效益已经上千倍于当初的东雨。

按照协议，绝大部分利润归属母公司。也就是说，大头让别人拿了。即便如此，事业东山再起，带来的成就感和满足感，还是让马卫东满面红光、浑身舒坦。

唯一让他有些担心的是，消费卡炙热的火苗过于猛烈。黄牛炒作已是不可避免，甚至，已经出现盗用他人身份证的现象，引起了公安部门的关注。

马卫东紧急开会,再三告诫公司的员工,可以帮家里人、帮亲戚,也可以帮同学朋友办。但是无论如何,绝不能参与炒作,甚至冒用他人证件。

"违法的事儿,咱可千万别干!"

员工们交口称赞:马总思虑缜密,居安思危。

"难怪人家能当大老板!"

5.
几乎就在一夜之间,马卫东出事了。

几乎就在一夜之间,马卫东出事的消息传开了。

"哎呀,你赶紧看!"

小梅突然大叫。

正埋头扒饭的高翔凑过去,张大嘴巴惊呆了。

电视里晚间新闻报道。

今日,省市公安机关联合行动雷霆出击,重拳打击金融诈骗。画面中,执法人员正在查封涉案公司,赫然入目的是"红日资产管理有限公司"。画外音,涉案企业负责人已被抓获。

说的正是马卫东。

谢雨得到消息更晚一些。

头一天晚上,她打电话一直没人接,估计又是应酬逞能喝多了。第二天上午,再打电话准备批评教育一番。不曾想,直至下午,马卫东的电话依然关机。从未发生过的情况,让谢雨顿时心慌,赶紧找他的好兄弟。

马卫东被抓！

消息突如其来，不仅震惊了身边人，甚至震动了整个省城。

红日消费卡的购买者实在太多了，从上到下、从近到远，里里外外，工农商学兵几乎涵盖了所有人。

影响面大是一回事儿，影响的程度深浅，却是另外一回事了。一般的购买者无非担心一万元的购款，能不能收回。实际上，由于立案介入早，绝大部分人都获得了退赔，甚至小有利润。

由于限购的设定，即使个别有损失，但是总体可控。

真正受影响大的，是马卫东，是家人。

得到消息的第二天上午，谢雨就匆匆赶到了济南。

可惜她没有办法见到马卫东。刑事拘留期间，他被限制会见，律师除外。不过谢雨回来得还是非常及时，因为王药师突发心脏病，住进了ICU。

在谢雨的悉心照顾和宽慰下，王药师度过了最危险的时期。

齐怀洲通过各种关系，找了国内最知名的专家李律师做辩护。李律师多年专办金融诈骗非法集资类型的案件，在业界很有影响力。

就连李律师，都觉得案件相当复杂。

案件隐蔽性非常强。

既有政府表态支持，有政策支撑依据，也有打着政府旗号的擦边球；既有养老产业的真实设计，也有偷梁换柱、圈地囤积；既有限制投资金额的安全保障，又有大面积向不特定人群集资的事实；既联合商家跨界合作，又以高利息回报引诱消费者。

最开始与李律师的几次会面，马卫东情绪非常激动，认为自己是冤枉的，甚至怀疑是被同行陷害了。但是随着越来越多的真相浮出水面，他渐渐意识到，自己确实卷入了违法案件。红日母公司并没有把消费卡的回笼资金用于养老院建设,而是在全国范围内放贷生息,囤地炒作。

案件牵扯了不少人。马卫东敬重的老领导,原工会张主席居然被双规审查了。甚至省市两级的高层,均有领导干部涉案受处分。

"消费卡15%的利率,并没有真正打算返还给消费者。"李律师说时表情平静。

马卫东一听就火冒三丈:"胡说,明明我那些亲戚朋友都已经按时拿到了利息!"

"只能说他们幸运,或者说是幸运的演员,演给后来人看的。"李律师给他看了测算表。不超过四年,这种后账补前账的做法就会无法维系。除非购卡者始终维持现有的高速增长,而这又是不可能的,雪崩迟早会来。

李律师旁征博引,红日公司的经营的确构成了违法。区别在于,最终认定是非法集资,还是非法吸储。

两者差别很大,直接决定了马卫东的命运。

至于马卫东坚称自己没有主观故意,李律师认为不能改变违法犯罪的事实。但是没有为自己谋利的故意,以及涉案钱款及时退赔,再加上他是初犯。可以以确保不会对社会再次构成危害为由,争取监外执行。

"真关进去,监狱方还会担心,你在狱友中传播金融违法的伎俩。"李律师苦笑着说。

最终结果,相对于金总和张主席,马卫东的判决结果算是从宽从轻了,没收非法所得和孳息,并处罚款六百万元,有期徒刑两年缓期三年执行。

没等到正式宣判结果出来,谢雨就急匆匆地赶回了广东。这边马卫东的妈妈刚脱离危险,她在广东的父亲急火攻心,住进了医院。

老马不停地开导王药师:"事已至此,你得保护好自个身体,不能再哭天喊地以泪洗面。孩子只是误入歧途,政府给了宽大机会悬崖勒马,咱做父母的,可不能再火上浇油啊。"

"也只能这样了。可怜的孩子啊,卫东和谢雨,都遭罪了。"

王药师又抹了把老泪,上气不接下气地说。

从看守所出来,得知妈妈也出院了,马卫东稍微松了一口气。

"各种罚没加起来,超过千万。是怎么凑齐的?"

马卫东着急地问。

开车的高翔和小梅对望了一眼后,只能说实话。

"谢雨动用了自家玩具厂的原料资金,再加上我们几个凑了凑。"

马卫东听了,一路沉默。

近乡情更怯,马卫东却没有回熟悉的大院。

他现在没脸也不敢见父母,回到了自己的房子。

听高翔两口子讲起,马卫东才知道,这段时间国与家都遭了灾难。

两边老人的情况,让马卫东自责不已。

被羁押期间,自己的妈妈和谢雨的父亲都入院抢救。幸亏谢雨日夜守候,妈妈得到及时救治。谢雨的父亲住院,也是因自己而起,可他却一点忙也帮不上,只能眼睁睁看着谢雨拖着弱小疲惫的身体,两边穿梭奔波。

得知马卫东回到了家里,谢雨终于放下心来。

连环打击突如其来,谢雨早已疲惫不堪。多日没有睡过囫囵觉的她,在电话里努力安慰马卫东,钱财都是身外之物,身体健康才是根本,照顾好妈妈是最要紧的。

"我最放心不下、最心疼的,是你。"马卫东说着,鼻子发酸,

"对不起。"

谢雨柔声地说:"你别有太大的思想压力。我没事,我会努力带好妹妹弟弟、照顾好父亲。"

原定登记结婚的时间,眼看就要到了。

马卫东迟疑了一下,话到嘴边却没了勇气开口,又咽了回去。

在看守所里,犯人们通过电视得知,四川发生了震惊世界的汶川大地震。

地震共造成 69227 人死亡,374643 人受伤,17923 人失踪。冷冰冰的数字后面,是一条条鲜活的生命。

马卫东在管教的监督下,与其他犯人一同凝神屏气,关注屏幕上紧张的救援,关注黄金 72 小时,生命与时间的赛跑。

震惊的消息一个接一个。

地震中,葛俊峰身负重伤。

听说,地震的当天,葛俊峰连夜筹措了一卡车的粮食,星夜兼程赶赴老家。面对天崩地裂后的大片废墟,他擦干眼泪冲进了救灾队伍,每天吃住在田间和大坝上。

那是马卫东接受宣判的前一天。

那天全国到处都在下雨,葛俊峰奔走在分发救灾物资的泥泞路上。

突然间,地动山摇,山体塌方了。

闪避不及,葛俊峰被滚落的巨石砸伤。

支零破碎的消息接踵而至,马卫东惶恐不安。

葛俊峰究竟伤成怎样,马卫东的心在发抖,甚至不敢打听。

此时,他宁愿自己是只鼹鼠,可以把头扎进土地里,看不见,也听不到。

6.

缓刑，也是服刑，得老老实实在家待着，得每周定时向公安机关报到。马卫东哪也不去，就在家待着。长这么大，没这么老实过。

在家，除了照看妈妈，其他时间就是看书。

现在看书，可不像以前那么杂了。他集中精力看金融和法律知识方面的书。

了解得越多，马卫东越感到后怕。如果不是被举报，公安机关掌握了确凿证据，果断采取行动，自己恐怕还在执迷不悟自得其乐。那样，只会在犯罪的泥潭里越陷越深，结局将更不堪设想。

现在这样，已是不幸中的万幸。

葛俊峰来信了，居然！

现在已经极少见到信了。

写的人少，自然也很少人收到。

拿到信的时候，马卫东一时有点手足无措，不知道该不该撕开，莫名其妙地对着太阳照了照。两个大男人之间写信，他该不会是道别吧。马卫东的心脏扑通扑通乱跳。

东哥，我猜你拿到这封信还没打开的时候，多半儿会瞎想吧，第一反应大概葛俊峰这嘎小子该不会是想不开了，诀别了吧。放心吧，东哥，这不是最后的告别。我人虽然嘎，也挺二，但是不会那么想不开，绝对不会不辞而别。

看了开头，马卫东松了口气。

现在确实很少有人再写信了，这种联系和表达方式变得很稀奇，我自己好像都记不清楚，上一封信是多少年前写的。我写信不为别的，就是因为我嘴笨。我一张口就会说错话，哪怕是打好了腹稿，说出来又会走样了。因为讲话不靠谱，我没少闹笑话。后来，看到大家因为我的嘴笨，经常笑得很开心，我就觉得也不完全是坏事。不怕你笑话，东哥，别人取笑我的时候，我觉得，不管怎么说，能让别人开心、让别人笑，那也是自己的价值。所以，既然改变不了自己，更加改变不了别人，那就这样将就吧。

今天想跟东哥正经八百地聊聊，电话里我根本说不清楚，并且，我觉得两个大老爷们，面对面还好，在电话里聊天，总感觉有些别扭、有些尴尬。所以还是写下来吧。

说到将就，这恐怕是我这三十多年来的总概括。我好像一直将就着过来了，将就着生活、将就着工作、将就着学习。因为天赋差，我没有别人过得潇洒从容。不管干什么，我都比别人更用力也吃力。我口齿不清、发音有障碍，但是我会拼命地学英语，吃力地克服自己的先天缺陷，将就着用谁也听不懂的外语跟老外联系；我的数学一塌糊涂，我对数字没有感觉没有概念，基本的加减乘除我都迷迷糊糊，但是这么多年来，我吃力地跟数字个十百千、跟成本利润核算打交道，将就着做生意养活自己；都知道我喜欢武协的小师妹，我拼命地练习徒手侧空翻等高难度动作，每次我都很刻意很努力，想引起她的注意，直到离开学校那天我才知道，小师妹确实喜欢一位师兄，可惜那人不是我。那家伙武术基础一般但是高大帅气。小师妹喜欢跟他在一起，看我飘逸的空翻。

说起来有些奇怪，我现在残疾了，反倒清醒了一些。很多年以来，我一直觉得自己身手矫健，是峨眉派的正宗传人。可是，那天遇到塌方的时候，那么千钧一发的时刻，我看到巨石从老远老远的上方，慢吞吞地翻滚下来，几乎遮天蔽日。我很惊讶，那石头怎么那么大，我本以为它速度很慢，很容易躲闪，后来却发现，慢的不是石头，而是自己。我的动作根本没那么灵活，右腿蹬紧了斜坡，本想纵跳出去，却发不上力。还没来得及害怕,我的眼前已经一片漆黑。之后,我就变成了现在这样。当时那一幕,如果给峨眉道长看到了我的笨拙,估计他可能会恼羞成怒,不许我再自称第十六代传人。

不能再奔跑,更不能再翻腾了,我现在只能安静地坐着,以后恐怕也是如此。这跟我的性格反差太大,本来,我是根本坐不住的人。这下倒好,时间一下多了起来,多到我的脑袋也不得不用来想点事情了。时间长了,渐渐也就想明白了,这些年来,我一直过得很用力,也很吃力,得到的最好结果也就是勉强将就及格。现在回想起来,恐怕根本原因在于,我一直不能做我自己,或者说我一直在较劲地做自己,学着别人的样子,做自己。

其实我不适合学语言,其实我的英语很难听;其实我不擅长客户沟通,其实我唱歌很离谱;其实我不懂经商做生意,其实小师妹不会喜欢我,其实……即使我的空翻再高再飘逸。真正适合我的应该是,做自己。

东哥,谢谢你,这么久以来,给了我那么多的帮助。谢谢你,在我最穷困潦倒的时候,收留我、包容我,从不嫌弃。没有你,就没有老家新建的房子;没有新建的房子,我的家人,这次也会被埋在废墟下。

我的父母一直说你是恩人,嘱咐我要报答你,要我好好跟着你,学本事、长出息。我本来也是这么打算的,跟着东哥,永不离开。

抱歉,东哥,这次我让你失望了。

我不打算回来了,不打算回到城市。我把济南的房子卖了,我准备待在家乡、待在灾区。我想跟乡亲们在一起,从此,就在一起。

我所说的,从此做回自己,也就是这个意思。我属于四川,我属于这里。在这里,我生活得很踏实,心里很踏实。

抱歉,东哥,我不能回济南了。

可是,我还是很惦记你,我还是很惦记小林,我很惦记东雨。你不在的日子里,我一直在坚持,继续守护着东雨。从下暴雨、搭帐篷的那天起,我就对东雨有了感情,割舍不开。我多么希望,它能够继续存在、一直存在,好见证你和谢雨的爱情;好见证那些年,我们青春的努力和努力的青春。

东哥,你不在的这几年,我守着那八大金刚做贸易,做得很努力、很吃力。好在,现在国内加国外,总算有了几个固定的大客户。那些木浴盆在我的家乡用不上,就留给你吧。希望你不要嫌弃,就像当年那样,你没有嫌弃它们,也没有嫌弃我。

现在我行动不便,医生说以后也是。

我不能亲自来给你公司钥匙,就请若杉代劳。

但是,东哥,见字如晤,从未离开。

葛俊峰平时写字潦草,很难辨认。这封信写得非常工整,每个字清清楚楚,信封"烦请转交卫东"几个大字尤其板正。

信是林若杉亲手转交的。

她穿着白色T恤和球鞋,准时出现在"旧城往事"餐厅门口。吊带的牛仔裤宽宽大大,反而更衬托腰身纤细。她走进来时,经过的餐桌,客人们纷纷抬头扭头欣赏。

"你还是那么青春靓丽。"

马卫东站起来迎接她。

"夸我青春,还是清纯?"

她嘻嘻一笑,露出一口细小的白牙。

他说既青春又清纯。

林若杉问:"还记得我们第一次见面吗?"

马卫东说,记得记得,当然记得。

"你这人,总是这样,张口就来。"

林若杉揶揄他。

"既然记得,那你说说看,想起了什么?"

马卫东常常吃亏在张口就来,一万次也改不了。这下,又不知怎回答了。

林若杉轻快地提了一下裙子的吊带。

"就是这条裙子,见证了咱们的初相识。今天再见你,我特意又把它找了出来。"

看马卫东努力地假装回忆起来的样子,林若杉不忍心戳穿,笑着说:"傻样。"

"有日子没见了,你状态也还行。"她站定了,上下打量着马卫东,坐下又补充了一句,"不像是刚被放出来的。"

他尴尬地笑了一下,心里暗自提醒自己:马卫东啊,在她面前,你就少说一句,你就慢一拍吧。

林若杉低头快速审阅了一桌子菜,见道道都是她喜欢的,就满意地点了点头。

"我刚从四川回来,这次回济南,只为这一件事,跑腿儿。"她拿出了那封信。

马卫东急于知道四川的情况,葛俊峰的情况。

"四川很惨,大地裂了。在震区,有的山突然换了朝向,好些公路莫名地消失了,路上好多的车不知道掉哪里去了;几乎见不到囫囵个的楼,到处都是残垣断壁,四处冒烟,人也很惨……"

说着,林若杉停了下来,显然不太愿意回想,更不想描述看到的景象。

"你去看了小葛?"

"当然，不然怎么会有这封信。"

"你，这段时间，一直陪着他？"

"是啊，怎么了？"

"那就好，那就好。谢谢你，若杉。"

马卫东心里有一股暖流涌动。

"切，谢什么谢，有什么好谢的。我闲人一个，而且我乐意。"林若杉摇晃着头说，头上戴着红色贝雷帽，人显得格外精神。

"他，现在怎么样，在医院还是在家？"

"我走的时候，他还在医院。这两天，估计应该被送回峨眉老家了吧。"

"那他的腿？"

马卫东犹犹豫豫，很想知道，又不太敢问。

"还好吧。"林若杉卷弄着头发，语气如常，出乎他的意料，"左腿大部分截掉了，右腿有些伤疤，但是保住了。"

"主要是手术前两天，还有手术后那几天，有些危险。伤口有化脓感染，拆拆缝缝来回几次，小葛没少受折腾。那几天，他持续高烧说胡话，医院也发过两次病危通知。"

救治的场景，马卫东不敢多问。

"那他，他……以后还能再……"

他本想说武术表演空翻，话到嘴边改成了："还能再正常走路吗？"

没想到，林若杉听了居然哈哈一笑，摘下贝雷帽，往后梳理着马尾说："还什么空翻啊，跑步都肯定不行了。以后啊，走路应该还可以，大不了挂拐，或者安装义肢。"

"哎，对了。"林若杉突然想到什么，忍俊不禁笑了。

"这几天在病房陪护，我这才知道，小葛他睡觉，居然睁着眼！

哈哈哈。"

见面之前,马卫东心里很忐忑。他反复模拟过,怎样让场面缓和,不至于太沉重。见了面,才知道,自己又多虑了。林若杉说起小葛,一脸轻松。这让他很意外,尽管早就知道她有些混不吝的性格,但也不至于这么大大咧咧吧。他有些不解地看着林若杉,试探着说:"我怎么感觉,你对小葛受伤的事,好像,没觉得有啥?"

"喊,那能有啥!"

林若杉一脸的轻松惬意:"我觉得,小葛人家现在挺好的。为他认为值得的事付出了代价,但是终于找回了自己,准备过自己想要的生活,这不挺好吗?"

马卫东被触动了。他没有回答,静静地思考她说的话。

"喂!有你这样请客吃饭的吗?绷着脸、低着头,不说话也不夹菜,你让本姑娘怎么动手啊?"

马卫东被点醒,赶紧起身给她夹菜。

"不请我喝一杯?"

尝了一口蜜汁莲藕,林若杉又提新要求。

马卫东叫了一瓶五粮液。林若杉说这个好,是小葛老家名酒,我替他喝。

"这第一杯嘛,敬过去。"

林若杉呵呵笑着,举起酒杯。

"敬过去的时光、过去的人、过去的事。敬过去所有的美好,敬过去曾经的感动,敬过去的我和你。"

她一口气说了好几个过去。

马卫东感慨道:"过去,过去真是一言难尽。好在,过去,都过去了。来,敬过去。"

林若杉说:"我觉得,过去都挺好的,没有什么是不好的。"

"那过去……我进去了,也是好的吗?"

见林若杉不以为然,马卫东紧跟着补充:"里面啊,菜汤里没油星,见到一包榨菜两眼冒绿光;在十几个人眼皮子底下洗澡、上厕所;耳边全是呼噜声、磨牙响,睡觉翻个身,就搂住了旁边人……"

不堪回首,他随意地举例。

"当然!你说的这些,我也觉得挺好的。人生嘛,因此多了一段经历、多了一段回忆、多了一段不同,多好啊。"

在林若杉的眼里,似乎没有磨难。马卫东不禁苦笑。

"这第二杯,敬现在。"

林若杉又端起酒杯。

"说到你进去那一段啊,我当天就听高翔说了。但是,没法去看你,你们啊,难兄难弟。小葛还在病床上昏迷抢救。我没敢告诉他。这不,临来之前,看他度过危险期了,我才透露了你的光荣事迹。"

"小葛,他说啥了。"

"他也觉得没啥大不了。"

林若杉的表情轻松,甚至有点愉悦,完全不像在谈人生挫折:"小葛说,东哥不是坏人,肯定是被骗了。他说信已经写好了,不准备再添加修改内容了。不过,他再三嘱咐,让我宽慰你,说东哥有能力,将来还会东山再起。但是爱面子,让我讲话注意点,注意分寸。"

"目前为止,我表现还可以吧?很有分寸吧,很符合小葛的要求吧?"

林若杉歪头盯着他。

"谢谢小葛。"马卫东诚恳地说,"谢谢你。"

"这么久,一直没能去看你。卫东,这杯,就敬现在,你出来了。

敬现在，我们还坐在一起。"

"确切说，现在缓刑期间，我还不能算完全出来了。真的是很惭愧，愧对兄弟和你。你们帮了我很多，没有你们，我凑不出那么多罚款，我也出不来。"

马卫东举起酒杯，一饮而尽："说起来，这杯应该是我敬小葛，敬你俩。"

"这第三杯，祝我一路顺风。"

林若杉笑盈盈地端起酒杯。

"你要去哪儿？"

马卫东愣住了。

"刚坐下来我就说了呀，这次回来专程跑腿儿。信送到了，任务完成了，我也该走了。"

看马卫东还是不明所以，她说："你这人啊，看着聪明其实迟钝，打岔该先罚一杯。"

马卫东说好好，认罚了。

他再次端起酒杯，祝她一路顺风，问要去哪儿？

"四川。"

"是去陪小葛吗？"马卫东几乎脱口而出。

"陪他？我去陪他？这小子有这么好福气吗？"林若杉哈哈笑到发颤。

干了送行酒后，林若杉认真地说："前段时间在四川，我既看到大地震带来的满目疮痍、人间悲苦，也看到了四川的大美。在国内，恐怕还没有哪个省像四川，人文地理环境那么多姿多彩。"

她举起手，掰着指头数："宽窄巷子、武侯祠、九寨沟、都江堰、青城山、峨眉山、乐山大佛、四姑娘山、若尔盖、凌云寺、甘海子、稻城、亚丁……"

几乎每数到心仪的名胜,就要跟他干一杯。

"这些地方,你都去了?"

"才怪!"

林若杉面颊微红,眼神有些迷离和神往:"我基本都没去。所以,我才想要去。四川太美了,我要走遍那里的每一个地方。嗯,现在就出发。"

说着,她突然探过身子问。

"嗨!你,要不要跟我一起去啊?从此,人生在旅途,云游四海。像三毛与大胡子荷西那样,梦里花开花落,心中诗与远方。"

说着,林若杉露出微醺的笑容,眼前浮现了向往的画面。

三毛,耳边戴着大朵艳丽的红花,身着点缀了金黄色神鸟图案的长裙,赤脚站立在大漠里,头发飞扬而起,标记出风沙的方向。她浑身散发着吉卜赛女人般的流浪气息,四海为家,为爱痴狂。

"啊?"

问题来得突然,马卫东惊讶地张大嘴巴,不知道怎么拒绝,也不知道该怎么回答……

"算了吧,美得你!我才不要你这么一个大俗人跟着。喊,张着大嘴,一副不太聪明的样子。"

马卫东迷糊的样子让林若杉很失望。

没等他回答,林若杉把身子靠了回去。

马卫东挠了一下后脑勺说:"我这人,不太懂得欣赏自然,不太懂得欣赏美。"

林若杉听了,把酒杯伸过来说:"这话你说过,我记得。为你的自知之明,我敬你一杯。"

酒已下了大半瓶,林若杉举着杯子微微摇晃着。

"卫东,你知道吗?这次大地震,让我看到了撕裂创伤,看到了人间悲苦,看到了世事无常;也看到了大爱,看到了永恒。比如,小葛,他就有大爱;比如,爱,就是永恒。"

"是的。在看守所里,看到电视上拯救生命的画面;出来后,听到小葛受伤的消息,真让我……惭愧。"

马卫东越说头越低。

"卫东,你知道吗?我为什么,要来到这个世上?"

"你?我,为什么,我,我说不好……"

马卫东定了定神,想看她是不是喝醉了。

"别担心,我很清醒。我不像你,动不动就喝醉,还会断片儿。"

林若杉似乎总能看出马卫东在想什么。

她轻轻转动着酒杯说:"我不知道你,我不知道别人。"她指了指他,又环顾指了指餐厅里其他的人,"不知道他们,是为了什么。"

"卫东,可我知道,我为了什么。"

"我告诉你啊。我来到这个世上,就是为了,寻找爱。"

"我要像三毛那样,找到我存在的证明和意义。所以,这次,我要离开。我要离开你、离开东雨、离开这里。我要去很远的地方,去寻找此生的目的,爱。"

一饮而尽后,林若杉缓缓地放下酒杯,微笑地看着马卫东。

她会说话的眼眸里,开始升起雾气,慢慢集结成了泪珠。

8
春天已过

1.

林若杉走了，留下了两把钥匙。

一把是"小杉设计室"的，另一把是"东雨木制卫浴"。楼上楼下，都已经交了五年的租金。马卫东想要说谢谢的时候，被她瞪眼制止了。

第二天，马卫东揣上两把钥匙，独自去了。

两间办公室就像它们各自的主人。"小杉设计室"干干净净，清清爽爽。"东雨木制卫浴"里，八大金刚层层叠叠，歪歪斜斜，沾满了尘埃。

看着墙角处的蜘蛛网，马卫东猛然意识到，时间已过大半年。

隔壁是强大的竞争者。

家尔玛依旧人声鼎沸、熙熙攘攘。如今再看它，马卫东心里很平静，完全没有了当初的五味杂陈。他随着如潮的人群，进去买了扫帚、拖把、抹布和水桶，又扛了一张折叠床。

从"东雨木制卫浴"的招牌开始擦拭打扫,每天一大早,马卫东开门做清洁。累了就打开折叠床躺一躺,饿了就去家尔玛买吃的。家尔玛做得真好,真正提供"一站式"服务。

"不服不行啊!"马卫东心中感慨,不由得想起大学那会儿,他扶起一众男同学时用的歇后语。眼前浮现了谢雨,又好气又好笑地骂他"粗俗"。

应了那句"用人朝前、不用人朝后"。出事以后,亲戚朋友突然少了很多。马卫东觉得这样挺好,很清净。

在小小的店铺里,CD机音量开得不大,优美的旋律已经把房间塞得满满当当。

马卫东喜欢音乐,再多的烦扰听听歌,心里就静了很多。现在仍然喜欢,只不过,随着际遇变化和年纪增长,他不再像以前爱听动感激烈的音乐:"荷东"和崔健的CD逐渐堆放到了最底层,这些歌适合奔去黄河岸边,光膀子撒野时唱。现在这会儿,他身子虚、胆子小,可不敢去那光膀子了,怕受凉。

音乐也有基因,会遗传。

部队转业的马尚安喜欢摆弄唱片。家里那台四四方方笨重的电唱机,是部队奖励他的。据说在做连队指导员时,马尚安为丰富战士们的精神生活,电唱机做出了突出的贡献。

卫民卫东兄弟跟着沾光,从小到大,听了无数的唱片。马玉涛、德德玛、关牧村、于淑珍、李谷一……"马啊你慢些走""我们的生活充满阳光""泉水叮咚响""边疆的泉水清又纯"……

还有《流浪者》里的"拉兹之歌"!

刚上小学,马卫东已经学会摇头晃脑地哼唱,并且模仿的是印度语:"阿巴拉乌(到处流浪),呜呜呜,阿巴拉乌……"

齐怀洲崇拜得很，非要马卫东教他。马卫东不厌其烦，逐字逐字传授。从此，齐怀洲经常手插裤兜，摇头晃脑哼唱着印度语"拉兹之歌"，在太虎石巷的房顶之间穿行。

随着改革开放，港台流行歌曲盛行，马卫东渐渐觉得老唱片严重过时，马尚安就嫌迪斯科霹雳舞曲吵得慌。父子俩的欣赏口味差异扩大，听歌的风格渐行渐远。

此时，CD机里正在播放林忆莲的歌。

《听说爱情回来过》。

老马拎着保温杯，晃晃悠悠进来了。

"是我妈让你来的吧？"

"嗯，她让我来看看，有啥需要帮忙的。"老马点头说，"俗话说，上阵父子兵嘛。"

"爸，我这阵地静悄悄，没有战况了。"

"那就看看粮草，武器弹药，还有军容风貌。"

马尚安背着双手，溜达了两圈，瞅瞅店铺，拍拍八大金刚，又看看儿子，没再说话。两个人挨着窗边，各自找了个舒坦位子，闲坐在店铺里。

靠着窗边，太阳光充足，暖暖地照在身上，爷儿俩舒舒服服地听歌。

CD机里，林忆莲歌声悠扬。

在朋友那儿听说，

知心的你曾回来过，

想请他替我向你问候，

只为了怕见了说不出口，

你对以往的感触还多不多，

曾让我心碎的你，

我依然深爱着……

"嘿,你别说,人家这歌唱得真是好听,曲儿有韵味儿,我听这歌词,嗯,也有点意思,有故事……"

马尚安微闭着眼,跟随着旋律,轻轻摇晃着头。

这么多年了,父子二人头回同时安静地欣赏一首歌。

今天,很难得。

"卫东,你还别说,这歌细细品,还真好听。"

"是吧,这是林忆莲唱的。"

"林,忆莲,就是那个眼睛总是睁不开的姑娘吧?"

"爸,人家那叫'媚眼如丝'。"

"哦。"老马听了点头称许,"你小子,真没少看书,词儿多,哈哈。"

"现在这样也挺好,清净。"

坐了大半晌,老马缓缓地站起来,眯眯笑着说:"走喽!"马卫东看他的背影,似乎比前两年又矮了一些。

房间又恢复了一个人的状态,午后的阳光更加温暖。马卫东设置了重复播放,仰脸对着太阳,把腿跷起搭在窗台上,陶醉在《听说爱情回来过》的歌声里,惬意地眯起了眼。

只是怕见了面会更难过,

我对以往的感触还那么多,

曾给我幸福的你,

我依然深深爱着……

随着厚厚的门帘被掀起一角,大门吱呀一声被推开了。

顺着敞开的门缝,有微微的风吹进来,更多的阳光涌进房间,瞬间铺洒了墙壁和地面。

"老马识途,爸您这又转回来,多半是落东西了吧?"马卫东头也不回,继续享受着日光浴。

一个瘦瘦长长的身影袅袅地走进来。

在阳光的包围中,站定了,没有挪动,没有声响。

马卫东回过身来,眯起眼睛打量着。

逆光完整地勾勒了影像轮廓,影影绰绰。在太阳的剪影里,身材修长的姑娘,一袭长裙,曲线婉约,衣袂飘飘。

"您是?"

马卫东收起搭在窗台上的二郎腿,一边辨认着,一边走向阳光里的人。

"卫东,你回来了。"

"是你?"

声音很熟悉。

"真的……是你?储琴!"

马卫东走近了,端详着。

"你,储琴,你……"

"卫东,好久不见。"

"是啊,是啊,好久了。"

马卫东惊喜中有些难以置信:"你,变了……漂亮了好多!"

储琴留了披肩长发,更显身材高挑纤细。她的标志性黑框眼镜不见了,脸上的皮肤白皙,双眼皮的眼睛晶莹闪亮,青黛色的眉毛像两片弯弯的柳叶,粉红色的嘴唇透着光泽。

储琴在阳光里微笑着,身上隐约散发出光与温暖。

"当初,你给我的遣散费,大部分用作了美容。"储琴微笑着,轻轻扬动一下眉毛,"好看吗?"

"好……好看。"

第一次从储琴的嘴里,连续听到这么多的话,马卫东意外到有些结巴。

看马卫东局促的样子,储琴抿嘴笑了。

她的笑容还是跟以前一样好看。

"这些时间,你好吗?"

马卫东伸过手去。

储琴没有握手。

她径直走到马卫东身前,伸出双臂抱住了他。

"你回来,我就回来。"

储琴下巴抵在马卫东的肩膀,轻轻拍了拍他的后背。

CD 机里,歌声在继续。

有一种想见不敢见的伤痛,

有一种爱还埋藏在我心中,

我只能把你放在我的心中,

这一种想见不能见的伤痛,

让我对你的思念越来越浓,

我却只能把你,把你放在我心中……

久违的拥抱,带来一股暖流,在马卫东心头涌动。

他没有留意到,储琴在他背后悄悄地擦拭着眼泪。

2.

大病一场,王药师精神状况差了很多。医院嘱咐除了按时吃药,更要关注病人的情绪,千万不能激动。马卫东在家时,就会搬张小板凳，挨着妈妈的床边坐下，安静地看手机看书。在父子俩齐心合力的照顾下，王药师康复得不错，脸上开始恢复些光彩。她现在话少了，除了不时问起小雨近况，再就是要看近照。每次收到谢雨发来的照片，马卫东就第一时间打开手机，放大了给妈妈看。

这天午后，王药师醒来，迷迷糊糊地问挨在床边的马卫东，是不是谢雨来电话了。

马卫东放下书："没有啊，妈你睡莽撞了吧？"

"小雨最近好像很少打电话来了。"

王药师低声念叨。

"我们每晚都通话，通好长时间呢。小雨是听医生说，用电话多了对你脑血管不好，就不敢多打搅你了。"

马卫东笑着解释。

当妈的敏感。

不过，每次敏感得都很有道理。

老马或小马撒谎的时候，王药师总能及时戳穿。一不靠分析，二不要证据，全凭直觉，向来准确。

王药师说得一点没错，不知道从什么时候开始，谢雨的电话变少了。更确切地说，是两个人之间的电话少了。

刚进拘留所那几天，马卫东的手机被没收了。"我们认识这么多年来，第一次连续几天没有你的音信，把人急死了。"回到广东的谢雨，说起当时的情形，又伤心地哭了起来。

后来见律师，提交材料，马卫东每天脑子乱哄哄，也很少联系谢雨。偶尔想起来，他懊恼自己，赶紧道歉。谢雨在电话里总是温柔地安慰他，应诉是当务之急，她在潮州会照顾好家里、照顾好自己。

再后来，等待宣判，漫长的等待。马卫东情绪起起落落，焦躁不安。结果终于出来了，也算喜忧参半，至少免除牢狱之苦。拘留羁押的日子，让他切身感受到自由宝贵。

那天，听到宣判结果，谢雨终于放声大哭。

她已经忍了好多天。

"昨天，呜呜呜……"

"昨天是……咱们原定登记的日子。"

她哭着，断断续续地说。

马卫东手握电话微微有些颤抖，久久没有说话。挂了电话后，眼泪顺着脸颊滚到了下巴。

阳春三月，结婚登记。

当初信誓旦旦，多年的夙愿，曾经离他和她那么近。近在眼前，转眼却是昨天。昨天，已经足够遥远，远在天边。

"小雨，咱们去登记吧。"

这句话，马卫东曾在心里反复演练了无数遍。在看守所，在被羁押的日日夜夜。

这段日子，马卫东读了很多法律方面的书，厚厚的一摞。"缓刑期间，犯人也有结婚自由。"看到这一条规定时，他的心顿时突突突地狂跳。可没过多久，又沉寂了下来。他抬头望着窗外，原本对幸福柔软的憧憬，重重地撞在了现实坚硬的墙壁上。他知道，他张不开口；他更觉得，自己没资格张口。

你现在有案底，好意思向人家提出结婚吗？

你现在缓刑期间，好意思向人家提出结婚吗？

你现在是千万"负"翁，连穷光蛋都不如，好意思向人家提出结婚吗？

……

类似的问题，无休止地闯进马卫东的脑海，捶打着他的心。问题与答案，总是在纠缠打架，不肯安静下来。

马卫东感到六神无主。尽管这段时间，他对人生的思考挺多。

钱财聚聚散散，事业起起落落。这是马卫东再回首的感受。天下熙熙，天下攘攘，自己被裹挟其中。经过了东雨、新东雨和红日，曾经的闯与创都成为过去。自己的努力付出，有时看似意气风发、锐不可当，有时实际外强中干、不堪一击；自己为之拼争的目标，时而深不可测，时而浮光掠影；自己所谓的成败悲喜，也无非曾经花团锦簇，曾经一地鸡毛。

东山再起，变成了东窗事发，铁窗囚禁一度是马卫东最惧怕的。他怕被突如其来的雪崩，埋葬在皑皑白雪之下。最惧怕的场景没有到来，他庆幸自己悬崖勒马，甚至在心里感谢举报这场金融骗局的人。

看开些吧，如此而已。

铁窗下，马卫东这样劝慰自己，没什么放不下。

他抬起头贪婪地看着窗外。窗前的树枝、摇摆的花儿、空中的飞鸟、远去的浮云，都化作一道道美丽的弧线，点缀着，划向无垠的天边。他踮起脚，尽力看得更高一点、更远一点，不禁长舒了一口气：天空如此高远。

人生又何尝不是如此，岂能纠结于眼前的得失。曾经和将要走的路，总有曲曲折折，有起起落落。这就像很多年前，他在岸边久久注视的黄河。眺望的时候，它是地平线升起的桅杆，遥不可及；真正走近时，它变得喧嚣奔腾乱花迷眼；转回头时，潮水退去沙滩寂静。

涛走云飞，花开花落，循环往复，万物如此。

但是，爱情不同。他的小雨不同。

爱情一直在，小雨一直在。在心里，始终沉甸甸。

重到放不下，也提不起。

……

高翔两口子常来陪马卫东散心。三番五次劝他，要抓紧和谢雨登记的事儿。马卫东要么一言不发，要么吞吞吐吐，老想岔开话题。

"我、我不能……"

"小雨……她那么善良，我不能……不善良。"

"什么？！"高翔瞪起了眼，"你答应过的事儿，你得兑现。都这会儿了，你少跟我扯什么善良不善良。这么多年了，你总是满口答应，让人家揣着希望、怀着梦想过日子，却又一拖再拖！"

高翔越说越恼，腾腾往前蹿了两步，脖子上扯着青筋地喊："姓马的，咱能不能，别把善良当个标签儿，整天贴自个脑门上！我怎么听，怎么别扭，现在我听你说善良，我都瘆得慌！看似替人着想，实际懦弱伪善，越是你这号的，害人越深。岳不群，你就是岳不群！"

"你这人怎么这么尿啊！"

高翔手指着马卫东，气得浑身哆嗦。

沉默很久的马卫东突然腾地一下站起来，暴怒狂吼起来："对，我就是伪善！我就是尿人！"

他的眼睛瞪得牛铃一样，脖子上青筋绽露。

小梅吓得赶紧扯扯高翔袖子，让他闭嘴。

吼完之后，马卫东突然安静了，失魂落魄地跌坐回沙发里，脑袋缩在脖子里，嘴角瘪着低声呜噜。

"我，就是很尿。"

他那样子，让高翔两口子看着很心疼。

与马卫东的尿遥相呼应，一向温柔听话的谢雨，近来很火。她的火，从火星到火苗，大有燎原之势。

长这么大,她头回不听长辈的话。不光不听话,还干起架来了。

见马卫东的母亲病情转危为安,谢雨当天匆忙从济南赶回潮州。一回到家,她就明显地感觉到了气氛不对。

在父亲的病房门口,叔叔低头擦肩走过。

谢雨以为他没看到,提高嗓门叫了一声。叔叔依然一声不吭。婶婶把她拉到一边,压低声音说:"孝道没错。但是,先得照顾好自己的父亲,才能去孝敬别人父母吧。"

谢雨点点头。

她看着正在输液的父亲,心里很不安。

谢炳康醒来,怜爱地看着女儿:"几天不见,你又瘦了很多呀。那边,照顾好了?"

谢雨抚摸着父亲瘦削的手,点点头问:"爸,你感觉好些了吗?"

"说是心血管堵了。好在你叔叔婶婶送医院及时,没什么大碍。我这看到你啊,就好多了。"

连续打了三天的点滴,老人身体比较虚弱,说了两句就开始喘粗气,又闭目休息了。

离开病房,谢雨疲惫不堪地回到家。

一进门,妹妹和弟弟就喊着姐姐跑上来,一左一右抱住了谢雨大哭,说家里没有大人,我们又饿又害怕。

谢雨听了难过,眼泪扑簌扑簌掉下来。

家里的玩具厂停工了。这是谢雨的决定。

为了帮马卫东及时缴纳罚款,谢雨一咬牙一横心,把工厂采购原材料的钱全拿了出来。

谢氏玩具厂还是手工小作坊的时候,叔叔婶婶曾垫支一小部分钱购买厂房设备,早些年就已经还清了。老谢知恩图报,说你们是原始股东，继续给分红。叔叔婶婶听不懂，嘴上说家己人哪能分得那么清，心里头明白老谢重感情。

这么多年下来，小作坊勉强维持，有时盈，有时亏，一直没有做大。近几年，随着经济大环境的好转，再加上谢雨的经营得当，工厂有了明显的起色，既上了规模，也提升了档次。叔叔婶婶文化水平不高，平时来家里走动帮忙多，要说这工厂的经营，他们还真没怎么参与。

出于尊重，谢雨知会他们要动用资金。

不曾想，遭到了他们激烈的反对。

"先把罚款缴了，原材料的钱，我另外想办法。"

"这笔钱可不是小数目，你动了，工厂就得停工。"

"你说得轻巧！另外想办法，能有什么办法？"

"我自然会想办法。先缴罚款，人先出来，其他再说。"

"什么叫再说？投产期就那么两三个月，一旦错过了，再弄原材料也来不及了！"

"来不及就来不及吧。他可是我爱人！人比工厂重要。"

"爱人？"

"谢雨你可要想清楚了，他可是缓刑的犯人！"

"那又怎样？"

"一个犯人，是你的爱人。这话传出去，家里人的脸面往哪里放啊！"

"几个月前，还口口声声夸人家年轻有为。"谢雨冷笑一声，"现在就准备落井下石了？"

"唉，我们也是好心劝你呀，怎么能说是落井下石呢？"

"他还有三年才能获得自由，并且留有案底！这样的人，将来，你还会在一起吗？"

"那他也是我的爱人！"

谢雨提高了音量，瞪着通红的眼睛。

"你醒醒吧！他这样的人，今后能带给你什么！"

"他是怎样的人，不需要你们提醒。我要救我的爱人！"

"那我们是谁？"

"你们当然是我家人。"

"那你是要他，还是要你家人？"

叔叔步步紧逼。

"现在是救人要紧！"

"你去救别人，看不到自己家里的危险吗？"

"我当然分得清轻重缓急。"

"玩具厂是谢家的，工厂的钱也是这个大家庭的。你不能擅自动用！"

"小雨，听你叔叔的啊，关键时候，咱可千万不能糊涂啊！"

"你们不能这么……冷酷无情！"

缴款期限迫在眉睫，婶婶挡在门口。

谢雨爆发出惊人的力气，掰开她的胳膊，夺路跑出去。

"你疯了吗，你是要毁掉这个家！"

飞速的奔跑中，家被越来越远地甩在身后。叔叔在院门口跺脚怒吼。

办完汇款手续，谢雨累到虚脱。

她两条腿发软，再也走不动半步，脸色苍白跌坐在路边。

一辆黑色的奥迪驶过，停下又倒了回来。

国土规划局的黄思凡局长摇下车窗，确认是谢雨，就赶紧下了车。

"是你，谢雨，你没事吧？"

他弯下腰关切地问。

谢雨抬头勉强笑了一下,摆了下手说没事,然后一手撑着地面要站起来,结果没撑住,反而重重地侧摔在路边。

黄思凡见状赶紧把谢雨挽起,扶上了车。

在车上,黄思凡递了水,谢雨喝了感觉稍稍缓解了一下。

猛然间,她意识到自己靠在他肩上,赶忙挪开身子说:"不好意思,我没事了。刚才,突然有点头晕。"

到了家门口,谢雨坚持要自己走。

刚下车,就摇晃着一个趔趄。幸好,跟在身后的黄思凡眼明手快地扶住了。

妹妹眼泪汪汪,弟弟见了就哭着喊:"姐姐回来了。"

刚踏进客厅,一把茶壶从里间屋甩了出来,粉碎在谢雨脚下。

叔叔吼道:"混账东西,还有脸回来!你要害死你父亲了。"

谢雨大惊失色:"我爸怎么了?"

叔叔这时看到后面跟着黄思凡,碍于外人面子,就稍微压制了怒火,扭过头说:"下午得知你为个犯人,把工厂都停了,气得血管堵了。医院紧急做搭桥手术。"

谢雨听了转身冲出门外。

黄思凡紧随其后,一同上了车,直奔医院。

在重症监护室外,谢雨隔着玻璃,看着手术后的父亲,面容惨白,身上插满了管子。

她捂住了嘴,身体开始渐渐抖动。突然转身跑开,远远地跑去走廊尽头的窗台边。

谢雨一边哭,一边轻轻地呼唤马卫东。

"你告诉我,卫东,我该怎么办呀?"

黄思凡从后边轻轻地走过来,在窗边站定了,默默看着这个女人。看她柔弱的背影在不住地抖动,他的心瞬间像被什么东西触碰了一下。

他很想上前安慰,却不知道该说什么。

常有人说,距离不是问题。

那是站着说话不腰疼,粉刺长别人脸上才不慌。从最开始,谢雨就觉得,距离是问题,是很大很大的问题。

山东广东,一字之差,相隔万里。

为这个大问题,她与马卫东发生过激烈争执,那还是在学校里。争执归争执,听话的她最终选择了退让。用马卫东的话来讲,就是选择了"相信未来"。

毕业后,尽管没能工作生活在同一个城市,但是朝思暮想,把牵挂寄托成一封封书信,满满地镌刻思念,确实让感情一直在堆积;再后来,电话普及了,日日夜夜,相互倾诉聆听,倒也真的感觉,彼此就在身边。

听马卫东讲过无数遍寒窑十八载的故事,王宝钏的忠贞坚忍让谢雨感动,更让她感动的,是爱情永恒的、神奇的力量。距离,毫无疑问带来苦涩。但是,它同时带给了谢雨期盼,深深的期盼。对有朝一日团聚的渴望,让谢雨觉得生活很甜蜜。爱情不断地堆积,始终把她的期盼高高地托举起。

等待不容易。等待本身并没有那么美好,美好的是等待的那个结局。在等待的过程中,谢雨也曾经有过落寞和消沉,但那都是很短暂的几次,每次都迅速被马卫东温暖的笑容、一本正经的保证和甜蜜火辣的情话,消解得无影无踪。

从小到大,谢雨都很听话。听话从来没有错,小时候听妈妈的话;后来,听卫东的话。与其说,她相信未来,倒不如说,她相信的是,马卫东。

只不过，马卫东所说的未来，一直没有来。

这次，面对突如其来的困境，谢雨真的痛了。

她感到头痛，感到心痛。痛到说不出来，甚至，痛到哭不出来。

确实，长辈们说得没错，从小到大，她都没有像现在这样，这样不听话。以前，她很看重他们这样的评价。现在，不重要了，或者说，听不听话，对她没那么重要了。现在，她什么也不要听。

她唯一需要的，是马卫东的肩膀。只要让她靠一靠，就那么静静地靠着就好。

可惜，这么卑微的愿望，却成了难以实现的奢求。因为，距离。距离，似无形的墙，似无形的手，在隔开他们，在拉远他们。

现在，两个人似乎都有些惧怕拿起电话。很多次，看着最熟悉的那个名字，却迟迟按不下拨出键。即使，终于鼓起勇气，艰难拨通后，对话也变得经过筛选，小心翼翼。

俩人似乎都在掂量着，刻意寻找或回避话题。

"你父亲，好些了吗？"

"嗯，稳定了。"

"妹妹、弟弟呢？"

"也都，还好。"

"那你，忙得过来吗？"

"婶婶经常过来帮忙；妹妹快要中考了，学习很紧张；弟弟小学四年级了，乖了很多，也好带些了。"

"小雨，你不容易。自己一个人，里里外外的。"

"嗯。阿姨，近来也好吧。"

"嗯，我妈最近挺好的，心跳血压都正常。她还是经常问起你。"

"嗯,你让阿姨别太牵挂我这边,我挺好的。"

说起王药师,谢雨鼻子微微发酸。王药师就像自己已经离去的妈妈,关心疼爱她。

"你的钱,我尽快想办法还你,工厂不能停工太久。"

"黄思凡,就是那个师兄局长,找人帮我申请了专项应急贷款,这周就能到账。"

"哦,那,那就好……那,谢谢他。"

"东雨,销售还好吗?"

"挺好的,小葛的原有客户渠道很稳,我又联系了一些上下游的商家。有机会,你能……我是说,如果,你来的话,可以来看看……"

"嗯,家里这情况,还有玩具厂。我,我,现在很难走开。"

"嗯,我暂时,也很难。嗯,离开济南要申请。"

"我知道。"

……

渐渐地,每次通话,翻来覆去都是这几句,可有可无。需要回避的话题,几乎无时不在,无处不在。

曾经甜蜜的通话,变得生涩起来。

与马卫东通电话,原本是谢雨的每日开心果,是她快乐的动力源。现在,似乎成了要克服的障碍。

"卫东,你让我听话,我就一直很听你的话。"

"但是,你答应过的事,答应了好多次、好多年的事,却一直还没有兑现呢。你说,毕业后在一起,可是你没有;你说,搞好了东雨,就在一起,可是你没有;我去济南时,你来广东时,这么多年,你一直说我们会在一起。可是,一直都没有。"

"我一直听你的话,可你,说话不算数。"

她在心里静悄悄地埋怨。

一边埋怨，一边心疼。

"马卫东，做人要有口齿。"

"你说好了，春天一到，就要娶我……"

3.

在最无助的时候，黄思凡的出现非常及时，不论是对风雨飘摇中的谢家，还是内心彷徨凄楚的谢雨。

没有黄思凡，贷款就拿不到，工厂就没法恢复运转，谢家一家人的生计焦虑就不会得到缓解。这一连串的因果，谢雨心里很清楚，也很感激。

但是，她并不想黄思凡过多地出现，不想他走得太近。黄思凡关切温柔的眼神，会让她局促。

两个多月以来，黄思凡几乎天天出现。

从 ICU 一直到普通病房。他的出现让谢炳康精神振作，脸上逐渐有了笑容。一来二去，两人寒暄攀谈，越来越投机。

每当黄思凡告辞时，谢炳康总是催促着谢雨去送送。稍有迟疑，他都会露出长辈责怪的眼神，话却又似乎是说给黄思凡听的。

"我家小雨啊，任性惯了。你多开导开导她。"

谢雨小声怪父亲："开导什么啊，我不好好的嘛。"

这天，谢雨去窗口缴费。

"您的爱人已经缴过了。"柜台的姑娘说。

一句话惊得谢雨手脚发麻，待在原地。

"卫东？"

"卫东你来了？你在哪儿呢？"

她急切地四周打量，心脏在剧烈地跳动，几乎要跳到嗓子眼。

"他这段时间天天来，我们都认得您爱人了。"姑娘看她在四下找人，紧接着说。

"哦。"

谢雨这才意识到，她是说黄思凡。

收费处的另一个小姑娘说："是啊，姐，您爱人又帅，对您和父亲又好。您真有福气！"

谢雨又羞又急，接不上话，红着脸匆匆走开了。

回到家，一进门就听到弟弟欢快的笑声。

弟弟蹲在地上，开心地摆布着围躺在他身旁的变形金刚，这霸那虎地挨个点名字，时而还简单讲一下名字来历。妹妹端了热气腾腾的菜上桌，深深地吸着鼻子说好香啊。

谢雨纳闷地看看地上的弟弟和桌子上的菜，向厨房走去。

黄思凡一边解围裙，一边爽朗地招呼。

"大小姐回来啦！我这时间控制得怎么样，刚刚好吧。"

"这人怎么这么不把自己当外人呢？"

谢雨思忖着，黄思凡已经接过她的手袋，说快去洗手吃饭吧。妹妹就拉起弟弟说别玩了，咱去洗手。弟弟恋恋不舍地放下霸天虎说我也饿了。

"黄局长，您看您，到家里来做客，怎么还好意思让您做饭。"

黄思凡的热情招呼，让谢雨觉得自己倒像是客人，站也不是，坐也不是。

"哎呀，谢雨，你这跟我还客气什么。我正好下午有空，就提前点下班，买了菜过来。"

不知道是黄思凡有孩子缘，还是真的烹饪水平高。妹妹弟弟都吃得很开心。弟弟吃得满脸油光，捧着碗递给姐姐说，再给我盛一碗。

谢雨又好气又好笑地瞪着弟弟："平时也不见你这么能吃。"

黄思凡哈哈大笑："好好，这么给大厨面子，我下次再做给你们吃，好不好？"

弟弟迫不及待地说："好呀，你最好天天来！不过，要记得，给我带最新版的变形金刚！"

"要求这么多，老实吃你的饭吧！"

谢雨又瞪弟弟一眼。

吃完饭，谢雨收拾了碗碟，端进厨房刷洗。黄思凡跟进来抢着洗。

"不劳烦您了，黄局长，您去歇着喝茶吧。"

"我歇什么歇，男女搭配干活不累，你打个下手就行。"黄思凡又抢过碗去洗。

"黄局长，这么多天，您老是帮我们家里忙东忙西，真是让我过意不去。您平时工作那么忙，还要照顾家里，就别再惦记着来帮我们家了。"

谢雨接过他洗好的碗筷，边擦拭边说。

"你别一口一个您，也别叫我黄局长了。从中学到现在，咱们认识这么多年了，不早就是朋友了吗？朋友间，那么客气就太生分了吧。"

黄思凡乐呵呵，利索地冲洗着。

"哦，我是说您，哦，你，平时公务繁忙，家里家外很多事情，我这里，就不要再给你添麻烦了。"

"看你说的，再忙，我也得回家，也得吃饭呀！"

谢雨一时语塞，心想这人真能强词夺理。

"我呀，单身狗一条，自己吃饱全家不饿。到你这里来啊，其实

345

算蹭饭。谢雨啊，不是我说你，好歹我也是你师兄，你能不能大方一点，添双筷子匀口饭吃。我觉得，你弟弟就比你热情，比你好客！"

谢雨听他这么一讲，怔了一下。这才隐约记起，有人说过，黄局长是钻石王老五。当时没往心里去，后来就压根不记得了。

被他抢白自己小气，谢雨一下不知道怎么往下接话。

又过了几天，谢炳康可以出院了。

黄思凡执意要陪着一起接老人。谢雨各种理由拦了半天，都被他轻松化解了。

黄思凡做事周到，考虑细致。自己开了凯美瑞，说咱自家的事，就不用公家的车了。

谢炳康笑着点头，说你看人家做领导的，就是周全。

到了家，叔叔婶婶也都在，屋子早已收拾干净，并且做好了饭菜。大家欢欢喜喜聊了一会儿，黄思凡起身就要告辞。谢炳康说吃了饭再走吧，叔叔婶婶也赶忙拦着，说准备半天，饭菜都好了。黄思凡说局里确实还有事，身不由己。谢炳康不好再强留，催着谢雨去送送。

"谢谢啊。"快到门口时，谢雨拿出一个厚厚的信封，"这是我爸住院，你垫付的费用。"

"哪能分这么清楚啊。"黄思凡边说边推，扭头就走。

谢雨急了，说怎么能不弄清楚呢，一把拉住了他。

黄思凡低头看她白皙的小手，正抓着自己的手腕，故作惊讶："看不出，这么柔嫩，还这么有劲啊。"

谢雨听了羞得脸通红，把信封往他手上硬塞。

慌乱中谁也没接住，红花花的钞票撒了一地。俩人赶忙同时蹲下身子捡拾，不小心头撞在一起。

谢雨尴尬得脸更红，恨不能钻到地缝里去，就回头叫看热闹的妹妹弟弟。

"傻愣着干啥,快过来帮忙捡呀!"

黄思凡看场面实在有些乱,也不好再过多推让,就收了信封,扭头又往外走。

"还有……"

谢雨叫住他。

黄思凡收步看着她。

谢雨羞红了脸,头也不敢抬地说:"之前,你帮我申请贷款,给我男朋友救了急,我很……很感谢你。"

黄思凡故作正色道:"那可是救谢叔叔的急,救工厂的急,你可不要张冠李戴。"

"反正,就是很感谢你。"

"嘿嘿,别人说感谢还可以。你说,我就不爱听。"

黄思凡笑着挥挥手,头也不回地走了。

谢雨回到家时,看到一家子人都已经围坐在餐桌前。父亲和叔叔婶婶在聊天,妹妹弟弟被约束了没动筷子,都在等她。三人聊得开心,直到她进来,还在呵呵笑。谢炳康精神明显比之前好了很多。

"什么好事,你们这么开心。"

婶婶故作神秘地笑着:"看你有好事,我们当然开心啊。"

叔叔说:"这个黄局长,是要相貌有相貌,要才能有才能啊。"

婶婶补充:"你俩还是同一个中学毕业的,师兄师妹。真是缘分呐。"

叔叔说:"你这个师兄真是年轻有为,前途无量啊。"

婶婶又补充:"那是啊!关键人家对咱谢雨啊,特别用心。"

"哎呀,什么有为啊,无量啊,用心啊,这跟我有什么关系呢。"

谢雨看着叔叔婶婶你一言我一语,像在说对口相声,觉得又好气又好笑。

"怎么没有关系?关系可大了,跟你有关系,跟我们全家都有关系呀!"

婶婶越说越高兴。

见妹妹弟弟也在望着自己笑,谢雨就指挥他俩:"吃饭吃饭,有什么好笑的!"

谢炳康开口:"你这孩子怎么说话呢,怎么能说没有关系呢?我们都看出来,人家对你的好,你看不到?"

"你们看出什么来了,我看不到。"

谢雨噘嘴,低着头。

"如果不是因为你,谁乐意天天跑医院,天天跑别人家里。"婶婶一边给每个人盛着汤,一边乐呵呵地瞅谢雨。

"谁让他天天跑了,我就不乐意。"

谢雨没好气地说。

"要照叔叔说啊,谢雨你可不能大小姐脾气。人家黄局长,这么有诚意,你要珍惜才……"

"什么有诚意,我珍惜什么呀我珍惜。"

谢雨听着把筷子按在桌子上。

"我有男朋友了呀,马卫东他……"

"哎呀,谢雨,你可不要那么认死理。岁月不饶人,你现在年龄可不小了。谈恋爱也要看合适不合适,合适在一起,不合适了就再找,谁也不欠谁,对不?"

"就是啊,现在情况变了。这姓马的不仅一无所有,还背了一屁股的债,这欠咱家的钱还没还呢!"

叔叔婶婶又开始左右夹攻。

"他欠的钱，也是我欠的，我们俩一起还！"

"你不说他还好！"谢炳康听着生气，把饭碗一推说，"你一说他我就来气！就是他，害得我住院，害得工厂停工！这么多年，他做了什么？什么也没做！反而做进了牢房！他算什么男朋友，他就是个诈骗犯，现在还在服刑的诈骗犯！"

谢雨腾地一下站了起来，把一桌人都吓了一跳。

妹妹见势不妙，赶紧拽着弟弟躲进了房间。

谢雨嘴角抖动着，眼里已经噙着泪水。

"马卫东，只是被骗栽了跟头。他不是犯人，他更不是骗子。你们不能这样落井下石！"

说完，她气冲冲地跑回房间，重重地摔上了门，把起身劝阻的婶婶挡在门外。

见此情形，谢炳康气得浑身颤抖，捂住了胸口。

叔叔婶婶赶忙上前劝他，你刚出院，医生说了，这病千万别激动。

谢雨仰面躺在床上。

眼泪模糊了双眼，泪水止不住地流淌，沿着两颊流到床单上。她用双手去捂住眼睛，泪水还是不断地夺眶而出。

……

哭累了，谢雨坐起来，揉揉眼，欣赏照片。

大大小小的相册铺满了床，一张张和马卫东的照片。

大学期间，在操场上、在池塘边、在图书馆；在济南时，千佛山下、大明湖畔、趵突泉边、黑虎泉边；在广东时，韩江边、广济桥、流花湖、白云山。各种款式、各种颜色好看的衣服，洋溢的笑脸，俩人各种姿势神态，摆拍抓拍。

谢雨仰面、侧卧、趴着，换着各种姿势，在床上细细地翻看，边看边自言自语地跟马卫东聊天。

谢雨久久地注视着最喜爱的那张。

那是相识的第一个中秋节。

他俩唱起《夫妻双双把家还》。她扭身半蹲下，身形娇巧。马卫东憨憨地伸长脖子，很默契地伸出手指。俩人共同眺望远方，洋溢着青春的笑脸，幸福简单。

整整一个下午，谢雨看着照片，一会儿哭，一会儿笑，笑一会儿，哭一会儿。

直到天色暗下来。

谢雨在心里责问他，你怎么还不来看我，今天怎么又没打电话来；又问自己，你为什么不打给他。可是，我打电话给他，说什么呢……

挣扎一番后，终究没有拨出那个最熟悉的号码。

埋怨一会儿，又开始心疼。

亲戚朋友、老师同学的钱都退还了吧？

是不是每周还要去公安局报到？

是不是还有很多人在八卦你的遭遇？

……

"卫东，说好的春天已经过了。做人要有口齿，你说话要算数的。"

谢雨又开始默念。

这是最不能触碰的。

哪怕稍微一想起，她的心尖儿都会刺痛。

……

不能一直这么待在床上，就像不能生活在照片里。

谢雨知道，卧室外面老的老、小的小，都还要自己照料。哭够了，她走出房门,客厅安安静静。她轻轻推开父亲卧室的门一条缝,看到谢炳康躺在床上闭着眼睛,紧皱着眉头,应该没睡着。她小声叫了两声,父亲翻了身对着墙,没有回应。谢雨轻手轻脚进去,给床头茶几上的杯子续上热水。

厨房里,妹妹坐在板凳上择菜,弟弟在她旁边摆了变形汽车玩儿。

姐弟俩小心翼翼地看着姐姐进来。

妹妹小声说我准备做饭。

谢雨搂着她的肩膀,又摸了摸弟弟的圆脑袋,安慰他们:"我没事了。"

弟弟突然问:"姐姐,你喜欢哪个大哥哥?"

妹妹想阻止他,已经来不及了。

谢雨愣了一下。

她看着乖巧文静的妹妹,又看看天真可爱的弟弟,一时不知道怎么回答,就问妹妹。

"你呢,你觉得哪个哥哥好?"

妹妹怯生生不敢讲。

"你照直说,心里怎么想,就怎么说。"

谢雨鼓励她。

妹妹小心观察着谢雨的面部表情,鼓足勇气说:"两个都挺好。以前,我总是听你说卫东哥哥,家里有好多他寄来的信和明信片。我还看过好多你们俩的照片。他的样子、他的名字,我最熟悉。"

"但是……"

"但是什么?你照说,没关系的。"

妹妹有些犹豫:"大人们都说那个,卫东哥哥,什么都没有,只会拖累你……"

她没敢提大人们议论最多的那两个字:"犯人。"

"你呢?"

谢雨摸着弟弟的圆脑袋问。

弟弟直截了当:"我喜欢现在这个大哥哥!他说,只要一出新的啸天虎,就会买给我。"

妹妹批评弟弟:"被玩具收买了,你这叫见利忘义。"

弟弟不服气,反击揭露:"哼,明明你刚才还说,黄哥哥做的菜好吃。"

妹妹争辩:"明明是你吃得最欢!"

谢雨又好气又好笑。

"你们俩呀,谁也别说谁了。我看呀,都是动摇分子,说变就变,都靠不住。"

妹妹弟弟马上改口,争着说:"我们听你的。""姐姐,你说了算。你说谁好,就是谁好。"

谢雨满意地笑了:"这就对了!"

4.

人就是这样,明明很累了,却不肯停歇。

即便身子停下来,脑子还是不肯停。

谢雨现在就很累很累,脑子却乱得很。

她累到什么都不想想了。可真是奇了怪了,各种想法像庞大的蚂蚁兵团,黑压压地覆盖过来,没有什么能让它们停下来。即便洗着菜,一会儿想,马卫东这会儿在干什么呢?一会儿盘算,工厂交货期快到了,得赶紧招聘几个临时工;一会儿又犹豫,等会儿怎么叫爸爸吃饭,他要是还赌气不吃怎么办?一会又开始琢磨妹妹弟弟刚才说的话。

门铃响了。

妹妹开门,领了黄思凡进来。妹妹冲谢雨使了个眼色,谢雨读得懂,那意思是,看吧,说曹操,曹操就到。

黄思凡双手拎满了各种肉和蔬菜。

弟弟一见到他,就炫耀自己拼装的玩具。

手上的袋子还没来得及放下,黄思凡就饶有兴致地欣赏起来,不住口地夸赞:"哇,这么厉害,带挂斗的车是很难拼装的,真不愧是追风少年、精神小伙!"

弟弟听到最新潮的评价,得意地看了一眼谢雨。

"你看看,弟弟玩的变形金刚,多有创意和想象力。你们谢氏玩具厂啊,也真应该好好琢磨,向人家学习学习。"

黄思凡笑呵呵地挽着袖子。

"你怎么,这么快又来了。"

话一出口,谢雨觉得自己有点失礼。

果然,黄思凡不满:"哎哟,还嫌我快了!实话说吧,我中午回去就加班,一直到刚才。我还没吃饭呢?"

谢雨听了只好说:"那,那我们赶紧做饭。"

黄思凡从袋子里掏出来鸡翅,冲着弟弟晃动:"今天晚饭,我给你露一手可乐鸡翅好不好?"

弟弟蹲在地上,瞪大了眼睛,拍手称好。

谢炳康闻声走了出来。

谢雨说爸您起来了。老谢没有搭腔,笑着跟黄思凡打招呼。

"难怪孩子们这么高兴,原来是黄局长来了。"

黄思凡用潮汕话说:"阿叔,我们家己人,您可别叫什么局长,搞得我怪不好意思的。"

谢炳康说:"好好,那咱们就不见外了。小黄,咱俩去甲爹(喝茶)吧。"

谢炳康一见到黄思凡,精神就立马好了很多。黄思凡说什么,他都听着顺耳;做什么,他都看着顺眼。两人直接用潮汕话交流,更让他觉得亲切自在。

"谢叔叔,您先喝着茶稍歇一下。我去给谢雨搭把手,很快就能做好饭。"黄思凡说着走进厨房。

正在发愣的谢雨回过神来,赶紧又低头洗菜。

谢炳康满意地看着他俩在厨房忙活,招呼妹妹弟弟离开厨房,出来玩儿。

黄思凡手脚麻利,烹饪技术很不错。

他一边挥舞锅铲炒菜,一边乐乐呵呵地给谢雨讲各种笑话。谢雨看他翻炒的手势娴熟,但是笑话讲得都不怎么好笑,就有一搭、无一搭地回应着,偶尔赔个笑容,让黄思凡误以为自己的笑话讲得不错。

热气腾腾的菜端上了桌,洗了手的弟弟欢欢喜喜地抓起鸡翅就啃。黄思凡说对了,等一下,然后回身去拿了一瓶酒出来。谢雨看到父亲两眼放光的样子,赶紧提醒,爸您这心血管的毛病,医生嘱咐不能喝酒。

谢炳康听了着急,黄思凡及时解围。

"放心吧,我这酒可是经过专家鉴定、权威医疗机构认定过的。这酒是特制的,有助于血管康复,不仅安全,还活血化瘀。"

谢炳康听了喜不自禁,连声说好,赶紧倒上。

谢炳康谈兴很高。

潮汕地区的文化和历史,潮汕地区的发展,潮汕地区的名人,但凡与潮汕相关的,他说起来都很起劲,从古到今、旁征博引、滔滔不绝。黄思凡恰恰这些方面的知识储备也足够多，哪个是潮州的，哪个是揭阳的，从晚清末年到辛亥革命，从解放战争到改革开放，从革命家、理论家、军事将领，到全球富豪甚至歌手明星，他总能配合着谢炳康的讲述，恰当地列举出很多名人掌故，及时支撑谢炳康的观点。

这让谢炳康如遇知己，兴致更高。

一顿饭吃到很晚，谢雨提醒父亲："你该休息了，人家黄局长也很辛苦了。"

谢炳康说："怎么还叫黄局长，不是都说好了，在家里不见外吗？"

黄思凡说："就是啊，叫小黄、叫思凡都行。"然后转头对妹妹弟弟说："你们就叫我思凡哥，好不好？"

"好啊，思凡哥！"

姐弟俩异口同声，愉快地答应。

谢炳康拉着黄思凡的手，依依不舍地说："现在的年轻人呐，很少像你这样，能跟我这老头子聊得起来，熟悉这些历史典故。"又对谢雨说："别说年轻人，就是你叔叔也聊不起来呢。"

黄思凡说："那我以后就常来陪您聊。听您讲那些典故，长知识、开眼界，胜读几年书啊。"

谢雨笑着说，这还越说越起劲了，不早了都该休息了，就推着老的小的，都赶紧进房间。

谢炳康笑逐颜开，嘱咐说好好送送小黄。

谢雨听着觉得既别扭又好笑，暗想什么叫好好送送啊。

出了院门口，黄思凡站在路边等的士。

他看着远处高高低低的楼房，感慨道："这万家灯火，多迷人的景象。可惜，没有一盏是为自己点亮的。"

谢雨说："你回到家，进了屋，灯就亮了。"

他说:"我希望的是,快到家时,远远看到,灯已经亮着,为我点亮。"

谢雨沉默。

黄思凡回身望着谢雨家,深情地说:"好希望,家就像这里一样,温暖有灯光。"

谢雨听了心里怦怦跳,远远见的士过来,赶忙招呼送他上了车。

回到家,正要关客厅的灯,谢炳康从卧室走了出来,说怎么这么快就回来了。谢雨说送上了车。父亲说应该多陪人家说会儿话的。谢雨不情愿,又不敢顶嘴。

父亲示意坐会儿,谢雨便坐了。

"我看思凡这孩子很不错,谈吐举止都有教养。"

谢雨眼观鼻,低头听。

"之前接触不多,知道人家年轻有为,是个领导,对咱们整个市的规划建设贡献很大。"

"这段时间啊,接触多了,越来越发现思凡这孩子,真是不错。有知识、有品德、有格局,懂得关心人。你看咱们家啊,近期大事小事不断、麻烦不断,包括我得这场病,多亏了有人家思凡帮忙照应啊。"

谢炳康稍停顿一下,看看女儿的反应。

谢雨点点头,继续看自己的脚尖。

"我说的这些都是实情,但都不是最重要的。最重要的是,思凡这小伙子对你很用心,人家对我这老头子和妹妹弟弟好,也都是因为你,因为对你用心。我说得没错吧?"

"哦,没错。啊?不是……"

"你这孩子,不要诈蒙扮傻。"谢炳康嗔笑,"眼看你也三十岁的人了,人生大事该抓紧了,听爸爸的话啊。"

谢雨心想父亲说得也有道理,这个话题老是回避也不是办法,就暗自咬咬牙,鼓起勇气:"爸爸,您说的我都听到了,您说得也都对。"

谢炳康听了欣慰地点点头。

"但是,我已经有男朋友了。"

谢雨柔声细语地说,尽可能平复激动的心情。

谢炳康听了勉强笑一下。

"你从小就品性纯良,我们也一直引以为豪。你重感情,这是好品质。但是,只要还没有登记、没有摆酒,就都还是自由身嘛。"

"可是,去年卫东来咱家,我俩已经向您提过登记的事了。"

"去年,是提起过。但是,现在情况变了啊。船行水中,咱不能刻舟求剑啊。况且,那个人,他现在不是自由的人啊。至少三年内,他都不是个自由人。"

谢炳康打心里不想提起马卫东这三个字。

"可是,我们感情很好。"

听父亲提到马卫东的现状,谢雨的眼泪不争气地扑簌掉下来:"我爱他!"

谢雨可怜兮兮的样子,让谢炳康看在眼里,急在心里。

他握着拳轻轻敲击着茶几。

"三十岁,对于人生来讲,只是起步阶段。但是对于一个女人来讲,极其宝贵。究竟什么是爱,你认真想过没有?爱是对家庭、对未来的承诺,你的爱,只是停留在过去,为过去的那个人。你现在看看自己,再看看这个家,你不觉得你的爱,太狭隘、太自私了吗!"

父亲的话重重撞击着谢雨。

她忍不住又哭了:"爸,您就让我狭隘一回、自私一回吧,我就是放不下啊!"

"你呀！"谢炳康捶着茶几，重重地咳嗽起来，喘着粗气说，"我这把老骨头没什么用了。你要自私、要作践自己可以，去跟那个负债累累的犯人在一起。可你，怎么对得起妹妹弟弟，怎么对得起你的母亲！十年了，你让她，怎么能够安心瞑目啊！"

父亲的话如刀子，字字句句戳心。

谢雨泪如雨下，无力垂着头。

妹妹闻声轻轻走出来，搀着父亲劝他去休息。

谢炳康眼圈通红，看着不争气的女儿，哀叹着摇头，挪动进了房间。

客厅空无一人，只有大座钟在嗒嗒地摆动。

茶几被哭湿了一大片，谢雨起身抽搭着鼻子，关灯进了卧室。

她无意间看了一眼梳妆镜，自己眼眶乌黑、眼睛红肿，披头散发，苍白憔悴。

看自己这副惨兮兮的模样，谢雨不禁咧咧嘴，趴在枕头上又呜呜地哭了起来。

过了好久，谢雨扯了纸巾擦擦眼睛，怔怔地看手机。

最熟悉的那个号码，拨过去，"用户已关机"。

他俩已经有好几天没有通话了。这在以往，是不可想象的。

谢雨努力瞪大模糊的泪眼，惊讶地发现通话记录里，自己其实每天都在拨这个号码。很多、很多次，长长、长长的一大串，只是摁了又挂掉，根本没有拨出去。

最近又最遥远的声音，最想念又最害怕听到的声音，让她无数次拿起电话，摁下的瞬间，又慌张挂掉。

现在听着"您拨打的用户已关机"，谢雨反倒有种莫名的释然。夜已深，确信他不会接听了，她也就放心大胆了。

一次又一次，谢雨固执地重复拨打，那个已关机的号码。

直到精疲力竭,昏睡过去……

5.

马卫东关机了,自然没有接到电话。

他关机没啥情况。现在,马卫东生活规律,每晚十点,按时睡觉。因为爸妈都睡了,家里很安静,他不想发出声响。

自从羁押释放以来,每天除了去"东雨卫浴"守着八大金刚,他都在家待着。

现在,储琴回到了东雨。

有她打理,店里的事基本不用马卫东操心了。他腾出更多时间在家照顾王药师。

这样的生活,得到了公安局民警的口头表扬。

"这小子严格执行了自我约束。"

平静的日子,马卫东更加想念谢雨。

他想念谢雨的细弯的眼睛、娇挺的鼻子、红润的嘴唇,想念她小巧玲珑凹凸有致的身体,想念她白皙细长的手指,想念她脖颈发梢处,独特的淡淡香气,想念她缠绵的亲吻,想念她紧密的拥抱。

他想念谢雨的笑,笑起来眉眼细细弯弯;想念她的声音,像风铃悦耳动听;想念她调皮戏谑地眨眼睛,想念她故作生气时噘起小嘴。

他想念俩人在一起的美好时光。

在沙发上、在床边、在书房、在客厅、在阳台、在厨房、在东雨、在公交车上、在千佛山下、在大明湖畔,在济南的大街小巷。

谢雨无处不在。

黎明朝阳升起、晌午烈日蝉声、黄昏余晖彩霞,雨后鸟鸣的清晨、万家灯火的夜里。

谢雨无时不在。

越是想念,他越是感到惶恐。现在,马卫东真切地感受到,有些时光正在悄悄逝去,有些影像正在渐渐模糊。

为什么之前都没有这样的不安呢?是因为之前春风得意,忽略了危机;还是自己只顾一路疾驰,没有留意身边谢雨的颠簸感受;抑或是这么久以来,他都想当然地认为谢雨就是自己的,并且只能、永远是自己的。

毕业以来,他从没担心过会失去。为什么要担心、有什么好担心的呢?他对谢雨有信心,她是那么单纯、那么善良、那么听话的好姑娘;他对自己同样有信心,自己心无旁骛地爱着谢雨,从没有过其他非分之想;过去不曾担心,将来也不用担心。反正,俩人迟早会生活在一起。难道不是吗,只要心在一起,一切都不是问题。为什么要庸人自扰,为什么要杞人忧天呢。

是的,他很早就做出过承诺。那也是非常应该的。他的承诺是认真的,可不是敷衍的,更不是虚伪的。这么长时间以来,俩人共同相信并坚守着这份承诺。他说过,距离不是问题。他喜欢俩人之间的这种状态:时空相隔、彼此思念。思念让爱既深刻、又自由,无拘无束、无所畏惧。他甚至觉得,这种状态,比所谓厮守在一起的拥有更加可贵。

承诺,像韧劲十足的皮筋,被马卫东拉扯得很长。

现在,一切不同了。

身陷囹圄,马卫东才深切感受到,"等待"二字的沉重。等待中的日子,居然是那么无助、那么漫长。然而,这么多年来,自己却一直让小雨在等待,无知并且自信地等待。他描绘承诺轻松愉快,谢雨相信承诺义无反顾。然而,承诺的美好,并没有在等待中到来。

多年的承诺和长久的等待,换来的是现如今冰冷的局面。别说未来,即便眼前的现在,都让俩人踌躇不安。

跟谢雨通话让马卫东发怵,面对面更是不敢想。

不记得有多少次,马卫东在浴室里使劲揉洗着眼睛,抬起头时,对着镜子里落魄的自己说:"你放了她吧,你这是自私!别再耽误她,哪怕是以爱的名义。"

可是,一旦想到放手,这个念头像针,深扎到他的骨头里,钻心地剧疼。

不记得有多少次,马卫东鼓舞自己,不要被眼前的、暂时的困难吓倒。

弃我去者,昨日之日不可留;

乱我心者,今日之日多烦忧。

长风万里送秋雁,对此可以酣高楼。

蓬莱文章建安骨,中间小谢又清发。

俱怀逸兴壮思飞,欲上青天揽明月。

抽刀断水水更流,举杯消愁愁更愁。

人生在世不称意,明朝散发弄扁舟。

即使财富、即使朋友都从此离去,只要他俩心在一起,大不了去住寒窑、弄扁舟。

承诺过的春天已经过了。

但是承诺不能随之消逝。

"我一定要兑现!"

马卫东想起谢雨常说的话:"做人要有口齿。"

但是,兑现承诺,是要有资本的。掷地有声,不能仅靠嗓门大,得凭实力说话。然而现在,马卫东缺的恰恰就是实力。不仅事业和财富是实力,现在,他深刻而又无奈地体会到,自由都是实力。

他一无所有,连自由都不完整。

"我现在不仅没钱,还负债几百万。这样子去找谢雨,是拯救爱情,还是拖人下水?我以服刑身份去找她,是勇敢,还是无赖?"

马卫东眼睛通红,唠叨了很久。

"你说,你跟祥林嫂有什么区别!这些话,你翻来覆去还要说多少次!"

高翔一直皱眉低着头,用力地吸着烟。听到这儿,终于忍耐不住了,狠狠地把半截烟摁在地上。

小梅看丈夫的狗脾气上来了,赶忙上前扯住打岔。

"你看你,人家储琴打扫得这么干净,你就随地乱扔烟头!"说着,瞪圆了眼睛用眼神的火力压制他。

储琴在一旁默默地擦拭着木浴盆。

她早就习惯了马卫东这样。

无论有没有高翔两口子在,她永远是安静的倾听者。

"再给我三年时间,让我从头再来,我发誓!会给她永远的依靠,给她幸福的未来。我会,坚守承诺。"

对于高翔的脾气,马卫东早就习惯了。

"马卫东,你还好意思发誓?"

高翔听着,火又上来了,噌噌两步上前,指着马卫东:"这么多年,你就剩这张嘴了,死死地咬住了人家谢雨!坚守、坚守,谁稀罕你这廉价的坚守,人家要的,是兑现!"

"高翔,你住嘴!"小梅也急了,挤到丈夫跟前,"你别来劲啊!人家卫东这些年,一直在努力。你眼睛长脚上了没看到?你以为你是什么好东西!你怎么不说说自己,你赶紧去撒泡尿照照!你的专著呢！还有，你的合集呢！"

高翔一下被小梅劈头盖脸地骂愣住了。

"你这，你这，干吗呢……"

高翔想了半天，也不知道怎么回答，急得胡乱捋了两把头发："这都哪儿跟哪儿啊！"

马卫东认真看着高翔挨训狼狈的样子，突然觉得画面有些熟悉，就想起了王药师和老马，不禁哑然失笑。

"你？你笑什么？"

高翔一脸狐疑。

自己的严词棒喝，并没有收到醍醐灌顶的效果。

马卫东的笑，反而令他迷糊了。

"班长，我听你的。从女性的角度看，我这样想，对还是不对？"

笑过之后，马卫东一本正经地请教小梅。

"我？"

小梅一时没有准备，侧头看了一眼储琴，她已经拿着抹布攀到高处。

"女人不容易……谢雨，她当然看重永远。"小梅低头想了想，"但问题是，你说的永远，是有多远？"

马卫东心里一震，突然想起。

毕业前的池塘边，水面波光盈盈。

谢雨挽着他的胳膊，轻声地这样问。

"永远，是有多远？"

"未来，什么时候会来？"

那个场景，转眼许多年，仿佛就在昨天。

6.

"江东子弟多才俊,卷土重来未可知。"

马尚安对儿子总是信心满满。马卫东看着日渐变老的老马,内心很温暖。

他决心从头再来。就像多年前,葛俊峰那样。

他想起给葛俊峰打电话。

自从收到信后,这是马卫东第一次打电话给葛俊峰。以前的马卫东可不是这样,干脆利落,甭管找谁,抄起电话来就打,接通了就说,说完就挂。

现在他变了。

越是亲近、越是想念的人,马卫东越是惧怕联系。越想听到的声音,越是望着电话犹豫不定。

等了好久,葛俊峰才接。

听筒里传来他呼哧呼哧的喘气声。

"小葛……你这是?"

马卫东拿不准该怎么开启对话。

"哎呀,我的妈呀,是你撒!我刚在跑步呢!"

葛俊峰在电话里欣喜地大叫。

"跑步?"

马卫东以为自己听错了。

"是地撒,东哥!"

在家乡待一阵子,葛俊峰的普通话乡音愈加浓烈,听得出来他很欢快。

"是义肢!政府奖励地,高科技、能屈能伸,装上它能跑能跳。不过,我才刚开始练,很容易摔个狗吃屎,哈哈哈。"

葛俊峰的笑有传染性。马卫东顿时感觉轻松,先前的犹疑烟消云散。

"东哥,你咋地想起给我打电话。我可想死你喽,但是我听小林说过,你不太想和别人联系,也不太愿意说话,我就一直没敢打给你。"

马卫东说:"其实一直惦记着,想给你电话,可又怕打扰你。"

"怕个撒子!打扰个锤子哦!东哥,你还好吧,我们都很想你!"

"我也是。我打电话来,看看你现在过得怎么样。"

"我没的事,我过得好得很。东哥,东雨现在咋样?"

"东雨挺好,店铺重新开了,楼上小林的那间设计室,也用作办公了。对了,储琴回来了。"

"储琴?"葛俊峰欣喜地叫道,"我们都想到了,她迟早会回来,都是为了你,东哥。"

"你们?"马卫东说,"别瞎说,储琴是个好姑娘,人家一心一意要做好东雨。"

"我说的就是撒!储琴比我更能吃苦,更专注。"葛俊峰很兴奋,"她回来,简直太好喽!东哥,八大金刚都还好吧。"

"托你的福,我和储琴,现在跟它们形影不离。"

"噢,辣就好嘛,你跟储琴形影不离。"

葛俊峰说着说着,又开始张冠李戴。

"你问到八大金刚,我正想……"

马卫东开始说起,他接手小葛的沐浴盆后,东雨卫浴的起步和发展。

"东哥,你做事,肯定行撒!"

葛俊峰听得很开心,抓着电话心悦诚服地频频点头:"真地是哈,东哥。我们俩难兄难弟,真地是和八大金刚有缘分。我们都经历过一无所有，然后，又都从八大金刚重新开始。"

"是啊。有段时间，就像《荒岛求生》里的主人公，对着一同飘落岛上的皮球讲话，我也时常跟八大金刚聊天。"

"多巧哩，我也是地，东哥。辣个时候，我和它们八个无话不谈，我经常跟它们介绍东哥。"

"难怪。"马卫东听着，开心地笑了起来，他很久没有这么开心地笑了，"难怪，我觉得它们好像认识我，哈哈哈。"

马卫东不是说笑。

跟八大金刚在一起待久了，待出了感情，也待出了心得。马卫东说起今后的打算：首先是考虑投资建厂。不能光指望着接订单、做中间商，必须掌握主动权，自己控制生产。哪怕规模再小，也要先建起来。

"这工厂，我想好了，就交给储琴负责。"

听完第一点，葛俊峰呱唧呱唧拍掌，差点把电话摔地上。

第二步，加大设计研发力度。八大金刚虽好，但是不能一成不变。要从材质到造型，针对不同国家、不同人群、不同消费偏好，该变脸就变脸、该变身就变身，围绕客户需求，进行设计研发。刚开始，设计紧紧追随市场；今后，要走到市场的前面去……

第二点考虑还没说完，葛俊峰已经惊叫起来。

"乖乖隆里个咚，东哥你真地是厉害哦。八大金刚跟你算是跟对喽。想想这好多年，它们八个跟着我，真地是受了委屈。今后，它们该享福喽！"

马卫东又被他逗笑了。

"说实话，之前，我小看了你的八大金刚。认识的高低决定了视线的长短。卫浴设备其实是老百姓生活水平，乃至国家整体进步的缩影。随着咱们国家的不断发展，卫浴设备乃至整个建材行业，从量到质的发展空间极其大。大到我想起来就兴奋。"

"东哥,现在听你讲,我就很兴奋、我就手舞足蹈、我就想穿上义肢再跑几圈。"

葛俊峰深受鼓舞。

"那我等你跑完再讲最后一条吧。"

"不行,东哥,我先不跑了。我现在就要听。"

"有了生产和设计之后啊,最关键的就是销售了。"

"是地撒,东哥。产品销售太重要了,可惜,储琴嘴也挺笨。我和她,一个老不说话,一个老说错话。东哥,你们离开东雨之后,我最怕的就是销售。我讲话经常词不达意,别人也经常听不懂。"

"你这样挺好,储琴跟你也一样,真诚最可贵。有时伶牙俐齿、花言巧语的销售,反而让人不放心。"

"东哥,你老是夸我。没有你的鼓励,我啥子都做不到。"

"你做得很扎实,已经很好了。但是,面对不断增大、不断变化的市场,单靠储琴和我,单靠传统、简单的方法,去应对挑战是很难的。要想做大做强,得要借力。"

"借辣个的力啊?东哥。"

"互联网。借互联网的力量。"

马卫东把注册"中国建材网"的想法大致讲了。

此时,腾讯的企鹅QQ刚出现,引起了年轻网民的关注。但是更多的人上网只是浏览信息,看热闹。绝大多数网站的作用只是展示信息和聚集人气。

用互联网做销售,没见过甚至没听说过。

马卫东尽可能把自己的创意,讲得通俗简单。

"东哥,我真的不晓得你在说啥子。"

一直在听的葛俊峰终于开口。

马卫东笑笑:"没有关系。只是初步设想,具体怎么做,我还得摸索。"

马卫东关心葛俊峰接下来有什么打算。

灾后的家乡百废待兴。

葛俊峰准备做民宿,通过民宿发展灾区的旅游业。这样既可以参与家乡灾后重建,又能增加当地农民收入。

"四川,山美、水美、人也美,旅游一定能搞得起!"

葛俊峰信心十足。

记得葛俊峰在来信里说自己残疾,不能到处走。但是他有美的眼睛和心灵,可以尽享山水之美,大爱之美。自己腿脚没事,现在却哪里也去不了,还总是羞于见人。相比之下,马卫东有些自惭形秽。

葛俊峰听见电话里没了声音,就问东哥你在想啥子。

马卫东回过神来,继续说:"我在想啊,我的第二条考虑,如果有林若杉助力,那该多好啊。她的设计才华真是杠杠的呢!"

话一说完,电话那头就陷入了沉默。

马卫东思忖,现在提起小林会不会刺激了葛俊峰。当初,谁都看得出,葛俊峰喜欢林若杉,经常目不转睛。

……

"要请本姑娘助力呀,那要看你出不出得起价钱哦!"

电话那头传来欢快的笑声、熟悉的笑声。

"林若杉!你不是……"马卫东抓着电话惊呆了,迟疑着问,"去游历万水千山,去寻找美了吗?"

"是啊!这些日子,本姑娘确实走过了不少大山大河。现在嘛,走累了,就来找小葛了。"

"小葛，就是我发现的美。"

"东哥，若杉她，她……现在是我女朋友了！"

葛俊峰欢喜地插嘴，激动得声音有些抖。

俩人的生活状态很好，从声音就听得出来。

马卫东欣赏着他们发来的照片。

绿水青山之间，葛俊峰比以前胖了一点，也白了一点。林若杉一袭白裙，长发飘飘倚靠在他的肩头。

俩人的笑容灿烂，散发着开心与幸福。那种开心无忧无虑，那种幸福无拘无束。

自己曾经觉得，葛俊峰神神道道、经历坎坷，其实他做人很简单，活得很快乐；自己曾经觉得，林若杉天马行空、飘忽不定，其实她方向很坚定、目标很清晰。

"很多时候，我们自以为是地定义他人，却常常是想多了、想错了。"马卫东心想，其实，简单和坚定的人，就是幸福的。

9
梦别寒窑

1.

镜子里的自己,头发蓬松散乱,两眼红肿得像桃子,连一贯巴掌大、小小的脸也肿得像块饼,腮边还乱七八糟地睡出了几道印子。不记得这副德行持续多久了,但是,谢雨清楚地记得,自己长这么大,从来没有流过这么多泪。即使在大学毕业那年,被马卫东欺负时,也没有难受这么久。

"都怪你。"

谢雨在心里各种埋怨马卫东。

她对着镜子撩起刘海,有意抬了抬额头,哎呀,居然还有抬头纹!

谢雨心想好可怕,又轻声地对镜子说,变这么丑,马卫东也未必敢要你。

看着昨天的通话记录,一大串上百个马卫东在排队,满屏幕都是未接通的拨出电话。

谢雨习惯性地再次摁下。

电话接通了，居然！

声音传来时，谢雨慌得差点把手机掉地上。

马卫东喂了几声，谢雨鼻子一阵发酸，回应了一声"喂"，嗓子却像被堵住了。

"小雨，喂，小雨。"

马卫东的声音不大，但是很清楚。

"小雨，你说话呀。"

"卫东，我……"

谢雨突然很慌乱，不知道说什么好。

"小雨，你感冒了吗，嗓子怎么哑了？"

"我，我没，没感冒。"

"哦，那就好。你没事吧，小雨。"

"没事。"

谢雨一张口才感觉嗓子剧痛，听到马卫东的声音，不知道为什么，她又很想哭。

"卫东，你还好吗？"

"嗯，我还，挺好的。你好吗，小雨，听声音我还担心你病了。"

"卫东，你真的担心我吗？"谢雨心里悄悄埋怨，话到嘴边却成了："卫东，你在哪里？"

"我在，"马卫东的声音有点犹豫，"我在公安局。没事……就是正常报到。"

"哦……那，你忙吧。"

"嗯，小雨你照顾好自己。多喝点水。"

她本来真的很想说："我很想你。"

干涩的嘴唇动了动，却没说出口。

一段时间以来，几番争执和斥责，父亲老谢的情绪像抛物线，从平和到激动，再到愤怒，后来变得哀伤，直至无力摔落在沙地上。

父亲跟她讲话越来越少。

谢雨小心翼翼操持着家里。

暴风骤雨过后，家里暂时安静了。

独自支撑一个家，比想象中难。曾经完整的生活变得残缺凌乱，谢雨很努力地打理着自己、打理着这个家。

黄思凡几乎还是隔一两天就来，有时捎带些肉菜，有时送弟弟玩具。谢雨找不到理由赶他走，至少他来的时候，父亲脸色就缓和很多，妹妹弟弟也开心。

凭良心讲，谢雨对这个热心人并不反感。只是，有时候觉得，家里突然平白无故多了个外人，有点不自在。

对于谢雨的冷淡，黄思凡倒是丝毫不介意。

这个人这点厉害，心理素质超强。反正只要谢炳康和颜悦色，只要妹妹弟弟高高兴兴，黄思凡就觉得来值了。

这天，他肩扛头顶了一大箱的冰鲜海产品进门。看上去晃晃悠悠沉甸甸，估摸得有七八十斤，谢雨赶忙上前帮忙卸下来。搁在地上，妹妹弟弟俩人都推不动，黄思凡乐呵呵地说做苦力还得看我的，说罢就像大虾一样弓起身体推进了厨房。谢炳康在身后连声嘱咐，可小心点，别伤了腰。

在厨房里，谢雨给黄思凡递了毛巾擦汗，小声说："这么重的东西，你也不叫帮手，这要是伤着可怎么得了。"

"哪有那么娇气。"黄思凡满不在乎，"这身肌肉不用也是浪费。再说，我喜欢来你家。一来你家，一见到你，我就有精神，也有劲了。"

"为什么喜欢来我家，老房子、旧家具，小的小、老的老，不是吵就是闹的。"

黄思凡眉毛一挑："这你可说对了。我还就喜欢这家里有老有小、有吵有闹、有哭有笑。"

然后，他又补充道："还有你。"

送黄思凡出门时，谢雨犹豫了一下，想想觉得还是说出来好些，就说你等下。

黄思凡停下微笑望着她。

"那，什么……"

谢雨在斟酌用词。

"叫我思凡。"

黄思凡依旧微笑。

"思凡……我有男朋友了。"

谢雨心一横，直截了当。

"谢雨，我也有女朋友了。"

谢雨一听愣住了。

黄思凡略做停顿，哈哈一笑："她叫谢雨。"

谢雨惊讶自己居然差点笑出来，就赶忙正色道："一点也不好笑，我是认真的。"

"我也是认真的呀。"

"我认真告诉你，我已经有男朋友了。"

"切，有什么好炫耀的。"

"不不，不是炫耀。"

谢雨经他抢白，声音放低了："我是说，你这样……整天来，不合适。"

"怎么不合适？我看谢叔叔，我看妹妹弟弟，都挺欢迎我，都挺高兴的呀。"黄思凡笑得还是很轻松，"你说，哪点不合适？"

"那你说，你还是不是自由的人？"见谢雨没吭声，黄思凡接着说道："如果是，我这么做就没有错。做自己喜欢的事，见自己喜欢的人，我有这自由。"

谢雨还是低着头，没有吭声。

"你这段时间受累了，别想太多了。你自己照照镜子，看看你的脸色有多难看。这里，哎，别动……好像还有一根白头发呢。"

黄思凡说着凑近了指。

谢雨局促地想闪，动作却没做到位，似乎只是原地咯噔了一下。

她觉得自己的动作一定很笨拙难看。

黄思凡说完，轻轻拍了下她的肩膀，说："走喽！"

然后就乐呵呵出门了。

谢炳康扒着客厅的窗户隔老远瞅着。看他俩先是站定了，后来又挨近了说话。

谢炳康脸上悄悄露出了久违的笑容。眼看谢雨回来了，他赶紧加快两步回了自己房间。

谢雨回到房间，头还是蒙蒙的。

一会儿想黄思凡说的话，一会儿暗骂自己刚才笨嘴笨舌。对着镜子看自己脸色，真的像菜色。又左右仔细翻看头发，耳鬓处真的埋了根白头发，雪白雪白，触目惊心，吓得她赶紧挑出来拽掉了。

晚上，谢雨脑袋里像有个鼓槌，不停地敲打。

她在床上翻来覆去，头疼欲裂。疼得她有些害怕，暗想再这样下去，小命都难保了。

……

迷迷糊糊之间，谢雨居然回到唐朝。

她变成了王宝钏。

谢雨住在低矮的窑洞里,独自一人。

窑洞窄小逼仄,却收拾得干干净净。灶台上一口大锅,地上整齐码放着一捆柴火。一张木床,床头梳妆台,床尾垒起了几个大箱子,里面是谢雨的全部细软嫁妆。

那些嫁妆是为马卫东迎娶自己准备的。

好些年前,射雁度日的马卫东被程咬金推荐,得以参军报效朝廷。听说一入伍,受人排挤,只是做了火头军,也就是炊事员。但是能如愿从戎,谢雨也替他高兴。

马卫东这一去,就是十八年。

窑洞门口养了一群小鸡,还有几只鸭子。小鸡都还很小,长着软软的绒毛,金黄色的。太阳很大,照耀的窑洞的门前白灿灿的。阳光下的小鸡们暖暖的,大多趴在地上无忧无虑,小部分舒服地走来走去。鸭子个头大很多,嘎嘎嘎叫着四处觅食。

秋去冬来,叶子绿了又枯黄。

十八年过去了,马卫东还是音信全无。眼看外面兵荒马乱,谢雨望穿秋水。

日子一天天过去,谢雨一天天变老,从娇俏漂亮的丞相府千金小姐、掌上明珠,变成了劈柴生火的中年村妇。年复一年的等待中,谢雨在一天天的枯萎,吹弹可破的肌肤变得粗糙起皱、瘦骨嶙峋。

这天正午,太阳很大。

老远处一人脚踩风火轮,一路电光火石地跑来了。

飞驰到跟前,那人下了风火轮,原来是马卫东!

只见他衣着华贵大红袍,头戴盔,脚穿厚底靴子,一手拎着银光闪闪的长柄大刀,威风凛凛。

马卫东在窑洞口逡巡,四处张望着。

"我的娘子,可是住在这里?"

正在剥玉米的谢雨闻声抬头,刺眼的阳光让她眯起眼,迷茫地端详了半天,突然哇地大哭起来。

"相公,我就是你的小雨啊。"

马卫东围着谢雨转了两圈,吃惊道:"啊,你究竟是我的娘子,还是我的娘啊!"

夫妻相认,抱头痛哭。

马卫东抚摸着谢雨苍老的面庞,手不停地哆嗦。

"这么多年,你真受苦了啊。"

谢雨泪如雨下。

"十八年,六千五百七十天,你去了哪里呀!我还以为你回不来了,我还以为你不要我了,呜呜呜……"

听到这里,马卫东突然推开谢雨,跳将起来,站直了指着自己浑身上下说:"你看看你看看!这些年来,我南征北战东征西讨,给朝廷立了大功。现如今,我可是西凉国的国王了。"

谢雨听得迷迷糊糊。

"啊!原来你出国了?"

夫妻泪眼相对,倾诉衷肠。

忽然间,窑洞外黄沙滚滚,马蹄阵阵,旌旗猎猎,大队铁甲人马呼啸而来。

"坏了!朝廷的追兵杀到,我们赶紧逃命吧!"

马卫东跳了起来。

"啊,逃命!你不是立了大功吗?"

外面杀声震天,谢雨吓得瑟瑟发抖。

"唉，我遭人陷害，一言难尽！"

马卫东急忙蹬上了风火轮："来不及解释了，赶紧到我背上来。"

驮了谢雨，二人从后窗飞蹿而出。

疾速飞驰中，谢雨趴在马卫东背后，扭回头看时，窑洞已被官兵团团围住、万箭齐射。

一路风驰电掣、云烟滚滚，翻过无数山岗丘陵，越过无数田野村落，二人终于来到一座城楼下。

城墙高万仞耸入云端，马卫东很兴奋。

"小雨，你快看，这就是我的西凉国！"

谢雨伸长了脖子惊叹好高呀。

这时，号角响起，鼓乐齐鸣。

金碧辉煌的大门徐徐打开，仪仗队浩浩荡荡走出来。最前头高高举起的是十六抬大红轿，轿子四周花团锦簇，镶嵌了翡翠玛瑙。

谢雨终于看到了十八年魂牵梦绕的花轿，激动得心快要跳到了嗓子眼。

这时，花轿门帘被高高挑起。

谢雨正要上前，轿门口走出了一个高挑的女子。

女子金发碧眼，穿着低胸紧身长裙，衬托出浑圆的胸部，白皙耀眼。

谢雨不禁愕然。

马卫东上前牵了妖艳女子，回头对谢雨说："这是王后。"

"王后？"

谢雨不解地怔在原地。

"是啊。"马卫东高兴得眉飞色舞，"我娶了西凉公主，所以继承了王位呀！"

谢雨听了浑身筛糠，如五雷轰顶，几欲栽倒。

在众人簇拥喧哗中,马卫东搂着金发女人,一同进了花轿。随着一声"起——轿",队伍又浩浩荡荡地远去了。

城门关上了。

万仞高墙下,谢雨孑然一身。

她喃喃自问:"她是公主,那我是谁?"

高墙上围观者众,指指点点一片哄笑。

谢雨跌跌撞撞、踉踉跄跄,漫无目的地游荡在乡野间。

枯藤老树昏鸦,古道西风瘦马,断肠人在天涯。谢雨在万里之外的异乡,孤苦伶仃、万念俱灰。

眼见前方有一棵残败的大树,艰难地挪到跟前,跳够着把罗缎套系在枝干上,搬了块大石头,欲寻短见。

刚站上去,突然身后的大树动了起来,树干树枝都跟着左摇右摆。

谢雨扭头看时,大树瞬间变成了人的模样。

正是黄思凡!

谢雨惊愕之际,那大树黄思凡却笑了。

"何必在一棵树上吊死呢!"

说罢,黄思凡便俯身欲抱。

谢雨又惊又恼,拼命蹬踹挣扎。

……

2.

再睁眼时,妹妹站立在床前焦急地看着谢雨。一边拿毛巾给她擦额头上的冷汗,一边带着哭腔说:"姐姐,你终于醒了,你怎么了姐?"

一旁站立的父亲,见谢雨醒了,关切地弯下身子摸额头又搭了脉,这才稍微放心一些，慢慢地走开了。

妹妹告诉谢雨："你一大清早做梦大叫，把我们都惊醒了，却怎么都叫不醒你。姐，你被角都是湿的，也不知道是泪还是汗。姐，你怎么了啊？"妹妹说着就哭了起来。

谢雨安慰她："我没事儿，就是做了噩梦。"说着，想起梦里场景，仍然心有余悸。

妹妹喂她喝了一碗热水，又扶着躺下了。

走出卧室，谢炳康打手势招呼妹妹过去，说你姐姐体力透支，精神也差，气血不足，你去给她煮红糖水喝，放两颗枣。

妹妹点头就要去厨房，谢炳康又叫住她。

"你去给黄思凡大哥打个电话吧。"

妹妹愣了一下，旋即领会。

黄思凡接到电话的时候，正在广州参加全省的国土规划系统工作会议。电话里听到妹妹讲的情况，他很着急。第二天的会议开完，余下考察企业的日程就请了假，急匆匆地赶了回来。

"你可来了！"

谢炳康把黄思凡迎进屋。

黄思凡说这两天出差，就忙问谢雨怎么了。

谢炳康说要知道你在省城开会，就不该打扰你的重要工作了。黄思凡说着都重要，进了谢雨房间。

黄思凡搭着谢雨额头，然后轻轻托住了她的手。

谢雨睁开眼说："你来了。"

她想抽回手却没抽动，就由他托着了。

"怎么我一不在，两天没见，你就变成这样了。"

听黄思凡这样说，谢雨有点紧张，声音微弱地问："变成怎么样了，是不是，很丑？"

谢雨见他点头，就着急想起身。

黄思凡摁住了她。

"变得更加……更加，楚楚动人。"黄思凡爱怜地看着她，"不过，相比之下，我更喜欢平时你凶巴巴的样子。"

谢雨听了噘着嘴没吭气，微微闭上眼睛。

"你呀，这么不知道爱惜自己。"黄思凡手搭在她额头温柔地责怪，面露关切和心疼。

妹妹本要端水进来，见状赶忙又退了出去。

谢雨睁开眼，第一次这么近距离地看黄思凡。

那张浓眉大眼的脸离自己很近，一脸的柔情，眼眶似乎有些发红。谢雨感到局促，一时不知怎么办好，就又向里别过头去，不敢再看。

黄思凡去一旁找了个小马扎，偎着床边坐下来。

黄思凡无微不至地照顾着谢雨，除了不时起身给她换敷毛巾，一直轻轻抚摸着她的小手。

这让谢雨感觉自己手上像有蚂蚁爬过。

要测体温时，谢雨示意他放开自己的手。

黄思凡站起来，准备帮她拉开被角。

谢雨急得嗓子哑哑地说我自己来，就背过身悄悄解开衣领处的纽扣，把体温计探到胳膊下夹住了。

看谢雨满脸通红窘迫羞涩的样子，黄思凡原本揪着的心突然放松，柔柔地荡漾了一下，又把她的小手抓过来放回自己手心里。

"还好，不高。"

谢雨看后乖乖交出了体温计。

"38度3还好？你当自己是小孩子，能烧到39度啊。"黄思凡轻声嗔怪着。

他要谢雨翻身,脸朝下趴着。

谢雨讶异地"啊"了一声。

黄思凡说:"你这不是感冒引起的发烧,也不是炎症。"

谢雨疑惑地看着他。

"你这是经络不通引起的气血不足,身子虚。我给你推拿一下,疏通疏通。"

谢雨一听推拿,就羞得脸通红,连说:"不用不用。"

"我这可是正儿八经中医推拿,祖传手艺。请你配合,不要想多了。"

经他这一说,谢雨更是羞得不行,又不知道说什么好,只好翻了身,把自己的脸埋进枕头里。

黄思凡站起身,看着谢雨娇小的身躯,活动了指关节,深吸了一口气,把双手放了上去。

即使隔了一层薄被子,他依然能够敏锐地感觉到谢雨的背部曲线,纤细柔滑。手指尖不由得轻微抖动,黄思凡赶紧暗自告诫自己要专注,不能这么没有出息,就凝神定气,专心开始了推拿。

黄思凡的手放上来的那一刻,谢雨不由得打了个激灵,全身抽紧了一下。尤其是那双手按压处,立刻涌起一股热流,分上下两路,直冲头顶和丹田。随着黄思凡的双手抬起,一阵冰凉的虚空马上传遍全身。再落下时,热流又开始涌动。

这样的感觉很奇妙。

刚开始,是说不出来的紧张,还有一点点的刺激。渐渐地,谢雨觉得浑身上下暖烘烘,很松弛、很舒坦。

黄思凡开始用双手拇指按压背部,又用指关节顶压,从颈椎到尾椎。手指所到之处,谢雨的身体发出咔咔啪啪的骨骼响声。

房间里非常安静。

谢雨觉得骨骼的响动声很大。有那么一刻,她无厘头地觉得自己像恐龙。想到这里,她突然想笑。甚至,她有些怀疑,自己刚才是不是笑出了声。

"哎呀,你丢死人了呀你,这有什么好笑的呢!"谢雨又羞又恼自己的反应,"你是个花痴啊你。"

每当黄思凡的双指按压到腰部时,腰部两侧就会很痒,谢雨就会不由自主地绷紧身体。更重要的是,谢雨每一秒钟都在紧张,如果它们再往下,每往下一指,就靠近那里一寸,那里,是让她更加紧张、更加耻于想象的两股之间。

不过,好在。

每次都在太靠近的关键一刻,那双手又开始往上移动。这种反复接近和移开,折磨着谢雨的神经,让她几乎屏住了呼吸。

黄思凡察觉到了。

"你放松些,身子不要挺得那么僵硬,不要绷得那么紧。你这样,我会推得很累。"

谢雨羞愧地点下头,幸亏头依然埋在枕头里,不至于被看到脸部的灼热。

谢雨的身躯本来就娇小,黄思凡的一双大手,略微张开就几乎可以合拢了她的细腰。

在自己的揉按下,谢雨的身体即使掩盖在被子下,仍旧显出轻轻的起伏。这样轻柔滑动的曲线,让黄思凡身体里热流涌动,无法按捺。

就在十分钟前,当自告奋勇提出推拿时,天地良心,只为治病,谈不上救人。黄思凡一丝一毫的杂念都没有。

随着时间的推移,一分钟、一分钟,一秒钟、一秒钟,黄思凡的心理在发生变化,微妙的痒痒的变化。每每推拿至要紧部位,都是对他身心的巨大考验。

谢雨的肢体不时出现应激反应,他知道她很紧张,他又何尝不是。

谢雨的背部线条柔和,从肩胛骨处隆起向下缓缓地渐趋平坦,至腰部向下凹陷,然后又开始曲线上翘。

尤其是谢雨背带纽扣处,不知是心在抖,还是手在抖,黄思凡每推拿到这里,就像秋千荡到最高处落下的那一刻,失重的感觉会让他的心忽悠一下。

每次绕过那颗纽扣,会显得太刻意。正所谓,君子坦荡荡。于是,黄思凡试着把两个拇指按上去。

谢雨瞬间惊得浑身一颤,甚至脖子都应激地微微抬起。

黄思凡吓得赶忙挪开手。

两人都大气不敢喘,针掉地上都能听到声响。

站在床边,黄思凡感受到自己身体的反应变化。他低头看着这种变化,更觉得尴尬。

黄思凡暗自忏悔,不断地给自己念咒语。

"不要分心!不要分神!人家是病人,你不是禽兽!"

他运气憋劲,拿捏着发力,小心翼翼地触碰,又小心翼翼地避开。

半小时下来,他已大汗淋漓。

黄思凡的推拿,让谢雨精神紧张、身体也紧张。不过,熬过刚开始阶段的不安,谢雨逐渐感觉身体有些通畅,侧过脸长长地呼出一口气,竟觉得这口气好像在体内憋了很久。

随着黄思凡手指的按压,谢雨的脊椎各关节咔咔啪啪作响,她感觉身体真的通透了许多。

这种通透感逐渐变得清晰、变得强烈,一阵阵刺激着小腹。

"我、我……要去……"

谢雨嘴里呜噜着。

黄思凡没太听清楚。

"你不要动,不用去洗脸。我去打水,帮你擦汗就好。"

不知道是被憋的,还是羞的,谢雨觉得自己的脸肯定很红。情急之下,她不得不提高了声音说:"我要去洗手间。"

黄思凡恍然大悟,赶紧搀扶她起来。

谢雨眼见自己睡衣睡裤皱皱巴巴、歪歪斜斜,赶忙推开他,说你出去吧。

她实在不愿意自己这么凌乱的样子出现在他面前。

瞅着黄思凡出去带上了门,谢雨赶紧蹬了拖鞋,歪歪扭扭逃进洗手间。

在浴室镜子里看到自己,尽管有心理准备,还是把她吓了一跳。浑身上下衣服歪歪扭扭,两条裤腿一高一低,头发散乱,有几处还打结成绺,日光灯下皮肤惨白,嘴唇也是干巴巴的灰白色。

她脑子里闪过梅超风和金毛狮王谢逊。

哎呀,妈呀!这副模样,自己都觉得瘆得慌。

坐在马桶上,谢雨觉得身子真的轻快了很多,头也不胀痛了。心想别说,这家伙推拿还真有两把刷子,虽然刚才搞得自己紧张狼狈。

客厅里,谢炳康在跟黄思凡聊天。

黄思凡刚从谢雨卧室出来的时候,满头满脸的汗珠,衬衣也贴在身上。谢炳康一脸迷惑地望着他。

黄思凡说给谢雨推拿了一下,通通经脉。谢炳康笑逐颜开连声说好,我给你找件干的衬衣换上吧。黄思凡就找了把蒲扇,说不用了扇扇就干了。

谢炳康打心里喜欢这个孩子,做事实诚靠谱,看着顺眼,通情达理知识广,聊天也顺心。

聊了好一会儿,估摸谢雨早就收拾好了。黄思凡就新烫了毛巾,对谢炳康说我再去看看。

推开门,轻手轻脚进去,见谢雨已经在床上睡着了,眉头舒展呼吸均匀,脸色红润,精神明显好了很多。黄思凡看了很高兴,又轻手轻脚地退回到客厅,对谢炳康喜笑颜开地说:"睡着了,睡得挺香。"

谢炳康冲他竖起了大拇指。

黄思凡说还得赶回单位处理公务,拎起皮包匆匆走了。

这一觉,谢雨睡得很沉很香。

醒来时,天已擦黑。

她伸个懒腰,感觉浑身舒坦很多,忽然觉得好饿。

客厅里,父亲和妹妹弟弟在吃晚饭。

谢雨自觉坐了下来。

弟弟跑上来,有模有样地摸了她的额头,大声宣布,姐退烧了。谢雨笑着点头,接过妹妹盛的南瓜粥,低头大口喝了起来。

谢炳康笑眯眯地看着女儿,说不错,精神好多了。

谢雨点点头。

谢炳康说可多亏了人家黄思凡。

谢雨又点点头。

晚上九点多,黄思凡打来电话,问退烧了吗。

"嗯。"谢雨说,"退烧了。"接着问:"你现在在哪里?"

"我还在办公室。看材料,上级要得很急。"

"那,你吃饭了吗?"

"还没呢,你请客呀?"

黄思凡的幽默质量总是一般。他说办公室早就备好了两大箱方便面。

"我的,推拿,你觉得,管用吗?"

黄思凡期待地问。

"很管用。"

"真的吗?"

"真的呀,脖子不酸痛了,浑身都轻快了。"

谢雨边说边舒服地晃动脖颈。

黄思凡得意地哈哈大笑,说祖传绝技名不虚传吧。

谢雨就问谁传的。

黄思凡说从姥姥的姥姥一直传到他这里。

"我呀,从小到大,感冒发烧从来不去医院,都是我妈给我推拿治疗。"

黄思凡在电话里得意地吹嘘。

"那现在,也还是妈妈帮你推拿吗?"

黄思凡停顿了一下。

"我爸妈都不在了。"

谢雨听了心里咯噔一下,也沉默了。

这次推拿,让谢雨的病痛明显好转。甚至,她心头的抑郁也消解了很多。

这次推拿,带给黄思凡始料未及的奇妙感觉。

身体的冲动,来得猝不及防、汹涌澎湃。

当天晚上,黄思凡翻江倒海。

熄灯后的一片漆黑里,谢雨的样子已然清晰可见。黄思凡辗转反侧、浑身燥热难耐，脑子里翻江倒海满是谢雨。仰面躺着、侧卧着、趴在床上的谢雨。她淡淡的微笑、她细弯弯的眼睛、她乌黑的头发、她白皙的肌肤、她娇小玲珑的身体、她圆润起伏的曲线。

半梦半醒之间，黄思凡伸出双臂。给谢雨推拿的场景再次浮现。她的身体是那么光滑，她的皮肤是那么细腻，她娇红的脸庞、她轻声的呢喃，每一处细节都让他回味，每一丝感受都让他难忘。

3.
贫居闹市无人问，富在深山有远亲。
不信但看宴中酒，杯杯先敬富贵人。

再看《增广贤文》，马卫东不禁摇头苦笑。自己曾经一度自诩为弄潮儿，如今身边景象，倒也颇似潮水。

想当初，自己退出东雨后，整天游荡闲晃，四野空旷；红日卡奇货可居时，无数人突然出现了，从四面八方涌来；出事儿后，潮水立刻退去，只留下静静的沙滩。

从小到大，马卫东好面子，并且敏感。这样的天性让他特别在意别人的眼光、别人的议论、别人的评价。别人的夸奖，总能让他步履轻快；别人的不满，常常让他百爪挠心；别人没有态度表示，他又会忐忑猜测，是否被轻视无视。同样一句话，他能听出弦外之音。

之前决定东雨歇业前，他犹豫了很久：亲戚们会怎么看，同学们会怎么说，中工的同事们会怎么想，解散的伙伴们何去何从……

"做人洒脱点。"

高翔得意扬扬地摇晃着大脸，比画着自己身体上下，开导他："喏，像哥哥这样，器量须大，心境须宽。"

"洒脱得分事儿吧。我要是一扭头、一甩手,拍拍屁股走了,他们,怎么办?"

马卫东认真地指指身后的东雨员工们。

"哎哟,说得自己人五人六,还挺有范儿似的。谁在乎你扭不扭头、拍不拍腚!各人自扫门前雪,莫管他人瓦上霜。闭门不管庭前月,分付梅花自主张。"

"啧啧,你这种,封建阶级、资产阶级的思想,冷酷、无情。"马卫东做出痛心疾首的样子,指点着反击,"我可警告你啊,今后对弟兄们,你可不能这么薄情寡义。"

"我呸。老子对你掏心掏肺,你却当我狼心狗肺。"高翔无奈地摇头,"我看你啊,就是闲得蛋疼。做好你自己就行,老想着管别人干什么!你这样在意别人看法,你活得累不累?"

嫌不解恨,高翔凑到跟前,手指着他脑门,激动得差点戳到。

"那你,这不是在管我的事吗?"

马卫东毫不客气,讲话诛心。

"行、行!"高翔愣了一下,掐灭烟头,悻悻地拍打着手说,"一拍两散、地球照转。"

说着,扬长而去。

……

回想起之前对话的一幕,马卫东现在有不同的感受。

高翔这兄弟话糙理不糙。经过几番潮来潮去,直到真出事儿了,自己才真正体会到:这个世界上,除了爹妈,生活中真正关心自己、在意自己的人,数来数去,其实就那么几个。花那么多时间和精力,去揣测别人的话语,解读别人的眼神,挺不值当的。

再次被周围冷落,马卫东觉得挺好。这是难得的清净,他可不想错过这么宝贵的时机。

他要专注做好一件事，照看好葛俊峰的八大金刚，如今也是他和储琴的。

多亏了储琴悉心打理，八大金刚的家族发展壮大了。

储琴似乎永远不知疲倦，奔走在客户之间。

根据她源源不断反馈的客户意见，林若杉对浴盆的款式进行设计更新。不长的时间，研发获得了长足进展。材质增加陶瓷合金，功能增加了按摩理疗和幼儿保育，式样增添了各种曲线造型，灵动了很多，产品更加人性化、个性化。

八大金刚更加成系列、成体系。

葛俊峰看着新品设计图稿，高兴得手舞足蹈两头夸。

一头夸自家媳妇，心灵手巧、设计水平高超。林若杉得意扬扬地说小意思，浴盆纯属友情赞助，民宿设计才是她的杰作。另一头夸马卫东，开拓市场能力真强。

马卫东说那都是储琴的功劳。自己本不懂市场，要真正认识市场，客户才是最好的老师。

葛俊峰说："东哥讲话就是有水平，这话我要好好理解。"

马卫东接着说："而在跟客户打交道方面，你和储琴又都是我的老师。"

葛俊峰说："东哥，你这左一个老师、右一个老师，把我给说糊涂了。"

马卫东说的是心里话、大实话。

刚接手八大金刚的时候，店里来了一对瑞典的老夫妇，鹤发童颜、气质非凡。

马卫东热情地迎上前。

夫妇俩问葛先生在哪里？

马卫东说他回了老家四川，指着店里四周说，但是他的浴盆都还在。夫妇俩人意外又失望。

马卫东想起来，葛俊峰曾经提到过他们。

十年前，他的第一个客户，瑞典的盖尔森夫妇。

听说了葛俊峰的情况，老人的眼睛红了。

他们当场拨通了电话，聊了很久。放下电话后，盖尔森先生激动地说，葛先生是个真诚的孩子，他为救灾受伤很伟大，有这样的忘年交让他们很自豪。

老人握着马卫东的手，环顾店铺说，葛先生说已经把它们完全托付给你，你是他最信任的人。

"不过。"盖尔森先生接着说，"之前，我们和葛先生的合作很顺利。但是，按现在情况看，我们下订单，你去找货源，这样的合作模式应该改变了。"

马卫东愣了一下。

两位老人相视一笑，指着八大金刚的家族："我们准备为它们，为葛先生的金刚们，在中国投资建厂。"

盖尔森夫妇很快办好了外资引进手续。

工厂从选址到建设到投产，马卫东全权委托储琴负责。按照双方协议，工厂名字就叫"东雨卫浴"。所有权归法人马卫东。工厂的产品优先供应盖尔森公司。老夫妇的投资在日后的供货款中抵扣。

接触下来，马卫东才知道，盖尔森夫妇经营的大型建筑材料商场，不仅在瑞典首屈一指，也称冠整个斯堪的纳维亚半岛，乃至在整个欧洲都是名列前茅。

多年以后，盖尔森先生说马先生，我要告诉你一个小秘密，当初建厂并不是我们夫妇的主意。是葛先生提出来的，为了金刚，也是为了东雨。

随着拥有北欧先进技术的两条生产线启动，东雨卫浴的生产步入了快车道。短短半年内，订单量惊人地增加，葛俊峰得知后说："乖乖，我做了辣么多年的订单，加起来也没有这半年多。"

半年后，盖尔森夫妇再次来到东雨卫浴，工厂已是一片热火朝天的景象。

总经理储琴陪同他们参观宽敞的车间。

一边参观，盖尔森先生一边惊讶地赞叹，说难以置信，在北欧完成这样的建厂投产，至少需要三年时间。

"储琴小姐，我必须向你和你的超级团队表示敬意。"

"东雨只有努力，才能不辜负你们的信任。"

储琴的英语似乎比中文更流利。

储琴给他们看生产销售报表，盖尔森夫人惊叹，这样的产销量很快就会超出北欧市场容量。她热情地挽起储琴的胳膊，对着丈夫和马卫东说："这个美丽的女孩，肩膀虽然瘦削，但是可以承载千斤。"

盖尔森夫妇此行带来了新的合作建议：第一，授予"东雨卫浴"盖尔森旗下产品亚洲总经销商资质；第二，在优先供应北欧市场的前提下，许可"东雨卫浴"的产品在全球销售；第三，双方共同出资，扩大生产线。

"抱歉，我现在挣的每分钱都要拿来还债，而不是投资。"第三条建议被马卫东婉拒，让夫妇俩很意外。

"也许你们还不知道。"马卫东说，"我之前被判缓刑三年，欠了巨额外债。因此，对我来说，当务之急是还债。"

夫妇俩闻声，相视大笑。

盖尔森夫人挽着丈夫的胳膊说:"亲爱的孩子,你可知道,他当时在监狱里,让我等待了六年呢!"

盖尔森先生望着吃惊的马卫东,得意地笑。

"孩子,你的情况,葛先生早就告诉我们了。没什么的,那些,都是生活的一部分。你瞧,我们都得学会感谢生活。"

"那么,就这么愉快地决定了。"

商谈后,盖尔森先生扬起双手:"盖尔森公司负责追加资金,扩大生产线,同时提升相应所占股权。"

盖尔森夫妇回国,马卫东和储琴一道送行。

"噢,对了。"临别时,盖尔森先生想起了什么,拉着马卫东的手,对一旁的储琴调皮地挤了挤眼睛,"其实,我们每个人都欠着债,各种各样的债。年轻人,据我和夫人观察,你们积累的感情债,似乎越来越多。还是趁年轻,抓紧偿还吧。"

储琴低头抿嘴,脸羞得通红。

"你听到没有?盖尔森先生刚才说,咱们每个人都积累着感情的债。唉,这么多年,我的承诺一直还没兑现。至少,我是亏欠她的。"

望着盖尔森夫妇渐渐远去的背影,马卫东对身旁的储琴说:"你呢,你也欠别人债吗,谁又欠你的?"

等了半天,储琴没有吭声。

"我怎么没看出来。"马卫东自嘲,"我真傻。"

"是的。"储琴抬头注视着他。

一送走盖尔森夫妇,马卫东火急火燎处理还债的事。

他拨通了谢雨的电话。许久以来,第一次这样没有犹豫。

马卫东热情欢快,电话那头却有些沉闷和迟疑。

"小雨,你好像听了这些,不是太高兴呢?"

"卫东,我替你高兴。钱财对你来说,好像来得快,去得快,总是来来去去。"

"别说,你归纳得还真挺到位的,小雨。"

马卫东继续欢快:"不过,这次,我会长记性、吃教训了。一步一个脚印地来,踏踏实实地走。你相信我吗,小雨?"

"相信你?我……你指什么?"

"我是说,今后,我会踏踏实实、走稳走好每一步。"

马卫东怕她听不清,提高了音量。

"我不急着用钱,钱现在……对我,没那么重要。"

谢雨答非所问,声音依旧有些低沉。

"怎么不急用啊,你先赶紧把贷款还清了,即使你那什么局长司兄能弄到优惠贷款,利息压力也不轻啊。另外,父亲看病、妹妹弟弟上学,哪样不用钱啊。"马卫东叮嘱道。

"我说了,真的没那么重要。"

俩人的对话似乎不在同一个频道上。

谢雨有点焦急,说着咳嗽起来,扭头看了看院子里,黄思凡正领着弟弟练习篮球运球过人。

"你还在咳,身体还没全好吗?有没有去看医生,全面检查一下?"

"卫东……"谢雨迟疑了一下,"你真的在乎我吗?"

"啊!"马卫东愣了片刻,"当然在乎,我这么长时间以来,每天想的就是尽快爬起来,重新振作起来。为了我,更是为了你。"

"为了我?然后呢?"

"然后。"马卫东思忖着,"然后,给咱们一个可靠的未来。"

"未来……"

谢雨小声重复着这两个字:"未来,什么时候来呢?"

"三年吧。"

马卫东担心她没听清,又加重了肯定语气。

"照目前高歌猛进的势头,不出三年,咱们的东雨肯定能东山再起。小雨!"

院子里,弟弟兴高采烈,大声招呼谢雨加入他的战队。谢雨拿着话筒,冲他们挥手示意。

电话那头,马卫东绘声绘色地讲述着东雨卫浴的产销两旺,还勾画了发展蓝图。他热情地向谢雨发出邀请。

"邀请我?"谢雨有些迟疑地问,"是要我……去参观你的工厂吗?"

马卫东笑着强调:"不是参观,而是莅临指导。"

放下电话,谢雨慢慢地走出客厅,看院子里的黄思凡和弟弟打球。

"嗨!那么深沉。"黄思凡一身短袖运动衫,不胖不瘦身材比例很好,看谢雨一脸心事的样子,就把球远远地掷过来,"别思考人生啦,快来运动!"

谢雨勉强笑了笑,心不在焉地拍了几下球,扔回给了弟弟。自己坐到一边的石凳上,继续看俩人比赛。

黄思凡领着弟弟运球跑了几个来回后,交代了规定动作和任务,让弟弟独立完成。然后,走过来挨着谢雨坐了。

"多么明媚的阳光,多么蓝的天,你怎么又愁眉苦脸的。"黄思凡的笑容总是明朗。

谢雨应付着笑了一下,没有说话。

黄思凡把脸凑得更近了。

"好不容易这几天,见到你有笑脸了,怎么突然又阴沉了呢?"

黄思凡故作小心翼翼地问:"是'前南',打电话来了?"

谢雨不爱听:"什么'前南'呀,就是我男朋友!"

黄思凡"喊"的一声:"看不清水月镜花。你呀,就是执迷不悟。"

见谢雨不吭声,黄思凡遂又感慨道:

一向年光有限身,等闲离别易销魂,酒筵歌席莫辞频。

满目山河空念远,落花风雨更伤春,不如怜取眼前人。

黄思凡用粤语念诵,字正腔圆、抑扬顿挫。

谢雨被吸引了。

"晏殊的词,真美。"

她跟着小声读:"不如怜取眼前人。"

黄思凡说着是啊,就要来拉她的手。

谢雨赶忙缩了回去。

"怜取眼前人。说的正是你我呀。"黄思凡感慨道,眼瞅着谢雨没有搭话,就自嘲道,"更可怜的是我呀,剃头挑子一头热啊。"

谢雨看了他一眼,轻声问:"你为什么要这样?"

黄思凡不明所以:"哪样?"

"就是这样。"谢雨犹犹豫豫道,"对我们家,对我,这么好。"

"这还有为什么。这不明摆着嘛!因为,我喜欢。我喜欢你们家,我喜欢你!"

黄思凡侧头看到谢雨脸又红了:"这家里,有老有小,有吵有闹,有柴米油盐,有油烟锅气。"

谢雨听着,想到他父母都不在了,有些恻隐。

"那你……为什么,为什么,要说喜欢、喜欢……"谢雨说不出"我"字,声音越来越小,干脆闭紧了嘴。

黄思凡听她一字一顿地讲得艰难,主动解围。

"唉,我替你问吧。"他腾地站了起来,大声说,"为什么喜欢你,是吧?我未婚、你未嫁,我为什么不能喜欢你!天地间、阳光下,我为什么不能喜欢你!"

他这人,不怕揶揄,抗击打,始终乐观。

这一点,谢雨还是挺欣赏的。

"我还告诉你,谢雨,我早就喜欢你了!"

黄思凡看着脸涨得通红的谢雨,索性彻底表白,倒豆子一样地说起来:"上高中的时候,我帮你修过自行车;好几次,我特意去初二班,隔着窗户看过你;放学的路上,我还偷偷跟过你;你们班上,曾经有个小胖子老是欺负你,我还悄悄把那家伙揍了一顿。"

就像听离奇小说一样,黄思凡说的那些情景,谢雨一样都记不起来,或者说,压根就不知道。

她张大了小嘴,目瞪口呆。

沉默了好久,她张口结舌问道:"那后来……那么多好的女孩,你为什么不去喜欢?"

"说得轻巧,哪有那么多。喜欢一个人,哪有那么容易。"黄思凡叹着气,又坐回石凳上,"这些年,确实有过女孩子喜欢我,我也曾经试着跟人交往。但是,眼里总是有你的样子,心里总是装着你。根本控制不住,会拿别人跟你做比较。这比来比去啊,还是你最好……"

说着说着,黄思凡居然唱了起来。

《射雕英雄传》第三部《华山论剑》主题曲《世间始终你好》。

问世间是否此山最高

或者另有高处比天高

在世间自有山比此山更高

但爱心找不到比你好

一山还比一山高

真爱有如天高千百样好

论武功俗世中不知边个高

或者绝招同途异路

但我知论爱心找不到更好

在我心世间始终你好

在我心世间始终你好

这首歌,谢雨非常喜欢,也非常熟悉。

在学校的桃花林里,她曾经和马卫东一起唱过。

那天,天正蓝,桃花正红。

置身桃花林,俩人不约而同想到桃花岛,就唱起了《世间始终你好》。马卫东的粤语很不标准,但俩人自得其乐,唱得很忘情。谢雨清楚地记得,当时唱着唱着,马卫东突然没了动静。谢雨抬头一看,他正傻定定地看着自己,半张着嘴。

"喂,到你了,傻愣着干吗呢?"

她戳戳他前胸。

"你,你,简直太美了!我没有郭靖的降龙十八掌,但是我有你啊,我的蓉儿!"

马卫东攥住她的手,痴痴呆呆地望着她,不由自主地把嘴伸了过来。

……

想到马卫东当时的样子,谢雨不禁莞尔。

……

"我唱得……好笑吗?"黄思凡看着谢雨的表情,不解地问,"此处,是不是应该有掌声?"

"啊？好听！"

谢雨猛然回过神来，赶紧鼓掌，化解尴尬。

"这首歌。"黄思凡柔情款款地注视着谢雨，"代表我的心声——世间始终你好。"

"我，我，哪有那么好……"谢雨满脸通红，不敢抬眼，"都是，你夸张，你的想象而已。"

"也许是吧。现在看，其实你也不过就这样。"

谢雨听了，居然心里咯噔一下。

"但是，我就是喜欢，并且，越来越喜欢！"

黄思凡感慨道："我每天都想着你的样子。那么多年，我就生活在想象中。你上高中时，我在大学，怕影响你高考，就没敢打扰你；后来，听说你在大学恋爱了，就很难受、很失望，心里空落落的，就更难再去喜欢别人了；再后来，你毕业回来了，我又看到了光明、看到了希望。"

一口气说完，黄思凡歪头微笑看着谢雨。

"所以，现在，你告诉我，我为什么偏偏喜欢你？"

谢雨一时紧张得不知看哪里好，更不知道怎么回答。

弟弟这时候抱着球跑了过来，冲着姐姐大叫：

"我也喜欢你！"

谢雨连忙起身，抢过弟弟怀里的篮球，笑着跑开了……

4.

跟谢雨通完话，原本兴冲冲的马卫东，感觉有点失落，像是发力冲刺却撞上了棉花堆。他在电话里讲事业的最新发展，其实并不为炫耀。他本想让谢雨感受到自己的信心,把对前景的乐观传递给她。但是不知道咋回事,电话那头的谢雨,明显地振作不起来。

为此,他专门请教"男女问题专家"高翔,并且表示还想听听齐怀洲的意见。

"又来了,你又来了!你光折磨我还不够,你还要去问他?"高翔不屑一顾地说。

"你向老光棍咨询女人的恋爱心理,这不是向太监请教房中术吗?"

小梅呸他,说你怎么都吐不出象牙。

"曾经沧海难为水,除却巫山不是云。"高翔开始吟诗踱步,摇头叹息道,"该跟相爱多年的人谈什么?你现在得抓心理,抓重点!都这会儿了,你还急赤白脸地还人家钱。马卫东啊马卫东,你让我夸你什么好!"

见他还是听不明白,高翔点燃了一根烟,悠悠地说:"这男女之间啊,尤其像你和谢雨这种,'八年抗战'过来,一个被筒里的老战友。钱算什么?在你们的爱情面前、在人家谢雨眼里,钱,狗屁不算!人家苦苦守着你,这么多年了,等到今天了,你非要上赶子地亲兄弟、明算账,算怎么回事。你们俩之间,不能一是一、二是二分得那么清楚,就应该你中有我、我中有你,合二为一、天人合一才好。"

烟雾缭绕中,高翔讲得腾云驾雾,很有感觉。

"我明白,我明白。"马卫东诚恳地点头,"我这样,还不是因为自己出了事,拖累了两个人的登记,还拖累她家里背负债务。想到这些,我就自惭形秽,抬不起头来。所以,我现在就要背负起责任,男人的责任。通过踏踏实实地做卫浴,逐步打开局面,逐步恢复小雨和她家人对我的信任。尽管,我现在还不是自由身,但是缓刑期间,我一样可以干出一番事业。我要证明给自己看，也证明给小雨看，我一定可以，重振雄风……"

高翔越听越不耐烦，皱起眉头粗鲁地打断他："打住打住，啰里八唆！又是抬不起头，又是重振雄风的。你知道什么叫男人的责任。要我说，你真要证明给人家看，你就让它！昂起头，展现雄风。这，才是最重要的。"

说着，拿烟指着马卫东的两腿之间。

污言秽语让小梅实在听不下去了，就上前拧着高翔的嘴说："你呀！就会吹牛皮，满嘴跑火车，光说不练假把式！"

拧完，她也劝马卫东别光顾着事业。

"卫东啊，我们女人，有时对钱不钱的，真没那么看重。尤其人家谢雨，在乎的，是你的心。"

说完，小梅不由得叹了口气："左三年，右三年，对谢雨来说，对任何一个女人来说，确实太久了。"

每次提起谢雨，就触碰了马卫东心里最柔软的位置。

盖尔森夫妇临别时的嘱咐警醒了他，不能拖欠感情的债。是的，他也知道等待的艰难，知道小雨的不容易。

光说不练是在浪费时间，他必须立即行动起来。

他的行动从八大金刚着手。

八大金刚体形硕大，样子有些滑稽可笑。刚接手时，马卫东其实挺看不上它们。既然，葛俊峰托付给了他，他就不能辜负。

东雨卫浴的店铺，面积已经被大幅压缩。楼上设计室被用作办公，马卫东安排储琴负责市场推广。他自己就扎根店铺，与八大金刚日夜相伴。

马卫东和它们已经是老朋友，再熟悉不过。

他曾经趴在每一尊金刚身上，细细打量，盯着某个花纹、某处铆合。时间长了，他闭上眼都能清晰地辨识它们的模样。不仅仅是盯着看，有时，他还会打个招呼、随意聊几句。相处久了，八大金刚除了百无聊赖地与他对望，偶尔也会回应他。

缓刑最开始的日子里，八大金刚听的、见的最多的，是马卫东的碎碎念、唠唠叨叨，有时愤怒、有时哀叹、有时哭、有时喊、有时喃喃自语、有时默默思念。它们中的一员，还曾经挨过马卫东的拳打脚踢，身上还曾留下过他的血迹。

后来，双方和解了。

冷静下来，马卫东很深刻地向它道了歉。

马卫东与八大金刚之间，建立了某种默契、某种情感，相互熟悉、相互忍耐、相互信赖。

储琴回来之后，一如既往、兢兢业业。工厂扩建和量产得以顺利实现。她负责的事，马卫东压根不用操心，事实上，他心里很清楚，储琴比他做得更好。

他需要思考的，是亟待解决的根本问题。

品质。

成也萧何、败也萧何，品质至关重要。

对于这个问题，马卫东反复认真思考。

"纵观东雨的发展，完整经历了蓬勃兴起到败走麦城。归其原因，多种多样，最根本的，还是品质。不仅东雨超市的规模和服务不如家尔玛，关键是品质落后。咱们超市里的商品看似琳琅满目，其实都是东拼西凑。没有自有品牌、没有亲自监控，只是被动收购。从质量到成本都难以把控，品质自然缺乏竞争力；红日投资的教训更加惨痛，回想起来，也与品质有关。想当初，我红红火火搞了大半天，直到被逮进去了,都不知道空中楼阁般的养老院长什么样,品质更加无从谈起。你说,是不是这样?"

储琴双手托腮,目不转睛地看着他。

马卫东给储琴做案例分析,他手里拿着一支粉笔比比画画,只是没有黑板。

"从东雨超市到红日投资,起起伏伏、跌跌撞撞,曾经高歌猛进、势如破竹,也曾一地鸡毛、身陷囹圄。成败得失之间,一切看似偶然,其实,也都隐藏着必然。换句话说,超市表面成功,其实折射出偶然;红日教训惨痛,却也对应了必然。缺失了'品质'这一根基,即使成功,也仅仅是偶然,纵然失败,却是迟早的必然。"

马卫东手托下巴,低头沉思,神情专注,在八大金刚面前,在几平方米见方的空地上,来回丈量踱步。

听众只有储琴一个人。她被从楼上办公室叫下来,马卫东说有重要心得要分享。

储琴的视线跟随着马卫东移动,一会儿从左到右,一会儿从右到左,像在全神贯注地观看慢镜头的乒乓球比赛。

"你说,是不是这样?"

马卫东终于站住了。

"你好像,我大学的一位老师。"储琴停止了头部的转动,眼睛里闪烁着崇拜的目光,"你应该回学校讲课。"

"回学校讲课?"

马卫东被触动了。他小心翼翼、又充满期待地问:"不会,误人子弟吧?"

储琴用力地点点头。

"啊?!"

马卫东一脸困惑和焦急。

储琴低头捂嘴笑了。

她笑起来的样子,很动人。

"储琴,你笑起来真好看。"

"你也是。"

储琴侧头看着他,用手指比画着,一左一右两个圆圈。

马卫东听了不禁走神,想起这番对话似曾相识。

储琴被他看得脸红了,把头埋进膝盖之间。

马卫东回过神来,不好意思地说:"教书,真是我的梦想啊。"

梦想归梦想,当务之急是,以质取胜。

生产线上马之前,马卫东就委托齐怀洲,从他所在的工业大学里聘请了专家,又购买了360度观测设备,从原材料筛选到制作过程,再到验收装箱,人防加技防,全流程、无死角监控产品品质。

初秋时节,有一批成品已经装进了40尺柜,运上了马士基的远洋货轮,整装待发。

在复核《生产监控流程表》时,储琴发现疏漏了第三道打磨光滑工序,她固执地报告了马卫东,带头认罚。马卫东的反应更加固执,要连夜撤回发货。大家轮番苦劝:"出口商检已经完成,这一步小的疏漏并没有影响整体产品品质。"

但是,都没用。马卫东不为所动。

甚至就连收货方——万里之外的盖尔森先生,也被惊动了,亲自打电话表示接收。但是,马卫东不依不饶,偏执地追回了那批货物。这批货物的追回,不仅造成了远洋货轮起运延误,甚至使得港口方被迫调整装载作业。累计造成了超过百万元的巨额罚款。

第二天,当地晚报以"装箱出港在即,货物遭遇退赔"为标题,进行了报道。一时间，围绕东雨卫浴的讨论沸沸扬扬，有好事者开始传。

"东雨出事了，马卫东又出事啦。"

"昔日企业家，再遇滑铁卢。"

事情引起了各路媒体很大的兴趣，争相采访交通航运、商检质检、海关港口等部门。马卫东、储琴和东雨始终默不作声，开足马力、聚精会神返工。

面对汹涌高涨的舆情，相关政府部门坐不住了。

市政府回应社会关切，牵头召开了新闻发布会。在会上，权威部门证实，东雨卫浴的货物临时退回确有其事，造成货运公司和港口方的损失也是事实。有关部门依照国家法律法规，对东雨卫浴进行了严厉处罚。但是，经权威鉴定，该批货物质量符合国家相关规定标准，并且得到了客户方的认可。货物退回完全是企业的自发行为，是为更严格地履行对客户的承诺，从严把关产品品质。

新闻发布会的最后，商检部门表示，将持之以恒做好商品质量检验工作；同时，对东雨卫浴严格把控产品质量的行为，予以充分肯定。

会后，国家卫浴建材行业协会还派出工作组，对东雨卫浴生产环节进行了专题考察，评定东雨卫浴产品为质量标杆，号召全行业对标学习。

这次事件，东雨卫浴品质监控的严苛在业内出了名。

该企业总经理储琴女士，对品质监控铁面无私，赏罚分明。不知道是谁，给她起了绰号："储无情"，从此，"储无情"名动业界，人尽皆知。

听到传闻，马卫东笑着调侃储琴："反差很大呀！这么漂亮温柔的女总裁，居然被称为'无情'。"

储琴低垂眼睛，轻轻咬着嘴唇，过了半响说："你才是。"

品质是生命线，丢掉它，企业随时一命呜呼。

设计是营养剂，拥有它，产品才能生机盎然。

在市场里摸爬滚打一番，马卫东觉得这两件事关乎企业存亡。

前不久，在《人民文学》期刊上，马卫东看了严歌苓写的《小姨多鹤》，里面一个细节令他印象深刻。吃饭都成问题的多鹤，本性难改，每天在家里搞大扫除，即使中国东北农村的土坷垃地，她也趴地上擦得起劲。这样异于常人的举动，甚至可能暴露她的日本人身份。

"讲卫生，怎么能成为他们的民族特性？"

马卫东对鬼子的恨意未平，又心生不解。

他跟高翔聊起这个话题，又遭到了白眼和讥讽。

"一副忧国忧民的嘴脸，实际咸吃萝卜淡操心。"

"好在啊，"马卫东不理会，继续自言自语操心，"这几年，国人的卫生意识越来越好。你发现没，随着咱们老百姓居住环境的改善，观念也在变化提升。以前，咱们小时候的掏粪工兄弟，再也见不到了。"

"你来看。以前家家户户用公厕，男女老少蹲茅坑。小时候，我和哥哥经常一前一后、同蹲一个坑。高翔，你还经常到我们大院，来蹭公共澡堂。现在可好了，家家有洗手间，还不止一个。有些讲究的，还要把浴室和厕所分开。变化多大啊！"马卫东站到窗边，指着外面成片的新建住宅楼，感慨万千。

高翔早已走了多时。

马卫东说得一点没错。

这些年，卫浴装饰设计在国内迭代升级，可谓日新月异。在各大城市各个楼盘，卫浴设备从不起眼的配角，成为购房者比较和关注的细节焦点。

但是在市场上，不论是消费者，还是生产者，大家似乎都习惯地认为，中国人擅长制作加工，设计是老外做的事。这一直让林若杉感到无奈。

操心的马卫东很焦急。

他决定先进行内部洗脑。布置储琴召集所有班组长，组织学习，开展头脑风暴，解决认识问题。

开班仪式很特别。

马卫东在讲台上，撑开了一把伞。台下不明所以，一片交头接耳。

"伞。"马卫东手指着，环视课堂四周，"谁发明的？"

大家面面相觑，无人回答。

"中国人，咱们山东人！"

"2500年前，咱们鲁国有位女子云氏。她见丈夫在风雨烈日下辛苦劳作，心里不落忍，见亭子可避雨遮阴，于是想造一个活动的亭子，让丈夫带在身边。所以，有了伞！"

"哦，原来是这样。"

台下工友们开始小声议论。

"云氏的丈夫是谁？"

马卫东继续提问。

台下议论声更大了，没有人知晓。

"百工圣祖。"马卫东向天拱手说道，"鲁班！"

"哦。"一片惊叹声，工友们恍然大悟，原来他要讲的是师祖爷。

"你们每天用的、随身带的，很多东西，都是鲁班发明的。比如，钻、刨子、铲子、曲尺、墨斗……"

马卫东带领着大家清点祖师爷的发明。

"锯。"

"石磨。"

"梯子。"

"打井。"

……

大家陆续补充。

"西方很多国家还未开化之前,咱们的祖师爷已经有了这么多伟大的创造发明。怎么过了两千多年,有人会以为建筑设计发明是西洋人的事儿?"

马卫东高声质问。

"鲁班九泉有知,会不会气得又活过来了?"

台下一片哄笑,有些人惭愧地低下了头。

第二天起,储琴带着东雨的员工们出发了。

从此后,他们几乎跑遍了所有的写字楼和小区,观摩卫浴设备的最新应用,收集国内外市场的反馈信息,跟踪市场的反应。重金聘请的工程师们,根据他们的意见,对产品日夜琢磨,不断升级创新。东雨卫浴的设计取得了长足进展。

首届全国家居行业设计大赛在北京举行,东雨卫浴的合作伙伴"小杉设计室"送评了两幅创意浴缸的作品,专门为残障人士设计,获得了国内家居设计最高奖项——金点子奖。同时被推荐到德国参评,一举拿下欧洲大奖,开创了国内建筑设计的先河。

东雨卫浴在业界声名鹊起。

随着业务的发展,东雨卫浴把人民商场的首层、二层整体租了下来,现在的面积和人手远远超过了当初的超市。

这天,店里来了几位不速之客。

一行人西装革履,衣着讲究。有眼尖的店员认出,那是家尔玛管理层的工装。

果然,不速之客是近邻。家尔玛超市市场总监毕成一行。

"我们突然造访,马先生不会不欢迎吧?"

毕总监三十出头的样子。近一米八的个头,身形挺拔、笑容可掬、彬彬有礼。

从东雨员工的表情看,他的问题并非多余。

无论是当年留下来的个别老员工,还是新招聘的员工,大家都多少知道东雨与家尔玛之间的故事。私下议论时,有人觉得当初就是家尔玛把东雨挤垮了,有人认为如果不是当初遭遇家尔玛,老板马卫东也不至于转行误入歧途,后来锒铛入狱,甚至还有女员工说,马卫东和谢雨有情人至今未成眷属,也都怪家尔玛。

"欢迎欢迎,非常欢迎!"马卫东热情地逐一握手,"事实上,差不多隔三岔五,我就会去家尔玛,不仅是购物,更是学习。"

"宰相肚里能撑船。"毕总监竖起大拇指,"马总,是能成大事的人啊。"

马卫东挠头自嘲道:"大事未必能成,出事倒是常有。"引得大家一片善意的笑声。

马卫东见毕总监一直目不转睛看着自己身旁,忙说:"你看,光顾着说话,差点忘了介绍。这位是我的搭档,储琴。"

"久闻储琴小姐芳名,今日得见,荣幸荣幸。"

毕成向前探身,恭敬地伸手。他毕业于赫赫有名的英国曼彻斯特大学,气质不凡、举止优雅,身上带些英伦范儿。

"毕总,您听到的芳名,不会是'储无情'吧?"

储琴今天身着天蓝色的旗袍,恰到好处地展示了婀娜曲线。她握手回应,微笑着说。

"嗯，不、不。"问题突然，毕成没有防备，"哦，是的、是的，也是有的。"

马卫东看着俩人，呵呵笑着说："毕总是个实诚人哪。"

"储总把控质量坚持原则、不留情面，业界闻名。"毕成目不斜视地望着储琴，"不过，今日见到真人，才知竟是如此美丽动人。"

毕成眼睛里充满赞叹和欣赏。

储琴被他看得有点局促，稍稍用力，才把被握住的手抽出来。

这时，毕成突然意识到，自己一向保持英式风度，此刻居然有点失态。

"咱们别光站着呀。"马卫东招呼大家随意坐了，店员给逐一端上了茶。

喝了一口茶后，毕总定定心神，开始说明来意。

一是希望东雨卫浴能进驻家尔玛商场，开拓巨大的中国消费市场。家尔玛将提供从位置安排、租金优惠到仓储物流等一系列的支持；二是家尔玛希望获得东雨卫浴在海外的全球独家销售代理。作为交换条件，家尔玛将保证东雨卫浴在全球销售份额的稳定增长，直至五年后，销售规模达到10亿元人民币。

进入商谈正题，毕成没了刚才短暂的慌乱，迅速恢复职场风采。他人长得帅，音色浑厚，思维清晰。储琴看着心生佩服，难怪人家年纪轻轻就做到"国际巨头"的高层。毕成讲话时，非常注重与听众的互动交流。不过，他的目光，似乎总是有意无意地，会在储琴身上多停留片刻。

储琴的脸开始悄悄地红了。

"这第一条是好消息。"马卫东回应，"不过，听说家尔玛公司对于供货商的选择非常严格，有很复杂的程序、很漫长的过程。"

"那是不假。不过，对于东雨，对于你们的卫浴设备，我们就不需要再考察了。这么久了，我们不打不相识，早已是知根知底的好伙伴、好邻居。"

毕成的目光又落在了储琴身上。他呵呵笑着说："就像现在流行的那首歌，《最熟悉的陌生人》。"

进驻家尔玛，合作意向顺利达成。

第二条建议，在绝大多数人看来，是更大的好消息。

家尔玛描绘的前景更绚丽，开出的条件更诱人。

10个亿的销售额！在一旁听到的东雨员工，纷纷按捺不住地激动，手心偷偷冒汗。

但是，不可思议！

这么个大蛋糕居然被马卫东婉拒了。

原因很简单，就是盖尔森公司。作为投资方，盖尔森公司拥有东雨卫浴在斯堪的纳维亚半岛的独家经营权。

"如果，东雨同意，完全并入家尔玛的营销体系，家尔玛将在今后的全球营销中，切实尊重和保证盖尔森公司既有的市场份额。"

马卫东的表态让毕成很意外。

毕成在心里掂量拿捏着用词，双手交叉对握，抵在鼻子下，充满期待地看着马卫东，又注视着储琴。

"这，可是十亿的年生意额呀！马董、储总，岂能就这样，白白放弃？"

马卫东侧头看了一下，秒懂了储琴平静柔和的眼神。

"抱歉。"马卫东无奈地笑一笑，"东雨卫浴，从诞生之日起，就与盖尔森有不解之缘。断掉缘分的事，我不能做，今后也不能。"

"缘分。"毕成跟着轻声重复。

随即，家尔玛的一行人陷入了沉默。

见会谈卡住了，储琴起身走上前。

毕成愣愣地望着储琴弯腰续茶。

"毕总。"储琴纤细的手指扶住茶盏，端到面前，"请用茶。"

"噢。"毕成这才收回目光，心不在焉地啜了一口，"好茶、好茶。"

又喝了一杯茶，犹豫再三，毕成不情愿地起身告辞。跟马卫东握手时，他惋惜地说："我尊重，但是，反对你的决定。商场如战场，马总，未免有些感情用事了。"

马卫东不置可否地把手一摊。

"今日一见，一见如故。"毕成跟储琴握手告别，有些不舍。

储琴微微一笑。

快步走出东雨时，毕成再次转身回望，征询地看着马卫东和储琴。

俩人微笑着挥手。

毕成一行走后，东雨员工纷纷围拢过来，眼巴巴地望着马卫东和储琴。

终于，有人忍不住问："您是不是不相信他们十亿的销售承诺？"

马卫东回答："完全相信。"

员工们纷纷咂舌，面面相觑。

没几天，陆续有憋不住的员工，开始窃窃私语。

"马董事长是不是脑袋锈住了？"

"是啊，他给我们大家洗脑，怎么没给自己洗洗？"

"大家放心，我的脑子没有锈住。"听到议论，马卫东没有生气。他理解大家的失望，特意到车间劝慰："咱们山东，历经孔子、孟子、董仲舒，形成了'仁义礼智信'这五常，作为起码的道德准则，构筑了中华伦理的核心。"

"葛俊峰，是咱们东雨卫浴的创办人。想当年，盖尔森夫妇可是葛俊峰的第一个客户，是危难时救助过他的人。"马卫东望着大家说，"没有盖尔森，就没有东雨。"

东雨的员工对葛俊峰的名字耳熟能详。

有人试探着提议："那，要不，马总您再问问，您那位葛师弟的意见？"

"各位仔细想想。"马卫东笑着摇手，"如果，我是不守信用的人，过河拆桥。那各位跟着我干，其实是很危险的事情。对不对？"

东雨拒绝了家尔玛十个亿的生意。这消息，像生了翅膀长了腿，飞快地传开。

没几天，马卫东居然接到了盖尔森先生的电话。

盖尔森先生郑重地告诉马卫东，老朋友的情谊令人感动。但是不管怎样，不应该放弃家尔玛提供的广阔市场前景。他再三强调，东雨有自主发展的自由。与盖尔森的合作模式，完全可以因市场变化而改变。

盖尔森先生甚至提出，他可以亲自出面说服葛俊峰，同意终止与盖尔森公司的合作。

马卫东感谢了他的好意："葛先生已经把公司全权托付给我。这个决定的责任在我。有的事情，我不想改变，也不能改变。"

高翔也打来电话，力劝马卫东。

"能这么快进驻家尔玛，我已经很知足了。"马卫东说。

高翔打断马卫东："进驻家尔玛那只是针对国内市场，人家给你承诺的，可是十亿级别的全球市场。"

"全球啊、十亿啊！大哥！"高翔真急了。

"我不能把东雨的未来，全部系在家尔玛的身上。国际市场的开拓，要靠品质提升和品牌的传播。更重要的是，我不能辜负最初的伙伴。"

"不是哥哥说你呀，卫东。你这敏感多虑的老毛病又犯了。人家当事人都不介意，你干吗还怕辜负！"

马卫东说："即便那样，我还是，迈不过心里的坎。"

"你在店铺里的时候，每回我去找你，你都一动不动地盯着你的八大金刚。我瞅你那表情吧，就一副很不聪明的样子。早知道，你会变成今天这样，当初，我就应该及时拦着你。你老那么盯着看，脑袋都成木浴盆了。"

劝了半天无果，高翔只有仰头长叹。

"是我无能、是我运气不济啊！本以为，自己能有个亿万富翁的兄弟，眼睁睁地又没了。唉，这都是命啊！"

马卫东耐心地讲自己的设想。

东雨要招兵买马，筹建"中国卫浴网"。通过互联网打开全球营销渠道，将来还要与零售、仓储、物流合作，打通销售环节的最后一公里。

高翔听得云里雾里。

"你扯什么最后一公里，听上去怪瘆得慌。我听不懂你要织哪门子网。反正，你别太标新立异。放着好日子不过，费劲巴拉弄什么网。小心再把自己网进去，作茧自缚了。"

"我呸！"小梅对丈夫的大嘴巴深恶痛绝，"有你这么说自己兄弟的吗？我呸呸！"

接到毕成的电话，储琴的心里咯噔一下。

想来想去,她决定去找马卫东。

进到马卫东的办公室,他正站在宽大的木板架前,手拿放大镜,嘴边打横咬着一支画图铅笔,仔细观察最新的木浴盆设计图。他盯着看木浴盆时的样子,确实如高翔评价:"一副很不聪明的样子。"

储琴看他的样子,有点想笑。

"我,今晚出去,见个人。"

"好啊。"马卫东姿势没变,头也没抬。

"是约会。有人……约我。"

"好啊,约会好!"马卫东提高了音量,还是没有抬头。

对马卫东的反应,储琴有些失望。她不想再说什么,转身要离开。

"哎,那什么。"突然意识到自己太过敷衍,马卫东直起身,取下嘴里的铅笔问,"约会,好事儿啊。对方,啥条件,透露透露。"

储琴站住了,没有转身,低着头说:"是,毕成。家尔玛的那个……"

"噢?"

一听毕成的名字,马卫东来了兴趣。

他终于离开了设计图,三步并作两步,来到储琴面前,歪着脑袋眨巴着眼睛,饶有兴致地说:"他这前脚刚走,转头就打电话,约会你?"

储琴平静地望着他。

"看来,他还没死心。这是打算,从我身边开始,逐个……击破?"

马卫东若有所思地看着储琴。

储琴照旧不吭声,眼神里是征询。

"去吧!"

马卫东一挥手,似乎在给自己打气。

"不入虎穴,焉得虎子;舍不得孩子,套不着狼。"

"用我……去……"储琴有点不安地问,"套狼?"

马卫东自觉失言,赶紧找补:"别误会哈。我的意思是,去探探虚实也好,知己知彼嘛,哈哈哈。"

第二天一早,储琴刚到办公室,还没坐下,马卫东就敲门进来了。

"昨晚,那什么,我看那么晚了,你还没打电话给我,我也就没打扰你。"

马卫东一边说,一边嘿嘿干笑。

储琴听着,安静地收拾桌面文档。

"怎么样、怎么样?"

马卫东终于沉不住气,不再绕弯子了:"快说说吧。"

"说什么?套狼的经过?"

"是啊!不不,我是说昨晚咋样啊,跟那个毕总监约会还好吧?"

"在'塞纳河'。"

"哟,法式大餐啊。"

见储琴还在不紧不慢收拾着,马卫东忍不住了。

"到底谈得怎么样啊,他都说什么了?"

"不怎么样,没套着狼!"

储琴横了他一眼,懒懒地说。

"没,套着?"

马卫东有些不解。

"不是公事。"

储琴转过头去收拾书柜,脸悄悄地红了。

这是她头回吃法式大餐,还是人生第一次烛光晚餐。

储琴跟着领班进门,一边走一边后悔,自己就那样白衬衣加长裤,穿得太随意了。

特别是与毕成相比，人家西装笔挺，腕袖处的深蓝色扣子很是讲究。

西餐节奏缓慢，毕成照顾她殷勤备至。

没谈合作，根本与商业无关。毕成神采飞扬，讲述欧洲游学的逸闻趣事。

储琴很少开口，只是专注地听着。

烛光下的她，温婉安静。毕成欣赏着，不由得心头涌起阵阵柔情。

……

"一个字没提？"

马卫东一脸的问号，一手托着腮，开始在储琴办公桌前来回踱步。

"你说，毕成他浓眉大眼，不像坏人。他这葫芦里，究竟卖的什么药呢？该不会是……"

他突然灵光一现，站住了。

"要撬咱东雨的墙角？"

储琴微张着嘴，看着马卫东越猜越远，不知道说什么好。

马卫东走近了，盯着储琴，想从她的脸上找到答案。

"噢！"

他突然间恍然大悟，两眼放光，拍着自己脑袋，得意扬扬地指着储琴。

"噢！我明白了！他的用意是……你！我真是榆木疙瘩啊。"

"哼，你本来就是！"

储琴小声嘟囔着。

她真是弄不明白，眼前这个马卫东，你说聪明吧，很多时候、很多事情，他反应确实挺快。可是，有时候，又真笨。

转念想到昨晚的烛光，特别是毕成柔情款款的眼神，储琴又不禁低头抿嘴笑了起来。

"看来，不仅是化敌为友，还要结成亲家呀。"

马卫东越想越开心，美滋滋地说道。

储琴早已羞得满脸通红，懒得跟他废话，不由分说低头把他推了出去。

……

马卫东乐呵呵地回到自己办公室，继续研究图纸。

这段时间，他在认真思考。

卫浴建材独具特性，体积大、重量沉、运输成本高，但是材质统一，有确定的规格型号。将这些特性与互联网概念对接，他发现产品适合静态图片和视频展示。

马卫东高薪聘请了几个电脑高手，开发制作网站"中国卫浴网"；同时，临时招聘大量人手，登门拜访企业、参加各类展会，从街头巷尾、厂矿企业到社区校园做宣传推广。从东雨卫浴的主打产品"八大金刚"开始做示范，网站展示的商品横向扩展、纵向延伸，越来越丰富，逐渐覆盖了行业内上下游企业，直至整个产业供应链条上的各个环节。

"中国卫浴网"免费提供丰富的产品图样，吸引了大量的消费者。随着上网浏览的人越来越多，相关企业看到了商机，纷纷申请注册，在网上开设门店。渐渐地，"中国卫浴网"集中了行业内最新、最全的信息。体验过后，更多的消费者把它当成了"卫浴超市"——超级、超级大的超市。新婚夫妇不用再为装修新房，买材料东奔西跑，来"中国卫浴网"，一站式轻松搞定。

口碑一传十、十传百。当市场效应显现时，良性循环开始了。涌入"中国卫浴网"的消费者和商家数量相互提携节节攀升。敏锐的资金相继而动，几轮投资轮番进行。在资本的推动下，更多的用户进驻网站。这次，马卫东不再亲力亲为。他提出，专业的事儿让专业的人来做。为此，他专门注册了"中国卫浴网公司"。在全球范围网罗优秀人才，组建了专业运营团队。团队里清一色高学历的年轻人，朝气蓬勃。运营一年后，会员已扩充至十万家，网站在业内家喻户晓。

进驻网站缴纳费用不菲，远超家尔玛那样的实体商场。即便如此，商家还是争相加入。与此同时，由于广告效果突出，对销售的拉动立竿见影，"中国卫浴网"的广告收入也水涨船高，令传统媒体摇头咂舌。

"中国卫浴网"引起业界内外广泛关注。现在，是否为"中国卫浴网"的注册会员，不仅考验企业的市场眼光，更成为企业品质和信用的重要标志。

镁光灯下，各类媒体蜂拥而至。作为新经济的弄潮儿，公司的CEO迅速成为脍炙人口的明星企业家。

马卫东，这回一直躲在幕后，极少露面。甚至很少有人知道，他才是"中国卫浴网"的真正创始人。

随着面积更大的厂房兴建落成，东雨卫浴快速壮大。

昔日的主打产品、看家本领——葛俊峰的八大金刚，如今子孙满堂，繁衍出十大家族，覆盖上千个类别。公司的产品从地面到天花板，从室内到户外，从婴幼儿到残障人士专用，范围从浴盆扩展到花洒喷淋、陶瓷地砖，再到整体浴室，又延伸至休闲度假、铁石园林。

春去秋来，东雨悄然发生着剧烈蜕变。

业务在发展，团队也在壮大。

储琴成为集团总裁。

先前东雨超市的那几位元老级员工，都已经进入公司高级管理层，分管着各事业部和下属子公司。公司众多的生产项目逐渐在华北各省落地，分支机构很快又跨过黄河和长江，在神州大地南北呼应，开花结果。

马卫东的事业再一次腾飞，飞得更高。

为了让优秀员工安心事业，东雨集团出资一半，为贡献突出的员工购买商品房。董事长马卫东和总经理储琴属于跟着沾光，也各自添置了一套。除此之外，这一次事业的发展和财富的增加，在马卫东身上并没有太多显现。他连座驾都没有更换，以至现在东雨多数员工购买的轿车，档次都高过老板的。

"你这也忒低调了，低调到扎眼。"高翔苦口婆心地劝他。马卫东说："我不爱车，这样挺好。"不光座驾行头，马董事长的穿着打扮、一日三餐也没变。

不过，东雨的老员工都看得出来，他的变化其实不小。

如今东雨的规模体量，与以往相比，不可同日而语。马卫东成了名副其实的大企业家。但是，他的派头架势却没了。忙，自然是少不了的，但是应酬却没了。以前做生意的马卫东，早上不醒，夜里不归，一身烟酒气。如今，已经见不到他酩酊大醉、五迷三道的样子了。

有如时光倒流。

现在一有空，马卫东就乐呵呵地跑回大院，去爸妈家蹭饭。眼见他生活规律，更着家了。爸妈看在眼里，心里高兴。

老马和王药师老了。在马卫东眼里，一天天地见老。

马卫东看到，妈妈的样貌变了许多，变得更加慈眉善目；妈妈不像以前爱发脾气，讲话更加絮叨；妈妈记性越来越差，常常走出没几步，忘记要去做什么。

马卫东很怀念，以前的日子，以前的妈妈。

那时候，王药师成天数落他。

……

5.

谢雨的生活也在改变。

谢氏玩具厂日有起色。如果说，东雨卫浴的发展是马卫东倾心打造的结果，那么，谢氏玩具厂，无疑要感谢黄思凡的关照支持。低息优惠贷款，再加上几次扶优扶新政府专项资金的拨付，使得谢家的工厂迅速渡过了难关。在市场销售方面，黄思凡也给予了关键的支持。谢氏玩具厂获得了每年四次参加全国各地展销会的机会，参展费用由市商务促进基金全部承担。不仅如此，黄思凡还帮忙联系了市教育局，定向批量采购谢氏玩具，供应给全市托儿所、幼儿园以及福利院。

一下有了稳定的资金支持和销售市场，谢氏玩具厂同时解决了源头和下游的问题。父亲叔叔婶婶高兴得合不拢嘴，看着工厂红红火火的景象，谢雨也很开心。

多年来的经营困境，终于走出来了。

谢炳康再三嘱咐谢雨，好好感谢人家思凡。谢雨说别说咱家拿不出什么东西感谢人家，即便有，他也不会收。谢炳康嫌她抬杠，说那就经常请人家来家里坐坐，吃个饭，反正他单身，省得下班自己开火做饭多麻烦。

谢雨嘟嘴说："他来得还少啊，三天两头不请自来，可真没把自己当外人。"

弟弟拍手说："黄哥哥来好啊。他做的菜好吃，比姐姐做的好吃。"

"你个小白眼狼，吃了我做的饭菜那么多年，这么快就忘恩负义。"谢雨点着弟弟的脑门。

妹妹就护着："弟弟说的是实话呀。"

谢雨白了姐弟俩一眼。

"好好，我做的不好吃。你俩去吃好吃的吧，正好我还懒得伺候你们了。"

谢炳康笑呵呵地看姐弟仨拌嘴，催促妹妹弟弟："想吃好吃的，还不赶紧去叫你们黄哥哥。"

黄思凡常常不请自来，这一接到邀请，更是脚不沾地就赶来了。

不过，黄思凡从不是来做客的，而是干活的主力。肩扛手抬了柴米油盐、鸡鸭鱼肉，进门放下东西，撸起袖子，就开始洗洗涮涮、切菜剁肉忙活起来。

谢雨听到在厨房忙活的黄思凡大声地叫她，就赶过来。看到灶台案板前，黄思凡拉开架子在宰鱼。他低头说哎呀忘了系围裙，都溅衬衣上了，你快帮我一把。谢雨本想就手递给他，眼见黄思凡把双臂伸开了，看他确实腾不出手，略微迟疑了一下，只好上前帮他系上。

黄思凡膀大肩宽，谢雨左边扯、右边拢，好不容易才帮他合拢了腰，还没系好，他身子一动，绑带又挣开了。谢雨赶紧去够绳头，上身一下子就靠在了黄思凡背上。黄思凡察觉到背部被柔软地顶到了，就一脸享受地扭过头来看。

谢雨又羞又急、哆哆嗦嗦替他系上围裙，一抬头正看到黄思凡微笑注视着自己。猛然发现他低了头，努起嘴伸向自己。谢雨吓得慌不择路，赶忙用手抵住他的脸，低声斥责哎呀你干什么呀，慌忙转身逃出了厨房。

身后，黄思凡愉快地哼起了小曲。

饭桌上，一家人吃得高高兴兴。

黄思凡谈笑自如，很是放得开。久而久之，谢雨不再像以前那样别扭局促，也跟着说笑，轻松了很多。

黄思凡烹饪确实有两下子，简单的菜式被他做得不但精致，而且可口。弟弟吃了两块梅干菜扣肉，还嚷着要再来一块，谢雨就拦着他，说小心嘴馋吃坏肚子。黄思凡笑着帮腔，正是长身体的时候，能吃才能长个，又夹了一块到弟弟碗里，说真给大厨面子哈。妹妹看了起哄也要。

妹妹弟弟齐刷刷冲黄思凡竖起大拇指。

谢雨悄悄用唇语说你们俩是马屁精。

谢炳康看着乐开了花，问思凡这手绝活是从哪里学的。

黄思凡放下筷子说："妈妈还在的时候，知道我爱吃，就攒钱做梅干菜扣肉。每次妈妈做的时候，我就眼巴巴地凑到灶台边看着等着，久而久之就学会了。"

说着说着，想起了什么，他停下不说话了。

"思凡，往后这里，就是你的家。"谢炳康心生怜悯，动情地说，"你想吃什么了，就来家里，添双筷子而已。"

谢雨也想调剂下气氛，就笑父亲。

"哪里是添双筷子而已。来咱家，也没人会做这梅干菜扣肉呀。"

谢炳康假装生气说："看你这孩子。你不会学呀，让人家思凡教你！"

谢雨红着脸抬杠说我学不会。

"那就天天教，再笨也学会了吧。"

谢炳康笑着数落女儿。

黄思凡眼带星星，看着谢雨。

"好啊，那我就天天教你，手把手地教，包教包会，还不收学费。"

弟弟高兴地用筷子敲着碗，起哄喊好。

谢雨红着脸制止弟弟："就你话多，老实吃饭。"

饭后，谢雨送黄思凡，像平常一样。稍有变化的是，黄思凡不再出门就打车，现在俩人会散步一段路。

"谢雨啊，我在想啊。"黄思凡若有所思的样子。

谢雨抬头问在想什么。

"我在想，你父亲刚才说的话，把这里当成自己的家。"他轻叹了口气说，"谢雨，你知道吗，我是多么想有个家。"见谢雨低头不吭声，他接着说："就像这样的家，家里有你。"说完，他低头望着谢雨，眼里有热度有亮光。

谢雨隐约感觉到他的目光，不敢抬头。

黄思凡注视着谢雨，慢慢抬起手臂，轻轻搭上她纤细的腰。谢雨浑身一震，感觉好似有股电流，从腰部向上向下，暖暖地传遍全身，紧张又有一丝不能言说的舒服。

她暗自发力想脱身，却被黄思凡有力的大手握得更紧。

渐渐地，黄思凡每次走的时候，谢雨不再像最开始的礼貌送客，一路沉默送到路边，挥手道别。

现在，散步聊天成为俩人自然而然的状态。

黄思凡每回来家里，熟门熟路地进门换鞋，倒杯水自己喝了。家里也不用老老小小客客气气张罗接待。

黄思凡喜欢这种变化，感觉更亲切自然。

黄思凡走进了谢雨家。渐渐地，他靠近了谢雨的心。

谢雨能清楚地感受到这种变化。

这么长时间过来，她内心对黄思凡的抗拒，像塌陷的细沙堆，越来越松动，也越来越无力。事实上，无论从哪个方面讲，她都没有理由排斥黄思凡。

这个人毛病不明显，优点很突出，几乎不会让任何人反感。家里人从老到小都毫不掩饰地喜欢他。对于黄思凡的好、他的条件优点，不用父亲提醒，谢雨都看在眼里，也记在心里。

如果，非要说缺点，谢雨觉得黄思凡唯一的缺点，就是出现的时机不对。

他迟到了。

但是，黄思凡对这一点，完全不认同，也毫不在意。他很自负地宣称，我喜欢你的开始，比任何人都早；我喜欢你的时间，比任何人都长。

"谢雨你说，究竟是谁迟到了，究竟是谁，出现的时机不对？"黄思凡骄傲地笑着。

谢雨嗔怪他蛮横不讲理，心里却被哄得暖暖的、柔柔的。

如果黄思凡走进了心里，那马卫东呢，他在哪里？

时间一天天过去，黄思凡在靠近。马卫东在哪里？这个问题的答案开始变得游移。

思前想后，谢雨再次拨通了那个电话。

"小雨！"

马卫东的声音照旧热情。

"嗯，是我，卫东。"谢雨听着最熟悉、最亲切的声音，把脸紧紧贴在电话上，"你好吗，你在忙什么？"

马卫东就让她猜自己在哪里。

谢雨说听不出来。

"我在家尔玛超市里！"马卫东笑道，"哈哈，你想不到吧？"

"啊？这有什么好想不到的。"

"噢，对了对了。我都忙晕了，忘记告诉你了。这个月开始，咱们的东雨卫浴正式进驻家尔玛了。"马卫东显得很兴奋,"这可是咱们东雨重要的转折点啊。这叫什么来着,不打不相识,不是冤家不聚头啊。"

"哦。"谢雨应承着,前面的话没有在意听,倒是低声重复着,不是冤家不聚头。

马卫东没太听清楚她在说什么,继续高兴地给谢雨介绍公司的最新发展。

谢雨不忍心打断他的兴致,耐了性子听完。

"卫东,时间过得好慢。"

"啊,这还慢啊。"

马卫东感觉恰恰相反。

"我觉得一眨眼的事儿啊。小雨,你想想看,八大金刚的故事就像发生在昨天。昨天,它们还是游击小分队,今天已经成为集团军了。"

"我觉得,很慢。一天一天地过,这一年又一年,过得好漫长……卫东,我们什么时候能……能,再见面?"

一年,马卫东说一年内,他就请谢雨再过来,看看东雨的新气象。

谢雨低声说:"哪儿我都不想去了,我觉得好累。"

马卫东就问怎么了,是身体不舒服吗,家里都还好吗。谢雨说没有,都挺好的。她还特意说起,家里工厂多亏了黄思凡,家里很多事情都好在有他帮助。

"可惜我不能在你身边。"马卫东停顿了一下,又说,"你家的情况,有那个、那个……局长照顾,也确实好些。"

"嗯,他,确实对我们家,对我,都挺好的。"

……

电话两头都沉默了。

"小雨，答应过你的，我会做到。我会打造更美好的东雨，让你永远幸福。"

终于，马卫东字斟句酌地说，打破僵持的安静。

谢雨沉默了好一会儿，终于在挂断电话前说："别光顾了事业。卫东，你多保重。"

"永远"这个词，马卫东说过好多次。

谢雨印象太深了。

她清楚地记得，多年前在校园里，第一次听马卫东说永远在一起。当时，在听到的刹那，她有种目眩神迷的感觉。从那以后，"永远"就代表了温暖、代表了希望。

然而，今天，再次听到，不知道为什么，她有了完全不同的感受。在马卫东说之前，谢雨是有预感的，并且，在预感到的同时，她心里在默念："不要再承诺，不要说永远。你不要说出来。"

彼此看不到，放下电话时，两个人的眼眶都有些湿润。

马卫东揉了揉鼻子，突然有种强烈的无力感。

以带罪之身重建事业，他正在坚定地履行着自己的诺言：从头再来，带给谢雨坚实和可依靠的未来。可是，一路劈波斩浪地行驶，憧憬中的彼岸并没有靠近；正相反，它似乎更加模糊、更加遥远。

难道，是航向搞错了？

谢雨放下电话，看到黄思凡走过来，赶忙转身去洗手间，清洗了眼睛。

黄思凡说到做到，把这里当成了自己的家，尽心尽力。逐渐地，他不仅下厨房做饭，陪弟弟玩耍，有时还会带妹妹去上课外补习；屋里屋外靠他修修补补，工厂进料出货他也积极出谋划策。要说这个家有一半是靠他撑起来,一点也不夸张。

黄思凡特意抽出空,陪谢炳康去医院复查身体。

自从上次大病一场住院以后,老谢的身体情况时好时坏。这段时间,他总觉得哪里不舒服,具体又说不上来。医院医生给看了看,按了按,问哪里痛,似乎也没啥大问题,就让他去抽血、拍了片。

扶着老人回到家,黄思凡直接回单位了。

谢雨在书桌前忙着测算工厂库存结余。

谢炳康在门口望了一下,想了想,走进书房,就近坐下了。

"爸,回来啦。医生怎么说,都挺好的吧?"

"嗯,大夫给看了,没啥。"

"我就说嘛,您之前病了一场,还没完全好利索。往后啊,身体会越来越好的,放心吧。"

谢雨轻轻拍了下父亲的手:"等我忙完这一会儿哈。"说完,就转头继续测算。

谢雨写了一会儿,感觉父亲在一旁没有动静,就歪了头看。谢炳康正笑眯眯地端详着女儿。

谢雨看着慈祥的父亲,白发苍苍、面庞瘦削,心头一暖,就放下笔走过去,双臂搂住了父亲。

谢雨仰起脸问:"爸,你盯着我看什么呢?你在想什么?"

谢炳康微笑着眯缝了眼,随着女儿轻微摇晃着身体,喃喃说道:"我们家小雨呀,长大喽。你越长越像你妈妈。"

谢雨听得心里柔柔的,就撒娇:"那你是在夸我越来越漂亮了呗。"

谢炳康幸福地沉浸在回忆里。

"一眨眼呀,你就从这么丁点大。"他边说边比画着,"从一个乖宝宝长到这么大了。这一晃啊,你都过了三十了。"

谢雨嘟起了嘴："我才不要听年龄。你就当我一直还是那么丁点大哈。"

"傻孩子。"父亲爱怜地拍着女儿的手说，"要真是那样可就好喽！我和你妈真愿意你就一直那么大。我们呀，就一直抱着你、牵着你、照看着你，谁也不离开。"

谢雨紧紧靠着父亲，抚摸着他的臂膀。曾经的记忆里，那臂膀很有力量，她总是闹着要吊在上面荡秋千。

"思凡是个好孩子，对你也是真心实意。"

谢炳康微微睁开眼看着女儿。

谢雨轻轻点了点头，没有迟疑。

"刚才，去医院的路上。我和思凡又聊起你。"

谢雨睁大眼睛，笑着问："你俩，都夸我什么了？"

"思凡说啊，多少年，他都梦寐以求，能跟你在一起。"谢炳康慈爱地看了看女儿，继续说，"其实，我们又何尝不是。你能有个好归宿，是我和你妈梦寐以求的事啊。"

谢雨的脸上泛起了红晕，头枕着父亲的胳膊："我的归宿就是这个家。我就守着你，哪儿也不去。"

"思凡也说了，如果你们在一起，他就来这个家。这里就是你们的家。"

谢雨小声说："谁答应他来了，这么厚脸皮。"

话虽这么说，语气却是柔软的。

谢炳康微微笑着又眯上了眼。

"这段时间啊，你妈妈来看我好几回了。十年了啊！"他深深地叹了口气，"我知道，你妈妈是想我了。孤单了这么多年，想我去陪陪她了。"

谢雨听了紧紧攥住了父亲的手，枯瘦的手。

"爸……可是，我和妹妹弟弟，都想你在这里，都想你，多陪陪我们。"

说着，她哽咽了。

"是啊，我也想看着妹妹考上大学，看着弟弟长成大小伙子。"谢炳康感慨道，"看着你嫁人，再有自己的孩子，是我现在最大的心愿，也是你妈妈很早很早的心愿。"

谢雨嘤嘤地抽泣，眼泪滴在父亲的手上。

"不过，我可能等不了那么久了。自己的身体自己知道，我呀，是一年不如一年，一天不如一天喽……而且，我也确实，很想去陪陪你们的妈妈了。"

谢雨听了心头一凛，抱紧了父亲抽泣道："爸，求你别说了，你不要离开！我不许你离开！"

谢炳康心疼地看着女儿："你该好好考虑了，思凡是值得你托付的人，知冷知热知道疼人。爸爸不会看错，我跟你妈妈说过很多次了，她一直都赞成。"

"你和思凡成了家，你妈妈一定会很高兴的。"谢炳康轻轻抚摸着女儿的头发，"那样，我也可以放心地走了。"

谢雨泣不成声，哀伤无力地先是摇摇头，然后又点点头。

老人的直觉和预感是对的。

谢炳康的身体确实出了问题，很严重的问题。

第二天，黄思凡到家里来的时候，没有像往常那样，手拎肩扛着东西，也没有进门就忙活。

黄思凡进到家里，径直去了谢雨的卧室。

谢雨在身后奇怪地望着他，见他在招呼自己。

"你神秘兮兮的干什么呢？"

黄思凡关上卧室门，拉着谢雨在床边坐了下来。他双手搭着谢雨的肩膀，注视着她的双眼。"你干吗呀？"谢雨不自在地扭动一下。没等她再说，黄思凡压低了声音，但是很有力量："谢雨，你要控制好情绪。不要影响到家里老人和妹妹弟弟。"

谢雨紧张地点头，注视着黄思凡，试图从他的脸上解读出什么，心里掠过了不祥的念头。

"是，是……爸爸……他？"

谢雨小心翼翼、试探着吐出每一个字。

黄思凡艰难地点头。

握着触目惊心的诊断书，谢雨定在了原地。

过了好一阵，谢雨的肩膀开始轻微抖动，渐渐地，抖动变得越来越厉害。随着眼泪夺眶而出，谢雨用双手捂住了嘴巴，把号啕哭声死死地按回嘴里。

在谢雨失声痛哭爆发前的一刹那，黄思凡张开双臂，将她紧紧地拥进了怀里。

谢雨把头深深地埋进黄思凡的怀里，忘情地哭着。哭声被他的胸膛掩盖了很多。黄思凡听到隔壁房间隐约有声响，怕哭声被老人听到了，就打开了音响。

房间里响起了悠扬的音乐《Five hundred miles》。

谢炳康起初听到动静，知道家里来了人，就起身走到客厅。见空无一人，女儿房门紧紧地关着。一想应该是黄思凡来了。他歪头听着房间里传来的音乐声，微微一笑，又慢慢踱回了自己的房间。

黄思凡一直紧紧地抱着谢雨，任由她在自己的怀里尽情地哭，直到她哭累了，声音渐渐变小，人也逐渐安静了下来。

黄思凡递了一杯水，让谢雨润一润嘶哑的嗓子。又起身去了洗手间，拧了条毛巾，试了温度合适，就坐下来给谢雨擦脸。谢雨乖乖地坐着，由他擦拭。黄思凡用大手托着她的脸，擦得很轻柔。谢雨的哭泣，让他本就一腔柔情的心，被碰疼了、被拧紧了。

"医生说，父亲年纪大了，不适合做手术。"黄思凡沉吟了一下，"而且，病情到这地步，即使做手术，也，也不会有什么用了，只是白白地，增加痛苦……"

他怜惜地望着谢雨，艰难地说。

谢雨听着，慢慢恢复平静，眼神从空洞里，回到现实中。

"医生说，还有，多长时间？"

黄思凡犹豫着回答："最多、最多……半年。"

"半年……"

谢雨重复着，喃喃自语。

终于，她站起身，伸直腰，深深地叹了一口气，说道："好吧。"黄思凡紧张地注视着她。

谢雨去洗手间，仔仔细细地洗了脸。

再出来的时候，谢雨脸上有了光泽，眼睛里也有了些光彩。她歪头对着黄思凡，挤出一丝笑容："走，我们去做饭。"

谢炳康胃口并不好，但是兴致挺高。跟黄思凡聊社会见闻、谈人文典故，彼此观点相仿，切磋着共同话题。饭桌上，弟弟摇头晃脑，吃得很欢快。谢雨跟妹妹交流，怎样提高英语单词量。

往后的日子，黄思凡再来时，谢雨脸上多了笑容。那种笑容是轻松的，也是发自内心的。俩人一起下厨房，一起看电视，出出进进，有说有笑，越来越和谐默契。

谢炳康常常笑眯眯地看着这一对年轻人。

看到幸福写在他们脸上，他感到无比欣慰。

6.

转眼，第三个春天来了。

积极服刑的马卫东，距离自由更近了。

与此同时，他的事业，或者说，他和谢雨的事业——东雨卫浴在国内外高歌猛进，终于成为领军企业。

"没有如果。"马卫东脑袋摇得像拨浪鼓。

"别跟哥抬杠。"高翔不依不饶，非要问个究竟，"我的最新大作需要你的答案。咱们说的是假设哈，你预知后来会发生的一切，包括你进去这一节。当初，你还会，选择下海吗？"

拗不过高翔的纠缠，马卫东不得不想一下。这一想，他就愣住了。

当年，风和日丽。肩扛独木舟，他就兴冲冲地下海了。没有任何心理准备，他以无知和无畏，开启了一路航行。最开始，海面平静，风光旖旎，小舟轻快前行，船桨划过之处荡起愉快的歌声；后来，起风了、下雨了、打浪了，激流来了、漩涡来了。还没来得及惊恐，转瞬间，他的小舟已似浮萍……几经摔打颠簸，对抗着风吹浪打。在暴风骤雨里，很多时候，他甚至来不及辨识方向，只顾保命，挣扎向前。小舟差点被肢解成碎片，他也几乎葬身海底……

"喂、喂！"高翔在他眼前使劲晃着手，"兄弟，你真的看不见了吗，兄弟？"

马卫东猛地一下回过神来，怔怔地问："啊，你说什么？"

"看你灵魂出窍，我在给你招魂呢。"

"去、去、去，一边去，你个乌鸦嘴！"小梅挤过来，拨开丈夫，拉着马卫东说:"别听他在这儿胡扯,快到你登台了。"

东雨集团全球战略合作协议签约仪式,即将开始。

仪式被特意安排在了济南——马卫东的家乡举行。同期举办的"家与互联网"的主题高峰论坛,亮丽登场,云集诸多明星大咖、企业家和知名专家学者。各路媒体蜂拥而至。

在雄壮的乐曲声中,巨幅屏幕上出现了一望无垠蔚蓝色的大海。万里碧波之上,驶来一艘巍巍巨轮。巨轮的前舷醒目地标识着东雨。在它领航的身后,是一只庞大的船队,星罗棋布着大大小小各种船型。镜头飞快地掠过长长的船身,转向前方。生机盎然的绿色海岸线,在海平面的尽头处延展,清晰可见。

中国市场,容量巨大、潜力无限,正像这无垠的大海。东雨卫浴,正如同在海上劈波斩浪的巨轮。

东雨的成长性被市场反复看好。集团再次获得了风投基金的青睐。与以往不同,这次是国内几大财团抱团投资,规模之大,打破了国际上业内投融资记录。如今的东雨集团,麾下涵盖研发设计、制作生产、设备制造、营销中心、仓储物流和电子商务等多个业务板块,成为全球的行业巨人,名副其实的领军者。

被引领着,马卫东来到舞台中央。耀眼的镁光灯此起彼伏,闪成一片白昼。他与嘉宾们并排站立,共同见证签约。

在他身前,代表东雨签约的是储琴。

随着东雨集团的崛起,CEO储琴已经成为明星经理人,知名度远在马卫东之上。尽管依旧沉默寡言,但是如今的储琴越来越靓丽,她的身影风采成为媒体的焦点。

"储琴话不多,一双美丽的眼睛,已经告知所有关爱东雨的人,一切美好如初。"

实在问不到更多内容，《丽人》杂志诗意般地报道。

媒体事先安排了系列报道活动。其中，包括对马卫东的现场采访。可惜，采访不算成功，几乎刚开始就草草结束了。借故洗手的马卫东，转头不见了人影。记者们惊讶地发现，他居然是跳窗跑的。

在齐怀洲、高翔等人的掩护下，马卫东遁出众人视线，逃离仪式现场，躲进了"旧城往事"的一个小包房里。

马卫东情绪不高，与东雨集团上上下下的喜庆气氛形成明显反差。在刚才的签约仪式上，坐在台下的小梅就耳语："你留意到没，卫东好像不在状态。"高翔讪笑："这小子，端着呢。这叫什么，不喜形于色，成大事者也。"

签约仪式，高朋满座、大咖云集，唯独少了一个人。对马卫东来说，最重要的那个人。

获得独家现场采访权，电视台记者精心准备，设计了颇具哲理意味的问题："东雨是什么？东雨从哪里来？东雨要到哪里去？"

面对镜头，马卫东陷入了长长的沉默。

"观众朋友们，很显然，关于这三个问题，创始人马卫东先生，一直在思考。"

记者只好作罢。

其实，答案一直在。

答案在马卫东的心里，就是她。

马卫东邀请了谢雨，作为特邀嘉宾，郑重其事。他通过手机发送了特别定制的邀请函。

"小雨：期待你的到来。你来，东风拂面；你来，雨露滋润。因为你在，东雨就在。"

还没等到信息回复，他就迫不及待地打电话过去催问。

谢雨刚到北京，约了客户商谈。手机响时，她正在安静的房间里仔细端详着邀请函。看到了熟悉的字迹，她嘴角不由自主地微笑，心头却又在微微颤抖。

接通电话的同时，谢雨急忙抹去眼角的泪花。就好像，眼泪也有声音，她生怕电话那头能听到。

"小雨！小雨！你能听到吗？"

电话那头，马卫东的声音洪亮，似乎覆盖了谢雨入住的整个房间。那声音，还是那么熟悉。

"卫东。"

曾经最熟悉、最亲切的两个字，从嘴里说出的时候，谢雨心里又"嗖"地抽紧了一下。不要说亲耳听到，更不要说亲眼见到，哪怕仅仅是这两个字，都能让她感觉到心疼，不知道是为他、还是为自己，总是有些心疼。叫出了名字，谢雨赶忙闭紧了嘴，她怕自己控制不住哽咽。

"小雨，明天，我们的东雨就要举行盛大的签约仪式。经过这次战略合作，我们的东雨就真的是巨轮了，就真的要远航了！……"马卫东的声音有些兴奋、有些急切，"你收到我发的邀请函了吧？"

"嗯……"

"小雨，我帮你订好了机票。此时此刻，就等你来！"

"机票？"

"对呀，机票订好啦。房间嘛，就不用订啦，哈哈哈。"马卫东发出了熟悉的笑声。

"卫东，我……"

谢雨咬紧嘴唇嗫嚅着。

"你来，东风拂面；你来，雨露滋润。因为你在，东雨就在。"

在电话里，马卫东模仿播音员的声调，感情充沛地朗读着他撰写的邀请函，抑扬顿挫，听上去有些得意，又有些滑稽。

谢雨能想象得出他的表情眉飞色舞，想象得出他的神态扬扬得意。想到了，她的心就暖暖的，不由得想笑。但是，在笑的那一瞬间，她的鼻子却又开始发酸。

"祝贺你，卫东。"

"祝贺我？祝贺我们！"

马卫东开心地笑着："你来，小雨你来！你赶快来啊！"

"你来，春风就来；你在，东雨就在。"

似乎意犹未尽，马卫东又即兴抒怀。他的情绪高涨，很显然，自己把自己感染了。

"卫东，我……"

谢雨一边艰难地吐着字，一边给自己打气，再勇敢一点。

"卫东，我，不来了……"

"啊，你，什么，不来了？"

马卫东躲避着周围的喧闹嘈杂，不太确信地提高了音量。

"嗯，我不来了。"

一边说着，谢雨的心止不住地颤抖。

"为什么呀？这么久的等待，我们这么难……终于等到了，他们来了好多人，来的，都是为了我们的东雨啊。"马卫东语气焦急，有些语无伦次，"东雨，是我们的啊。"

"卫东……对不起。"

"小雨，我在等你。这么多年来，你也一直在等我。我们说好了，你要来山东，你要再来济南，我还要带你去看很多地方，答应了你的……好多地方，你还没看过呢！你提醒过我很多次，做人，要有口齿；讲话，要算数……"

马卫东越说越慌乱。

"卫东，卫……东……"

谢雨几乎握不住手机，要靠两手才能勉强扶稳。她坐在床沿，感觉浑身冰凉，双腿也在不停地打颤。

"卫东，再……见吧。"

泪水模糊了双眼，谢雨的牙齿在打架，艰难地吐出最后几个字：

"济南……我，回，不，去了……"

10

回到当初

1.

远处的天边,隐隐地泛出暗蓝色的光。窗外有微微细雨。

风淅淅,雨纤纤。

难怪春愁细细添。

记不分明疑是梦,

梦来还隔一重帘。

马卫东侧头看着窗外,手指转着酒杯。

"好词、好词!不过,与欢乐今宵不太对题。"

高翔点着头,举起杯。

刚开始,大伙儿以为,马卫东精神不振是因为太累了,这么大型的战略合作,很多事情要他拍板定夺;也有人猜测,他在稳定控制情绪,不被喜悦冲昏了头脑。可是,转眼一瓶白酒喝光了,马卫东还是神色恍惚、木木呆呆。

高翔红头涨脸地搭着他的肩膀:"马董事长,咱表情能不能放松一点？什么愁不愁的，今天是个好日子，吟诗应该应景。"

齐怀洲说："是啊，要照卫东的酒量来说，现在差不多了，该现原形了哈。"

马卫东听到，就把衬衣纽扣胡乱扯开了几个。

高翔看了一眼身边的小梅，赶紧拦着："差不多了嘿，到位置了。咱适可而止，还有女士在场呢。"

小梅在一旁高兴地鼓掌加油。

齐怀洲提议大家把酒杯加满。

"为东雨的今天干杯！"

马卫东略微摇晃着站起来，拿起跟前的酒壶说："我也提议一杯，为东雨的昨天，干……干了。"

旁边的高翔没来得及拦住，他脖子一扬，转眼壶底冲天了。

"桃李春风一杯酒，江湖夜雨十年灯。"

马卫东喃喃着一屁股跌坐回座位，木怔怔地看着酒壶。

诗中还是有雨。

几个人面面相觑。

马卫东看看这个，又看看那个，然后表情凄然地说道："齐怀洲！高翔！小梅！……你们，都在。可是，我的小雨，不在了。东雨……再也不是那个东雨了。"

小梅冲高翔使眼色，小声说："喝闷酒伤身体，你赶紧劝劝他。"

"怎么就不是那个东雨了呢？"

齐怀洲也过来搭着肩膀："马卫东还是马卫东，谢雨还是谢雨。"

小梅两口子附和："是啊，如今通信那么发达，还有了互联网。多方便，想听到就听到，想见到就见到了。"

马卫东苦笑了一下，自言自语："再也听不到了，再也见不到了……"说着，打了个酒嗝，眼睛更通红。

"这事儿吧，说过你多少次了。"高翔眼睛有点迷离，"男子汉大老爷们，该出手时就出手。抄起电话就打，拔腿就去追，有啥好犹豫的呢。"

马卫东眼睁睁地瞪着自己的鼻子，抄起酒壶来又要仰脖。高翔喊着给我们省点，抢下了一半。

马卫东咧了咧嘴，居然哭了起来，哭得挺难看。

"你，不是我，你们，不知道。"

"不知道什么？"

"抄起电话就打。"马卫东一边打着酒嗝，一边抽泣，"我抄起来，几百上千次了。可是，我拨不出去啊……这次，我拨出去了，可是，小雨……不在了……"

齐怀洲轻轻拍着马卫东的肩膀，几个人听他继续说。

"拔腿就去追，道理我也懂。但是，你们知道吗，我辜负了谢雨。在大学里，我答应过她，永远在一起，我没有做到，毕业后一南一北；后来，工作了，我想把东雨培育好了，等我混出个样来，再去找她；再后来，我被抓了，说好的春天，登记，我又没有做到……"

马卫东说着，已经满脸是泪。

"我、我，对不起……小雨，我一直……要她听话，我一直……让她等待。可我自己，说话……不算话。"他讲得越来越不连贯，"听、听话……害了她。"

小梅递了纸巾给他："那现在好了呀，你说话还是算话了。三年已过，你事业有成，完全可以去找她了呀。"

马卫东听了，咧歪着嘴，神情更哀伤。

"现在……现在？现在，不是从前了；现在，也不是以后……"

他边哭边嘟囔,前言不搭后语:"你们是不知道,可我自己心里清楚……小雨,她说,她回不来了……小雨,她不会再等待了……呜呜,我们都,回不去了……"

任凭旁人怎么劝说,马卫东兀自哭着。过了一会儿,他摇头晃脑地唱起了京剧《汾河湾》。

"破瓦寒窑暂安身,无奈何立志去投军,结交下弟兄们周钦等,跨海征东把贼平,幸喜狼烟俱扫尽……"

高翔敲着筷子叫好。

唱着唱着,马卫东又转到了黄梅戏《夫妻双双把家还》。

高翔啧啧道,你这频道转换也忒快了。小梅怪他乱打岔。

马卫东荒腔走板地唱着。

这时,齐怀洲接了个电话,神情紧张又有些激动,匆匆出去了,说是去接人。

马卫东摇头晃脑,唱着唱着,眼泪鼻涕一起淌。

小梅看着心酸,眼圈也红了。

兄弟们使劲拦也拦不住,不敢再劝酒。眼看马卫东很快醉倒在桌子上,怎么叫都不醒。

……

睡梦中,他模模糊糊看到有个人影。

那个身影,娇小玲珑,是如此熟悉,让他朝思暮想、让他魂牵梦绕。这么多个日日夜夜,这么长久的等待,他最渴望也害怕见到的人,曾经那么近、又那么远。

现在,似乎就在眼前。

"小雨?"

他想叫住那个人,但是嗓子像被堵住了,任凭怎么使劲却发不出半点声音。

那个人影影绰绰,好像在走动。

马卫东努力试图看清,却又总是徒劳。他使劲地喊,可惜那人听不见。

不知过了多久,有热毛巾敷在了马卫东的脸上,他感觉很温暖、很安全。突然间,他似乎闻到了一种特殊的香气,他最熟悉的香气。十几年前的那个夏天,夏天的校园里,他就记住并开始迷恋上这个味道。

"小雨?"

看到谢雨,马卫东惊讶无比。

"真的是你,你什么时候来的?"

谢雨正低头温柔地看着自己。

好久不见。

小雨还是那么白皙,她的脸还是那么光滑细腻,只是又瘦了些。马卫东爱怜地抚摸着谢雨的脸,眼泪从她脸上流淌,滴落在自己的鼻梁上、眼睛里。

坐在床边的谢雨,一边哭泣,一边抖动。

很快,马卫东的双眼又被模糊了,什么都看不见。他感觉天地开始旋转,自己身体后仰,似乎又要跌回海底的最深处。透过不停摇晃的水面,他看到谢雨站起身,就要离去……

他无声地嘶吼着:"不要走,不要离开我!"

突然间,他用尽全身的力气,把正欲起身的谢雨狠狠地扯过来,紧紧地搂攥在怀里。

马卫东疯狂地吮吸着谢雨满脸的泪水,声嘶力竭地哀嚎:"小雨,你别哭。小雨,你别走。不要丢下我!"

谢雨娇小的身体，被马卫东双手牢牢地箍在怀里。

月光下，陡峻的岩石昂然耸立，泛着青光。马卫东轻轻地拨开了柔草，挺进山谷神秘柔软的最深处。

谢雨在暴风般的亲吻中，浑身战栗。身体随着马卫东的双手和双唇的游走，任凭他带着一起，越过高山、穿过平原。在急速的进出之间，她时而被掀上惊涛骇浪的波峰，时而跌入深不可测的谷底。

"我爱你，我爱你！"

马卫东疯狂地抓扯和嘶吼，想撕开黑色的面纱。那面纱深深地遮住了他的双眼，让他陷在最重最厚的黑暗里。他不管不顾，用尽所有的力气，前冲后突、左右摆动，试图冲出四周的重重包围……

攀上最顶峰的马卫东，终于耗尽了最后一丝力气。他松开双手，从陡立的悬崖边直线坠落，落到无边的黑夜里。

一片漆黑，一片寂静。

马卫东动弹不得，什么也看不见，什么也听不到。

……

2.

醒来的时候，马卫东本能地侧头看看枕边。

枕边并没有人。

床头柜上，整齐摆放着水杯和毛巾。

他轻轻敲击着头，太阳穴突突地生疼。他艰难地回忆着，依稀记得昨晚，自己唱过《汾河湾》，再后来的事情，就怎么也想不起来了。他不记得自己是怎样回家、怎样睡下，也不知道睡了多久。

起身的时候,他感觉浑身酸软。

亮光隐隐地透过来,给厚厚的窗帘镶上了银边。拉开时,他下意识地闭上眼。正午的阳光耀眼,瞬间明亮了整个房间。

卧室是整理过的,隐约有一种熟悉的香味。

马卫东来到客厅,客厅也被打扫过。

沙发上,原本乱糟糟堆放的衣服杂物都已归置整齐。茶几上干干净净,一套景泰蓝的茶具,洗净如新。

阳光下,一封信,躺在茶几上,安安静静。

娟秀的字迹,映入眼帘。

马卫东的心剧烈地跳动。

"卫东!"

"真的是你!小雨!"

看到开头两个字,马卫东已经飞奔到窗前。窗外,晴空万里、艳阳高照,高楼林立、马路宽敞,阳光下,车辆川流不息,行人来来往往。

马卫东徒劳地搜寻着,目光所及,没有熟悉的身影。

卫东,我走了。天还没亮。不要找我,不要追赶。昨夜大醉,你今天要好好休息。厨房里有煮好的粥,你起来热了喝。

我走了。卫东,你昨晚喝了很多的酒。好像有首歌,唱的是,你不知道那天我喝了多少杯,就不知道你在我心里有多美。我的确,不知道你具体喝了多少杯,但是,卫东,我清晰地记得你昨天夜里,叫我的名字,叫了一百三十七回。每一次,你呼唤我的名字,就像一记重锤,重重地撞击着我的心,搅动着我的脑海。

你的每一声呼唤,对于我,都是止不住的眼泪,都是抹不去的记忆。

记得胡适说过,醉过才知酒浓,爱过才知情重。昨晚,在你睡去之后很久,我都在想这句诗。

很久没有写信了，想必突然看到信，你多少会有些意外吧，其实又何止是信，这么长时间以来，即便是声音，我们也很少给对方。

信，曾经对我们是那么的重要。靠着它，支撑我离开校园离开你，踏上漫长的回家的路。靠着它，让我在没有你的日子里，学会等待。这么多年来，这么多个日日夜夜，我在等待中学会忍耐，在忍耐时看到希望，在希望中学会了坚强。

岁月如歌，往事如昨。那年的夏天，夫妻恩爱苦也甜，悠扬的旋律让你走近了我，也为我的人生开启了一段崭新的篇章。也是那个夏天的夜晚，我第一次听到了千年前的那个传说，王宝钏的十八载寒窑凄冷残破，但是矢志不渝的爱情，铭刻在骨髓里，流淌在血液里，如冬日里的火苗，温暖充盈了我的心窝。

在那之后的十多年里，卫东，你让我成为最受宠的人、最欢喜的人、最骄傲的人、最幸福的人。

曾经，一度。

后来，我慢慢发现，现实不是童话世界绚丽多彩，失望像寒风里的利刃，在坚守的年轮上，划出一道道斑驳的印记。没有你的生活，我不知所措；没有你的日子，我不知道如何度过。你是我前行的动力，你是我坚强的理由，一如你是我快乐的源泉。

然而，故事终归散场，纵使传说千年。

渐渐地，我的生活、我的世界变了样，我的梦想不再是你描绘的那样。没有了你的眼神、没有了你的笑容、没有了你的声音、没有了你的气息、没有了你的臂膀、没有了你的怀抱，没有了你的日日夜夜，白天不再灿烂，夜晚不再温暖，我的动力在消退、我的坚强在破碎、我的源泉在枯竭。

这些年来，曾经梦想照进现实，让我的生活披上了锦衣彩霞。我体会到了，爱与被爱的滋味，人世间最美好的幸福，我的快乐简单富足，因为有你。这些年来，曾经苦痛惊扰生活，让我的梦想变得支离破碎。爱有多销魂，就有多伤人。曾经在那些天，我的眼泪像泉水喷涌而出，我整个人要被抽干。

卫东，因为你，让我幸福得不能再幸福；也是因为你，让我痛苦得不能更痛苦。

东雨，曾经是我们共同的牵挂和寄托，几经风雨。如今，你一心一意撑起了它。但是不知何时，原来的我已枯萎衰竭。原谅我，在它蒸蒸日上的美好时刻，不得不以这样的方式中途离场。

卫东，我走了。

十多年前，在校园湖边，我们说好不许说分离。不管奈何桥上有多孤单，不管流过多少泪，即使走到今天，即使来到了这里，我们也要守住承诺，谁都不许说出口。

那就不说。

卫东，我走了。

天亮时，你会醒来。不要来找我，不要再敲醒沉睡的心灵。就让我带着所有美好的记忆，让我回到最初的生活，跨过所有的过往，回到梦开始的地方。

马卫东抬眼望了望窗外，窗外阳光正好，铺洒了整个客厅，每一个角落。

信封旁边，是个水墨色精美的纸袋。打开纸袋，是小心收藏折叠的丝巾。

马卫东又看到了那个熟悉的画面。

弯弯的小河，两岸杨柳依依。岸边的小路，傍依着河水缓缓地伸向远方。在小路的尽头，隐约有一人影在翘首张望。

丝巾上，绣字如新。

在春天

你把手帕轻挥

是让我远去

还是马上返回？

不，什么也不是

什么也不因为

就像水中的落花

就像花上的露水……

只有影子懂得

只有风能体会

只有叹息惊起的彩蝶

还在心花中纷飞

……

3.

想回却一直回不去的济南，想见却一直不敢见的卫东。没曾想，这次以这样的方式，了结了谢雨很长一段时间以来的纠结和挣扎。

马卫东还在宿醉中，她已经离开。先折返北京，继续商务洽谈。两天后，启程回广东。

关门的时候，谢雨依依不舍地看了一眼沉睡中的马卫东："卫东，你照顾好自己。希望从此，我不再为你掉眼泪。"登机的时候，她站在舷梯上，回头望了一眼："再见，卫东；再见，卫东的城市。"

飞机上，谢雨倚靠着舷窗，耳机里循环播放着高凌风的《那天晚上》。

那天晚上，有美丽的月光，没和你走在小路上；

那天晚上，有美丽的月光，没让你依偎我身旁……

悠扬的旋律中，不禁又想起了大学那年，母亲去世，自己坐飞机回家的场景。那张又皱又湿的机票，清晰地浮现在眼前……

飞机降落了，谢雨挺直了腰，深呼吸一口气，微笑着对自己说："好了，谢雨，好好面对生活吧。"

远远地，她看到黄思凡领着妹妹弟弟，站在路边。

黄思凡满脸欢喜，接过谢雨的拉杆箱。

"你不让我们去机场接。这不，我们只好在这里等，夹道欢迎你。"

说完，他带头领着妹妹弟弟一起鼓掌。

谢炳康坐在客厅里等着女儿。

才几天不见，谢雨明显地感觉，父亲又瘦了。

确实，最近两三个月以来，谢炳康经常胃疼，吃不下东西，即使勉强吃了一点，也消化不了。

谢雨和黄思凡一直瞒着老人，没有告诉他病情。不过，谢炳康的心里很清楚。他知道孩子们在瞒着自己，他也愿意配合他们，不打听，也不去戳破。

身体的急剧变化，让谢炳康感觉到自己时日不多了。好长一段时间以来，病痛折磨得他痛不欲生，吃不下饭还是小事，胃部疼痛经常成宿地发作。

多少个夜里，望着墙上的照片，谢炳康恳求老伴儿。

"阿瑛，我是真想来陪你了。你如果也想让我来，就让我快点吧，别让我再受这份罪了。反正，家里现在都挺好的了。妹妹弟弟会有小雨照顾。咱们的小雨呢，也有黄思凡这好孩子照顾了。"

黄思凡一手提着行李箱，一手轻轻揽着谢雨的肩膀进了房间。老人看着面露一丝欣慰的笑容。女儿和黄思凡的关系越来越融洽，这让谢炳康在人生最后的时刻，感到欣慰。

谢雨在浴室里洗了脸，对着梳妆镜按摩着脸部。抬头看到镜子里，黄思凡倚靠着门框，微笑看着自己，眼睛里充满了温柔的爱意。

"这次出差还顺利吧？"黄思凡关切地问。

"挺顺利的。"

"那几个老客户都见到了？"

"嗯，都见到了，把以前积压的老账都处理完了。"

"你这段时间太不容易、太辛苦了。"

黄思凡手搭在谢雨的肩上，看着镜子里的两个人："看看，你瘦得脸上都没有什么肉了。这段时间，我要给你加强营养，争取让你尽快胖起来。"

谢雨笑着点点头："好啊，思凡。"

"什么？"

黄思凡做出不敢相信的表情："你叫我什么？"

谢雨不明所以，问怎么了。

黄思凡说："这么久了，你第一次称呼我思凡。"

"是吗？那我，平时都怎么称呼你啊。"

黄思凡就模仿着她的语气说："喂、那谁。"

谢雨听了扑哧笑了："你夸张啦，人家哪有那么生硬嘛。"

黄思凡搭着她的肩膀，侧头看着说："那是以前，现在，你温柔多了。"

谢雨点点头，柔声地说："是啊，思凡，这段时间也真的辛苦你了。你工作又忙，这个家，里里外外多亏了你，你也要好好保重身体。"

　　谢雨温柔的话语，瞬间温暖了黄思凡的心。他两手把谢雨的肩膀扳正过来，面对着自己，充满柔情注视着谢雨的双眼："能帮你做点事，为你分担一点，我一丝一毫也不觉得辛苦。恰恰相反，这儿，甜得很。"他指了指自己胸口。

　　"思凡，有你真好。"

　　黄思凡把她紧紧地搂在怀里……

　　吃完晚饭，备战高考的妹妹就抓紧复习功课了。

　　弟弟摇着黄思凡的胳膊说："思凡哥哥，你还得帮我讲题。"谢炳康说："今天你姐姐回来了，就让姐姐给你辅导功课吧，我跟你思凡哥哥有话要聊。"

　　弟弟听了噘着嘴，嫌姐姐讲得不好，不如思凡哥哥有耐心。谢雨说你不认真听，居然还怪起我来了，就拧着他的耳朵进了房间。

　　两个人笑呵呵看着姐弟三人都进了房间。

　　谢炳康笑眯眯地说："这小雨啊，从小就是我和她妈妈的宝贝，是掌上明珠。不过，她自己从来都不娇气。里里外外的，能把这个家撑起来。一晃十年了，这个家，老老小小多亏了她。"

　　黄思凡笑着说："我上高中那会儿，就特别喜欢谢雨。不知道那算不算早恋呢，反正肯定是初恋。这个小师妹，不但人长得漂亮、成绩好，性格也特别好，特别懂事听话。"

　　谢炳康眼睛一亮，笑着说："听谢雨讲啊，你中学的时候，还为她跟别人打过架呢。"

　　黄思凡不好意思地说："是啊，那时候就是傻傻的喜欢，也不知道能为她做什么。看她被欺负，就觉得悄悄替她出口气也是好的。"说完，惭愧地笑着摇摇头。

"谢叔叔，您说，有事找我商量？"

谢炳康叹口气说："我这身体啊，是一天不如一天了。估计，很快就要去陪她妈妈了。"

"谢叔叔，您别多想。您的身体恢复得很好，医生都夸您的底子好呢。"

"底子好，那是老皇历了。"谢炳康笑着摆摆手说，"病入膏肓，时日无多喽。你们呀，一直瞒着我；可我这个老头子呢，也不够老实，前几天便血，我也瞒着你们呢。你们的一片孝心，我都明白。但是，自己的身体情况，我很清楚。"

"难得你对小雨这么照顾。虽说，我们这整天叫她小雨，可她岁数也真不小了。我这当父亲的，现在唯一放不下的，就是她的大事、她的归宿，这也是她妈妈最盼望的事。我看你们俩，现在相处越来越好，所以啊，今天要跟你商量的，就是这事。"谢炳康继续说道。

"我的父母早都不在了。这么长时间以来，您待我很亲。我心里，也一直把您当作老父亲，把这里当作我的家。能跟谢雨在一起，是我最大的心愿。只要谢雨答应，我现在立刻去准备提亲，迎娶她。"

黄思凡动情地说，音调略微颤抖。

谢炳康听着乐开了花。

"有你照顾小雨，我和你阿姨啊都很放心。咱不用讲那套繁文缛节，什么提亲啊、迎娶啊。再说，你家的老人也都不在了，我现在身体状况又这样，那些程序的东西、形式的东西，咱能免则免了吧。"

"一切听您的，听谢雨的。"

黄思凡激动地站起身。

一周后，谢雨和黄思凡登记结婚了。

俩人商量了先照顾好父亲，以后再找机会，去国外旅行补上蜜月。

婚礼非常简单,请了最近的几个亲戚,加上双方的个把铁杆,总共不到二十人,小范围摆了个酒席。

所有布置和仪式都免了。黄思凡自己做主持。谢炳康简短地讲了几句,就有些哽咽了。

黄思凡领着谢雨敬酒的时候说:"我虽然只是个芝麻小官,但也是党员干部,就响应号召,一切从简了。"

大家纷纷祝福新人,夸赞新娘子漂亮贤惠、新郎官年轻有为。

近段时间,根据国家统一部署,各地城镇化建设要进一步提速。广东作为全国经济发展的排头兵,这一工作被提上了省政府督办事项日程。国土规划局作为牵头部门,按照市府省府的指示,迅速行动,布置落实。

黄思凡一天婚假也没有休,里里外外忙得不可开交。

谢炳康再次住院了。

本来,谢炳康很固执地要求,待在家里哪也不去,没有必要再住院浪费钱。然而,胰腺病变引发的剧烈疼痛,让老人几度昏厥。实在不忍心看父亲被疼痛折磨,谢雨夫妇商议后,决定还是要把老人送医院救治。医院尊重病人和家属的意愿,进行最保守的治疗,每天注射镇痛药物,缓解疼痛。

护士注射完镇痛药后,谢炳康把谢雨夫妇叫到身边,说要交代交代。

他还没开口,谢雨已经泪流满面。

"不要哭了,傻孩子。这次走,对爸爸是解脱。"

谢炳康伸出枯瘦如柴的手,摸着女儿的头:"你妈妈,也等了我这么久了。我们要团圆了，是好事。"

谢雨点点头，尽量忍住抽泣，跟黄思凡挨在病床边。

"本来还盼着，能看到你们俩有个孩子。现在看，来不及了。不过，我也很知足了，终于能见到你们俩结婚在一起，已经了了你妈和我的心愿了。将来，每年扫墓时，带上孩子，让我们看看就行。"

夫妇俩眼含热泪点头。

"还有另外一件事。当初，思凡托朋友关系，给咱谢氏玩具厂办理了低息贷款，还申领了政府补贴，欠了好大的人情，要记得，赶紧还。思凡人品端正，谢雨托付给你，我们很放心。唯一要嘱咐你的，就是为官要清廉，不要拿人家的，也不要欠人家的。"

老人临走之际，还惦记提醒自己，这让黄思凡激动不已。他握着老谢的手说："爸，您放心。我不会辜负你，也不会辜负谢雨。"

谢炳康吃力地点点头。不一会儿，又昏沉沉睡去。

这一次，他没再醒来。

夫妇俩领着妹妹弟弟，在病床前围成了一圈，齐齐磕头，送走了父亲。

4.

黄思凡打小没了父母，在谢雨家里，他感受到了谢炳康给予的父爱，温暖直至心底。老人文化水平并不高，但是知晓事理。西去弥留之际嘱咐的几句话，如警钟敲响，声声回荡在黄思凡的脑海里。

想当年，靠着姨妈含辛茹苦地拉扯，吃百家饭长大的黄思凡，以优异成绩考入了中山大学。他牢记"博学、审问、慎思、明辨、笃行"的校训，刻苦攻读，以优秀毕业生身份，回到家乡政府部门工作。

第一个月工资,他全部给了姨妈。姨妈止不住地抹眼泪。然而,天不遂人愿,不久姨妈病逝了。立志孝敬姨妈的黄思凡成为孤儿,再无亲人。

从此,黄思凡把全部精力投入事业中。每天早出晚归,苦活累活抢着干。他的努力和才能,很快得到了同事的认可和领导的赏识。黄思凡成为全年级毕业后进步最快的同学,也成为当地瞩目的年轻干部。

黄思凡的心里装满了工作。

如果说还有空间的话,那就是留给谢雨的。

工作多年来,黄思凡始终牢牢把握住一条,廉洁奉公,不把私人利益扯进公家事。

这次,为了谢雨,为了危难中的谢家,黄思凡破了例。

黄思凡清楚地记得,那一天。

思前想后,他终于下了决心,登门拜访市商务局的陈平局长。

陈局长瞪大了眼睛,连呼稀客稀客。

黄思凡拱手道:"惭愧,无事不登三宝殿啊。"

陈局长说:"哪里话,难得黄局长大驾光临,我这里蓬荜生辉啊。谁人不知黄局长,可是我市冉冉升起的明星。以后,还要靠你多关照啊。"

陈局长对黄思凡的到访,确实有些意外。

这几年来,这位年轻的后起之秀,作为市里的仕途明星,好像一直游离于圈子之外。除了埋头工作,几乎不与上下级圈子走动。他年纪轻轻,就当了国土规划局局长,位高权重。陈局长也听过同僚议论,说黄局长眼睛只看上面,不屑与我辈平级沟通。

对方此番主动造访,陈局长自然格外重视。

寒暄过后,黄思凡说明了来意。

陈局长表示，三日之内给您答复。

不用三天。第二天上午，陈局长的电话就打来。

陈平表示，他调阅了相关材料，按照谢氏玩具厂现有经营状况和各方面条件，尚不具备资格申请创新企业专项资金补贴。

因此，陈局长建议，谢氏玩具厂今后应该加强内功修炼、加大研发投入，切实加强创新技术应用，促进产品迭代升级。这样，今后再申领此类补贴，就可以大大增加创新的砝码。

"是、是，好的。"黄思凡虚心听着，又问，"那，陈局长，您看，这一次有没有什么办法，能帮帮这家企业呢？他们确实遇到了难处。"

"哎呀，救急如救火。黄局长想企业之所想，急企业之所急，服务意识令人钦佩。既然您这么关心，那以后怎么做归以后。这次呢，咱们就特事特办。为此呀，我专门想好了一整套的解决办法。"

陈平胸有成竹，有备而来。

按照陈平的提议，黄思凡接待了达标集团董事长陈志标的拜访。

无论是对达标集团，还是对陈志标本人，黄思凡都不陌生。达标集团的名头，在潮州乃至广东都响当当。近几年发展尤其迅猛。市中心的地标建筑，巍峨耸立的圆柱体摩天楼，就是达标集团总部。就在去年，集团董事长陈志标先生位列"全市十大杰出青年"之首，更当选为新一届省政协委员和人大代表。

在这之前，陈志标曾经组过饭局，也邀请过黄思凡参加，被他找借口婉拒了。黄思凡倒不是对他有偏见，而是觉得，自己负责的是国土规划部门，与达标集团并没有业务往来。况且，跟生意界人士距离远一点、界限清楚一点为好。

之前，躲着人家不结交；现在，有事相求就约见。自己这样，会不会太功利、太市侩了。想到这一层，黄思凡有些愧疚。不过，初次见面，他对陈志标的印象非常好，这让他多多少少消除了点负疚感。

按照约定的时间，陈志标敲门进来了，分秒不差。

礼貌握手后，寒暄很简单。黄思凡本以为，他会像其他成功企业家一样，还没进门就大呼小叫，连颠带跑地上来抓着自己的双手摇啊摇。这些自来熟、分外亲的情景没有出现，甚至，连相见恨晚之类的热络套词也没有。

说完幸会，陈志标找了沙发一侧坐下了，并没有多余的话说。

陈志标平静地坐在沙发上。黄思凡递过茶杯时，他欠身谦和地微笑，手扶了扶眼镜框，还是没有说话。在黄思凡看来，陈志标的长相和打扮，完全不典型，不像平素印象中的那些民企老板模样。

陈志标穿着普通，灰白色的衬衣，扎在藏青色的西裤里，手中的公文包颜色有些陈旧，浑身完全不见名牌行头。他中等身材，白皙清秀，戴副金丝细边的眼镜，斯斯文文，像是青年学者或教授。黄思凡突然觉得这人跟自己中学时的数学老师有些神似。

陈志标不热情。黄思凡对这点丝毫不介意，他反倒挺忧太热情、话太密的人。

话不投机才沉默，关键在于共鸣。

黄思凡心想，眼前这个老板虽说略显高冷，但人家应邀前来，初次登门，毕竟是客，就主动找话题，试着讲起上学读书。果不其然，话题打开了。聊着聊着，陈志标脸上多了笑容，眼睛里也逐渐有了神采。俩人居然还有师从的交集，都曾在长江商学院攻读MBA。这样论起来，他还算是陈志标的师弟。

谈起学院典故、近况和学派观点，陈志标迅速找到了感觉。三言两语就能听出，他相当有见识。对于学院的几位鼎鼎大名的权威学者，说起他们的核心观点和主要论述，陈志标信手拈来、如数家珍。

黄思凡听其见地不俗，心生共鸣，暗想民营企业家商海沉浮，难得有如此学者气质，之前避而不见，也是自己固执和狭隘了。

随着交谈投缘，俩人逐渐有些一见如故的意思。

眼见黄思凡扭捏，不主动说出请托，陈志标就主动提起，听陈平局长介绍，有一家玩具企业迫切希望增强创新本领。正巧，这是达标集团的应尽责任。

黄思凡有些意外，这不是政府部门的事吗，如何成为你们企业的责任呢？

陈志标微笑平静道："企业不仅要谋发展，还要求共发展；不仅追逐经济效益，还要关注社会效益。市里面对达标集团寄予厚望，希望我们能带动全市中小企业，致力创新、共同发展；同时，这也是，达标集团自身的社会责任和企业愿景。"

"好。"黄思凡听了，眼前一亮，不禁感叹，"一花独放不是春，万紫千红春满园。难怪达标集团有如此成就，掌门人有格局、有情怀呀。"

"黄局长、黄师弟，过奖了。"

陈志标连忙谦虚地欠身摆手。

接着，他简单讲述了帮扶路径，表示达标集团愿意协助谢氏玩具厂，申请创新企业专项扶持资金。操作方法非常简单，补贴名额可以戴帽下拨。只需要将玩具厂挂靠在达标集团名下即可。

黄思凡问就这么简单，没有其他了？

"就这么简单，就把这张表填写一下，剩下的事情，我负责搞定。"陈志标笑着推推眼镜，"如果说还有其他的话，那就是不仅这一次，每年有两次这样的补贴，而且以后年年都可申领。"

从进入政府机关开始,陆续与各色人等打交道。黄思凡不喜欢市井气:勾肩搭背、吆三喝四;也防范铜臭味:因为钱,盛气凌人或奴颜婢膝。这两点,陈志标身上恰恰没有。相反,陈志标颇有学者儒雅气质,温文尔雅、知书达理。

申领补贴进展顺利,没费周折。

完事之后,陈志标并没有特别贴近黄思凡。一两个月来,除了偶尔打个电话聊两句,俩人并无深交。

最开始,黄思凡多少是有些顾虑的,担心对方会不会搞吃吃喝喝、唱歌桑拿那一套。过了一段时间,他发现自己多虑了。陈志标根本不是那路人。

第一次获得专项补贴时,谢家喜出望外,一再感谢黄思凡。他就说自己没这审批权力,是达标集团陈总鼎力支持。谢雨就说,那应该好好感谢人家陈总。黄思凡想想也是,考虑陈总不好吃喝那套,就提议周末打次网球。

陈志标听了很高兴,说自己好几个星期没摸拍子了,正手痒。

谢雨大学刚毕业,打网球是新手。黄思凡很有耐心地指导她,甚至手把手地教。陈志标打得好,水平与黄思凡不相上下。在黄思凡给谢雨做示范时,陈志标总是能把球精准地喂到他拍下,让黄思凡的指导进行得很顺利。

一场球下来,谢雨兴致勃勃、大汗淋漓,走到场下摘了头箍放松。陈志标递给她矿泉水说:"你找了个好教练啊,有水平、有耐心。"

黄思凡竖起大拇指说:"陈总球技、球风、球品都是一流。"

谢雨不解地问:"陈总的球好像不够力度也不够刁钻,总是被你轻松不费力地接回去。"

黄思凡说:"这正是人家高明之处呀。打得对手满地找牙不算本事，让你感觉得心应手才是高手风范。"

陈志标拱手说："黄局长宽厚，承让、承让。"

"你们高手过招，互相夸奖。其实，我都没听懂。"

谢雨眨着眼睛说。

俩人听了，不约而同相视大笑。

作为明星企业家，陈志标在市里知名度很高。各种高层次的座谈会或论坛，他常是特邀嘉宾，跟很多领导熟识。但是，不像很多老板喜欢张扬炫耀，尤其愿意显摆跟某某领导如何熟络。他非常低调。言谈中，偶尔提及任何权力人物或豪门财富，陈志标说起来都是不卑不亢、平淡自然。达标集团一年营收数十亿，员工几千人，他这个董事长没啥派头，平日里轻车简从，只有一位司机跟着。司机叫张挺，小伙子皮肤黝黑，老家河南，结实干练话不多。据说是陈志标千挑万选看中的，部队转业能文能武，司机、秘书和保镖职责一肩挑。

打完球后，谢雨抢着要去买单。

陈志标说怎么好让女孩子请客呢。

谢雨说："一个是大领导，一个是大老板，在你们面前，不敢说请客，小女子只是略表一下心意。"

"说到表示心意，我也要感谢陈总帮助。"黄思凡提出要请吃海鲜。

陈志标说："感谢黄局长的盛情。既然两位都有兴致，接下来的节目，我倒是冒昧地另有提议。"

黄思凡和谢雨都感兴趣地望着他。

"打球很健康，运动出了汗，消耗了卡路里。如果，再去大吃大喝一通，运动相当于白费了。倒不如，咱们去喝喝茶，吃点点心如何？"

俩人不约而同地夸好主意。

陈志标选的地方，确实有品位。

茶馆是他自家的。

"一心"茶馆，装饰典雅，集休闲、养生、文化于一体。说是对外经营，主要用于内部接待。

茶馆坐落在闹市中安静的角落里，很不起眼。

进了拱门，穿过影壁墙，豁然开朗，一座婉约精致的江南庭院。古亭香榭、小桥流水，古色古香、清幽典雅。

"志标不愧儒商，单从这茶馆名字，就能看得出，主人雅致海量啊。"

黄思凡端详着牌匾上隽永飘逸的书法。

"哎呀，思凡取笑我了。我这是典型的附庸风雅，不值一晒呀。"陈志标陪立侧旁，"倒是这书法，确实出自岭南大家。"

"哎，我好像突然想起来了。"谢雨看见俩人在认真探讨，就过来凑热闹，"这'一心'可不光是雅！"

俩人听了不约而同转头微笑看着谢雨。

"嗯，本姑娘想起来了，一心食堂、一心书屋、一心公寓……"谢雨摇头晃脑，掰着指头念叨，"这些，都是你，对不对？"

黄思凡听了顿时恍然大悟。

原来，几乎遍布南粤各地的，近百所的敬老院和儿童福利院，正是陈志标个人出资捐建的。

"善行义举，如雷贯耳；却从不曾想，远在天边，近在眼前！"

黄思凡向陈志标拱手致意。

陈志标慌忙摆手："做点公益，实为本分。本不该留名，无奈，你们政府部门非要我实名登记，否则……"

陈志标忙不迭地谦虚，一贯斯文淡然的脸上，居然少见地有些涨红了。

沐浴更衣后，三人来到陈志标专属的包间里。他让张挺和服务员随意休息去了，自己亲自动手，不紧不慢地摆弄起茶台。在悠扬的古琴声中，陈志标手持银钳，煮水泡茶，一轮"关公巡城""韩信点兵"熟练地走完了，用杯垫托了小茶杯递给二人。小茶杯很精致，青翠中微微透明。

一口茶饮下，口齿留香，浸润心脾。

黄思凡一边欣赏茶杯，一边点头称赞好茶。

谢雨看着羡慕，对陈志标说："我也想向您学习茶道。"陈志标笑着摆手说："我这粗手笨脚，哪里敢称茶道。可别误导了美女，如果你真想学啊，这'一心'茶馆倒是每周都有专家授课。"

黄思凡夸谢雨长相温婉、气质甜美，很适合学习茶道。

谢雨笑眯眯地说，既然你们都鼓励，那我就好好学习。

"黄局长，我看咱们啊，整天忙碌着工作，忙这忙那、忙来忙去。其实呀，身体都是亚健康。鉴于在座都是单身人士，我提议，咱们以后，多组织健康有益的业余活动。"

见俩人都点头，陈志标提议，今后每周网球活动一次，运动后就来"一心"品茶，运动养生相得益彰。

黄思凡笑着说："我是一人吃饱、全家不饿，有这么好的安排，自然积极踊跃。陈总应该是妻贤子孝吧，工作之外，也能这么悠闲吗？"

"黄局长消息灵通，我岂敢隐瞒。只是，他们常年都居住在加拿大了。所以，我这实质上，跟你俩一样，也是单身。"

"哎呀，你们可不能算上我。"谢雨摇摇手，扬扬得意地说，"本姑娘，可是已经名花有主了。"

"运动养生，不分你我。"

黄思凡端起茶杯送到嘴边，惬意地品茗。

陈志标微笑看着俩人，没再接话，眯眼欣赏起了古琴。

自从相识以来，可以说，陈志标一步步见证了谢雨和黄思凡的感情进展。他在心里为这对俊男美女感到高兴，却从不恣意，也不喧哗。平时，总是很自然地避让在一边。他的低调质朴，让谢雨和黄思凡都感觉好接受。

陈志标待人接物不倨傲、不谄媚，重精神、轻物质，落落大方、不卑不亢。这一点，让黄思凡很是欣赏。不像有的私人老板，不过开会场合握过手、点过头，甚至擦肩而过，就到处吹嘘与黄思凡关系怎样铁。

陈志标的做法恰恰相反，几乎没人知道他们的来往。

即使是谢雨黄思凡登记结婚这样的大喜事，陈志标也没有借机塞红包。他只是送了一套精巧的茶具。说着恭喜祝福，他补充道："这茶具，是我的亲叔叔亲手打制的，礼轻情意重。"黄思凡接在手里，更觉得友情珍贵。

俩人的婚礼简单。

"论情谊，我该参加。但是考虑到思凡老弟，身为公仆，不喜张扬。我这民企小老板心意是有的，就不凑热闹了。"陈志标乐呵呵地说，"改天，你们两口子在'一心'单独请我吧。"

时间久了，谢雨对黄思凡越来越了解。他身世可怜无亲无故，性格上稍微有点孤僻或者说清高。这一点，从他身边几乎没有要好知己，也能看得出来。

现在，难得有了陈志标这么一个朋友，儒雅谦逊、志趣相投、交往健康，挺好。

双喜临门，谢雨很快有了身孕。黄思凡大喜望外，本就宠爱有加，现在，更是照顾得殷勤周到。

网球活动自然停止了。但是，间或去"一心"坐一坐，成了三人的休闲乐事。

陈志标考虑细致周到，把谢雨的工夫茶换成了玫瑰花。

黄思凡无微不至地照顾着谢雨，起坐都搀扶。

"你要把自己当国宝大熊猫，全身心修养。"

谢雨嗔笑："我哪有那么娇贵。再说了，我这身材不是还没变化嘛。"

黄思凡就贴近了，眼定定仔细观察："怎么没有变化。你看、你看，这里，不是有隆起了吗。"

陈志标安静地微笑，分享着小两口的喜悦。

见谢雨在看手机，黄思凡就阻止说有辐射。谢雨哎呀一声，埋怨他："这也不行、那也不让做，我这不穿着防辐射服呢吗？再说了，玩具厂进料、生产、质检、出货、运输、收付款，一大堆杂七杂八的事呢。我不做，难道，要你这大局长来做啊。"

黄思凡愣了一下，挠挠头说："生产经营我是门外汉，还真帮不上忙了。"

"谢氏玩具厂的经营情况，我也算大致了解"，陈志标见俩人犯难，沉吟片刻说，"如果你们信得过的话，我可以委派个经理，这段时间协助你，把工厂运维好。"

"哇，真的呀，太好啦……"

谢雨喜出望外，冲口而出，瞥见丈夫低着头在想什么，就赶紧收住了。

陈志标保持着微笑，用征询的眼光看着黄思凡。

"志标啊。"交往熟了，黄思凡称呼也随意了，"达标这艘航母，你都驾驭自如。玩具厂这个小渔船，自然不在话下。我们当然是一百个信得过。只不过……"

"只不过什么？"

谢雨好奇地问。

"是啊，思凡老弟。"现在，陈志标称呼他们也亲切自然了很多，"你担心什么呢？"

"倒也不是担心。我只是觉得，这样接受你的帮助，心里很是过意不去，受之有愧。我们却从来没能帮你做什么。"

"是哦。"谢雨也恍然大悟，补充道，"无功不受禄啊。"

"哎，此言差矣呀！"

陈志标听了微笑摇头，又摇了摇手说："这世间万物，有阴有阳，有日出、有月落，有弃有取，有出发、回归，有生长、有消退，有方有圆，有动有静，总体平衡。但是，情谊的事情，却不能给与受、舍与得、多和少，你和我分得那么清楚。"

"思凡，谢雨，听你们这样讲，实话实说，我确实觉得，你们俩对我还是太见外了。我在商场打拼这么多年了，认识了很多有钱人、很多有权人。但是，实不相瞒，还真没几个知己朋友。天赐缘分，总算遇到你们二位，感觉相见恨晚、知音难遇。一直以来，我都非常珍惜。"陈志标的几句肺腑之言，恰恰说出了黄思凡的真情实感。他正默默感动着，陈志标又劝道："此事，是我主动献殷勤、表心意。其实呢，纯属举手之劳。你们两口子，真的就别跟我客气了。"

话已至此，黄思凡不好再说什么。他走过去，感激地拍了拍陈志标的肩膀。

君子之交淡如水。这是他们之间的真实写照。

从相识开始，黄思凡对与陈志标交往的尺度拿捏得很好，距离适度干干净净，不搞大吃大喝，更没有夜总会桑拿那套。一个巴掌拍不响，之所以能做到这样，也与陈志标为人谦和质朴大有关系。

如果说，黄思凡从没有收过陈志标的红包，倒不如说，陈志标从没有送过红包给他。反倒是，黄思凡出差外地，不时带点手信给陈志标。每次，陈志标都是喜出望外，乐呵呵的双手接下。他的这种坦然，让黄思凡夫妇感觉亲切自然。自我对照，黄思凡觉得这符合中央政策，叫作清亲政商关系。

达标集团在全市的经济地位举足轻重，陈志标常常是市领导的座上宾。集团的业务跟国土局关系不大，所以俩人基本没有为公务打过交道。

看到《关于我市打造国内一流科技园的项目规划设想》的报告时，黄思凡多少还有点意外，心想陈志标"每逢大事有静气"。达标集团这么大的工程设想，口风这么严密，居然从没有跟他提起过。

文件经市领导审阅后，签批转发给各相关局委研究，其中包括国土规划局。

看到报告，黄思凡这才知道。

陈志标果真是公私分得很清楚。

他按照预约的时间，带领集团的管理层，来到市国土规划局，当面向黄思凡局长陈述汇报。市局非常重视，黄思凡局长为首的班子全体成员会见了达标集团。

项目从科技创新引领破题，站位立意很高。规划设想既有远景展望，又能立足现实。项目覆盖面很广，以科技创新企业孵化园为主体，涵盖生物制药、软件芯片、新型材料、自动化工程、大数据存储等五大领域，建设项目包括科技博览馆、科技研发学院、农业科技示范园、微生物研究所、新材料研发基地、科技园绿色风景区等二十多个建设工程，规划用地面积超过一百一十万平方米。

在国土局内部讨论时，班子成员议论纷纷，难怪市领导这么重视。这个规划如能实现，不仅立竿见影带来 GDP 的增长，而且将对我市未来转型升级，实现科技立市的宏伟蓝图，打下坚实的基础。

"达标集团，这可是开先河的大手笔呀。"

内部讨论时，班子有人感慨道。

陈志标做汇报发言。

他的发言不徐不疾、思路清晰、简明扼要、重点突出。从班子成员的反应看，黄思凡看出了大家的赞许。

陈述沟通很顺利。

黄思凡局长表示，将遵照市里统一部署，抓紧抓好这一重大项目的研究工作。局里将立即组建跨部门工作组，就达标集团陈述事项的可行性，逐字、逐条深入研究。

鉴于项目重大，黄思凡亲任组长。

局里为此做了周密的布置安排。紧急动员全体人员为这一规划，夜以继日、加班加点。一周后，研究结果出来了。有人欢喜、有人担忧，大家分歧不小。赞同的自不用说，意义作用显而易见。自然资源、耕地保护和生态修复等处室，纷纷提出了重要的不同意见。

项目之大，建市以来前所未有。牵涉面之广，也远超出既往操作经验。黄思凡召集工作组，连续几次听取意见。各方观点激烈交锋、相持不下。整体研判上，仍然存在重大分歧。主要集中在，项目可能引发对农民耕地的侵占和湿地资源的破坏。

为了达标集团科技园的事，国土规划局上上下下没少加班，包括黄思凡在内。谢雨心里明白，虽说达标集团董事长是朋友，但是涉及的项目，却关乎千家万户利益，关系家乡发展未来，来不得丝毫马虎，容不得任何闪失。更何况,丈夫本身就是个认真的人,一心为公,倒不是看了谁的面子。

谢雨想的是对的,黄思凡也正是这么看的。

科技园项目预计投资近百亿元规模,直接拉动 GDP 增长,对于解决就业、经济促增长调结构,甚至改变城市定位,都有着重要影响。如此关系民生福祉、关系城市前途的大事情,无论是谁的项目,国土局都会当作头等大事,严肃对待。有了朋友这层关系,只能说,更有助于黄思凡了解投资主体——达标集团的背景,而不会影响他对项目合法合规的评判。

尽管谢雨身孕两个月了,黄思凡还是不得不把精力投入工作中。看丈夫老是熬夜,谢雨虽心疼,却也帮不上忙。

按照黄思凡的说法,为了避免瓜田李下,这段时间,夫妇俩也没再去"一心"茶馆了。

他们两口子不过去了,达标集团的高层却几乎天天跑局里。跑得多了,黄思凡都有些不好意思,就对陈志标抱歉地说:"实在没有办法,很多情况必须反复核实、仔细斟酌才好得出结论。"

"黄局长太客气了。身为地方官,您为我市发展、为百姓生活操劳一丝不苟的精神,令我们达标集团钦佩不已啊。"陈志标略微拱手说道。

陈志标的定力和涵养此时得到了更加真切的展现。面对冗长繁杂的调研咨询过程,他总是不厌其烦,保持了极大的耐心,儒雅的面庞始终保持着微笑。

面对规划局的质询,达标集团一一做了解释说明,重点聚焦在耕地保护和资源修复两个方面。

局里相关处室认为,项目规划占用部分农民耕地,涉及农户 480

户；同时，博览馆规划用地为市郊现有的湿地公园，影响了市里原有的蓝天绿地发展远景。

两天后，陈志标率领集团高层，再次到访国土规划局，正式提交了应询解决方案。

达标集团提出，第一，以高出邻近地段80%的标准，对拆迁农户进行赔偿。将来科技园项目落成后，就地安置回迁农户，并且提供岗位，优先安排在园区内就业；第二，现有湿地公园整体纳入科技园板块中，公园维持原样不变。希望市里追加核批相应的用地，用于科技博览馆的建设。达标集团将以创新为引领，以超前的思维，把科技博览馆建成未来概念建筑，打造成为绿色工程、地标工程。

问询和应询环节又连轴转地进行了四天，考验着双方的体力和精力。每到下班时间，黄思凡就自掏腰包，给参会人员订盒饭，边吃边商议、边议边整改。

这天，局里继续挑灯夜战。双方的会议延时，大家围着椭圆会议桌对坐着，边吃盒饭、边开会。正讨论得热烈，不经意间，有几个人悄悄走进来，坐下了。有眼尖的发现了，赶紧报告黄局长。

黄思凡赶忙快步上前，握着手连声道歉，对不起、真对不起，想不到市长亲自来指导工作。

市长笑着打趣："想不到？那说明我们深入一线还不够喽。不过，话说回来，你们要是有准备，就不对了。那我倒要查查，是谁走漏了风声。怎么，这么好的饭菜，没我的份啊？"

市长亲切风趣，把一屋人都逗乐了。

市长津津有味地吃着盒饭，一边饶有兴致地招呼大家继续讨论。

科技园项目被纳入全省一盘棋发展大局，统筹谋划。市里对于这一巨无霸的工程项目，给予了最大力度的扶持；同时，也责成政府各相关部门，做好利弊分析和各项预案，严防负面情形的发生。

反复磋商，几经修改，史无前例的重大立项终于通过了。

夫妇俩人再到"一心"茶馆时，谢雨身形已显，走路有些挺着肚子了。陈志标叫人给端上红枣水，又特意为谢雨调换了坐椅，还加厚了坐垫。

谢雨说着谢谢，就调侃黄思凡。

"你看，人家陈总多细心。哪像你，天天加班、早出晚归，老不见人影。"

没等黄思凡说话，陈志标忙着解围："弟妹说的这个，确有其事。不过，怨不得这位局长大人，责任都在我。是达标集团的事，折腾得你家老公，顾不上家里了。"

说罢，陈志标便起身端起一杯茶，恭恭敬敬地来到黄思凡面前，双手奉上："无以言谢，我只有心香一瓣、清茶一杯啊。"

"哎，此言差矣啊！真要说谢，也是应该我感谢你，对我工作的支持。"黄思凡微笑说着，又看了看坐在一旁的谢雨，"我们两口子呀，都应该好好感谢你才对啊。"

谢雨眯着眼，享受古琴的悠扬旋律。睁开眼时，看到两个人都在冲自己笑，就开心地扬起脸跟着笑。

陈志标逗趣道，中国古典文化的传承，这是从胎教抓起。

黄思凡听了很高兴："对、对、对，争取让咱闺女出生后，刚学会爬，就能弹古琴。"

谢雨乐呵呵地睥睨他："你怎么知道宝宝是男还是女？"

5.

立项刚一通过，建设立即启动。一经启动，如火如荼。

谢雨不由得感慨。

"走上正轨的大企业就是不一样。这么大的项目开工了，可是你看看，人家陈总多潇洒，还闲云野鹤一般地生活，具体事务完全不用掺和。啥时候，咱谢氏玩具厂也能发展成人家那样就好了。"

黄思凡点头说道："独木船和航空母舰，完全不能相提并论啊。不过，话说回来，现如今，谢氏玩具厂能有这模样，还多亏了人家帮助申领补贴，又在这段时间帮忙打理经营。否则，工厂的生存都是问题。"

谢雨低头欣赏着自己的肚子说："好在有贵人相助呢。"

产检结果很好，医生说孕四个月，胎儿发育很正常。夫妇俩放心了，一路说说笑笑、高高兴兴地回家。

快到家时，黄思凡猛不丁地好像想起了什么，低头陷入了沉思。谢雨见状问他，在琢磨什么呢，突然这么深沉。

"喂，问你话呢！"

谢雨提高音量，扯了一把衣袖。黄思凡这才如梦初醒。

"哦，对，是的。"他词不达意地应付着，像是在问又像是自言自语，"医生刚才说，咱们的宝宝四个月了？"

谢雨笑着说："哎哟，你的反应弧可真够长的啊。这都过半小时了，你才入脑。"

"有这么大了啊……"

黄思凡并没听到谢雨说什么，若有所思地自言自语。

刚开始，谢雨没往心里去。

丈夫偶尔神经兮兮，也不奇怪。可是，接下来的两三天，她渐渐发觉，黄思凡有点不对劲。也说不出具体哪里，就是觉得，他有些心不在焉，好像有心事。就说这做事吧，平时，他一贯表现敦和靠谱，最近，可有些反常。

好几次，他在家里团团转，有些六神无主。在厨房里，举着锅铲，望着炒菜锅发愣，直到谢雨在卧室都闻到了焦糊的味道，大声喊他，他才反应过来关火；还有几次，谢雨看到他在浴室里，牙刷塞进嘴里了，却端着不动，愣愣地看着镜子里，没有刷的动作。再上前一看，他居然忘了抹牙膏。

谢雨关切地问没事吧。

黄思凡每次都刚刚回过神来，应付道没事、没事。

谢雨将信将疑地看着他。

"思凡，你没啥事吧？"

"啊？哦，没、没事啊。"

"我怎么老感觉，你这些天，心事重重的呀。"

"哪有，哪有，哈哈哈。"

黄思凡笑了，笑得有些勉强，以至于笑容在脸上没停留住。他只好正色道："嗯，没事。最近，工作头绪多，确实，压力有点大。不过，没事的，我顶得住。你照顾好自己就行。"

谢雨拍拍丈夫肩膀劝慰道："别压力太大。你是咱家的顶梁柱，可得好好保重才行。"说着，又美滋滋地低头抚摸自己肚子："我们俩，可都指望你呢。"

黄思凡又硬挤出一个笑脸，让她放心。

自从医院产检回来，一直美滋滋、乐呵呵的黄思凡，突然开始有些心神不定。医生很平常的一句话，却让他陷入了痛苦的思索。

胎儿的孕周，似乎与他和谢雨的登记时间，尤其是，两人圆房的时间，不太吻合。虽说，自己文化水平不低，政策理论也掌握不少，但是，常年钻石王老五的生活，让他在生儿育女这方面的知识储备，几乎空白。

这段时间，黄思凡没日没夜地上网查资料，甚至打了医院咨询电话求教。一会儿怀疑、一会儿释然；一会儿想通了，一会儿又迷茫了。紧张时，来回踱步，急得乱扯头发；安静下来，就劝慰自己，别没事找事瞎琢磨。就这样，问题萦绕在脑中，不停地折磨他。他非常清楚，这个问题极端重要。不论现在，还是以后；不论对谢雨，还是对自己，都是天大的事。

但是，大象无形、大音希声，大事儿，反而，问不出口。左思右想，他张不开口问。事实上，这种问题，极端隐私、极端敏感，他该问谁呢？他可以问谁呢？

大喜事，会不会变成大丑闻？

问题，像巨石，沉甸甸地碾压他的心脏；像乌云，黑压压地笼罩在他的头顶。日思夜想，折磨得他头疼欲裂，几乎成为不能承受之重。

黄思凡的变化，谢雨感觉到了，感觉越来越明显。

尽管黄思凡在家里还是忙前忙后，对自己的照顾也是无微不至。但是，他的表情变了，不再是原先快快乐乐的模样，笑意写在脸上、爱意流露在眼神里。自从有了心事，丈夫就变得有些僵硬、有些躲闪，而自己，不再被他含在嘴里，捧在手心里。

她决定再跟丈夫谈一谈。

"思凡，这段时间，你好像一直心事重重的。没出啥事儿吧？"

谢雨难得地走进了厨房。

在潮汕地区，厨房是女人的天下；在这个家，情况正相反。望着黄思凡不停忙碌的背影，谢雨对这个男人有些心疼。

"噢，心事？没有啊，我没啥事啊！"

像上次那样，黄思凡照旧顽固地遮掩。他一边答道，一边继续起劲地擦抽油烟机，头也没回。

谢雨慢慢走过去，挨着他身边，静静地站着，噘起了嘴。

黄思凡还在专心致志地擦洗着抽油烟机，不厌其烦地反复清理犄角旮旯处。忙了一会儿，余光瞥见谢雨在身边站着不走，只好停下来，赔着笑说："这里油渍、污渍很脏，不适合你待。你赶紧回屋里休息去哈。"

谢雨还是嘟着嘴，不吭声。

黄思凡只好放下抹布。

"咦，你这是怎么了，怎么还不高兴了呢？"

"我这能高兴得起来吗？你整天阴沉着脸，也不笑，也不说话，哼。"

谢雨头也不抬地嘟囔着。

"人家大夫可是一再嘱咐了，孕期最好的调养就是心情愉快，比吃维生素ABCD都管用啊。"

黄思凡郑重其事地看着谢雨。

"那你明知道，为什么还要让我不愉快！"

谢雨故作生气，白了他一眼。

"啊。"黄思凡心里拧巴，嘴上却要表现得轻松，甚至努力地幽默一把，"小的哪里伺候得不好，还请主上明示。"

谢雨见他态度谦恭，就哼了一声，红着脸说："之前，一见到人家，就满脸堆笑，甚至毛手毛脚的。现在倒好，每天躲得远远的，拒人千里之外。哼，冷暴力。"

黄思凡做出恍然大悟的样子："哎呀，冤枉啊！"他尽力夸张地显得委屈:"我这不是,看你挺着大肚子,不方便了。就、就不敢打扰你了。医生说我们这段时间,那个,那个,还是要克制的。"说罢,又厚着脸皮把手伸了过去,补充道:"其实,我还是很想、很想,那个的……"

"呸。"

谢雨脸更红了,说谁要跟你怎么样了。然后,又扭过身小声嘟囔:"你都多长时间,没有抱过人家了。"

黄思凡听了,心里一震,上前把她轻轻抱住了。

把谢雨搂在怀里,黄思凡体会着熟悉的柔软和清香。这种感觉,曾经让他那么魂不守舍、魂牵梦绕。这些天,自己居然把这种珍贵,忽略了。

谢雨偎在他的胸前,静静地倾听有力的心跳。

黄思凡用手爱抚着她的头发。

"思凡,今后。"谢雨轻轻地问,"你会,不爱我了吗?"

黄思凡柔声地说哪会呢,瞬间,眼眶已经悄悄地湿润了。

第二天,黄思凡在办公室打电话给谢雨,问她脚还胀不胀。谢雨甜甜地回答着,心里知道,丈夫的体贴细致又回来了。

左叮嘱、右叮嘱后,黄思凡随口问起谢雨上次出差的事。

"还有哪次啊,就是最近的出差。打那以后,你也没再出过差了。想起来了吗,咱俩结婚登记前,你不肯让我去接你的那次?"

黄思凡耐心地提示道。

"哎呀,早不记得登机牌丢哪儿去了,那玩意儿还有什么用吗?"

谢雨说。

黄思凡说想补登一下,攒些里程积分。

"黄局长真够勤俭持家的,居然操心这么琐碎的事。"谢雨调侃。

"举手之劳,积少成多嘛。"黄思凡嘿嘿笑着,"我这也是,为咱们的蜜月旅行做准备。"

"哎呀,我都这样子了,蜜月旅行不知道猴年马月了。不过,你记得欠着就好。"谢雨被逗得开心,"想起来了,我可以在手机里操作,补办电子登机牌。"

"好啊,好啊。"黄思凡显得格外高兴。

"你不是最近特别忙吗?补办个登机牌,这么芝麻大点事儿,也值得操心,还这么高兴。"

谢雨讪笑他。

登机牌上的目的地,赫然印着"北京"。

黄思凡使劲抽了自己一嘴巴。

乌云散去。

他长舒一口气,暗骂自己,神经兮兮、疑神疑鬼,差点冤枉了谢雨。险些,铸成大错。

这次,轮到马卫东听话了。

他听谢雨的话,没有追去找她。人啊,真要走的时候,关门声音不大;真要走的时候,是留不住的。就像真正的离开,来不及说再见。

离别很痛苦,那种滋味,他们俩都体会过。

心痛起来,撕心裂肺,不忍直视,也不能用言语表述。马卫东选择了沉默。可是,即便咬破嘴唇的沉默,也无法抵挡思念。思念,却如同漆黑雨夜里的闪电,无时无刻地,从夜空中的各个角落袭来。不经意间,触发隐隐的疼、悄悄的痛,痛得难以忍受又无可名状,猝不及防、无处可逃。

马卫东心知,此时的谢雨,一定比自己更加难过。她送走了父亲,也送走了他。短时间内,她同时失去世上的两位至亲。如果,自己算的话。

缓刑期,终于结束了。

也就在这时,他的爱情却被判处了死刑。

我能去哪儿呢,我该去哪儿。马卫东突然想起,林若杉上次送信时,曾经讲过的话。

那个有大爱、有大美的地方,马卫东也想去看看。

他去了四川。

葛俊峰现在行动自如。如果不仔细看,还真看不出他装了义肢。他早早在机场出口等待了,张着大嘴。他手里牵着妻子,林若杉笑颜如花。

马卫东惊讶地看着判若两人的林若杉,腰身足有自己的两倍粗大。

"这是,快要生了吧?"

林若杉开心地比画着V的手势:"两个呢!"

马卫东欣喜地看着林若杉挺着的大肚子,冲葛俊峰肩膀擂了一拳,又竖起大拇指。

"峨眉派后继有人!"葛俊峰高兴得直搓手,"东哥,你如果多待两周,就能见到他们啦,第17代传人!"

林若杉说:"对、对,别急着走。宝宝们生下来,洗尿布什么的一大堆事,你既是伯伯、也是舅舅,得搭把手、做点贡献才行。"

在全国的支援下,灾后重建的四川欣欣向荣。走出悲恸的家乡,正在实现跨越式发展。葛俊峰夫妇既是新家乡建设的积极参与者,也是直接受益者。

葛家搬进了独门独院的四层别墅。

院子门口请人题写了"拙园"。地面铺着仿大理石瓷砖,组成了峨眉山的秀丽景象；院子西侧，砌了椭圆形的水池，里面养着鱼，游来游去、悠然自得；靠墙处，辟了片菜园，高高低低地种了几株树，有的已经挂果；进到房间里，俨然是到了星级宾馆。室内干净整洁，电器设备一应俱全，还专设了网络接口。

"'拙园'，这名字起得雅俗共赏，很有水平啊。"

马卫东端详着门牌夸赞。

"真实写照、真实写照。"

葛俊峰不好意思地挠头。

参观过程中，马卫东不由得感慨："难怪，你们两口子不肯回去了。新农村，不得了。大城市的生活，可没有这么好的条件。"

马卫东见到了葛俊峰质朴的父母亲。老实巴交的葛叔叔跟着参观，一直笑得合不拢嘴。马卫东说，叔叔，你们现在日子过得滋润啊。葛叔叔开心地露出很白很大的牙齿："是地撒。现在，真地是巴适地很。"

葛俊峰两口子的生活，也是"巴适地很"。

葛俊峰招呼马卫东在院子里石凳子上坐，在石墩子上摆了茶杯。他说，要跟东哥好好摆摆龙门阵。

林若杉挺着大肚子，在院子里溜溜达达，一会儿逗逗小鸡，一会儿喂喂兔子。阳光照下来，暖暖地洒在她的身上，围绕着整个人镶嵌了一道金灿灿的边。葛俊峰眯着眼、张着嘴，傻傻地看着媳妇，笑容定格在脸上，写满了幸福。

马卫东瞅瞅他，又看看小林，情不自禁地轻轻摇头，感慨道："不羡鸳鸯不羡仙。你们这小日子过得，简直就是神仙生活呀。"

葛俊峰只顾傻愣愣地笑着，听到马卫东讲话，一时没反应过来："噢，东哥，啥子，你说你想要啥子？"

"我是说，你们这日子过得，叫人羡慕啊。"

林若杉远远地回头,看他们俩笑眯眯地望着自己,就大声喊:"马卫东,警告你,不许说我胖啊!"

马卫东应声回答:"我在夸你漂亮,最漂亮的准妈妈。"说着,侧头大声问葛俊峰:"是吧,小葛。"

葛俊峰脸上笑开了花,冲林若杉叫道:"是地撒!你是天底下,最好看的大肚婆。"

林若杉听他的夸奖土得掉渣,做出嫌弃的表情,打寒战般地抖动了两下肩膀。

看完巴适的葛家宅子,接下来两天,马卫东饶有兴致地走遍整个村庄,挨家挨户、瞅瞅转转。一圈转下来,他发现,葛家不过是个平均水准而已。灾后的村民们都修葺了房屋,搬进了新宅院,家家都不差。

"东哥,我跟你说。这里的美好蓝图,现在才开始画。我和小林跟村里的领导反复商量了,要想法子巩固成果,让乡亲们这样的巴适生活,能实现可持续发展。"

葛俊峰自豪地说。

马卫东示意他接着摆。

"住进新房子,只是第一步。房子过几年,就不新喽。要想以后一直过上好日子,就得让乡亲们有持续的收入。我们打算,大力发展果园经济和旅游经济。"

"对对。"马卫东想起来了,"之前听你说过,要建民宿。"

"噢,是地撒。所以说,你现在看到的,我们村的好日子,这还只是开始。"葛俊峰越说越高兴,拉着马卫东站了起来,"东哥,走起,我带你去看下。"

说完,葛俊峰拉着马卫东往村后的山上走。

林若杉在身后抱怨。

"一见到你东哥，就忘乎所以，不管我啦！"

葛俊峰回头喊："你莫要去喽。"

林若杉做出生气的样子，吓得他俩赶紧折回头，接了她，慢慢悠悠一起上山。

后山藏着宝贝，夫妇俩憋到这会儿才展示。

马卫东看了连呼"大开眼界"。

那是夫妇俩这几年的心血："杉峰民宿"。

一大片翠绿的果园里，点缀着红色、橙色、绿色、粉色的水果。参差错落的果林间，巧妙地隔出了八十间民宿客栈。一道道彩色的石子路，使得客栈既相互间隔开，又曲曲折折地四通八达。置身其中，恍如世外桃源。每间客栈形状各异，像一群盛装的仙子，各展姿态，又和谐呼应。客栈里的每一个房间，都经过了精心设计，各有主题造型。房间里，各种设施先进环保，既充分考虑了游客的居住舒适，突出卫生洁净，又循环使用、绿色节能，可谓独具匠心。

"杉峰民宿"，处处可见林若杉的灵动创意。

"室内节能环保，室外鸟语花香。这民宿的设计水平，随便拿出一栋去国际上参评，都可以获奖啊！"

马卫东啧啧赞叹。

林若杉听了很得意，仰脸笑说，那是当然。

"这就是我们的初心，不仅是我们葛家住进新房子，也不仅是乡亲们住进新房子。还要让这样的好日子持续下去。我们要就地取材，发展当地旅游，给乡亲们带来稳定的收入，保证未来继续住好房子、过好日子。"

葛俊峰此刻滔滔不绝，越说越激动、越说越自豪，脸涨得通红："而且，我们还要邀请全国、全世界的人，来这里旅游。通过'杉峰民宿',一起享受四川人的巴适生活。"

"真的没想到,你们两口子能把'杉峰民宿'构想得这么清晰,把一个乡村企业,经营得这么有规划、有愿景。"马卫东心悦诚服地感叹,"我完全能想象得到,'杉峰民宿'今后更加红火的景象。"

"哎呀,惭愧惭愧。"葛俊峰自觉有些吹过了头,"比起东哥、比起东雨,我们这杉峰,完全是小本生意。"

话一说出口,他有点拿不准是不是说错了话,该不该提起东雨,就偷偷看了一眼马卫东。

林若杉知道丈夫想说什么。她人本来就大大咧咧,觉得即便提起东雨也没什么:"俊峰,你说得没错呀。比起东哥的现代企业,咱这确实是乡村经济哩。不过,东雨有东雨的优势,杉峰有杉峰的特点。我嘛,更喜欢乡村的。"

马卫东深吸着果树香气说:"其实,东雨能有今天,之所以能做大做强,归根结底,是由于当初你们俩人的坚持啊。没有你们,哪有今天的东雨,哪有东雨的今天啊!"

葛俊峰看了看林若杉,又对着马卫东嘿嘿一笑:"东哥,你讲得真是好呀。但是,我真地是没啥子功劳。我当初做辣八大金刚,纯属瞎猫碰到死耗子,也是被逼无奈。还是要靠你、靠储琴,才让几个木浴盆,变成了今天的航空母舰。"

林若杉接着丈夫的话问:"说说看,现在东雨已经是航空母舰了,马董,接下来,还有什么打算呀。"

"我准备让它上市。"

葛俊峰听着好奇:"为啥子要让它上市啊?东哥,你还缺钱吗?"

看林若杉也是同样的疑问表情,马卫东就给夫妻俩正儿八经地讲:"小葛问得好。我想让东雨上市,真的不是为了钱。而是为了我自己。"

葛俊峰两口子认真听着，等他的下文。

"我想通过上市，让东雨的经营、让东雨的发展，都置于公众的监督之下。让它能够在阳光下生长。"

葛俊峰问："公众监督，怎么说是为了你自己呢？"

"这主要是因为，我这个人自律性不强。"马卫东表情庄重地说，"我栽过跟头，进去过。知道金钱的诱惑、知道虚荣的厉害，更知道迷失方向的危险。为了远离诱惑，为了不重蹈覆辙，我想把东雨的经营管理，完全公开，放在公众的眼皮子底下。今后，它就不再属于我自己。这样，我就不能随心所欲；这样，可以让我保持清醒。"

葛俊峰听了，情不自禁地鼓掌。

林若杉就开玩笑："看来，你没白进去一趟，还是有些长进的。"

葛俊峰扭头正色制止："你怎么能这样说东哥呢？"

林若杉冲他眉毛一竖、眼睛一瞪："干吗！我说得不对吗？！"

葛俊峰吓得缩了缩脖子，不再作声。

马卫东呵呵笑着说："小林讲得对，这恰恰是我进去的收获。"

"这也是，我这次来找你们两口子的目的。"

马卫东紧接着说。

"哎呀，你这人怎么这样啊，目的不单纯呀！敢情，不只是来看我们的，原来是要谈生意！"

林若杉撇着嘴，一副蛮不讲理的样子。

葛俊峰不敢再制止媳妇儿，只好对马卫东说："东哥，你继续哈。"

"我想，跟你们签一个协议。"

"啊？东哥，咱俩之间，还要签哪门子协议呀？"

"是的，签一个关于你们投资入股东雨的协议。"

葛俊峰两口子互相看了看，不明所以。

"东哥呀，从离开济南那天起，我就已经把东雨完全交还给你了。"葛俊峰认真地说，"东雨，原来就是你的。现在和以后，也都是。"

"是呀，现在，我们俩也不打算再做贸易了，甭管外贸、内贸，都不做了。我们就打算在四川待着，踏踏实实地做民宿，美美地过小日子。"林若杉补充道。

"不用你们回去，也不用你们再做贸易。你们啊，只管照过你们的小日子。你们，只需要干股入股东雨。"

"那怎么行呢！"葛俊峰这回听懂了，连忙摆手，"我们可不能那样，白吃、白占你东哥的。"

"绝对不是白吃白占。你的木浴盆，那八大金刚，就是东雨最原始的投资。如今，它们已成为东雨集团的精神所在：'脚踏实地、自强不息。'正是你们的初心与守望，夯实了东雨存在的基础，也是它赖以发展的根基。"

马卫东恳切并坚决地说。

东雨集团上市后，杉峰公司成为大股东。

"杉峰是谁？"

行业内，人们饶有兴致，纷纷打听。

坊间传闻，杉峰是对年轻的夫妻。丈夫是位独腿大侠，峨眉派传人；老板娘如花似玉，擅长丹青。顺着坊间传说，市场和媒体继续挖掘。

一开始，人们留意到，宽宽大大的木浴盆成了"杉峰民宿"的标配；再后来，公众得到更确切的消息，除了民宿旅游业外，这对来自四川的新贵夫妻，将大部分财富投资到灾区的学校复建中。其中，有几所被建成知名的国际慈善学校，接收来自全世界需要救助的孩子。

后来，葛俊峰先生还被评为联合国救灾赈灾大使。

6.

"啥子？你不做喽？！"

"可是刚刚上市撒！"

"东哥，你咋就跑了？你刚刚把我和小林拉进去撒！"

……

葛俊峰抓着电话，急得原地打转，扯着嗓子喊，脖子上的青筋跟着跳动。

"哎呀，你这当爹的！比他俩还吵！"

林若杉一边弓腰忙活着，一边不满地对丈夫翻白眼。

床上并排摆着两个摇篮，婴儿的啼哭声响亮清脆，此起彼伏。峨眉派第十七代掌门人出生了，而且是一对。

葛俊峰用手捂住另一边的耳朵。

"是的，我打算辞职。"

"辞职？你不要东雨了撒！东哥，究竟是为啥子？"

"你叫马卫东赶紧过来！"

林若杉听到是马卫东的电话，就冲丈夫喊。

"哎呀，你莫吵！"各种声响混合，葛俊峰急得脸红脖子粗，"你们都莫吵！"

"哎呀，就你动静大，还敢凶我们娘儿仨哈！"

林若杉气不打一处来，腾出手来拧他的耳朵。

"哎呀！"

葛俊峰急得直跺脚，捂住话筒对林若杉说："东哥，他要走喽！"

"走？去哪儿？"

林若杉愣了一下。

"马卫东，你这又要唱哪出啊？"林若杉劈手抢过了话筒，"有你这样当舅舅的吗？还不赶紧过来帮忙。"

"我打算辞职，去学校教书。"

"嘻嘻，好呀。祸害完社会，你又要祸害校园。"

林若杉就这样，永远不着急，很少会吃惊。

葛俊峰目瞪口呆，望着轻松愉快的妻子。

"去、去，看什么看？"林若杉把电话塞回给丈夫，顺势把他推到一边，"我还当出了什么事儿！嗷嗷嗷叫得房顶都要破了。大惊小怪的，没见过美女啊！"

葛俊峰抓着电话，不知道该说什么好，就降低音量再次提醒林若杉："喂，东哥他、他要辞职。他不要东雨喽！"

林若杉笑嘻嘻地给双胞胎挨个换尿布。

"看看你们俩的傻爹哟，人家爱去哪儿就去哪儿。他着急上火！简直是个瓜娃子。"

放下电话后，葛俊峰赶忙来到林若杉跟前，眼巴巴地看着她："你为啥子一点不着急哩，你为啥子不拦到东哥哩？快给我摆一下。"

"摆啥子摆，不明摆着！"林若杉撇嘴道，"东雨怎么来的，为什么是东雨？你想过没有。谢雨已经离开了，今天即使再成功，已经跟当初无关了。所以，马卫东离开，也是迟早的事。"

葛俊峰听得似懂非懂，在一边伤心地抹眼泪。林若杉看丈夫这样，心里有些不落忍。

"行啦，快来搭把手哈，把老大翻过来。你可给我看清喽，哪个是老大！"

……

"心语"咖啡厅人不多，每张桌间距较远，桌子上的淡蓝色花瓶曲线柔和，造型别致，里面精心插放着两三枝满天星。暗红色的高背椅座很宽大，无意间隔出了安静的空间。音响轻柔舒缓地放着田震的《野花》。在客人们的窃窃私语中，偶尔传来低低的笑声。

储琴今晚穿了深蓝色碎花的连衣裙，脖子上戴了一条白珍珠的项链。在咖啡厅内淡淡幽静的灯光下，显得格外楚楚动人。

"这是你第一次单独请我。"

"哎哟，还真是。"马卫东拍拍脑袋，"惭愧、惭愧。"

平时，马卫东自认为做事还算细致、考虑问题也还周到。但是，对眼前的储琴，这么多年来，风雨兼程、风雨同舟的人，自己对人家的关心，真是很不够。这好不容易头回邀约，竟然是通知人家，自己要辞职。

想到这一层，马卫东有些坐立不安，便诚恳地说："对不起，以前、一直以来，我太粗心了。"

"你对不起的，何止是今天，又何止是我。"

储琴猜到了他的心思，端着咖啡杯，幽幽地说。

马卫东尴尬地笑了一下。

"马卫东。"储琴难得地直呼其名，"你有很多优点。比如，很容易被人喜欢，尤其是，招女孩子喜欢。"说到这里，她特意停顿了一下，挑眉观察一下马卫东的反应，然后接着说："你会讲很多故事，很容易吸引听众；你热心帮助别人，很容易让人感动；你挺善良，经常多愁善感；你心很软，总是放不开、也放不下。"

俩人认识好多年了，储琴似乎从来没有像今天这样，一口气讲这么多话。她双手抱着杯子，闻了闻咖啡的香气，略微放缓一下节奏。

"不过，很多时候，优点或缺点，界限并不总是那么分明。在你身上尤其是这样。" 储琴见他听得很认真，就继续慢慢道来，"就像你的热心，兴致来了、一闪而过地付出了，却忽略了接受者的感受。

这样的一次两次，会给希望的人，带来困惑；就像你的承诺，按捺不住、爽快利索地做出了，却没有考虑时限和变数。这样的久而久之，会给等待的人，带来煎熬。很多时候，你这人看似很敏感，挺有责任心。然而，对于这些困惑和煎熬——因你而起的困惑和煎熬，你却总是在不经意间忽略掉。"

储琴似乎想起了什么，淡淡地一笑："所以啊，对于那些喜欢、那些入迷、那些感动，明明因你而起，你却从来疏于交代。常常是，近在咫尺了，却若即若离；感受到热度了，却又无法偎依。就像雾里看花、水中望月，让这种喜欢、让这种吸引、让这种感动，始终处于含混模糊的状态，让希望的花，在空空的等待中枯萎。甚至，尤其，对于喜欢你和你喜欢的人，更是如此。"

马卫东的心不由得颤抖了一下。

她说的没有错。

度过的时光，有很多因为自己蹉跎了；做过的承诺，有很多因为自己落空了。可惜，过去一直都没有好好地想想，也没有好好地正视。想到这里，他抬起头，迎着储琴的目光，开始认真地注视。

"现在，我能悟到这一点，也算不容易。"储琴淡淡地笑了一下，像是在安慰自己，"想想看，卫东。这些年的那些人，尤其是在你身边的人，她们总是，跟随着你的视线和步伐、跟随着你的喜怒哀乐、跟随着你的得失进退。但是，得到的回馈却是，你自始至终的含混。"她似笑非笑地低头看着咖啡杯，看着卡布奇诺奶油画出的爱心。

"当初，被你逼着离开，其实，我的心还在；当我再回来的时候，其实，我已经选择了离开。卫东，我一度很伤心、很难过。现在，我很庆幸。终于，能够离开你。"

储琴一边微笑着，一边擦去眼角不小心滑落的眼泪。

马卫东听得很认真，却又在不知不觉中走神。他仿佛又看到：多年前，她低头应聘的样子、她收拾橱柜的样子、她在医院疗伤的样子、她执意拖地不肯离去的样子……看着眼前这个温柔的女人，今天破天荒地说了这么多，他知道，自己什么都不必再说。

……

"对不起。"

良久，他鼓起勇气，嗫嚅着道歉。

储琴轻轻地点点头。

"你还好吗？我是说，你和毕成？"

"他挺好。"储琴微笑着，捋了一下耳边的发丝，补充道："对我挺好。"

似乎一下子，都不知道该说什么好。俩人对视一笑。

看她的杯子空了，马卫东问要再来一杯吗。

储琴轻轻摇头，开始缓缓地整理丝巾。

"好吧。"储琴略微侧头，注视着马卫东，"那么，这次离开东雨，你还会回来吗？记得不？我是因为你说回来，才回来的。"

"这个。"马卫东似乎扭动了一下身子，"也许吧……"

"也许，又是也许……"

储琴低声重复着，不易察觉、无奈地笑了一下。

"打算去哪儿？"

"学校。"

"为什么？"

马卫东沉默了一会儿，突然问："你知道大雄吧，机器猫那个？"他今天正好穿着米黄色的T恤。

看他睁大眼睛，扬起眉毛的样子，储琴暗想还真有点像，不禁轻咬嘴唇,忍住了笑。

"叮当陪了大雄80年。大雄临死前对叮当说:'我走之后,你就回到属于你的地方吧!'叮当同意了。"

"大雄死后……叮当用时光机回到了80年前,对小时候的大雄说:'大雄你好,我叫叮当。'"

……

储琴听着,嘴角微微上扬,眼眶逐渐湿润了。

"所以,我也想。"马卫东说,"回到属于我的地方,回到当初。"

11
稍纵即逝

1.

在职时,马卫东一直深居简出,与公众很少互动。辞职公告一出,媒体似乎才想起他,纷纷猜测这位经历丰富坎坷的企业家今后的动向。

有传闻,马卫东近期出现在罗马和巴塞罗那,可能在邀请欧洲顶级球队来华举办友谊赛;马上有传闻更正,合作事项远不止一两场比赛那么简单,马董也许在酝酿收购球队的大动作;另有传闻,某龙头房地产公司正与东雨集团谈判,商议天价并购,将请马卫东出山掌舵……蹭够了热度,房地产公司又煞有介事召开新闻发布会,刊登启事辟谣一番。

也有媒体爆料,马卫东可能进入新媒体行业。狗仔照证实他与某国际网络巨头喝咖啡;但是,另有分析认为,这是他在接洽欧洲移民机构。

……

马卫东回到了学校,他觉得这是属于他的地方。

从最早听到武训的故事起,教书就一直是他的梦想。

梦想得以实现,跟齐怀洲多少有些关系。

这得从齐怀洲的女朋友说起。

齐怀洲的老大难问题终于解决了。他不负众望地有了女朋友。

女朋友当然很漂亮,名叫戴琳琳,身材高挑,有一头蓬松波浪的秀发,有一双水汪汪的大眼睛。

毕业后,品学兼优的齐怀洲被分配到了国家部委,在长安街上当起了国家公务员。老同学们都感慨:"这家伙,转换反差忒大。"

在学校里是佼佼者,在单位看起来也不错。才五六年的工夫,齐怀洲就升到了处级。又没过多久,齐怀洲接受了外派的任务,常驻地是莫斯科。

儿子当外交官了,消息让妈妈激动不已。

说起莫斯科,妈妈百感交集。

他们这代人都有很强的苏联情结。

"怀洲啊,你的姥姥祖上是山东人,闯关东那会儿去了东北。你的姥姥出生长大都在哈尔滨,生活习惯受苏联影响很大。你的姥姥会讲流利的俄语,再穷都注意穿着打扮。尤其爱讲卫生,衣服旧些没关系,脏了可不行。你的姥姥说面包是'咧巴',星期天是'袜子搁了鞋里'。"

妈妈从柜子里翻出了珍藏,指着发黄陈旧的老照片说:"你看,这是在马迭尔饭店门口,你的姥姥和这些苏联小伙、姑娘们在一起,那时的人都可漂亮了。"

"怀洲啊,你爸爸很年轻时就被派到莫斯科留学,后来学成回国。他跟苏联的专家结下了深厚的友谊,有很多大鼻子、大胡子的好朋友;再后来,两国关系出了问题,你爸爸受到了牵连处分;再再后来,平反了,他重新攻读俄语书籍……到临走前,他还一直惦记着再回莫斯科、回莫大,看看当年的宿舍,看看当年的老师同学,看看当年的工厂和机床……只可惜呀,时间没有等他。"妈妈说着鼻子发酸抹眼泪。

欣喜之余,妈妈也不无担心。

担心儿子一人在外,能不能吃好、睡好、照顾好自己,担心他的婚姻大事。

姐姐怀洋经常劝妈妈,劝她放宽心,不要老是为子女操心。齐怀洲赶紧附和:"姐姐说得很对,我们这不都好好的嘛。"

妈妈没好气地说:"你这叫好好的吗!都说三十而立,先成家、后立业,你都三十出头了,也不找个对象。这下可好,女朋友还没有呢,就要出去常驻了。等常驻回来,又是几年过去了,你让你妈还得等多久啊。"

齐怀洲低头语塞,姐姐帮着解围:"妈,你放心吧。喜欢你宝贝儿子的女孩可多了。怀洲就是挑而已。说不定,这次常驻,给你领个俄罗斯媳妇儿回来呢,金头发、蓝眼睛的。"

"蓝眼睛的?"

妈妈听了有些犹豫。

"不行、不行。"齐怀洲赶紧否认,"组织有纪律,外派有规定。外交官不能找老外……而且,这俄罗斯女人嘛,别看年轻时挺漂亮,过个三四十年以后,就粗壮得像汽油桶了。"

妈妈白了他一眼:"你也不照照镜子,看看自己的模样!还挑三拣四别人的长相。"

"妈,你就放一百个心吧。"怀洋边给妈妈做推拿边说,"你知道,怀洲为什么去俄罗斯啊?"

"为什么?因为组织派他去啊。"

妈妈不知道怀洋的葫芦里卖什么药。

"那是因为,"姐姐欢快地说,"怀洲呀,他的媳妇就在俄罗斯!"她的语气自信笃定。

天地是如此巨大,飞机以近千公里的时速高速飞行,却似乎静止悬浮在空中。俄罗斯广袤的土地,像巨幅的水墨画卷,无穷无尽地延展着。

齐怀洲靠着舷窗,久久地俯视着掠过的青松翠柏、皑皑白雪,在无垠的白茫茫下面,是富饶的黑土地。

连绵不绝的土地引起了他无限的遐想。想起中学时的历史课本,一百六十万平方公里这样的沃土,被沙俄从中国抢夺去;想起二战时期,不可一世的纳粹滚滚铁甲,被英勇的红军拦阻在了欧洲战场,数百万德军冻死、战死在这片土地上。希特勒垂涎已久的远东极大丰富的资源,森林与矿山近在咫尺、却又遥不可及,吞并东方成为狂魔终究没能实现的妄想。

齐怀洲想起离去的爸爸。

三十多年前,瘦削身材的齐放穿着灰色的中山装,也曾一样的飞翔在云端,或许也是这样倚靠窗弦,同样俯视着这片大地。

山河依旧,物是人非。

汽车驶出机场不久,面前豁然开朗。

这就是莫斯科,在突然间令人毫无防备地平铺开来,气势磅礴地展现在眼前。她与国内很多城市完全不同、与国际上绝大多数城市也不相像。作为首都的莫斯科就像她所属于的国家一样,幅员辽阔,建筑物并不拥挤,也不追求高度。底座宽大各自扎稳了马步,自信地在莫斯科平原上徐徐铺展开来。远处、再远处、更远处,都是白雪皑皑的平原、茂密的白桦林、平坦的黑土地、静静的河流,地平线无遮挡地出现在最远端。红色的围墙长长地包裹了克里姆林宫,延绵着倒映在莫斯科河上。圣瓦西里大教堂代表了东正教的悠久端庄,文化宫宣示着斯大林时期的威武强势。

汽车在飞驰,莫斯科郊外和市区的景物疾速地掠过身边。齐怀洲贪婪地注视着这里的山川河流、大街小巷。自沙皇传承下来的各式建筑,像繁星点缀了莫斯科,次第闪过。它们总是不吝色彩、不拘形状,线条饱满却又不失柔和,洋葱头、蘑菇伞样的房顶红绿掩映,远远地像一座座童话里的城堡,向路人讲述着遥远的故事。苏联时期的建筑巍峨庞大,左右平衡、四周对称,讲求仪式感,肃穆庄严,在同一片疆土勾画出另一个帝国的痕迹。痕迹很深,无法抹去。

使馆占地面积很大,很安静,有着大片的树林草地,各种鸟儿在飞舞栖息。散步其中,还会看到松鼠抱着松果,从远处蹦蹦跳跳地靠近,瞪着眼睛与人对望。

使馆年轻人很多。有新人来了,大家都很热情,主动带着怀洲到处参观,熟悉环境。

使馆的生活条件很好,伙食丰盛多样,居住舒适宽敞,唱歌、跳舞、阅读、乒乓球、羽毛球、桌球、篮球、足球,各种文体设施一应俱全,可以说是生活富足、衣食无忧。唯一不能弥补的,就是对家的想念。不过,随着近些年信息科技的飞速发展,外交人员与国内联系越来越方便。使馆里的人再也不用填表排长队,等待一次宝贵的长途电话机会;再也不用伸长脖子,等着信使的到来。信使到了,大伙一拥而上围起来,在忐忑中等待叫到自己名字。这些场景,在今天,已成为老外交官们苦涩美好的回忆。

齐怀洲每天向妈妈报告工作生活状况,给她描述莫斯科的点点滴滴。他说,领导同事都对他很好,很快他就熟悉了馆舍环境;他说,一安顿下来,就去了红场——爸爸经常提起的朝思暮想的地方。红场确实像爸爸描绘的那样,建筑像蘑菇、像洋葱头,还像树林,形状各异、色彩斑斓,红场面积不大,路面坑坑洼洼,但是足以陈兵数十万。装甲坦克冒着青烟,列队轰隆驶过斯大林统帅的检阅台,直接开赴对德战场。他说,肃穆在火焰跳动的长明灯前,感受着爸爸同样的感动,那里有卫国战争烈士纪念碑,有高大挺拔、仪容威严的士兵日夜守护。

齐怀洲说,莫斯科最冷的时候有零下二十八度。不过,在户外的时候,体感温度并没那么低。很多俄罗斯女孩自信地行走在风雪里,穿着短短的裙子和高筒皮靴,露出长长的腿。

齐怀洲说,他特意去了爸爸曾经求学的"莫大"。那栋四面对称的标志性高楼没有一丝改变,依然巍峨耸立在市中心,上万名来自世界各地的大学生,共同居住在这个超级庞然大物里。他还特意去了爸爸的寝室,房间里的摆设基本没有变化,那里现在住的也是两个留学生,一个是韩国的,另一个来自马来西亚。

齐怀洲说,他住的周围有很多中餐馆,川菜、湘菜、粤菜、江浙菜,甚至还能吃到涮羊肉。在使馆,也能经常吃到饺子,只不过,味道始终跟妈妈做的有一定差距。

外交官任期,既快也慢。

时间在妈妈的手指中,一天天掰着度过,一晃三年。

外派期间,齐怀洲工作上没的说。同事们有口皆碑,上下都夸能力强。唯一让大家感到着急和遗憾的是,小伙子还没找到对象。

不过,齐怀洲的收获,自己悄悄知道。

他终于有了心仪的女孩。

在外派常驻的第二年,莫斯科举办了中俄两国文化教育界大型交流活动。活动层次高、影响大,两国政府都给予了高度关注,投入了大量人力物力。

齐怀洲负责接待国内高校代表团，领队是工商大学优秀青年教师戴琳琳。

当时，戴琳琳干练的工作作风给齐怀洲留下了深刻的印象；当然，更加令他印象深刻的，还有她的漂亮。

戴琳琳身材修长，一米六七的样子。喜欢穿过膝的中长裙，裙摆下露出直直的小腿，像白藕。胸部恰到好处地挺立着，衬上纤细的腰肢，使得长裙总能贴身而又舒展，错落有致地展示着女性美。戴琳琳有一头乌黑柔亮的秀发，每天经过精心打理，柔和有弹性地起伏在肩头。

齐怀洲经常偷偷欣赏她，偶尔会看得入神忘情，看得心跳加速、手心出汗。有一次，戴琳琳不经意地看到，他正目不转睛地盯着自己，羞涩之余报以微笑。齐怀洲张了嘴，却瞬间忘记该说什么，居然慌慌张张地闪开了。

闪开之后，齐怀洲很懊悔，恨自己紧张笨拙。

两周的时间实在太短暂，工作很紧张，精力很有限。

那么短的时间，又各有使命在身。两个人的小火花没能擦着。

2.

三年后，任期结束，齐怀洲回到了北京。不久，就升任了副司长。

新提拔的官员要接受学习培训。

年轻的齐司长受单位指派，到工商大学参加为期一个月的脱产培训，人称"精英班"。培训班学员全部为各大部委选派的司局级干部。

能重回校园，齐怀洲很期待。

鬼使神差的，这天上课，齐怀洲偏偏起晚了。早不起晚、晚不起晚，偏偏是第一天上 IT 英语课，偏偏他还被推选为这门课的课代表。闹不清楚怎么回事，手机闹钟没有响。他嫌弃地看着手机，其实这也不应该怪人家手机。一向早睡早起规矩自律的他，还有一项特异功能，只要第二天早上有重要的事情，不管闹钟定的是什么时间，他总能在闹铃响之前 3 分钟精准地醒来。

这次，特异功能失灵了。

离上课不到十分钟了，齐怀洲边穿裤子边套上白 T 恤，右手刷牙，左手抓着梳子使劲梳理头发，头发像个杂乱的鸡窝，根本不听梳子的话。索性把头伸到水龙头下，既冲顺头发也当洗脸了，拿浴巾胡乱揉了几下头发，擦了把脸，从衣柜里随手扯了件蓝白方格衬衫，来不及系纽扣了，就抓起写字台上的公文包，冲出了房间。

兵贵神速，前后不到三分钟！

这次进修班学员就住学校里，到课堂不过五百米。早餐肯定来不及了，他在楼下煎饼果子摊抓了一杯豆浆，说回头给钱。摊主张大婶嘱咐，小心盖盖儿，别烫着……

话音没落，齐怀洲已远在五十米开外。

芳草地宾馆离信息化楼一箭之遥，齐怀洲使出了田径队看家的本领冲刺，大楼已在眼前。

好悬，还差一分钟。

这时手机响了，不知道是不是单位来电，齐怀洲平端了公文包，把豆浆杯搁在上面。他从裤兜里掏出手机，刚听清楚是房地产推销，右边有学生骑着自行车，飞驰擦身而过，险些碰掉手机。他手疾眼快地稳住手机，就在这时，左手的公文包不知又被谁碰了一下，眼看着豆浆杯摇摇晃晃地失去了平衡，倒伏在公文包边缘，杯盖已经滚落。

他余光看到了左侧的女生，忙喊"哎哟，小心"，可惜，闪避已经来不及。

眼睁睁地,豆浆溅在旁边洁白的裙子上。

俩人同时惊呼一声。

女生身材修长苗条,上身穿着蓝色雪纺衬衫,下身的中裙已经被染湿了一片。

"没有烫着吧。"齐怀洲急切地问,手忙脚乱之间,想从包里掏纸巾帮她擦,又觉得不合适,赶紧缩回手来,急得只好待在原地说,"对不起,对不起!你看看、你看看,唉。"

一边说着,他看到被染湿的白裙下,隐隐约约、忽隐忽现了白色内裤的形状。长这么大,这么近、这么真切地看到女性贴身衣物,顿时让齐怀洲动弹不得。他的心一下提到了嗓子眼,呼吸紧促到说不出话来,只觉得脸上一阵阵发烧,羞愧紧张得不敢抬头。

"什么你看看你看看呀,你看什么呀你看!"

女生有些恼羞成怒。

其实,这是山东话的口头禅,没有真让谁看的意思。齐怀洲张张嘴,一时不知道怎么解释。

"是你?"女生慌乱之中气呼呼地收拾着,看了一眼肇事者,惊讶地问,"齐秘书,怎么是你?"

齐怀洲心想,这下可坏了,这么尴尬糟糕的事情,居然还是认识的人。听女生声音,竟然还有点熟悉。他鼓起勇气看了一眼,不禁张大了嘴巴和眼睛。

"啊,是你!"

漂亮的女生,是她!

戴琳琳!

真是又急又气、又惊又喜,俩人一时都不知道该说什么好,怔在原地失去了主张。这时,上课铃声响起。戴琳琳说:"哎呀,先不说了,我得去上课了。"说着转身要走,随即又尴尬地低头看看,停下了脚步,脸羞红到了脖子。

齐怀洲不敢抬头,跟她比赛着脸红。

他飞快地脱下自己的衬衣,低头递了过去,一个字也没说。

戴琳琳也不作声,低着头接过去,匆匆忙忙围了系在腰上,恰好能遮住水渍:"我,那、我先走了。"

齐怀洲感觉对方走开了,确认不至于又并肩而行了,这才敢抬起头来,心里忽上忽下、脑袋里乱糟糟地跟着上楼。

走到教室门口,全班同学都已到齐坐好。齐怀洲对着老师说了声对不起,走向自己的座位。

转身的一刹那,他瞥见了熟悉的蓝白方格衬衫。

是他的,现在,系在讲台上老师的腰间!

那堂课太难忘了,不亚于都德《最后一课》里小弗朗士的感觉。两个人都避免与对方接触,却偏偏每次偷偷一眼,都变成了对视,碰撞了立即各自移开。戴琳琳全英文授课,讲着讲着,就不再有刚开始的局促。齐怀洲觉得她的语音语调比自己听过的所有英语课老师的都好听。另外,她腰间的蓝白衬衫跟身上的雪纺上衣搭配起来,格外好看。

看着自己平日穿的衬衫,那样层层叠叠地缠绕在戴琳琳的细腰上,不知怎么,齐怀洲身体里不断有热流,从丹田涌向胸口,又从胸口滑向丹田。

整整一堂课,齐怀洲的心都在荡秋千、都在坐过山车。从小到大上课,从没有过如此异样的感觉。

这堂课过得很漫长。

齐怀洲在心里不断地悄悄演练。

就当现在就下课了，看你齐怀洲怎样道歉、怎样张口。这样走上去？不行，太傻。

这样呢？不行，也傻。

那这样呢？不行不行，更傻！

一次又一次设想场景，一次又一次地推翻自己。

齐怀洲少有的心慌。

这堂课过得太匆匆。

齐怀洲很喜欢听戴琳琳的英语，不仅每个英文单词的发音都很清楚，并且语调是很地道的英式，听起来不费劲，还很有韵律感。何止是英语，齐怀洲根本就是喜欢听戴琳琳的声音。想当初在莫斯科，他就觉得戴琳琳的声音好听。不过，像今天这么专心致志地听，全场就她一个人的声音，听上去是那么温柔、那么熟悉、那么亲切。又何止是声音，黛琳琳的每一个微笑、每一个眼神、每一个转身，都那么楚楚动人。

近两年没见，在齐怀洲看来，戴琳琳变化挺大，更加漂亮、更加有味道了。今天的戴琳琳，过耳中长发，是烫过的，乌黑有光泽，弯曲着几个波浪，发梢处略微上翘。侧身或扭头时，头发会细微地颤动。眼睫毛卷翘着，双眼皮的大眼睛，比起以前戴眼镜时，更显得生动。

戴琳琳的身形、容貌与声音，让齐怀洲看着愉悦、听着享受。她红润的嘴唇每一次开启闭合，都让他充满期待。她的每一个发音、每一个表情、每一次身形移动，都左右着他的耳朵，他的眼睛。

有那么小小的三两次，戴琳琳似乎察觉到齐怀洲的注视，情不自禁莞尔一笑，掠过他的视线继续讲课。目光交汇时，齐怀洲也意识到，赶紧挪开了，假装看看黑板，再看看课本。但是，没过两秒钟，他的目光又无法克制地收回来，落到戴琳琳白皙漂亮的脸蛋上，高挑柔美的身体上。

下课了,齐怀洲抓起早已收拾好的公文包,快步走上讲台。原先紧张偷偷演练的情景,都没用上。

什么都没想、什么也来不及想,他就站在了她身旁。

"哎哟,是你。"俯身收拾好讲义,戴琳琳刚回身,差点再一次撞到直挺挺立在身边的齐怀洲,"这么巧哈,我该称呼您齐秘书还是齐司长?"

眼看齐怀洲不作声地直视着自己,戴琳琳顿时有些不好意思,提醒他:"齐秘书……齐司长?"

这一次,齐怀洲听到了。

回过神来的他发觉自己有些失态,赶紧说:"还是叫我齐怀洲吧。要不,直呼其名,叫怀洲更好。"

"好呀,那我还是叫你怀洲吧,免得叫职务,让我紧张。"

"怀洲"两个字,从戴琳琳红润的嘴唇中吐出,他心里顿时觉得软软柔柔的,甚至还有一点麻、有一点痒。

几个同学簇拥过来,邀请老师一起去食堂午餐。

戴琳琳笑着答应,回头招呼了齐怀洲跟着一起去。

排队打饭时,齐怀洲跟在她身后。

戴琳琳柔美的身材曲线,是如此近距离地呈现在眼前,齐怀洲的心又开始砰砰乱跳。她的波浪式头发下,脖颈处时隐时现的肌肤,是那样白皙、是那样光滑。偷偷再往下看,背后隐隐约约的带状那一条,似乎是肉色,又似乎是浅浅的粉红色,他心跳得更加杂乱。他赶紧埋下头,无意间瞥到更美的风景,即使衬衣围在她的腰间,不仅没有挡住腰部的纤细柔美,反而,更恰到好处地勾勒了臀部翘起的弧线。

戴琳琳回身时,正看到他的目光落在自己的腰间。

托了餐盘,各自找座。

齐怀洲作为课代表坐在老师身边。同学们热烈讨论老师课上讲的内容,他一个字也没听进去。即使埋头吃饭,眼睛也避不开桌下旁边的玉腿。那双腿是那么白嫩,如丝般光滑,撩动着齐怀洲的心。

心不在焉的午餐对付完了,齐怀洲跟几个同学一起送老师。将要走出校门口时,戴琳琳被齐怀洲叫住了。

"我,那什么……"齐怀洲说,"我……送你吧,我去取车。"

戴琳琳说:"中午时间,地铁快很多,就不麻烦你了。"

看着齐怀洲还是盯着自己,怔怔地不肯走,戴琳琳低头笑了笑说:"你的衬衣,后天我来上课时,再还你吧。"

齐怀洲支吾着,先说好的,又说不用。

戴琳琳回头温柔一笑,走出了校门。

后天才上IT英语课。也就是说,隔天才能再见到。这让齐怀洲很心焦,像热锅上的蚂蚁。

当天晚上,齐怀洲失眠了。他辗转反侧、浑身燥热难耐,脑子里翻江倒海地满是戴琳琳,她甜美的声音、她明媚的微笑、她流动的眼波、她的波浪起伏的头发、她曲线玲珑的身体……

从黑夜到天明,齐怀洲一会儿想那脸庞、一会儿想那身形、一会儿又想那声音。睁着眼、闭上眼,挥不去,都是戴琳琳。第二天的课算是白上了,齐怀洲什么都没听进去,眼皮沉重、脑子昏沉沉。有一次,老师点他名回答问题,连叫两次。直到全班同学齐刷刷看着他了,齐怀洲还在恍惚发呆。老师见状,只好作罢,另选高明。

不仅课白上了,这天的饭也都白吃了。他甚至根本想不起来,三餐吃了什么。第二个夜晚,原封不动地复制了前一个。尽管很疲倦,但是比前一晚好些,因为他知道,天亮后不久,就可以见到戴琳琳了。

今天，他绝不会再迟到。

因为整宿压根没睡。

终于等到天亮的齐怀洲，又洗了个热水澡，收拾整齐出发了。信息化楼还没开门，他站在阅览橱窗前看报纸，时间过得比蜗牛爬还要慢，十扇橱窗都看完了，只有零星的学生出现。齐怀洲只好拿出IT专用英语书打发时间。

"早啊！"

两个人互相打招呼，几乎同时。

齐怀洲早就望见了，老远的人群里的她。他快速收拾着慌乱，虚伪地装作刚好碰见。

今天，戴琳琳穿了卡其色的连衣裙，脚下一双白色的中跟皮鞋，在明媚的阳光下更显俏丽可人。一见到齐怀洲，她就微笑着递过一个小纸袋，说谢谢你的衬衣。

齐怀洲跟着莫名其妙地说了声"谢谢你"。想改口已经来不及。走向教室的路本来就不长，不断有同学跟她打招呼，齐怀洲好几次想开口说话，都被准确地干扰了。

好不容易熬到下课，齐怀洲不管不顾，一个箭步冲到身边。

"戴老师！中午一起吃个饭吧。我定了位，意大利餐厅，不远。"

戴琳琳微笑着，向后拨了一下头发说："哎呀，真不巧，我约了人了。"

齐怀洲哦了一声，巨大的失望让心里顿时空落落。

接下来的夜晚，更加难眠，像是前两晚的加强版。比起之前的激动急切，现在，齐怀洲的辗转中，更多了些不安。

人真的是挺奇怪的动物。越是困得睁不开眼，脑子越是异常清醒活跃。夜晚难熬，白天更难过，几天下来，齐怀洲昏昏沉沉、蔫了吧唧，像只干瘪的茄子。

大半夜打电话，这可不像他的风格。

被惊醒的高翔听到齐怀洲的声音，沙哑苍老，顿时有些警觉，说你没事吧，怎么声音像李莲英？

齐怀洲说："有事儿，我恋爱了。"

高翔一听睡意全无，连声叫："好啊！终于轮到你开和了。"

旁边小梅嫌弃地把他蹬下床，撵到客厅去了。

……

"你这算什么恋爱。"

"怎么不算了。"

"没挑明算什么。你这是意淫，充其量也就是单相思。"

"不算恋爱？"

"当然不算。"

"那我，该怎么办。"

"行动啊，哥们。深更半夜地骚扰我干吗呀，打给她！"

"我没有她电话。"

"这话你也好意思说！我有吗？找她要啊，电话都没有，你还恋爱个什么劲啊！"

高翔越说越气："你说你，这都三年多了，在俄罗斯那会儿，你早干吗去了！"

"三年前，我只有感觉，没有机会。"

"行吧，这下你机会和感觉终于凑齐了。下手吧，怀洲。我告诉你，追女孩要讲策略、有技巧，要稳、准、狠。"

"那我，现在，该怎么办？"

高翔光着膀子在客厅里转来转去。在他的印象中，齐怀洲从没这样低声下气过，这让他不由得心软了一点。

"这搞对象吧，千万不能太磨叽。怀洲，你得使出动物凶猛。恋爱就好比，咱们去黄河边玩儿的流沙。你明白吧？"

"流沙？我不明白。"

"这流沙，捧在手里，细细软软的很可爱。时间长了，就会流光。你看到马卫东了吧，他跟谢雨马拉松式恋爱就是这样。捧手里时间太长了，最终还是抓不住。所以，你听我的。甭管用水还是尿，你赶紧把沙子和弄到一堆，就算成了！"

高翔说到口干："你别老是哦、哦、哦的了。机会，稍纵即逝。你赶紧去和弄吧。"

下课了。

齐怀洲再次蹿上讲台，直愣愣地杵在戴琳琳面前，又把她吓了一跳。

"呦，怀洲！"

戴琳琳往后拨了一下头发。她这惯性的小动作，就把齐怀洲看得心里忽上忽下。

"你怎么老是猛不丁，一下出现在我面前。"

"你有电话吗？"

"有啊。"

戴琳琳一边往外走，一边从包里掏出电话，递了过去。

看她会错了意，齐怀洲忙说："我想要你，要、要你的电话号码。"

戴琳琳看他红头涨脸、词不达意，险些忍不住笑起来。

"你怎么突然结巴起来了？"

戴琳琳停下脚步，侧着头好奇地看着他："齐司长，贵人多忘事呀。两年前，我就给过你我的电话呀。"

齐怀洲怔了一下，想起当初，他们确实交换过名片。

"齐司长，扔了吧？"

"对、对，哦，对不起。"

戴琳琳笑着说，这哪用道歉呀，然后就用自己手机拨他的电话。

"怀洲，看你脸色好像不太好，没啥事吧？"

几天下来，几乎没有睡过觉的齐怀洲，在晴空艳阳下，面容苍白憔悴。

"没事、没事。"齐怀洲牢记稍纵即逝和稳、准、狠，抓紧抢着说，"我想请你吃饭。"

"哎哟……"

从戴琳琳嘴里发出的这俩字，让齐怀洲心头一凛。

又是约了人了？

疑问加巨大的失望，如密布的乌云，从天空中倾泻下来，从头到脚笼罩了可怜的齐怀洲。

他的脑袋已经嗡嗡作响。

"我、戴琳琳，我，喜欢你！"

突然间，他横下心说。

瞬时，戴琳琳石化在原地。

"我，我喜欢你！"

齐怀洲怕她没听清，提高了音量。

不断有人从他们身边经过。有人打招呼，有人好奇。

半响，戴琳琳居然问了与高翔同样的问题。

她忽闪着大眼睛，看了看齐怀洲："三年多了。你，早干什么去了！"

语气略带幽怨，说完，她又低下了头。

余光瞥见齐怀洲急得直搓手,脸红脖子粗,戴琳琳几乎控制不住地嘴角上扬。

缘分这东西,兜兜转转、妙不可言。

俩人缘分来得晚、进展得快。

高翔认为,是自己的策略起了决定性作用。所以,俩人"这么快就和弄成了"。

得到好消息,齐怀洲的妈妈高兴得合不拢嘴。

"看见了吧?你姐姐在这事儿上,还真有先见之明呢。"

3.

戴琳琳很优秀,博士毕业留校任教。主要研究新业态经济,年纪轻轻颇有建树,已经成为学科带头人。

这两年,学校致力推动产、学、研结合,招聘企业家任教上课。学校列了一个邀请名单,上面全是近年炙手可热的明星企业家,马卫东位居前列。

联系了很久,几乎所有的企业家表态都很积极,但是分身乏术,三天打鱼、两天晒网,上课次数少而且不连贯。这让学校感到有些气馁,想想也能理解,人家执掌成功的团队,哪会有那么多闲暇。

尽管还没见过马卫东,戴琳琳对这个人可是不陌生。岂止不陌生,跟齐怀洲在一起,听这三个字,耳朵都起茧子了。齐怀洲有事没事老念叨马卫东和高翔,回味中学一起摸爬滚打的事迹。有些章节、有些情节,戴琳琳几乎都能复述出来,她不得不经常提醒齐怀洲:"还有没有新鲜点儿的,黄河边光膀子都说过几百遍了。"

戴琳琳没有丁点把握,试着把学校聘请马卫东的想法,告诉了齐怀洲。齐怀洲将信将疑，说以卫东的经历倒是适合给学生讲实战。不过，现如今，人家掌舵大船队，还能放得下、出得来吗？戴琳琳说："是啊。你如果请不动他，那估计，也没谁能请动了。"

不曾想，马卫东居然答应得那么爽快，没有一秒钟的犹豫。这让戴琳琳、也让学校喜出望外。

马卫东完成了转身。

他的转身迅雷不及掩耳，让外界大跌眼镜。

切莫说少赚了多少个亿，单就社会贡献来讲，很多人也觉得，他做企业更有价值。高翔担心的是："会不会，你非但不创造价值，还误人子弟、毁人前程啊？"

多数人认为，马卫东的转身，压根谈不上华丽；甚至，有人觉得，是神经错乱的表现："有钱人的心思你别猜。"

好在，现在的马卫东，不是那么在乎外人的评价或赏识了。有父母的支持就行。

王药师百分百地支持。

"钱多、钱少，多少是够？教书育人，才是本分；桃李满天下，才是最大的福报。"

马卫东很开心、很满意这样的身份转变，高高兴兴上任经济研究所研究员，兼职学院的客座教授。

从此，学校校园里多了一个身影。

这个人比较奇特。他有时候是老师、有时候是学生。他擅长案例教学，讲授市场学的知识，尤其喜爱沙盘推演、实战对弈。他的课总是被同学们追捧，课室里外都挤得满满当当。这位老师也是好学的学生，爱听各种讲座，经常混进课堂，坐在不起眼的地方蹭课。他在学生的食堂吃饭，每天行走在去教学楼、去图书馆的林荫道上。

高翔打算做一期专访，题目都拟好了，叫作"蜕变"。就马卫东从明星企业家、到校园教授的身份转变，进行实地追踪采访。

马卫东听了表态："欢迎采访，谢绝刊载。"

高翔见他固执，无奈屈服。

所谓实地追踪，需要体验生活。高翔借这个由头，带着小梅一起，到工商大学蹭吃、蹭喝、蹭课、蹭睡，美滋滋地待了一个星期。

这个星期，两口子像马卫东的跟屁虫。

跟着去教室，坐在课堂后面听他讲课；跟着去图书馆，看看书报；跟着去学生食堂，排队打饭。马卫东做教学备课和项目研究的时候，两口子就在校园里到处走走逛逛，到篮球场、足球场、排球场，看学生比赛；到池塘边、凉亭里、石凳上，悠闲地坐一坐，议论长相奇特的教授、好看的男生女生。日子过得优哉游哉很惬意，两口子似乎回到了大学的时光。

高翔不无羡慕地说："卫东啊，我现在有点理解你了。说真的，这一回到学校啊，瞧瞧这蓝天、这草地、这庭院，瞧瞧每天这么多花花绿绿、青春靓丽的女学生……啧啧，越活越带劲儿、越活越年轻啊。"

马卫东先是一乐，又愣了一下，情不自禁感慨道："确实，多美好的生活……在校园里，总会让我想起谢雨。"

小梅看着马卫东定格的样子，就悄悄用脚碰碰高翔，让他赶紧闭嘴，别哪壶不开提哪壶。

"你踢我干啥！"

说到要紧事儿，对小梅的打岔，高翔显得很不乐意。

"哎哟，一回到校园，你就原形毕露了。满眼的花花绿绿女学生，你现在胆儿肥、脾气大了呀！"

小梅冲他瞪眼。

"你别瞎掰扣帽子哈,我在说正经事呢。卫东老大不小、年纪一把了,我在慢慢开导他呢。不能总是一个人,这么晃荡下去吧。"

高翔郑重其事地说。

见丈夫认真,小梅马上收敛,点头说,那倒也是。

"你没看咱们卫东,上课时那翩翩学者的风采,迷住了多少的女大学生啊。特别是,经管班的那个、那个班长,叫小夏,夏什么来着,看卫东教授的眼神,特别不一样。"

马卫东喊了一声:"你才是瞎掰。"

小梅正色纠正道:"哎,可别说啊。咱高翔,平时确实净瞎掰,这回说的可不假。"她不理会高翔不满的表情,继续对马卫东说道:"那个夏青蓝,我们都感觉得到,的的确确非常关注你。那眼神,绝对不一样。"

"啥眼神不眼神的啊。我这年纪,做人家叔叔,还差不多。"

"年纪怎么了,没听说年龄不是问题嘛。"高翔不以为然地说,"你老实交代,你身子骨还行不行,还能干不能干?"

"这种事开不得玩笑。我只把那个夏青蓝,当作自己的普通学生。"马卫东表情认真,"况且啊,我听其他老师闲谈,说人家有男朋友。中学就追得很紧,一直追到大学,追到这儿来。"

高翔歪头想了想,悻悻地说:"要是这样,那就另当别论了。以你这身份,跟小年轻比拼竞争,有些姿势不正确,胜之不武。"刚说完,他又觉得不甘心:"你别说哈,那夏青蓝,长得真有些像谢雨。"

小梅不等他说完,就嫌弃地推搡说:"哎呀,你有完没完。"

夏青蓝是浙江人。典型的江南女孩长相,白白净净很秀气,齐耳短发,五官精致婉约。从长相上看,确实跟谢雨有几分相似。但是,在马卫东看来,俩人性格却是截然不同的。谢雨爱笑,笑起来很灿烂,眉眼都是弯弯的；相比起来，夏青蓝本该无忧无虑的年纪，脸上却似乎总是有淡淡的忧伤。马卫东讲课时，偶然会发现，夏青蓝出神地望着窗外，眼神中有一丝不易察觉的哀伤。

夏青蓝的成绩在班上是最拔尖的，各门课都优异。

成绩出来后，在教学楼前，马卫东祝贺她，再次获得一等奖学金。同时，笑着鼓励："小夏，学习上的优秀，应该带动你更快乐地生活。那样，就更完美了。"

"谢谢您。"夏青蓝低头柔声说道，"学习，恐怕就是我唯一的快乐了。"

"对了，您在课上讲过，马斯洛的需求层次。我很羡慕您的经历。"夏青蓝接着说。

"羡慕我，为什么？"

马卫东不解地问。

"我仔细了解过您的事迹。您在读书和创业的往返过程中，从生存到发展、从物质到精神，探索着不同层次的需求，体验了不同层次的获得。"

马卫东哈哈大笑。

"你实在是谬赞了。我的过往，可是劣迹斑斑、不堪回首。要说，实现更高层次的需求，还要看风华正茂的你们。前途可期、未来无限啊。"

"前途会怎样，未来在哪里……"夏青蓝喃喃摇摇头，低声说，"我不这么觉得。我的需求很初级，就是生存和安全。"

望着夏青蓝离去，她的背影略显单薄。她的消极让马卫东很意外，但又不好多问些什么。

平时上课最积极、听讲最认真的夏青蓝，突然缺课了一周。教研室里几位老师在议论，提到了夏青蓝缺课，马卫东就留意听了一下。辅导员说，夏青蓝请的是病假，倒不是真的生病了，而是为了躲人，躲特意从老家追来的男朋友。有位女教师直撇嘴，听她同宿舍的同学说呀，那个男的纯属有臆想症，人家夏青蓝根本就没有答应过他，他死皮赖脸、穷追不舍。有男教师插话感慨，爱情这东西，非得你情我愿才行。一个巴掌拍不响，她的男朋友也算是苦恋了。女教师不以为然地说，是不是男朋友，可不是自封的哩……

马卫东在一旁听着，默默地想起20多年前。

自己六神无主地穿梭在宿舍楼下，许班长帮忙反反复复地呼叫402室。

想着想着，不禁出神，马卫东傻傻地笑了。

4.

收到举报信的起初，黄思凡是不相信的，这也太胆大妄为了。举报的内容是：达标集团在科技园建设过程中，擅自把湿地部分改建成商品房。

不可能吧？

对陈志标，他还是了解的。陈志标属于做事沉稳、有责任担当的人，怎么可能做这种损害公众利益的事，并且是明令禁止的事啊。这根本不像陈志标的行事风格。

举报会不会是竞争对手造谣诬陷？

慎重起见，他特意悄悄私访了现场。

举报情况居然属实！

代表政府部门正式约谈之前，黄思凡想先听听陈志标的说法。一来,是出于慎重;二来,也是为了保护朋友。俩人约在了"一心"茶馆。

出乎意料的是,陈志标很痛快地承认了,完全没有犹豫,没有遮掩。

"确有此事。"

陈志标扶了扶眼镜,语气平静地说出这四个字。

看黄思凡关切认真的表情,陈志标不禁微微一笑:"哦,思凡,这么急地找我来,原来你关心的是这个呀。"

"不关心这个,还关心哪个呀。这件事啊,很多人在关心。我们注意到,对达标集团的做法,老百姓已经反映了啊。"

"思凡,谢谢你的关心。这件事情的逻辑,其实不复杂。不建商品房,就没有盈利,后续资金就无法维系,科技园的项目根本不可能成立。"

"科技园建成后的运营,政府已经授权给达标集团了啊!到那时,利润会是相当可观的,之前第三方已经详细测算过了。"黄思凡有些不解。

"建成后的利润可观,我们当然看重。但是,上百亿的投资,全部建成至少需要五年。五年纯消耗,没有进账,只等着后期运营回本,是撑不下去的。"

"那立项时,你们为什么不提出来呢?"

"如果提出来,那就是存在资金问题。那可是要一票否决的,怎么还可能立项呢?"

"志标啊,那也不能为了获得项目,做虚假的陈述呀。"黄思凡略微皱了皱眉,放缓了节奏,但是加重了语气,"那,可是,违规的哦。"

"老弟呀,言重了。"

说着,陈志标抬起右手臂,轻轻做出向下压的示意:"以房产开发培育项目，这历来是行内惯例。公开的秘密，约定俗成，也可以说，是潜规则、老规矩了。"

"不行、不行。这可行不通！"

黄思凡眉头皱得更紧了。

"这事可不能按老规矩来，更不能潜规则行事。志标，你赶紧去布置，达标集团更正错误做法，立刻停止对湿地公园的侵占！"

"思凡老弟。"陈志标笑了，目光柔和地看着黄思凡，"看把你急的。来来来，眉头舒展一些，喝杯茶、静静心。"

"我静不下来。"对方慢条斯理的态度，让黄思凡急得站了起来。他指着窗外说："我能不急吗，外面，老百姓可是正在着急呢！"

"好、好、好，我的好兄弟。"陈志标看黄思凡真急了，赶忙放下茶杯，陪着站了起来。他也指着窗外的更远处说："干吗这么激动嘛！这么大的项目，位置离市中心又那么远，没有住宅公寓那些配套工程怎么行呢？难道让在科技园工作的几千人，每天上下班坐火车呀。"

黄思凡愣了一下。

陈志标接着说："没错，我们确实打算建一个小区。既安置附近拆迁村民，也为园内职工提供生活便利，还可以带动区域的关联发展。这不是一举多得的大好事吗？"

他缓缓走到黄思凡跟前，拍了拍他的肩膀，诚恳地说道："当然，思凡，你对湿地关心和挂念，为的是老百姓好，其实，也就是为我们大家好。我哪里会不知道呢。你放心，达标集团一定会重视做好。在建的小区，会尽最大可能，保留湿地部分作为景观，保护好我市人与自然和谐共处的美好画卷。"

听他讲得情真意切，也有几分道理，黄思凡沉思了一下，觉得自己语气确实急了点，眼下，解决问题才是要紧事。

"既然这样，那就向市里上一个补充报告，把你们的想法说清楚。同时，该补缴的款项也列明。"黄思凡说着坐回沙发上，补充道，"不管怎样，湿地的拆除要先停下来。"

"停下来？"

陈志标听了，无可奈何地摇头笑了笑。他端起紫砂壶，慢慢悠悠烫着茶杯："恕我直言，思凡。你这就未免，有点官僚了哈。"

"现如今，土地是钱，时间也是钱。寸土寸金，有道是，一寸光阴一寸金，寸金难买寸光阴。一天一百万，停工哪有那么容易啊，这么巨大的经济损失，我们可拖不起、耗不起啊！"

"你达标集团有损失，那老百姓的损失呢？"

说来说去，陈志标只关注自己的企业。这让黄思凡有些反感，他不由得加重了语气："志标，陈董事长！即使是有经济损失，咱们做事也得有底线、守规矩。可不能违法、违规啊！"

谢雨这时缓缓地走进了茶馆。

在包房外面，她就听到丈夫和陈志标的对话。俩人声音很大，几乎像是在吵架。这在他们俩来说，可是头回见到的情形。

怕打扰俩人谈正事，谢雨打算等他们争论完再进去，就在包房的外厅先坐下了。

"违法、违规？"陈志标看着黄思凡，扬了扬眉毛说，"现在，可是法制年代。黄老弟，你扣这样的大帽子,我一介小民可受不起啊！"

放下手中摇晃的紫砂壶，陈志标的语气也明显严肃起来："这种事情，只要官不究、民不告，我保证，可以做得严丝合缝、不出问题。"

"告状信都写到我这里来了。"黄思凡不想再兜圈子了，"你还说什么，保证不出问题。你凭什么保证呢！"

"告状信？"陈志标的语气轻描淡写，"我知道是什么人告的状。

我会解决这些问题的。"

"解决，你怎么解决呢？用钱，还是用棍棒？"

黄思凡的语气里不无讥讽。

"有句话说得好啊，不能解决问题，就解决提出问题的人。反正我会解决好的。"

陈志标没有躲闪，正面应对黄思凡的讽刺。他的语调始终保持平稳，只是没有了以往的谦和亲切。

"陈总，平时一派学者气度、儒雅风范。今天这样讲话，颇有些江湖狠角色的味道。看来，以前是我看走了眼呀。"

谢雨心里着急起来，她听出丈夫的讽刺意味。

其实，刚才听到俩人的对话，谢雨也有些惊讶。丈夫平时一贯好脾气，今天怎么这么急；这陈志标，更是跟平时大不一样，像是换了个人。

她觉得，来得不是时候，两个大男人争吵，自己应该悄悄溜掉为好。

"黄局长，您大可不必如此自谦！"此时，陈志标缓慢地站起身，微笑着说，"几年前，您让我举报马卫东。您那才是稳、准、狠，才称得上狠角色呀！"

陈志标的话，一字一字如晴天霹雳，让谢雨从头皮麻到脚底。

谢雨顿时蒙了，蒙在了原地。

她恍恍惚惚，要转身的时候，歪斜着碰到了茶几。

黄思凡和陈志标听到动静，走出来查看。

"小雨，你、你什么时候来的？"

看着谢雨木呆呆的表情，黄思凡心知不妙，一时慌了神。

见此情形，陈志标边打招呼，边往外走："原来是弟妹来了。那，你们聊。我先去处理点事儿，失陪一下。"

谢雨目瞪口呆地站在原地，身子轻微摇晃了一下。

黄思凡赶紧上前扶住了。

谢雨脸上露出难以置信的表情。她定定地望着黄思凡，想从他的脸上寻找答案。

"刚才，陈志标说的，都是真的吗？"

见黄思凡不吭声，谢雨又急切地问："举报、举报他……的事，是真的吗？"

很长时间以来，谢雨都不敢提起马卫东的名字，倒不是避讳黄思凡，而是提起马卫东，她心里会隐隐地痛。

"不，你听我解释……小雨，你……"

"是你举报的，是吗？"

"……是，你听我解释。当初，他所做的红日投资项目，的确违法违规。我只是、我只是……发现并揭露了事实，而已……"

黄思凡急切地辩解，声音越来越小。

谢雨痛苦地摇着头，泪水顺着面颊不停地淌下。

"谢雨，你听我解释、你听我解释！即使我不举报，别人也会举报。即便，那个时候不出事，他非法集资，迟早也会被抓。我只是、只是把它提前了。这对消费者、对他，都、都、都未尝不是好事呀。"

"那，这么说，他还应该感谢你了？"

谢雨眼里噙着泪水，轻声地问。

"不、不。"黄思凡拉住谢雨说，"你都快要生了，可不能激动、可不能动气啊！"

谢雨流着泪，垂头继续往前走。

黄思凡上前搂住她的肩膀，被她用力挣脱了。

"让、我、走！"

谢雨强压着怒火,斩钉截铁地说。

黄思凡呆呆地跌坐在沙发里。

……

两天后,陈志标主动打电话来,声音恢复了往日的温度。他想单独跟黄思凡谈谈,平心静气地谈谈。

俩人约在了局长办公室。

"思凡啊,真是太对不起你了。"陈志标一进门,就一边捶打着自己脑门,一边懊悔地说,"我修养不够、一时冲动,铸成大错,祸从口出啊。"

"唉!"

陈志标一坐下,就在黄思凡面前惭愧地低下了头。

见他提起那事,黄思凡既愧疚又无奈地摆摆手说:"也怨不得你,你只不过说出了实情而已。"

陈志标欠起身,恳切地说:"思凡啊,那天我讲话可能急了一点,也许引起了你的误会。其实,我所说的要解决这件事情,完全是替政府着想,也是为你考虑。回去以后,我认真思考了你的意见,立即召集公司高层开会研究。达标集团准备出资,安抚受损失的拆迁户;同时,立即着手修复占用的湿地。"

陈志标的表态很诚恳。

见黄思凡默不作声,陈志标双手递上了会议纪要,又主动打开内页。

黄思凡扫了一眼,马上又认认真真看了起来。

过了半晌,黄思凡抬起头来。他看了看双手扶膝端坐的陈志标,指了指会议纪要说:"确实,应该这样啊。"

见他这样说，陈志标稍稍松了一口气。

"思凡啊，你我兄弟这么多年，还从没见你这样急过。不过，这也正是我钦佩你的地方。为官公正，不徇私情，敢于坚持原则呀。"

犹豫了一下，见黄思凡脸色逐渐缓和，陈志标接着说道："那天，都怪我嘴欠，不该提起举报的事儿，实在抱歉啊。"

说着，陈志标愧疚地拱了拱手。

"其实，这不能怪你。若要人不知，除非己莫为。"黄思凡皱着眉头，叹了口气说，"是我，当初冲动做错了。不该让你帮我用那种方法，把谢雨争取回来。"

紧接着，黄思凡又重重地叹了口气："谢雨是个好女人，是个单纯的女人。我瞒了她这么多年，总有瞒不住的时候。向她坦白，也是迟早的事。想当初，我的确是做了亏心事呀！"

陈志标听了没有作声。

他手托下巴沉思着，嘴角微微一丝抖动。

黄思凡嘱咐陈志标，要抓紧落实公司决定的弥补事项，不但要停止违规扩建，同时还要做好土地退赔。

陈志标诚恳地点头，一一答应了。

末了，他笑着拍拍黄思凡："生活多么美好。弟妹预产期就要到了，你还是集中精力，赶紧备备课，做好当爸爸的准备，有你忙的呢！"

黄思凡点头苦笑道："她这几天，都不正眼看我。"

陈志标哈哈笑道："这种待遇，对于男子汉，是家常便饭。"

谢雨生了个女孩，白白胖胖，哭声嘹亮。

黄思凡乐得手舞足蹈、屁颠屁颠，兴奋地说："你看、你看，咱们的小仙女，小鼻子小眼、眉清目秀的，活脱脱就是一个小谢雨。哪有丁点儿像我呀。"

意外得知举报的事,谢雨的心跌落到冰窖里。

几天来,她不理睬黄思凡,不想理睬他。

但是,女儿的到来,改变了一切。

她的哇哇哭声,犹如天籁,格外动听。

女儿脸庞粉嘟嘟的,小脚小手肉乎乎的,五官小巧精致,一双细细弯弯、天生会笑的眼睛。每时每刻,看到女儿,谢雨就会不由自主地微笑,她的心立刻被融化了。

女儿叫铃儿。铃儿是天使,是上天赐予的礼物。

只要看到铃儿的笑脸,所有的烦恼都烟消云散,所有的困难都不是事儿。

摇篮里的铃儿,在香甜地睡着。细细弯弯的眉毛,细细弯弯的双眼,眼睫毛很长,即使熟睡中,也会忽闪忽闪。铃儿的肌肤雪白透着粉嫩,一双小脚丫不知疲倦地蹬踏着。铃儿喜欢音乐,会随着节奏摆动小手。只要一听到轻柔悠扬的乐声,立刻会安安静静地享受。每天,在铃儿睡觉的时候,谢雨就会放起轻柔的音乐,趴在摇篮前,长时间注视欣赏她的小天使。

一段悠扬的过门响起,这首歌谢雨再熟悉不过,是高凌风的《那天晚上》。

"那天晚上,有美丽的月光,没和你走在小路上;那天晚上,有美丽的月光,没让你依偎我身旁……"

谢雨跟着轻轻地哼唱着。

在妈妈的歌声里,铃儿快要醒了。她依然闭着眼睛,但是两条细细弯弯的眉毛,开始向上微微抬了起来,似乎要陶醉在这悠扬的乐曲声里。伴随着歌声,铃儿粉嘟嘟的脸蛋,开始慢慢地舒展,一点一点、渐渐地绽放开了笑容。

这笑容，像冬日里久违的阳光，明亮了绿叶，融化了冰雪，融化了谢雨的心。谢雨无限怜爱地看着宝贝女儿的笑脸，幸福包围了全身。在熟悉的音乐声中，铃儿的笑容，让谢雨心头涌起一股暖流。

这笑容，太亲切、太熟悉，一左一右，两个深深的酒窝。

铃儿的眉毛和眼睛，确实像极了自己，完全就是婴儿版的谢雨。谢雨用手轻轻地遮住了铃儿的眉毛和眼睛，开始细细端详，看她挺拔俊俏的鼻梁，略微有点上翘的上嘴唇，特别是笑起来的酒窝……

那是谁？

谢雨的心砰、砰、砰剧烈地跳动。

铃儿俊俏的模样简直就是两个人的合成，她和马卫东！

熟悉的旋律中，谢雨不由得想起，离开济南的那天晚上。拨动心弦的呼唤、细细绵绵的亲吻、热情如火的拥抱、坚实温暖的胸膛、沉醉缠绵的痴狂……谢雨双颊开始红通通地发热。此时，她的心里既羞愧焦急，却也有按捺不住的狂喜。

她的手心开始出汗，双腿不由自主地开始打颤。

"真的，是你？！"

她的心里响起喃喃的自问，一阵紧密过一阵。

……

黄思凡回来了。

这段时间，尽管很忙、很疲惫，但是，只要一看到铃儿，他整个人就顿时满格复活。

顾不得放下东西，他凑上去探头欣赏。

铃儿这时醒了，睁开了乌溜溜闪亮的眼睛，盯着他看。黄思凡立刻被看得乐开了花，赶紧去洗了手，跑回来从摇篮里抱起了铃儿。

铃儿舒舒服服地躺在黄思凡的臂弯里，好奇地看着他挤眉弄眼，不一会儿，就被逗得咯咯咯笑了。

　　铃儿笑起来无拘无束，嘴张得大大的，露出一左一右的酒窝。

　　黄思凡哈哈笑着，逗了一会儿，铃儿又咧嘴哭了起来。

　　"铃儿是饿了吧？"

　　他说着，满脸堆笑地把铃儿递了过去。

　　谢雨接了，就侧转了身，撩开衣襟喂奶。

　　黄思凡厚着脸皮，还要往前凑着看。谢雨就红着脸转身，藏得更紧了些。

　　见谢雨还在跟他置气，黄思凡只好作罢，欢欢喜喜地去厨房忙活做饭。

5.

　　一晃，两年快过去了。

　　铃儿很快学会了讲话，声音清脆，像银铃一般。

　　听到铃儿讲话，夫妇俩欢喜的同时，又开始怀念她咿呀学语的日子。时间怎么过得这么快呢。两年来，铃儿为这个家，增添了数不尽的美好记忆，给了黄思凡最大的慰藉和动力。

　　工作上，确实忙。以科技园项目为龙头的系列建设如火如荼地展开了，作为上上下下都期待的项目，它既关系民生又关乎未来。市长每个月召集专班会议，检查进度、查找问题、督促整改。为了它，政府部门各个系统都开足马力，全力推进，都怕宏大的工程在自己这个环节掉链子，拖进度。

　　国土局自然也不例外。黄思凡带领班子加班加点，遇到问题深入研究，需要决策审慎高效，全力以赴保障项目的顺利推进。

尽管很忙，但是忙得很有意义、很有价值。

不过，这其中有件事，让黄思凡感觉有些踌躇。它既涉及整体与局部的关系，也是轻重缓急、统筹兼顾的问题；既不能疏忽大意，又不能夸大其词。万一方向把握不好、尺度拿捏不准，真会影响全市的协同一体推进。真要出了问题，别说省里、市里会怪罪下来，就连班子的几位副手也都善意地、不无担心地提醒："各个系统、各个部门都在争先为科技园建设开绿灯、清路障、添砖加瓦、保驾护航。思凡，咱们局无论如何，都不能拖后腿啊。"

黄思凡很清楚，他们担心的"拖后腿"是指啥。

说来说去，还是湿地公园的事。黄思凡当然清楚，湿地公园只是科技园宏大项目中的一小部分。但是，正是这一小部分，涉及环境保护和农民利益。这后两者，可是关系重大的事情。

陈志标答应得好好的，湿地公园的修复工程也确实是在进行了。为这事儿，黄思凡不但派人监督，自己也亲自去看过。下属反映，修复工程确实慢了点。但是，达标集团承揽科技园这么浩大的工程，要统筹推进的事项千头万绪，不可能只盯着湿地这一块；甚至，有人悄悄议论，黄局长老揪着这一块不放，会不会顾着芝麻，丢了西瓜。

黄思凡当然也明白其中的道理。但是，两年过去了，湿地公园的修复还没完工，倒是各种举报、投诉没有间断。黄思凡每次打电话过问，都被陈志标打太极应付了。

"湿地什么时候完全恢复？"

"今年之内，以达标及我本人的信誉保证。"

"那，商品房小区究竟什么时候停工？"

"已经停工了，自从上次，你我约定之后。"

"为什么,我这儿还是不断接到投诉,说你们的房地产项目还在弄?"

"思凡,木秀于林,风必摧之。达标集团能有今天,就是在质疑和诋毁中砥砺前行。有些人、有些势力,为了阻止重大民生工程的顺利实施,使出了很多下作招数,可谓无所不用其极。这些捕风捉影的投诉,根本不用去理会它。"

"志标,君子一言啊。"

"思凡,你什么时候,开始变得这么多疑了呢?"

说归说,面对接连不断的投诉,黄思凡的确起了疑心。他没用公车,也不带随行,自己打了个车,悄悄去了郊外。

科技园的占地非常大。一眼望不到边的工地上,成百上千台挖掘机、铲土机、起重机,同时作业,热火朝天。

黄思凡奔着湿地公园的方向去。

与如火如荼的科技园建设形成明显反差,湿地公园的范围比较安静,只有孤零零几台大吊车和起重机。

黄思凡走近查看车胎的泥土痕迹,应该有些日子没有开工操作了。看来,还真是停工了。他暗自思忖,有些释然。

他仍旧不放心,继续往前走。走过拐角,到了湿地的另一边,见到路边有三五个年轻人,在派送宣传单。

"未来生活花园,高端品质小区,盛大发售在即。"

赫然入目的宣传语,让黄思凡大吃一惊,又颇有些不解。他拿着宣传单,将信将疑地询问销售人员。

"停工?"

几个年轻的销售人员听了,不约而同地笑了。

"放心吧,我们这小区,可是政府重点民生工程。作为科技园建设的配套项目,得到了重点保障。不仅不会停工,还会保质保量、全力推进。"

一个领班模样的人,信心满满地介绍道。

"那现在,这工地不是停了吗?"

"咳,这是听说,最近上边搞环境测评,暂时停工两周,降噪、降尘。"领班狡黠地笑了笑。为了打消客户的疑虑,他不得不压低了一点声音,说出实情:"等这两天测评组走了,马上就开建。这不,一点也不影响小区的楼花销售。这几天,房子卖得很好。放心吧,一旦开建,快得很。"

为了进一步增强客户的信心,领班拿出销售图纸证实。果然,很多房型已被预订了。而且,大都是近几天登记的。他好心提醒黄思凡:"你如果不想错过这次发家致富的机会,就赶紧下手,还赶得及上车。"

黄思凡离开工地,打车直奔达标集团。

前台见是黄局长,赶忙起身相让。

黄思凡铁青着脸,径直推门进了董事长办公室。陈志标坐在宽大豪华的办公桌后,正跟几位下属交代工作。见黄思凡突然闯进来,就挥手示意下属走开了。

"哎呀思凡,大驾光临。"陈志标赶忙迎上前,"好久不见。怎么也不打个电话,通知一声,就自己跑来了呢。让我有失远迎啊,失敬失敬。"

说着,他就招呼黄思凡坐下喝茶。

还没等坐下,黄思凡就从口袋里掏出售房宣传单,重重地拍在茶几上。

"这是怎么回事?"

他厉声质问。

陈志标稍稍停顿了一下,马上笑着说:"咳,老弟这么急匆匆的,我当是什么急事呢。坐下坐下,快好好品尝一下,这可是我刚刚弄到的,极品大红袍!"

"不是说停工了吗?这怎么,不仅没有停工,反而售卖起房产来了!"

黄思凡没好气地把递过来的茶杯推到一边。

"科技园的项目投资巨大,我们不要政府一分钱。完全靠达标集团自筹资金建设。目前来看,尽管进度正常,但是,资金缺口还是比较大的。"

陈志标不慌不忙地拿起茶桌上的宣传单,慢条斯理地看着,像是在欣赏:"这个项目,市里盯得很紧,甚至省领导也来视察过三次了。每次,都指示要全力保障、全力推进。上次,领导还当面对我提出希望,争取提前完工,建成献礼工程。你看,为了落实领导的指示,确保我市重点工程不停滞、不拖延,我们只好采取边建设、边回笼资金的办法。所以,建一些房子卖一些。这也是,以项目养项目嘛。"

"但是,在政府批复的规划里,是没有房产项目的!"

"哎呀,我的思凡局长啊,咱们也不要这么教条、这么僵化好吗?规划里没有,我们可以再补报、再申请呀。"

"你又来这一套!"黄思凡听他又使出敷衍的托词,觉得很刺耳,"姑且不说,你们申请能不能通得过。目前,没有列入规划内的项目,必须立即停工!"

"你看看,你才又来了,是不是?动辄就说停工。这停工,可不是闹着玩儿的啊。思凡啊,前面立下了军令状,哪能说停就停、说不干就不干呢。达标集团前期已经投入了近两个亿,而且现在,四分之一的房子已经卖出去了。你让我怎么停啊?这可是关系到几千人的饭碗,更关系到科技园项目整体能否如期完工啊!"

"国家湿地保护政策是红线,也是高压线,碰不得。陈志标,你这是在知法犯法呀!"

黄思凡厉声说道。

陈志标淡淡地一笑,无奈地摊开双手说:"我怎么敢知法犯法呢。我这么做,还不是为了我市的未来大局吗!这还不是为了几百万人民群众的福祉吗!"

"你放屁!"

黄思凡腾地站了起来,怒不可遏。

"资本逐利的疯狂,果然是没有底线、不可理喻。为了一己私利,达标集团居然敢置国家与人民利益于不顾,胆敢挑战法律尊严!"

"黄老弟,这话严重了。"

看着激动的黄思凡,陈志标依旧是满面春风、笑容可掬。

他轻轻地搭着黄思凡的肩膀,让他坐下喝杯茶、消消气:"事缓则圆,黄老弟,请容我把话讲完。"

陈志标悠闲地踱着步子。

"黄局长对我、对达标集团口诛笔伐,如暴风骤雨,让我实在坐立难安啊。"

陈志标两手交叉在胸前,不紧不慢地讲:"不过,说起来,达标集团可不仅仅是陈某人的。其实,也是你黄局长和谢雨女士的。"

黄思凡听他话里有话,却一时没明白用意,就皱着眉头问:"你这话什么意思?"

"我什么意思?"

陈志标微笑着推了推眼镜:"思凡老弟,你聪颖过人。相比之下,你老哥我年纪大了,脑筋愚钝,你也不用这样考我呀。"

黄思凡有些不耐烦了："你不用这样拐弯抹角地讲话，阴一句阳一句的，有意思吗？"

"有意思啊，当然有意思了，简直太有意思了。"陈志标睁大了眼睛，饶有兴致地说，"既然这样，我也不陪着老弟打转了，那咱就打开天窗说亮话。"

陈志标停止了踱步，站定了看着黄思凡。

"早在五年前，谢氏玩具厂就挂靠了达标集团。这所谓挂靠，明眼人恐怕都明白是什么意思，那不就是达标集团的一个子公司吗？"

"当初？"黄思凡看他故弄玄虚地晃来晃去，觉得很无聊，便不耐烦地说，"明明就是单纯的挂靠，为了方便申领补贴，什么子公司、孙公司的。"

"两年前，"陈志标不着急，进一步帮他回忆，"达标集团为谢氏玩具厂派出了工作人员，直接负责财务和销售两个部门的运营。谢氏玩具厂所有的收支账本，达标集团都清楚掌握。"

"左一个五年前，右一个两年前，记得倒真是挺清楚。"黄思凡听了不禁冷笑一声，"难道，谢氏玩具这么个小小的作坊工厂，你这么大的老板，竟然也有心吞吃？当初挂靠，只是为了方便玩具厂向政府部门申领补贴而已；后来，你主动提出暂时帮忙打理工厂。就这样，而已，谢氏玩具厂就变成你达标集团的下属企业啦？"

"就这样！而已？"

陈志标停下脚步，故作吃惊地张大了嘴，模仿着黄思凡的讲话。

"哎呀呀，我的思凡老弟，黄大局长啊！常言道，扮猪吃老虎。你这样讲，可就真的是揣着明白装糊涂了吧！谢氏玩具厂每年收到达标集团转账资金两三百万元，你们不会真的天真地以为，这些钱是政府奖励给你们的吧！你们那个小小的玩具厂，你自己都说是小作坊了。

哪里有什么创新,更谈不上什么高科技。那些钱,分明是达标集团拿自有资金帮补你们呀!"

黄思凡听闻,顿觉五雷轰顶,木呆呆地愣住了。

"如果,黄局长,你还是红口白牙想抵赖的话。"陈志标说着,转身从身后的文件柜里取出一个文件夹,双手捧了,弯下腰,恭恭敬敬地摆在黄思凡面前,"敬请审阅,黄局长!"

文件夹上标注着"谢氏玩具厂资金拨付记录",翻开里面的内容,多年来的每一笔资金转账详细列明,清清楚楚。

看完之后,黄思凡更加惊讶得说不出话来。

足足过了三分钟,黄思凡才自言自语地自问自答:"五年前,我是托商务局的陈平局长,请他帮助谢氏玩具厂申请专项补贴。当时,也感觉申请补贴非常简单顺利,超出预料。但那时,我和谢雨,都以为是陈平局长很给力,给予了政策关照,没想到……"

"很给力?没想到?"陈志标呵呵笑了一声,"确实很给力啊。但是,黄局长,您怎么可能没想到呢?凭谢氏玩具厂的资质条件,怎么可能够格申领到政府专项补贴呢?那还不是,因为你黄局长,位高权重的黄大局长开了尊口,谁敢不从啊!"

"所以啊,什么填表、什么申请,都是走过场。你们填的那些东西,我根本连看都不看。识时务者为俊杰,我们达标集团就每年乖乖地,把几百万钱款打给谢氏玩具厂喽!"

陈志标一边说着,一边走近了,亲切地拍了拍黄思凡的肩膀。

"达标集团之所以那样做,固然是陈某人重情重义,热心助人,但是更重要的是,我懂得一个道理呀:得饶人处且饶人,能帮人处尽帮人!你说呢,黄局长?"

黄思凡把身体向后,头枕着沙发的背靠,仰天长长地呼了一口气。

过了半晌，他直起身，盯着陈志标说："原来，几年前，你就给我布好了局，设好了套呀！"

陈志标一听，不禁哈哈大笑。

他用力地摆了摆手，又摇着头说："思凡老弟呀，别怪老哥我说你啊。你这个人呢，什么都好。就是有一样，总是把人想得太复杂。应该说，五年前，缘分已定；两年前，合作已成。正所谓，你中有我、我中有你啊！这怎么能说是圈套呢？从你最开始让谢氏玩具厂挂靠达标集团，又让我跨省举报马卫东，其实，咱们早已经是一家人了啊！"

"你、你……你太无耻了！"

黄思凡瞪着陈志标，从牙缝里挤出一句话。

陈志标听着，渐渐地收起了笑容。

他用手扶着眼镜，平静地望着黄思凡："这个时候，黄局长，你就不必再站在道德的制高点上，惺惺作态，指责别人了吧？"

"我绝不会，让你们这样的蛀虫，侵害老百姓的利益，损害国家的利益！"

黄思凡咬牙切齿地发着狠。

"哎哟，哎哟。"陈志标再次大笑起来，"我是蛀虫？那……"他指了指桌子上的转账卷宗，"那这，明火执仗、暗度陈仓，巧取豪夺民营企业上千万的财产。您，您又是什么呢？"

见黄思凡在沉吟，陈志标斟了一杯茶，递给他。

"思凡老弟啊。房地产的项目，达标集团会尽快补交一个申请。到时，还请老弟高抬贵手，大笔一挥'同意'。这个事情，也就圆满了。哈哈哈，再者说了，科技园这么大的项目，没有配套的住宅和公寓，怎么能行呢？"

黄思凡对他的巧言令色很是反感，冷冷地瞥了一眼。

"你就这么有把握?我如果,不同意呢?"

听他这样讲,刚刚坐下的陈志标,双手轻轻拍打着沙发扶手,又缓缓地站了起来。

"哎呀,凡事都要看开一点,没有必要那么极端嘛!这种事情,通融一下,你好、我好、大家都好。何必,非要弄得鱼死网破、头破血流呢?"

"你,在威胁我?"

黄思凡冷冷地盯着他。

陈志标谦和地笑了笑。

他优雅从容地拿起那沓转账记录,在黄思凡面前轻轻晃动了一下。

"老弟言重了,我哪敢威胁你。我只是说出实情而已。我这么做,完全是着眼于合作,为领导着想、为大局考虑;同时,也是为了黄局长和夫人的安全呀。"

6.

重回校园,马卫东又跟他的死党发小汇合了。

因为参加工商大学的学习培训,齐怀洲得以再续前缘。热烈追求的阶段,他几乎每天都到学校找戴琳琳。以至于,跟校门口的门卫混得黏熟。用马卫东的话说,跟他当年和管理女生宿舍的许班长的交情,有的一比;修成正果、抱得美人归后,齐怀洲减少了来学校的次数。天地良心,真的不是得手变脸、过河拆桥。而是,据齐怀洲的说法,是因为,戴琳琳所在的学院,总是把他当国家部委的领导接待,每回见到都隆重其事,搞得他觉得自己煞有介事。夫妻同心,戴琳琳跟他的想法不谋而合。戴琳琳说你每次来,我们学校领导都要出面见见,见什么见呀,已经干扰到我的工作了。齐怀洲说那我就悄悄地进村,打枪的不要。于是,他改成只在课余周末才去。

但是,戴琳琳敏锐地发现,齐怀洲又变了。就像契诃夫的小说《变色龙》里的奥楚蔑洛夫,一会儿额头冒汗、一会儿全身哆嗦。自从马卫东任职工商大学客座教授,齐怀洲又开始频频出现了,甚至比当初来找戴琳琳的次数,还要密集。

"这回,你怎么解释?"

戴琳琳目光炯炯地审视着丈夫。

"这、这个,是……"

齐怀洲欲言又止,顾左右而言他。

"哼!"戴琳琳看他窘迫的好笑样子,无奈地批评道,"你呀,典型的,机会主义者!"

机会主义者三天两头来学校,既看望戴琳琳,又能见到马卫东。他说:"这效果,就是一石两鸟。"

戴琳琳揶揄道:"哼,如果仅仅是为我这一只鸟呀,恐怕,你不会跑那么勤吧。"

齐怀洲嬉皮笑脸地说:"我想老婆了,就赶回家。来单位,啥也做不了啊。"说着,手脚开始不老实。

戴琳琳一边抵挡,一边说:"齐同学、齐司长请自重。"

齐怀洲越听越来劲儿,还要黏糊。

戴琳琳笑着轰他:"赶紧去找你的那只鸟吧。"

已到中年的兄弟俩,重新并肩在校园里溜达,看着身边来来往往的大学生矫健跃动的身姿、青春洋溢的笑脸,不禁回想起中学时光。

俩人最大的话题,始终是那些年。永远说不完、说不够。

一身绿军装、脚下解放鞋,迎风敞怀,骑着破旧的自行车追逐飞驰。寒冬腊月、冰天雪地里,头上居然升腾起白色的雾气。终于,到了黄河岸边。大伙儿不管不顾,把自行车撂到一边,挥舞着上衣,对着黄河,拼命地蹦跳、拼命地嚎叫……

"现在的学生啊,比那时候的咱们斯文多了。不再那么懵懂原始、那么野蛮生长、那么喜欢疯狂。"

齐怀洲感慨道。

"没有咱们那么粗线条是真的。那年头,物质真是匮乏,兜里一毛钱都没有啊,有的只是无穷的精力。但是,要说青春疯狂,恐怕每代人都不会差。"马卫东说道。

"是啊,现在年轻人都会说,再不疯狂就老了。他们是对的,青春呀,真是不经用。一转眼,我们就已经老了。"齐怀洲一边说,一边指了指俩人的头。鬓角处,都已经有了不少白发。

这段时间,戴琳琳去外地做访学。齐怀洲懒得回家开火做饭,每天下了班就来学校。兄弟俩合计着,反正闲着也是闲着、单着也是单着,就凑凑热闹,跟学生们一起吃食堂。

齐怀洲下班晚,俩人端着饭盆赶到时,食堂二楼已经没什么菜,也没有什么人了。打眼一看,只有三三两两的学生情侣吃完了,散布在各个角落里,头对着头聊天。

马卫东无意间看到远处,食堂外面的走廊上,夏青蓝低着头站着,对面站着一个男的。那男的,双手挺激动地挥舞着。两人似乎是在争执着什么。

齐怀洲说,这里是年轻人搞对象的地方,咱俩在这待着像"怪蜀黍"。

俩人就下到一楼吃面食。

端了面条还没吃两口,就听到楼上很大的声响,像是桌椅倒在地上。齐怀洲和马卫东都听到了,俩人对望了一眼,似乎又没有什么动静了,就继续低头吃。

突然间,又一声巨大的响声传来。

俩人同时停下了筷子,警觉地竖起耳朵听。

不远处,楼梯间。传来几阵急促嘈杂的脚步声,还伴随着几个女生凄厉的尖叫声。转头望去,有几个男生慌乱地拉着女友,拼命狂奔下楼来,个个脸上满是惊恐。

女生边跑边哭着叫:"杀人了,救人啊!"

"腾"的一声,齐怀洲和马卫东同时站了起来。

他俩紧张地互相对望了一眼。

"不好!"马卫东突然惊呼一声,"夏青蓝,出事了!"

话音未落,人已经冲了出去。

说时迟、那时快,齐怀洲抓起两把不锈钢的勺子,跟了上去。

二楼,接近楼梯口处。

马卫东抄着板凳,隔着饭桌与凶手对峙。

他怒目圆睁,一双浓眉竖立了起来,声嘶力竭地怒吼:"放下刀子!"

在他的身后,夏青蓝跪伏在地上。她面色苍白,一手捂着腹部,另一只手吃力地撑着地面。此时,鲜血已经洇红了她的上衣,还在不停地从手指缝间,汩汩地涌出,流淌到身边的地上。

凶手背对着楼梯口,听到身后有动静,侧转身,将鲜血淋淋的匕首,对准了刚冲上来的齐怀洲。

兄弟俩人一前一后,把凶手夹在了中间。

"先救人!"

马卫东举着板凳,隔着凶手,冲齐怀洲高喊。

凶手明白了俩人用意，瞪着血红的眼睛，挥着滴血的匕首，"嗷"地向齐怀洲猛扑过来。

齐怀洲敏捷地侧闪躲避，锋利的匕首在他胳膊上划过。趁凶手立足未稳，齐怀洲一个转身，双手凌厉地刺出手中钢勺，直指凶手的双眼。趁对方仓促后闪的一刹那，齐怀洲脚下用力一蹬，已经纵身高高跃起，左臂借势一撑，就翻过了餐桌，抢到夏青蓝的身边。

浓稠的鲜血使得地面非常湿滑。跟跟跄跄之间，齐怀洲艰难地抱起了夏青蓝。她无力地瘫倒在齐怀洲双臂间，苍白的嘴唇抽动着，已经逐渐失去了知觉。

"快、快走！"

马卫东头也不回地狂吼。

眼见齐怀洲已把夏青蓝抱起，凶手大声吼叫着，向俩人扑了过来。

刹那间，马卫东抡圆了板凳，迎面冲了上去。

齐怀洲抱起夏青蓝，艰难地躲避着匕首，夺出一道空隙，跌跌撞撞地奔下楼去。

下到一楼，已有保安和师生闻讯赶来。

众人接过了夏青蓝，接力跑了出去。

齐怀洲二话不说，从墙边抄起了灭火筒，转身再次飞奔上楼。

此时的马卫东，从头到脚、浑身上下都是血。他不停地发出野兽一般的嚎叫，抱住凶手滚在一起厮打。

齐怀洲略微定了一下神，随即，一个箭步猛蹿上前。他瞅准了时机，猛然挥击灭火器，狠狠地砸向凶手持凶器的手臂。沾满了鲜血的匕首，应声掉落。

像是回到了太虎石巷，回到了那个生冷的冬天，齐怀洲高高地腾空跃起。他蜷起双膝，整个人重重地砸在凶手身上。随即，双手死死地摁住了凶手的头。

楼下的援手此时已经赶了上来。几个人上前一起控制住凶手，救出了血人般的马卫东。

救护车闪着蓝灯，呼啸着飞驰向医院。

……

连夜抢救，马卫东终于被推出手术室。

焦急不安等待的众人立即围拢上去。

躺在手术床上的马卫东，头上严严实实地缠着纱布。这时，他苏醒了过来。开口第一句话，就问，小夏，安全了吗？齐怀洲胳膊打着绷带，俯身说，她已经脱离危险了。

"我这……怎么，什么都看不见？"

马卫东挣扎着，抬起双手，要去抓眼前的纱布，立即被按住了。

医生告诫他，头部受伤缠了纱布，现在可不能撕掉。

在生死搏斗中，马卫东眼角膜严重受损。

医生诊断为双目创伤性失明。

齐怀洲听闻，扑通跪倒在地，泪流满面地哀求："大夫，求求您。无论如何，再救救他，让他能看得见。"

医生弯下腰，手搭着齐怀洲的肩膀，一句话也说不出来，只是难过地摇摇头。

12

从未离开

1.

谢雨这人，平时不太想事情。这几天，她想得可不少，并且心理发生了特别大的变化。

那天，无意间听到举报的事，谢雨非常震惊，心里别提多憎恶黄思凡。这人怎么这样呀！长得浓眉大眼，表面上看似敦和厚道、热心助人，其实"扮猪吃老虎"，竟然用那么阴险、那么下三烂的手法对付马卫东。把马卫东从事业高峰，狠狠重重地砸下，直至砸成了阶下囚；可怕的是，这家伙，他居然隐藏得这么深，而且就隐藏在自己身边。自己，居然，还跟他结成了夫妻。想想真是不寒而栗。这么多年，自己太傻太幼稚，不知道还有多少事情，这家伙是瞒着自己的、自己是不知道的。

谢雨想起，马卫东曾经讲过的"王佐断臂"的故事。自己是不是，就像王佐舍臂劝降的、认仇敌金兀术作父的那个陆文龙？不对、不对，马卫东听了，肯定会取笑自己乱比喻："那岂不是说，黄思凡做了你爹？"要不，就是，自己成了《射雕英雄传》里的包惜弱，嫁给害死丈夫的完颜洪烈做王妃，导致逆子杨康叛国。不行、不行，这个类比，更加不伦不类，更会被他取笑。谢雨越想越气恼、越想越羞愧、越想心里越麻乱。

随着铃儿的出生，一切被迅速改变了。铃儿天使般的笑容迅速融化了她内心的僵硬和愤恨，特别是那一左一右迷人的酒窝，直接触碰了她心里最深处的柔软。千真万确，铃儿的容貌，就是她和马卫东的二合一。

这一悄悄且重大的发现，彻底改变了谢雨的心境，也改变了她对黄思凡的态度。气头过去之后，她终于能够静下心来，好好审视和反省过去的事情。

黄思凡，这个"阴险"的家伙，背后放枪，的确可恶。但是，不能不承认，他的所作所为，目的和出发点，都是为了追求自己、为了得到自己。都是因为，他喜欢自己。只不过，方法不那么光明，手段不那么光彩；另外，重要的一点，这个"阴险"的家伙，虽说有重要情况隐瞒不报，但要说他是把自己欺骗到手的，也不符合事实。实际上，这么多年以来，黄思凡对自己痴心不改，人前人后、表里如一，尽心尽力地帮助谢家，无微不至地体贴自己。不能因为一件事，就把人家的好一笔勾销；另外，更重要的一点，对这个"阴险"的家伙，自己其实是有亏欠的，很大、很大的亏欠。大到一想起来，谢雨就脸发烧、心慌乱、手哆嗦。尤其是，当看到黄思凡对铃儿那么宠爱，捧在手心怕掉了、含在嘴里怕化了。真要说蒙在鼓里、蒙在特大号的鼓里的，其实是黄思凡呀。真要说骗的话，骗得更厉害的，其实是自己呀。

剪不断、理还乱。

事实上，她已经说不清楚，自己应该憎恨还是心疼，应该愧疚还是庆幸，应该高兴还是难过。

马卫东一直在她记忆深处，念念不忘。她不想记起，却也不能忘记。她只能从最开始，就给自己定下规矩，既然跟黄思凡在一起了，就好好专注对待他。思凡对自己既深情，也有恩情。

……

家是港湾，能避风雨。

风雨真正到来的时候，黄思凡决心挺身而出，捍卫港湾。

他并不畏惧风雨。事实上，从小读高尔基的小说，黄思凡一直对暴风雨的历练心驰神往。

只不过，这次风雨来得，确实异常猛烈。

陈志标我行我素，达标集团的房地产项目照常并且加快推进。

迷迷糊糊看着粗糙印制的拆迁置换协议书，拆迁户们几乎还没完全闹清楚怎么回事，就被强按了手指印，被驱赶着搬离了家园。林姓的两户人家奋力抗争，在自家已经残破的土楼上，垒满了石块、砖头，腰间还别了汽油瓶，头缠布条，打出横幅誓死捍卫祖屋。

台风来了。

政府颁布紧急命令，所有渔船驶进港湾，所有商户停业，所有车辆停驶，号召区域内城乡居民，立即行动起来，做好防台风救灾。

停水停电、漏风漏雨，林家土楼已经没有一片完整的玻璃，在电闪雷鸣中，风雨飘摇。

趁着夜幕的掩护，上百人的便衣打手攻陷了忙于救灾的两户人家。匆忙反抗的男女主人，都被打至不省人事，只剩下行动不便的老人孩子，无助地哭成一团。

暴风雨中，林家两栋房屋被摧枯拉朽地拆成废墟。

两家老小，连同几床铺盖，被乱哄哄的人群扔上卡车，又被丢进了近处的祠堂里。

天蒙蒙亮，伤痕累累的林家两对夫妇，带着老人、孩子一同到市府上访。

在市政府门前，绝望的男女主人，衣不蔽体、浑身伤痕血迹，加上垂垂白发的老人和哭闹的孩子，迅速吸引了路人的注意。围观的群众里三层、外三层，密密麻麻地挤占了市政府前面的路段。

受害人涕泪俱下，向周围群众一遍遍哭诉着遭遇。

激动时刻，林姓男主人声嘶力竭地嚎叫："既然，不让我们活，我就死给你们看！"随即，掏出了家里带来的敌敌畏，仰头喝下。幸亏，身旁有人眼疾手快，劈手打掉了瓶子。

可惜，男子已经喝下了半瓶，倒伏路边，奄奄一息。

空气中，弥漫了浓烈刺鼻的农药味道。

上班高峰期，聚集的人越来越多，道路已经严重瘫痪。"打倒贪官，严惩凶手"的喊叫声，从零星冒起，逐渐统一节奏，围观的人无论男女老幼都跟随着愤怒地呼喊。喊声震天，群情激昂，迅速演变成一场声势浩大的现场示威。此时，更多的群众，从附近、从更远的其他地方闻讯赶来，甚至已有媒体接报，架起了摄像机，进行现场报道。

这天，市里领导正忙，忙着接待省里来的精神文明工作检查组。突发状况，令市里猝不及防。有领导下令，立即想方设法，抢救受伤人员；同时，尽快恢复市府门前秩序。

保卫部门的负责人带着一队工作人员，好不容易挤进人群，还没来得及开口做宣传劝说工作，就被群情激昂的群众起哄，推搡拉扯到一边，淹没在人群里，不见踪影。

闻讯赶来的公安局治安大队，眼见情况失控，赶紧把服毒男子抬上警车运走，又对其他上访家庭成员采取了强行带离。同时，把为首鼓噪的几个群众，反绑了起来，进行现场控制。

控制过程中，情形却进一步失控了。

混乱中，有两名儿童被撞倒在地，还有一位年迈的白发老奶奶也被挤带着，擦伤了头部，额角处冒出了鲜血。眼见此情景，愤怒的群众瞬间将怒火射向了治安人员，无数的石块、酒瓶从四面八方飞来，砸得一队人七零八落，个个头破血流、哀号不已，甚至有几个队员衣衫不整、满脸是血地被绑在了路边树上示众。治安大队的两部巡逻车被众人合力推成底朝天，有几个年轻人兴奋地跳到上面，操着铁棍一通猛夯，巡逻车变成了两堆废铁。轮胎被卸下来点燃了，黑色的浓烟翻滚着，升上半空。骚乱的人群规模越来越大，后续赶来增援的警察又被汹涌的人潮冲击，分隔、分散开来。更多的人被群体的情绪点燃，随处捡了砖头、瓶子，往市府大院里扔。

一颗飞溅的火星变成了火苗，又迅速熊熊燃烧，汇集成冲天的火焰。素来安静的小城，竟然瞬间陷入了混乱，所有秩序一时瘫痪。

包括国土规划局在内，十多个政府部门负责人被连夜召集到市公安局开会，紧急商议平息事端，恢复秩序。

2.

马卫东和齐怀洲英勇救人，事迹迅速传播开来。

马卫东光荣负伤，更是牵动了无数人的心。每天众多的热心市民涌到医院看望英雄。为了维持秩序，医院不得不下达了访客禁令。街道、学校、市里、省里纷纷授予各级荣誉，对见义勇为行为进行嘉奖。各级各类颁奖纷至沓来，在医院病房内进行。

各级领导都很体谅，怕他激动影响了治疗，鼓励几句，把奖状、奖牌放下后就走了。刚开始，手术后的马卫东略微欠身，抬手示意；后来，静静地躺着、静静地听，一声不吭；再后来，还没等领导宣读完嘉奖，马卫东就开始狂躁不安，乱吼乱叫；到最后，还没进门，就被他饭碗、茶杯一通乱砸，慰问嘉奖小组站在门口，望而却步、面面相觑，掉头就走了。

双目失明，让马卫东陷入了狂躁。

医生说，这是此类病患者的典型症状。

齐怀洲也在同一家医院，治疗胳膊伤。正好可以日夜陪护马卫东。一个星期内，他任由马卫东胡乱抓扯，踢打摔砸东西。整个病区的护士，都惧怕马卫东的狂躁。每当看到马卫东嘶吼癫狂，齐怀洲都会忍不住地眼眶通红。

胳膊很快伤愈了，齐怀洲要返回工作岗位。

这天，储琴来了。

她和丈夫毕成一同来探望。

刚上到病房楼层，就听到马卫东歇斯底里的吼叫和茶杯摔碎的声音。

托着针盘的小护士惊恐地退到了病房门口。

齐怀洲一脸无奈地从病房走出来，见到储琴夫妇，连忙示意："没事、没事。"

夫妇俩站在门口，静静地注视着坐在病床上暴怒的马卫东。储琴开始止不住地抖动抽泣，毕成搂紧了她的肩膀。

"谁！你们是谁？"

马卫东察觉有人进来了，吼叫着问。

过了一会儿，储琴轻轻推开丈夫，默默走进了病房。

她拿起扫帚，开始清理满地的狼藉。

毕成走过来，接过簸箕出去倒了。

"储琴？"

马卫东侧着头辨识声音，不确定地问。

储琴正在收拾床头柜。

她点点头，一如往常，没有吭声。

"真的是你。"

马卫东难得地出现了短暂的平静。

"连你！你也来，看我的笑话！"

马卫东带着哀伤的冷笑，恶狠狠地说道。

"我没有。"

储琴静静地收拾着台面，小声回答。

"你有！你走！"

"我不用你来可怜我！"

马卫东咬牙切齿，脸部肌肉有些狰狞地抖动。

毕成回到了病房，悄悄走到储琴身边，搂着妻子的肩膀。

"我，没有。"

储琴依旧小声地说，只是声音微微有些颤抖。

……

高翔自告奋勇来轮替照顾。

他来的时候，储琴夫妇已经把病房里的用品统统换成了木制或塑料的，扛摔扛砸。

不过，高翔并不怕马卫东摔砸。

一物降一物。

高翔经常擦干眼泪，跟马卫东对着摔、对着吼、对着骂。

"你看看你现在这个样子，别说不像个英雄，简直都不像个正常人！"

"我就不是正常人。我是个瞎子，是个废人！"

马卫东吼叫着，脖子上的青筋暴露。

"谁说的，谁说你废了？张海迪，也是咱们济南人，人家高位截瘫，照样乐观生活；你忘了，保尔·柯察金，全身没有什么好地方了，坚持革命……"

"你滚！"

"我凭什么滚，我是你兄弟！"

……

两周后，高翔不得不滚了。

他走的时候跟马卫东紧紧拥抱了很久。

高翔一边擦眼泪，一边嘱咐："咱以后不乱发脾气了哈。"

马卫东点了点头，没吭声。

经过高翔两周的陪伴，马卫东真的安静了。他似乎骂够了，也砸够了，基本不再狂躁乱发脾气了。

"他不发脾气了，不见得是好事，反而更吓人了。"护士们悄悄地议论。

马卫东变得安静了，安静得一言不发。

医生说，这也是此类病患者的通常反应，属于第二阶段。

马卫东每天醒来，除了吃饭，就呆坐在椅子上，像石雕像，比睡着了还要安静。有时，护士大着胆子问，你在想什么呢？他沉默地摇摇头。

葛俊峰林若杉两口子的到来，让马卫东打破了沉默。

"东哥，你真地是，啥子都看不到喽！"

葛俊峰立在门口，看到双眼缠着纱布的马卫东，话还没说完，就咧开嘴，号啕大哭，声音震得天花板响。护士听到，吓得快跑过来，以为出事了。

反倒是马卫东没有被惊到。

几个星期以来，他居然第一次开口讲话，居然第一次露出了笑容。

"小葛撒，你个龟儿子。老子又没死翘翘，你嚎个锤子！"

林若杉扯着丈夫袖子埋怨："路上原本说得好好的，你看你，这没出息劲！"说完，她走过去轻戳马卫东的脑袋："你呀，都当英雄了，还是满嘴粗言滥语！"

林若杉数落着，两行眼泪静静地滑落下来。

当初，马卫东来四川时，看到自己大肚子的表情，是那么惊讶和夸张，还跟葛俊峰交头接耳、嘻嘻哈哈。林若杉揪着葛俊峰的耳朵说："胆敢取笑我！你们龟儿子，等着看吧，待美女产后恢复苗条了，就让你们开开眼，见识美的奇迹。"

"哎哟，不敢，可是不敢！"

葛俊峰被揪得龇牙咧嘴，踮起脚来。

林若杉身形恢复得很快，完全看不出是刚生了一对双胞胎的妈妈。然而不承想，再次见面，马卫东却变成这般光景，他已经不能开眼了，不能见识美的奇迹，连峨眉派第17代双胞胎传人长啥样，都来不及看到。想到这儿，林若杉鼻子一阵阵发酸。

他们两口子的到来，似乎让陷入巨大悲伤中的马卫东缓解了很多。俩人商量既然看不见了，就让东哥听听歌吧。

葛俊峰出去买了一把老式的吉他，试了几下，轻声地弹唱了起来。

一曲《月亮代表我的心》，马卫东听得很认真，边鼓掌边说："认识这么久了，还真不知道你小子吉他弹得好。就是歌，唱得实在太难听了。"

"抛砖引玉撒。"葛俊峰嘿嘿笑着,递过了吉他,"东哥,好久没听你唱歌了,给露一手呗。"

林若杉呱唧呱唧地鼓起掌来。

马卫东接过了吉他,犹豫了很久,拨动了一下,"噌"的一声,琴弦轻颤,响声悠长,仿佛一下触碰了马卫东心底,他的身体极其轻微地晃动了一下。

像是一对久未见的老朋友,吉他在马卫东的手中,熟练地拨弄着,发出了熟悉的旋律。

这真的挺神奇,什么都看不见了,马卫东的音准感觉,反而突然提高了很多。他一边哼着曲调,一边试探校准和弦。舒缓优美的乐曲,伴着他独特的烟嗓,再加上他弹奏的专注和演唱的深情,经常让葛俊峰和林若杉聚精会神地欣赏,连病区的护士们都被深深吸引了,听得入神。

常常,一曲结束之后,房间里一片安静,仿佛一根针掉地上都能听到。再过一会儿,大家回过神来,才不由自主地鼓掌。

林若杉说,东哥你弹吉他唱歌的样子好迷人,并悄悄给他画了素描。

画好之后,葛俊峰举着仔细端详,啧啧有声地赞赏。看着、看着,他又开始咧嘴,抽动鼻子。

林若杉赶紧连拉带拽,把葛俊峰轰到走廊去哭了。

3.

服毒林姓男子,经抢救无效死亡。

夜晚召开的紧急会议,宣布了省委省府的决定。根据统一部署,省里已派出工作组,督导市里全力侦办案件,彻查强拆事件,维护百姓权益。以公开透明的方式,还原真相,给民众以交代,还社会以信心。

湿地公园拆除事件,成为调查的重点。种种迹象表明,达标集团是矛盾的起因和焦点。

一场风暴,即将来临。黄思凡很清楚,自己卷入其中,已无可避免。

散会后,已是深夜。黄思凡知道,这将是一个不眠之夜。无论对于他,还是陈志标。

也许,会是最后一次会面。

尽管夜已深,他还是给家里打了电话,告知要去达标集团现场办公。嘱咐谢雨安顿好孩子休息,不要等他。

谢雨忧心忡忡地问他情况怎样,他说放心吧,他会处理好,就匆匆挂了电话。

星空下,椭圆柱体的达标集团大厦,高耸入云。抬眼望去,三十九楼的灯光依然明亮。黄思凡知道,董事长陈志标此时会在。黄思凡在楼前停了车,想了想,顺手把防盗锁放进了公文包。

电梯门打开,俩人几乎撞个满怀,不约而同惊讶道。

"是你!"

陈志标身穿灰色风衣,衣领竖起,提着黑色的高级密码箱。不同以往的儒雅从容,此时的他,略微显得神色紧张。身旁跟随着司机张挺,两手都拎着大行李箱。见到黄思凡,张挺也吃了一惊,目光里瞬时闪过一丝凶狠。

"陈董事长,深更半夜,这是要去哪里啊?"

张挺听了,眉头一皱,向前探身,就要动手。

"嗳,"陈志标轻轻抬起右手,手掌停在张挺胸前,示意住手,"我跟黄局长,也是老朋友了。相请不如偶遇呀,我也正有几句话,想跟黄局长说。"

说完,他让张挺先下楼,去车上等。

"黄局长,你看,要不要再进去喝杯茶?"

陈志标说着,转身优雅地做着请的手势。

"我没有这份雅兴啊。事到如今,陈董事长就不必再演戏了。"

黄思凡原地不动,冷冷地说。

"说到演戏,"陈志标微微一笑,习惯性地用手扶了扶金丝边眼镜,"人生,本来就是一场戏。每个人都在演戏,你我都不例外。你黄局长,又何尝不是呢?只不过,有时,你在戏里;有时,你在戏外。"

"你的戏,可是唱到剧终了!"

黄思凡冷冷地扫了一眼陈志标手提的密码箱:"你这是,准备跑路了,对么?"

陈志标听闻先是怔了一下,随即就耸了一下肩膀,宽厚地笑了笑。

"思凡,话不要说得那么难听嘛。就像刚才说到的,人生如戏,有时艳阳高照,有时难免风雨。咱们呀,得懂得,看天气、知冷暖、识进退呀。"

"早知今日,又何必当初!你现在不是知退,你这是想畏罪潜逃!"

黄思凡手指对方,厉声呵斥。

陈志标无奈地摇了摇头,轻轻指指自己胸口道:"陈某人扪心自问,至今并未做过,对不起思凡兄弟你的事情。你又何必,如此咄咄逼人呢?"

"你我个人之间,算不得什么!"

"你这样讲,还是让我有些难过的。"

陈志标摇摇头,放下了密码箱。说着,他摘下眼镜,从口袋里掏出绒布,轻轻地擦拭着:"毕竟是兄弟一场啊。"

"兄弟?"

黄思凡冷笑道:"你从一开始,就设圈套算计我。我只恨自己,当初眼瞎认错了人!"

"想当初,我对你和谢雨可是有恩,现如今,你却恩将仇报。"陈志标的双手一摊,表示无可奈何。

"但是,只要你现在和以后,保证不再为难我,这五年的转账记录,我可以当你面烧掉。神不知鬼不觉,你好我好,一了百了。"陈志标接着补充道。

"少来这套!你对老百姓心狠手辣,现在惺惺作态,想瞒天过海。"黄思凡怒目圆睁,"今天,我决不会放你走!"

陈志标定定地看着黄思凡,做出难以置信的表情。

他略带苦笑着说:"不放我走?就凭,你?"

说完,他不慌不忙地戴上眼镜,提起箱子,挺直了胸膛,信步向前。

"既然如此,就请让开。"

黄思凡劈手去夺他的箱子。陈志标左腿往后撤步,手臂顺势一扯,黄思凡踉跄着被带出好远,险些跌倒。

黄思凡忽然意识到,自己大意了。他定了定神,又冲了上来,伸手要抓陈志标的衣领。陈志标迅疾一个侧身,左手抓住了黄思凡的手背,顺势向下用力一扣,已经听到喀喀喀骨头折断的声响。

瞬间的剧痛,让黄思凡额头冒出豆大的汗粒。对手力气之大,动作迅雷不及掩耳,疾速又到位,完全超乎自己的想象。强忍剧痛之际,黄思凡心里暗暗吃惊,这么多年,自己对这个人如此身手,居然一无所知。

陈志标看着狼狈不堪的黄思凡,轻蔑地一笑,转身要走。

这时，电梯门又打开了。

谢雨出现在电梯口。

她被吓傻了，呆若木鸡地看着眼前这一幕。

"你、你怎么来了？铃儿呢？"

黄思凡急切地问。

"我、我，不放心你。"谢雨浑身颤抖，声音也在颤抖，"铃儿，放去叔叔家了。"

"你快走！"

黄思凡怒吼着，打断了谢雨。

不待谢雨移动，陈志标上前一步，一手牢牢掐住了她的脖子。谢雨丝毫没有反应过来，束手就擒，疼得满脸涨红。

"放开她！"

黄思凡被陈志标突如其来的举动，彻底激怒了。他不顾一切地又扑了上来。

陈志标把谢雨拽离了电梯口，压住她的脖子，猛然平起一脚，正中黄思凡小腹，将他飞踹出四五米远。黄思凡身体重重地摔在墙壁上，后脑又撞到了墙上，公文包掉落一旁。他捂着胸口，斜靠着墙，大口地喘息。

谢雨惊恐地看着，想要喊叫，却被死死地扼住了脖颈，动弹不得，呼吸也变得困难。

因为刚才突然发力过猛，陈志标额头有一缕头发耷落。他慢慢放下左手的密码箱，气定神闲地整理了一下发型。

见谢雨张着嘴，呼吸困难，黄思凡心急如焚，挣扎扶着墙起来。

"这是，你我之间的事。你放开我老婆！"

话音未落，黄思凡又扑了过来。

还没到跟前，陈志标提起地上的密码箱，迎面一挥，重重地拍在他脸上。黄思凡再次被砸倒在墙根。

黄思凡感觉脸上热热乎乎，有东西在流动，视线也模糊了，双手一抹，才知道鼻子、嘴巴和脸颊都在不停地流血。

"你老婆？"

陈志标嘴里啧啧有声，鄙夷地看着黄思凡。

"我差点忘了告诉你。当初，你让我调查马卫东的资料，我遵照你的指示调查了，也举报了。调查到后来，我还发现了更有意思的事情。"

陈志标轻蔑地看了一眼像猎物一样，被他攥在手里的谢雨。

黄思凡惊讶地望着陈志标那张越来越阴森的面孔，露出从没见过的狞笑。

"在你们登记之前，她，这个贱货。"陈志标指着谢雨，"她又去找那个马卫东了。那个铃儿，呵呵，也是马卫东的种！"说完，他仰天大笑："你这个白痴，可怜虫！"

黄思凡听了，无助又哀伤地看看谢雨。

谢雨在陈志标牢牢的钳制下，痛苦地挣扎，开始干呕。

"贱人，我不妨，也告诉你一个好消息！"陈志标低头对着胳膊下的谢雨，冷冰冰地说，"你的那个马卫东，如今，已经变成了瞎子，成了一个废人！"

"你个！混蛋！"

黄思凡猛地从地上爬起来，拎着公文包"嗷"的一声嘶吼，再次扑向陈志标。

突然，陈志标的左手里，出现了一把冰冷的手枪。

枪柄闪着寒光，黑洞洞的枪口正对着黄思凡。

黄思凡瞪大了眼睛,眼珠几乎要跳出眼眶。电光火石之间,他愣了一下,随即,整个人又飞扑上来。

陈志标闪身举枪的片刻,谢雨突然抓住他持枪的手,张嘴死死地咬住了他的手背。突如其来的剧烈疼痛,让陈志标倒吸一口凉气。他咬住牙关,不让手枪滑落,更加发力压低了谢雨的头。

猛然间,陈志标用力抬起右腿,膝盖重重地顶上了谢雨的下颚。

谢雨一声惨叫,满嘴是血地向后摔倒在墙角。

两眼血红的黄思凡已经扑到跟前。

此时,刚刚腾出手来的陈志标强忍疼痛,扣动了扳机,然后,就势伸出胳膊,抵挡黄思凡劈头盖脸砸下来的公文包。

"咔吧"一声脆响,防盗锁重重地砸断了陈志标的胳膊。紧接着,又是一声闷响,他的额头被重重一击,渗出了血。

陈志标缓缓地倒下,歪歪扭扭躺在电梯口。

黄思凡趴在地上,满脸是血,嘴角和鼻孔处还不时冒出血泡。随着视线逐渐模糊,他的嘴角露出了一丝惨笑。

听到枪响的张挺,还没来得及冲上楼,就已经被赶来的警察缴了械。血迹斑斑的三个人分别被送上了救护车。

伤愈不久,黄思凡就被收押了。

服刑期间,谢雨每周抱着铃儿来探监。

从一开始,黄思凡就提出了离婚的请求。谢雨听了,低头不语。黄思凡接着催问,谢雨抬起头时,已经满脸是泪。

"思凡,你还在,怨恨我,是吗?"

黄思凡想去抚摸谢雨的脸,手触碰到钢化玻璃,又缩了回来:"我、我,怎么会,怎么会恨你。"

黄思凡的眼睛里闪烁着泪花:"要说恨,我只能恨我自己,当初不该……"

谢雨流着泪摇头。

"思凡，求你别说当初了。"

"好、好，我不说。"黄思凡深情地望着谢雨，柔声地问，"那你呢，你会怨恨我吗？"

谢雨使劲摇着头，眼泪扑簌扑簌地往下掉。

"那、那，谢雨。"黄思凡犹豫着，憋红了脸，怯生生地问，"你，爱过我吗？"他焦急地望着谢雨，眼神里充满紧张和期待。

谢雨泪眼婆娑地看着黄思凡，缓缓地、用力点了点头。

黄思凡松了一口气，眼里噙着泪水，微笑着。

"那好、那好。"他轻轻嚅动着嘴唇说，"既然这样，你答应我，跟我，离婚。"

谢雨不敢相信地望着他，一边哭泣，一边摇头。

"思凡，你在说什么呀。"

"我是认真的。"黄思凡擦掉眼泪，"铃儿，应该，回到她的父亲，身边。"

黄思凡说着，无限怜爱地注视着铃儿。看着铃儿胖嘟嘟粉嫩的脸蛋，又情不自禁地想伸出手去抚摸。铃儿见了高兴地咧开嘴，笑着张开了双臂，身子努力向前探向他。

黄思凡再次泣不成声，浑身抖成一团。

"我不会离婚。"

谢雨坚定地说。

"你听我说，谢雨。十几年，太漫长……"

"十几年。"还没等黄思凡说完，谢雨就哭着打断了他，"我曾经等过。"

黄思凡愣住了，似乎没太听清。

"可是，铃儿长大的过程，她不能没有父亲。"

"我会送她去，她父亲那里。"谢雨点点头，把手伸过去，隔着玻璃窗放在黄思凡的手心里。

"我会等你。"她轻声说道，"无论再长的时间。只要我在，就不会，离开。"

黄思凡一边听，一边哭。

哭着哭着就笑了，笑着笑着又哭了，像个孩子。

……

第三阶段，适应期的心理治疗顺利结束。

马卫东要出院了。

中午时分，窗外阳光正好。

马卫东坐在床上，背靠着墙壁，怀抱吉他，头上缠着薄薄的一圈绷带。

"你这脸上缠着绷带，面前搁个碗，再抱上吉他，这个惨劲儿的，我都忍不住要给你扔钱了。"林若杉嘟囔着，摸出副墨镜给马卫东戴上了。

葛俊峰正要怪媳妇嘴刁，还没来得及张口，马卫东似乎看到了一样，笑着摆手制止了他："若杉说得对，能这么快出院，还有你们在身边，我是很幸运的。哪好意思再卖惨呀。"

护士们抿嘴笑着，纷纷夸马卫东戴墨镜的样子帅。

马卫东顺竿爬，就要她们详细描述一下，怎么个帅法。有个护士小妹羞涩地说，你脸庞方正、鼻子挺拔、皮肤又白，戴了墨镜特别神气。

大家纷纷说是。

葛俊峰一拍大腿说："想起来了，特别像麦克阿瑟，叼着烟斗，登陆菲律宾的样子。"

马卫东听了得意地笑了。他戴着墨镜笑起来,嘴角略微向上歪翘,有些坏坏的样子,相当吸引护士们的目光。

装了义肢的葛俊峰如今行动自如,跟常人一样。他忙前忙后,办出院手续,一会儿又跑下楼说去找人了。再过一会儿,又呼呼跑了上来。

出现在门口时,葛俊峰手里牵了个两三岁的小女孩儿,是铃儿。这时,马卫东正在轻拨琴弦,小声地哼唱。

我知道你会这么想

把我想成变了样

我不怪你会这么想

换了我自己也一样

你知道我会这么想

我会把你想成怎么样

你不要怪我这么想

换了谁都

都一样

那天晚上

有美丽的月光

没和你走在小路上

那天晚上

有美丽的月光

没让你依偎我身旁

铃儿被吉他旋律和歌声迷住了,靠在葛俊峰的腿前,安安静静地听着,和身后的大人们一样。

一曲《那天晚上》唱完了,铃儿带头拍起了巴掌。

铃儿见了马卫东，一点也不怕生。咚咚咚咚跑过去，鞋也不脱，双手扒着床沿，使劲扭动身子，努力爬了上去。她学着马卫东的样子，靠墙坐着，然后，贴近了马卫东的脸，饶有兴致地看着戴墨镜、弹吉他的这个人。

马卫东听到了铃儿呼哧呼哧的喘气声。呼到他脸上的气息，有股甜甜的奶香，他的脸被吹得暖暖的、痒痒的。

"你唱歌，真好听。"

铃儿奶声奶气地说，扬起粉嘟嘟的脸蛋，眼睛忽闪忽闪看着马卫东。

"谢谢，谢谢小妹妹。"马卫东微笑着面对铃儿，"你喜欢听呀？"

"喜欢，我要你再唱给我听。"铃儿伸出小手，拍打着吉他。

"好呀。"马卫东柔声地问，"你是谁呀？"

铃儿瞪大了眼睛，凑得更近了，模仿着他的音调："你是谁呀？"

"我叫马卫东，你呢？"

马卫东微笑着，抚摸着铃儿的头发。

铃儿调皮地把头往他手里拱："我叫，铃儿！"

"你爸爸是谁呀？"

"我不知道。"

"那你妈妈，是谁呀？"

马卫东被她逗笑了。

铃儿扭头看着门口。

在林若杉的搀扶下，谢雨紧紧捂着嘴巴，身体颤抖着，眼泪夺眶而出。

铃儿看到妈妈哭得伤心，就怯怯地叫了一声："妈妈。"

病房里鸦雀无声。

马卫东已经把脸侧向门口方向，静静地辨识声音。

渐渐地，马卫东的呼吸开始变得不平静，越来越急促。不知什么时候，两行眼泪从墨镜的后面流淌了下来。

"谢雨？"

马卫东声音颤抖着问，挣扎着要下床。

铃儿吓得赶忙退后几步去找妈妈。

林若杉松开了手，谢雨跌跌撞撞几步，无力地挨倒在了病床边。她泪流满面抽泣着，说不出话来。马卫东摸索着，拉住了床边谢雨的手："小雨，真的是你？"看着泪眼婆娑的妈妈，铃儿心疼地偎依过去，也不禁伤心地哭了起来。林若杉抹着眼泪，上前轻轻把铃儿拉开了，带出了病房。

病房里，所有人都跟着静静地出去了。

葛俊峰最后离开，轻手轻脚地关上房门。

马卫东背靠着墙壁，双手捧着谢雨的手，把脸紧紧贴着她的手心。过了好久，他开始哽咽着叫谢雨的名字，却不知道说什么好。

听到马卫东熟悉的声音，叫出自己的名字，如同钢针一般，直插心里，谢雨浑身一阵颤抖。

她撑着床沿站起来，头靠在马卫东的肩上抽泣。随着一声"卫东"，她的泪水像开了闸泄洪，尽情地奔涌。

……

也不知过了多久，直到哭得脸部肌肉开始酸麻，没了力气，在马卫东轻轻的抚拍下，谢雨渐渐安静了。

平静下来后，俩人开始讲起这些年、那些事。

"黄思凡，他还好吧？"

谢雨轻轻嗯了一声。

"第一次去广东时,我就提醒过你哩,申领补贴哪有那么容易。哼,可惜呀,你当时被那个帅哥师兄迷昏了,听不进去哩。"

谢雨默默听着,没有吭声。

"其实啊,主要怪我糊涂。当时,只是嫉妒你,身边有这么个有颜值、又有官职的师兄,再加上,他那么热心主动地帮你。我就暗自担心他追求你,其实,压根不是我看出了补贴的问题。"

马卫东讲得饶有兴致,谢雨抬头看了看他。

"不过呢,后来的事实也证明了。我的担心并非多虑。"马卫东歪着脑袋盘算。

"嗯,这么说起来,也没有冤枉那家伙。黄思凡确实从一开始,就对你没安好心。"马卫东假装生气,语气里却没有不快。

谢雨依旧没有吭声。

过了好一会儿,她轻轻叹了口气,犹豫着说:"真是可惜,我至今也不敢相信,当初,居然是他举报了你。"

"哎,用词不当,这有什么可惜的,"马卫东爱挑人口误的毛病没变,他不以为然地说,"其实,这事你不说,我也早就知道了。"

石破天惊的话从马卫东嘴里说出来,却是如此平静。谢雨惊讶不已。

"你?你什么时候知道的!"

"你是怎么知道的?你为什么没有告诉我呢!"

她急切地抓着马卫东的胳膊,连续追问。

"早在案件审理过程中,律师从各当事人的供述和各渠道的信息,综合分析后,就对举报源头有大致判断了。"

马卫东轻轻拍了拍谢雨的手,语气平静。

"那,那你?"

谢雨难以置信，一时不知道该说什么好。

"其实，黄思凡做得并没有错。我确实触犯了法律，就应该承担后果。"马卫东说着，长长地呼了一口气，"不仅如此，黄思凡后来对你说的，也没有错。即使他不举报，也会有别人举报。被牵连的受害人越来越多，红日投资迟早也会东窗事发。越早查处，后果越轻些，罪责也越轻些。从这个角度来说，我不仅不应该恨，相反，我还应该，感谢他。"

这个信息来得很突然，突然到谢雨有些发蒙。她轻声地说，像是喃喃自语："这么说，你没有怪他、没有恨他？"

马卫东摇摇头，随即却又道："不管是帮扶玩具厂，还是写信举报；不管是给妹妹弟弟做饭，还是教你打网球，要说这个黄思凡目标明确、处心积虑，可真不算冤枉他。"

听出不满的语气，谢雨就抬起头看他。

马卫东低下头，似乎能看见正望向自己的谢雨。

"要说起来，这个黄思凡，也不是坏人。他所做的一切，都是为了你。要怪，只能怪，这个师兄，对你用情太深。"

说着，假装埋怨地用手指点了点谢雨的头，马卫东感叹道："人这一辈子呀，有些恩、有些情，欠了可不好还啊。"

4.

马卫东出院时，齐怀洲戴琳琳、高翔小梅、葛俊峰林若杉、储琴毕成四家人都到齐了。大家约好一起吃个饭，聚在一起挺不容易，既是团圆，也是道别。之后，几家人就要各回各家，谢雨也要带着铃儿回广东了。

黄思凡嘱咐的话，谢雨只做到了一半。她带着铃儿，见了马卫东，但是并没有把铃儿留下来。她甚至，没有跟马卫东讲，铃儿是他的女儿。

为此，谢雨犹豫过，反反复复。

马卫东双目失明，适应新生活有个过程，自顾不暇尚需护工照顾。铃儿留在身边，尽管是个慰藉，但是对于马卫东来说，要把她拉扯长大，肯定难上加难。

也不是没试过。

趁着女儿高兴，谢雨问："铃儿，你就留在这里，好不好？"

乖巧可爱的铃儿正在床上欢快地蹦跳，一下子呆愣住了。过了好一会儿，她眨巴眨巴眼睛，抿紧了嘴唇，带着哭腔问："妈妈，你不要我了吗？"

那一瞬间，谢雨的心像被狠狠地抽了一鞭子。

她甚至突然想起，马卫东讲述过很多次的上海经历，念念不忘的童年分别。

"铃儿乖，铃儿不哭。"谢雨把铃儿拉过来，紧紧地搂在怀里，"妈妈不会离开铃儿。"

铃儿一边嘤嘤地哭，一边上气不接下气地说："我不要，不要离开妈妈。妈妈，在哪里，铃儿就要在哪里。"

"好、好。"谢雨把铃儿横着抱在怀里，"妈妈不会离开铃儿。妈妈在哪里，铃儿就在哪里。"

她一边说，一边用手指在铃儿身上点。

"妈妈，在铃儿的，眼睛里；在铃儿的，耳朵里；在铃儿的，嘴巴里；在铃儿的，心里。"

说到哪儿，手指指到哪儿。

铃儿眼角还挂着大颗的泪珠，已经咯咯咯地发出欢快的笑声，银铃一般。

……

席间,大家有说有笑,马卫东心情很好。

叔叔阿姨们都爱跟铃儿逗乐。铃儿也喜欢跟大家玩儿,端着水杯要挨个跟大人们"干杯"。

轮到跟马卫东"干杯"时,铃儿很大声地提出要求。

"你唱歌很好听,我想听你唱。"

大家纷纷鼓掌:"那就来一个呗!"

马卫东笑着说:"好啊,铃儿,想听什么,我就唱什么。"

铃儿歪着头,想了想说:"那你,跟我妈妈一起唱!"

大家掌声更加热烈。

俩人被推着离席,站了出来。

"我会唱的歌,真的不多。"谢雨笑着,拿不定主意。

铃儿蹦跳着说:"就唱,你经常唱给我听的,《天仙配》!"

马卫东说:"那铃儿,也要一起唱。"

铃儿蹦得老高,拍手叫好。

"树上的鸟儿成双对,绿水青山带笑颜。你耕田来我织布,你挑水来我浇园……"

谢雨起唱,落落大方。马卫东也放得开,声音洪亮。铃儿欢快地蹦蹦跳跳,清脆的声音夹在中间。

谢雨嗓音甜美,唱起黄梅戏来依旧四是不分,马卫东听着格外熟悉动听。一曲结尾时,他俩又默契地摆出了一站一蹲,共同遥指远方的造型。铃儿不失时机地凑上前,偎依在俩人中间。

大家鼓掌跺脚欢呼,还有人敲桌子,热闹欢乐。

时间,仿佛回到那一年。

……

铃儿见到马卫东就特别黏,俩人之间的亲昵似乎天然。这让谢雨看了很欣慰,觉得算是了了一半的心愿,还有一半的心愿,她藏在心里,谁也没有说。

谢雨没有告诉马卫东的事,身边的人都猜到了大半。

"你觉得铃儿像谁?"

林若杉问葛俊峰。

"像辣个?"

葛俊峰反问。

"问你呢!"

"嗯。"葛俊峰挠挠头,想了想,"像谢雨!"

"还像谁?"

"还像辣个?"

葛俊峰不明所以。

"对,还像谁?"

林若杉目光炯炯盯着他。

"还像,像你!"

葛俊峰被盯得慌,慌忙给出答案。

"胡说!"

丈夫经常讲话无厘头,这么些年,林若杉拿他没办法。

她拽着葛俊峰的衣领,拉近了提示。

"你再好好想想!"

"铃儿的鼻子、铃儿的嘴巴,还有,铃儿的酒窝,左边一个,右边一个……说,像谁!"

"噢！"

葛俊峰眨巴了半天眼睛，终于醍醐灌顶、如梦初醒，嘴巴张得像竖着的鸡蛋。

"东哥撒！真地是像哦，简直就是，一模一样哩！"

群众的眼睛都是雪亮的。

其实，高翔两口子第一眼见到铃儿时，就不约而同地牵起手，互相暗暗用力地掐对方。

"这不，就是……"

高翔几乎冲口而出，被小梅猛然拽住，瞪眼喝止了。

两人扭头跟齐怀洲两口子对望时，彼此脸上都是神秘喜悦，写满了"是的是的、收到收到"。

葛俊峰和林若杉送谢雨母女去机场。

在车上，葛俊峰眉飞色舞地给铃儿讲峨眉派的传奇故事。铃儿听得很入神，瞪大了眼睛，不停地拍掌，大声宣布："我长大了，也要做师太。一身绝世武功，嘿嘿，哈嘿！"

林若杉听了，气得连连吓葛俊峰，追着用手指去戳他的后脑勺。

下了车，去安检的路上，铃儿欢快地骑在葛俊峰的脖子上，继续嘿嘿哈嘿。

林若杉挽着谢雨，俩人说悄悄话。

"我曾经，也很喜欢马卫东。"

林若杉想把多年前的小秘密告诉谢雨。

"嗯，我知道的。"

谢雨轻轻地点头。

"啊，你什么时候知道的呀？"

"从一见到你。你看我的眼神、你看他的眼神，我就猜到了。"

"哎呀,你说我这人,怎么这么失败啊。真是的,当时喜欢的人,不喜欢我。后来,以为无人知晓,却早已被你看穿。"

林若杉有些懊恼地撇嘴。

"你哪里失败啊。听卫东说,你去四川寻找心中的美。最终,你不但找到了美,还找到了真爱。"谢雨微笑着说,"多少人,都羡慕你呢。"

"是啊,也是到了后来,我才知道,什么才是我真正想要的,什么才是真正属于我的。"林若杉望着前面兴高采烈驮着铃儿的葛俊峰。

葛俊峰好像在跟铃儿激烈地争论,峨眉和少林,谁更厉害。

广播开始提示登机。

在安检口前,她们站住了。

像是争取时间,谢雨紧紧地拉住了林若杉的手,再次嘱咐:"拜托你们,一定要来找我。记得,答应过我,年底,一定要来啊!"

说着,她既恳切又焦急地看着葛俊峰。

铃儿也大声地嘱咐葛俊峰:"峨眉大侠,说话算数,不许赖皮。一定要来,找我玩儿!"

葛俊峰忙不迭地连声答应:"一定来、一定来。来看你,来找铃儿玩儿。"

"你和葛俊峰很幸福。"谢雨望着林若杉,"比我、比我们……幸福。"

林若杉本想安慰她,一时没想好怎么说。

谢雨继续微笑着说:"幸福,就应该像你们俩这样。相信真爱、找到真爱,并且,守住了真爱。"

林若杉低头想了想说:"其实,在我们看来,你一直都在。在马卫东的心里,你从未离开。"

"从未、离开,从未……"

谢雨轻声地呢喃重复。

她拉住林若杉的手,轻轻地叹了口气。

"很可惜。我和他之间,也许就像我们的名字……"

"什么?"

林若杉望着谢雨,不解地问。

谢雨的眼圈开始有些微红。

"就像,我和他的名字,东边日出西边雨。终归,没能在一起。"

5.

第二年的夏天,手术很成功。

马卫东接受了眼角膜移植,重见光明。

在"旧城往事"最大的包房里,马卫东的父母宴请亲朋好友。已是白发苍苍的马尚安,明显地驼背了。他走上主席台,激动得热泪盈眶,说这是我们家卫东的重生啊。

马卫东和妈妈的年龄都在增长。上了年纪的王药师总是喜欢拉着儿子盯着看,喜不自禁地怎么都看不够。

"妈,你在看什么呢?"

每回妈妈在自己脸上不停地左看右看、上看下看,马卫东总被看得有点不自在,甚至有时候,还会有些不耐烦。

"你看看你啊,盯着看个没完。卫民、卫东现在可都是中年人喽。你还当是小孩子,看个没完呢。"马尚安经常劝她,见没反应,就问:"我说,你在儿子脸上找什么呢?"

"我就是,端详端详。"

王药师喃喃自语，算是回答。

这些年，王药师的眼底黄斑病变越来越严重，看什么东西都看不清，只能是个大致轮廓。马卫东不再躲了，每回总是主动凑近了、再近一些，想让妈妈看个清楚、看个够。

可惜，王药师眼力越来越不济，再也看不清楚了。

"哎哟，我可是知道眼睛看不见的滋味，真遭罪哦。"王药师说起儿子复明，不禁揉搓干涩昏花的眼睛，"俺儿子，万幸啊！"

宽敞的大厅里，摆放了三张大台，按照年龄段排了座位。齐怀洲夫妇带了妈妈和姐姐姐夫参加。

同桌的还有马卫东的哥哥。

已是大校军衔的马卫民，常年戍边。大家难得一见，纷纷夸赞他一身戎装，帅得不要不要的。进门时，马卫民就紧紧地抱住了马卫东，左看右看、上下打量，扭头对着爸妈咧嘴爽朗地笑道："弟弟，还是那样！"

大家在一起，共同感怀，说不完芝麻谷子的陈年往事。

趁着热闹劲儿，高翔提议接龙背诗词。

"为卫东、为我们；为今天、为过去。"

"我提议，我先来。"高翔站起身，说是抛砖引玉，"为卫东，从最黑暗中走出来。"

"历尽劫波兄弟在，相逢一笑泯恩仇。"

高翔触景生情，话刚出口，已经快把自己感动得哽咽了。

"哎呀，不行不行。"小梅连连摇手，"兄弟在，那我和储琴呢。再说了，哪里有仇嘛。"

众人纷纷附和，要求高翔重新来。

高翔只好再来。

"落魄江湖载酒行，楚腰纤细掌中轻。

十年一觉扬州梦，赢得青楼薄幸名。"

一桌男士纷纷摇头晃脑，啧啧赞叹高翔名士风流。

储琴也不禁莞尔。

小梅生气，使劲儿地撇嘴。

齐怀洲接道：

"少年易老学难成，一寸光阴不可轻。

未觉池塘春草梦，阶前梧叶已秋声。"

大家颇有同感，纷纷赞好。

储琴接的是：

"楼外垂杨千万缕。欲系青春，少住春还去。犹自风前飘柳絮。随春且看归何处。"

马卫东默念着这首词，不禁想起当初，在与家尔玛的竞争中败下阵来，自己第一次选择了离开。储琴曾说过："你回来，我就回来。"

那场景似乎与这首词呼应，一晃已过去多年。

到葛俊峰了，他抓耳挠腮想不出，便推举夫人代劳。

林若杉微微一笑说：

"劝君莫惜金缕衣，劝君惜取少年时。

花开堪折直须折，莫待无花空折枝。"

"好诗！"

众人夸赞，纷纷鼓掌。

看马卫东出了神，掌声随即停了下来。

"是啊。"马卫东见大家都在望着自己，微笑着说，"人生啊，永远不知道，明天和意外哪个会先到。能做的，也仅有珍惜当下。"

"之前，我就是没有参透这一点啊。等待、等待、再等待，辜负了……"

马卫东沉思半晌："辜负了时间。"

"你这磨叽半天，该接诗词了啊！"

高翔瞪眼催促。

"林花谢了春红，太匆匆。无奈朝来寒雨晚来风。胭脂泪，相留醉，几时重，自是人生长恨水长东。"

众人听完，再看马卫东，他念完这首词时，似乎人已入定，又像是魂已出窍。

"好啊，简直是太好喽！我听到喽，这首词里有东哥撒！"葛俊峰对不上诗词，但是爱听，一直咧着嘴，呵呵傻笑。

"去去去！"林若杉嫌他理解得浅，"有东字，就是你东哥？那里面，还有本姑娘的姓呢！那里面，还有谢，还有，雨……"

林若杉一边数落，一边似乎明白了什么，声音越来越小，直至悄悄收了。

……

高翔受不了冷场，就逗葛俊峰："久闻葛大侠威名，叱咤风云。"

马卫东就说起校园过往二三事。比如，比赛中三千米少跑一圈，一千五百米多跑一圈；工作后，八大金刚失而复得，奠定东雨基础等等光辉事迹。

每说一样，葛俊峰就诚恳地点头。

"确有此事，确有此事。"

大家笑作一团。

再说到后来，大地震期间，葛俊峰连夜赶赴家乡救灾，英勇负伤，众人无不面露钦佩。

葛俊峰起身答谢，拱手作揖说，好汉不提当年勇。

林若杉拉起丈夫的手,走到场地中央,环顾四周说:"如今我们家俊峰,风采不减当年。"然后,就要葛俊峰现场露一手,当年迷倒小师妹的绝活。

葛俊峰拗不过,扎马步施拳,一招白鹤亮翅,几个披掌踢腿后,突然纵身跃起,高高飘逸地凌空侧翻。看得大家目瞪口呆,掌声雷动。

年纪越大,马卫东的父母对他从小到大的狐朋狗友,越是喜欢。高翔嬉皮笑脸地说:"那是呀,我们可都是卫东,忠诚的、久经考验的战友了。"小梅听了就呸他说:"都当了高级编辑了,嘴里还是吐不出象牙。"

王药师感慨道:"这么多年了,卫东磕磕绊绊,能走到今天,多亏了有你们帮忙啊。"她感激地看着每个人,接着说:"这次,卫东的眼睛,能够重新看得见,也多亏了,有好心人,捐献了眼角膜。"

说着,她哽咽着,去揉干涩的眼角。

马卫东搂着妈妈,抚摸着她满是皱褶的脸。

"是啊,不知怎样,才能报答恩人的家属。捐献人不肯透露信息。"

……

葛俊峰和林若杉不约而同对望了一眼。

年底的时候,谢雨再三打来电话,不是催促,而是恳求。

恳求他们,说话算数,去趟广东。

谢雨近乎带着哭腔,说有非常重要的事,并且还特意叮嘱,不能让马卫东知道。

谢雨语气的神秘和急切,搅动得葛俊峰夫妇心神不安。商议之后,俩人动身了。

谢雨带着铃儿,在机场出口处翘首以待。

不停张望的铃儿最先发现了葛俊峰，扯着妈妈衣袖喊："我看到了，峨眉大侠！"铃儿撒开双腿，飞奔过去。葛俊峰甩开行李箱，把扑进怀里的铃儿，高高地托举起来。两个人都分外欢喜，欢快地叫着。

林若杉上前和谢雨高兴地拥抱。她说："昨天，我们那里还在飘雪，这边已经穿短袖了。"

上下打量了一下，林若杉捏捏谢雨的胳膊说："哎哟，你这跟我比，反差可忒大了。你本来就苗条，可不能再瘦了啊。"

谢雨的家是小三居室，紧凑整洁。与林若杉在照片里看过的大不一样。一问，原来那个老宅和工厂二合一的大院子，早已经卖了。

谢雨的妹妹去上海上大学了，弟弟交给了叔叔婶婶带着。谢雨说她准备让铃儿，还是回北方，跟着马卫东。

玩儿累了的铃儿睡熟了，三人笑呵呵欣赏了她的睡姿，轻手轻脚走出卧室，去了书房。说是书房，天上地下都是铃儿的玩具公仔。

谢雨收拾着铃儿的画笔说："卫东是铃儿的亲生父亲。我想，你们可能也猜到了。"

"猜到了，猜到了！"葛俊峰一听，就很兴奋地说，"若杉，她第一眼看到铃儿，就猜到，是东哥的了！"

林若杉冲他瞪了一下眼："打住，这你也要吹！"

葛俊峰缩了一下头说："又拍到马蹄子上了。"

谢雨笑了笑说："不用亲子鉴定，血型已经证明了。其实，光看长相就足够了，铃儿越大就越像他。"

"对头，对头！"

葛俊峰又忍不住说："铃儿骑在我头上玩儿的时候，我抬头看她，她正低头笑嘻嘻地看我。乖乖哦，简直就是东哥在看我撒！"

林若杉听着费劲，不禁无奈地摇了摇头。

俩人对谢雨的打算都觉得很意外。

葛俊峰说:"虽说,铃儿见了东哥很亲。但毕竟,东哥的眼睛那样,照顾铃儿还是蛮难的哩。"林若杉也说:"再怎么说,也是你照顾得会更好些。况且,你舍得把铃儿送走啊?"

谢雨听了,眼圈就红了。

"我怎么可能舍得。"

谢雨转身去抽屉里拿了本病历,递给了林若杉。

林若杉看了一会儿,眼泪就模糊了视线,拿着病历的手开始轻微抖动,接着,肩膀也开始抽动起来。

"怎么,会,这样……"

林若杉难过得说不下去。

见她伤心地哭,谢雨反而很平静,递过去纸巾,轻抚着林若杉的头发安慰她。葛俊峰没有看病历,但是一直很紧张地注视着林若杉,看她哭成那样,心知不好,却又不知道该说什么,就急得直搓手,脸憋得通红。

"你们夫妻俩,跟卫东、跟我都有缘分。所以,我这次求你们来,确实有事,想跟你们商量,想拜托你们。"

谢雨平静地说,脸庞看上去愈发瘦削,还有些苍白。

"这第一件事,就是拜托你们两个,带着铃儿走,去她爸那儿。本来,上次带她去看卫东时,我已经下定了决心,我去哪儿,铃儿就去哪儿;我在哪儿,铃儿就在哪儿。我永远不离开她……唉,太可惜,我做不到了。我,已经,陪不了她,几天了。所以,我求你们,带她走吧。"

谢雨缓缓但是艰难地说。

还没等她说完,林若杉再次泣不成声。

"人生只似风前絮，欢也零星，悲也零星，都作连江点点萍。"谢雨喃喃自语，"我要去跟我的父母团聚了，也挺好。想念挺折磨人的，这么多年，我没有一天不想他们。"

说完，谢雨拿着纸巾，温柔地给林若杉擦眼泪。

待小林稍稍平复一下后，谢雨接着说："还有件事，是我的心愿，对我很重要、很重要。"

"我虽然不能跟铃儿在一起了……但是，我是多么想看着她长大啊。我很想，陪她一起看这个世界，看看蓝蓝的天空，数数天上的星星，看看蝴蝶蜻蜓飞舞，看看花草树木生长，看她人生路上的每一条河流，每一座山岗……"

"所以，请你们帮帮我。让我，把眼角膜留给马卫东。"

夫妇俩听了，陷入了沉默。

一直在安慰妻子的葛俊峰开始咧着嘴哭，抑制住了声音，却控制不住肩膀的抖动。他用手擦着嘴角的泪水，含混地说："可能，这样……呜呜……也挺好……"

"是啊，这样挺好。"

"这样，我还可以，和卫东一起，看着铃儿长大。"

谢雨含着泪水，幸福地微笑。

"这样，对于我的铃儿来说，妈妈并没有，真的离开。"

6.

妈妈走后，铃儿跟着马卫东住在学校里，上附属幼儿园。

铃儿聪明伶俐，喜欢背诵唐诗宋词，喜欢听历史故事。每天晚上睡觉前，她都要缠着马卫东。

"再讲一段，就一小段就好。"

"好。不过，铃儿要先给爸爸背一首唐诗。"

"好！朝辞白帝彩云间，千里江陵一日还。两岸猿声啼不住，轻舟已过万重山。"铃儿的声音悦耳，马卫东听着几乎陶醉。他搂着铃儿，轻轻地摇晃着说："那今天，咱就接着讲薛平贵，三箭定天山，好不好？"

铃儿瞪大了眼睛，踢腾着小腿，不停地拍手说好呀好呀。

"说朝廷得到边报，回纥首领比粟毒率十万大军，进犯唐朝边境。唐高宗立即调兵遣将，派左护卫将军薛平贵北上迎敌。此时的薛平贵，因为作战勇敢屡立战功，已经成为赫赫有名的大将。薛平贵接到命令，毫不迟疑，立马率军西进北上。经过几个月的艰难行军，终于来到天山脚下，安营扎寨……"

铃儿眨巴着眼睛，听得入神。

"面对乌压压众多的强敌，薛平贵纵马上前，大喝道，敌将休得猖狂，看本将军神箭。薛平贵勒住马，弯弓搭箭，'嗖'的一声，银光闪闪的利箭划过长空……"

铃儿已经进入梦乡，香香甜甜……

齐怀洲更加经常地回学校，回去就找马卫东。

现在，在校园里散步时，俩人很安静，话更少。

他们就这样慢慢地走着，在梧桐树下、林荫道间，看着身边走过的青春洋溢的学生；看着蓝蓝的天空下，好看的女生们捧着书本在胸前，穿着碎花连衣裙轻盈地走过。

齐怀洲双手插进裤兜里，这儿看看、那儿看看，轻松自在地走着，不时，用脚踢一下路上的小石子。马卫东看着他，不觉中，依稀看见了当年，在太虎石巷的青石板路上，晃荡着穿行的那个大男孩。

"怎么？"

齐怀洲见马卫东盯着自己看，就微笑着用眼神征询他。

马卫东没有说话。他眯起眼，仰面朝天，让和煦的阳光透过斑驳的梧桐树叶，洒落在脸上。他惬意舒服地享受着，脸上逐渐绽放出笑容，露出一左一右的两个酒窝。

铃儿，在俩人前后左右，欢快地蹦跳奔跑。

眨眼间，铃儿快五岁了。

铃儿爱笑，笑起来眉眼弯弯，很招人喜爱。

铃儿长得漂亮，性格很开朗。每回，她都要热情地拉着齐怀洲，给他做向导，带他参观校园，介绍校园里的每一栋房子、每一棵树。

铃儿说她认得那每一棵树，不仅能叫出它们的名字，"我闭着眼，都能想出它们的样子"，她仰着头，骄傲地说，声音清脆像银铃。

"等峨眉大侠来了，我也要带他认识这些树。"她念念不忘与葛俊峰的约定。

铃儿热情欢快地在前面带路。

两只羊角辫是马卫东扎的，随着她的蹦跳，在阳光下活泼地摆动。

"离别家乡岁月多，近来人事半消磨，唯有门前镜湖水，春风不改旧时波……"

铃儿前面引路，一边蹦跳，一边大声朗读唐诗。

微风徐来，声音真好听。